CHODERLOS DE LACLOS

CHODERLOS DE LACLOS
GEFÄHRLICHE LIEBSCHAFTEN

DIE GROSSE ERZÄHLER-BIBLIOTHEK
DER WELTLITERATUR

Die buchkünstlerische Ausstattung dieser Ausgabe
hat der österreichische Staatspreisträger
Ernst Ammering (Ried, Oberösterreich) entworfen.

Das Frontispiz zeigt
Pierre Ambroise François Choderlos de Laclos
(nach einer Radierung von Fritz Janschka,
die für diese Ausgabe entstanden ist).

Aus dem Französischen übertragen
von Walter Widmer.

Redaktion:
Bernhard Pollmann

DIE GROSSE ERZÄHLER-BIBLIOTHEK
DER WELTLITERATUR

Gesamtherstellung: Mohndruck, Gütersloh
Printed in Germany
ISBN 3-88379-859-2

VORBEMERKUNG DES HERAUSGEBERS

Wir halten es für unsere Pflicht, das Publikum darauf aufmerksam zu machen, daß ungeachtet des Titels dieses Buches und trotz allem, was der Verfasser in seiner Vorrede darüber sagt, wir nicht für die Echtheit dieser Sammlung einstehen können. Wir haben sogar gute Gründe anzunehmen, daß es sich nur um einen Roman handelt.

Es scheint uns außerdem, der Verfasser habe zwar Wahrscheinlichkeit angestrebt, er habe sie aber selbst wieder zerstört, und zudem noch recht ungeschickt, durch die Zeit, in die er die Ereignisse verlegt hat, die er hier an die Öffentlichkeit bringt. Tatsächlich führen mehrere Personen, die er auftreten läßt, einen derart sittenlosen Lebenswandel, daß man unmöglich annehmen kann, sie hätten in unserem Jahrhundert gelebt, in diesem Jahrhundert, in dem – wie ein jeder weiß – Aufklärung und Wissen überallhin gedrungen sind und alle Männer anständig und rechtschaffen, alle Frauen so züchtig und so sittsam gemacht haben.

Unserer Ansicht nach konnten sich also die Begebenheiten, die in diesem Werk berichtet werden, wenn sie überhaupt wahr sind, nur in einem anderen Land und zu einer andern Zeit zugetragen haben. Und wir können dem Verfasser den Vorwurf nicht ersparen, daß er offenbar in der Hoffnung, er könne damit den Leser mehr fesseln, wenn er seine Geschichte in sein Jahrhundert und in sein Land verlege, gewagt hat, in unserm Kostüm und mit unsern Sitten und Bräuchen eine Sittenverderbnis aufzuzeigen, die uns so fernliegt.

Um aber zum mindesten, soweit es an uns liegen kann, den allzu leichtgläubigen Leser vor jeder Überraschung in dieser Hinsicht zu bewahren, möchten wir unsere Meinung mit einer Argumentation stützen, die wir ihm vertrauensvoll unterbreiten, weil sie uns schlagend und unwiderleglich vorkommt: Bestimmt würden die gleichen Ursachen unfehlbar dieselben Wirkungen hervorbringen, und doch sehen wir heutzutage nicht ein einziges Fräulein mit einem Jahreseinkommen von sechzigtausend Livres, das ins Kloster geht, und keine einzige junge und hübsche Präsidentin, die vor Kummer stirbt.

VORREDE
DES VERFASSERS

Ich sah die Sitten meiner Zeit
und schrieb diese Briefe.
Rousseau

Dieses Buch oder, besser gesagt, diese Sammlung, die das Publikum vielleicht noch zu umfangreich finden wird, enthält dem zum Trotz lediglich den kleineren Teil der Briefe, das heißt der Gesamtheit des Briefwechsels, aus dem sie einen Auszug darstellen. Als ich von den nachmaligen Besitzern dieser Briefe den Auftrag erhielt, Ordnung in diese Papiere zu bringen (ich wußte übrigens, daß sie sich mit der Absicht trugen, sie zu veröffentlichen), da verlangte ich als einzigen Lohn für meine Mühewaltung die Erlaubnis, alles wegzulassen, was mir unnötig und überflüssig schien. Und ich habe versucht, tatsächlich nur die Briefe aufzunehmen, die mir für das Verständnis der Geschehnisse oder für die Schilderung der Charaktere unerläßlich nötig schienen. Fügt man zu dieser leichten Arbeit noch die Mühe hinzu, die Briefe, die ich beibehielt, zu sichten, zu ordnen und einzureihen, wobei ich mich fast überall an die Daten hielt, und außerdem noch die Abfassung einiger kurzer, spärlicher Anmerkungen, die zumeist keinen andern Zweck erfüllen, als daß sie die Quellenangaben einiger Zitate enthalten oder ein paar Kürzungen begründen sollen, die ich mir erlaubt habe, so weiß man, wie groß mein Anteil an diesem Buch ist. Weiter ging meine Aufgabe nicht. Ich muß den Leser auch darauf aufmerksam machen, daß ich sämtliche Namen der Personen, die in diesen Briefen erwähnt werden, weggelassen oder doch abgeändert habe. Und sollten sich unter den Namen, die ich an ihrer Stelle eingesetzt habe, solche befinden, die tatsächlich jemandem gehören, so wäre das meinerseits ein unbeabsichtigter Irrtum, aus dem man keinerlei Schlüsse ziehen darf.

Ich hatte allerdings noch weitergehende Änderungen vorgeschlagen, die sich sämtlich auf die stilistische und sprachliche Vollkommenheit bezogen, gegen die diese Briefe hie und da verstoßen. Ich hätte auch gerne die Ermächtigung gehabt, ein paar allzu lange Briefe zu kürzen, von denen mehrere fast ohne Übergang und gesondert von Dingen handeln, die gar nichts miteinander zu tun haben. Diese Arbeit, die aber nicht angenommen wurde, hätte zwar zweifelsohne nicht genügt, das Buch zu einem guten, einem vortrefflichen Werk zu machen, aber sie hätte doch zumindest einen Teil seiner Mängel behoben.

Es wurde mir entgegengehalten, man habe die Briefe selbst veröffentlichen wollen und nicht nur ein Buch, das an Hand dieser Briefe verfaßt worden sei. Man erklärte, es verstoße sowohl gegen die Wahrscheinlichkeit wie gegen die Wahrheit, daß von acht oder zehn Personen, die zu diesem Briefwechsel beigetragen haben, alle im selben tadellosen Stil und mit der gleichen Vollkommenheit geschrieben hätten. Und als ich demgegenüber geltend machte, es sei im Gegenteil keine einzige darunter, die nicht schwere Fehler gemacht hätte, und man werde unfehlbar das Buch kritisieren, gab man mir zur Antwort, jeder vernünftige Leser werde bestimmt darauf gefaßt sein, in einer Briefsammlung von einigen Privatleuten Fehler vorzufinden, die ja unter allen solchen Sammlungen, die bisher von verschiedenen hochgeschätzten Autoren, darunter sogar von Akademikern, veröffentlicht wurden, noch keine einzige existiere, die völlig gegen diesen Vorwurf gefeit sei. Diese Gründe überzeugten mich aber nicht, und ich fand und finde auch heute noch, es sei leichter, sie vorzubringen als sie anzunehmen. Aber ich hatte da nichts zu sagen und mußte mich fügen. Ich behielt mir nur vor, dagegen Verwahrung einzulegen und zu erklären, ich sei nicht dieser Ansicht, was ich hiermit auch getan habe.

Was den Wert betrifft, den dies Buch möglicherweise hat, so steht es mir vielleicht nicht zu, mich darüber zu äußern, da meine Meinung niemanden beeinflussen darf noch kann. Indessen wollen manche Leser, ehe sie ein Buch zu lesen anfangen, gerne wissen, woran sie sind; alle diese Leser, meine ich, können ruhig weiterlesen. Die andern werden besser daran tun, jetzt gleich mit dem Buch selbst zu beginnen. Sie sind nun zur Genüge im Bild.

Zunächst möchte ich sagen, daß ich zwar diese Briefe herausgeben wollte – ich gebe es zu –, daß ich aber weit davon entfernt bin, auf ihren Erfolg zu hoffen. Man halte diese Offenheit meinerseits ja nicht etwa für falsche Autorenbescheidenheit. Denn ich erkläre mit der gleichen Aufrichtigkeit: hätte diese Sammlung von Briefen mir nicht der Veröffentlichung wert geschienen, so würde ich mich niemals damit befaßt haben. Ich will versuchen, diesen scheinbaren Widerspruch zu erklären.

Der Wert, das Verdienst eines Werkes besteht in seinem Nutzen oder in seiner Schönheit, seiner Vollkommenheit und sogar in beidem, wenn das möglich ist. Aber der Erfolg, der nicht immer ein Beweis für den Wert eines Buches ist, hängt sehr oft mehr von der Wahl des Stoffes ab als von seiner Behandlung, eher von der Gesamtheit der Dinge, die es vorführt, als von der Art, in der sie behandelt werden. Da nun diese Sammlung, wie ihr Titel anzeigt, Briefe einer ganzen Gesellschaft enthält, so herrschen darin so verschiedene Neigungen und Interessen vor, daß die Anteilnahme des Lesers dadurch abnimmt. Zudem sind alle Gefühle, die zum Ausdruck kommen, unecht, gefälscht, nur vorgetäuscht und verstellt und können deshalb lediglich unsere Neugier erwecken, die immer weit unter einer gefühlsmäßigen Teilnahme steht. Diese Neugier ist in allen Dingen viel weniger zur Nachsicht geneigt und täuscht um so weniger über die Fehler in Einzelheiten hinweg, als diese Nebenumstände immer wieder dem einzigen Verlangen, das man befriedigen möchte, entgegenstehen.

Diese Fehler werden vielleicht zum Teil wiedergutgemacht durch einen Vorzug, der ebenfalls mit der Art des Werkes zusammenhängt. Ich meine die Verschiedenartigkeit des Stils der einzelnen Briefe. Das ist ein Vorzug, den ein Autor nur schwer zustande bringt, der sich aber hier von selbst einstellte und zum mindesten vor der Langeweile der Einförmigkeit bewahrt. Viele Leser werden auch eine große Zahl von teils neuartigen, teils wenig bekannten Bemerkungen schätzen, die in diesen Briefen überall verstreut zu finden sind. Das ist aber, glaube ich, auch alles, was man darin an Schönem und Angenehmem antreffen kann, sogar wenn man sie höchst günstig und wohlwollend beurteilt.

Der Nutzen des Buches, den man zwar noch heftiger bestreiten wird, scheint mir, ist allerdings leichter zu beweisen. Es scheint mir mindestens, man erweise den guten Sitten einen Dienst, wenn man die Mittel und Wege aufdeckt, die verdorbene, gemeine Menschen anwenden, um tugendhafte, gute zu verdecken, und ich glaube, diese Briefe können wirksam dazu beitragen. Man wird darin auch Beweis und Beispiel für zwei wichtige Wahrheiten finden, die man für unbekannt und neuartig halten könnte, so wenig werden sie beherzigt. Die erste heißt, daß jede Frau, die einen sittenlosen, verdorbenen Mann in ihrer Nähe duldet, ihm schließlich zum Opfer fällt. Die zweite: Jede Mutter handelt letztlich zum allermindesten unvorsichtig und unklug, wenn sie zuläßt, daß ein anderer Mensch, außer ihr selbst, das Vertrauen ihrer Tochter genießt. Die jungen Leute beiderlei Geschlechts könnten daraus noch lernen, daß die Freundschaft, die schlechtbeleumdete und lasterhafte Menschen ihnen so leicht zu gewähren scheinen, immer nur ein gefährlicher Fallstrick ist, der ihrem Glück und ihrer Tugend gleichermaßen verhängnisvoll werden kann. Indessen scheint mir aber der Nachteil, der stets so nahe beim Vorteil zu finden ist, allzu gefährlich, und ich bin weit davon entfernt, diese Lektüre der Jugend zu empfehlen, im Gegenteil, es scheint mir sehr wichtig, alle Bücher dieser Art von ihr fernzuhalten. Der Zeitpunkt, zu welchem diese Art Lektüre aufhört, gefährlich zu sein, und nützlich werden kann, ist meiner Ansicht nach von einer guten Mutter für ihr Geschlecht trefflich erkannt und erfaßt worden. Diese Mutter ist nicht nur geistvoll, sie ist auch noch von einem guten Geist beseelt. Nachdem sie das Manuskript dieses Briefwechsels gelesen hatte, sagte sie zu mir: »Ich würde, glaube ich, meiner Tochter einen großen Dienst erweisen, wenn ich ihr dieses Buch am Tage ihrer Hochzeit schenken könnte.« Wenn alle Mütter so denken, so werde ich mich ewig glücklich schätzen, daß ich es veröffentlicht habe.

Aber auch wenn ich von dieser günstigen Ausnahme ausgehe, scheint mir immer noch, daß dieses Werk nur wenigen Menschen gefallen dürfte. Die verdorbenen, sittenlosen Männer und Frauen werden alles Interesse daran haben, ein Buch in Verruf zu bringen, das ihnen Abbruch tun kann. Und da es ihnen nicht an Geschick und Gewandtheit fehlt, werden sie vielleicht die Sittenprediger und Tugendbolde auf ihre Seite bringen, die über die Schilderung der Verderbnis und Sittenlosigkeit entsetzt zetern werden, die man sich nicht gescheut hat, ihnen vor Augen zu bringen.

Die sogenannten Freigeister werden sich nicht für eine fromme Frau erwärmen können, die sie schon aus diesem einzigen Grunde für ein einfältiges, langweiliges Weib halten werden, während die Frommen darüber in Wut geraten, daß die Tugend unterliegt und zu Fall kommt, und sie werden sich darüber beklagen, daß die Religion sich allzu wenig wirksam zeige.

Andererseits werden die Leser mit heiklem Geschmack vom fehlerhaften und allzu schlichten, gar zu einfachen Stil verschiedener Briefe abgestoßen sein, während die Großzahl der Leser vom Gedanken verleitet, alles, was gedruckt werde, sei die Frucht einer Arbeit, glauben wird, in ein paar andern stecke die mühsame, gekünstelte Manier eines Autors, der hinter den Personen, die er reden und handeln läßt, hervorschaut.

Schließlich wird man ziemlich allgemein sagen, jedes Ding tauge nur an seinem Platz, und wenn für gewöhnlich der allzu ausgefeilte, glatte Stil der Verfasser tatsächlich den Gesellschaftsbriefen etwas von ihrer Anmut nimmt, so werden die Nachlässigkeiten der vorliegenden Briefe zu wirklichen Fehlern und Nachteilen und machen sie geradezu unerträglich, wenn man sie in Druck gibt.

Ich gebe offen zu, alle diese Vorwürfe mögen begründet sein. Ich glaube auch, es wäre mir wohl möglich, darauf zu antworten, sogar ohne daß ich die übliche Länge einer Vorrede überschreiten müßte. Aber der Leser muß fühlen, daß, müßte man auf alles antworten, das Werk auf gar nichts Antwort geben könnte. Und wenn ich es so eingeschätzt hätte, so hätte ich alle beide, Vorrede und Buch, weggelassen.

ERSTER TEIL

1. BRIEF

Cécile Volanges an Sophie Carnay
bei den Ursulinerinnen zu . . .

Du siehst, liebste Freundin, ich halte Wort, und die Häubchen und Flitter nehmen nicht meine ganze Zeit in Anspruch. Für Dich habe ich immer noch Zeit übrig, und doch habe ich heute, an einem einzigen Tage, mehr Putz und Schmuck zu Gesicht bekommen als während der vier Jahre, die wir zusammen verbracht haben. Und ich glaube, die hochmütige Tanville wird bei meinem ersten Besuch, wo ich sie dann bestimmt rufen lasse, mehr Kummer ausstehen, als sie uns anzutun meinte, wenn sie uns besucht hat. Mama hat mich in allem um meine Meinung gefragt. Sie behandelt mich jetzt viel weniger wie ein Schulkind als früher. Ich habe eine eigene Kammerjungfer. Eine Schlafkammer und ein kleines Arbeitszimmer habe ich für mich ganz allein, und schreibe Dir an einem reizenden Sekretär, zu dem man mir den Schlüssel anvertraut hat und worin ich alles verwahren kann, was ich will. Mama hat mir gesagt, ich werde sie täglich beim Aufstehen sehen können, und es sei früh genug, wenn ich zum Mittagessen frisiert sei, weil wir immer allein seien und sie mir dann jeweilen sagen werde, um welche Zeit ich am Nachmittag zu ihr kommen dürfe. Über die restliche Zeit kann ich ganz frei verfügen. Ich habe meine Harfe, alles, was ich zum Zeichnen brauche, und Bücher, genau wie im Kloster. Nur ist da keine Mutter Perpetua, die mich ausschilt, und wenn ich will, kann ich faulenzen, soviel ich mag. Aber da ich meine Sophie nicht hier habe, um mit ihr zu plaudern und zu lachen, tue ich gerade so gern etwas Vernünftiges.

Es ist noch nicht fünf Uhr, und ich soll Mama erst um sieben wieder aufsuchen. Somit hätte ich reichlich Zeit, wenn ich Dir etwas zu sagen wüßte. Doch man hat mit mir noch über gar nichts gesprochen. Und sähe ich nicht alle die Zurüstungen, die man trifft, und die vielen Näherinnen, die alle meinetwegen herkommen, so möchte ich glauben, man denke gar nicht dran, mich zu verheiraten, und die gute Josephine habe wieder einmal allerhand müßiges Geschwätz in die Welt gesetzt. Indessen hat mir Mama so oft gesagt, ein adliges Fräulein müsse im Kloster bleiben, bis sie heirate, und wenn sie mich nun fortnimmt, so muß Josephine wohl recht haben. Eben hält eine Kutsche vor dem Tor, und Mama läßt mir ausrichten, ich möchte sofort hinüberkommen. Sollte der Herr bei ihr sein? Ich bin noch nicht angezogen. Meine Hand zittert, und mein Herz klopft wild. Ich habe die Zofe gefragt, ob sie wisse, wer bei meiner Mutter sei. »Ei, natürlich Herr C . . .«, sagte sie und lachte. Oh! Ich glaube wahrhaftig, er ist's. Ich komme bestimmt wieder her und erzähle Dir, was vorgefallen ist. Hier hast Du immerhin seinen Namen. Ich darf sie nicht warten lassen. Leb wohl, ich bin gleich wieder zurück.

Wie wirst Du über Deine arme Cécile lachen! Oh, ich habe mich so schrecklich geschämt! Aber Du wärest genauso darauf hereingefallen wie ich. Als ich zu Mama ins Zimmer trat, stand da ein Herr bei ihr, der war ganz schwarz gekleidet, ich grüßte ihn, so gut ich's vermochte, und dann konnte ich mich nicht mehr vom Fleck rühren. Du kannst Dir denken, wie ich ihn mir genau angesehen habe. »Gnädige Frau«, sagte er zu meiner Mutter, »das gnädige Fräulein ist bezaubernd, und ich fühle mehr denn je, wie überaus gütig Sie zu mir sind.« Bei diesen Worten, die so eindeutig und bestimmt klangen, befiel mich ein so heftiges Zittern, daß ich einfach nicht mehr stehen konnte; zum Glück stand da ein Lehnstuhl, und ich setzte mich puterrot und gänzlich fassungslos darauf. Kaum aber saß ich da, so lag auch schon der Mann vor mir auf den Knien. Da verlor Deine arme Cécile ganz einfach den Kopf. Mama sagte mir später, ich hätte ganz verstört um mich geblickt. Jedenfalls sprang ich mit einem durchdringenden Schrei vom Sessel auf ... Weißt Du noch, wie damals, als es so gräßlich donnerte. Mama mußte laut herauslachen und sagte: »Ei, was kommt dich bloß an? Setz dich hin und gib dem Herrn deinen Fuß.« Tatsächlich, liebste Freundin, der Herr war ein Schuster. Ich kann Dir nicht sagen, wie ich mich schämte. Zum Glück war außer Mama niemand sonst da. Ich glaube, wenn ich einmal verheiratet bin, lasse ich nicht mehr bei diesem Schuhmacher arbeiten.

Du mußt zugeben, wir sind so klug wie zuvor! Leb wohl. Es ist gleich sechs Uhr, und meine Kammerzofe sagt, ich müsse mich ankleiden. Leb wohl, meine teure Sophie. Ich habe Dich lieb, als wäre ich noch bei Dir im Kloster.

PS. Ich weiß nicht, durch wen ich Dir meinen Brief zustellen lassen kann. So warte ich, bis Josephine kommt.

Paris, am 3. August 17..

2. BRIEF

Die Marquise de Merteuil an den Vicomte de Valmont auf Schloß ...

Kehren Sie zurück, mein lieber Vicomte, kommen Sie zurück! Was haben Sie denn noch bei einer alten Tante zu suchen, deren Vermögen Sie ja ohnedies bestimmt erben? Reisen Sie auf der Stelle ab. Ich brauche Sie. Es ist mir da ein glänzender Einfall gekommen, und ich möchte Ihnen ganz gern die Ausführung anvertrauen. Diese paar Worte sollten eigentlich genügen, und Sie sollten, beglückt und geehrt von meiner Wahl, schleunigst herkommen und kniefällig meine Befehle entgegennehmen. Doch Sie nützen meine Güte aus, sogar seit Sie keinen Gebrauch mehr davon machen. Und vor die Wahl gestellt, Sie entweder für alle Zeit zu hassen oder übertrieben nachsichtig zu sein, behält zu Ihrem Glück meine Güte die Oberhand. Ich bin also nicht abgeneigt, Sie in meine Pläne einzuweihen. Aber Sie müssen mir schwören, daß Sie als mein treuer Ritter auf keinerlei Abenteuer ausziehen werden, ehe Sie nicht dieses zu Ende geführt haben. Es ist eines Helden würdig. Sie dienen damit der Liebe und der Rache. Kurzum, es soll ein weiteres Schurkenstück für Ihre Denkwürdigkeiten sein – jawohl, für Ihre Denkwürdigkeiten. Ich wünsche, daß sie eines Tages gedruckt werden, und ich will's sogar übernehmen, sie niederzuschreiben. Doch lassen wir das, und kommen wir auf das zurück, was mir vorschwebt.

Madame de Volanges verheiratet ihre Tochter. Das ist einstweilen noch ein Geheimnis, aber sie hat es mir gestern anvertraut. Und wen, glauben Sie, hat sie zum Schwiegersohn erkoren? Den Grafen de Gercourt! Wer hätte je gedacht, daß ich einmal des Grafen Gercourts Kusine werden könnte? Ich bin außer mir vor Wut ... Ei, ahnen Sie immer noch nichts? Oh, wie sind Sie schwer von Begriff! Haben Sie ihm denn das Abenteuer mit der Intendantin schon verziehen?* Und ich? Habe ich nicht noch mehr Anlaß, mich über ihn zu beklagen, Sie Unmensch? Doch ich beruhige mich schon wieder, und die Hoffnung, Rache nehmen zu können, heitert meine Seele wieder auf.

Sie haben sich, gleich mir, hundertmal darüber geärgert, wie wichtig Gercourt Ruf und Ansehen seiner künftigen Frau nimmt, mit welch dumm anmaßendem Dünkel er sich einbildet, er werde das unvermeidliche Los zu vermeiden wissen. Sie kennen ja seine lächerliche Voreingenommenheit für klösterliche Erziehung, und Sie wissen, was er für ein noch lachhafteres Vorurteil blonden Frauen gegenüber hat: sie seien zurückhaltender als andere, behauptet er. Ich möchte wahrhaftig wetten, er hätte sich, ungeachtet der sechzigtausend Franken Jahresrente der kleinen Volanges, niemals auf diese Heirat eingelassen, wenn sie brünett gewesen oder nicht im Kloster erzogen worden wäre. Beweisen wir ihm denn, daß er nichts weiter als ein Dummkopf ist! Eines Tages zählt er ja bestimmt zur edlen Zunft der Gehörnten! Das macht mir nicht den geringsten Kummer. Aber es wäre doch allzu spaßig, wenn er's gleich von allem Anfang an schon wäre. Wie könnten wir uns eins lachen, wenn wir ihn am Morgen nach der Hochzeitsnacht prahlen hörten! Denn großtun wird er bestimmt! Und wenn Sie das kleine Mädchen erst einmal in den Fingern haben und ihm Ihre abgefeimten Laster beibringen, dann müßte es schon seltsam zugehn, wenn Gercourt nicht, wie jeder andere, in ganz Paris zum Gespött gemacht werden könnte.

Im übrigen ist die Heldin dieses neuen Romans wert, daß Sie sich ihr mit aller erdenklichen Aufmerksamkeit widmen. Sie ist wirklich hübsch, erst fünfzehn Jahre alt, eine reizvolle Rosenknospe. Freilich ist sie recht

* Zum Verständnis dieser Stelle muß man wissen, daß der Graf de Gercourt die Marquise de Merteuil um der Intendantin de ... willen verlassen hatte. Diese hatte ihm den Vicomte de Valmont geopfert, und damals hatten sich die Marquise und der Vicomte aneinander angeschlossen. Da dieser Vorfall sich lange vor den Begebenheiten zugetragen hat, von denen in diesen Briefen die Rede ist, haben wir den ganzen diesbezüglichen Briefwechsel weggelassen.

linkisch, weltfremd und unerfahren, wie man's selten antrifft, und nicht im geringsten affektiert. Ihr Männer habt das ja sonst ganz gern. Zudem hat sie etwas Schmachtendes in ihrem Blick, das wahrhaft vielversprechend ist. Nehmen Sie noch dazu, daß ich sie Ihnen dringend ans Herz lege. Sie brauchen mir also nur noch zu danken und zu gehorchen.

Diesen Brief erhalten Sie morgen früh. Ich erwarte und verlange, daß Sie morgen abend um sieben Uhr bei mir sind. Ich werde vor acht Uhr niemanden empfangen, nicht einmal den Chevalier, der gegenwärtig über mein Herz gebietet. Er ist nicht gescheit genug für ein so bedeutsames Unterfangen. Sie sehen, die Liebe macht mich nicht blind. Um acht Uhr lasse ich Sie wieder frei, und dann kommen Sie um zehn wieder und speisen zusammen mit der schönen Dame bei mir. Denn Mutter und Tochter werden bei mir soupieren. Leben Sie wohl. Es ist schon Mitternacht vorbei. Bald werde ich mich nicht mehr um Sie kümmern.

Paris, am 4. August 17..

3. BRIEF

Cécile Volanges an Sophie Carnay

Ich weiß noch gar nichts, liebste Freundin. Mama hatte gestern eine Menge Gäste zum Souper. Obschon ich allen Grund hatte, sie mir genau anzusehen, vorab die Männer, langweilte ich mich doch schrecklich. Herren und Damen, alle haben mich immerzu angestarrt und einander hernach allerhand Bemerkungen ins Ohr getuschelt. Ich sah wohl, daß sie über mich redeten. Da wurde ich über und über rot, ich konnte gar nichts dagegen. Ich hätte ja noch so gern dagegen angekämpft; denn es fiel mir auf, daß die andern Damen nicht im geringsten erröteten, wenn man sie ansah. Vielleicht kann man aber auch vor lauter Rot, das sie auflegen, die Röte nicht sehen, die von ihrer Befangenheit herrührt. Es muß doch sehr schwer sein, nicht rot zu werden, wenn einen dauernd ein Mann anstarrt. Am meisten beunruhigte mich die Ungewißheit darüber, was die Leute von mir dachten. Es schien mir zwar, als hörte ich zwei-, dreimal Äußerungen wie »Hübsch ist sie« . . . Aber ich vernahm auch deutlich, wie mich jemand »linkisch« schalt. Und das muß wohl wahr sein, denn die Frau, die das sagte, ist eine Verwandte und Freundin meiner Mutter. Es sieht sogar aus, als hätte sie mich sogleich ins Herz geschlossen. Sie hat als einzige im Verlaufe des Abends ein Weilchen mit mir geredet. Morgen sollen wir bei ihr soupieren. Dann habe ich noch, nach dem Essen, gehört, wie ein Herr zum andern sagte: »So was muß man erst noch ausreifen lassen. Wir werden ja nächsten Winter sehen!« Ich bin sicher, er meinte mich damit! Vielleicht war's der Mann, der mich heiraten soll. Aber dann wär's ja erst in vier Monaten! Ich möchte so gerne wissen, wie das nun eigentlich ist.

Da kommt Josephine. Sie hat es eilig, sagt sie. Ich will Dir aber doch noch ein Müsterchen meines »linkischen Benehmens« erzählen. Oh, ich bin überzeugt, diese Dame hat recht!

Nach dem Souper fing man an zu spielen. Ich kam neben Mama zu sitzen. Und ich weiß gar nicht, wie's zuging, jedenfalls schlief ich fast augenblicklich ein. Ein lautes Gelächter weckte mich wieder auf. Ich weiß nicht, ob sie über mich lachten – aber ich glaube es schon. Mama erlaubte mir schlafen zu gehen. Sie hat mir damit einen großen Gefallen erwiesen. Stell Dir bloß vor: es war schon elf Uhr vorbei! Leb wohl, meine teure Sophie, behalte Deine Cécile immer lieb. Ich kann Dir versichern, die Gesellschaft ist gar nicht so unterhaltsam, wie wir's uns vorstellten!

Paris, am 4. August 17..

4. BRIEF

Der Vicomte de Valmont an die Marquise de Merteuil in Paris

Ihre Befehle sind ja allerliebst! Und Ihre Art, sie zu erteilen, ist noch viel reizender. Sie könnten einen noch zum Despotismus bekehren! Wie Sie wissen, bedaure ich nicht zum erstenmal, daß ich nicht mehr Ihr gehorsamer Sklave bin. Und wenn ich auch Ihrer Ansicht nach ein *Unmensch* bin, so denke ich doch nie ohne inniges Wohlbehagen an die Zeit zurück, als Sie mich mit weit liebevolleren Namen beehrten. Oftmals wünsche ich sogar, ich könnte Sie wiederum verdienen und zu guter Letzt noch mit Ihnen im Bunde der Welt ein Vorbild treuer Beständigkeit abgeben. Doch jetzt rufen uns höhere Pflichten. Erobern ist unser Los, und wir müssen ihm folgen. Vielleicht werden wir einander am Ende unserer Laufbahn nochmals begegnen; denn, ohne Ihnen zu nahe treten zu wollen, allerschönste Marquise, Sie halten zum mindesten gleichen Schritt mit mir. Und seit wir uns zum Heil der guten Gesellschaft getrennt haben und jeder auf eigene Faust den Glauben verkündet, haben Sie, dünkt mich, in Ihrem Bekehrungseifer mehr Jünger zur Liebe bekehrt als ich. Ich kenne ja Ihr unentwegtes Eifern, Ihren inbrünstigen Drang, immer neue Anhänger zu gewinnen . . . Und wenn der Christgott uns nach unseren Werken mißt, so werden Sie am Ende noch Schutzpatronin einer großen Stadt, indes Ihr Freund es allerhöchstens bis zum Dorfheiligen bringen kann. Solche Sprache wundert Sie, geben Sie's nur zu. Doch höre und rede ich seit acht Tagen nichts anderes mehr, und nur weil ich mich darin bis zur völligen Beherrschung ausbilden möchte, sehe ich mich leider genötigt, Ihnen den Gehorsam zu verweigern.

Werden Sie nicht gleich böse, und hören Sie mich an. Sie sind die Vertraute aller meiner Herzensgeheimnisse, und ich will Sie in den größten Plan einweihen, den ich je geschmiedet habe. Was schlagen Sie mir schon vor? Ich soll ein junges Mädchen verführen, das nichts erlebt und rein nichts erfahren hat, das mir sozusagen wehrlos preisgegeben wäre, das unfehlbar von einer ersten Huldigung in einen wahren Rausch versetzt wird, das sich vielleicht eher aus purer Wißbegier einläßt als aus Liebe. Das können zwanzig andere Männer genauso gut fertigbringen wie ich. Da sieht mein Plan schon ganz anders drein! Gelingt er, dann winkt mir sicherlich Ruhm im selben reichen Maße, wie mir Vergnügen bevorsteht. Die Liebe, die meinen Siegerkranz bereits flicht, schwankt selber noch zwischen Myrten und Lorbeer oder vielmehr, sie wird beide ineinanderwinden, um meinen Sieg zu feiern. Sogar Sie, schönste Freundin, wird heilige Ehrfurcht befallen, und Sie werden begeistert ausrufen: »Das ist ein Mann nach meinem Herzen!«

Sie kennen doch die Präsidentin Tourvel, Sie wissen, wie fromm sie ist, wie treu sie ihren Gatten liebt, was für strenge Grundsätze sie hat. Auf sie habe ich's abgesehen. Sie ist der Feind, der mir ebenbürtig ist. Sie ist das Ziel, das ich mir gesetzt habe.

Und winkt mir nicht der Liebe süßer Lohn,
So ist das Unterfangen selbst genug der Ehre schon!

Schlechte Verse darf man nur anführen, wenn sie von einem großen Dichter stammen*.

Vernehmen Sie denn also, daß der Präsident im Burgundischen weilt, wo er einen großen Prozeß zu führen hat. – Ich hoffe, ich kann ihn in einem weit wichtigeren ausstechen! – Seine untröstliche Ehehälfte gedenkt hier solange ihr trauervolles Witwentum zu verbringen. Eine Messe tagtäglich, ein paar Besuche bei den Armen des Bezirks, von früh bis spät Beten und wieder Beten, ab und zu ein Sparziergang, den sie mutterseelenallein unternimmt, fromme Gespräche mit meiner alten Tante und hie und da eine trübselige Whistpartie, mit derlei trostlosen Beschäftigungen soll sie sich die Zeit vertreiben. Ich habe freilich wirksamere für sie bereit. Mein Schutzengel hat mich hergeführt, zu ihrem Glück wie auch zu meinem Heil. Ich Narr! Mir taten die vierundzwanzig Stunden leid, die ich verwandtschaftlichen Rücksichten opfern sollte. Und wie könnte man mich jetzt strafen, wollte man mich zwingen, nach Paris zurückzufahren! Zum Glück muß man zu viert sein, wenn man Whist spielen will. Und da hier bloß der Ortspfarrer in Frage kommt, lag mir meine Tante, der ewige Plaggeist, unablässig in den Ohren, ich sollte ihr doch noch ein paar Tage opfern. Sie können sich denken, daß ich einverstanden war. Sie können sich gar nicht vorstellen, wie sie mich seitdem verhätschelt, und vor allem, wie erbaut sie darüber ist, daß ich regelmäßig an ihren Andachten und ihrer Messe teilnehme. Sie hat ja keine Ahnung, welche Gottheit ich dort anbete.

So bin ich seit vier Tagen einer heftigen Leidenschaft hilflos preisgegeben. Sie wissen ja, daß ich heiß begehren, daß ich Hindernisse im Sturm nehmen kann . . . Etwas wissen Sie aber nicht, nämlich daß die Einsamkeit die Glut der Begierde ins Ungeheure schürt. Ich habe nur noch einen Gedanken; tagsüber denke ich dran, und nachts träume ich davon. Ich muß, ich muß einfach diese Frau haben, damit ich die Lächerlichkeit loswerde, in sie verliebt zu sein. Denn wohin führt nicht ein Verlangen, dem

* La Fontaine

sich Hindernisse in den Weg stellen? O köstlicher Genuß! Ich flehe zu dir um Erhörung, um meines Glückes und vor allem um meiner Ruhe willen. Wie glücklich sind wir doch, daß die Frauen sich so schlecht verteidigen! Wir wären vor ihnen bloß ängstliche Sklaven. Ich empfinde augenblicklich ein Gefühl der Dankbarkeit für alle willfährigen Frauen, und dieses Dankesgefühl führt mich ganz von alleine zu Ihren Füßen. Ich werfe mich vor Ihnen in den Staub, um meine Verzeihung zu erlangen, und in solcher Demut schließe ich diesen allzu langen Brief. Leben Sie wohl, schönste Freundin, und nichts für ungut.

Auf Schloß ..., am 5. August 17..

5. BRIEF

Die Marquise de Merteuil an den Vicomte de Valmont

Wissen Sie, Vicomte, Ihr Brief ist ausgesucht unverschämt, und es läge bloß an mir, darüber böse zu werden! Aber er hat mir klar bewiesen, daß Sie völlig den Kopf verloren haben, und einzig dies hat Ihnen meine Empörung erspart. Ich bin eine großherzige, eine mitfühlende Freundin und will vergessen, wie sehr Sie mich gekränkt haben; ich will mich um nichts kümmern als um die Gefahr, in der Sie schweben. Und so langweilig auch Vernunftpredigten sind, will ich mich doch zu einer aufraffen, weil ich sehe, wie nötig Sie's augenblicklich haben.

Ausgerechnet Sie wollen die Präsidentin Tourvel haben! Was ist denn das wieder für eine lächerliche Grille? Darin erkenne ich wieder Ihren eigensinnigen Dickschädel, der Sie immer nur das begehren läßt, wovon er überzeugt ist, daß Sie's nicht kriegen können. Was ist denn schon Besonderes an der Frau? Regelmäßige Züge, zugegeben, aber keinerlei Ausdruck. Leidlich gut gewachsen, jedoch ohne alle Anmut. Dabei immer zum Lachen komisch aufgetakelt, mit ihren Busentüchern, die sie bündelweise vorne aufbaut und mit sich herumträgt, und ihrem Korsett, das bis zum Kinn hinaufreicht! Ich sage Ihnen als Ihre Freundin, die's gut mit Ihnen meint: Noch zwei solche Frauen, und Sie büßen Ihr ganzes Ansehen ein. Erinnern Sie sich doch bloß an den Tag, als sie in Saint-Roche die Kollekte einsammelte, und Sie sich bei mir bedankten, daß ich Ihnen dies Schauspiel verschafft hatte. Ich sehe sie noch vor mir, wie sie der langhaarigen Hopfenstange die Hand gab, die bei jedem Schritt fast vornüberfiel und ununterbrochen ihren vier Ellen breiten Reifrock irgend jemandem über den Kopf stülpte und bei jedem Knicks puterrot wurde. Wer hätte damals gedacht, daß Sie diese Frau einmal begehren würden? Vicomte, Vicomte! Werden Sie selber rot und kommen Sie wieder zu sich! Ich verspreche Ihnen, ich werde nichts ausplaudern.

Und dann sehen Sie bloß, was für Verdrießlichkeiten Ihrer harren! Gegen was für einen Nebenbuhler werden Sie ankämpfen müssen? Gegen einen Ehemann! Fühlen Sie sich nicht schon beim bloßen Wort »Ehemann« erniedrigt und gedemütigt? Welche Schande, wenn Sie abblitzen!

Und selbst wenn Sie ans Ziel gelangen, wie wenig Ruhm bringt Ihnen das ein! Ich gehe noch weiter und behaupte: Machen Sie sich keine Hoffnung auf irgendwelches Vergnügen dabei! Gibt es denn bei keuschen Zimperliesen überhaupt Vergnügen zu holen? Ich meine, bei solchen, denen es damit ernst ist. Sie sind doch sogar im höchsten Lustrausch noch zurückhaltend und bieten Ihnen bloß unzulängliche Genüsse. Dieses völlige Sichhingeben, der Wollusttaumel, in dem die Lust durch ihr Übermaß geläutert wird, alle diese Herrlichkeiten der Liebe sind ihnen unbekannt. Ich kann es Ihnen jetzt schon sagen: Auch im günstigsten Falle wird Ihre Präsidentin wähnen, sie habe alles Menschenmögliche für Sie getan, wenn sie Sie wie ihren eigenen Mann behandelt. Und auch im zärtlichsten ehelichen Beisammensein wird man nie eins: man bleibt immer zu zweit. Hier steht's gar noch schlimmer. Ihre Zimperliese ist auch noch fromm, und zwar bigott wie ein altes Weibsbild, und diese Art Frömmigkeit verdammt ja zu ewigem Kindischsein. Mag sein, daß Sie dieses Hindernis überwinden können; aber wiegen Sie sich bloß nicht in der Hoffnung, Sie könnten es ausmerzen. Auch wenn Sie über die Liebe zu Gott Sieger bleiben, die Angst vor dem Teufel werden Sie nimmermehr besiegen. Und wenn Sie endlich ihre Geliebte in den Armen halten und ihr Herz klopfen hören, dann pocht es aus Furcht und nicht etwa aus Liebe. Vielleicht, wenn Sie diese Frau früher kennengelernt hätten, wäre es Ihnen gelungen, noch etwas aus ihr zu machen. Jetzt aber ist sie zweiundzwanzig Jahre alt und seit annähernd zwei Jahren verheiratet. Glauben Sie mir, Vicomte, wenn eine Frau schon so weit »eingerostet« ist, muß man sie ihrem Schicksal überlassen. Sie wird immer nur ein dummes Gänschen bleiben. Und doch verweigern Sie mir um dieser schönen Person willen den Gehorsam. Ihretwegen vergraben Sie sich in der Gruft Ihrer Tante und wollen auf das köstlichste Abenteuer verzichten, das so ganz dazu angetan ist, Ihnen Ehre zu machen. Welches Verhängnis fügt es denn, daß Gercourt immer gegen Sie im Vorteil sein soll? Schauen Sie, ich sage Ihnen das ohne jeden Unmut. Aber augenblicklich habe ich nicht übel Lust zu glauben, Sie verdienen Ihren Ruf gar nicht, und vor allem bin ich beinah in Versuchung, Ihnen mein Vertrauen zu entziehen. Nie werde ich mir angewöhnen können, dem Liebhaber der Madame de Tourvel meine Geheimnisse zu beichten.

Etwas müssen Sie aber doch wissen: Die kleine Volanges hat bereits jemandem den Kopf verdreht. Der junge Danceny ist bis über die Ohren in sie verliebt. Er hat mit ihr gesungen. Sie singt wirklich besser, als man es von einem Schulmädchen erwarten sollte. Vermutlich proben sie miteinander allerhand Duette, und ich bin überzeugt, sie würde nur allzu gern unisono mit ihm einstimmen; aber dieser Danceny ist ein Kindskopf, der seine Zeit mit Süßholzraspeln vertrödeln und gar nichts zustande bringen wird. Das kleine Ding seinerseits ist recht ungesellig; und was auch geschehen mag, es wird immer noch weit weniger lustig ausfallen, als Sie's fertig gebracht hätten. Drum bin ich auch mißgelaunt, und bestimmt werde ich dem Chevalier eine Szene machen, wenn er kommt. Ich rate ihm, ja recht lieb und sanft mit mir zu sein; denn in meiner augenblicklichen Stimmung braucht es gar nicht viel, und ich gebe ihm den Laufpaß. Ich bin sicher, wenn ich vernünftig genug wäre, ihn jetzt gleich zu verlassen, er wäre ganz verzweifelt darüber. Und nichts macht mir so viel Spaß, wie wenn einer aus Liebe verzweifeln will. Er würde mich treulos schelten, und das Wort »treulos« hat für mich immer etwas überaus Spaßiges; Treulosigkeit klingt, abgesehen vom Vorwurf der Grausamkeit, für das Ohr einer Frau am angenehmsten, und zudem kostet es weit weniger Mühe, diesen Anwurf zu verdienen. Im Ernst, ich will mich um diesen Bruch etwas näher kümmern. Und daran sind Sie wieder schuld! So binde ich es denn auch Ihnen aufs Gewissen. Leben Sie wohl. Empfehlen Sie mich dem Gebet Ihrer Präsidentin.

Paris, am 7. August 17..

6. BRIEF

Der Vicomte de Valmont an die Marquise de Merteuil

Es gibt also keine Frau, die ihre Macht nicht ausnützt, wenn sie einmal verstanden hat, so viel Einfluß zu bekommen! Sogar Sie – wie oft nannte ich Sie nicht meine nachsichtige Freundin! –, auch Sie wollen es nicht weiter bleiben, und Sie scheuen sich nicht, mich in der Frau anzugreifen, der meine Neigung gilt! Mit was für Zügen Sie sich erkühnen, Madame de Tourvel zu zeichnen!... Welcher Mann hätte dieses vermessene Wagnis nicht mit seinem Leben bezahlen müssen? Welcher anderen Frau hätte es nicht zum mindesten eine recht unsanfte Abfuhr eingetragen? Ich bitte Sie, stellen Sie mich nie mehr so hart auf die Probe! Ich könnte mich nicht dafür verbürgen, daß ich sie bestehen würde. Im Namen der Freundschaft, warten Sie, bis ich diese Frau gehabt habe, wenn Sie unbedingt über sie lästern wollen. Wissen Sie nicht, daß einzig die Wollust das Recht hat, der Liebe die Binde zu lösen?

Doch was sage ich? Hat Madame de Tourvel es denn überhaupt nötig, äußerlich zu blenden? Nein; sie ist schon anbetungswürdig, wenn sie sich ganz einfach so gibt, wie sie ist. Sie werfen ihr vor, sie ziehe sich schlecht an. Das glaube ich wohl. Aller Schmuck und jeglicher Putz steht ihr nicht. Alles, was sie verhüllt, verunstaltet sie. Erst wenn sie sich wohl fühlt, in ihren Hauskleidern, ist sie wahrhaft hinreißend schön. Dank der drückenden Hitze, die wir gegenwärtig haben, enthüllt mir ein schlichtes Hausgewand aus Leinenstoff ihre mollige, geschmeidige Gestalt. Ein einziger Musselinschleier bedeckt ihren Busen, und meine verstohlenen Blicke, die freilich recht tief dringen, haben bereits seine zauberhaft schönen Formen erhascht. Sie sagen, ihr Gesicht habe keinerlei Ausdruck. Und was sollte es denn ausdrücken, da noch nichts zu ihrem Herzen spricht? Zugegeben, sie hat so gar nicht, wie unsere gefallsüchtigen Frauen, den unaufrichtigen Blick, der zuweilen verführt, uns aber immer hinters Licht führt. Sie versteht die Leere einer nichtssagenden Redensart nicht mit einem wohlberechneten und eingelernten Lächeln zu übertünchen. Und wenn sie auch die schönsten Zähne hat, die's nur geben kann, so lacht sie doch nur, wenn ihr etwas Spaß macht. Aber man muß einmal sehen, wie sie beim übermütigen Spiel ein Bild unbefangener, unverstellter Fröhlichkeit bietet! Wie sie sich um einen Unglücklichen bemüht, ihm hilft und dabei vor reiner Herzensfreude und erbarmender Güte geradezu strahlt! Vor allem aber muß man sehen, wie beim geringsten Wort des Lobes oder bei der verhülltesten Schmeichelei sich auf ihrem himmlisch reinen, schönen Antlitz eine rührend befangene Bescheidenheit malt, die durchaus nicht etwa gespielt ist! ... Sie ist ein bißchen zimperlich und sehr fromm, und darum glauben Sie, sie sei kalt und gefühllos? Da denke ich aber ganz anders. Was muß man nicht für eine erstaunliche Gefühlswärme besitzen, wenn man sie sogar auf seinen Ehemann übertragen kann, wenn man's fertigbringt, einen Menschen immerwährend liebzubehalten, der dauernd abwesend ist? Welch stärkeren Beweis könnten Sie noch verlangen? Und doch habe ich mir einen zu verschaffen gewußt.

Ich lenkte ihren Spaziergang absichtlich an einer Stelle vorbei, wo sie über einen Graben steigen mußte. Und wenn sie auch recht flink und gewandt ist, so ist sie andererseits wieder überaus schüchtern. Sie können sich denken, daß eine derart keusche Frau allerhand Angst haben muß, den Sprung ins Ungewisse zu wagen. So mußte sie sich wohl oder übel mir anvertrauen, und ich habe diesen Ausbund von Ehrbarkeit in meinen Armen gehalten! Über die umständlichen Anstalten, die wir trafen, und über die Art, wie meine alte Tante über den Graben kletterte, mußte die mutwillige Betschwester laut herauslachen. Doch sobald ich sie in meinen Armen hielt, umschlangen sich – dank einer Ungeschicklichkeit, die ich überaus geschickt beging – unsere Arme gegenseitig. Ich drückte ihren Busen gegen meine Brust. Und in dieser kurzen Zeitspanne fühlte ich, wie ihr Herz rascher schlug. Eine anmutige Röte überzog wieder ihr Gesicht, und ihre sittsame Verlegenheit verriet mir, *daß ihr Herz vor Liebe und nicht aus Angst so heftig geklopft hatte.* Meine Tante hingegen täuschte sich genauso wie Sie. Sie sagte nämlich: »Das Kind hat sich gefürchtet.« Doch die bezaubernde Aufrichtigkeit des »Kindes« gestattete ihr nicht zu lügen, und sie gab ganz arglos zur Antwort: »O nein, aber ...« Dieses einzige Wort machte mir alles klar. Von diesem Augenblick an trat an die Stelle grausamer Unrast süße Hoffnung. Diese Frau werde ich bekommen. Ich nehme sie dem Manne weg, der sie entweiht! Ich werde mich erkühnen, sie sogar dem Gott zu entreißen, den sie anbetet. Wie muß das etwas unsagbar Köstliches sein, abwechselnd Anlaß ihrer Gewissensqualen zu sein und dann wieder über sie zu siegen. Ferne sei von mir der Gedanke, alle die Vorurteile auszutilgen, in denen sie befangen ist! Sie tragen nur noch zu meinem Glück und zu meinem Ruhme bei. Mag sie meinethalben an die Tugend glauben, aber sie muß sie mir zum Opfer bringen. Ihre Verfehlungen müssen sie in grausendes Entsetzen stürzen, ohne sie aber aufhalten zu können. Tausendfache Schrecknis muß sie ängstigen; doch sie darf sie nicht vergessen können, sie soll sie nur in meinen Armen überwinden! Erst dann darf sie meinethalben zu mir sagen: »Ich bete dich an!« Sie allein unter allen Frauen wird würdig sein, diese Worte auszusprechen. Dann bin ich wahrhaft der Gott, dem sie den Vorrang gegeben hat.

Seien wir aufrichtig. Was wir so leichtfertig, obenhin und kaltblütig miteinander abgekartet haben, was uns dabei als Glück erschien, ist doch eigentlich nicht einmal ein Vergnügen. Soll ich's Ihnen sagen? Ich glaubte, mein Herz sei verbraucht und verblüht, und da ich bloß noch Sinnlichkeit zu verspüren wähnte, klagte ich über vorzeitiges Altern. Madame de Tourvel hat mir den ganzen Zauber, alle Illusionen der Jugend wiedergegeben. Bin ich bei ihr, dann brauche ich keinerlei Sinnesgenuß und bin doch glücklich. Das einzige, was mich abschreckt, ist die Zeit, die ich an dieses Abenteuer wenden muß. Denn ich wage nicht, irgend etwas dem Zufall zu überlassen. Umsonst lasse ich mir meine erfolgreichen, tollkühnen Streiche durch den Kopf gehen, ich kann mich einfach nicht entschließen, sie ins Werk zu setzen. Damit ich wahrhaft glücklich sein kann, muß sie sich hingeben. Und das ist keine Kleinigkeit.

Ich bin sicher, Sie werden mein behutsames Vorgehen bewundern. Ich habe noch kein einziges Mal von Liebe gesprochen. Aber wir sind bereits so weit, daß wir von Vertrauen und Anteilnahme reden. Um sie so wenig wie möglich zu täuschen, und vor allem, um den Auswirkungen des Geredes, das bis zu ihr dringen könnte, vorzubeugen, habe ich ihr selber – natürlich tat ich, als mache ich mir darüber heftige Vorwürfe! – ein paar von meinen bekanntesten Streichen gebeichtet. Sie würden lachen, wenn Sie sehen könnten, mit welcher Herzenseinfalt sie mir predigt. Sie wolle mich bekehren, sagt sie. Sie ahnt ja noch nicht, was sie dieser Versuch kosten wird. Mit keinem Gedanken denkt sie daran, daß sie mit ihrem »Eintreten für die Unglücklichen, die ich ins Verderben gestürzt habe« – um ihre eigenen Worte zu gebrauchen –, im voraus in eigener Sache spricht. Dieser Gedanke fuhr mir gestern mitten in einer Predigt, die sie mir hielt, durch den Kopf, und ich konnte mir das Vergnügen nicht versagen, ihr ins Wort zu fallen und ihr zu versichern, sie rede wie ein Prophet. Leben Sie wohl, wunderschöne Freundin. Sie sehen, ich bin noch nicht rettungslos verloren.

PS. Dabei fällt mir ein: Hat sich der arme Chevalier nun eigentlich aus lauter Verzweiflung umgebracht? Wahrhaftig, Sie sind hundertmal gemeiner und verdorbener, als ich's bin, und wäre ich auch nur ein bißchen eingebildet, könnten Sie mich wirklich beschämen.

Auf Schloß ..., am 9. August 17..

7. BRIEF

*Cécile Volanges an Sophie Carnay**

Wenn ich Dir nichts von meiner Heirat geschrieben habe, liegt es nur daran, daß auch ich nicht mehr darüber weiß als am ersten Tag. Ich gewöhne mich daran, überhaupt nicht mehr daran zu denken, und es ist mir bei meiner jetzigen Lebensweise eigentlich ganz wohl. Ich übe mich eifrig im Singen und Harfenspielen. Mich dünkt, ich singe und spiele noch lieber, seit ich keinen Lehrer mehr habe, oder vielmehr seitdem ich einen bessern bekommen habe. Der Chevalier Danceny, der Herr, von dem ich Dir geschrieben habe, mit dem zusammen ich bei Madame de Merteuil gesungen habe, kommt freundlicherweise täglich hierher und singt stundenlang mit mir. Er ist äußerst liebenswürdig. Er singt himmlisch schön und komponiert recht gefällige Lieder, zu denen er auch die Worte verfaßt hat. Es ist nur gar zu schade, daß er Malteserritter ist! Mir scheint, wenn er sich verheiraten könnte, seine Frau wäre sehr glücklich ... Er ist bezaubernd liebenswürdig und so sanft. Nie hat man den Eindruck, er wolle einem Komplimente machen, und doch schmeichelt einem alles, was er sagt. Fortwährend hat er etwas an mir auszusetzen, bald ist es ihm nicht recht, wie ich musiziere, dann wieder paßt ihm etwas anderes nicht. Aber wenn er etwas aussetzt, dann tut er es mit so viel Anteilnahme und auf eine so lustige Art, daß man ihm unmöglich gram sein kann. Nur wenn er einen anschaut, dann sieht es immer aus, als wolle er etwas Verbindliches sagen. Dazu kommt noch, daß er überaus diensteifrig ist. Gestern zum Beispiel war er zu einem großen Konzert eingeladen; aber er ist lieber den ganzen Abend bei Mama geblieben. Das hat mich sehr gefreut. Denn wenn er nicht da ist, dann redet kein Mensch mit mir, und ich langweile mich. Doch wenn er hier ist, singen wir zusammen und plaudern angeregt. Er weiß mir immer etwas zu erzählen. Er und Madame de Merteuil sind die beiden einzigen Menschen, die ich liebenswürdig finde. Leb nun wohl, liebste Freundin. Ich habe versprochen, ich werde für heute abend ein kleines Lied lernen, dessen Begleitung sehr schwierig ist, und ich möchte mein Wort nicht brechen. Ich muß mich gleich wieder ans Üben machen, bis er kommt.

Am 7. August 17..

* Um die Geduld des geneigten Lesers nicht allzusehr auf die Probe zu stellen, lassen wir verschiedene Briefe aus diesem täglichen Briefwechsel weg und drucken bloß diejenigen ab, die zum Verständnis der Ereignisse notwendig sind. Aus demselben Grund lassen wir auch sämtliche Briefe der Sophie Carnay weg, desgleichen manche andere, die von handelnden Personen dieser Geschichte geschrieben wurden.

8. BRIEF

Die Präsidentin de Tourvel an Madame de Volanges

Man kann unmöglich empfängerlicher sein, als ich es bin, gnädige Frau, für das Vertrauen, das Sie mir bezeigen, und man kann auch nicht innigeren Anteil an Fräulein de Volanges' Verheiratung nehmen. Von ganzem Herzen wünsche ich ihr das Glück, das sie verdient, daran zweifle ich nicht. Ich kann mich da ja ruhig auf Ihre Voraussicht verlassen. Zwar kenne ich den Herrn Grafen de Gercourt nicht; doch da Sie ihn mit Ihrer Wahl beehrt haben, kann ich mir von ihm nur eine höchst günstige Vorstellung machen. So begnüge ich mich damit, gnädige Frau, dieser Ehe einen ebenso glücklichen Ausgang zu wünschen wie meiner eigenen, die ja gleichfalls Ihr Werk ist. Mit jedem neuen Tag wächst meine Dankbarkeit für Ihre Ehestiftung. Möge Ihres Fräulein Tochter Glück der Lohn für das Glück sein, zu dem Sie mir verholfen haben. Und möchte doch die beste aller Freundinnen auch die allerglücklichste Mutter sein können!

Es tut mir unsäglich leid, daß ich Ihnen diesen Wunsch nicht mündlich darbringen kann, und ich bedaure es unendlich, daß ich nicht so bald, wie ich es wünschte, mit Fräulein de Volanges Bekanntschaft schließen darf. Nachdem ich Ihre Beweise wahrhaft mütterlicher Liebe erfahren habe, hoffe ich mit Recht, sie werde mir die zärtliche Freundschaft einer Schwester entgegenbringen. Ich bitte Sie, gnädige Frau, verwenden Sie sich in meinem Namen bei ihr zu meinen Gunsten, bis ich einmal in der Lage bin, ihre Liebe auch wirklich zu verdienen.

Ich gedenke auf dem Lande zu bleiben, solange Herr de Tourvel abwesend ist. Ich habe mir diese Zeit eingeräumt, um die Gesellschaft der verehrungswürdigen Madame de Rosemonde so recht auszukosten. Sie ist immer noch eine bezaubernd reizende alte Dame. Ihr hohes Alter beeinträchtigt sie nicht im mindesten. Sie ist noch im Besitz ihrer vollen Gedächtniskraft und ihrer alten Fröhlichkeit. Nur ihr Körper ist achtzig Jahre alt; ihr Geist ist immer noch zwanzigjährig.

Unsere Abgeschiedenheit wird von ihrem Neffen, dem Vicomte de Valmont, aufs angenehmste erheitert; er ist so liebenswürdig und opfert uns ein paar Tage. Ich kenne ihn bloß seinem Ruf nach, und was ich über ihn gehört hatte, das ließ in mir nicht sonderlich den Wunsch aufkommen, ihn näher kennenzulernen. Doch scheint mir, er sei besser als sein Ruf. Hier, wo ihn der Trubel der Gesellschaft nicht verwöhnt und verdirbt, redet er mit geradezu erstaunlicher Mühelosigkeit ganz vernünftige Dinge, und er gibt das Unrecht, das er begangen hat, mit seltener Aufrichtigkeit zu. Er schließt mir mit großem Vertrauen sein Herz auf, und ich rede ihm streng ins Gewissen. Sie kennen ihn ja, und Sie müssen doch zugeben, es wäre schön, wenn wir ihn bekehren könnten. Doch ich zweifle nicht daran, trotz all seinen Versprechungen hat er in Paris schon nach acht Tagen alle meine Vorwürfe wieder völlig vergessen. So ist wenigstens sein hiesiger Aufenthalt seinem gewöhnlichen Verhalten gutzuschreiben. Und ich bin überzeugt, wenn man seine Lebensweise berücksichtigt, so ist das Beste, was er noch tun kann, daß er überhaupt nichts tut. Er weiß, daß ich jetzt gerade dabei bin, Ihnen zu schreiben, und hat mir aufgetragen, Ihnen seine verehrungsvollen Grüße zu übermitteln. Nehmen auch Sie meine ehrerbietige Hochachtung mit der Güte entgegen, die ich an Ihnen kenne, und zweifeln Sie nie an den aufrichtigen Gefühlen, mit denen ich die Ehre habe zu verbleiben usw.

Auf Schloß ..., am 9. August 17..

9. BRIEF

Madame de Volanges an die Präsidentin de Tourvel

Ich habe nie an Ihrer Freundschaft mir gegenüber gezweifelt, meine junge, schöne Freundin, noch an der aufrichtigen Teilnahme, die Sie allem, was mich angeht, bezeigen. So schreibe ich Ihnen denn auch nicht, um diesen Punkt, über den wir, denke ich, für alle Zeit einig sind, aufzuklären, sondern ich glaube es mir nicht versagen zu dürfen, mit Ihnen ein wenig über den Vicomte de Valmont zu plaudern.

Ich gestehe Ihnen offen, ich war nicht darauf gefaßt, jemals in Ihren Briefen auf diesen Namen zu stoßen. In der Tat: was können Sie und er Gemeinsames haben? Sie kennen diesen Menschen nicht. Wo sollten Sie auch die Vorstellung von einem Wüstling herhaben? Sie sprechen von seiner *seltenen Aufrichtigkeit.* O ja! Valmonts Aufrichtigkeit muß wirklich etwas überaus Rares sein! Er ist noch viel hinterhältiger und gefährlicher, als er liebenswürdig und verführerisch sein kann. Seit seiner frühesten Jugend hat er nicht einen Schritt getan, kein einziges Wort gesprochen, ohne daß er damit eine Absicht verfolgte, und nie hatte er einen Plan, der nicht unanständig oder gar verbrecherisch gewesen wäre. Teure Freundin, Sie kennen mich doch. Sie wissen, von allen Tugenden, die ich mich zu erwerben bemühe, ist Nachsicht mir die liebste. Darum, wäre Valmont von irgendwelchen übermächtigen Leidenschaften mit fortgerissen, wäre er wie tausend andere von den Irrtümern seines Alters verblendet und verführt, so würde ich seine Aufführung zwar tadeln, ihn selber aber beklagen, und ich würde, ohne ein Wort zu sagen, abwarten, bis ihm eine glückliche Wandlung die Achtung aller anständigen Leute wieder einbrächte. Doch Valmont ist nicht so. Sein Verhalten ist bloß das Ergebnis seiner Grundsätze. Er weiß genau zu berechnen, wieviel Greuel und Niederträchtigkeiten er begehen kann, ohne sich Unannehmlichkeiten zuzuziehen; und damit er, ohne Gefahr zu laufen, grausam und böse sein kann, hat er sich die Frauen zu Opfern auserkoren. Ich halte mich gar nicht erst dabei auf, alle die Frauen aufzuzählen, die er verführt hat. Doch wie viele hat er nicht in Unglück und Verderben gestürzt! Bei dem abgeklärten, zurückgezogenen Leben, das Sie führen, dringen solche anstößigen Abenteuer nicht bis zu Ihnen. Ich könnte Ihnen Dinge erzählen, bei denen Sie erschauern würden. Aber Ihre Blicke, die rein sind wie Ihre Seele, würden von solch krassen Bildern besudelt. Da Sie ja sicher sind, daß Ihnen Valmont niemals gefährlich werden kann, haben Sie solche Waffen zu Ihrer Verteidigung nicht nötig. Das einzige, was ich Ihnen zu sagen habe, ist das: Unter allen Frauen, um die er sich, mit oder ohne Erfolg, bemüht hat, ist nicht eine einzige, die es nicht bitter bereut hätte! Einzig Madame de Merteuil bildet von dieser allgemeinen Regel eine Ausnahme. Sie allein hat es verstanden, ihm zu widerstehen und seiner Niedertracht Einhalt zu gebieten. Ich gebe zu, dieser Zug in ihrem Leben macht ihr in meinen Augen am meisten Ehre. So hat er denn auch genügt, sie in aller Augen reinzuwaschen, so manchen Seitensprung man ihr auch zu Beginn ihres Witwentums vorgeworfen hatte*.

Doch sei dem, wie ihm wolle, meine schöne Freundin: Alter, Erfahrung und vor allem meine Freundschaft zu Ihnen geben mir das Recht, Ihnen vor Augen zu halten, daß Valmonts Abwesenheit allgemach in der Gesellschaft auffällt, und wenn man erfährt, daß er einige Zeit mit seiner Tante und Ihnen selbdritt verbracht hat, dann ist Ihr guter Ruf völlig in seiner Hand. Das ist das schlimmste Unglück, das einer Frau zustoßen kann. Ich rate Ihnen also: Veranlassen Sie seine Tante, ihn nicht länger zurückzuhalten. Und will er dann unbedingt bleiben, dann – glaub' ich – dürfen Sie nicht lange zögern, sondern müssen ihm das Feld räumen. Doch weshalb sollte er auch bleiben? Was tut er denn dort auf dem Lande? Wenn Sie sein Tun und Treiben überwachen ließen, würden Sie bestimmt entdecken, daß er bloß einen bequemeren Unterschlupf gesucht hat, um in der Umgebung eine Niederträchtigkeit auszuführen, die er ausgeheckt hat. Da es uns aber unmöglich ist, dem Unheil zu steuern, geben wir uns damit zufrieden, uns dagegen zu schützen.

Leben Sie wohl, schöne Freundin. Nun verzögert sich die Heirat meiner Tochter wieder ein wenig. Der Graf de Gercourt, den wir jeden Tag erwarteten, läßt mir sagen, sein Regiment sei nach Korsika verlegt worden. Und da immer noch mancherlei Kriegswirren herrschen, wird es ihm unmöglich sein, vor dem Winter frei zu werden. Das kommt mir recht ungelegen; aber es läßt mir auch die Hoffnung, daß wir Sie bei der Hochzeit sehen dürfen. Es tat mir wirklich leid, daß Sie nicht dabeisein sollten. Leben Sie wohl. Ich bin rückhaltlos die Ihre, und das ist keine leere Redensart!

PS. Bringen Sie mich, bitte, bei Madame de Rosemonde wieder in Erinnerung. Ich liebe sie immer noch so, wie sie's verdient.

Am 11. August 17..

* Der Irrtum, in dem sich Madame de Volanges befindet, zeigt uns, daß Valmont, wie auch die andern Bösewichte, seine Mitschuldigen nicht verriet.

10. BRIEF

Die Marquise de Merteuil an den Vicomte de Valmont

Grollen Sie mir, Vicomte? Oder sind Sie gar gestorben? Oder – das sähe Ihnen ja wieder ähnlich! – leben Sie nur noch für Ihre Präsidentin? Diese Frau, die Ihnen *alle Illusionen Ihrer Jugend wiedergegeben* hat, wird Ihnen demnächst auch die lächerlichen Vorurteile Ihrer Jugend wiedergeben. Bereits sind Sie ja schüchtern und sklavisch unterwürfig. Ebensogut könnten Sie auch verliebt sein. Sie verzichten auf »Ihre erfolgreichen tollkühnen Streiche«. Somit gehen Sie ohne Ihre Grundsätze vor, Sie überlassen alles dem Zufall oder vielmehr irgendwelcher Schrulle. Haben Sie denn ganz vergessen, daß die Liebe – wie die ärztliche Kunst – nichts anderes ist als *die Kunst, der Natur nachzuhelfen?* Sie sehen, ich schlage Sie mit Ihren eigenen Waffen. Aber ich werde mir gar nichts darauf einbilden; denn damit schlage ich ja nur einen Mann, der schon am Boden liegt. »Sie muß sich hingeben«, sagen Sie mir. Ei, natürlich muß sie das! Darum wird sie sich auch hingeben wie alle andern, mit dem bloßen Unterschied, daß sie's mit recht wenig Anmut tun wird. Doch damit sie sich am Ende hingibt, ist das allerbeste Mittel, daß man sie zuerst einmal nimmt. Was ist doch diese lächerliche Unterscheidung für ein echtes Gefasel von Verliebten! Ich sage ausdrücklich: von Verliebten. Denn Sie sind verliebt! Wollte ich anders zu Ihnen reden, ich müßte treulos an Ihnen handeln; ich würde Ihnen ja Ihr Leiden verheimlichen. Sagen Sie mir doch, Sie schmachtender Liebhaber, glauben Sie denn, Sie haben alle die Frauen, die Sie besessen haben, vergewaltigt? Doch man mag noch so große Lust verspüren, sich hinzugeben, man mag es noch so eilig damit haben, es braucht dazu auch noch einen Anlaß, einen Vorwand. Und gibt's denn einen bequemeren für uns, als wenn wir uns stellen, als tue man uns Gewalt an? Was mich angeht, gestehe ich Ihnen, es gibt für mich kaum etwas Schmeichelhafteres als einen flotten, gut durchgeführten Angriff, bei dem alles schön in der Ordnung, wenn auch rasch vonstatten geht, bei dem wir nie in die peinliche Lage kommen, selber eine Ungeschicklichkeit wieder gutmachen zu müssen, die uns im Gegenteil hätte zugute kommen müssen. Er soll nach einer Vergewaltigung aussehen, sogar wenn wir gewähren und willfährig sind; er muß geschickt unsere beiden liebsten, sehnlichsten Wünsche kitzeln: den Stolz auf unsere Gegenwehr und die Lust an unserem Unterliegen. Ich gebe zu, diese Gabe ist seltener zu finden, als man glaubt, und sie hat mir immer Spaß gemacht, selbst dann, wenn sie mich nicht eigentlich verführt hat, und es ist mir zuweilen vorgekommen, daß ich mich einzig zum Lohn für dieses Vergnügen ergeben habe. So ähnlich verlieh an unseren Turnieren ehemals die Schönheit den Preis für Tapferkeit und Gewandtheit.

Sie aber, Sie sind ja nicht mehr Sie selber! Sie benehmen sich, als hätten Sie Angst, Sie könnten es doch noch so weit bringen. Ei, seit wann reisen Sie denn in kleinen Tagesmärschen und auf Nebenwegen? Bester Freund, wenn man ans Ziel gelangen will, muß man Postpferde und die breite Landstraße benützen. Doch lassen wir dieses Thema, das mir um so mehr mißfällt, als es mich des Vergnügens beraubt, Sie zu sehen. Schreiben Sie mir zum mindesten häufiger als bisher, und halten Sie mich über Ihre Fortschritte auf dem laufenden. Wissen Sie, daß diese lächerliche Liebelei Sie nunmehr bereits seit vierzehn Tagen in Anspruch nimmt? Daß Sie Ihre Freunde sträflich vernachlässigen?

Dabei fällt mir ein: Sie sind wie die Leute, die sich regelmäßig bei ihren kranken Freunden nach ihrem Befinden erkundigen lassen, aber jedesmal vergessen, die Auskunft zu erfragen. Ihren letzten Brief schließen Sie mit der Frage, ob der Chevalier verstorben sei. Darauf gebe ich Ihnen keine Antwort, und Sie kümmern sich nicht weiter drum. Wissen Sie denn nicht mehr, daß mein Liebster jeweils ganz selbstverständlich auch Ihr Freund ist? Doch seien Sie ganz beruhigt: er ist nicht gestorben. Oder wenn er es wäre, dann bestimmt nur aus übergroßer Freude. Der arme Chevalier! Wie zärtlich er ist! Wie geschaffen zur Liebe! Wie weiß er lebhaft zu empfinden! Es wird mir dabei ganz wirr im Kopf! Im Ernst, das Übermaß an Glück, das er in meiner Liebe findet, erweckt in mir echte Anhänglichkeit, und ich bin ihm aufrichtig zugetan.

Am gleichen Tag, als ich Ihnen schrieb, ich werde den Abbruch unserer Beziehungen betreiben, wie glücklich machte ich ihn da! Gleichwohl überlegte ich mir allen Ernstes, mit welchen Mitteln ich ihn zur Verzweiflung treiben könnte; da meldete man ihn. War's Laune, oder hatte ich einen Grund dafür, jedenfalls schien mir, er habe noch gar nie so gut ausgesehen. Immerhin empfing ich ihn recht mißgelaunt. Er hatte gehofft, er könne zwei Stunden mit mir verbringen, bevor meine Tür den andern Gästen geöffnet würde. Ich sagte ihm, ich müsse gleich nachher ausgehn. Er fragte mich, wohin ich gehe. Ich weigerte mich, ihm darüber Auskunft zu geben. Er bestand darauf. »Dahin, wo Sie nicht sind!« erwiderte ich scharf. Zu seinem Glück war er über diese Antwort geradezu versteinert; denn hätte er auch nur ein Wort erwidert, so hätte es unfehlbar den Bruch zur Folge gehabt, den ich plante. Voll Verwunderung über sein Stillschweigen blickte ich ihn an. Ich schwöre Ihnen, ich hatte keine andere Absicht, als das Gesicht anzusehen, das er dabei machte. Da sah ich auf seinem berükkend schönen Gesicht jene tiefe und gleichzeitig zärtliche Traurigkeit, der so schwer zu widerstehen ist – wie Sie ja selber zugeben mußten. Die gleiche Ursache brachte dieselbe Wirkung hervor. Ich erlag auch diesmal wieder. Von diesem Augenblick an dachte ich bloß noch an eine Ausrede, mit der ich's vermeiden konnte, daß er mich ins Unrecht setzte. »Ich gehe in Geschäften aus«, sagte ich etwas freundlicher zu ihm, »und was ich zu erledigen habe, geht Sie sogar recht viel an. Doch fragen Sie mich nicht weiter danach. Ich speise zu Hause. Kommen Sie wieder her, dann sollen Sie alles erfahren.« Da fand er die Sprache wieder. Doch ich erlaubte ihm nicht zu sprechen. »Ich habe es sehr eilig«, fuhr ich fort. »Lassen Sie mich. Auf Wiedersehen heute abend.« Da küßte er mir die Hand und ging fort.

Daraufhin entschloß ich mich unverweilt, um ihn für seinen ausgestandenen Schreck schadlos zu halten und vielleicht auch zu meiner eigenen Entschädigung, ihn mit meinem Absteigequartier bekannt zu machen, von dem er natürlich keine Ahnung hatte. Ich rief meine treue Victoire. Ich schützte eine Migräne vor, wie gewöhnlich, und ging zu Bett – wenigstens glaubten das meine Dienstboten. Und als ich endlich mit ihr allein war, verkleidete sie sich als Lakai, während ich mich wie ein Kammermädchen anzog. Dann ließ sie einen Mietwagen an der Gartenpforte vorfahren, und schon waren wir unterwegs. Als ich hernach in meinem Liebestempel angelangt war, wählte ich das galanteste Hausgewand. Es ist entzückend; ich habe es mir selber ausgedacht. Es gibt nichts preis und läßt doch alles ahnen. Ich verspreche Ihnen eine Kopie für Ihre Präsidentin, sobald Sie einmal mit ihr so weit sind, daß sie würdig ist, es zu tragen.

Nach diesen Vorbereitungen und während Victoire sich um alles weitere kümmerte, las ich ein Kapitel aus dem *Sopha*, einen Brief der Heloise und zwei Versgeschichten von La Fontaine, um die verschiedenen Gefühlstöne aufzufrischen, die ich anschlagen wollte. Indessen war mein Chevalier mit seiner gewohnten Zuvorkommenheit zur Stelle. Mein Diener läßt ihn nicht ein und teilt ihm mit, ich sei unpäßlich. Erster Zwischenfall. Zur gleichen Zeit übergibt er ihm ein Briefchen von mir, das aber nicht meine Handschrift trägt, wie ich mir's vorsichtigerweise zur Regel gemacht habe. Er reißt es auf und findet, in Victoires Handschrift: »Punkt neun Uhr auf dem Boulevard vor den Kaffeehäusern.« Er verfügt sich dorthin; ein kleiner Lakai, den er nicht kennt oder wenigstens nicht zu kennen glaubt, kommt auch dorthin und eröffnet ihm, er müsse seinen Wagen fortschikken und mit ihm gehen. – Es war wieder Victoire. – Diese ganze romanhafte Aufmachung brachte ihn beträchtlich in Harnisch, und ein erhitzter Kopf kann ja nicht schaden. Schließlich langte er an, Überraschung und Liebe versetzten ihn in eine wahre Verzauberung. Um ihm Zeit zu geben, sich von seinem fassungslosen Staunen zu erholen, gingen wir eine Weile in meinem Lustwäldchen spazieren. Hernach führte ich ihn ins Haus zurück. Zuerst sieht er zwei Gedecke aufgelegt, dann ein gerüstetes Bett. Wir gingen weiter bis ins Boudoir, das in seiner ganzen Pracht prangte. Dort angelangt, schlang ich, halb war es wohlüberlegte Absicht, halbwegs ließ ich mich von meinem Gefühl hinreißen, die Arme um ihn und ließ mich vor ihm auf die Knie nieder. »O mein lieber Freund«, sagte ich zu ihm, »ich wollte dich überraschen und dir diesen Augenblick aufsparen, und jetzt mache ich mir Vorwürfe, weil ich dich mit meiner vorgetäuschten schlechten Laune gekränkt und betrübt habe. Vergib mir, was ich dir angetan habe. Ich will mein Unrecht mit treuer, unermüdlicher Liebe wieder gutmachen und abbüßen.« Sie können sich denken, welchen Eindruck diese gefühlvolle Rede auf ihn machen mußte. Überglücklich hob mich der Chevalier auf, und die Verzeihung ward auf derselben Ottomane besiegelt, auf der wir beide, Sie und ich, so ausgelassen auf die nämliche Art unsere Trennung für ewig besiegelt hatten.

Da wir sechs Stunden vor uns hatten, die wir zusammen verbringen konnten, da ich mir zudem vorgenommen hatte, diese Zeit müsse für ihn zu einem unvergeßlichen, köstlichen Erlebnis werden, schonte ich ihn und mäßigte seine Glut, und anstelle zärtlicher Lust hoben wir an, liebenswürdig miteinander zu schäkern und verliebt zu plaudern. Ich glaube nicht, daß ich mir jemals so redlich Mühe gegeben habe, einem Mann zu gefallen, noch war ich je mit mir so zufrieden. Nach dem Souper gab ich mich abwechselnd kindlich unvernünftig und dann wieder verständig, bald war ich ausgelassen, bald gefühlvoll, zuweilen sogar leichtfertig und dirnenhaft herausfordernd, und gefiel mir darin, ihn mir als Sultan inmitten seines Serails vorzustellen, dessen verschiedene Favoritinnen ich der Reihe nach spielte. Und wirklich wurden auch seine widerholten Huldigungen zwar jedesmal von der gleichen Frau entgegengenommen, aber immer wieder von einer anderen, neuen Geliebten genossen.

Bei Tagesanbruch mußten wir uns schließlich trennen. Und was er auch sagte, was er sogar unternahm, um mir das Gegenteil zu beweisen, er hatte eine Ruhepause so nötig, wie er andererseits nicht das geringste Verlangen danach verspürte. Im Augenblick, als wir fortgingen, und als letztes Lebewohl, nahm ich den Schlüssel zu diesem Glückstempel und überreichte ihn ihm. »Ich habe ihn nur für Sie eingerichtet«, sagte ich zu ihm, »so ist es bloß recht und billig, daß Sie darüber verfügen. Dem Opferpriester gebührt das Verfügungsrecht über das Heiligtum.« Mit diesem geschickten Kniff kam ich allen Überlegungen zuvor, die ihm unter Umständen der Besitz eines Absteigequartiers hätte eingeben können. Denn so etwas ist ja immer verdächtig! Ich kenne ihn gut genug, um sicher sein zu können, daß er es nur mit mir zusammen benutzen wird. Und sollte mich Lust und Laune ankommen, ohne ihn einmal hinzugehen, so habe ich ja noch einen Nachschlüssel. Er wollte noch mit aller Gewalt einen Tag vereinbaren, an dem wir uns hier wieder treffen sollten. Aber ich liebe ihn immer noch zu sehr, als daß ich ihn so rasch abnützen möchte. Man darf sich Ausschweifungen nur mit Männern erlauben, die man bald wieder verlassen will. Das weiß er nicht; zu seinem Glück weiß ich es aber für uns beide.

Ich merke eben, daß es drei Uhr früh ist und daß ich inzwischen einen ganzen Band zusammengeschrieben habe, obschon ich eigentlich nur ein paar Worte schreiben wollte. So groß ist der Zauber einer vertrauensvollen Freundschaft: Er ist der Grund dafür, daß ich Sie immer noch am liebsten habe. Doch, die Wahrheit zu sagen, der Chevalier gefällt mir besser.

Am 12. August 17..

11. BRIEF

Die Präsidentin de Tourvel an Madame de Volanges

Ihr strenger, ernster Brief hätte mich vielleicht erschreckt, gnädige Frau, wenn ich hier nicht zum Glück weit mehr Gründe für meine Sicherheit gefunden hätte, als Sie mir Anlaß zu Ängsten gegeben haben. Dieser furchteinflößende Herr de Valmont, der offenbar der Schrecken sämtlicher Frauen ist, scheint seine mörderischen Waffen niedergelegt zu haben, ehe er dieses Schloß betrat. Er denkt nicht im mindesten daran, irgendwelche Pläne auszuhecken; er hat sogar alle seine Ansprüche zu Hause gelassen, und sein Ruf als Schwerenöter und liebenswürdiger Mensch, den ihm ja sogar seine Feinde lassen, kommt hier fast überhaupt nicht zur Geltung, und er ist gar nichts weiter als ein lieber, guter Kerl. Offensichtlich hat die gute Landluft dies Wunder vollbracht. Was ich Ihnen aber versichern kann, ist folgendes: Ununterbrochen war er bisher mit mir zusammen, und es sah auch ganz so aus, als fühle er sich dabei sehr wohl, und doch ist ihm kein Wort entschlüpft, das nach Liebe aussah, er hat sich keine einzige von den Redensarten herausgenommen, die sich sonst alle Männer erlauben, ohne daß sie, wie er, alles besäßen, was ihnen das Recht dazu verliehe. Nie zwingt er einen zu der abweisenden Zurückhaltung, die jede Frau, die etwas auf sich hält, heutzutage beobachten muß, wenn sie die Männer rings um sich her im Zaum halten will. Er versteht es, die ausgelassene Stimmung, die er verbreitet, nicht im geringsten auszunützen. Vielleicht redet er einem ein bißchen gar zu schön nach dem Mund. Aber er tut es mit so viel Zartgefühl, daß er sogar die verkörperte Bescheidenheit an Lobreden gewöhnen könnte. Kurz: Hätte ich einen Bruder, ich möchte, er wäre so, wie sich Herr de Valmont hier bei uns gibt. Mag sein, daß manche Frauen ihn lieber etwas ausgesprochen galant hätten. Und ich gestehe, ich bin ihm unendlich dankbar, daß er mich so richtig eingeschätzt und mich nicht mit ihnen in einen Topf geworfen hat.

Dieses Bild unterscheidet sich zweifellos wesentlich von der Schilderung, die Sie mir von ihm gegeben haben. Trotzdem können sie alle beide treffend sein, wenn man nur den jeweiligen Zeitpunkt im Auge behält. Er selber gibt unumwunden zu, er habe allerhand Unrecht auf dem Kerbholz, und wahrscheinlich hat man ihm dann noch einiges obendrein angedichtet. Aber ich habe erst wenige Männer angetroffen, die über ehrbare Frauen mit größerer Achtung, ich möchte fast sagen, mit größerer Begeisterung gesprochen hätten. Sie schreiben mir, er sei wenigstens in dieser Hinsicht nicht unaufrichtig. Sein Verhalten Frau de Merteuil gegenüber ist ja Beweis genug dafür. Er spricht öfters von ihr, und er tut das immer mit so viel lobenden Worten, mit einer Anhänglichkeit, die so echt und wahr klingt, daß ich, bis Ihr Brief kam, immer geglaubt hatte, was er zwischen sich und ihr Freundschaft nannte, sei wirklich und wahrhaftig Liebe. Ich bereue dies leichtfertige Urteil tief, und ich habe mich um so mehr ins Unrecht gesetzt, weil er selbst sie ja immer wieder mit allem Nachdruck in Schutz genommen hat. Ich gestehe, ich habe als bloße Schlauheit angesehen, was seinerseits ehrlich und aufrichtig gemeint war. Ich weiß nicht, aber mich dünkt, ein Mann, der einer derart treuen Freundschaft zu einer so achtbaren Frau fähig ist, kann unmöglich ein völlig gottverlassener Wüstling sein. Im übrigen weiß ich natürlich nicht, ob das wohlanständige Verhalten, das er hier an den Tag legt, auf irgendwelche Absichten zurückzuführen ist, die er in der Umgebung hegt, wie Sie vermuten. Es gibt freilich ein paar liebenswerte Frauen in der Umgegend; aber er geht nur selten aus, ausgenommen frühmorgens, und dann jeweils zur Jagd. So sagt er wenigstens. Allerdings bringt er fast nie Wildbret heim; doch beteuert er immer wieder, er sei eben ein schlechter Schütze. Übrigens läßt es mich ziemlich gleichgültig, was er draußen treiben mag. Und wenn ich es gerne wüßte, so höchstens darum, weil ich dann einen Grund hätte, Ihrer Ansicht näherzukommen oder Sie zu meiner Meinung zu bekehren.

Was nun Ihren Vorschlag betrifft, ich solle darauf hinwirken, daß Herr de Valmont seinen Aufenthalt bei uns abkürzt, so scheint es mir recht schwierig, seine Tante so offen heraus zu bitten, sie möge ihren Neffen nicht bei sich behalten, vor allem weil sie ihn von Herzen lieb hat. Hingegen verspreche ich Ihnen, aber nur aus Willfährigkeit und keineswegs etwa, weil eine Notwendigkeit dazu bestünde, daß ich bei der erstbesten Gelegenheit entweder bei ihr oder bei ihm selber diese Bitte anbringen will. Was mich anbelangt, so ist Herr de Tourvel über meine Absicht unterrichtet, bis zu seiner Heimkunft hierzubleiben. Und er würde sich mit Recht wundern, wenn ich so ohne weiteres meine Pläne umstürzen wollte.

All dies, gnädige Frau, sind recht ausführliche Darlegungen. Aber ich glaubte, ich sei es der Wahrheit schuldig, Herrn de Valmont ein günstiges Zeugnis auszustellen; mich dünkt, er habe das bei Ihnen sehr nötig. Deswegen bin ich aber nicht weniger empfänglich für Ihre freundschaftlichen Ratschläge, verdanke ich doch auch Ihrer Freundschaft alle die verbindlichen Dinge, die Sie mir anläßlich der Verzögerung sagten, die in der Heirat Ihrer Tochter eingetreten ist. Ich danke Ihnen aufs aufrichtigste dafür. Doch soviel Vergnügen ich mir auch davon verspreche, diese paar Tage mit Ihnen zusammen zu verbringen, so würde ich sie von ganzem Herzen dem Wunsch opfern, Fräulein de Volanges in Bälde glücklich zu sehen – wenn sie es freilich jemals in reicherem Maße werden kann als bei ihrer Mutter, die so wahrhaft ihrer ganzen Zärtlichkeit, ihrer uneingeschränkten Achtung würdig ist. Diese beiden Gefühle teile ich mit ihr, sie ketten mich an Sie, und ich bitte Sie, die Versicherung dieser Empfindungen gütigst entgegennehmen zu wollen.

Ich habe die Ehre usw.

Am 13. August 17..

12. BRIEF

Cécile Volanges an die Marquise de Merteuil

Mama ist unpäßlich, gnädige Frau; sie kann nicht ausgehen, und ich muß ihr Gesellschaft leisten. So werde ich also nicht die Ehre haben, Sie in die Oper zu begleiten. Ich versichere Ihnen, es tut mir viel mehr leid, daß ich nicht mit Ihnen zusammensein darf, als daß ich die Vorstellung verpasse. Ich bitte Sie, seien Sie davon überzeugt. Ich habe Sie so lieb! Würden Sie gütigst dem Herrn Chevalier Danceny ausrichten, ich besitze die Sammlung nicht, von der er mir gesprochen hat, und wenn er sie mir morgen mitbringen könnte, wäre ich sehr froh. Wenn er heute vorspricht, wird man ihm Bescheid sagen, wir seien nicht zu Hause. Aber Mama möchte eben niemanden empfangen. Ich hoffe, es geht ihr morgen wieder besser.

Ich habe die Ehre usw.

Am 13. August 17..

13. BRIEF

Die Marquise de Merteuil an Cécile Volanges

Es tut mir ungemein leid, schönes Kind, daß ich auf das Vergnügen, Sie zu sehen, verzichten muß, und ich bedaure die Veranlassung Ihres Fernbleibens aufrichtig. Hoffentlich bietet sich bald wieder eine ähnliche Gelegenheit. Ihren Auftrag an den Chevalier de Danceny werde ich gern ausrichten; es wird ihm bestimmt sehr leid tun, wenn er erfährt, daß Ihre Mama krank ist. Wenn sie mich morgen empfangen will, werde ich sie besuchen und ihr Gesellschaft leisten. Wir wollen dann gemeinsam, sie und ich, dem Chevalier de Belleroche* im Pikett zusetzen. Und dieweil wir ihm sein Geld abnehmen, genießen wir obendrein noch das Vergnügen, Sie mit Ihrem liebenswürdigen Lehrer zusammen singen zu hören. Ich will ihm jedenfalls den Vorschlag machen. Wenn es Ihrer Mama und auch Ihnen recht ist, stehe ich für mich und meine beiden Chevaliers ein. Leben Sie wohl, schönes Kind. Meine Empfehlungen an die teure Madame de Volanges. Ich umarme und küsse Sie zärtlich.

Am 13. August 17..

14. BRIEF

Cécile Volanges an Sophie Carnay

Ich habe Dir gestern nicht geschrieben, meine teure Sophie. Daran ist aber nicht etwa das lustige Leben schuld, das ich führe; das kann ich Dir versichern. Mama war krank, und ich wich den ganzen Tag nicht von ihrer Seite. Und als ich am Abend auf mein Zimmer ging, hatte ich zu gar nichts mehr Lust. Ich ging geschwind zu Bett, um ganz sicherzugehen, daß der Tag wirklich vorüber war. Zeit meines Lebens hatte ich keinen so endlos langen Tag verlebt. Ich habe doch Mama wirklich von Herzen lieb; aber ich weiß gar nicht, was mir fehlte. Ich sollte mit Madame de Merteuil in die Oper gehen, und der Chevalier Danceny hätte auch hinkommen sollen. Du weißt ja, das sind die beiden Menschen, die mir am liebsten sind. Als die Stunde herankam, wo ich auch hätte dort sein sollen, krampfte sich mein Herz unwillkürlich zusammen. Nichts freute mich mehr, und ich weinte, weinte, ich konnte mich einfach der Tränen nicht erwehren. Zum Glück war Mama im Bett und konnte mich nicht sehen. Ich weiß ganz sicher, auch dem Chevalier Danceny hat es sehr leid getan. Aber ihn haben vermutlich die Vorstellung und die vielen Leute abgelenkt. Das ist ein großer Unterschied.

Zum Glück geht es Mama heute wieder besser, und Madame de Merteuil kommt mit einem andern Besuch und dem Chevalier Danceny hierher. Aber sie kommt immer so schrecklich spät, die Madame de Merteuil!

* Derselbe, von dem auch in den Briefen der Madame de Merteuil an Valmont die Rede ist.

Und wenn man so lange ganz allein ist, dann ist das furchtbar langweilig. Es ist erst elf Uhr. Ich sollte freilich ein wenig Harfe spielen, und dann brauche ich auch noch einige Zeit für meine Toilette, denn heute will ich schön frisiert sein. Ich glaube, die Mutter Perpetua hat recht: Man wird gefallsüchtig, kaum ist man nicht mehr im Kloster. Ich habe noch nie so große Lust verspürt, hübsch auszusehen, wie seit ein paar Tagen, und ich finde, ich bin es lange nicht so, wie ich es zu sein glaubte. Und dann fällt man natürlich auch neben all den Frauen, die Rot auflegen, schwer ab. Madame de Merteuil zum Beispiel finden alle Männer viel hübscher als mich; das sehe ich wohl. Es ärgert mich aber nicht weiter, weil sie mich wirklich gern mag. Und dann beteuert sie mir auch immer, der Chevalier Danceny finde mich viel hübscher als sie. Es ist sehr anständig von ihr, daß sie mir das gesagt hat! Es sah sogar ganz so aus, als wäre sie darüber erfreut. Das verstehe ich nun wieder nicht! Sie hat mich eben wirklich lieb! Und er erst! . . . Oh, das macht mir so viel Spaß! So kommt es mir auch vor, als brauche ich ihn bloß anzuschauen, und schon werde ich dadurch schöner. Ich würde ihn ununterbrochen ansehen, wenn mir nicht bange wäre, ich könnte seinen Augen begegnen. Denn jedesmal, wenn mir das passiert, bringt es mich völlig aus der Fassung; es tut mir recht eigentlich weh. Doch das schadet nichts.

Leb wohl, meine teure Freundin. Ich muß an meine Toilette gehen. Ich habe Dich immer lieb, wie bisher.

Paris, den 14. August 17..

15. BRIEF

Der Vicomte de Valmont an die Marquise de Merteuil

Es ist sehr anständig von Ihnen, daß Sie mich nicht meinem traurigen Los überlassen. Das Leben, das ich hier führe, ist wahrhaft ermüdend, so übermäßig friedlich, fade und gleichförmig verläuft es. Als ich Ihren Brief las und alle die Einzelheiten Ihres entzückenden Tages, war ich gut hundertmal in Versuchung, irgendein Geschäft vorzuschützen und wie auf Flügeln zu Ihnen zu eilen. Dann hätte ich Sie kniefällig angefleht, mir zuliebe Ihrem Chevalier für eine Nacht untreu zu werden, denn schließlich verdient er sein Glück einfach nicht. Wissen Sie, daß Sie mich regelrecht auf ihn eifersüchtig gemacht haben? Warum reden Sie mir auch von ewiger Trennung daher? Ich schwöre dieses Gelöbnis wieder ab; ich muß hell wahnsinnig gewesen sein, als ich es ablegte. Wir wären nicht wert gewesen, diesen Schwur zu tun, wenn wir ihn hätten halten können. Ach, könnte ich mich eines Tages in Ihren Armen für den Verdruß rächen, den mir der Chevalier ungewollt mit seinem Glück bereitet hat! Ich bin empört, ich gebe es zu, wenn ich daran denke, daß dieser Mensch, ohne sich geistig anzustrengen, ohne sich die geringste Mühe zu geben, einzig indem er ganz einfältig dem Triebe seines Herzens folgte, ein Glück findet, das mir versagt bleibt. Oh! Ich werde es schon noch stören! . . . Versprechen Sie mir, daß ich es wieder einmal stören darf. Sind Sie nicht selbst gedemütigt? Sie geben sich alle Mühe, ihm etwas weiszumachen, und er ist glücklicher als Sie. Sie glauben, er schmachte in Ihren Banden! Und dabei sind Sie von ihm gefesselt! Er schläft auf beiden Ohren, indes Sie nächtelang wachliegen und an sein Vergnügen denken. Was könnte seine Sklavin noch mehr tun?

Sehen Sie, schönste Freundin, solange Sie sich unter mehrere Männer teilen, empfinde ich nicht die leiseste Eifersucht. Ich sehe dann in Ihren Liebhabern nichts weiter als Alexanders Nachfolger, die unfähig sind, alle miteinander das Reich zu bewahren, in dem ich allein und unumschränkt herrschte. Daß Sie sich aber einem von ihnen ausschließlich hingeben! Daß ein anderer Mann lebt, der ebenso glücklich ist wie ich! Das kann ich nicht dulden! Hoffen Sie ja nicht, daß ich das zulassen werde! Entweder nehmen Sie mich wieder, oder dann nehmen Sie wenigstens einen andern. Und verraten Sie nicht, weil Sie sich nun einmal diesen einen in den Kopf gesetzt haben, die unverbrüchliche Freundschaft, die wir einander geschworen haben.

Es genügt wahrhaftig gerade, daß ich mich über die Liebe zu beklagen habe. Sie sehen, ich gehe auf Ihre Ideen ein und gestehe zu, was ich falsch gemacht habe. Sie haben recht: Heißt das verliebt sein, wenn man nicht ohne den Besitz dessen leben kann, was man begehrt, daß man ihm seine Zeit, seine Vergnügen, sein Leben opfert, dann bin ich freilich verliebt. Doch damit bin ich auch nicht besser dran. Ich hätte ihnen dazu auch gar nichts weiter mitzuteilen, wäre da nicht etwas vorgefallen, was mir viel zu denken gibt. Ich weiß auch nicht, ist es ein Grund, mich zu ängstigen, oder soll ich Hoffnungen daran knüpfen.

Sie kennen ja meinen Jäger, er ist unbezahlbar und ein Ausbund an Ränken und Kniffen, ein echter Bedienter, wie er in den Komödien vorkommt. Sie können sich wohl denken, daß er Auftrag hatte, sich in die Kammerzofe verliebt zu stellen und die Dienstboten betrunken zu machen. Der Schlingel hatte mehr Glück als ich. Er ist längst am Ziel. Er hat herausgebracht, daß Madame de Tourvel einem ihrer Diener Auftrag gegeben hat, Erkundigungen über mein Tun und Treiben einzuziehen und mir sogar auf meinen morgendlichen Spaziergängen nachzugehn, soweit das möglich sei, ohne daß er entdeckt werde. Was bezweckt denn diese Frau damit? So wagt es also die schüchternste aller Frauen, Dinge zu riskieren, die wir uns kaum herausnähmen! Ich schwöre ... Doch ehe ich an Rache für diese Weiberlist denke, wollen wir uns überlegen, auf welche Art wir sie zu unserem Vorteil lenken können. Bis jetzt hatten die Gänge, die Argwohn erregten, keinerlei Ziel verfolgt. Nunmehr müssen wir ihnen aber einen Zweck geben. Das verdient meine volle Aufmerksamkeit, und ich muß Sie verlassen und mir das reiflich überlegen. Leben Sie denn wohl, schönste Freundin.

Immer noch auf Schloß..., am 15. August 17..

16. BRIEF

Cécile Volanges an Sophie Carnay

Ach, meine liebe Sophie, heute gibt es aber viel, viel Neues zu berichten! Vielleicht sollt' ich's Dir gar nicht sagen. Aber ich muß einfach mit jemandem darüber reden. Ich kann nicht anders, es geht über meine Kräfte. Dieser Chevalier Danceny ... Ich bin so aufgeregt, daß ich kaum schreiben kann und nicht weiß, womit ich anfangen soll. Seit ich Dir den reizenden Abend geschildert habe*, den ich mit ihm und Madame de Merteuil bei Mama verlebt habe, sprach ich nie mehr von ihm. Ich wollte nämlich mit keinem Menschen mehr über ihn reden. Aber ich dachte doch immer an ihn. Seither war er so traurig geworden, so schrecklich, so entsetzlich traurig, daß es mir weh tat. Und wenn ich ihn fragte, warum, bestritt er es immer; aber ich sah wohl, daß er es doch war. Gestern nun war er noch trauriger als sonst. Das hat ihn freilich nicht abgehalten, bereitwillig mit mir zu singen wie gewöhnlich. Aber jedesmal, wenn er mich anschaute, gab es mir einen Stich ins Herz. Als wir zu Ende gesungen hatten, verschloß er meine Harfe wieder in ihrem Futteral, und wie er mir den Schlüssel brachte, bat er mich, am Abend, sobald ich allein sei, noch ein wenig zu spielen. Ich dachte an nichts Arges; ich wollte sogar eigentlich nicht einmal. Aber er bat mich so inständig, daß ich schließlich ja sagte. Er hatte nämlich seine guten Gründe. Tatsächlich, als ich allein in meinem Zimmer weilte und meine Kammerzofe hinausgegangen war, holte ich meine Harfe. Zwischen den Saiten fand ich einen Brief, der bloß zusammengefaltet und nicht versiegelt war, und der Brief war von ihm. Ach, wenn Du wüßtest, was er mir alles schreibt! Seit ich seinen Brief gelesen habe, bin ich so froh, daß ich an gar nichts anderes mehr denken kann. Ich habe ihn viermal hintereinander immer wieder gelesen und dann in meinen Schreibtisch eingeschlossen. Ich wußte ihn auswendig; und als ich im Bette lag, sagte ich ihn mir so lange immer wieder vor, daß ich überhaupt nicht ans Schlafen dachte. Sobald ich die Augen zutat, sah ich ihn vor mir stehen, und er sagte mir all das, was ich vorhin gelesen hatte. So konnte ich erst sehr spät einschlafen. Und kaum war ich aufgewacht – es war noch ganz früh am Morgen –, holte ich seinen Brief wieder hervor und las ihn noch einmal in aller Ruhe. Ich nahm ihn mit ins Bett, und dann küßte ich ihn, als ob ... Vielleicht ist es nicht recht, wenn man einen Brief so küßt, aber ich konnte einfach nicht anders.

Und jetzt, meine teure Freundin, bin ich so glücklich, aber ich bin auch in arger Verlegenheit. Denn sicherlich darf ich auf diesen Brief nicht antworten. Ich weiß wohl, das schickt sich nicht, und doch bittet er mich darum. Und wenn ich ihm keine Antwort gebe, dann ist er bestimmt wieder traurig. Und das ist doch wirklich schlimm für ihn! Was rätst Du mir? Aber Du weißt es auch nicht besser als ich. Ich hätte wohl Lust, mit

* Der Brief, in dem von diesem Abend die Rede ist, war unauffindbar. Es besteht Grund zur Annahme, daß es sich um den Abend handelt, den Madame de Merteuil in ihrem Briefchen vorschlägt, den nämlichen, von dem auch im vorigen Brief Cécile Volanges' die Rede ist.

Madame de Merteuil darüber zu sprechen; sie hat mich gern. Ich möchte ihn so gerne trösten; aber ich möchte nichts tun, was nicht recht ist. Man legt uns ja immer so dringend nahe, wir sollten gutherzig sein! Und dann verbietet man uns wieder, dem Zuge unseres Herzens zu folgen, sobald ein Mann im Spiel ist. Das ist auch nicht recht. Ist denn ein Mann nicht auch unser Nächster, so gut wie eine Frau, wenn nicht noch mehr? Denn schließlich hat man doch seinen Vater so gut wie seine Mutter, seinen Bruder wie seine Schwester. Und dann ist immer noch der Gatte da. Würde ich aber etwas Unrechtes tun, was sich nicht schickt, vielleicht würde dann Herr Chevalier Danceny selber nicht mehr so gut über mich denken! Nein, nein, dann will ich noch lieber, daß er traurig ist. Und dann habe ich ja schließlich noch alle Zeit. Nur weil er gestern geschrieben hat, muß ich ihm nicht unbedingt heute schon antworten. Überhaupt sehe ich ja heute abend Madame de Merteuil, und wenn ich den Mut dazu aufbringe, erzähle ich ihr alles. Wenn ich nur das tue, was sie mir rät, brauche ich mir wohl nichts vorzuwerfen. Und dann sagt sie mir vielleicht auch, ich könne ihm ganz kurz antworten, damit er nicht so traurig sein muß. Oh, ich weiß nicht, was ich tun soll.

Leb wohl, liebste Freundin. Sag mir immer, was Du denkst.

Am 19. August 17..

17. BRIEF

Der Chevalier Danceny an Cécile Volanges

Ehe ich, gnädiges Fräulein – wie soll ich mich ausdrücken? –, dem Vergnügen oder dem Drang, Ihnen zu schreiben, nachgebe, möchte ich Sie zuvor flehentlich bitten, mich anzuhören. Ich fühle, um Ihnen meine Empfindungen zu erklären, bedarf ich der Nachsicht. Wollte ich meine Gefühle bloß rechtfertigen, dann wären sie mir nichts nütze. Was tue ich schließlich anderes, als daß ich Ihnen zeige, was Sie in mir angerichtet haben? Und was könnte ich Ihnen sagen, was meine Blicke, meine Befangenheit, mein ganzes Verhalten und sogar mein wortkarges, in mich gekehrtes Benehmen Ihnen nicht längst schon gesagt hätten? Warum sollten sie auch wegen eines Gefühls zürnen, das Sie ja selber erweckt haben? Es geht doch von Ihnen aus, und so muß es wohl sicher wert sein, daß es Ihnen wieder dargebracht wird. Ist es glühend wie meine Seele, so ist es doch auch rein wie Ihr Gemüt. Kann es ein sträfliches Vergehen sein, wenn ich Ihr bezauberndes Gesicht, Ihre verführerischen Geistesgaben, Ihre betörenden Reize nach ihrem wahren Wert zu schätzen wußte, wenn ich die rührende Unschuld richtig erkannte, die solchen ohnehin schon köstlichen Eigenschaften noch einen unschätzbaren Preis verleihen? Nein, bestimmt nicht. Doch kann man unglücklich und doch nicht schuldbeladen sein. Und dieses Los wartet meiner, wenn Sie sich weigern, meine anbetende Liebe entgegenzunehmen. Es ist meine erste Liebe, die mein Herz darbringt. Wenn Sie nicht wären, so lebte ich immer noch wie bisher, nicht glücklich vielleicht, aber doch ruhig. Ich habe Sie gesehen, und meine Ruhe ist dahin; mein Glück ist ungewiß. Sie aber wundern sich über meine Traurigkeit. Zuweilen glaubte ich sogar zu sehen, daß Sie darüber bekümmert waren. Ach, sagen Sie nur ein Wort, und Sie haben mich restlos selig gemacht! Doch ehe Sie Ihr Urteil sprechen, bedenken Sie: Ein einziges Wort vermag auch mein Unglück vollends zu besiegeln. Entscheiden Sie also über mein Los. In Ihrer Hand liegt die Entscheidung, ob ich ewig glücklich oder für alle Zeit unglücklich sein soll. In welche teureren Hände könnte ich ein so wichtiges Anliegen geben? Zum Abschluß möchte ich wie zu Beginn meines Briefes Ihre Nachsicht erflehen. Ich bat Sie, mich anzuhören; ich wage noch mehr: Ich bitte Sie, mir Antwort zu geben. Weigern Sie sich, mir zu antworten, dann müßte ich glauben, Sie fühlen sich beleidigt, und mein Herz bürgt dafür, daß meine Achtung meiner Liebe gleichkommt.

PS. Sie können sich, um mir zu antworten, desselben Weges bedienen, den ich benütze, um Ihnen diesen Brief zukommen zu lassen. Er scheint mir gleichermaßen sicher und bequem.

Am 18. August 17..

18. BRIEF

Cécile Volanges an Sophie Carnay

Wie, Sophie, Du mißbilligst im voraus schon, was ich zu tun vorhabe! Ich hatte wahrhaftig schon übergenug Aufregungen, und nun kommst Du und machst mir noch weitere her. Es sei doch klar, sagst Du, ich dürfe ihm nicht antworten. Du hast gut reden. Und zudem weißt du wirklich nicht so genau, wie die Sache steht. Du bist ja nicht hier und kannst es nicht mit ansehen. Ich bin sicher, wenn du an meiner Stelle wärest, Du würdest genau gleich handeln wie ich. Gewiß, in weitaus den meisten Fällen darf man keine Antwort geben. Und Du hast ja aus meinem gestrigen Brief ersehen, daß auch ich's nicht tun wollte. Aber eben, ich glaube, noch nie war ein Mensch in einer so mißlichen Lage, wie ich jetzt bin.

Und nun soll ich das erst noch ganz allein entscheiden! Madame de Merteuil, die ich gestern abend zu sehen hoffte, ist nicht gekommen. Alles hat sich gegen mich verschworen. Sie ist doch schuld daran, daß ich ihn überhaupt kenne. Sie war fast immer dabei, wenn wir uns sahen, wenn ich mit ihm sprach. Nicht daß ich ihr deswegen etwa gar böse wäre. Doch gerade jetzt, wo ich in der Patsche sitze, läßt sie mich im Stich. Oh, ich bin wirklich zu beklagen!

Stelle Dir nur vor: Gestern ist er wie gewöhnlich hergekommen. Ich war so verwirrt, so befangen, daß ich mich gar nicht getraute, ihn anzusehen. Er konnte nicht mit mir sprechen, weil Mama dabei war. Ich ahnte schon, er werde böse sein, wenn er sähe, daß ich ihm nicht geschrieben hatte. Ich wußte nicht, wie ich mich verhalten sollte. Nach einer Weile fragte er mich, ob ich wünsche, daß er mir meine Harfe hole. Ich hatte so schrecklich Herzklopfen, daß ich nichts weiter hervorbrachte als ein leises Ja. Als er zurückkam, war's noch viel schlimmer. Ich warf nur einen raschen Blick auf ihn. Er schaute mich überhaupt nicht an; aber er sah aus, als wäre er krank. Das tat mir sehr, sehr weh. Da fing er an, meine Harfe zu stimmen, und als er sie mir dann brachte, sagte er zu mir: »Ach, gnädiges Fräulein! . . .« Er sagte nichts als diese drei Worte, aber in einem so schmerzvollen Ton, daß ich am liebsten losgeweint hätte. Ich griff ein paar Akkorde auf der Harfe, ohne daß ich eigentlich wußte, was ich tat. Mama fragte, ob wir nicht singen möchten. Er redete sich damit heraus, er sei nicht ganz wohl; und ich hatte keine Ausrede und mußte singen. Ach, hätte ich doch nie eine Stimme gehabt! Ich wählte mit Absicht ein Lied, das ich nicht konnte. Denn ich war ganz sicher, daß ich überhaupt keins singen konnte, und dann hätte man etwas gemerkt. Zum Glück kam Besuch. Und kaum hörte ich die Kutsche vorfahren, brach ich ab und bat ihn, die Harfe wieder wegzuschließen. Ich hatte schrecklich Angst, er könnte auch gleich fortgehen. Aber er kam wieder zurück.

Während Mama und die Dame, die auf Besuch gekommen war, miteinander plauderten, wollte ich ihn noch einen Augenblick anschauen. Ich begegnete seinem Blick und konnte meine Augen unmöglich mehr abwenden. Einen augenblick nachher sah ich, wie ihm die Tränen über die Wangen liefen, er mußte sich umdrehen, damit es niemand sehen konnte. Da hielt ich es nicht länger aus. Ich spürte, daß ich auch weinen mußte. Ich ging hinaus und kritzelte geschwind mit einem Bleistift auf einen Fetzen Papier: »Seien Sie doch, bitte, nicht so traurig; ich verspreche, ich werde Ihnen antworten.« Du kannst sicher nicht behaupten, daß etwas Schlimmes dabei ist. Und dann war's einfach stärker als ich. Ich steckte das Papier zwischen die Saiten meiner Harfe, genauso wie auch sein Brief versteckt gewesen war, und dann ging ich wieder in den Salon zurück. Ich war nun viel ruhiger. Kaum konnte ich es erwarten, bis die Dame wegging. Zum Glück war sie nur zu einem kurzen Besuch gekommen und verabschiedete sich bald darauf. Sobald sie fort war, sagte ich zum Chevalier, ich möchte doch ganz gern noch ein wenig spielen, und bat ihn, mir meine Harfe zu holen. Ich sah es ihm wohl an; er ahnte gar nichts. Doch als er wiederkam, oh, wie froh war er da! Er stellte meine Harfe mir gegenüber auf, und nun drehte er Mama den Rücken, so daß sie ihn nicht sehen konnte, und dann nahm er meine Hand und drückte sie . . . ach, so vielsagend! . . . bloß einen Augenblick lang; aber ich kann Dir gar nicht sagen, wie froh mich das machte. Ich entzog sie ihm dann aber doch. So habe ich mir also nichts vorzuwerfen. Jetzt, meine liebe Freundin, siehst Du doch ein, daß ich nicht gut anders kann: Ich muß ihm schreiben, da ich es ihm doch versprochen habe. Und dann möchte ich ihm nicht noch einmal Kummer machen, denn ich leide mehr darunter als er. Würde es sich um etwas Unrechtes handeln, ich würde es bestimmt nicht tun. Aber was kann schon Schlimmes dabeisein, wenn ich ihm schreibe, vor allem wenn ich damit verhindern will, daß jemand unglücklich ist? Was mir noch Sorgen macht, ist die Angst, ich könnte den Brief nicht so schön abfassen. Aber er wird schon herausspüren, daß die Schuld nicht bei mir liegt. Und dann bin ich sicher, allein schon weil er von mir kommt, wird er sich darüber freuen.

Leb wohl, meine teure Freundin. Wenn Du meinst, ich tue etwas Unrechtes, dann sag' es mir. Aber ich glaube es nicht. Je näher der Augenblick heranrückt, da ich ihm schreiben soll, um so wilder klopft mein Herz; es ist nicht zu begreifen. Und doch muß es sein, ich habe es doch versprochen! Leb wohl.

Am 20. August 17..

19. BRIEF

Cécile Volanges an den Chevalier Danceny

Sie waren gestern so traurig, Herr Chevalier, und das tat mir so leid, und da habe ich mich hinreißen lassen und habe Ihnen versprochen, ich wolle den Brief beantworten, den Sie mir geschrieben haben. Heute aber habe ich nun doch das Gefühl, ich dürfe das eigentlich nicht tun. Gleichwohl, da ich es nun einmal versprochen habe, möchte ich mein Wort nicht brechen, und das muß Ihnen doch Beweis genug sein, daß ich Ihnen in Freundschaft zugetan bin. Da Sie's nun wissen, werden Sie von mir hoffentlich nicht verlangen, daß ich Ihnen auch fernerhin schreibe. Ich hoffe auch, Sie werden keiner Menschenseele sagen, daß ich Ihnen geschrieben habe. Denn man würde mich deswegen ganz bestimmt ausschelten, und das könnte mir manche Unannehmlichkeit zuziehen. Ich hoffe vor allem, Sie werden deshalb selber nicht schlecht von mir denken, denn das würde mir noch mehr weh tun als alles andere. Ich kann Ihnen versichern, ich hätte das keinem andern zuliebe getan, außer Ihnen. Ich möchte so gern, Sie würden mir auch etwas zuliebe tun: Sie dürfen nicht mehr so traurig sein, wie Sie es letzthin waren. Denn das vergällt mir die ganze Freude, die ich jedesmal habe, wenn ich Sie sehe. Sie sehen, Herr Chevalier, ich rede ganz offen mit Ihnen. Ich möchte nichts lieber, als daß unsere Freundschaft ewig fortdauern könnte. Aber schreiben Sie mir nicht mehr, ich bitte Sie.

Ich habe die Ehre usw.

Cécile Volanges

Am 20. August 17..

20. BRIEF

Die Marquise de Merteuil an den Vicomte de Valmont

Ach, Sie loser Spitzbube, Sie tun mir schön, aus lauter Angst, ich könnte Sie auslachen! Ich will Gnade walten lassen und Ihnen verzeihen. Sie schreiben mir so viel närrisches Zeug, daß ich Ihnen den tugendhaften Wandel, zu dem Sie Ihre schöne Präsidentin zwingt, wohl oder übel nachsehen muß. Ich glaube nicht, daß mein Chevalier so nachsichtig wäre wie ich. Er wäre Manns genug, die Erneuerung unseres Vertrags ganz und gar nicht zu billigen, und er könnte an unserem verrückten Einfall am Ende keine große Freude haben. Ich habe aber doch furchtbar darüber lachen müssen, und ich war wirklich ernstlich betrübt, daß ich ganz allein darüber lachen mußte. Währen Sie dagewesen, ich weiß nicht, wohin mich diese ausgelassene Lustigkeit noch geführt hätte ... Aber ich hatte ja alle Muße zum Nachdenken, und so wappnete ich mich denn mit ehrbarer Strenge. Das will nicht heißen, daß ich mich für alle Zeit dagegen sträube; aber ich bitte um Aufschub, und ich tue recht daran. Ich könnte meine Eitelkeit dreinsetzen, und hat uns der Hafer erst einmal gestochen, so wissen wir nicht, wo wir wieder einhalten können. Ich wäre durchaus imstande und könnte Sie erneut in Bande schlagen wollen, um Ihnen Ihre Präsidentin zu verleiden. Ich wäre just die Frau, über der Sie Ihren Tugendausbund vergessen könnten. Und wenn ich unwürdiges Weib Ihnen die Tugend zu verleiden vermöchte, was gäbe das für einen Skandal! Wollen Sie diese Gefahr vermeiden, gut, dann nehmen Sie meine Bedingungen an.

Sobald Sie Ihre schöne frömmelnde Betschwester gehabt haben, sobald Sie mir einen Beweis dafür liefern können, dann kommen Sie her, und ich will Ihnen angehören. Aber Sie wissen ja so gut wie ich, daß in allen wichtigen Angelegenheiten nur schriftliche Beweise zählen. Vereinbaren wir's also auf diese Art, so nehmen Sie mich einerseits als Belohnung und nicht bloß als Trost, und dieser Gedanke leuchtet mir mehr ein. Andererseits wird dadurch Ihr Erfolg weit spaßiger und pikanter, weil er selber ein Mittel zur Untreue wird. Kommen Sie! Kommen Sie so schnell wie möglich, und bringen Sie mir das Unterpfand Ihres Triumphes mit! Wie einstmals unsere tapferen Ritter, die zu den Füßen ihrer Damen die glänzenden Trophäen ihrer Siege niederlegten. Im Ernst: Ich bin neugierig, was eine Zimperliese nach einem solchen Schäferstündchen wohl schreiben mag und welchen Schleier sie über ihre Reden deckt, nachdem sie sämtliche Hüllen hat fallen lassen, die ihren Leib bedeckten. Es steht bei Ihnen zu entscheiden, ob ich mich zu hoch einschätze. Aber ich sage Ihnen von vornherein: Ablassen kann ich Ihnen nichts! Bis dahin, mein lieber Vicomte, müssen Sie sich schon damit abfinden, daß ich meinem Chevalier treu bleibe und daß ich meinen Spaß dabei habe, ihn glücklich zu machen, so sehr Ihnen das auch gelinden Kummer bereiten wird.

Hätte ich indessen nicht so strenge Grundsätze, er fände, glaube ich, augenblicks einen gefährlichen Nebenbuhler: die kleine Volanges nämlich. Ich bin ganz vernarrt in das Kind. Wie eine regelrechte Leidenschaft hat es mich gepackt. Ich müßte mich schon schwer täuschen, oder das Mädchen wird noch einmal Furore machen. Ich sehe, wie ihr Herzchen sich entwickelt, und es ist ein erhebender, hinreißender Anblick. Sie liebt ihren Danceny jetzt schon rasend, aber sie ahnt noch nichts davon. Er selbst ist zwar bis über beide Ohren verliebt, aber er ist noch schüchtern, wie man es in dem Alter eben ist, und getraut sich nicht so recht, ihr seine Liebe zu gestehen. Alle beide bringen mir eine geradezu abgöttische Verehrung entgegen. Vor allem die Kleine brennt darauf, mir ihr Geheimnis anzuvertrauen; besonders seit ein paar Tagen fällt mir auf, daß es sie förmlich bedrückt, und ich hätte ihr einen großen Gefallen getan, wenn ich ihr ein bißchen nachgeholfen hätte. Doch vergesse ich nie, daß sie ja noch ein Kind ist, und ich möchte keinerlei Scherereien bekommen. Danceny hat sich etwas deutlicher ausgesprochen; aber was ihn betrifft, so steht mein Entschluß fest: Ich will ihm keinesfalls Gehör schenken. Die Kleine jedoch sollte noch ein wenig bei mir in die Schule gehn, und ich hätte nicht übel Lust, sie anzulernen. Diesen Gefallen möchte ich Gercourt eigentlich ganz gerne tun. Er läßt mir ja Zeit. Bis im Oktober bleibt er in Korsika. Ich habe im Sinn, diese Zeit nicht ungenützt verstreichen zu lassen, und ich meine, wir werden ihm eine voll entwickelte und wohlerfahrene Frau darbieten statt seinem unschuldigen Pensionsbackfisch. Wie kommt eigentlich dieser Mann zu seiner unverschämten Selbstsicherheit? Wie kann er's wagen, ruhig auf beiden Ohren zu schlafen, wo doch eine Frau, die allen Grund hat, sich über ihn zu beklagen, noch nicht Rache geübt hat? Sehen Sie, wenn die Kleine jetzt gerade hier wäre, ich weiß nicht, was ich ihr nicht alles sagen würde.

Leben Sie wohl, Vicomte. Gute Nacht und viel Erfolg! Aber machen Sie um Gottes willen voran! Vergessen Sie nie: Wenn Sie diese Frau nicht bekommen, werden sich alle andern schämen müssen, daß sie mit Ihnen etwas gehabt haben.

Am 20. August 17..

21. BRIEF

Der Vicomte de Valmont an die Marquise de Merteuil

Endlich, schönste Freundin, habe ich einen Schritt vorwärts getan! Und zwar einen Riesenschritt, und wenn er mich auch nicht geradewegs ans Ziel führte, so hat er mir doch mindestens die Gewißheit verschafft, daß ich auf dem rechten Wege bin. Nun ist alle meine Angst verflogen, ich könnte mich am Ende verirrt haben. Ich habe ihr endlich meine Liebe gestanden. Und wenn sie sich auch in beharrliches Schweigen hüllte, so erhielt ich doch die Antwort, die vielleicht am wenigstens zweideutig und am allerschmeichelhaftesten ist. Doch greifen wir den Ereignissen nicht vor. Lassen Sie mich etwas weiter ausholen. Sie erinnern sich wohl noch, daß man alle meine Schritte bespitzelte. Nun, ich wollte, dieses verwerfliche Mittel sollte sich zur öffentlichen Erbauung auswirken, und so tat ich dann folgendes:

Ich gab meinem Vertrauensmann den Auftrag, mir in der Umgegend irgendwelche Unglückliche ausfindig zu machen, die meine Hilfe nötig hätten. Dieser Auftrag war nicht sonderlich schwer auszuführen. Gestern nachmittag nun erstattete er mir Bericht, man habe die Absicht, heute im Laufe des Vormittags die Möbel einer ganzen Familie zu pfänden, weil die Leute ihre Steuern nicht bezahlen konnten. Ich stellte zunächst fest, daß im ganzen Hause nicht ein einziges Mädchen und keine Frau lebten, deren Alter oder hübsches Gesicht meinen Schritt in ein schiefes Licht setzen konnten. Und als ich wußte, was ich erfahren wollte, erklärte ich beim Nachtessen, ich gehe am nächsten Tag in aller Frühe auf die Jagd. Hier muß ich nun meiner Präsidentin Gerechtigkeit widerfahren lassen: Wahrscheinlich verspürte sie etwelche Reue über die Anordnungen, die sie gegeben hatte, und wenn sie auch die Kraft nicht aufbrachte, ihre Neugier zu unterdrücken, so fand sie wenigstens Kraft genug, meinen Wunsch zu durchkreuzen. Es werde bestimmt entsetzlich heißes Wetter, wandte sie ein, ich laufe Gefahr, krank zu werden, zudem werde ich gewiß nichts erlegen und mich nur unnötig müde laufen. Und während es so hin und her ging, gaben mir ihre Augen, die eine deutlichere Sprache redeten, als sie wohl wollte, recht eindeutig zu verstehen, daß sie wünschte, ich möchte diese fadenscheinigen Gründe als Einwände annehmen. Natürlich dachte ich nicht im Traum daran, sie gelten zu lassen; das können Sie sich ja denken. Und ich blieb auch standhaft, als sie anfing, gegen die Jagd und die Jäger zu sticheln, und sogar dann, als sich ihr himmlisch schönes Gesicht verdüsterte und ein leichter Anflug übler Laune den ganzen Abend ihr Antlitz umwölkte, gab ich nicht nach. Einen Augenblick lang hatte ich sogar Angst, sie könnte ihre Befehle widerrufen, und ihr Zartgefühl werde mir am Ende gar schaden. Doch hatte ich nicht mit ihrer echt weiblichen Neugier gerechnet und täuschte mich gründlich. Am selben Abend noch beruhigte mich mein Jäger, und ich ging höchst befriedigt zu Bett.

Kaum graute der Morgen, so erhob ich mich und brach auf. Ich war noch keine fünfzig Schritt vom Schloß entfernt, da bemerkte ich auch schon den Späher, wie er mir nachschlich. Ich nahm die Jagd auf und ging querfeldein auf das Dorf zu, wo ich mich hinbegeben wollte. Das einzige, was mir unterwegs Spaß machte, war, daß ich den Schlingel, der hinter mir her war, sich so recht nach Herzenslust müde laufen lassen konnte. Er wagte nicht vom Weg abzugehen und mußte so des öfteren im Laufschritt einen dreimal längeren Weg zurücklegen als ich. Ich zwang ihn so lange zu dieser sportlichen Gewaltleistung, daß ich schließlich selber ganz erhitzt war und mich unter einem Baum niederlassen mußte. Trieb der Kerl die Unverschämtheit nicht so weit, daß er sich hinter ein Gebüsch schlich, das keine zwanzig Schritt von mir entfernt stand, und sich seelenruhig ebenfalls hinsetzte! Einen Augenblick hatte ich nicht übel Lust, ihm mit meiner Flinte eins aufzubrennen; obschon ich nur Schrot geladen hatte, wäre das ein Denkzettel gewesen, der ihm ein für allemal jegliche Neugier verleidet hätte. Zu seinem Glück fiel mir gerade rechtzeitig noch ein, daß er für das, was ich vorhatte, recht nützlich, ja sogar unentbehrlich war, und diese Überlegung rettete ihn.

Indes kam ich im Dorfe an. Ich sah, wie aufgeregt die Leute waren; ich trat näher und erkundigte mich, und man erzählte mir, was vorgefallen war. Ich ließ den Steuereinnehmer holen, und dann ließ ich mich von einer Anwandlung hochherzigen Mitgefühls übermannen und zahlte großmütig sechsundfünfzig Livres, um deretwillen man fünf Menschen zwingen wollte, auf hartem Stroh zu nächtigen, und sie zur Verzweiflung zu treiben beabsichtigte. Auf diese so selbstverständliche, harmlose Handlung brach rings um mich her ein wahrer Chor von Segenssprüchen und -wünschen los. Sie können sich gar nicht vorstellen, wie alle Umstehenden sich nicht genug tun konnten, mich zu preisen! Wie strömten dem alten Familienoberhaupt die Dankeszähren aus den Augen und verschönten sein Patriarchenantlitz, das einen Augenblick zuvor noch vor wilder Verzweiflung wahrhaft scheußlich dreingesehen hatte! Ich blickte voll Neugier und Staunen auf dieses Schauspiel! Da trat ein anderer, jüngerer Bauer auf mich zu. Er führte eine Frau an der Hand, und zwei Kinder waren bei ihm. So kam er eiligen Schrittes näher und sagte zu ihnen: »Wir wollen allesamt diesem Ebenbilde Gottes zu Füßen fallen!« Und im selben Augenblick war ich auch schon von der ganzen Familie umringt, die zu meinen Füßen im Staube dalag. Ich muß gestehen: Ich wurde schwach, und meine Augen füllten sich mit Tränen. Ich verspürte in meinem Innern eine unwillkürliche, aber köstliche Regung. Ich war erstaunt, wieviel Vergnügen es einem macht, wenn man Gutes tut. Und ich bin beinahe versucht zu glauben, daß die Leute, die wir so gemeinhin »tugendhaft« nennen, gar nicht so verdienstvoll sind, wie man uns gerne weismachen möchte. Doch sei dem, wie ihm wolle, jedenfalls fand ich es nur recht und billig, diesen armen Leuten das Vergnügen zu bezahlen, das sie mir eben vorhin verschafft hatten. Ich hatte zehn Louisdor zu mir gesteckt. Die gab ich ihnen. Und da fingen das Danken und Segnen von neuem an, aber jetzt erreichte es nicht mehr denselben pathetischen Hochflug. Das dringend Notwendige hatte die große, die wahre Wirkung hervorgerufen. Was nun folgte, war bloß noch der natürliche Ausdruck dankbaren Staunens angesichts eines Geschenks, das eigentlich überflüssig war.

Inmitten der wortreichen Segenswünsche dieser Familie glich ich nicht übel dem Helden eines rührenden Dramas in der Schlußszene. Beachten Sie, bitte, vor allem, daß mitten unter der gaffenden Menge der treue Spitzel stand! Mein Zweck war erfüllt. Ich machte mich aus dem Gedränge frei und kehrte aufs Schloß zurück. Alles in allem gerechnet kann ich mir zu meiner klugen Erfindung nur Glück wünschen. Die Frau ist es sicherlich wert, daß ich mir um sie so viel Mühe gebe. Ich werde eines Tages darauf pochen können. Und wenn ich sie gewissermaßen im voraus bezahlt habe, dann habe ich auch das Recht, nach meiner Laune mit ihr umzuspringen, ohne daß ich mir deswegen etwas vorzuwerfen brauchte.

Ich vergaß ganz, Ihnen zu sagen, daß ich – um alles zu meinem Vorteil auszunutzen – die guten Leute ersucht habe, sie möchten für den glücklichen Ausgang meines Vorhabens zu Gott beten. Sie werden ja sehen, ob ihre Gebete nicht teilweise schon erhört worden sind ... Doch eben meldet man mir, das Nachtmahl sei aufgetragen, und es würde zu spät, diesen Brief abzusenden, wenn ich ihn erst beim Zubettgehen abschlösse. So erfahren Sie *alles Weitere mit nächster Post.* Schade, denn was nun kommt, war just das Beste. Leben Sie wohl, meine schöne Freundin. Sie stehlen mir einen Augenblick ab, in dem ich das Vergnügen hätte genießen können, mit ihr zusammenzusein.

Am 20. August 17..

22. BRIEF

Die Präsidentin de Tourvel an Madame de Volanges

Sie werden sich bestimmt freuen, gnädige Frau, eine Handlungsweise Herrn de Valmonts kennenzulernen, die mir in ausgesprochenem Gegensatz zu allem zu stehen scheint, was man Ihnen bisher über ihn erzählt hat. Es ist dermaßen schmerzlich, über irgendeinen Menschen, er mag sein, wer er will, abschätzig zu denken; es ist so enttäuschend, nichts als lauter Laster bei den Männern vorzufinden, die doch alle erforderlichen Eigenschaften hätten, um der Tugend neue Anhänger zu werben! Und schließlich üben Sie so oft und gerne Nachsicht, daß man Ihnen geradezu einen Dienst erweist, wenn man Ihnen Grund und Anlaß liefert, ein allzu hartes Urteil zu berichtigen. Herr de Valmont hat, glaube ich, begründete Hoffnung auf diese Vergünstigung, fast möchte ich sagen, auf diese Gerechtigkeit. Hören Sie nur, woraus ich das schließe: Heute früh begab er sich wieder auf einen seiner Ausflüge, die mir die Vermutung nahebrachten, er hege irgendwelche Absichten irgendwo in der Umgegend. Auf diesen Gedanken sind ja Sie auch schon gekommen, und ich mache mir Vorwürfe, weil ich ihn vielleicht allzu bereitwillig aufgegriffen habe. Zum Glück für ihn und vor allem zu unserm Glück – denn das erspart uns ein ungerechtes Urteil –, mußte einer von meinen Dienern auch gerade in dieser Richtung etwas besorgen*. Und so wurde denn meine zwar tadelnswerte, aber immerhin wohlangebrachte Neugier befriedigt. Er hat uns nämlich hinterbracht, Herr de Valmont habe im Dorf . . . eine unglückliche Familie vorgefunden, deren Hausrat verkauft werden sollte, weil sie ihre Steuern nicht bezahlen konnte; da hatte er nicht nur ohne weiteres den armen Leuten ihre Schulden beglichen, sondern ihnen auch noch eine recht beträchtliche Geldsumme zum Geschenk gemacht. Mein Bedienter war Zeuge dieser tugendhaften Handlung. Er hat mir außerdem noch berichtet, die Bauern hätten untereinander und auch zu ihm gesagt, ein Diener, den sie genau schildern konnten – mein Bedienter ist überzeugt, es war der Diener Herrn de Valmonts –, habe gestern Erkundigungen über diejenigen unter den Dorfbewohnern eingezogen, die vielleicht seiner Unterstützung bedurften. Wenn sich das wirklich so verhält, dann handelt es sich hier nicht einmal bloß um eine barmherzige Anwandlung, die ihn rein zufällig bei irgendeiner Gelegenheit befallen hat, sondern um einen vorsätzlichen Plan, Gutes zu tun. Es liegt hier ein planmäßiges, eifervoll betriebenes Wohltun vor. Das ist ja die allerschönste Tugend schöner Seelen. Aber sei's nun Zufall oder Absicht, in jedem Fall ist so etwas ehrenhaft und löblich, und schon bei der bloßen Erzählung kamen mir vor Rührung die Tränen. Ferner möchte ich beifügen – und wiederum lediglich um der Gerechtigkeit willen –, als ich ihm gegenüber diese gute Tat erwähnte (er selber hatte kein Wort darüber verlauten lassen), stritt er sie zunächst ab, und als er sie schließlich zugab, tat er, als messe er

* Madame de Tourvel wagt also nicht zuzugeben, daß dies auf ihre Anordnung hin geschah.

ihr so wenig Wert bei, daß seine Bescheidenheit sie doppelt verdienstlich erscheinen ließ.

Und jetzt sagen Sie mir, verehrungswürdige Freundin, ist Herr de Valmont wirklich ein unverbesserlicher Wüstling? Ist er das, und beträgt er sich so hochherzig, was bleibt da den ehrbaren Leuten noch? Wie? Sollten die Sünder mit den Gerechten die geheiligten Wonnen der Wohltätigkeit teilen dürfen? Könnte Gott zulassen, daß eine tugendhafte Familie aus den Händen eines verruchten Bösewichts Unterstützungen empfängt, für die sie seiner göttlichen Vorsehung Dank sagen sollte? Und könnte ER ein Wohlgefallen daran haben, wenn reine Münder ihre Segenswünsche an einen Verworfenen verschwendeten? Nein. Lieber will ich noch glauben, Verirrungen können zwar tief eingewurzelt sein, brauchen aber nicht unbedingt ewig zu währen. Und ich kann mir nicht denken, daß ein Mensch, der Gutes tut, ein Feind der Tugend sein kann. Herr de Valmont ist vielleicht bloß ein neuerliches Beispiel dafür, daß schlechte Gesellschaft ihre Gefahren birgt. Ich möchte mich für diese Erklärung entscheiden, denn sie sagt mir zu. Wenn sie einerseits ihn in ihrem Herzen zu rechtfertigen vermag, so macht sie mir anderseits die zärtliche Freundschaft immer wertvoller, die mich Ihnen fürs Leben verbindet. Ich habe die Ehre usw.

Postskriptum. Madame de Rosemonde und ich wollen gleich nachher die ehrbare, vom Unglück verfolgte Familie aufsuchen und unsere leider verspätete Hilfe zur Unterstützung Herrn de Valmonts beisteuern. Wir nehmen ihn mit. So können wir wenigstens den guten Leuten das Vergnügen verschaffen, ihren Wohltäter wiederzusehen. Das ist, glaub' ich, alles, was er uns zu tun übriggelassen hat.

Am 20. August 17..

23. BRIEF

Der Vicomte de Valmont an die Marquise de Merteuil

Wir waren bei meiner Rückkehr ins Schloß stehengeblieben. Ich nehme meinen Bericht wieder auf.

Ich hatte gerade noch Zeit, flüchtig Toilette zu machen, und begab mich dann in den Salon, wo meine Schöne über einer Stickerei saß, während der Dorfpfarrer meiner alten Tante die Zeitung vorlas. Ich setzte mich neben den Stickrahmen. Ihre Blicke waren beinahe zärtlich, sie strahlten noch sanfter als gewöhnlich und ließen mich recht bald erraten, daß der Bediente bereits über seinen Auftrag Bericht erstattet hatte. In der Tat konnte meine liebenswürdige, neugierige Freundin das Geheimnis, das sie mir abgelistet hatte, nicht länger für sich behalten. Und sie scheute sich nicht, den ehrwürdigen Pfarrherrn zu unterbrechen, dessen Vortragsweise doch einer salbungsvollen Predigt verzweifelt ähnlich klang. »Ich habe auch eine Neuigkeit vorzubringen«, sagte sie. Und alsbald erzählte sie mein Abenteuer mit einer Genauigkeit, die der Intelligenz ihres Berichterstatters alle Ehre machte. Sie können sich ja vorstellen, wie ich mich mit meiner Bescheidenheit aufspielte. Doch wer könnte einer Frau Einhalt gebieten, wenn sie, ohne es selber zu ahnen, das Lob des Mannes singt, den sie liebt? Ich entschloß mich daher, sie gewähren zu lassen. Man hätte wahrlich meinen können, sie halte eine Lobpredigt auf einen Heiligen! Inzwischen bobachtete ich mit leiser Hoffnung alles, was ihr belebter Blick, ihr gelöstes Gebärdenspiel und vor allem der Ton ihrer Stimme, aus deren merklich verändertem Klang ihre innere Erregung sprach, an Liebe verhieß. Kaum hatte sie zu Ende geredet, so rief auch schon Madame de Rosemonde: »Kommen Sie her, lieber Neffe, kommen Sie, ich muß Sie umarmen!« Ich hatte sogleich das bestimmte Gefühl, die hübsche Moralpredigerin werde es mir nicht gut verwehren können, daß ich sie ebenfalls umarme. Sie wollte zwar davonlaufen; aber es dauerte nicht lange, und sie lag in meinen Armen. Sie konnte sich kaum aufrecht halten, geschweige denn Widerstand leisten. Je länger ich diese Frau beobachte, um so begehrenswerter kommt sie mir vor. Sie verzog sich schleunigst wieder hinter ihrem Stickrahmen, und ein jeder glaubte, sie stichle wieder an ihrer Stikkerei. Ich aber bemerkte wohl, daß ihre Hand zitterte und daß sie gar nicht fähig war weiterzuarbeiten.

Nach dem Mittagessen wollten die Damen unbedingt die Unglücklichen aufsuchen, die ich so gottgefällig unterstützt hatte. Ich ging mit. Ich erspare Ihnen diese langweilige zweite Dankbarkeits- und Lobpreisungsszene. Mein Herz, das eine köstliche Erinnerung ungeduldig machte, konnte es kaum erwarten, bis wir wieder aufs Schloß zurückkehrten. Unterwegs war meine schöne Präsidentin schweigsamer und verträumter denn je sonst und sprach kein Wort. Ich war vollauf damit beschäftigt, Mittel und Wege ausfindig zu machen, wie ich die Wirkung ausnützen könnte, die die heutigen Ereignisse hervorgebracht hatten, und so saß ich ebenfalls schweigend daneben. Einzig Madame de Rosemonde redete und erhielt von uns bloß knappe und spärliche Antworten. Wahrscheinlich langweilten wir sie. Jedenfalls hatte ich die Absicht, und ich erreichte meinen Zweck. So kam es, daß sie, kaum war sie ausgestiegen, gleich auf ihr Zimmer ging und meine Schöne und mich in trautem Beisammensein in einem schlecht erleuchteten Salon allein ließ. Solch mildes Schummerlicht macht ja zaghafte Liebe kühn. Ich brauchte gar nicht erst des Gespräch auf das Thema lenken, wo ich es hinhaben wollte. Der Bekehrungseifer meiner liebenswerten Moralpredigerin kam mir besser zustatten, als meine ganze Gerissenheit das hätte tun können. »Wenn man so würdig ist, Gutes zu tun«, sagte sie zu mir und ließ ihren sanften Blick auf mir ruhen, »wie kann man dann sein Leben damit zubringen, daß man Böses anrichtet?« – »Ich verdiene weder dieses Lob noch diesen Tadel«, gab ich ihr zur Antwort. »Ich kann es nicht verstehen, daß Sie – klug, wie Sie sind – noch nicht erraten haben, wie's um mich steht. Sollte mein Vertrauen mir in Ihren Augen auch noch so sehr schaden, so sind Sie seiner doch zu würdig, als daß ich es Ihnen verweigern könnte. Sie finden den Schlüssel zu meinem Verhalten in meinem leider allzu leicht beeinflußbaren Charakter. Umgeben von sittenlosen Menschen, habe ich ihre Laster angenommen und nachgeahmt.

Vielleicht habe ich sogar ein bißchen Eitelkeit dareingesetzt, sie noch zu überbieten. Hier nun hat mich das Vorbild all der Tugend verführt, und ohne daß ich hoffen konnte, es Ihnen gleichzutun, habe ich wenigstens versucht, Ihnen nachzueifern. Wer weiß, vielleicht würde, was ich heute getan habe, weswegen Sie so des Lobes voll sind, in Ihren Augen jeglichen Wert verlieren, wenn sie den wahren Grund kennten, aus dem ich gehandelt habe!« – Sie sehen, schönste Freundin, wie nahe ich der Wahrheit kam. – »Nicht mir verdanken diese unglücklichen Menschen meine Hilfe«, fuhr ich fort. »Sie sehen darin eine löbliche Tat, ich aber suchte nur ein Mittel, Gefallen zu erregen. Ich war nichts weiter, wenn ich es denn sagen muß, als das schwache Werkzeug der Gottheit, die ich anbete.« – Hier wollte sie mir ins Wort fallen, aber ich ließ ihr keine Zeit dazu. – »Auch im gegenwärtigen Augenblick«, so fuhr ich fort, »entschlüpft mir mein Geheimnis nur aus Schwäche. Ich hatte mir gelobt, es Ihnen zu verschweigen. Ich sah mein Glück darin, Ihren Tugenden wie auch Ihren Reizen eine makellos keusche Huldigung darzubringen, von der Sie niemals etwas erfahren sollten. Doch bin ich außerstande, jemanden zu hintergehen, wenn ich das Vorbild reiner Lauterkeit vor Augen habe, und so habe ich mir Ihnen gegenüber keinerlei sträfliche Verstellung vorzuwerfen.

Glauben Sie ja nicht, ich trete Ihnen mit einer sündhaften Hoffnung zu nahe. Ich werde unglücklich sein, das weiß ich, aber meine Leiden werden mir teuer und lieb sein, beweisen sie mir doch das Übermaß meiner Liebe. Zu Ihren Füßen, an Ihrem Busen will ich meine Qual niederlegen. Hier will ich neue Kräfte schöpfen, um auch weiterhin zu leiden, zu dulden. Hier werde ich mitfühlende Güte finden und mich getröstet fühlen, wie Sie Mitleid mit mir hatten. Oh, angebetete Frau, hören Sie mich an, beklagen Sie mich! Helfen Sie mir!« Während ich das alles vorbrachte, lag ich zu ihren Füßen und hielt ihre Hände umklammert. Sie aber riß sich plötzlich los, preßte beide Hände vor die Augen und schrie verzweifelt auf: »Ach, ich Unselige!« Und dann brach sie in Tränen aus. Zum Glück hatte ich mich in eine solche Begeisterung hineingeredet, daß auch ich weinte. Ich nahm ihre Hände wiederum in die meinen und netzte sie mit meinen Tränen. Diese vorsorgliche Maßnahme war notwendig, denn sie war so sehr mit ihrem eignen Schmerz beschäftigt, daß sie meinen Kummer gar nicht bemerkt hätte, wenn ich nicht auf diese Weise sie gleichsam mit der Nase daraufgestoßen hätte. Zudem verschaffte mir das auch noch den Genuß, in aller Muße dies reizvolle Antlitz betrachten zu können, das, tränenüberströmt, wie es war, noch weit anziehender und schöner wirkte. Mein Kopf fing Feuer, und ich konnte mich nur mühsam beherrschen. Ich hatte nicht übel Lust, mir diesen Augenblick zunutze zu machen.

Wie groß ist nicht unsere Schwachheit! Wie übermächtig ist der Einfluß der Umstände, wenn sogar ich meine wohldurchdachten Pläne völlig vergessen konnte und Gefahr lief, durch einen verfrühten Triumph des Zaubers langer innerer Kämpfe und der kleinen Fortschritte eines langsamen, peinvollen Erliegens verlustig zu gehn, wenn ich, verlockt von einem jünglinghaften Verlangen, den Bezwinger der Madame de Tourvel beinahe der Gefahr ausgesetzt hätte, zum Lohn für seine Mühen nichts weiter zu ernten als den schalen, abgeschmackten Vorteil, daß er noch eine Frau mehr gehabt hat! Ha! Sie muß sich ergeben! Aber zuvor muß sie erst kämpfen! Sie darf zwar nicht Kraft genug zum Siegen aufbringen; aber sie soll doch hinreichend stark sein, mir zu widerstehen. Sie muß ausgiebig und in aller Muße das Gefühl ihrer Schwäche auskosten, sie muß gezwungen sein, ihre Niederlage einzugestehen. Überlassen wir's dem ruhmlosen Wilddieb, den Hirsch, den er aufgescheucht hat, aus dem Hinterhalt abzuschießen. Der echte Jäger muß ihn hetzen, bis er zusammenbricht. Ist der Plan nicht hochfliegend und sinnreich? Vielleicht aber könnte ich ihm jetzt nachtrauern, wäre meiner Besonnenheit nicht der Zufall zu Hilfe gekommen.

Wir hörten, wie nebenan jemand kam. Schritte nahten durch den Salon. Erschreckt fuhr Madame de Tourvel auf, nahm einen von den Leuchtern und eilte hinaus. Ich mußte sie wohl oder übel gewähren lassen. Es war aber bloß ein Bedienter. Sobald ich's sicher wußte, ging ich ihr nach. Kaum hatte ich ein paar Schritte getan, hörte ich – sei's, daß sie mich erkannt hatte, sei's aus einem unbestimmten Gefühl des Schreckens –, wie sie rascher enteilte und ihr Schlafzimmer betrat oder vielmehr Hals über Kopf hineinlief. Dann verriegelte sie hinter sich die Tür. Ich rannte hin, aber der Schlüssel steckte innen. Ich hütete mich wohl anzuklopfen. Damit hätte ich ihr Gelegenheit zu allzu leichtem Widerstand geboten. Da verfiel ich auf den glücklichen und doch so einfachen Gedanken, ich könnte ja durchs Schlüsselloch gucken, und was sah ich? Die anbetungswürdige Frau lag tatsächlich auf den Knien, in Tränen aufgelöst, und betete inbrünstig. Welchen Gott wagte sie anzurufen? Gibt es einen Gott, der etwas gegen die Allmacht der Liebe vermag? Vergeblich sieht sie sich jetzt nach Hilfe um, die ihr von außen kommen könnte. Ich allein bestimme fortan über ihr Schicksal.

In der Überzeugung, daß ich nun für einen Tag genug geleistet hatte, verfügte ich mich gleichfalls auf mein Zimmer und fing einen Brief an Sie an. Ich hoffte, sie beim Abendessen wiederzusehen. Doch sie ließ sagen, sie sei unpäßlich und bereits zu Bett gegangen. Madame de Rosemonde wollte zu ihr hinaufgehn, aber die listige Kranke hatte ein Kopfweh vorgeschützt, daß ihr nicht gestattete, irgendwen zu empfangen. Sie können sich denken, daß wir nach dem Essen nicht mehr lange aufblieben und daß auch ich über Kopfschmerzen klagte. In meinem Zimmer angelangt, schrieb ich ihr einen langen Brief und beklagte mich über diesen neuerlichen Beweis ihrer unbeugsamen Strenge. Ich hatte beim Zubettgehen die Absicht, ihn heute früh überreichen zu lassen. Ich habe schlecht geschlafen, wie Sie aus dem Datum dieses Briefes ersehen können. Ich stand auf und las meine Epistel nochmals durch. Da merkte ich erst, daß ich mich nicht genug in acht genommen hatte, daß ich darin mehr Glut verriet als Liebe, mehr Mißmut als Traurigkeit. Ich werde ihn noch einmal schreiben müssen; doch dazu muß ich erst wieder ruhiger geworden sein.

Ich sehe, der Morgen graut, und ich hoffe, die Kühle, die mit ihm kommt, werde mir auch den Schlaf bescheren. Ich gehe wieder ins Bett, und mag die Macht dieser Frau noch so groß sein, so verspreche ich Ihnen doch, mich nicht so ausschließlich mit ihr abzugeben, daß mir keine Zeit mehr bleibt, oft und zärtlich an Sie zu denken. Leben sie wohl, schönste Freundin.

Am 21. August 17.., um vier Uhr frühmorgens.

24. BRIEF

Der Vicomte de Valmont an die Präsidentin de Tourvel

Ach, erbarmen Sie sich, gnädige Frau! Lassen Sie sich herbei, meiner verstörten Seele wieder Ruhe und Frieden zu schenken! Lassen Sie mich wissen, ich flehe Sie an, was ich hoffen darf und was ich fürchten muß. Da hange und bange ich zwischen einem Glück ohne Maß und einem grenzenlosen Unglück, und diese Ungewißheit ist eine grausame Marter. Warum habe ich auch zu Ihnen sprechen müssen? Weshalb konnte ich dem gebieterischen Zauber nicht widerstehen, der Ihnen meine heimlichsten Gedanken preisgab? Solange ich mich damit zufriedengab, Sie schweigend anzubeten, erfreute ich mich meiner Liebe. Und dies reine Gefühl, das damals noch nicht vom Bild Ihres Schmerzes getrübt ward, war mir Seligkeit genug. Doch dieser Born des Glücks ist zu einem Quell bitterer Verzweiflung geworden, seit ich Ihre Tränen fließen sah, seit ich dieses grausame »Ach, ich Unselige!« mitanhören mußte. Gnädige Frau, diese Worte werden noch lange in meinem Herzen widerhallen. Welch ein Verhängnis ist schuld, daß dieses süßeste aller Gefühle Ihnen nichts als Entsetzen einzuflößen vermag? Was ängstigt Sie denn? Ach, Sie brauchen nicht zu fürchten, daß Sie meine Empfindungen teilen könnten. Ihr Herz, das ich verkannt hatte, ist nicht zur Liebe geschaffen. Das meine, das Sie unablässig zu Unrecht der Treulosigkeit zeihen, ist das einzig empfindsame. Ihres kennt nicht einmal Erbarmen. Wäre dem nicht so, Sie hätten dem Unglücklichen, der Ihnen seine Leiden anvertraute, nicht ein Wort des Trostes verweigert. Sie hätten sich nicht seinen Blicken entzogen, da er doch keine andere Freude hat als Ihren Anblick. Sie hätten nicht mit seiner Unrast ein grausames Spiel getrieben, hätten ihm nicht sagen lassen, Sie seien krank, ohne ihm gleichzeitig zu erlauben, sich nach Ihrem Zustand zu erkundigen. Sie hätten gespürt, daß dieselbe Nacht, die für Sie ein zwölf Stunden währendes Ausruhen bedeutete, für ihn eine ganze Ewigkeit voller Qualen sein mußte.

Womit – sagen Sie mir das –, womit habe ich diese Strenge verdient, die mich zur Verzweiflung treibt? Ich fürchte mich nicht davor, Sie zum Richter anzurufen. Was habe ich denn getan? Nichts weiter, als daß ich einem unwillkürlichen Gefühl nachgab, das mir die Schönheit einflößte und das die Tugend rechtfertigte, einem Gefühl, das stetsfort von Achtung und Ehrfurcht zurückgedämmt wurde und dessen unschuldsvolles Eingeständnis auf mein Vertrauen zurückzuführen ist und nicht auf irgendwelche Hoffnungen, die ich mir machte. Wollen Sie nun dieses Vertrauen enttäuschen, das Sie selber zu ermutigen schienen und dem ich mich rückhaltlos hingegeben habe? Nein, das kann ich nicht glauben! Damit müßte ich ja annehmen, Sie könnten unrecht tun, und mein Herz lehnt sich beim bloßen Gedanken an die Möglichkeit auf, es sei an Ihnen etwas Unrechtes zu finden. Ich widerrufe meine Vorwürfe. Ich konnte sie wohl hinschreiben, nicht aber sie wirklich denken. Ach, lassen Sie mir den Glauben an Ihre Vollkommenheit! Er ist die einzige Freude, die mir noch verbleibt. Beweisen Sie mir, daß Sie ohne Fehl und Tadel sind, versagen Sie mir Ihre hochherzige Fürsorge nicht. Wann haben Sie je einem Unglücklichen Ihre Hilfe gewährt, der sie nötiger gebraucht hätte als ich? Lassen Sie mich nicht allein in dem verstörten Zustand, in den Sie mich versetzt haben. Leihen Sie mir Ihre Vernunft, da Sie mich doch um meinen Verstand gebracht haben. Nun, da Sie mich gestraft haben, vollenden Sie Ihr Werk und erleuchten Sie mich.

Ich will Sie nicht täuschen: Es wird Ihnen nie gelingen, meine Liebe auszutilgen; aber Sie können mir zeigen, wie ich sie in geregelte Bahnen dämmen kann. Indem Sie meine Schritte lenken, indem Sie mir vorschreiben, was ich sagen soll und darf, werden Sie mich wenigstens vor dem grauenvollen Unglück bewahren, Ihr Mißfallen zu erregen. Zerstreuen Sie vor allem diese Angst, die mich der Verzweiflung in die Arme treibt. Sagen Sie mir, daß Sie mir verzeihen, daß Sie Erbarmen mit mir haben. Versichern Sie mich Ihrer Nachsicht. Sie werden nie so viel Nachsicht aufbringen, wie ich sie wünschte. Aber ich heische die Geduld, die ich nötig habe. Werden Sie mir auch die verweigern?

Leben Sie wohl, gnädige Frau. Nehmen sie gütigst die Gefühle entgegen, die ich Ihnen darbringe. Damit tun Sie meiner verehrenden Achtung keinen Abbruch.

Am 20. August 17..

25. BRIEF

Der Vicomte de Valmont an die Marquise de Merteuil

Hier der Bericht vom gestrigen Tag:

Um elf Uhr begab ich mich zu Madame de Rosemonde, und unter ihrem Schutz wurde ich bei der Schein-Kranken eingelassen, die noch zu Bette lag. Sie hatte dunkle Ringe um die Augen; ich hoffe, sie hat ebenso schlecht geschlafen wie ich. Ich benützte einen Augenblick, als Madame de Rosemonde weggegangen war, und überreichte ihr meinen Brief. Sie sträubte sich, ihn entgegenzunehmen, doch ich ließ ihn einfach auf dem Bett liegen und rückte in Züchten und Ehren den Lehnstuhl meiner alten Tante näher ans Bett; sie bestand darauf, ganz nahe bei »ihrem lieben Kind« zu sitzen. Da mußte sie wohl oder übel den Brief an sich nehmen, wenn sie einen Skandal vermeiden wollte. Die Patientin sagte recht ungeschickterweise, sie habe ein bißchen Fieber. Madame de Rosemonde bat mich daraufhin, ihr den Puls zu fühlen, wobei sie viel Rühmliches von meinen medizinischen Kenntnissen zu berichten wußte. Meine Schöne erlebte also den zwiefachen Kummer, mir einesteils den Arm überlassen zu müssen, und andernteils sich darüber klar zu sein, daß ihre Notlüge an den Tag kommen mußte. Ich nahm auch wirklich ihre Hand und hielt sie mit einer Hand fest, indem ich mit der anderen ihren frischen, molligen Arm streichelte. Voll Arglist gab sie mir auf alle meine Fragen keinerlei Antwort, und so zog ich meine Hand zurück und sagte: »Es liegt nicht die leiseste Alteration vor.« Ich konnte mir denken, daß ihre Augen mich streng anblicken mußten, und um sie zu strafen, schaute ich gar nicht zu ihr hin. Einen Augenblick später äußerte sie den Wunsch aufzustehen, und wir ließen sie allein. Sie erschien beim Mittagessen, das recht trübselig verlief. Sie kündigte an, sie werde nicht spazierengehen, womit sie mir bedeuten wollte, ich werde keine Gelegenheit finden, mit ihr zu reden. Ich fühlte wohl, hier müsse ich einen Seufzer und einen schmerz- und seelenvollen Blick anbringen. Bestimmt hatte sie das erwartet, denn das war der einzige Augenblick am ganzen Tag, wo es mir gelang, einen Blick von ihr zu erhaschen. Sie ist ja über die Maßen ehrbar und züchtig, aber ihre kleinen arglistigen Anwandlungen hat sie doch wie jede andere. Ich fand Gelegenheit, sie zu fragen, »ob sie so gütig gewesen sei, mich mein Schicksal wissen zu lassen«, und ich war leicht erstaunt, als sie mir zur Antwort gab: »Ja, Vicomte, ich habe Ihnen geschrieben.« Ich konnte es kaum erwarten, bis ich den Brief bekam. Doch war's wiederum eine List, war's Ungeschicklichkeit oder Schüchternheit, jedenfalls gab sie ihn mir erst am Abend, als sie auf ihr Zimmer gehen wollte. Ich schicke ihn Ihnen nebst dem Konzept meiner Epistel. Lesen Sie, und dann urteilen Sie. Sehen Sie nur, mit welcher ausbündigen Doppelzüngigkeit sie beteuert, sie fühle keine Liebe, wo ich doch das Gegenteil so genau weiß. Und dann geht sie hin und beklagt sich, wenn ich sie später hintergehe, während sie sich gar nichts draus macht, mich vorher zu betrügen! Schönste Freundin, der schlaueste, der gerissenste Mann kann sich bestenfalls auf gleicher Höhe mit der wahrhaftesten Frau halten. Trotz alledem muß ich natürlich tun, als glaube ich diesen ganzen Unsinn, und ich muß mich aus Leibeskräften verzweifelt stellen, weil's der gnädigen Frau so paßt, sich als die Spröde aufzuspielen! Wie soll man sich da für solche Heimtücke nicht rächen! ... Nur Geduld! ...

Doch leben Sie wohl. Ich habe noch mancherlei zu schreiben. Damit ich's nicht vergesse: Schicken sie mir doch den Brief der spröden Schönheit wieder zurück. Es könnte sein, daß sie später einmal wünscht, solchen Bagatellen Wert beizumessen, und dann muß man sie zur Hand haben.

Ich ließ die kleine Volanges unerwähnt; davon reden wir dann bei nächster Gelegenheit.

Auf dem Schloß, am 22. August 17..

26. BRIEF

Die Präsidentin de Tourvel an den Vicomte de Valmont

Mein Herr Vicomte, bestimmt hätten sie niemals von mir einen Brief erhalten, zwänge mich nicht mein törichtes Benehmen von gestern abend, mich heute mit Ihnen auseinanderzusetzen.

Ja, ich habe geweint; das gebe ich zu. Vielleicht sind mir auch die paar Worte entschlüpft, die Sie mir so geflissentlich anführen. Meine Tränen und meine Worte, alles haben Sie sich gemerkt. So muß ich Ihnen denn auch alles klarlegen.

Ich bin gewöhnt, nur wohlanständige und ehrbare Gefühle einzugeben, bloß Worte zu vernehmen, die ich anhören kann, ohne schamrot zu werden, infolgedessen auch mich einer Sicherheit zu erfreuen, die ich – das darf ich wohl sagen – verdiene, und so verstehe ich Stimmungen und Eindrücke, die ich erlebe, weder zu bekämpfen, noch kann ich sie mir nicht anmerken lassen. Das Staunen und die Befangenheit, in die mich Ihr Vorgehen versetzt hat, eine gewisse Angst, hervorgerufen durch eine Situation, in die ich nie hätte geraten dürfen, vielleicht auch der empörende Gedanke, Sie könnten mich mit den Frauen verwechseln, über die Sie so geringschätzig denken, und am Ende gar so leichtfertig mit mir umspringen wie mit ihnen, alle diese Gründe zusammengenommen sind schuld an meinen Tränen. Und es mag auch sein, daß ich deswegen – wie mir scheint, nicht grundlos – sagte, ich sei unglücklich. Dieser Ausdruck, der Ihnen so stark dünkt, wäre sicherlich noch viel zu schwach, wenn meine Worte und meine Tränen einen andern Beweggrund gehabt hätten, wenn ich, anstatt Gefühle zu mißbilligen, die mich beleidigen müssen, hätte befürchten können, ich würde sie vielleicht teilen.

Nein, Herr Vicomte, diese Befürchtungen hegte ich nicht. Und würde ich sie hegen, ich flöhe hundert Meilen weit vor Ihnen. Ich würde in eine öde Gegend flüchten und dort das Unglück beweinen, Sie kennengelernt zu haben. Vielleicht, trotz der Gewißheit, daß ich Sie niemals lieben kann, vielleicht hätte ich besser daran getan, wenn ich dem Rat meiner Freunde gefolgt wäre und Sie nie hätte in meine Nähe kommen lassen. Ich habe geglaubt, und darin allein habe ich unrecht getan, ich habe geglaubt, Sie würden eine anständige Frau mit Ihren Nachstellungen verschonen, eine Frau, die nichts lieber wollte, als in Ihnen einen Ehrenmann zu finden und Ihnen Gerechtigkeit widerfahren zu lassen, die sich schon für Sie einsetzte, während Sie mit Ihrem sündhaften Verlangen ihr Schimpf über Schimpf antaten. Sie kennen mich nicht, Vicomte, nein, Sie kennen mich nicht! Sonst hätten Sie nicht glauben können, Sie dürften sich aus dem Unrecht, das Sie begangen haben, ein Recht ableiten. Sie hätten nicht, bloß weil Sie Dinge zu mir gesagt haben, die ich gar nicht hätte hören dürfen, sich ermächtigt geglaubt, mir einen Brief zu schreiben, den ich nicht hätte lesen sollen. Und Sie verlangen, ich solle »Ihre Schritte lenken, Ihnen vorschreiben, was Sie reden dürfen«. Gut denn, Vicomte, Schweigen und Vergessen, das sind die Ratschläge, die ich Ihnen zu erteilen habe, die Sie befolgen sollten. Dann erst haben Sie ein Anrecht auf meine Nachsicht. Es liegt nur an Ihnen, daß Sie sich dergestalt ein Anrecht auf meine Dankbarkeit verschaffen könnten ... Doch nein, ich will den Mann, der mir Achtung versagt hat, nicht mit einer Bitte behelligen. Ich werde dem Menschen, der meine Arglosigkeit mißbraucht hat, nicht einen Beweis meines Vertrauens geben. Sie zwingen mich, Sie zu fürchten, vielleicht gar zu hassen. Ich wollte es nicht. Ich wollte in Ihnen nichts weiter sehen als den Neffen meiner verehrungswürdigen Freundin. Ich stellte die Stimme der Freundschaft dem Murren der öffentlichen Meinung entgegen, die Sie anklagte. Nun haben Sie alles zunichte gemacht. Und – ich sehe es jetzt schon – Sie werden nichts wiedergutmachen wollen.

Ich lasse es bei der Feststellung bewenden, Vicomte, daß Ihre Gefühle mich beleidigen, daß Ihr Geständnis mich verunglimpft und daß ich mit keinem Gedanken daran denke, sie jemals zu teilen, daß Sie mich vielmehr zwingen würden, Sie nie wiederzusehen, wenn Sie sich nicht in dieser Hinsicht ein Schweigen auferlegen, das ich von Ihnen zu erwarten berechtigt bin, das ich sogar von Ihnen fordern kann. Ich lege dieser Antwort den Brief bei, den Sie mir geschrieben haben, und hoffe, Sie werden mir gütigst dieses Schreiben ebenfalls wieder zurückgeben. Es wäre mir wirklich äußerst peinlich, wenn auch nur die leiseste Spur eines Vorfalls bestehen bliebe, der sich nie hätte ereignen dürfen.

Ich habe die Ehre usw.

Am 21. August 17 . .

27. BRIEF

Cécile Volanges an die Marquise de Merteuil

Mein Gott! Wie gütig Sie sind, gnädige Frau! Wie richtig haben Sie gefühlt, daß es mir leichterfallen werde, Ihnen zu schreiben, als mit Ihnen darüber zu reden! Was ich Ihnen zu sagen habe, ist aber auch schrecklich heikel. Aber Sie sind ja meine Freundin, das ist doch wahr! O ja, Sie sind meine liebe, gute Freundin! Ich will mir alle Mühe geben, mich nicht mehr zu ängstigen; und dann habe ich Sie ja so nötig, ich brauche Ihren Rat so dringend! Ich habe entsetzlichen Kummer. Es ist mir, als errieten alle Leute, was in mir vorgeht. Und vor allem, wenn er da ist, werde ich rot, sobald man mich nur anschaut. Gestern, als Sie mich weinen sahen, war es, weil ich mit Ihnen reden wollte, und dann hielt mich irgend etwas ab, es zu tun. Und als Sie mich dann fragten, was mir fehle, kamen mir die Tränen, ohne daß ich's wollte. Kein Wort hätte ich herausgebracht. Wären Sie nicht gewesen, Mama hätte alles gemerkt, und was wäre dann aus mir geworden? Und so verbringe ich nun mein Leben, besonders seit vier Tagen! An jenem Tag, gnädige Frau, ja, ich will es Ihnen sagen, an jenem Tag hat mir der Herr Chevalier Danceny geschrieben. Oh, ich schwöre Ihnen, als ich seinen Brief fand, wußte ich überhaupt nicht, was es bedeuten sollte. Aber ich müßte lügen, wenn ich behaupten wollte, ich hätte mich beim Lesen nicht schrecklich gefreut. Sehen Sie, lieber möchte ich mein ganzes Leben lang Kummer haben, als daß ich wünschte, er hätte mir nicht geschrieben. Aber ich wußte wohl, daß ich's ihm nicht hätte sagen dürfen, und ich kann Ihnen versichern, ich habe ihm gesagt, es sei mir gar nicht recht. Doch er sagt, er habe einfach nicht anders können, und das glaube ich ihm gern. Denn ich hatte mir fest vorgenommen, ich wolle ihm nicht antworten, und doch habe ich's dann getan. Oh, ich habe ihm bloß ein einziges Mal geschrieben, und auch das zum Teil nur, um ihm zu sagen, er dürfe mir nicht mehr schreiben. Aber trotzdem schreibt er mir immer wieder. Und da ich ihm nie antworte, ist er traurig, das sehe ich schon, und das macht mich dann noch mehr traurig. So weiß ich jetzt gar nicht mehr, was ich tun, was weiter werden soll, und ich bin ein recht beklagenswertes Geschöpf.

Sagen Sie mir, gnädige Frau, ich bitte Sie, wäre es sehr schlimm, wenn ich ihm von Zeit zu Zeit eine Antwort gäbe? Nur so lange, bis er es über sich gebracht hat, mir nicht mehr zu schreiben und wie bisher mit mir zusammenzuleben. Denn wenn das so weitergeht, dann weiß ich nicht mehr, was werden soll. Sehen Sie, als ich seinen letzten Brief las, mußte ich weinen und konnte einfach nicht mehr aufhören; und ich weiß, wenn ich ihm nicht wieder antworte, dann bereitet uns das beiden schrecklich viel Herzeleid.

Ich will Ihnen auch seinen Brief zuschicken oder wenigstens eine Abschrift; dann können Sie urteilen. Sie werden ja sehen, daß er nichts Schlimmes von mir verlangt. Wenn Sie aber meinen, das schicke sich nicht, dann verspreche ich Ihnen, es bleibenzulassen. Aber ich bin überzeugt, Sie werden genauso denken wie ich, daß nämlich nichts Schlimmes dabei ist.

Wenn ich gerade am Schreiben bin, gnädige Frau, gestatten Sie mir noch eine Frage: Man hat mir gesagt, es sei nicht recht, wenn man einen Mann liebhabe. Aber warum denn eigentlich? Ich frage nämlich darum, weil der Herr Chevalier Danceny behauptet, es sei gar nichts Böses, und alle Leute hätten jemanden lieb. Wenn das wirklich so ist, dann sehe ich nicht ein, weshalb gerade ich das nicht dürfte. Oder ist es vielleicht nur etwas Schlimmes, wenn es sich um junge Mädchen handelt? Denn ich habe gehört, wie Mama selber sagte, Madame D . . . liebe den Herrn M . . ., und sie sagte das gar nicht etwa, als handle es sich dabei um etwas so Arges. Und doch weiß ich ganz genau, daß sie mir schrecklich zürnen würde, wenn sie auch nur die leiseste Ahnung von meiner Freundschaft mit Herrn Danceny hätte. Sie behandelt mich ja immer noch wie ein Kind, meine Mama. Und sie sagt mir rein gar nichts. Ich glaubte, als sie mich aus dem Kloster wegholte, es geschehe, weil ich heiraten sollte. Jetzt aber dünkt mich wieder, es sei gar nicht deswegen gewesen. Nicht daß mir gerade viel daran läge, das kann ich Ihnen versichern. Doch Sie sind ja so eng mit ihr befreundet, Sie wissen vielleicht, wie es darum steht, und wenn Sie's wissen, dann werden Sie es mir hoffentlich sagen.

Nun ist ein langer Brief daraus geworden, gnädige Frau. Doch Sie haben mir ja erlaubt, Ihnen zu schreiben, und ich habe es benützt, um Ihnen alles zu sagen, und ich baue auf Ihre Freundschaft.

Ich habe die Ehre usw.

Paris, den 23. August 17..

28. BRIEF

Der Chevalier Danceny an Cécile Volanges

Wie denn, gnädiges Fräulein? Sie weigern sich immer noch, mir zu antworten! Nichts kann Sie umstimmen. Und mit jedem neuen Tag schwindet auch die Hoffnung, die er mit sich brachte, wieder dahin! Was ist das denn für eine Freundschaft, die Sie zwischen uns bestehen lassen wollen, wenn sie nicht einmal zuwege bringt, daß Sie Mitgefühl für meine Not haben, wenn Sie kalt und gelassen bleiben können, während ich die Folterqualen einer verzehrenden Glut erleide, die ich nicht zu löschen vermag? Wenn sie Ihnen kein Vertrauen einflößen kann, ja nicht einmal ausreicht, Ihr Mitleid zu erwecken? Wie? Ihr Freund leidet, und Sie tun nichts, ihm Hilfe zu bringen! Er bittet Sie bloß um ein einziges Wort, und Sie schlagen es ihm ab! Und Sie wollen, er soll sich mit einem dermaßen schwachen Gefühl zufriedengeben, und dann fürchten Sie erst noch, es ihm neuerlich zu beteuern!

Sie möchten nicht undankbar sein, sagten Sie gestern. Ach, glauben Sie mir, gnädiges Fräulein, wenn man Liebe mit Freundschaft vergelten will, so heißt das nicht, daß man Undank scheut, sondern daß man nicht gern den Anschein erweckt, als sei man jeder Erkenntlichkeit bar. Indessen wage ich es nicht mehr, von einem Gefühl zu Ihnen zu sprechen, das Ihnen doch nur lästig fallen kann, wenn es Ihnen nicht nahegeht. Ich muß es zum mindesten in mir verschließen, bis ich so weit bin, daß ich es verwinden kann. Ich bin mir bewußt, wie schwer mir das fallen wird. Ich verhehle mir auch nicht, daß ich alle meine Kraft dafür aufwenden muß. Ich werde alle Mittel versuchen. Darunter ist eines, das meinem Herzen am meisten Überwindung kosten wird: Ich werde mir immer und immer wieder einreden, Ihr Herz sei fühllos. Ich werde mir sogar Mühe geben, Sie nicht mehr so oft zu sehen, und halte jetzt schon Ausschau nach einem triftigen Vorwand. Wie? Ich sollte die liebe Gewohnheit aufgeben, Sie tagtäglich zu sehen? Ach, wenigstens werde ich nie aufhören, mich danach zu sehnen! Ein Unglück ohne Ende wird der Lohn für die zärtlichste Liebe sein. Und Sie haben es so gewollt. Sie haben es vollbracht! Nie wieder, ich fühle es, werde ich das Glück finden, das ich heute verliere. Sie allein waren für mein Herz geschaffen. Mit welcher Wonne würde ich den Schwur ablegen, immer nur für Sie, um Ihretwillen zu leben! Doch Sie wollen ihn ja nicht entgegennehmen. Ihr Stillschweigen sagt mir nur allzu deutlich, daß Ihr Herz nicht zu meinen Gunsten spricht. Es ist der sicherste Beweis für Ihre Teilnahmslosigkeit und gleichzeitig die grausamste Art, sie mir zu zeigen. Leben Sie denn wohl, gnädiges Fräulein. Ich wage nicht mehr, auf eine Antwort zu hoffen. Liebe hätte umgehend und voll Eifer geschrieben,

Freundschaft mit tausend Freuden, sogar Mitleid hätte es aus Gefälligkeit getan. Doch Mitleid, Freundschaft und Liebe sind Ihrem Herzen völlig fremd.

Paris, am 23. August 17..

29. BRIEF

Cécile Volanges an Sophie Carnay

Ich sagte Dir ja, Sophie, es gebe Fälle, wo man schreiben dürfe. Und ich kann Dir versichern, daß ich mir Vorwürfe mache, weil ich Deiner Ansicht gefolgt bin. Das hat dem Chevalier Danceny und mir viel Kummer bereitet. Den besten Beweis, daß ich recht hatte, siehst Du darin, daß Madame de Merteuil, die es doch sicher wissen muß, schließlich genauso gedacht hat wie ich. Ich habe ihr alles gestanden. Zuerst sagte sie mir freilich das gleiche wie Du; doch als ich ihr alles klargelegt hatte, gab sie zu, das sei etwas ganz anderes. Sie verlangt nur, daß ich ihr alle meine Briefe und auch alle die zeige, die mir der Chevalier Danceny schreibt. Sie möchte ganz sicher sein, daß ich nur Dinge schreibe, die sich schicken. So bin ich nun also ganz beruhigt. Mein Gott, wie lieb habe ich Madame de Merteuil! Wie gut sie ist! Und dann ist sie eine hochachtbare Dame. So läßt sich also nichts dagegen einwenden.

Wie will ich nun aber an Herrn Danceny schreiben! Und wie froh wird er sein! Er wird noch viel glücklicher sein, als er selbst glaubt. Denn bis heute redete ich immer nur von meiner Freundschaft, und er wollte doch stets, ich solle sagen: meine Liebe! Ich glaube, ich meinte schon das gleiche wie er; aber ich traute mich einfach nicht, und ihm lag doch so viel daran! Da sagte ich es Madame de Merteuil, und sie meinte, ich habe ganz recht, man dürfe erst dann zugeben, daß man Liebe fühle, wenn man gar nicht mehr anders könne. Nun bin ich aber sicher, daß ich gar nicht mehr anders kann. Schließlich kommt es ja auf dasselbe heraus, und ihm machte es viel mehr Freude. Madame de Merteuil hat mir auch gesagt, sie wolle mir ein paar Bücher borgen, die von alldem handeln und die mir Anleitung geben, wie ich mich zu verhalten habe, auch wie ich noch besser schreiben kann als bisher. Denn, siehst Du, sie mutzt mir alle meine Fehler auf, und das ist ja der beste Beweis, daß sie mich gern hat. Sie hat mir nur eingeschärft, ich dürfe Mama gar nichts von diesen Büchern sagen, weil das so aussehen könnte, als finde sie, Mama habe meine Erziehung allzu sehr vernachlässigt, und das könnte sie kränken. Oh! Ich werde ihr bestimmt nichts sagen!

Es ist aber doch sonderbar und ungewöhnlich, daß eine Frau, die kaum mit mir verwandt ist, sich mehr um mich kümmert als meine leibliche Mutter! Es ist wirklich ein rechtes Glück, daß ich sie kennengelernt habe!

Sie hat Mama auch gefragt, ob sie mich übermorgen mit in die Oper nehmen darf, in ihre Loge. Sie hat mir gesagt, wir seien dann ganz allein, nur wir zwei, und dann könnten wir die ganze Zeit zusammen plaudern und brauchten gar keine Angst zu haben, es höre uns jemand. Das habe ich noch lieber als die Oper. Wir wollen auch über meine Heirat reden; denn sie hat mir gesagt, es sei wirklich wahr, ich werde heiraten. Mehr haben wir allerdings nicht darüber reden können. Ist es eigentlich nicht sehr merkwürdig, daß Mama zu mir rein gar nichts davon sagt?

Leb wohl, meine liebe Sophie. Ich will gleich an den Chevalier Danceny schreiben. Oh, ich bin ja so froh!

Am 24. August 17..

30. BRIEF

Cécile Volanges an den Chevalier Danceny

Endlich, Herr Chevalier, willige ich ein, Ihnen zu schreiben, Sie meiner Freundschaft zu versichern, meiner *Liebe*, da Sie doch sonst so unglücklich sind. Sie behaupten, ich habe kein gutes Herz. Ich kann Ihnen wahrhaft versichern: Sie irren sich, und ich hoffe, jetzt zweifeln Sie nicht mehr daran. Wenn Sie Kummer hatten, weil ich Ihnen nicht schrieb, glauben Sie eigentlich, mir habe es nicht auch weh getan? Ich wollte eben um keinen Preis der Welt etwas tun, was unrecht war. Und ich hätte Ihnen sicher meine Liebe auch jetzt noch nicht gestanden, wenn ich anders hätte können. Aber Ihre traurige Miene machte mir allzu viel Kummer. Ich hoffe nur, jetzt seien Sie nicht mehr traurig, und wir werden sehr, sehr glücklich sein. Ich freue mich so auf heute abend und hoffe Sie bestimmt zu sehen. Kommen Sie ja recht früh! So zeitig, wie ich es gerne hätte, wird es immer noch nicht sein. Mama speist zu Hause, und ich glaube, sie wird Sie zum Bleiben auffordern. Hoffentlich sind Sie nicht schon eingeladen wie vorgestern. War es denn so unterhaltsam, das Souper, zu dem Sie gingen? Sie sind ja so früh schon hingegangen! Doch reden wir nicht mehr von alledem. Jetzt, da Sie wissen, daß ich Sie liebhabe, werden Sie hoffentlich so lange bei mir bleiben, wie Sie nur können. Denn ich bin nur froh, wenn ich mit Ihnen zusammen bin, und ich möchte so gerne, daß es Ihnen gleich erginge.

Es tut mir so leid, daß Sie jetzt noch traurig sind; aber ich bin nicht schuld daran. Ich werde, sobald Sie da sind, meine Harfe zum Spielen verlangen, damit Sie meinen Brief gleich bekommen. Besser kann ich es nicht einrichten.

Leben Sie wohl, Chevalier. Ich habe Sie sehr lieb, von ganzem Herzen liebe ich Sie. Je öfter ich es Ihnen sage, um so froher werde ich. Ich hoffe, Sie werden es auch sein.

Am 24. August 17..

31. BRIEF

Der Chevalier Danceny an Cécile Volanges

Ja, bestimmt werden wir glücklich sein! Mein Glück ist sicher begründet, werde ich doch von Ihnen geliebt. Ihr Glück wird kein Ende nehmen, wenn es so lange währen soll wie die Liebe, die Sie mir eingegeben haben. Ach, Sie lieben mich! Sie scheuen sich nicht mehr, mich Ihrer *Liebe* zu versichern! *Je öfter Sie mir's sagen, um so froher werden Sie!* Als ich dieses zauberhaft herrliche »Ich liebe Sie«, von Ihrer Hand geschrieben, gelesen hatte, hörte ich, wie Ihr schöner Mund mir dasselbe Geständnis auch noch machte. Ich sah Ihre schönen Augen auf mich gerichtet, und ein innig zärtlicher Ausdruck, der darin lag, machte sie noch schöner. Ich nahm Ihre Schwüre entgegen, als Sie mir sagten, Sie wollten ewig nur für mich leben. Ach! Empfangen sie auch mein Gelöbnis, daß ich mein ganzes Leben Ihrem Glück weihen will. Nehmen Sie es entgegen und seien Sie gewiß, daß ich es niemals brechen werde.

Was haben wir gestern für einen glücklichen Tag verlebt! Ach, warum hat Madame de Merteuil nicht jeden Tag mit Ihrer Mama so viele Heimlichkeiten auszutauschen? Weshalb muß der Gedanke an all den Zwang, den wir uns werden antun müssen, sich in die köstliche Erinnerung mengen, der ich immer noch nachhänge? Warum kann ich nicht ohne Unterlaß die hübsche Hand festhalten, die mir geschrieben hat: Ich liebe Sie! Warum kann ich sie nicht mit Küssen bedecken und mich so dafür rächen, daß Sie mir eine größere Gunst abgeschlagen haben!

Sagen Sie mir, meine Cécile, als Ihre Mama hereinkam, als wir durch ihre Anwesenheit gezwungen waren, einander nur ganz gleichgültig anzusehen, als Sie mich nicht mehr mit Beteuerungen Ihrer Liebe für die Weigerung trösten konnten, mir diese Liebe auch zu beweisen, haben Sie da keinerlei Bedauern und Reue verspürt? Haben Sie sich nicht gesagt: Ein Kuß hätte ihn so glücklich, noch glücklicher gemacht, und dieses Glück habe ich ihm vorenthalten? Versprechen Sie mir, liebenswerte Freundin, daß Sie bei der nächsten Gelegenheit weniger spröde sein werden! Dieses Versprechen wird mir helfen, den nötigen Mut aufzubringen, um alle die Widerwärtigkeiten zu ertragen, die uns die Umstände bringen werden. Und die grausamen Entbehrungen werden wenigstens durch die Gewißheit ein wenig gelindert sein, daß Sie insgeheim mit mir darunter leiden.

Leben Sie wohl, meine reizende Cécile. Die Stunde ist herangekommen, da ich zu Ihnen eilen darf. Es wäre mir nicht möglich, Sie zu verlassen, müßte ich es nicht, um Sie wiederzusehen. Leben Sie wohl, ich liebe Sie so innig! Ich werde Sie immer heißer lieben!

Am 25. August 17..

32. BRIEF

Madame de Volanges an die Präsidentin de Tourvel

Sie wollen also, gnädige Frau, ich soll an Herrn de Valmonts Tugendhaftigkeit glauben? Ich muß Ihnen gestehen: Ich kann mich einfach nicht dazu durchringen, und es kostete mich gleichviel Mühe, ihn auf Grund einer einzigen Begebenheit, die Sie mir erzählen, für einen anständigen Menschen zu halten, wie ich unmöglich einen anerkannt rechtschaffenen Mann, von dem man mir einen Fehltritt berichtet hat, für einen lasterhaften Unhold ansehen könnte. Die Menschheit ist in keinem Fall, in keiner ihrer Arten vollkommen, im Bösen sowenig wie im Guten. Der Bösewicht hat seine guten Seiten, wie der anständige Mensch seine Schwächen besitzt. Diese Wahrheit müssen wir um so eher glauben, als sich ihr die Notwendigkeit ableitet, sowohl mit den Bösen als auch mit den Guten Nachsicht zu üben. Die einen bewahrt es vor Hochmut, die andern aber vor Entmutigung. Sie werden gewiß finden, ich setze diese Nachricht augenblicklich recht schlecht in die Tat um, wenn ich sie auch gar trefflich predige. Aber ich sehe darin bloß noch eine gefährliche Schwäche, sobald sie uns dazu führt, die Lasterhaften genau gleich zu behandeln wie die Ehrenmänner.

Ich werde mir nicht herausnehmen, eingehender nach den Beweggründen zu forschen, die Herrn de Valmont zu dieser Tat getrieben haben mögen. Ich will gerne glauben, daß sie löblich waren, so lobenswert wie seine Handlung. Doch hat er darum vielleicht weniger sein Leben damit zugebracht, Verwirrung, Unehre und Ärgernis in die Familien hineinzutragen? Hören Sie, wenn Sie wollen, auf die Stimme des Unglücklichen, dem er Hilfe gebracht hat; aber das darf Sie nicht abhalten, die Schreie Hunderter von Opfern zu vernehmen, die er zur Strecke gebracht hat. Wäre er auch bloß – wie Sie sagen – ein Beispiel für die Gefahren schlechten Umgangs, wäre dann der Verkehr mit ihm selber nicht doch auch gefährlich? Sie glauben, er sei fähig, sich zu ändern, zu bessern? Wir wollen noch weitergehen – nehmen wir einmal an, dies Wunder wäre geschehen: Bliebe da nicht immer noch die öffentliche Meinung gegen ihn eingenommen, und ist sie nicht Richtschnur genug für Ihr Verhalten? Gott allein kann von Schuld und Fehl ledig sprechen, wenn ein Mensch bereut. Er liest in unsern Herzen. Die Menschen aber können Gedanken nur nach den Taten ermessen. Und keiner von ihnen, der die Achtung seiner Mitmenschen eingebüßt hat, kann sich über das notgedrungen daraus folgende Mißtrauen beklagen, das so schwer wieder gutzumachen ist. Bedenken Sie vor allem, meine liebe junge Freundin, daß es, um diese Achtung zu verscherzen, zuweilen genügt, daß es aussieht, als lege man allzu wenig Wert darauf. Nehmen Sie diese Strenge nicht als Ungerechtigkeit auf; denn abgesehen davon, daß man allen Grund zur Annahme hat, niemand verzichte auf dieses wertvolle Gut, wenn er zu Recht darauf Anspruch erheben kann, so läuft ein Mensch, den dieser starke Zaum nicht hemmt, viel eher Gefahr, unrecht zu tun. So ungefähr würden Sie aber dastehen, wenn Sie sich mit Herrn de Valmont in eine nähere Beziehung einließen, so unschuldig dieser Verkehr vielleicht auch wäre.

Ich bin erschrocken über die Wärme, mit der Sie sich für ihn wehren, und so möchte ich gleich Ihre Einwände, die ich voraussehe, vorwegnehmen. Sie werden Madame de Merteuil anführen, der man diese Beziehung nicht weiter verübelt hat; Sie werden mich fragen, weshalb ich ihn denn in meinem Haus empfange; Sie werden mir sagen, die sogenannte gute Gesellschaft denke nicht daran, ihn auszuschließen, im Gegenteil, sie lade ihn ein, ja sie nehme ihn mit offenen Armen auf. Ich kann Ihnen, glaube ich, auf all dies eine Antwort geben. Zunächst zu Madame de Merteuil: Sie ist gewiß eine sehr achtbare Dame und hat vielleicht keinen andern Fehler als ihr allzugroßes Selbstvertrauen. Sie ist wie ein geschickter Wagenlenker, dem es Spaß macht, sein Gefährt zwischen Felsen und Abgründen hindurchzulenken, und dem einzig der Erfolg recht gibt. Man lobt sie mit Fug und Recht, aber es wäre unvorsichtig, es ihr nachzutun. Sie gibt es ja selber zu und zeiht sich dieser Schwäche. Je mehr sie aber erlebt hat, um so strenger sind ihre Grundsätze geworden. Und ich scheue mich nicht, Ihnen zu versichern, daß sie genauso denken würde wie ich.

Was nun mich selber angeht, so möchte ich mich ebensowenig herausreden wie die andern. Jawohl, ich empfange Herrn de Valmont, und er wird überall empfangen. Das ist ein weiteres unfolgerichtiges Verhalten, neben tausend andern, die unser Gesellschaftsleben beherrschen. Sie wissen so gut wie ich, daß man sein ganzes Leben lang darauf achtet, darüber klagt und sie doch begeht. Herr de Valmont, bei seinem angesehenen Namen, mit seinem großen Vermögen und seinen zahlreichen liebenswerten Vorzügen, hat frühzeitig erkannt, daß man, um in der Gesellschaft Einfluß und Macht zu gewinnen, lediglich mit dem gleichen Geschick Lob und Lächerlichkeit auszuteilen braucht. Niemand verfügt wie er über diese zwiefache Begabung. Mit dem einen Talent nimmt er die Leute für sich ein, mit dem andern jagt er ihnen Angst ein. Man schätzt ihn nicht, aber man schmeichelt ihm. So sieht das Leben aus, das er inmitten einer Gesellschaft führt, die eher vorsichtig ist als mutig, und vorzieht, ihn schonend zu behandeln, anstatt ihn zu bekämpfen.

Doch weder Madame de Merteuil noch irgendeine andere Frau würde sich getrauen, sich auf dem Land und beinahe unter vier Augen mit einem solchen Mann abzuschließen. Es war der tugendhaftesten, der bescheidensten, züchtigsten unter ihnen vorbehalten, ein Beispiel solcher Unfolgerichtigkeit zu geben. Verzeihen Sie mir diesen Ausdruck, er ist mir aus lauter Freundschaft entfahren. Meine schöne Freundin, Ihre Ehrbarkeit spielt Ihnen da einen Streich, weil sie Ihnen allzuviel Sicherheit eingibt. Bedenken Sie doch: Sie haben zu Richtern über Ihr Verhalten einerseits leichtfertige Menschen, die an eine Tugend, deren Vorbild sie unter ihresgleichen nicht finden, einfach nicht glauben werden; und andererseits sind es böse Menschen, die tun werden, als glaubten sie nicht daran, um Sie dafür zu strafen, daß Sie diese Tugend besaßen. Bedenken Sie, daß Sie in diesem Augenblick etwas tun, was manche Männer nicht einmal zu riskieren sich unterfangen würden. In der Tat, ich sehe, wie unter den jungen

Männern, bei denen Herr de Valmont sich allzu sehr zum Orakel aufgeschwungen hat, die klügsten, besonnensten Angst haben, allzu offen ihre enge Freundschaft mit ihm zu bekunden. Und Sie, ausgerechnet Sie scheuen sich nicht davor! Ach, kommen Sie zurück, kehren Sie zurück, ich beschwöre Sie ... Wenn meine Gründe nicht hinreichend sind, um Sie zu überzeugen, dann tun Sie's aus Freundschaft zu mir. Um ihretwillen bitte ich Sie erneut aufs inständigste, sie muß meine Bitten rechtfertigen. Sie werden finden, diese Freundschaft sei recht streng, und ich wünsche sehnlichst, sie möchte unnötig sein. Aber mir ist lieber, Sie können sich über meine übergroße Besorgnis beklagen als über meine Lässigkeit.

Am 24. August 17..

33. BRIEF

Die Marquise de Merteuil an den Vicomte de Valmont

Sobald Ihnen bange ist, Sie könnten zum Ziel gelangen, mein lieber Vicomte, sobald es in Ihrer Absicht liegt, Waffen gegen sich selber zu schmieden, und Sie nicht so sehr zu siegen als vielmehr zu kämpfen wünschen, dann habe ich nichts mehr einzuwenden. Ihr Verhalten ist ein Meisterstück an kluger Voraussicht. In der gegenteiligen Annahme wäre es ein Meisterstück der Dummheit. Und um es Ihnen offen heraus zu sagen: Ich fürchte, Sie machen sich da etwas vor!

Was ich Ihnen vorwerfe, ist nicht, daß Sie den Augenblick nicht ausgenützt haben. Einerseits ist mir nicht ganz klar, ob er wirklich günstig war; andererseits weiß ich recht wohl, daß eine verpaßte Gelegenheit, was man auch sagen mag, sich immer wieder einmal zeigt, während man einen unüberlegten Schritt niemals rückgängig machen kann.

Aber eine regelrechte Anfängerstümperei war es, daß Sie sich zum Schreiben verleiten ließen. Jetzt wette ich, Sie können nicht mehr absehen, wo Sie das noch hinführen mag. Hoffen Sie vielleicht gar, dieser Frau zu beweisen, sie müsse sich ergeben? Mir scheint, das sei bloß so eine gefühlsmäßige Erkenntnis und keine beweisbare Wahrheit. Und um ihr Eingang zu verschaffen, muß man rühren können und nicht vernünfteln. Doch was hülfe es Ihnen, brieflich Rührung zu erwecken, da Sie ja nicht dabei wären und die Wirkung nicht ausnutzen könnten. Wenn Ihre wunderschönen Redensarten Ihre Dame auch in einen wahren Liebesrausch zu versetzen vermöchten, geben Sie sich dann der schmeichelhaften Hoffnung hin, er werde lange genug andauern, daß nicht bei längerem Überlegen ein Geständnis unmöglich wird? Denken Sie doch daran, wieviel Zeit man braucht, um einen Brief zu schreiben, wie lange es währt, bis er überreicht ist, und dann sehen Sie zu, ob eine Frau, zumal eine Frau mit Grundsätzen wie Ihre frömmelnde Freundin, so lange etwas wünschen kann, wie sie ja gerade nicht zu wollen sich alle Mühe gibt. Solch ein Verhalten kann bei Kindern Erfolg haben, die schreiben »Ich liebe dich«, und dabei nicht wissen, daß sie damit sagen: »Ich ergebe mich.« Doch die räsonierwütige

Tugend der Madame de Tourvel weiß sehr genau, dünkt mich, was diese Worte bedeuten. So kommt es denn, daß Sie ungeachtet des Vorteils, den Sie in Ihrem Gespräch über sie gewonnen haben, in Ihrem Brief trotzdem den kürzeren ziehen. Und dann, wissen Sie, wie's weitergeht? Schon daß man sich auf einen Wortstreit einläßt, beweist, daß man nicht nachzugeben gesonnen ist. Sucht man lange genug nach triftigen Gründen, so findet man sie am Ende auch. Man bringt sie vor. Und nachher bleibt man dabei, nicht so sehr, weil sie stichhaltig sind, als weil man nicht das gerade Gegenteil dessen sagen will, was man vorher behauptet hat.

Ferner wundere ich mich, daß Ihnen etwas noch gar nie aufgefallen ist, nämlich daß es in der Liebe nichts so Schwieriges gibt, wie Dinge zu schreiben, die man nicht empfindet. Ich meine: so zu schreiben, daß sie glaubwürdig klingen. Natürlich bedient man sich der gleichen Worte und Wendungen, setzt sie aber nicht auf dieselbe Weise, oder legt sie vielmehr zurecht, und das genügt. Lesen Sie Ihren Brief nochmals durch: Er ist so wunderschön durchdacht und geordnet, daß Sie sich auf Schritt und Tritt verraten. Ich will gerne glauben, Ihre Präsidentin sei noch nicht genug in Ihrem Sinn erzogen, als daß sie das merken könnte. Doch was tut's? Die Wirkung ist doch verfehlt. Denselben Fehler weisen auch die Romane auf: Der Verfasser rackert sich mit unendlicher Mühe ab, bis er in Hitze gerät, und der Leser bleibt kühl bis ins Herz hinein. Die »Heloise« ist der einzige, den man ausnehmen kann; und trotz der Begabung des Autors hat mich diese Beobachtung stets wieder im Glauben bestärkt, es handle sich im Grunde um eine wahre Geschichte. Sobald man aber spricht, ist es nicht das gleiche. Die Gewohnheit, sein Organ zu üben, verleiht hier eine gewisse Empfindungsfähigkeit; sie wird noch gesteigert durch die Leichtigkeit, mit der wir weinen können. Der Ausdruck des Verlangens verschwimmt in den Augen mit dem sehnsuchtsvollen Seelenblick der Zärtlichkeit. Und endlich redet man weniger zusammenhängend, und das führt dann leichter zu dem verstörten und wirren Wesen, das in der Liebe am überzeugendsten wirkt. Vor allem aber ist der geliebte Mensch gegenwärtig, und das hindert uns am Denken und gibt uns den sehnsüchtigen Wunsch ein zu unterliegen.

Glauben Sie mir, Vicomte: sie wird Sie bitten, ihr nicht mehr zu schreiben. Benützen Sie das, machen Sie Ihren Fehler wieder gut, und warten Sie ab, bis sich eine Gelegenheit zu einem Gespräch bietet. Wissen Sie: diese Frau ist stärker, als ich dachte. Sie verteidigt sich sehr geschickt. Und wäre nicht ihr Brief so lang ausgefallen, hätte sie Ihnen nicht mit ihrem Satz, wo sie von ihrer Dankbarkeit schreibt, einen Vorwand geliefert, wieder auf die Sache zurückzukommen, so hätte sie sich überhaupt durch nichts verraten.

Was mir zudem noch angetan scheint, Sie über Ihren Erfolg zu beruhigen, ist der Umstand, daß sie zuviel Kraft auf einmal verschwendet. Ich sehe es kommen, daß sie ihre Kräfte in der Verteidigung des einen Wörtchens erschöpfen wird, und daß ihr dann keine mehr zur Abwehr der *Sache* selbst übrigbleiben wird.

Ich sende Ihnen Ihre beiden Briefe wieder zurück, und wenn Sie klug sind, dann sind es die letzten bis nach dem seligen Augenblick. Wäre es noch nicht so spät, so würde ich Ihnen noch einiges über die kleine Volanges erzählen. Sie macht recht gute Fortschritte, und ich bin überaus zufrieden mit ihr. Ich glaube, ich bin noch vor Ihnen am Ziel, und das müßte Sie eigentlich recht glücklich machen. Für heute leben Sie wohl.

Am 24. August 17..

34. BRIEF

Der Vicomte de Valmont an die Marquise de Merteuil

Sie reden wunderschön daher, meine teure Freundin. Doch weshalb geben Sie sich so viel Mühe, etwas zu beweisen, was doch ein jeder längst schon weiß? Will man's in der Liebe rasch weiterbringen, dann muß man reden und nicht Briefe schreiben! Das ist, glaub' ich, der ganze Sinn Ihres Briefes. Aber, aber! Das sind doch die allereinfachsten Anfangsgründe der Verführungskunst! Ich möchte bloß bemerken, daß Sie lediglich eine Ausnahme von der Regel anführen, und dabei gibt es ihrer zwei. Zu den halben Kindern, die aus Schüchternheit auf dieses Vorgehen hereinfallen und sich aus Unwissenheit hingeben, muß man die schöngeistigen Frauenzimmer gesellen, die sich aus Eigenliebe und Eitelkeit darauf einlassen und sich von ihrer Selbstgefälligkeit in die Falle locken lassen. So bin ich beispielsweise fest überzeugt, die Gräfin de B..., die ohne weiteres auf meinen ersten Brief antwortete, fühlte damals für mich nicht mehr Liebe, als ich ihr entgegenbrachte; und sie erblickte darin nichts weiter als eine Gelegenheit, ein Thema zu behandeln, das ihr Ehre einbringen mußte.

Sei dem, wie ihm wolle, ein Advokat würde Ihnen sagen, der Grundsatz lasse sich auf den Fall nicht anwenden. In Wahrheit nehmen Sie doch an, ich habe die Wahl zwischen zwei Möglichkeiten: ich könne entweder schreiben oder reden. Dem ist aber nicht so! Seit dem Vorfall am 19. hat meine Gestrenge, die in der Defensive bleibt, eine Geschicklichkeit im Vermeiden von Begegnungen an den Tag gelegt, der sogar meine Gerissenheit nicht gewachsen ist. Das geht so weit, daß sie mich, sollte das nicht anders werden, zwingen wird, mich allen Ernstes nach Mitteln und Wegen umzusehen, wie ich ihr den Vorsprung wieder streitig machen kann. Denn so viel ist sicher: Ich will mich von ihr keinesfalls übertölpeln lassen. Sogar meine Briefe sind der Zankapfel eines kleinen Krieges. Sie gibt sich nicht damit zufrieden, sie nicht zu beantworten, nein, sie weigert sich gar, sie entgegenzunehmen. Für jeden einzelnen muß ich irgendeine neue Kriegslist aushecken, und das gerät mir nicht jedesmal.

Sie entsinnen sich wohl noch, mit welchem einfachen Trick ich ihr den ersten zukommen ließ. Auch der zweite war nicht schwerer anzubringen. Sie hatte mich gebeten, ihr ihren Brief zurückzugeben. Ich gab ihr statt dessen meinen eigenen, ohne daß sie auch nur den leisesten Argwohn schöpfte. Doch sei's aus Enttäuschung, weil ich sie angeführt hatte, sei's aus Schrullenhaftigkeit oder schließlich sogar aus Tugend – denn sie wird mich zwingen, daran zu glauben –, jedenfalls weigerte sie sich hartnäckig, den dritten anzunehmen. Ich hoffe immerhin, die Verlegenheit, in die sie die Folgen dieser Weigerung beinahe gebracht hätten, wird ihr für die Zukunft ein Denkzettel sein.

Ich war nicht sehr erstaunt, daß sie diesen Brief, den ich ihr ohne viel Umstände hinstreckte, nicht annehmen wollte. Damit hätte sie mir ein Zugeständnis gemacht, und ich bin auf einen längeren Widerstand gefaßt. Nach diesem Probestück, das nichts weiter war als ein beiläufiger Versuch, steckte ich meinen Brief in einen Umschlag und wartete ab, bis sie bei ihrer Toilette saß und Madame de Rosemonde und die Kammerzofe zugegen waren. Dann übersandte ich ihn durch meinen Jäger. Er hatte den Auftrag auszurichten, dies sei das Schriftstück, um das sie mich gebeten habe. Ich hatte richtig erraten, daß sie sich vor der aufsehen- und ärgerniserregenden Auseinandersetzung scheuen würde, die notgedrungen aus einer Weigerung hervorgehen mußte. Tatsache ist, daß sie den Brief annahm. Und mein Abgesandter, der Befehl hatte, genau auf ihr Gesicht zu achten – und er ist ein scharfer Beobachter! –, bemerkte nur eine leichte Röte und mehr Befangenheit als Unmut darauf.

Ich wünschte mir also Glück zu diesem Erfolg. Ich war ganz sicher, sie werde den Brief entweder behalten, oder sie müsse, wenn sie ihn mir zurückgeben wolle, unbedingt mit mir allein sein. Und das würde mir Gelegenheit zu einer Aussprache mit ihr verschaffen. Etwa eine Stunde später trat einer ihrer Diener zu mir ins Zimmer und überreichte mir im Auftrag seiner Herrin ein Päckchen, das ganz anders aussah als meines. Auf dem Umschlag erkannte ich die heißersehnte Schrift. Ich riß es hastig auf... Darin war mein eigener Brief; das Siegel war nicht einmal erbrochen, er war bloß noch einmal zusammengefaltet. Ich habe sie im Verdacht, die Angst, ich könnte weniger bedenkenlos sein als sie und einen Skandal nicht fürchten, habe sie zu dieser teuflischen List bewogen.

Sie kennen mich ja. Ich brauche Ihnen meine rasende Wut nicht erst zu schildern. Trotz allem mußte ich aber doch wieder zur Besinnung kommen und kalten Blutes nach neuen Maßnahmen Umschau halten. Die einzige, die ich fand, ist folgende:

Jeden Morgen geht von hier jemand auf die Post, um die Briefschaften abzuholen. Die Post ist ungefähr dreiviertel Meilen entfernt. Zu diesem Zweck bedient man sich eines Kastens, der einen ähnlichen Deckel wie ein Opferstock hat. Den einen Schlüssel dazu hat der Postmeister, und Madame de Rosemonde ist im Besitz des andern. Jeder steckt tagsüber seine Briefe da hinein, wann's ihm gerade paßt. Dann trägt man sie am Abend auf die Post, und am Morgen holt man die Briefe ab, die angekommen sind. Alle Dienstboten, die fremden so gut wie die andern, verrichten diesen Dienst gleichermaßen. Mein Diener war zwar nicht an der Reihe; aber er übernahm den Botengang, unter dem Vorwand, er habe gerade in der Gegend etwas zu besorgen.

Inzwischen schrieb ich meinen Brief. Ich verstellte meine Schrift auf der Adresse und fälschte auf dem Umschlag recht geschickt den Stempel »Dijon«. Diese Stadt wählte ich, weil ich ja dieselben Rechte beanspruche wie ihr Gatte und es darum spaßiger fand, ihr auch vom gleichen Ort aus zu schreiben. Zudem hatte meine Schöne den lieben langen Tag von ihrem sehnlichen Wunsch geredet, Briefe aus Dijon zu erhalten. Da dünkte es mich nur recht und billig, ihr diese Freude zu verschaffen.

Als ich diese Vorsichtsmaßnahmen einmal getroffen hatte, war es mir ein leichtes, den Brief unter die andern Briefschaften zu schmuggeln. Mit Hilfe dieses Kniffs war ich erst noch in der Lage, beim Empfang des Briefes zugegen zu sein. Denn hier ist es Brauch, daß man gemeinsam frühstückt und dann beisammenbleibt, bis die Briefschaften anlangen. Endlich war's soweit. Sie kamen.

Madame de Rosemonde schloß den Kasten auf. »Aus Dijon«, sagte sie und reichte Madame de Tourvel den Brief. »Das ist nicht meines Mannes Schrift«, sagte die Präsidentin mit zitternder Stimme und riß das Siegel voll Ungeduld auf. Schon der erste Blick, den sie darauf warf, sagte ihr genug. Auf ihrem Gesicht malten sich so unverhohlen Enttäuschung und Empörung, daß es Madame de Rosemonde auffiel und sie zu ihr sagte: »Was haben Sie denn?« Ich trat ebenfalls näher und fragte: »Ist dieser Brief denn so schrecklich?« Die ach so schüchterne Frommtuerin wagte nicht einmal die Augen aufzuschlagen; sie brachte kein Wort hervor, und um sich über ihre Verlegenheit hinwegzuhelfen, tat sie, als überfliege sie die Epistel, obschon sie überhaupt nicht imstande war, sie zu lesen. Ich weidete mich an ihrer Verstörtheit, und da es mir recht zupaß kam, sie ein bißchen zu hetzen, setzte ich hinzu: »Sie scheinen ein wenig gefaßter zu sein, und so hoffe ich, dieser Brief habe mehr erstaunliche als schmerzliche Mitteilungen enthalten.« Da gab ihr der Zorn eine bessere Antwort ein, als es die Klugheit vermocht hätte. »Er enthält Dinge«, sagte sie, »die mich beleidigen, und ich bin erstaunt, daß sie jemand überhaupt hat hinschreiben können.« – »Und wer denn hat ihn geschrieben?« fiel ihr Madame de Rosemonde ins Wort. »Er trägt keine Unterschrift«, gab die Schöne zornentbrannt zur Antwort. »Aber der Brief, und auch der ihn geschrieben hat, flößt mir gleich viel Verachtung ein. Es ist mir recht lieb, wenn wir weiter kein Wort mehr darüber verlieren.« Mit diesen Worten zerriß sie das vermessene Sendschreiben, steckte die Fetzen in die Tasche, stand auf und rauschte hinaus.

Trotz ihrem Zornesausbruch hat sie aber meinen Brief doch bekommen; und ich verlasse mich ganz auf ihre Neugier, daß sie ihn bestimmt von Anfang bis zu Ende gelesen hat.

Was sonst im einzelnen noch so im Laufe des Tages vorgefallen ist, kann ich Ihnen nicht schreiben; es würde mich zu weit führen. Ich lege diesem Bericht die Entwürfe für meine beiden Briefe bei. So wissen Sie genausoviel wie ich. Wollen Sie in meinem Briefwechsel auf dem laufenden sein, so müssen Sie sich schon daran gewöhnen, meine Konzepte zu entziffern. Denn um keinen Preis der Welt würde ich mir die langweilige Arbeit nochmals aufhalsen, sie ein zweites Mal zu schreiben.

Leben Sie wohl, schönste Freundin.

Am 25. August 17..

35. BRIEF

Der Vicomte de Valmont an die Präsidentin de Tourvel

Ich muß Ihnen gehorchen, gnädige Frau, muß Ihnen beweisen, daß mir neben den zahllosen Fehlern, die Sie mir anzukreiden belieben, zumindest noch genügend Zartgefühl verbleibt, um mir keinen Vorwurf herauszunehmen, und daß ich hinreichend Mut aufbringe, um die schmerzlichsten Opfer auf mich zu nehmen. Sie gebieten mir Schweigen und Vergessen! Gut denn! Ich werde meine Liebe zum Schweigen zwingen, und ich will, so gut ich's vermag, vergessen, wie grausam Sie mit ihr umgesprungen sind. Zweifellos gab mir der Wunsch, Ihnen zu gefallen, nicht das Recht dazu. Und ich räume auch ein, daß die Notwendigkeit, die für mich bestand, Ihrer Nachsicht teilhaft zu werden, mir noch lange kein Anrecht darauf gab. Aber Sie sehen meine Liebe als Schimpf an. Sie vergessen dabei, daß Sie – wäre sie ein Unrecht – zugleich Ursache und Entschuldigung meines Unrechts wären. Sie vergessen auch, daß ich's gewohnt war, Ihnen mein Herz aufzuschließen, selbst wenn mir dieses Vertrauen schaden konnte, und daß es mir darum nicht mehr möglich war, Ihnen die Gefühle zu verhehlen, von denen ich zutiefst erfüllt bin. Und was eine Folge meiner arglosen Offenheit war, sehen Sie nun als eine Ausgeburt meiner Vermessenheit an. Zum Lohn für die zärtlichste, verehrungsvollste, aufrichtigste Liebe stoßen Sie mich von sich. Sie reden mir gar von Ihrem Haß . . . Welcher andre würde nicht aufbegehren, wenn man ihn so behandelte? Ich allein füge mich. Ich nehme alles duldend hin und murre nicht. Sie schlagen mich, und ich bete Sie an. Die unfaßliche Gewalt, die Sie über mich besitzen, macht Sie zur unumschränkten Herrin über meine Gefühle, und wenn einzig meine Liebe Ihnen standhält, wenn Sie die nicht austilgen können, so nur darum, weil Sie daran schuld sind und nicht ich. Ich verlange gar nicht, daß Sie mich wiederlieben sollen. Darauf habe ich mir nie auch nur die leiseste Hoffnung gemacht. Ich erwarte nicht einmal das Mitgefühl, das mich die Teilnahme hatte erhoffen lassen, die Sie mir zuweilen bezeigt haben. Aber ich glaube doch – ich muß es gestehen –, auf Ihre Gerechtigkeit Anspruch erheben zu dürfen.

Sie sagen mir, gnädige Frau, man habe versucht, mich bei Ihnen anzuschwärzen. Hätten Sie den Ratschlägen Ihrer Freunde Glauben geschenkt, Sie hätten mich nicht einmal in Ihre Nähe gelassen. So lauten Ihre eigenen Worte. Was sind denn das für beflissene Freunde? Sicherlich haben diese ach so sittenstrengen Leute, diese musterhaften Tugendbolde nichts dagegen, wenn ihre Namen bekannt werden; bestimmt möchten sie nicht mit den gemeinen Verleumdern in einen Topf geworfen werden, gewiß wollen sie sich nicht drücken und unerkannt bleiben. Und ich werde sowohl ihre Namen als auch alles erfahren, was sie mir vorwarfen. Bedenken Sie, gnädige Frau: Ich habe das Recht, eins wie das andere zu wissen, beurteilen Sie mich doch nach ihren Anwürfen. Man verdammt keinen Schuldigen, ohne ihm zu sagen, worin sein Verbrechen besteht, ohne daß man ihm seine Ankläger namhaft macht. Ich verlange keine andere Gnade, und ich verpflichte mich von vornherein, mich zu rechtfertigen, sie zur Zurücknahme ihrer Anschuldigungen zu zwingen.

Wenn ich – vielleicht – das leere Gerede einer Öffentlichkeit, um die ich mich nie groß gekümmert habe, allzusehr mißachtete, so ist das hinsichtlich Ihrer Achtung etwas ganz anderes. Und wenn ich schon mein ganzes Leben der Aufgabe widme, sie mir zu verdienen, dann gedenke ich sie mir auch nicht ungestraft rauben zu lassen. Sie wird mir um so kostbarer, als ich ihr zweifellos einmal die Bitte zu danken habe, die Sie sich so sehr vorzubringen scheuen, die mir – wie Sie sagen – »ein Anrecht auf Ihre Dankbarkeit« gäbe. Ach, es liegt mir fern, Dankbarkeit zu fordern, im Gegenteil: ich werde – davon bin ich überzeugt – Ihnen Dank schulden, wenn Sie mir Gelegenheit geben, Ihnen gefällig zu sein. Fangen Sie also an, mir mehr Gerechtigkeit widerfahren zu lassen, indem Sie mich nicht weiter in Unkenntnis darüber lassen, was Sie von mir wünschen. Könnte ich's ahnen, ich würde Ihnen die Mühe ersparen, es mir zu sagen. Zur Freude, Sie zu sehen, fügen Sie noch das Glück, Ihnen dienen zu können, und ich will mit Ihrer Nachricht zufrieden sein. Was kann Sie wohl daran hindern? Doch nicht etwa, hoffe ich, die Angst vor einer abschlägigen Antwort? Ich fühle, das könnte ich Ihnen nimmermehr verzeihen. Wenn ich Ihren Brief nicht zurückerstatte, schlage ich Ihnen damit ja nichts ab. Ich wünsche mehr noch als Sie selber, ich möge ihn nicht mehr nötig haben. Doch bin ich es so sehr gewöhnt, in Ihnen eine Seele voll milder Sanftmut zu suchen, daß ich nur in diesem Brief Sie so finden kann, wie Sie scheinen möchten. Wenn in mir der Wunsch aufkommt, Sie für meine Empfindungen empfänglich zu machen, so sehe ich, daß Sie, anstatt darauf einzugehen, lieber hundert Meilen von mir wegfliehen. Wenn alles an Ihnen meine Liebe noch steigert und rechtfertigt, dann mahnt mich Ihr Brief immer wieder, meine Liebe sei für Sie eine Kränkung. Und wenn ich Sie sehe und mir meine Liebe als das höchste aller Güter vorkommt, dann muß ich Ihre Worte lesen, um so recht zu spüren, daß sie nichts ist als eine grauenvolle Qual. Nunmehr werden Sie begreifen, daß es mein größtes Glück wäre, Ihnen diesen schicksalsschweren Brief zurückzugeben. Wollten Sie mich nochmals darum bitten, hieße das, Sie ermächtigen mich, nicht mehr an seinen Inhalt zu glauben. Hoffentlich zweifeln Sie nicht an meiner Bereitwilligkeit, ihn Ihnen wieder auszuhändigen.

Am 21. August 17..

36. BRIEF

Der Vicomte de Valmont an die Präsidentin de Tourvel

Ihre Strenge nimmt von Tag zu Tag zu, gnädige Frau, und – wenn ich's sagen darf – Sie schrecken anscheinend weniger davor zurück, ungerecht zu sein als nachsichtig. Sie haben mich verurteilt, ohne mich anzuhören, und dann haben Sie offenbar gespürt, daß es Ihnen leichterfallen müsse, meine Gründe gar nicht zu lesen, als darauf zu antworten. Beharrlich weisen Sie meine Briefe ab; Sie schicken sie mir verachtungsvoll zurück. Sie zwingen mich schließlich, zu einer List zu greifen, und das gerade im Augenblick, wo mein einziges Bestreben dahin geht, Sie von meiner aufrichtigen Gesinnung zu überzeugen. Die Notlage, in die Sie mich versetzt haben, die mich zwingt, mich zu verteidigen, wird wohl ein ausreichender Grund sein, dies Mittel zu entschuldigen.

Ich bin zudem durch die Aufrichtigkeit meiner Gefühle zur Überzeugung gekommen, daß ich Ihnen nur klaren Einblick zu gewähren brauche, um sie in Ihren Augen zu rechtfertigen, und so glaubte ich mir diesen harmlosen Winkelzug herausnehmen zu dürfen. Ich wage sogar zu hoffen, Sie werden ihn mir verzeihen, und Sie werden nicht übermäßig darüber erstaunt sein, daß die Liebe sich findiger erweist, sich kundzutun, als kaltsinnige Sprödigkeit, sie abzuwehren.

Gestatten Sie daher, gnädige Frau, daß mein Herz sich Ihnen rückhaltlos enthüllt. Es ist Ihnen verfallen, und es ist darum nur recht und billig, daß Sie's genau kennen.

Als ich zu Madame de Rosemonde kam, ahnte ich nicht im entferntesten das Los, das meiner hier wartete. Daß Sie da waren, wußte ich nicht. Und ich möchte mit der Offenheit, die mich kennzeichnet, hinzusetzen: Hätte ich es gewußt, meine Seelenruhe wäre dadurch nicht im mindesten aus dem Gleichgewicht geraten. Nicht daß ich etwa Ihrer Schönheit die Gerechtigkeit nicht gezollt hätte, die man ihr nicht versagen kann. Doch war ich gewöhnt, immer nur Begierden zu verspüren, mich stets nur denen hinzugeben, die etwelche Hoffnung auf Erfüllung boten, und so wußte ich nicht, was die Liebe für Qualen birgt. Sie waren ja zugegen, als Madame de Rosemonde mich inständig bat, doch eine Zeitlang dazubleiben. Ich hatte schon einen Tag mit Ihnen verbracht. Und doch gab ich bloß dem so natürlichen und berechtigten Vergnügen nach, auf die Wünsche einer hochverehrten Verwandten einzugehen. Oder zumindest war ich überzeugt, daß ich damit bloß auf sie Rücksicht nahm. Die Lebensweise, die hier üblich war, unterschied sich freilich stark von der Art zu leben, die ich gewöhnt war. Aber es kostete mich keinerlei Überwindung, mich ihr anzupassen. Und ohne lange nach dem Grund der Veränderung zu forschen, die in mir vorging, schrieb ich sie damals noch einzig meinem leichtlebigen Wesen zu, von dem ich Ihnen, glaub' ich, auch schon gesprochen habe.

Unglücklicherweise – und weshalb muß es eigentlich ein Unglück sein? – kam ich bei näherer Vertrautheit bald zur Erkenntnis, daß Ihr zaubervoll schönes Antlitz, das mir zuerst allein aufgefallen war, der geringste Ihrer Reize war. Erstaunen ergriff mich vor Ihrer himmlisch hehren Seele; sie verzauberte mich zutiefst. Ich hatte Ihre Schönheit bewundert, nun aber lernte ich Ihre Tugend verehren. Ich hatte zwar nicht die Absicht, Sie zu verführen, Sie zu besitzen, aber ich machte mich mit dem Gedanken vertraut, Ihre Zuneigung zu verdienen. Indem ich Ihre Nachsicht für mein vergangenes Leben anrief, erstrebte ich Ihre beifällige Anteilnahme an meinem künftigen Verhalten. Ich suchte sie aus Ihren Worten zu erlauschen, ich spähte danach in Ihren Blicken, in diesen Blicken, von denen ein Gift ausging, das um so gefährlicher war, als es absichtslos verspritzt und ohne jeglichen Argwohn aufgenommen wurde.

Da erfuhr ich erst, was Liebe ist! Doch wie fern lag es mir, darüber zu klagen! Ich war entschlossen, sie in ewigem Schweigen zu begraben, ich gab mich ohne jede Furcht, rückhaltlos diesem köstlichen Gefühl hin. Mit jedem Tage wuchs seine Allgewalt. Es dauerte nicht lange, so wandelte sich die Freude, Sie zu sehen, in ein unwiderstehliches Bedürfnis. Waren Sie auch nur für eine kleine Weile nicht da, so krampfte sich mein Herz vor Traurigkeit zusammen. Hörte ich dann, wie Sie wiederkamen, klopfte es wie rasend vor Freude. Ich lebte nur noch durch Sie, nur noch für Sie. Indes beschwöre ich Sie selber: Ist mir jemals, auch im ausgelassensten Frohsinn unserer Spiele, oder im ernsten, gesammelten Gespräch, ein Wort entschlüpft, das meines Herzens heimlichste Gedanken preisgegeben hätte? Endlich kam ein Tag, wo mein Unstern aufgehen sollte. Und ein unfaßbares Verhängnis fügte es, daß eine gute Tat den Anstoß dazu geben sollte. Ja, gnädige Frau, inmitten der Unglücklichen, denen ich beigesprungen war, als Sie der köstlichen Empfindsamkeit nachgaben, die sogar die Schönheit noch zu verschönen und den Wert der Tugend zu erhöhen vermag, da verstörten Sie vollends ein Herz, das bereits ein Übermaß an Liebe trunken gemacht hatte. Vielleicht wissen Sie noch, wie geistesabwesend und in mich gekehrt ich auf dem Heimwege war! Ach! Ich suchte eine Neigung zu bekämpfen, die, wie ich genau spürte, stärker wurde als ich.

Erst als ich in diesem ungleichen Kampf alle meine Kräfte erschöpft hatte, fügte es ein Zufall, den ich nicht hatte voraussehen können, daß ich einmal mit Ihnen allein blieb. Da erlag ich meinen Gefühlen, ich gebe es zu. Mein übervolles Herz vermochte seine Worte, seine Tränen nicht mehr zurückzudämmen. Aber ist das denn ein Verbrechen? Und wenn es eine Sünde ist, ist sie dann nicht überreichlich gesühnt durch die gräßlichen Martern, denen ich wehrlos preisgegeben bin?

Von einer hoffnungs- und aussichtslosen Liebe verzehrt, flehe ich Sie um Erbarmen an und finde nichts als Ihren Haß. Ich kenne kein anderes Glück, als das mir Ihr Anblick gewährt, meine Augen spähen nach Ihnen, ohne daß ich's will, und ich zittere vor Angst, ich könnte Ihrem Blick begegnen. In dem qualvollen Zustand, in den Sie mich versetzt haben, verbringe ich meine Tage damit, meinen Kummer unberufenen Augen zu entziehen, und die Nächte liege ich in trostloser Verzweiflung wach. Sie aber bleiben ruhig und gelassen und haben Ihren Seelenfrieden. Sie kennen diese Qualen bloß daher, daß Sie sie verschulden und sich heiter daran weiden. Und dabei beklagen Sie sich, und ich muß mich entschuldigen. Das, gnädige Frau, ist trotz allem der getreuliche Bericht dessen, was Sie mein Unrecht nennen, was man vielleicht mit mehr Recht als mein Unglück bezeichnen müßte. Eine reine, aufrichtige Liebe, eine Achtung, die niemals ausgesetzt noch sich widersprochen hat, eine blinde Ergebenheit, das sind die Empfindungen, die Sie in mir erweckt haben. Ich hätte mich nicht gescheut, sie der Gottheit selbst als Huldigung darzubieten. O Sie, Gottes schönstes Werk, tun Sie's ihm an Nachsicht gleich! Denken Sie an meine grausame Pein! Bedenken Sie vor allem, daß Sie mich mitten hinein zwischen Verzweiflung und höchstes Glück versetzt haben und daß das erste Wort, das Sie sprechen, für ewig über mein Schicksal entscheiden wird.

Am 23. August 17..

37. BRIEF

Die Präsidentin de Tourvel an Madame de Volanges

Ich füge mich, gnädige Frau, den Ratschlägen, die Sie mir in alter Freundschaft erteilen. Ich bin es gewöhnt, mich in allem nach Ihrer Meinung zu richten, ich bin auch gewöhnt zu glauben, daß sie stets auf vernünftiger Überlegung gegründet ist. Ich will sogar zugeben, daß Herr de Valmont in der Tat unendlich gefährlich sein mag, wenn er es fertigbringt, gleichzeitig zu tun, als sei er, wie er sich hier gibt, und dabei doch der Mensch zu bleiben, als den Sie ihn hinstellen. Wie dem auch sein mag, da Sie es fordern, werde ich ihn von mir fernhalten. Zum mindesten will ich mein möglichstes tun. Denn oftmals werden die Dinge, die im Grund genommen denkbar einfach sind, gar umständlich, wenn man sie ausführen soll.

Es dünkt mich immer noch nicht recht durchführbar, bei seiner Tante diesen Wunsch anzubringen; er wäre im gleichen Maß unfreundlich ihr wie auch ihm gegenüber. Auch möchte ich mich nur mit äußerstem Widerstreben dazu entschließen, selbst fortzugehen. Denn abgesehen von den Gründen, die ich Ihnen bereits hinsichtlich meines Mannes mitgeteilt habe, könnte meine Abreise möglicherweise Herrn de Valmont zwar ungelegen kommen, aber wäre es ihm dann nicht ein leichtes, mir nach Paris nachzureisen? Und wäre seine Rückkunft, die mir gelte oder doch allem Anschein nach mir gelten müßte, nicht noch befremdlicher als ein zufälliges Zusammentreffen auf dem Lande, bei einer Dame, von der man doch weiß, daß sie mit ihm verwandt und mit mir befreundet ist?

Es bleibt mir also kein anderer Ausweg mehr, als ich setze bei ihm selber durch, daß er sich gutwillig entfernt. Ich habe das Gefühl, dieser Vorschlag sei gar nicht leicht zu machen. Indessen scheint ihm viel daran gelegen zu sein, mir zu beweisen, daß er in Wirklichkeit ein anständigerer Mensch ist, als man es hinter ihm sucht; so gebe ich noch nicht alle Hoffnung verloren, bei ihm durchzudringen. Es wird mir sogar nicht einmal unlieb sein, diesen Versuch anzustellen und so eine Gelegenheit zu haben, bei der ich mir ein Urteil darüber bilden kann, ob ehrbare Frauen sich wirklich nie über sein Benehmen zu beklagen haben, wie er so oft behauptet. Reist er ab, wie ich es wünsche, so tut er es wahrhaft aus Rücksicht auf mich. Denn ich kann nicht daran zweifeln, daß er die Absicht hat, einen großen Teil des Herbstes hier zu verbringen. Schlägt er mir meinen Wunsch aber ab und beharrt darauf hierzubleiben, dann kann ich ja immer noch selbst abreisen, und das verspreche ich Ihnen denn auch.

Das ist, glaube ich, alles, was Sie, gnädige Frau, in Ihrer besorgten Freundschaft von mir verlangen. Ich beeile mich, Ihren Wunsch zu erfüllen und Ihnen zu beweisen, daß ich, ungeachtet der »Wärme«, mit der ich Herrn de Valmont in Schutz genommen habe, nicht weniger geneigt bin, die Ratschläge meiner Freunde nicht nur anzuhören, sondern sogar zu befolgen.

Ich habe die Ehre usw.

Am 25. August 17..

38. BRIEF

Die Marquise de Merteuil an den Vicomte de Valmont

Ihr Reisepaket kommt eben in diesem Augenblick bei mir an, mein lieber Vicomte. Wenn das Datum stimmt, hätte ich es vierundzwanzig Stunden früher erhalten sollen; doch sei dem, wie ihm wolle, nähme ich mir Zeit, es sofort zu lesen, dann hätte ich dafür keine Zeit mehr, darauf zu antworten. Ich möchte Ihnen drum lieber lediglich den Empfang bestätigen und hernach über etwas anderes mit Ihnen plaudern. Nicht daß ich Ihnen viel Wichtiges über mich zu berichten wüßte. Der Herbst läßt ja in Paris beinahe keine Männer mehr übrig, die überhaupt noch wie Männer aussehen. So bin ich denn auch seit einem Monat brav und vernünftig, daß es zum Sterben ist. Und jeder andere als mein Chevalier wäre längst der Beweise meiner unwandelbaren Treue müde. Da ich mich mit gar nichts abgeben kann, vertreibe ich mir die Langeweile mit der kleinen Volanges. Und über sie möchte ich jetzt mit Ihnen reden. Wissen Sie, daß Ihnen mehr entgangen ist, als Sie vielleicht glauben, weil Sie sich dieses Kindes nicht annehmen wollten? Es ist ein wahrhaft köstliches Geschöpf! Das Mädel hat weder Charakter noch irgendwelche Grundsätze. Nun können Sie sich ja denken, wie angenehm und ungezwungen der Umgang mit ihr sein muß. Ich glaube nicht, daß sie jemals durch besondere Gefühlstiefe glänzen wird; aber alles spricht dafür, daß sie später einmal überaus empfänglich für allerhand sinnliche Eindrück sein wird. Sie ist bar jeden Witzes, ohne allen Geist, und doch verfügt sie über eine gewisse angeborene Doppelzüngigkeit, wenn ich so sagen darf, die mich zuweilen selber in Erstaunen setzt. Sie wird ihr um so besser zustatten kommen, als ihr nettes Lärvchen den Stempel kindlicher Arglosigkeit und Unschuld trägt. Sie ist von Natur ein rechtes Schmeichelkätzchen, und hie und da vertreibe ich mir damit ein bißchen die Zeit. Ihr Köpflein gerät unglaublich leicht in Feuer, und dann wirkt sie um so spaßiger, als sie nichts, aber auch rein gar nichts von alledem weiß, was sie so sehnlich gerne wissen möchte. Dann bekommt sie regelrechte Anfälle von Nicht-warten-Können, die höchst drollig sind; sie lacht und schmollt und weint, und hernach liegt sie mir mit Bitten in den Ohren, ich solle sie doch aufklären, und das tut sie mit wirklich rührender Offenheit und Unschuld. Wahrhaftig, ich bin beinah eifersüchtig auf den Mann, dem dieses Vergnügen vorbehalten ist.

Ich weiß nicht, ob ich Ihnen geschrieben habe, daß ich seit vier, fünf Tagen die Ehre genieße, von ihr ins Vertrauen gezogen zu werden. Sie können sich ja denken, daß ich zunächst einmal die Moraltante gespielt habe. Aber sobald ich merkte, daß sie mich mit ihren schiefen Argumenten überzeugt zu haben glaubte, tat ich, als lasse ich sie für stichhaltig gelten; und jetzt ist sie zuinnerst überzeugt, daß sie ihrer Überredungskunst diesen Erfolg zu danken habe. Diese Vorsichtsmaßnahme war unbedingt nötig, wenn ich mir keine Blöße geben wollte. Ich erlaubte ihr, an ihn zu schreiben und ihm zu sagen, sie liebe ihn. Und noch am selben Tag verschaffte ich ihr, ohne daß sie es ahnte, ein Zusammensein unter vier Augen mit ihrem Danceny. Aber stellen Sie sich vor: Er ist noch so blöd, daß er es nicht einmal bis zu einem Kuß gebracht hat! Und dabei macht der Bursche ganz nette Verslein! Mein Gott! Wie dumm sind diese geistreichen Männer! Und der ist so über die Maßen einfältig, daß ich mir wirklich keinen Rat mehr weiß. Denn ihn kann ich schließlich nicht auch noch anlernen!

Jetzt könnte ich Sie recht gut brauchen. Sie sind mit Danceny so eng befreundet, daß er sich Ihnen anvertrauen würde, und hätte er Ihnen einmal sein Herz ausgeschüttet, könnten wir aufs Ganze gehen. Erledigen Sie doch Ihre Präsidentin ein bißchen schnell, denn ich will doch nicht, daß Gercourt schließlich noch ungeschoren wegkommt. Übrigens habe ich gestern mit der Kleinen über ihn geredet, ihn so treffend geschildert, daß sie ihn nicht gründlicher hassen könnte, auch wenn sie bereits seit zehn Jahren mit ihm verheiratet wäre. Dabei habe ich ihr die längsten Predigten über eheliche Treue gehalten. Nichts kommt meiner Strenge in diesem Punkte gleich! Damit renke ich einesteils bei ihr meinen Ruf als Tugendausbund wieder ein, den meine allzu große Nachgiebigkeit zunichte machen könnte; andernteils schüre ich in ihr den Haß, mit dem ich ihren Gatten bedenken will. Und schließlich hoffe ich, wenn ich ihr weismache, es sei ihr nur erlaubt, in der knappen Zeit, die sie noch unverheiratet ist, sich mit ihrer Liebe abzugeben, dann wird sie sich um so rascher entschließen, ja nichts zu verpassen

Leben Sie wohl, Vicomte. Ich mache mich jetzt hinter meine Toilette und lese derweil Ihren umfänglichen Brief.

Am 27. August 17..

39. BRIEF

Cécile Volanges an Sophie Carnay

Ich bin traurig und voll Unruhe, meine teure Sophie. Ich habe fast die ganze Nacht geweint. Nicht etwa, weil ich im Augenblick nicht schrecklich glücklich wäre; aber ich sehe jetzt schon voraus, es wird nicht lange währen.

Gestern war ich mit Madame de Merteuil in der Oper. Wir haben längere Zeit über meine Heirat geredet, und ich habe dabei nicht viel Gutes in Erfahrung gebracht. Ich soll den Grafen de Gercourt heiraten, und zwar wird die Hochzeit im Oktober stattfinden. Er ist reich, aus vornehmem Haus und Oberst im . . . Regiment. Bis dahin alles schön und gut. Aber erstens ist er alt. Stell Dir vor, er ist mindestens sechsunddreißig! Und dann sagt Madame de Merteuil, er sei griesgrämig und streng, und sie fürchtet sehr, ich werde mit ihm nicht glücklich. Ich habe ganz genau gesehen: Sie ist ihrer Sache völlig sicher und wollte es mir bloß nicht sagen, um mir das Herz nicht schwer zu machen. Sie hat fast den ganzen Abend immer nur von den Pflichten der Frauen gegen ihre Männer geredet. Sie gibt zu, Herr de Gercourt sei kein bißchen liebenswert, und doch sagt sie, ich müsse ihn liebhaben. Hat sie nicht auch gesagt, wenn ich einmal verheiratet sei, dürfe ich den Chevalier Danceny nicht mehr liebhaben? Als ob das möglich wäre! Oh! Ich schwöre Dir, ich werde ihn immer, immer liebbehalten! Siehst Du, dann möchte ich lieber überhaupt nicht heiraten. Mag sich Herr de Gercourt helfen, wie er kann; ich bin ihm ja nicht nachgelaufen! Gegenwärtig weilt er in Korsika, weit weg von hier. Ich wollte, er bliebe noch zehn Jahre lang dort. Hätte ich nicht Angst, ich müsse wieder ins Kloster zurück, dann würde ich Mama sagen, ich möchte diesen Gatten lieber nicht. Aber dann wäre es nur noch schlimmer. Ich weiß nicht mehr aus und ein. Ich fühle, ich habe Herrn Danceny noch gar nie so liebgehabt wie jetzt. Und wenn ich dran denke, daß mir nur noch ein Monat bleibt, wo ich so sein darf, wie ich jetzt bin, dann steigen mir gleich die Tränen in die Augen. Nirgends finde ich Trost als in Madame de Merteuils Freundschaft. Sie ist so gutherzig! Sie nimmt an allen meinen Kümmernissen teil, als wären es ihre eigenen. Und dann ist sie so liebenswürdig, so nett, daß ich fast gar nicht daran denke, wenn ich mit ihr zusammen bin. Außerdem nützt sie mir sehr viel, denn das bißchen, was ich weiß, hat sie mir alles beigebracht. Und sie ist so lieb, daß ich ihr alles sagen kann, was ich denke, ohne daß ich mich zu schämen brauche. Wenn sie meint, etwas schicke sich nicht, dann schilt sie mich zuweilen ein wenig aus, aber nur ganz, ganz sanft, und dann umarme und küsse ich sie von ganzem Herzen, bis sie nicht mehr böse ist. Sie kann Dich doch wenigstens liebhaben, soviel ich mag, ohne daß etwas Arges dabei ist, und das macht mich schrecklich froh. Wir haben aber trotzdem abgemacht, daß ich ihr vor andern Leuten meine Liebe nicht so offen zeigen soll, besonders nicht, wenn Mama dabei ist, damit sie keinen Argwohn schöpft wegen des Chevalier Danceny. Ich kann Dir versichern, wenn ich immer so leben könnte wie jetzt gerade, dann wäre ich, glaub' ich, sehr glücklich. Nur dieser widerwärtige Herr de Gercourt ... Aber ich will gar nicht mehr von ihm reden, sonst werde ich bloß wieder traurig. Statt dessen will ich an den Chevalier Danceny schreiben. Ich erzähle ihm aber nur von meiner Liebe und nicht von meinem Kummer, denn ich möchte ihm nicht das Herz schwermachen. Leb wohl, teure Freundin. Du siehst wohl, Du darfst Dich wirklich nicht beklagen. Ich mag noch so »abgelenkt« sein, wie Du mir vorwirfst, ich finde doch immer noch Zeit, Dich liebzuhaben und Dir zu schreiben.

Am 27. August 17..

40. BRIEF

Der Vicomte de Valmont an die Marquise de Merteuil

Meiner spröden Herzensdame genügt es noch nicht, daß sie meine Briefe nicht beantwortet und ihre Annahme verweigert. Jetzt will sie mir auch noch ihren Anblick rauben. Sie verlangt, ich soll abreisen. Was Sie aber noch mehr überraschen wird: Ich gedenke mich dieser harten Forderung zu fügen. Sie werden mich tadeln. Aber ich glaubte, ich dürfe mir diese Gelegenheit, wo sie mir einen Befehl erteilen kann, nicht entgehen lassen. Einerseits bin ich nämlich überzeugt, wer befiehlt, übernimmt auch gewisse Verpflichtungen, und andererseits bin ich der Ansicht, die trügerische Macht, die wir zum Schein den Frauen einräumen, sei eine von den Fallen, denen sie am schwersten entgehen. Zudem brachte mich die geschickte Art, mit der diese Frau es verstanden hat, jedem Alleinsein mit mir auszuweichen, in eine recht mißliche und gefährliche Lage, und ich hielt es für angezeigt, mich um jeden Preis daraus zu befreien. Denn wenn ich unablässig um sie war, ohne doch mit ihr von meiner Liebe reden zu können, dann stand zu befürchten, sie könnte sich schließlich gar an meinen Anblick gewöhnen, ohne dabei den Kopf zu verlieren. Und Sie wissen ja, daß man nur schwer von dieser Stimmung wieder loskommt.

Im übrigen können Sie sich ja denken, daß ich mich nicht bedingungslos gefügt habe. Ich habe sogar geflissentlich eine Bedingung gestellt, die sie unmöglich erfüllen kann. Das tat ich ebenso sehr, damit ich es immer noch in der Hand habe, mein Wort zu halten oder nicht, als auch um mündlich oder schriftlich eine Auseinandersetzung in Fluß zu bringen, und dies in einem Augenblick, da meine Schöne mit mir recht zufrieden ist, wo sie's auch nötig hat, daß ich mit ihr ebenfalls zufrieden bin. Dabei bringe ich noch gar nicht in Anschlag, daß ich es schon recht ungeschickt anstellen müßte, wenn ich nicht einen Ausweg fände dafür, daß ich auf meinem Anspruch nicht beharre, irgendeine Entschädigung herauszuschlagen, so unhaltbar dieser Anspruch auch sein mag.

Nun habe ich Ihnen in dieser ausführlichen Präambel meine Gründe eingehend dargelegt und kann also mit dem Tatsachenbericht über die letzten beiden Tage beginnen. Ich füge hier als Beleg den Brief meiner

Schönen nebst meiner Antwort bei. Sie werden zugeben, es gibt nur wenige so zuverlässige Geschichtsschreiber, wie ich einer bin.

Sie erinnern sich ja noch, was für eine Wirkung mein Brief aus Dijon vorgestern früh hervorbrachte. Der Rest des Tages verlief sehr stürmisch. Die hübsche Spröde erschien erst unmittelbar vor dem Mittagessen und verkündete, sie habe eine heftige Migräne. Unter diesem Vorwand wollte sie ihre Übellaunigkeit verdecken. Ich habe nur selten eine Frau gesehen, die so maßlos schlecht gelaunt war wie sie. Ihr Gesicht war ganz entstellt; der sanfte Ausdruck, den Sie an ihr kennen, war verschwunden, und statt seiner hatte sie eine trotzige Miene aufgesetzt, so daß sie eine niegekannte Schönheit ausstrahlte. Ich habe mir vorgenommen, inskünftig diese Entdeckung auszunützen und bisweilen anstelle einer zärtlichen Geliebten zur Abwechslung eine trotzköpfige zu begehren. Ich sah voraus, daß der Nachmittag recht trübselig verlaufen werde, und um mir diese Langeweile zu ersparen, schützte ich ein paar Briefe vor, die ich angeblich noch zu schreiben hatte, und zog mich auf mein Zimmer zurück. Gegen sechs Uhr kam ich wieder in den Salon. Madame de Rosemonde regte eine Ausfahrt an, und der Vorschlag wurde angenommen. Doch gerade als wir in den Wagen steigen wollten, schützte die angeblich Kranke in teuflischer Bosheit ihrerseits gräßliche Kopfschmerzen vor. Vielleicht wollte sie sich damit für mein Fernbleiben rächen, jedenfalls ließ sie mich erbarmungslos mit meiner alten Tante allein. Ich weiß nicht, ob die Verwünschungen, die ich gegen diesen Teufel in Weibsgestalt ausstieß, alle erhört wurden; aber als wir nach Hause kamen, lag sie zu Bett. Am nächsten Morgen beim Frühstück war sie wie umgewandelt. Ihre angeborene Sanftmut war wiedergekehrt, und ich hatte allen Grund zur Annahme, sie habe mir verziehen. Kaum war das Frühstück vorbei, da stand das sanfte Wesen auf und ging in den Park hinaus. Ich eilte ihr sofort nach, das können Sie mir glauben. »Wo mögen Sie bloß dieses große Verlangen nach einem Spaziergang herhaben?« fragte ich sie, als ich sie eingeholt hatte. »Ich habe heute früh lange geschrieben«, gab sie mir zur Antwort, »und jetzt habe ich einen müden Kopf.« – »Bin ich nicht glücklich genug, diese Müdigkeit auf mich zurückführen zu dürfen?« fragte ich wieder. – »Ich habe wohl an Sie geschrieben«, erwiderte sie, »aber ich weiß nicht recht, ob ich Ihnen meinen Brief geben soll. Er enthält eine Bitte, und Sie haben mich bisher nicht daran gewöhnt, auf Erfüllung meiner Bitten hoffen zu dürfen.« – »Ah! Ich schwöre Ihnen, wenn es mir möglich ist . . .« – »Nichts leichter als das«, fiel sie mir ins Wort. »Und wenn Sie mir meinen Wunsch schon aus Gründen der Billigkeit gewähren sollten, so soll's mir doch recht sein, seine Erfüllung als ein Gnadengeschenk entgegenzunehmen.« Mit diesen Worten überreichte sie mir ihren Brief. Ich nahm ihn entgegen, aber zur gleichen Zeit ergriff ich auch ihre Hand. Sie zog sie zurück, ohne jeden Zorn freilich und eher verlegen als rasch. »Die Hitze ist größer, als ich dachte«, sagte sie dann. »Wir müssen wieder hineingehn.« Und sie schlug den Weg zum Schloß ein. Ich machte vergeblich alle Anstrengungen, um sie zu einem längeren Spaziergang zu überreden, und ich mußte mir sogar klar vor Augen halten, daß man uns vielleicht sehen konnte, sonst hätte ich's wohl nicht bei bloßer Überredungskunst bewenden lassen. Sie ging ohne ein Wort zu sagen neben mir her, und ich sah deutlich, dieser Spaziergang, den sie vorgeschützt hatte, war einzig zum Zweck unternommen worden, mir ihren Brief auszuhändigen. Als wir zu Hause angelangt waren, ging sie gleich in ihr Zimmer, und auch ich zog mich auf meine Kammer zurück, weil ich ihre Epistel lesen wollte. Sie werden gut daran tun, sie gleichfalls zu lesen, desgleichen meine Antwort, ehe Sie fortfahren . . .

41. BRIEF

Die Präsidentin de Tourvel an den Vicomte de Valmont

Mein Herr, nach Ihrem Verhalten mir gegenüber macht es den Anschein, als hätten Sie es darauf angelegt, mir mit jedem neuen Tag mehr Grund zur Klage zu geben. Ihr starrsinniges Festhalten an Ihrem Wunsch, unablässig mit mir über ein Gefühl zu reden, von dem ich weder etwas hören will noch darf, der Mißbrauch, den Sie sich nicht entblödet haben, mit meiner Gutgläubigkeit oder meiner Schüchternheit zu treiben, als Sie mir Ihre Briefe zukommen ließen, der, ich darf wohl sagen, wenig taktvolle Weg, dessen Sie sich bedient haben, um mir den letzten in die Hände zu spielen, wobei Sie nicht einmal die Wirkung einer Überraschung scheuten, die mich immerhin bloßstellen konnte, all dies müßte meinerseits ebenso heftige als auch mit Recht verdiente Vorwürfe zur Folge haben. Indessen verzichte ich lieber darauf, erneut auf diese meine Beschwerden zurückzukommen, und lasse es dabei bewenden, Ihnen eine Bitte vorzubringen, die mir so einfach wie billig zu sein dünkt. Und wenn Sie mir die gewähren, dann soll von mir aus alles vergeben und vergessen sein.

Sie haben mir selbst gesagt, mein Herr, ich brauche eine abschlägige Antwort nicht zu fürchten. Und obgleich – dank einer Ihnen eigentümlichen Unberechenbarkeit – auf diese Worte ausgerechnet der einzige abschlägige Bescheid folgte, den Sie mir geben konnten, will ich doch glauben, daß Sie heute trotzdem das Versprechen halten werden, das Sie mir vor so wenigen Tagen in aller Form gegeben haben.

Ich wünsche also, Sie sollen mir den Gefallen tun, nicht länger in meiner Nähe zu bleiben. Ich möchte, daß Sie dies Schloß verlassen, wo ein längerer Aufenthalt Ihrerseits mich bloß noch ärger dem Gerede der Öffentlichkeit aussetzen müßte, die ja nur allzugern über andere Schlechtes denkt, und Sie haben die Leute leider allzusehr daran gewöhnt, die Frauen nicht aus den Augen zu lassen, falls sie Ihnen Zutritt in ihre Gesellschaft gewähren.

Mich haben meine Freunde längst schon auf diese Gefahr hingewiesen, und doch habe ich ihre Warnungen in den Wind geschlagen, ja ich habe sie sogar bekämpft, solange Ihr Verhalten mir gegenüber mich im Glauben ließ, Sie hätten mich liebenswürdigerweise nicht mit den vielen Frauen in einen Topf geworfen, die allesamt Grund hatten, über Sie Klage zu führen.

Heute aber, da Sie mich gleich behandeln wie sie, nun, da ich nicht mehr darüber hinwegsehen kann, bin ich es der Öffentlichkeit, meinen Freunden und auch mir selber schuldig, diesen dringend notwendigen Entschluß zu fassen. Ich könnte dem hinzufügen, daß Sie gar nichts dabei gewinnen würden, wollten Sie mir etwa meine Bitte abschlagen, denn ich bin fest entschlossen, selber abzureisen, wenn Sie sich darauf versteifen hierzubleiben. Aber es liegt mir nichts daran, die Erkenntlichkeit zu schmälern, die mir Ihr Entgegenkommen abnötigen muß. Und Sie sollen meinethalben auch wissen, daß Sie alle meine Pläne empfindlich durcheinanderbrächten, wofern Sie mich vor die Notwendigkeit stellen wollten, von hier wegzureisen. Beweisen Sie mir also, mein Herr, daß ehrbare Frauen niemals Grund haben, über Sie zu klagen, wie Sie das ja schon so oft geäußert haben. Beweisen Sie mir wenigstens, daß Sie jegliches Unrecht wiedergutzumachen wissen, das Sie sich ihnen gegenüber haben zuschulden kommen lassen. Wenn ich es für nötig hielte, meine Bitte Ihnen gegenüber zu rechtfertigen, dann brauchte ich Ihnen bloß zu sagen, daß Sie mit Ihrer ganzen Lebensführung selbst daran schuld sind und daß ich sie gleichwohl viel lieber nicht ausgesprochen hätte. Doch rühren wir lieber nicht mehr an Begebenheiten, die ich nur allzugerne vergessen möchte und die mich nötigen könnten, Sie strenge zu beurteilen, gerade im Augenblick, wo ich Ihnen eine Gelegenheit biete, meine volle Dankbarkeit zu erwerben. Leben Sie wohl, mein Herr. Ihr Verhalten wird mich lehren, mit welchen Gefühlen ich fürs Leben zu sein habe Ihre sehr ergebene usw.

Am 25. August 17..

42. BRIEF

Der Vicomte de Valmont an die Präsidentin de Tourvel

Wie hart auch Ihre Bedingungen sind, gnädige Frau, ich weigere mich nicht, sie zu erfüllen. Ich fühlte, daß es mir unmöglich wäre, irgendeinem Wunsche zuwiderzuhandeln, den Sie äußern. Nun, da wir in diesem Punkte einiggehen, wage ich zu hoffen, Sie werden mir meinerseits gestatten, ein paar Bitten vorzubringen, die weit leichter zu gewähren sind als die Ihren, deren Gewährung ich aber dennoch nur meiner völligen Fügsamkeit in Ihren Willen verdanken will.

Die erste, die Ihnen hoffentlich Ihren Gerechtigkeitssinn befürworten wird, besteht darin, daß Sie mir gütigst die Namen der Leute nennen mögen, die mich bei Ihnen angeschwärzt haben. Die haben mir, dünkt mich, Böses genug getan, daß ich ein Recht habe, sie zu kennen. Die zweite, deren Erfüllung ich von Ihrer Nachsicht erwarte, geht dahin, Sie möchten mir erlauben, Ihnen hie und da erneut meine Liebe anzutragen, denn sie vedient je länger, je mehr Ihr Mitleid.

Bedenken sie, gnädige Frau, daß ich Ihnen aufs Wort gehorche, auch wenn ich es nur auf Kosten meines Glücks tun kann. Ich möchte sogar sagen, ich gehorche Ihnen entgegen meiner Überzeugung, daß Sie meine

Abreise nur wünschen, um den immerhin peinlichen Anblick des Opfers Ihrer Ungerechtigkeit loszuwerden.

Geben Sie es doch zu, gnädige Frau, Sie fürchten sich nicht so sehr vor einer Öffentlichkeit, die allzusehr daran gewöhnt ist, Ihnen Achtung entgegenzubringen, als daß sie es wagen dürfte, abfällig über Sie zu urteilen. Was Sie fürchten, ist der Umstand, die Gegenwart eines Mannes, den Sie leichter strafen als tadeln können, möchte Ihnen lästig fallen. Sie weisen mich von sich, wie man seine Blicke von einem Unglücklichen abwendet, dem man keine Hilfe bringen will.

Doch während die Trennung meine Qualen doppelt schmerzvoll anfachen wird, wem sonst als Ihnen kann ich sie klagen? Wer außer Ihnen vermag mir den Trost zu spenden, der mir so not tun wird? Werden Sie ihn mir verweigern, wo doch Sie allein an meinem Leid Schuld tragen?

Gewiß werden Sie auch nicht darüber erstaunt sein, daß es mir vor meiner Abreise noch am Herzen liegt, die Gefühle, die Sie in mir erweckt haben, Ihnen gegenüber zu rechtfertigen. Ebenso werden Sie es verstehen, daß ich den Mut aufbringe fortzugehen, ehe ich nicht den Befehl dazu aus Ihrem eigenen Munde vernommen habe.

Dieser zwiefache Grund veranlaßt mich, Sie um eine kurze Unterredung zu bitten. Es hätte keinen Sinn, an ihrer Statt Briefe zu wechseln. Man kann ganze dicke Bände vollschreiben und doch nur sehr mangelhaft erklären, was man in einer viertelstündigen Unterredung ausreichend verständlich machen kann. Sie werden gewiß mit Leichtigkeit so viel Zeit aufbringen, mir diese Zwiesprache zu gewähren. Denn wenn ich auch noch so beflissen bin, Ihnen zu gehorchen, so wissen Sie ja, Madame de Rosemonde ist in meinen Plan eingeweiht, wonach ich einen Teil des Herbstes bei ihr zu verbringen gedenke, und so muß ich zum mindesten einen Brief abwarten, mit dessen Hilfe ich eine geschäftliche Angelegenheit vorschützen kann, die mich zur Abreise nötigt.

Leben Sie wohl, gnädige Frau. Noch nie hat es mich so viel Überwindung gekostet, dieses Wort hinzuschreiben, wie in diesem Augenblick, mahnt es mich doch wieder daran, daß wir uns trennen müssen. Könnten Sie sich vorstellen, wie ich darunter leide, dann würden Sie mir für meine Fügsamkeit noch einigen Dank wissen, so wage ich wenigstens zu glauben. Nehmen sie zum mindesten mit mehr Nachsicht die Versicherung und die Huldigung der zärtlichsten und verehrungsvollsten Liebe entgegen.

Am 26. August 17..

FORTSETZUNG DES 40. BRIEFES

Der Vicomte de Valmont an die Marquise de Merteuil

Und jetzt, schönste Freundin, lassen Sie uns einmal vernünftig überlegen. Sie haben wie ich das Gefühl, die überängstliche, ehrbare Madame de Tourvel könne mir nicht gut die erste meiner Bitten erfüllen und das Vertrauen ihrer Freundinnen enttäuschen, indem sie mir die Namen meiner Verleumder bekanntgibt. Somit verpflichte ich mich zu gar nichts, wenn ich unter dieser Bedingung alles verspreche, was sie von mir will. Aber Sie spüren auch, daß die Verweigerung dieser Bedingung – und sie wird mir einen abschlägigen Bescheid geben – für mich einen Anspruch schafft, alles übrige zu erreichen. Und dann erwächst mir daraus der Vorteil, daß ich dank meiner Abreise ganz offen und mit ihrem Einverständnis in einen regelmäßigen Briefwechsel mit ihr treten kann. Denn das Stelldichein, um das ich sie bitte, gebe ich billig. Es hat eigentlich keinen weiteren Zweck, als sie im vornherein daran zu gewöhnen, daß sie weitere Zusammenkünfte nicht mehr ablehnen kann, wenn ich sie wirklich für nötig erachte.

Nur etwas bleibt mir noch zu tun, ehe ich abreise. Ich muß in Erfahrung bringen, was für Leute es eigentlich darauf abgesehen haben, mir bei ihr zu schaden. Ich vermute, da steckt ihr Mann, der Pedant, dahinter. Das wäre mir gar nicht unlieb. Abgesehen davon, daß ein Verbot das Verlangen höchstens noch anfacht, wäre ich auch sicher, daß ich, sobald meine Schöne mir zu schreiben einwilligt, von seiten ihres Gatten nichts mehr zu fürchten hätte, da sie ja schon in der Zwangslage wäre, ihn zu hintergehen. Doch wenn sie eine Freundin hat, mit der sie so eng befreundet ist, daß sie ihr alles anvertraut, und diese Freundin gegen mich ist, dann freilich scheint es mir notwendig, die beiden auseinanderzubringen, und ich meine, das sollte ich wohl fertigkriegen. Aber vor allem muß ich erst Gewißheit haben.

Gestern dachte ich schon, ich wisse, woran ich sei. Aber diese Frau macht nichts so wie andere auch. Wir waren gerade bei ihr, als gemeldet wurde, das Essen sei aufgetragen. Sie war eben dabei, die letzte Hand an ihre Toilette zu legen. Und während sie sich unter unablässigen Entschuldigungen beeilte, bemerkte ich, daß sie den Schlüssel an ihrem Schreibtisch steckenließ; und außerdem weiß ich, daß sie die Gewohnheit hat, den Schlüssel zu ihrem Zimmer nicht abzuziehen. Darüber dachte ich während des Essens nach, als ich hörte, wie ihre Kammerfrau herunterkam. Sofort war mir klar, was ich zu tun hatte. Ich tat, als hätte ich Nasenbluten, und ging rasch hinaus. Ich lief zum Schreibtisch; und ich fand alle Schubladen unverschlossen, aber kein einziges beschriebenes Blatt Papier. Und doch hat man zu dieser Jahreszeit keine Gelegenheit, Briefschaften zu verbrennen. Was tut sie mit den Briefen, die sie empfängt? Und sie erhält doch öfters Briefe! Ich habe nichts ununtersucht gelassen; alles lag offen da, und ich stöberte überall. Aber ich habe dabei einzig die Überzeugung gewonnen, daß sie diesen kostbaren Schatz in ihren Taschen mit sich herumträgt.

Wie soll ich ihn da herauskriegen? Seit gestern geht mir das unablässig im Kopf herum. Was tun? Ich kann und kann den Wunsch nicht unterdrücken! Wie schade, daß ich so gar kein Talent zum Spitzbuben habe. Sollte nicht jeder Mann, der sich mit Liebeshändeln abgibt, ein bißchen zum Schelm abgerichtet werden? Wäre es nicht spaßig, die Briefe oder das Bildnis eines Nebenbuhlers zu entwenden, oder gar aus den Taschen einer Prüden allerhand Dinge zu entwenden, mit deren Hilfe man sie entlarven könnte? Unsere Eltern denken aber auch an nichts! Und wenn ich auch an alles denke, ich merke doch, daß ich äußerst täppisch und linkisch bin, und kann doch nichts dagegen tun.

Wie dem auch sei, ich setzte mich recht übelgelaunt wieder zu Tisch. Meine Schöne träufelte immerhin ein Tröpfchen Balsam auf meine schlechte Laune durch das teilnahmsvolle Gesicht, das sie über mein angebliches Unwohlsein an den Tag legte. Und ich konnte es mir nicht verkneifen, ihr zu versichern, ich hätte seit einiger Zeit heftige Aufregungen durchzumachen, die meine Gesundheit offensichtlich angriffen. Überzeugt, wie sie ist, daß sie daran Schuld trägt, mußte sie wohl oder übel nach bestem Wissen und Gewissen darauf hinarbeiten, sie zu lindern! Doch ist sie zwar überaus fromm, mit ihrer Nächstenliebe aber ist es nicht weit her. Sie verweigert jedes Almosen verliebter Art, und diese Weigerung genügt wohl, scheint mir, um zu rechtfertigen, daß man's eben einfach stiehlt. Doch leben Sie wohl. Denn wenn ich mit Ihnen plaudere, so kann ich doch an nichts anderes denken als an die verfluchten Briefe.

Am 27. August 17..

43. BRIEF

Die Präsidentin de Tourvel an den Vicomte de Valmont

Weshalb denn, mein Herr, suchen Sie meine Dankbarkeit herabzumindern? Warum sollen Sie mir nur zur Hälfte gehorchen und gewissermaßen mit einer anständigen Verhaltungsweise Schacher treiben? Genügt es Ihnen denn nicht, daß ich fühle, wieviel Überwindung es Sie kostet? Nicht nur verlangen sie viel, Sie verlangen auch noch Unmögliches von mir. Wenn meine Freunde in der Tat mit mir über Sie gesprochen haben, dann doch nur, weil sie an meinem Wohlergehen Anteil nehmen. Und auch wenn sie sich vielleicht geirrt haben, dann war ihre Absicht deswegen nicht weniger gut. Und da muten Sie mir zu, ich soll diesen Beweis ihrer Anhänglichkeit damit lohnen, daß ich Ihnen ihr Geheimnis preisgebe! Ich hätte schon gar nicht mit Ihnen darüber reden sollen. Schon das war nicht recht, und Sie geben es mir in diesem Augenblick deutlich zu spüren. Was bei jedem andern Mann ganz harmlos gewesen wäre, bei Ihnen wird es zu einer Unbesonnenheit und könnte mich gar zu einer Niederträchtigkeit veranlassen, wenn ich Ihrer Bitte nachgäbe. Ich wende mich an Sie selbst, an Ihr Anstandsgefühl. Haben Sie mich einer solchen Handlungsweise für fähig gehalten? Haben Sie mir etwas Derartiges zumuten dürfen? Nein, gewiß nicht. Und ich bin überzeugt, wenn sie sich's noch einmal überlegt haben, werden Sie nicht mehr auf diese Bitte zurückkommen.

Ihre andere Bitte, mir schreiben zu dürfen, ist kaum leichter zu erfüllen. Und wenn Sie gerecht sein wollen, dann geben Sie nicht mir die Schuld daran. Ich will Sie beileibe nicht etwa beleidigen. Doch bei dem Ruf, den Sie sich geschaffen haben, den Sie, ihrem eigenen Geständnis zufolge, wenigstens teilweise verdienen, welche Frau könnte da noch zugeben, daß sie mit Ihnen einen Briefwechsel unterhält? Und welche ehrbare Frau kann sich zu etwas entschließen, von dem sie das bestimmte Gefühl hat, sie müsse es heimlich tun?

Wenn ich wenigstens noch sicher sein könnte, Ihre Briefe fielen so aus, daß ich nie Grund zur Klage hätte, wenn ich wüßte, daß ich es jederzeit vor mir selber verantworten könnte, sie erhalten zu haben! Vielleicht würde mich dann der Wunsch, Ihnen zu beweisen, daß mich die Vernunft und nicht etwa irgendwelche Haßgefühle bei meinem Entschluß leiten, über diese schwerwiegenden Bedenken hinwegsehen lassen, und ich könnte mehr für Sie tun, als ich eigentlich dürfte, indem ich Ihnen erlauben könnte, mir hie und da zu schreiben. Wenn Sie das wirklich so sehr wünschen, wie Sie sagen, werden Sie sich gerne der einzigen Bedingung unterwerfen, die mich dazu bewegen könnte, Ihren Wunsch zu erfüllen. Und wenn Sie auch nur im geringsten für das dankbar sind, was ich jetzt für Sie tue, dann schieben Sie Ihre Abreise nicht länger hinaus. Gestatten Sie mir die Bemerkung, daß Sie heute früh einen Brief erhalten, jedoch diese Gelegenheit nicht dazu benützt haben, Madame de Rosemonde Ihre Abreise anzukündigen, wie Sie mir versprochen hatten. Ich hoffe, nunmehr stehe nichts mehr im Wege, Ihr gegebenes Wort zu halten. Ich zähle vor allem darauf, daß Sie zu diesem Zweck nicht die Unterredung abwarten, um die Sie mich bitten; ich werde mich auf keinen Fall dazu hergeben. Ich hoffe, Sie werden sich anstelle des Befehls, der, wie Sie behaupten, dazu notwendig ist, mit meiner neuerlichen Bitte begnügen.

Leben Sie wohl, mein Herr.

Am 27. August 17..

44. BRIEF

Der Vicomte de Valmont an die Marquise de Merteuil

Freuen Sie sich mit mir, schönste Freundin! Ich werde geliebt! Ich habe dieses widerspenstige Herz bezwungen. Vergeblich verstellt es sich noch; meine Geschicklichkeit war vom Glück begünstigt, und ich bin hinter ihr Geheimnis gekommen. Dank meiner nimmermüden Aufsässigkeit weiß ich nun alles, was ich wissen wollte. Seit letzter Nacht, seit der glückbringenden gestrigen Nacht bin ich wieder ganz in meinem Element und neu aufgelebt. Ich habe ein zwiefaches Geheimnis entschleiert; ein Geheimnis, das halb Liebe, halb eine Freveltat birgt. Am ersten will ich mich weiden, für das andere gedenke ich Rache zu nehmen. Ich werde von Genuß zu

Genuß eilen. Nur schon wenn ich dran denke, erfaßt mich ein derartig maßloses Wonnegefühl, daß es mich einige Mühe kostet, meine Vorsicht nicht außer acht zu lassen. Und es mag schon sein, daß es mir auch Mühe macht, ein wenig Ordnung in den Bericht zu bringen, den ich Ihnen zu erstatten habe. Versuchen wir's immerhin.

Noch gestern, nachdem ich Ihnen meinen Brief geschrieben hatte, erhielt ich einen Brief von meiner himmlischen Betschwester. Ich schicke ihn Ihnen. Sie ersehen daraus, daß sie mir, so wenig ungeschickt, wie sie's überhaupt vermag, darin die Erlaubnis erteilt, ihr weiterhin zu schreiben. Aber sie drängt auf meine Abreise, und ich fühle wohl, daß ich sie nicht länger hinausschieben durfte, wenn ich mir nicht schaden wollte.

Da mich indessen das Verlangen quälte zu wissen, wer mich bei ihr angeschwärzt hatte, war ich noch nicht im reinen, wozu ich mich entschließen sollte. Ich versuchte, ihre Kammerzofe für mich zu gewinnen; ich wollte erreichen, daß sie mir die Taschen ihrer Herrin aushändigte; sie konnte sie mit Leichtigkeit am Abend wegnehmen und frühmorgens wieder hinlegen, ohne den leisesten Argwohn zu erregen. Für diesen unbedeutenden Dienst bot ich ihr zehn Louisdor. Aber ich stieß auf eine dämliche Gans, ein übergewissenhaftes oder auch ängstliches Weibsbild, das weder meine Überredungskünste noch mein Geldangebot kleinkriegen konnten. Ich redete noch auf sie ein, als man zum Nachtessen läutete. So mußte ich sie stehenlassen und konnte noch von Glück reden, daß sie mir versprach, sie wolle reinen Mund halten. Und Sie können sich denken, daß ich mich nicht allzusehr auf dieses Versprechen verließ. Ich war wütend wie noch nie. Ich hatte das Gefühl, ich sei zu weit gegangen und habe mir eine Blöße gegeben, und ich machte mir den ganzen Abend Vorwürfe wegen meines unbedachten Schrittes.

Als ich ziemlich beunruhigt wieder auf mein Zimmer gegangen war, nahm ich meinen Jäger ins Gebet, denn in seiner Eigenschaft als glücklicher Liebhaber mußte er einigen Einfluß haben. Ich wollte, daß er entweder bei dem Mädchen durchsetzte, es müsse tun, was ich von ihm verlangt hatte, oder dann sollte er sich zum mindesten seine Verschwiegenheit sichern. Er aber, der sich doch allerhand zutraut, schien am günstigen Ausgang solcher Verhandlungen zu zweifeln und machte bei diesem Anlaß eine Bemerkung, die mich durch ihren tiefen Sinn in Erstaunen setzte.

»Der gnädige Herr weiß bestimmt besser als ich«, sagte er zu mir, »wenn man mit einem Mädchen schläft, macht man ihm nur, was es gern hat. Es aber von da bis zu dem Punkt zu bringen, daß es tut, was wir wollen, ist oft ein sehr weiter Weg. Für dieses Mädchen stehe ich um so weniger ein«, fuhr er fort, »als ich allen Grund zu der Annahme habe, sie sei anderweitig mit einem Liebsten versehen, und ich habe sie bloß gekriegt, weil sie hier auf dem Lande keinen andern Schatz gefunden hat und sich deshalb langweilt. Darum hätte ich sie auch bloß ein einziges Mal gehabt, wenn ich nicht so eifrig und selbstlos drauf aus wäre, dem gnädigen Herrn zu dienen.« – Der Bursche ist wahrlich Goldes wert! – »Was nun das Verschwiegensein angeht«, setzte er hinzu, »was hilft es uns schon, wenn wir sie so weit bringen, daß sie's uns verspricht? Sie läuft ja keinerlei

Gefahr, wenn sie uns hintergeht! Sagen wir ihr etwas davon, dann weiß sie nur um so besser, daß uns viel daran liegt, und dadurch bekommt sie nur noch mehr Lust, sich bei ihrer Herrin beliebt zu machen, indem sie ihr alles hinterbringt.«

Je treffender seine Erwägungen waren, um so verlegener wurde ich. Zum Glück war der Schlingel so recht im Zug draufloszuschwatzen, und da ich ihn brauchte, ließ ich ihn gewähren. Und während er mir die ganze Geschichte mit seinem Mädchen erzählte, teilte er mir mit, weil die Kammer, die sie bewohnte, vom Zimmer ihrer Herrin nur durch eine dünne Bretterwand getrennt sei, die allfällige verdächtige Geräusche durchlasse, kämen sie Nacht für Nacht in seiner eigenen Kammer zusammen. Augenblicklich faßte ich meinen Plan, setzte ihn davon in Kenntnis, und wir führten ihn mit bestem Erfolg aus.

Ich wartete, bis es zwei Uhr morgens war, und dann nahm ich ein Licht und begab mich, wie wir vereinbart hatten, in die Kammer, wo das Stelldichein stattfinden sollte. Als Vorwand diente mir die Behauptung, ich hätte mehrmals vergeblich geklingelt. Mein Vertrauensmann, der seine Rolle jeweilen meisterhaft spielt, gab eine kleine Überraschungs-, Verzweiflungs- und Unschuldsbeteuerungsszene zum besten, der ich dadurch ein Ende setzte, daß ich ihn fortschickte und ihm befahl, mir heißes Wasser zu besorgen, das ich angeblich brauchte. Die übergewissenhafte Kammerzofe aber schämte sich um so bitterlicher, als der Schlingel, der meine Absichten noch übertrumpfen wollte, sie zu einer Gewandung überredet hatte, die zwar der Jahreszeit entsprach, die aber auch die größte Hitze keineswegs entschuldigte.

Da ich fühlte, je tiefer ich dieses Mädchen demütige, um so leichter werde es mir fallen, über sie zu verfügen, so erlaubte ich ihr weder ihre Lage zu verändern noch ihren leichten Aufzug zu wechseln. Ich befahl meinem Diener, in meinem Zimmer auf mich zu warten, und setzte mich zu ihr aufs Bett, das ganz zerwühlt war, und dann fing ich mit ihr ein Gespräch an. Ich mußte unbedingt die Überlegenheit ausnützen, die mir die Umstände über sie verliehen; so behielt ich denn auch völlig mein kaltes Blut, so daß es sogar dem enthaltsamen Scipio alle Ehre gemacht hätte. Und ohne mir auch nur die geringste Freiheit mit ihr herauszunehmen, worauf sie doch zu hoffen ein Anrecht hatte, so frisch und lecker sah sie aus, so günstig war auch die Gelegenheit, besprach ich mit ihr meine Pläne so seelenruhig, wie ich's etwa mit einem Anwalt hätte tun können. Meine Bedingungen lauteten dahin, ich werde strengstes Stillschweigen bewahren, vorausgesetzt, daß sie mir am nächsten Tag, etwa um dieselbe Zeit, die Taschen ihrer Herrin aushändige. »Übrigens«, setzte ich hinzu, »habe ich Ihnen gestern zehn Louisdor angeboten. Ich verspreche sie Ihnen auch heute noch. Ich möchte Ihre Lage nicht ausnützen.« Alles wurde mir zugestanden, wie Sie sich ja denken können. Daraufhin zog ich mich zurück und erlaubte dem glücklichen Paar, die versäumte Zeit nachzuholen.

Meine Zeit benützte ich zum Schlafen. Und als ich wieder aufwachte, suchte ich nach einem Vorwand, um den Brief meiner Schönen nicht beantworten zu müssen, ehe ich ihre Briefe durchstöbert hatte, und das konnte ich erst in der folgenden Nacht tun. So entschloß ich mich, auf die Jagd zu gehen, und blieb den ganzen Tag fort.

Bei meiner Rückkehr wurde ich recht frostig empfangen. Ich hatte allen Grund zur Annahme, man sei ein wenig pikiert über meine mangelnde Beflissenheit, die Zeit, die mir noch verblieb, gut auszunützen, zumal auf den weniger schroffen Brief hin, den man mir geschrieben hatte. Zu dieser Annahme gelangte ich, als Madame de Rosemonde mir über mein langes Fortbleiben Vorhaltungen machte und meine Schöne mit etwelcher Bitterkeit einwarf: »Ach, wir wollen Herrn de Valmont keine Vorwürfe machen, wenn er das einzige Vergnügen genießt, das er hier finden kann!« Ich verwahrte mich gegen diese Bemerkung, die nicht der Wahrheit entspreche, und benützte die Gelegenheit zu beteuern, ich fühle mich in der Gesellschaft der Damen so wohl, daß ich ihr zuliebe sogar einen hochwichtigen Brief habe liegenlassen, den ich noch schreiben müsse. Des weiteren sagte ich, ich könnte seit mehreren Nächten keinen Schlaf finden und habe darum sehen wollen, ob ich nicht wieder Ruhe finden könne, wenn ich mich so recht müde laufe. Und dabei sprachen meine Blicke recht beredt aus, worum sich mein Brief drehte und was an meiner Schlaflosigkeit schuld war. Ich trug geflissentlich den ganzen Abend eine schwermutvolle Sanftmut zur Schau, die mir, glaub' ich, ganz gut geriet. Darunter verbarg ich die Ungeduld, mit der ich der Stunde entgegenbangte, die mir das beharrlich vorenthaltene Geheimnis aufdecken sollte. Endlich gingen wir auseinander, und eine Weile später erschien die treue Kammerzofe und brachte mir den vereinbarten Preis für mein Stillschweigen.

Als ich glücklich im Besitz dieses Schatzes war, mache ich mich an die Bestandsaufnahme mit all der Umsicht, die Sie ja an mir kennen. Denn es war sehr wichtig, daß alles wieder an seinen rechten Platz zu liegen kam. Zuerst stieß ich auf zwei Briefe ihres Gatten: ein höchst schwer verdaulicher Wirrwarr von Einzelheiten eines Prozesses und weitschweifigen ehelichen Liebesbeteuerungen. Ich brachte tatsächlich die Geduld auf, alles von vorn bis hinten durchzulesen, doch fand ich auch nicht ein einziges Wort darin, das auf mich Bezug hatte. Mißlaunig legte ich sie wieder zurück; doch meine Stimmung ward alsbald wieder sonniger, als mir die Fetzen meines famosen Briefes aus Dijon, die sie sorgsam gesammelt hatte, in die Hände gerieten. Zum Glück verfiel ich auf den Gedanken, sie nochmals zu lesen. Stellen Sie sich meine Freude vor, als ich ganz deutlich darauf Tränenspuren meiner anbetungswürdigen Frömmlerin vorfand. Ich muß gestehen, ich gab einer jünglinghaften Regung nach und küßte den Brief überselig und mit einem Überschwang, dessen ich mich nicht mehr für fähig gehalten hätte. Ich setzte das beglückende Durchsuchen fort und fand meine sämtlichen Briefe wieder, schön der Reihe nach und ihrem Datum entsprechend geordnet. Und was mich noch angenehm überraschte, war der Umstand, daß auch der allererste darunter war, von dem ich überzeugt gewesen war, die Undankbare habe ihn mir zurückgegeben; sie hatte ihn Wort für Wort abgeschrieben, mit einer ganz verstellten, zittrigen Schrift, die hinreichend für die süße Erregung ihres Herzens während dieser Beschäftigung zeugte.

Bis dahin hatte mich meine Liebe völlig in Anspruch genommen; bald aber machte dieses Gefühl einer rasenden Wut Platz. Wer, glauben Sie, will mich bei der Frau, die ich anbete, anschwärzen und unmöglich machen? Welche Furie halten Sie für boshaft genug, eine solche Niederträchtigkeit anzuzetteln? Sie kennen sie. Niemand anders ist's als Ihre Freundin und Verwandte, Madame de Volanges! Sie können sich gar nicht ausmalen, was für ein Gespinst von Abscheulichkeiten diese höllische Megäre ihr über mich geschrieben hat! Sie, sie ganz allein, hat diesen Engel von einer Frau aus ihrem sorglosen Dasein aufgestöbert. Zufolge ihrer Ratschläge, dank ihrer verderblichen Beeinflussung sehe ich mich gezwungen fortzugehen. Kurzum, ihr werde ich geopfert! Ha! Selbstverständlich muß ich ihre Tochter verführen! Doch das ist noch nicht genug, ich muß sie bis ins Mark ihres Wesens verderben. Und da dieses verfluchte Weib dank ihrem Alter vor meinen Schlägen sicher ist, muß ich sie in ihrer Mutterliebe, in ihrer Tochter treffen.

Sie wünscht also, ich soll nach Paris zurückkehren! Sie zwingt mich dazu! Sei's denn, ich fahre zurück, aber meine Rückkehr wird sie noch bitter gereuen. Es tut mir leid, daß Danceny der Held dieses Abenteuers ist; er ist im Grunde ein anständiger Mensch, und das kommt uns ungelegen. Aber er ist bis über die Ohren verliebt, und ich begegne ihm öfters; vielleicht kann uns das nützlich sein. In meiner Wut vergesse ich mich ganz und denke nicht daran, daß ich Ihnen noch den Bericht über das schulde, was sich heute ereignet hat.

Heute vormittag habe ich also meine gefühlvolle Spröde wiedergesehen. Nie war sie mir so schön vorgekommen. Und so mußte es auch sein. Der schönste Augenblick einer Frau, der einzige, wo sie jene Trunkenheit der Seele zu erwecken vermag, von der man immerzu redet, die man jedoch so wunderselten erlebt, ist der Augenblick, da wir zwar ihrer Liebe gewiß sind, nicht aber ihrer Gunst. Und in genau demselben Fall befand ich mich. Mag sein, daß auch der Gedanke, ich werde in Bälde des Vergnügens, sie zu sehen, beraubt sein, dazu beitrug, sie in meinen Augen zu verschönen. Schließlich kam die Post, und man händigte mir Ihren Brief vom 27. ein. Und während ich ihn las, schwankte ich immer noch, ob ich mein Wort halten sollte. Doch da begegneten meine Augen dem forschenden Blick meiner Schönen, und ich hätte es nicht übers Herz gebracht, ihr irgend etwas abzuschlagen.

So kündigte ich denn meine Abreise an. Einen Augenblick später ließ uns Madame de Rosemonde allein. Aber ich war noch ganze vier Schritte von dem menschenscheuen Wesen entfernt, da sprang sie auch schon mit schreckverzerrtem Gesicht auf. »Lassen Sie mich! Lassen Sie mich!« schrie sie. »Um Gottes willen, lassen Sie mich!« Diese flehende Bitte, die ihre tiefe Erregung verriet, konnte mich natürlich nur noch anreizen. Schon war ich bei ihr und hielt ihre Hände, die sie mit einem wahrhaft rührenden Ausdruck gefaltet hatte. Schon hob ich zärtlich an zu klagen, als eine mir feindlich gesinnte Gottheit Madame de Rosemonde wieder herführte. Die ängstliche Betschwester, die ja wirklich einigen Grund zur Besorgnis hatte, benützte diesen Augenblick und eilte davon.

Trotzdem streckte ich ihr die Hand hin, und sie nahm sie. Und diese freundliche Behandlung, die sie mir lange nicht hatte zuteil werden lassen, ermutigte mich, und ich hob erneut an zu klagen und versuchte, ihr die Hand zu drücken. Zuerst wollte sie sie wegziehen; doch als ich sie inständiger preßte, überließ sie mir ihre Hand willig, ohne sich weiter zu sträuben, wenn sie auch meinen Händedruck nicht erwiderte, noch mir auf meine Worte Antwort gab. Als wir vor ihrer Zimmertür angelangt waren, wollte ich ihr die Hand küssen, ehe ich sie verließ. Da wurde aber ihr Widerstand echt und ehrlich, und erst als ich leise und zärtlich flüsterte: »Bedenken sie doch: Ich reise ab!«, erst da erlahmte er, und sie wehrte sich nur noch sehr unwirksam. Kaum aber hatte ich ihr den Kuß aufgedrückt, da fand ihre Hand wieder Kraft genug, aus meinen Händen wegzuschlüpfen, und die Schöne flüchtete in ihr Zimmer, wo ihre Kammerzofe war. Hier endet meine Geschichte.

Ich nehme an, Sie sind morgen bei der Marschallin de . . ., und dort werde ich Sie bestimmt nicht aufsuchen. Da mir überdies schwant, wir werden bei unserm ersten Wiedersehn allerhand Geschäfte zu erledigen haben, namentlich die Angelegenheit mit der kleinen Volanges, die ich nicht aus den Augen verliere, habe ich mich entschlossen, diesen Brief vorauszuschicken. Und so lang er auch sein mag, ich werde ihn erst abschließen, wenn ich ihn zur Post schicke, denn so, wie die Dinge jetzt stehn, kann alles von einer günstigen Gelegenheit abhängen. Und so nehme ich jetzt von Ihnen Abschied, um nach dieser Gelegenheit Ausschau zu halten.

Postskriptum. Acht Uhr abends.

Nichts Neues. Nicht der kleinste ungestörte Augenblick. Gibt sich sogar alle Mühe, ihm auszuweichen. Immerhin wenigstens gerade so viel Traurigkeit, wie es die Schicklichkeit zuließ. Ein anderes Ereignis, das vielleicht nicht ganz ohne Bedeutung ist: Madame de Rosemonde hat mich beauftragt, Madame de Volanges eine Einladung zu übermitteln; sie soll einige Zeit bei ihr auf dem Lande verbringen.

Leben Sie wohl, schönste Freundin. Morgen oder spätestens übermorgen sehn wir uns wieder!

Am 28. August 17..

45. BRIEF

Die Präsidentin de Tourvel an Madame de Volanges

Herr de Valmont ist heute früh abgereist, gnädige Frau. Sie schienen diese Abreise so sehr zu wünschen, daß ich sie Ihnen zur Kenntnis bringen zu müssen glaubte. Madame de Rosemonde vermißt ihren Neffen sehr. Ich muß gestehen, er ist ein sehr angenehmer Gesellschafter. Sie hat den ganzen Vormittag ununterbrochen von ihm geschwärmt, in ihrer bekannten gefühlvollen Art. Sie konnte nicht genug sein Lob singen. Ich glaubte ihr die Gefälligkeit schuldig zu sein, ohne Widerrede alles anzuhören, um so eher, als ich zugeben muß, sie hatte in mancher Hinsicht durchaus recht. Ich hatte außerdem das Gefühl, ich sei an dieser Trennung schuld. Ich machte mir deswegen auch Vorwürfe, darf ich doch nicht hoffen, ihr einen Ersatz für das Vergnügen bieten zu können, auf das sie um meinetwillen verzichten muß. Sie wissen, ich bin nicht sonderlich heiter veranlagt, und das Leben, das wir hinfort hier führen werden, ist nicht gerade dazu angetan, mich aufzuheitern. Hätte ich mein Verhalten nicht ganz nach Ihren Weisungen eingerichtet, dann möchte ich beinahe fürchten, ich habe ein wenig leichtfertig gehandelt. Denn der Schmerz meiner ehrwürdigen Freundin ging mir wirklich recht nahe. Ich war darüber so ergriffen, daß ich am liebsten mitgeweint hätte.

Jetzt leben wir in der Hoffnung, daß Sie die Einladung annehmen werden, die Herr de Valmont Ihnen im Namen von Madame de Rosemonde überbringt. Sie lädt Sie ein, für einige Zeit zu uns aufs Land zu ziehen. Ich hoffe, Sie zweifeln nicht an meiner Freude, Sie hier zu sehen. Und wahrhaftig, Sie sind uns diese Entschädigung schuldig. Ich werde mich freuen, bei dieser Gelegenheit rascher und näher mit Fräulein de Volanges Bekanntschaft schließen zu können und in der Lage zu sein, Sie zu überzeugen von den hochachtungsvollen Gefühlen, mit denen ich usw.

Am 29. August 17..

46. BRIEF

Der Chevalier Danceny an Cécile Volanges

Was ist Ihnen denn zugestoßen, meine anbetungswürdige Cécile? Wer hat es fertiggebracht, in Ihnen eine derart rasche und grausame Wandlung zu vollbringen? Wo sind Ihre Schwüre hingekommen, niemals wankelmütig zu werden? Noch gestern haben Sie mit solcher Freude aufs neue geschworen, mir treu zu bleiben! Wie können Sie heute alles wieder vergessen haben? Ich zergrüble und zermartere mir den Kopf, umsonst, ich kann den Grund in mir nicht finden, und es graut mir vor dem Gedanken, er könnte in Ihnen selber zu suchen sein. Ach, ich weiß, Sie sind weder leichtsinnig noch unaufrichtig. Und sogar in diesem Augenblick höchster Verzweiflung soll kein schimpflicher Argwohn meine Seele beflecken. Und doch, welch ein Verhängnis ist nur schuld, daß Sie nicht mehr die gleiche sind? Nein, Grausame, Sie sind's nicht mehr! Die zärtliche Cécile, die Cécile, die ich abgöttisch liebe, deren Schwüre ich entgegengenommen habe, wäre meinen Blicken nicht ausgewichen, sie hätte den glücklichen Zufall nicht durchkreuzt, der es fügte, daß ich neben sie zu sitzen kam. Oder wenn irgendein mir unverständlicher Grund sie zwang, so hart mit mir zu verfahren, dann hätte sie's wenigstens nicht verschmäht, mich darüber aufzuklären.

Ach, Sie wissen ja nicht, Sie werden nie erfahren, meine Cécile, wie sehr ich heute Ihretwegen gelitten habe, was ich auch in diesem Augenblick noch leide! Glauben Sie denn, ich könnte weiterleben und nicht mehr von Ihnen geliebt sein? Und doch, als ich Sie bat, ein Wort zu sprechen, ein einziges Wort, um meine Ängste zu zerstreuen, da gönnten Sie mir keine Antwort, nein, Sie taten, als fürchteten Sie, man könnte Sie hören. Und dies Hindernis, das noch nicht bestand, Sie haben es alsbald geschaffen, als Sie Ihren Platz im Kreise wählten. Und als ich genötigt war, Sie zu verlassen, und Sie fragte, um welche Stunde ich Sie morgen wiedersehen könne, da taten Sie, als wüßten Sie's nicht, und Madame de Volanges mußte es mir sagen. So wird der stets so heiß ersehnte Augenblick, da ich in Ihrer Nähe weilen darf, morgen in mir nichts als lauter Unruhe erwecken, und die Freude, Sie wiederzusehen, bis dahin meinem Herzen so teuer, wird von der Furcht verdrängt, ich könnte Ihnen lästig fallen. Schon jetzt, ich fühle es deutlich, hält mich diese Furcht ab, zu Ihnen von meiner Liebe zu sprechen. Dieses »Ich liebe Sie«, das ich so gerne immer wieder sagte, als ich es wiederum zu hören bekam, dies süße Wort, das meine ganze Seligkeit ausmachte, bietet mir, wenn Sie nicht mehr die gleiche sind, nichts mehr als das Bild ewig währender Verzweiflung. Und doch kann ich einfach nicht glauben, dieser Talisman der Liebe könnte all seine Zauberkraft verloren haben, und ich versuche, ihn nochmals zu verwenden.* Ja, meine Cécile, *ich liebe Sie*! Sprechen Sie mir doch diesen Ausdruck meines Glücks nach. Bedenken Sie, daß Sie mich daran gewöhnt haben, ihn zu vernehmen, und wenn Sie ihn mir jetzt nicht mehr gönnen, dann verdammen Sie mich zu einer Qual, die – wie meine Liebe – erst mit meinem Leben endet.

Am 29. August 17..

* Wer nie Gelegenheit hatte, bisweilen den Wert eines Wortes, eines Ausdrucks zu erfühlen, dem die Liebe ihre Weihe verliehen hat, der wird in diesem Satz keinerlei Sinn finden.

47. BRIEF

Der Vicomte de Valmont an die Marquise de Merteuil

Heute werde ich Sie noch nicht sehen können, schönste Freundin, und zwar aus folgenden Gründen, die Sie, bitte, mit Nachsicht aufnehmen wollen. Anstatt gestern geradeswegs nach Paris zurückzufahren, machte ich einen Aufenthalt bei der Gräfin de . . ., deren Schloß ungefähr an meinem Wege lag, und lud mich bei ihr zum Mittagessen ein. So langte ich erst gegen sieben Uhr in Paris an und stieg bei der Oper ab, weil ich Sie dort vorzufinden hoffte.

Als die Oper aus war, suchte ich meine Freundinnen aus dem Foyer auf. Ich traf meine verflossene Emilie wieder, umringt von einem zahlreichen Gefolge, Frauen und Männer, die ihr allesamt den Hof machten; sie hatte sie für diesen Abend samt und sonders zum Souper nach P . . . eingeladen. Kaum war ich in diesen Zirkel eingetreten, so wurde ich unter allgemeinem Freudenjubel gleichfalls zum Souper gebeten. Diese Einladung wurde mir auch von einem kleinen dicken und rundlichen, kurzbeinigen Männchen übermittelt, das mich in einem urkomischen, halb holländisch und halb französisch klingenden Kauderwelsch mitzuhalten bat. Ich merkte bald, daß er der eigentliche Held des Soupers war, und so nahm ich die Einladung an.

Unterwegs erfuhr ich, das Haus, wohin wir fuhren, sei der vereinbarte Preis für das Entgegenkommen, das Emilie diesem mißgeborenen Männchen bewies. Das Souper war, scheint's, ein richtiggehendes Hochzeitsmahl. Das Männchen wußte sich vor Freude gar nicht mehr zu lassen, der Wicht konnte es kaum noch erwarten, bis er das Glück, das ihm winkte, genießen durfte. Er schien mir so beglückt und selbstzufrieden, daß es mich gelüstete, ihm diese Freude zu vergällen. Und das tat ich auch wirklich.

Die einzige Schwierigkeit, auf die ich dabei stieß, war Emilies Zögern. Der Reichtum des dicken Holländers hatte einige Bedenken in ihr erweckt. Schließlich aber gab sie sich, nachdem sie sich eine Weile dagegen gesperrt hatte, zu meinem Plänchen her. Ich gedachte das kleine Bierfäßchen mit Wein vollzufüllen und es auf diese Art für die ganze Nacht kampfunfähig zu machen.

Die hohe Meinung, die wir uns von einem holländischen Saufhelden gebildet hatten, veranlaßte uns, sämtliche bekannten Mittel anzuwenden. Es glückte uns so gut, daß er schon beim Nachtisch kaum mehr sein Glas in der Hand zu halten vermochte. Doch die hilfsbereite Emilie und ich, wir füllten ihn um die Wette. Schließlich sackte er unter den Tisch; er war so stockbesoffen, daß er mindestens acht Tage lang nicht mehr zur Besinnung kommen wird. Daraufhin beschlossen wir, ihn nach Paris zurückzuschaffen, und da er seinen Wagen weggeschickt hatte, ließ ich ihn in den meinen verfrachten und nahm dafür seinen Platz ein. Sodann nahm ich die Glückwünsche der versammelten Gäste entgegen, die bald darauf fortgingen und mir das Schlachtfeld räumten. Die ausgelassene Stimmung und wohl auch mein langes Einsiedlerleben bewirkten, daß ich Emilie so begehrenswert fand, daß ich versprach, ich wolle bis zur Wiederauferstehung des Holländers bei ihr bleiben. Diese Gefälligkeit ist der Lohn für ihr Entgegenkommen von vorhin. Sie war nämlich so freundlich, mir als Schreibpult zu dienen, auf dem ich an meine schöne Betschwester schrieb. Ich fand es spaßig, ihr einen Brief zu schicken, der im Bett und sozusagen in den Armen einer Dirne geschrieben ward, ja den ich sogar unterbrach, um ihr so vollständig, wie es überhaupt möglich war, untreu zu werden. Ich erstatte ihr darin ausführlich Bericht über meine Lage und mein Verhalten. Emilie hat die Epistel gelesen und sich dabei halb totgelacht, und ich hoffe, er wird auch Sie lächeln lassen.

Da mein Brief unbedingt in Paris abgestempelt sein muß, schicke ich ihn hierbei Ihnen zu. Ich lasse ihn offen. Haben Sie die Güte, ihn zu lesen und dann zu versiegeln. Hernach lassen sie ihn, bitte, zur Post bringen. Vor allem aber benützen Sie nicht Ihr eigenes Siegel und auch nicht irgendein Sinnbild der Liebe; nichts als einen Kopf. Leben Sie wohl, schönste Freundin.

Postskriptum. – Ich mache meinen Brief wieder auf. Ich habe Emilie überredet, doch in die Italienische Oper zu gehen ... Diese Zeit möchte ich dazu benützen, bei Ihnen vorbeizukommen. Spätestens um sechs Uhr werde ich bei Ihnen sein. Und wenn's Ihnen recht ist, können wir so gegen sieben Uhr zusammen zu Madame de Volanges gehn. Es wird sich gut ausnehmen, wenn ich die Einladung, die ich ihr im Namen der Madame des Rosemonde überbringen soll, nicht hinausschiebe. Zudem möchte ich ganz gern einmal die kleine Volanges zu Gesicht bekommen.

Leben Sie wohl, schönste Dame. Ich will Sie mit so viel Vergnügen umarmen und küssen, daß der Chevalier darob vor Eifersucht gelb anlaufen soll.

Paris, am 30. August 17..

48. BRIEF

Der Vicomte de Valmont an die Präsidentin de Tourvel

Nach einer stürmischen Nacht, in der ich kein Auge zugetan habe, nachdem ich unablässig entweder in der Ratlosigkeit einer verzehrenden Glut oder in einer vollkommenen Lähmung aller meiner seelischen Kräfte dagelegen bin, suche ich bei Ihnen, gnädige Frau, eine Ruhe, die mir so not tut, die ich gleichwohl noch nicht zu genießen hoffe. In der Tat, die Lage, in der ich mich augenblicklich befinde, während ich Ihnen schreibe, läßt mich deutlicher denn je zuvor erkennen, welch unwiderstehliche Gewalt die Liebe birgt. Ich kann nur mit größter Mühe mich so weit beherrschten, daß ich meine Gedanken einigermaßen zu sammeln vermag. Und ich sehe schon jetzt voraus, daß ich diesen Brief nicht werde zu Ende schreiben können, ohne zu einer Atempause genötigt zu sein. Ach, darf ich nicht hoffen, Sie werden eines Tages die Wirrungen teilen, die ich im Augenblick empfinde? Ich wage dennoch zu glauben, wenn Sie sie wirklich kennten, wären Sie nicht völlig unempfindlich dafür. Glauben Sie mir, gnädige Frau, die kühle Ruhe, der Schlummer der Seele, das Ebenbild des Todes führen nicht zum Glück. Einzig tätige Leidenschaften können dahin führen. Und ungeachtet der Folterqualen, die Sie mich jetzt durchleben lassen, glaube ich Ihnen ungescheut versichern zu können, daß ich in diesem Augenblick glücklicher bin als Sie. Vergeblich häufen Sie Härte über Härte, die mich zur Verzweiflung treibt, auf mein Haupt, sie kann mich nicht abhalten, mich rückhaltlos der Liebe hinzugeben und in der Verzükkung, die sie mir beschert, die Verzweiflung zu vergessen, der Sie mich preisgeben. So will ich Vergeltung üben für die Verbannung, zu der Sie mich verdammen. Niemals vorher empfand ich solche Wonnen, während ich Ihnen schrieb; nie zuvor verspürte ich ob dieser Betätigung eine derart süße und doch ungestüme Regung. Alles scheint meine Verzückung noch zu steigern: die Luft, die ich atme, ist erfüllt von Wollust; sogar der Tisch, auf dem ich Ihnen schreibe und der zum ersten Male diesem Gebrauch geweiht ist, wird für mich zum geheiligten Altar der Liebe. Wie wird er sich in meinen Augen verschönen! Auf ihm werde ich den Schwur aufgezeichnet haben, Sie ewig zu lieben! Verzeihen Sie mir, ich flehe Sie an, meine Sinne sind völlig durcheinandergebracht. Vielleicht sollte ich mich Verzückungen, die Sie nicht teilen, weniger hemmungslos hingeben. Ich muß Sie für eine Weile verlassen, um eine Trunkenheit loszuwerden, die mit jedem Augenblick ärger wird und mich übermannt . . . Nun bin ich wieder für Sie da, gnädige Frau, und wahrlich, ich komme stets mit der gleichen Beflissenheit zu Ihnen zurück. Doch das Gefühl tiefen Glücks ist weit von mir geflohen und hat der Empfindung einer quälenden Leere Platz gemacht. Was hilft es mir, über meine Gefühle zu Ihnen zu sprechen, wenn ich vergebens nach Möglichkeiten suche, Sie zu überzeugen? Nach so vielen, oft wiederholten anstrengenden Bemühungen lassen mich Selbstvertrauen und Kräfte zugleich im Stich. Male ich mir die Wonnen der Liebe jetzt nochmals aus, dann nur, um das Bedauern, sie nicht mehr genießen zu können, um so bitterer zu vespüren. Ich sehe keinen andern Ausweg mehr für mich, es sei denn in Ihrer Nachsicht, und ich fühle augenblicklich nur allzu deutlich, wie sehr sie mir not tut, und kaum wage ich zu hoffen, daß sie mir gewährt werde. Indes war meine Liebe noch nie so keusch und voll Verehrung, niemals war sie weniger dazu angetan, Sie zu kränken. Sie ist, wenn ich das sagen darf, von der Art, daß selbst die strengste Tugend sie nicht zu fürchten brauchte. Aber ich scheue mich selber, Sie noch länger mit der Schilderung meiner Pein zu behelligen. Da ich gewiß bin, daß die Frau, die dran schuld ist, sie nicht teilen kann, so darf ich wenigstens Ihre Güte nicht länger mißbrauchen. Und das würde ich tun, wollte ich noch mehr Zeit darauf verwenden, Ihnen dies schmerzliche Bild auszumalen. Ich nehme mir bloß noch so viel Zeit, Sie anzuflehen, Sie möchten mir doch antworten, und Sie zu bitten, niemals an der Aufrichtigkeit meiner Gefühle zu zweifeln.

Geschrieben in P . . .,
datiert aus Paris, am 30. August 17 . .

49. BRIEF

Cécile Volanges an den Chevalier Danceny

Ich bin weder leichtfertig noch unaufrichtig, mein Herr. Es genügt mir, daß man mich über mein Verhalten aufklärt, damit ich die Notwendigkeit einsehe, mich anders zu benehmen. Ich habe Gott dieses Opfer gelobt, bis ich ihm auch das Opfer meiner Gefühle, die ich für Sie hege, bringen kann. Der geistliche Stand, dem Sie angehören, macht diese Empfindungen noch sündhafter, als sie sonst ohnehin schon wären. Ich fühle wohl, daß mir das weh tun wird, und ich will Ihnen auch nicht verhehlen, daß ich seit vorgestern jedesmal weinen mußte, sooft ich an Sie dachte. Aber ich hoffe, Gott wird mir gnädig sein und mir die nötige Kraft verleihen, Sie zu vergessen, wie ich früh und spät darum bete. Ich erwarte sogar von Ihrer Freundschaft, von Ihrer Ehrenhaftigkeit, daß Sie nicht suchen werden, mich von meinem guten Entschluß abzubringen, den man mir nahegelegt hat und dem ich so gerne nachkommen möchte. Demzufolge bitte ich Sie: Tun Sie mir den Gefallen und schreiben Sie mir nicht mehr, zumal ich Ihnen im vorhinein sagen muß, ich werde Ihnen nicht mehr antworten, und Sie würden mich zwingen, Mama über alles, was vorgeht, in Kenntnis zu setzen. Und das würde mich des Vergnügens, Sie zu sehen, vollends berauben.

Ich werde Ihnen jedoch trotz allem so viel Anhänglichkeit bewahren, wie möglich ist, ohne etwas Schlimmes zu tun. Und von ganzem Herzen wünsche ich Ihnen alles erdenkbare Glück. Ich fühle wohl, Sie werden mich fortan nicht mehr so liebhaben, und vielleicht lieben Sie bald eine andere mehr als mich. Aber das soll für mich eine zusätzliche Buße für die Sünde sein, die ich beging, als ich Ihnen mein Herz schenkte. Ich durfte es allein Gott schenken und meinem Gatten, wenn ich einmal einen bekomme. Ich hoffe, die Barmherzigkeit Gottes wird sich meiner Schwäche erbarmen und mir nur so viel Leid bescheren, als ich ertragen kann.

Leben Sie wohl, mein Herr. Ich darf Ihnen schon versichern: Wäre es mir erlaubt, einen Mann zu lieben, ich würde immer nur Sie lieben. Doch das ist alles, was ich Ihnen sagen kann, und vielleicht ist es schon mehr, als ich hätte sagen dürfen.

Am 31. August 17..

50. BRIEF

Die Präsidentin de Tourvel an den Vicomte de Valmont

So also erfüllen Sie die Bedingungen, unter welchen ich eingewilligt habe, hie und da Ihre Briefe entgegenzunehmen, mein Herr? Und wie kann ich »mich darüber nicht zu beklagen haben«, wenn Sie darin immer nur von einem Gefühl sprechen, dem nachzugeben ich mich auch dann noch scheuen würde, wenn ich es vermöchte, ohne gegen alle meine Pflichten zu verstoßen?

Wenn ich im übrigen neuer Gründe bedürfte, um diese heilsame Scheu weiter zu hegen, so könnte ich sie, scheint mir, in Ihrem letzten Brief finden. In der Tat, im selben Augenblick, da Sie eine Verteidigungsrede auf die Liebe zu halten vermeinen, was tun Sie da anderes, als mir im Gegenteil ihre erschreckenden Stürme aufzuzeigen? Wer kann nach einem Glück verlangen, das man um den Preis der Vernunft erkaufen muß, einem Glück, dessen flüchtige Freuden zum mindesten Reue und Leid, wenn nicht gar Gewissensqualen zur Folge haben?

Sie selbst, bei dem die Gewöhnung an diesen gefährlichen Wahnsinn dessen Wirkung abschwächen muß, müssen nicht auch Sie zugeben, er wachse Ihnen oftmals über den Kopf und werde stärker als Sie? Und beklagen Sie sich nicht zuallererst über den Aufruhr, den er, ohne daß Sie etwas dagegen tun können, in Ihrem Inneren erregt! Welch fürchterliche Verheerungen müßte er nicht gar in einem unberührten und fühlenden Herzen anrichten? Müßte es doch durch die Opfer, die es ihm darzubringen genötigt wäre, seine Allgewalt noch spürbarer erdulden.

Sie glauben, mein Herr, oder Sie tun, als seien Sie überzeugt, die Liebe führe zum Glück. Und ich bin so davon durchdrungen, sie würde mich unglücklich machen, daß ich sie am liebsten gar nie erwähnt hören möchte. Mich dünkt, wenn man nur davon spricht, geht man schon seiner Seelenruhe verlustig. Und so bitte ich Sie, aus Ruhebedürfnis sowohl wie aus Pflichtgefühl, hinfort über diesen Punkt Stillschweigen bewahren zu wollen.

Schließlich muß es Ihnen jetzt nicht sonderlich schwerfallen, mir diese Bitte zu gewähren. Sie sind ja wieder in Paris und werden reichlich Gelegenheit finden, ein Gefühl zu vergessen, das seine Entstehung vielleicht bloß Ihrer Gewohnheit verdankt, sich mit dergleichen Dingen abzugeben, und seine Stärke lediglich der müßigen Ruhe des Landlebens. Leben Sie denn nicht am gleichen Ort, wo ich Sie, obwohl Sie mich kannten, so gleichgültig ließ? Können Sie dort auch nur einen Schritt tun, ohne auf ein Beispiel Ihres wendigen Dranges nach Abwechslung zu stoßen? Und sind Sie nicht von Frauen umgeben, die allesamt weit liebenswerter sind als ich und größeres Anrecht auf Ihre Huldigungen haben? Ich verfüge nicht über die Eitelkeit, die man meinem Geschlecht zum Vorwurf macht; noch weniger besitze ich jene falsche Bescheidenheit, die nichts weiter ist als verfeinerter Hochmut; und so sage ich Ihnen jetzt ganz aufrichtig und meine es auch so, wie ich's sage: Ich bin mir bewußt, daß ich über recht wenig

Begabung verfüge, Gefallen zu erregen. Und hätte ich auch alle Mittel und Möglichkeiten zu gefallen, ich hielte sie noch lange nicht für ausreichend, Sie dauernd an mich zu binden. Wenn ich Sie daher bitte, sich nicht weiter um mich zu kümmern, dann bitte ich Sie bloß, heute das zu tun, was Sie früher schon getan hatten und was Sie ganz bestimmt in Bälde tun würden, selbst wenn ich Sie um das Gegenteil bäte.

Diese Tatsache, die für mich unumstößlich ist, wäre an sich schon Grund genug, Sie nicht anzuhören. Ich habe aber noch tausend andere Gründe. Doch will ich nicht auf diese endlos lange Auseinandersetzung eingehen und begnüge mich damit, Sie zu bitten, wie ich's bereits getan habe, mir nicht länger von einem Gefühl zu reden, auf das ich nicht hören, das ich noch weniger erwidern darf.

Am 1. September 17..

ZWEITER TEIL

51. BRIEF

Die Marquise de Merteuil an den Vicomte de Valmont

Wahrhaftig, Vicomte, Sie sind ein unausstehlicher Mensch! Sie springen leichtfertig mit mir um, als wäre ich Ihre Geliebte. Daß Sie's nur wissen, ich werde noch böse, und gerade jetzt bin ich in einer gräßlichen Stimmung. Wie! Morgen früh sollen Sie Danceny treffen; Sie wissen, wie wichtig es ist, daß ich noch vor dieser Zusammenkunft mit Ihnen rede, und da kümmern Sie sich nicht weiter darum, lassen mich den ganzen Tag warten und laufen, weiß Gott wo, herum? Sie sind schuld, daß ich geradezu *unschicklich* spät zu Madame de Volanges gekommen bin und daß mich sämtliche alten Damen *erstaunlich* gefunden haben. Ich mußte ihnen den ganzen Abend schöntun, um sie wieder zu beruhigen. Denn alte Damen darf man beileibe nicht gegen sich erbosen; sie sind ja für den Ruf der jungen maßgebend.

Jetzt ist es ein Uhr nachts, und anstatt ins Bett zu gehn, wie ich fürs Leben gern täte, muß ich Ihnen einen langen Brief schreiben, so daß ich gerade noch einmal so schläftig werde, weil er so furchtbar langweilig ist. Sie haben ausgesprochen Glück, daß ich keine Zeit habe, Sie gründlicher auszuschelten. Doch glauben Sie deswegen nicht etwa, daß ich Ihnen verzeihe! Ich habe es bloß sehr eilig. Hören Sie mich also an. Ich mache es rasch ab.

Wenn Sie auch nur ein bißchen schlau sind, müssen Sie morgen Dancenys Vertrauen gewinnen. Die Gelegenheit ist günstig für Herzensergüsse. Der Ärmste ist todunglücklich. Die Kleine ist zur Beichte gegangen und hat alles ausgeplaudert wie ein rechtes Kind. Und seither plagt sie die Furcht vor dem Teufel so schrecklich, daß sie unbedingt mit ihm brechen will. Sie hat mir alle ihre kindischen Bedenken erzählt, und zwar mit einem Feuer, das mir deutlich zeigte, wie ihr die ganze Geschichte zu Kopf gestiegen ist. Sie hat mir ihren Abschiedsbrief gezeigt: die reinste Kapuzinerpredigt! Eine volle Stunde lang hat sie mir vorgeplappert und nicht ein einziges Wort gesagt, das Hand und Fuß hatte. Aber sie hat mich doch ein wenig in Verlegenheit gebracht. Denn Sie können sich ja denken, daß ich einem solchen Brausekopf gegenüber nicht riskieren konnte, aus mir herauszugehen.

Ich habe aber aus all dem wirren Geschwätz doch herausgemerkt, daß sie ihren Danceny immer noch heißt liebt. Es ist mir sogar einer jener Schliche aufgefallen, an denen es Verliebten ja nie gebricht. Die Kleine ist spaßigerweise auf den Leim gegangen. Da sie das Verlagen quält, sich mit ihrem Liebsten abzugeben, da sie andernteils aber schrecklich Angst hat, sie komme in die Hölle, wenn sie sich mit ihm beschäftige, hat sie sich ausgedacht, sie könne zu Gott beten, er möge ihr helfen, ihn zu vergessen. Und da sie den lieben langen Tag in jedem Augenblick darum betet, hat sie das Mittel herausgefunden, wie sie unaufhörlich an ihn denken kann.

Bei einem »erfahreneren« Mann, als Danceny ist, wäre dieser unbedeutende Vorfall vielleicht eher günstig, statt hinderlich. Aber der junge Mann ist ein derartiger Schmachtlappen, und er braucht ohne unsere Nachhilfe so viel Zeit zur Überwindung auch der leichtesten Hindernisse, daß uns keine mehr bleibt, unsern Plan ins Werk zu setzen.

Sie haben schon recht. Es ist schade – und ich ärgere mich darüber ebenso sehr wie Sie! –, daß er der Held dieses Abenteuers ist. Doch was wollen Sie? Was geschehen ist, das ist nun einmal geschehen, und Sie sind daran schuld! Ich habe seine Antwort* zu sehen verlangt. Eine erbärmliche Salbaderei! Da schwätzt er ihr endlos den Kopf voll, um ihr zu beweisen, ein unwillkürliches Gefühl, für das man nichts könne, sei keine Sünde; als ob dieses Gefühl nicht aufhörte, unwillkürlich zu sein, sobald man aufhört, es zu bekämpfen! Dieser Gedanke ist derart einfach, daß er sogar der Kleinen gekommen ist. Er jammert recht rührend über sein Unglück. Aber sein Schmerz ist so sanft, er tritt so stark und offen zutage, daß es mir ausgeschlossen scheint, eine Frau, die Gelegenheit hat, einen Mann derart in Verzweiflung zu treiben, ihn mit so geringer Gefahr um den Verstand zu bringen, könnte die Versuchung unterdrücken, sich diesen Spaß zu leisten. Endlich setzt er ihr noch auseinander, er sei kein Mönch, wie die Kleine glaubte. Und darin leistet er unbestreitbar sein Bestes. Denn wenn man schon so weit geht, sich mit Mönchen einzulassen, dann verdienen die Herrn Malteserritter nicht den Vorzug. Doch wie dem auch sei, anstatt meine Zeit mit allerhand Zureden zu vertrödeln, das mich nur hätte bloßstellen können und sie vielleicht nicht einmal überzeugt hätte, gab ich meine Zustimmung zu ihrer Absicht, mit ihm zu brechen. Aber ich sagte ihr, es sei in einem solchen Falle anständiger, seine Gründe mündlich vorzubringen, anstatt sie brieflich darzulegen. Ich sagte, es sei auch üblich, Briefe und andere unwesentliche Kleinigkeiten zurückzuerstatten, die man bekommen habe. Und da ich dergestalt auf die Absichten der Kleinen einzugehen schien, konnte ich sie so weit bringen, daß sie Danceny ein Stelldichein gewährte. Wir haben auf der Stelle abgekartet, wie wir das bewerkstelligen könnten, und ich habe es auf mich genommen, die Mutter zu veranlassen, ohne ihre Tochter auszugehen. Morgen nachmittag ist nun der entscheidende Augenblick. Danceny ist schon auf dem laufenden. Aber um Gottes willen, wenn Sie eine Gelegenheit dazu finden, bringen Sie doch den schönen Schäfer so weit, daß er nicht soviel Süßholz raspelt. Und wenn man ihm doch schon alles beibringen muß, machen Sie ihm klar, die rechte Art, Gewissensbisse zu überwinden, sei die, Menschen, die Bedenken plagen, so weit zu bringen, daß sie nichts mehr zu verlieren haben.

Im übrigen habe ich, damit sich dieser lächerliche Auftritt nicht wieder-

* Dieser Brief ist unauffindbar.

holt, geflissentlich im Geist der Kleinen etwelche Zweifel an der Verschwiegenheit der Beichtväter erweckt. Und ich versichere Ihnen, jetzt büßt sie die Angst, die sie mir eingejagt hat, mit der Furcht, ihr Beichtiger könnte zu ihrer Mutter laufen und ihr alles hinterbringen. Ich hoffe, wenn ich noch ein- oder zweimal mit ihr darüber gesprochen habe, wird sie künftighin ihre dummen Streiche nicht dem Erstbesten ausplaudern.*

Leben Sie wohl, Vicomte. Nehmen Sie Danceny in die Kur und geben Sie ihm die nötigen Anleitungen. Es wäre eine Schande, wenn wir mit zwei Kindern nicht tun könnten, was uns beliebt. Wenn wir dabei mehr Mühe aufwenden müssen, als wir zuerst meinten, bedenken Sie, um Ihren Eifer anzustacheln, daß es sich um die Tochter der Madame de Volanges handelt, und ich will nie vergessen, daß sie Gercourts Frau werden soll. Leben Sie wohl.

Am 2. September 17..

52. BRIEF

Der Vicomte de Valmont an die Präsidentin de Tourvel

Sie verbieten mir, gnädige Frau, Ihnen von meiner Liebe zu sprechen. Doch wo soll ich den nötigen Mut hernehmen, Ihnen zu gehorchen? Ausschließlich einem Gefühl hingegeben, das so süß sein müßte und das Sie so schmerzvoll und grausam werden lassen, in der Verbannung schmachtend, zu der Sie mich verurteilt haben, von lauter Entbehrungen und eitel Reue lebend, Qualen preisgegeben, die um so schmerzlicher sind, als sie mich unablässig an Ihre Lieblosigkeit mahnen, soll ich nun auch noch den einzigen Trost verlieren, der mir bleibt? Und kann ich andern Trost finden, als wenn ich Ihnen hie und da meine Seele aufschließe, die Sie mit Unruhe und Bitternis erfüllen? Werden Sie Ihren Blick abwenden, um die Tränen nicht sehen zu müssen, die ich Ihretwegen vergieße? Werden Sie sogar nicht dulden, daß ich Ihnen die Opfer darbringe, die Sie fordern? Wäre es denn Ihrer nicht würdiger, würde es Ihrer lautern, sanften Seele nicht besser anstehen, einen Unglücklichen zu beklagen, der nur um Ihretwillen leidet, als daß Sie seine Leiden noch tiefer und unerträglicher machen wollen, und dies durch ein Verbot, das ungerecht und hart zugleich ist.

Sie stellen sich, als hätten Sie Angst vor der Liebe, und wollen nicht einsehen, daß Sie allein an den Leiden schuld sind, die Sie mir zum Vorwurf machen. Ach, ich weiß, dies Gefühl ist qualvoll, wenn der Mensch, der es eingibt, es nicht teilt. Wo aber kann man das Glück finden, wenn es nicht wechselseitige Liebe gewährt? Innige Freundschaft, zärtliches Vertrauen, das einzige, das rückhaltlos ist, gelinderte Pein, tiefere Freuden, zauberische Hoffnung, Erinnerungen voll Köstlichkeit, wo sonst kann man sie

* Der Leser hat wohl längst aus Madame de Merteuils Verhalten erraten, wie wenig Ehrfurcht sie vor der Religion hat. Wir hätten den ganzen Absatz weggelassen, doch glaubten wir, wenn wir die Folgen aufzeigten, sei es angebracht, auch die Ursachen zur Kenntnis zu bringen.

finden, wenn nicht in der Liebe? Sie tun ihr unrecht, Sie verlästern sie! Und dabei brauchen Sie, um all ihre Wonnen auszukosten, sich bloß nicht mehr dagegen zu sträuben. Und ich vergesse völlig die Qualen, die ich erdulde, nur schon weil ich mich für sie einsetze. Sie zwingen mich auch, mich für mich selbst zu wehren. Denn derweil ich mein Leben der Anbetung Ihrer Person weihe, bringen Sie das Ihre damit zu, an mir immerfort etwas auszusetzen. Sie halten mich bereits für leichtsinnig und unaufrichtig. Und Sie schlachten gegen mich ein paar Verirrungen aus, die ich Ihnen selbst eingestanden habe, und gefallen sich darin, mich so, wie ich damals war, mit dem Menschen zu verwechseln, der ich jetzt bin. Es genügt Ihnen nicht, daß Sie mich der Qual ausgesetzt haben, fern von Ihnen leben zu müssen, Sie fügen zu alledem obendrein noch den blutigen Hohn, mich mit Freuden aufzuziehen, von denen Sie doch genau wissen, daß ich Ihretwegen völlig unempfänglich dafür bin. Sie glauben weder an meine Versprechen noch an meine Schwüre. Gut, denn so bleibt mir nur noch eine Bürgschaft, die ich Ihnen bieten kann, die Sie wenigstens nicht verdächtigen können: Sie selbst! Ich verlange nichts weiter von Ihnen, als daß Sie sich aufrichtig prüfen. Wenn Sie nicht an meine Liebe glauben, wenn Sie auch nur einen Augenblick daran zweifeln, daß Sie ganz allein über mein Herz gebieten, wenn Sie nicht sicher sind, dies Herz gefesselt zu haben, das freilich bis auf den heutigen Tag nur allzu flatterhaft war, dann will ich gern die Strafe für diesen Irrtum tragen. Ich werde darunter seufzen und stöhnen, aber mich nicht dagegen auflehnen. Müssen Sie aber, wenn Sie uns beiden Gerechtigkeit widerfahren lassen, sich selber zugeben, daß Sie keine Rivalin haben noch jemals haben werden, dann zwingen Sie mich nicht mehr, ich flehe Sie an, zwingen Sie mich nicht länger, gegen Hirngespinste anzukämpfen, und lassen Sie mir wenigstens den Trost zu sehen, daß Sie nicht mehr an einem Gefühl zweifeln, das wahrhaft nur enden wird und erst enden kann, wenn auch mein Leben zu Ende geht. Erlauben Sie mir, gnädige Frau, Sie zu bitten, Sie möchten auf diesen Punkt meines Briefes eine bündige Antwort geben.

Wenn ich indes dieser Spanne meines Lebens entsage, die mir in Ihrem Herzen so bitter schadet, dann geschieht es nicht etwa, weil es mir an Gründen gebräche, sie zu verteidigen. Was habe ich schließlich anders getan, als daß ich dem Strudel nicht zu widerstehn vermochte, in den ich gerissen wurde? Ich war jung und unerfahren, als ich zum erstenmal in der Gesellschaft auftrat, und so ging ich bei einer Unmenge von Frauen sozusagen von Hand zu Hand. Alle hatten sie nichts Eiligers zu tun, als durch ihre Willfährigkeit allfälligen Bedenken und Überlegungen zuvorzukommen, die – wie sie wohl fühlten – ihnen abträglich werden mußten. Lag es nun an mir, ein Beispiel von Standhaftigkeit zu geben, wo ich doch auf keinerlei Widerstand stieß? Oder sollte ich mich für einen Augenblick der Verirrung, den man allzu oft absichtlich herbeigeführt hatte, mit einer Treue bestrafen, die ganz bestimmt unnötig gewesen wäre, ja in der man nichts erblickt hätte als eine lächerliche Schrulle? Sagen Sie mir, was für ein anderer Ausweg außer einem raschen Abbruch des Verhältnisses kann eine Wahl, deren man sich zu schämen hat, wieder gutmachen? Aber – das kann ich füglich behaupten – diese Trunkenheit der Sinne, vielleicht war's gar ein Austoben meiner Eitelkeit, all dies hat mein Herz nicht eigentlich berührt. Es war zur Liebe geboren, und Liebeleien vermochten es zwar abzulenken, doch konnten sie es nicht ausfüllen. Gewiß war ich von verführerischen Frauen rings umgeben, doch waren sie Geschöpfe, für die ich nichts als Verachtung übrig hatte, und keine kam meiner Seele nahe. Sie boten mir Freuden, und was ich suchte, waren Tugenden! Schließlich glaubte ich, ich sei selbst treulos und unbeständig, weil ich zartfühlend und empfindlich war.

Erst als ich Sie kennenlernte, wurde mir alles klar. Ich sah bald ein, daß die Liebe nur etwas Reizvolles ist, wenn die schönsten Vorzüge der Seele mitbeteiligt sind, daß sie allein ihren Überschwang hervorrufen und rechtfertigen können. Kurz, ich fühlte, daß es für mich ebensowenig möglich war, Sie nicht zu lieben, wie es ausgeschlossen war, daß ich eine andere als Sie liebzugewinnen imstande war.

Solcher Art, gnädige Frau, ist das Herz, dem Sie sich rückhaltlos anzuvertrauen fürchten, über dessen Los Sie zu entscheiden haben. Doch wie auch das Schicksal ausfallen mag, das Sie ihm vorbehalten, Sie werden nichts an den Gefühlen ändern können, die es an Sie ketten; sie sind unwandelbar wie die Tugenden, die sie erweckt haben.

Am 3. September 17..

53. BRIEF

Der Vicomte de Valmont an die Marquise de Merteuil

Ich bin mit Danceny zusammengetroffen, habe aber nicht viel Aufschlußreiches aus ihm herausgebracht. Er hat sich in beharrliches Schweigen gehüllt; vor allem wollte er um keinen Preis mit dem Namen der kleinen Volanges herausrücken. Er sprach von ihr als von einer sehr tugendsamen und sogar leicht frömmlerisch angehauchten Dame. Davon abgesehen, erzählte er mir ziemlich wahrheitsgemäß seine Erlebnisse, insbesondere den jüngsten Vorfall. Ich habe ihm eingeheizt, so gut ich's vermochte, und ich habe mich weidlich über sein Zartgefühl und seine Gewissensnöte lustig gemacht. Aber es sieht so aus, als hänge er sehr daran, und ich kann nicht für ihn einstehen. Übrigens werde ich Ihnen übermorgen mehr von ihm zu berichten wissen. Ich nehme ihn nämlich morgen mit nach Versailles, und unterwegs werde ich ihn dann gründlich ausholen.

Die Unterredung, die vermutlich heute stattgefunden hat, gibt mir auch einige Hoffnung. Es könnte wohl sein, daß sich alles zu unserer Zufriedenheit abgespielt hat. Und vielleicht bleibt uns jetzt nichts weiter zu tun, als ihm ein Geständnis zu entlocken und die Beweise zu sichten. Diese Aufgabe wird Ihnen leichterfallen als mir, denn die Kleine ist vertrauensseliger oder, was auf dasselbe herauskommt, schwatzhafter als ihr wortkarger Liebhaber. Immerhin will ich mein möglichstes tun. Leben Sie wohl, schönste Freundin, ich habe es sehr eilig. Ich werde Sie weder heute abend noch morgen sehen. Sollten Sie Ihrerseits etwas in Erfahrung gebracht haben, dann schreiben Sie mir ein paar Worte, bis ich wieder da bin. Ich werde bestimmt zum Übernachten nach Paris zurückfahren.

Am 3. September 17..

54. BRIEF

Die Marquise de Merteuil an den Vicomte de Valmont

Ja, ja, Danceny ist gerade der Rechte, falls Sie etwas erfahren wollen! Wenn er Ihnen etwas gesagt hat, dann hat er ganz einfach geprahlt! Ich kenne keinen Menschen, der in Liebessachen so blöd ist, und ich mache mir je länger, je mehr Vorwürfe, daß wir uns seiner so eifrig angenommen haben. Wissen Sie, daß ich seinetwegen um ein Haar bloßgestellt worden wäre? Und dann erst noch für nichts und wieder nichts! Oh, dafür werde ich mich rächen, das kann ich Ihnen versprechen.

Als ich gestern Madame de Volanges abholen wollte, mochte sie nicht mehr ausgehen. Sie fühlte sich unpäßlich. Ich mußte meine ganze Beredsamkeit aufbieten, um sie zum Mitkommen zu bewegen, und ich sah bereits den Augenblick herannahen, wo Danceny erschien und wir noch gar nicht fort waren. Und das wäre um so ungeschickter gewesen, als Madame de Volanges ihm tags zuvor gesagt hatte, sie werde nicht zu Hause sein. Ihre Tochter und ich saßen beide wie auf glühenden Kohlen. Endlich gingen wir. Und die Kleine drückte mir beim Abschied so innig die Hand, daß ich trotz ihrer Absicht, Danceny den Laufpaß zu geben, an die sie allen Ernstes immer noch zu glauben meinte, mir blaue Wunder von dem Abend versprach.

Doch meine Ängste waren noch nicht zu Ende. Wir waren noch keine halbe Stunde bei Madame de..., da wurde Madame de Volanges tatsächlich unwohl, und zwar fühlte sie sich ernstlich krank; und nun wollte sie selbstverständlich nach Hause gehen. Mir behagte das um so weniger, als ich Angst hatte, wenn wir die beiden jungen Leute überraschten – und es war hundert gegen eins zu wetten, daß dies der Fall war –, dann könnte der Mutter mein Drängen, doch ja mit mir auszugehen, verdächtig vorkommen. Da verfiel ich auf den Gedanken, ich könnte ihr wegen ihrer Gesundheit Angst einjagen, was ja zum Glück nicht sonderlich schwer ist. Und ich hielt sie anderthalb Stunden so hin, ich ging einfach nicht auf ihren Wunsch ein, sie nach Hause zu bringen, angeblich, weil ich Angst hatte, das gefährliche Gerüttel des Wagens könnte ihr schaden. Kurzum, wir kamen erst zur vereinbarten Zeit nach Hause. Ich gebe zu, als ich beim Nachhausekommen sah, was für ein schamvolles Gesicht die Kleine zeigte, da hoffte ich, meine Bemühungen seien wenigstens nicht umsonst gewesen. Da ich unbedingt wissen wollte, was vorgefallen war, blieb ich noch bei Madame de Volanges, die sofort zu Bette ging. Wir speisten an ihrem Bett, und dann ließen wir sie schon sehr früh allein, unter dem Vorwand, sie habe Ruhe dringend nötig. Dann gingen wir ins Zimmer ihrer Tochter hinüber. Die Kleine hat ihrerseits alles getan, was ich von ihr erwartet hatte: dahingeschwundene Bedenken, neuerliche Schwüre ewiger Liebe usw., usw. Kurz und gut, sie hat wirklich getan, was sie nur konnte. Aber Danceny, der Schafskopf, ist um keinen Schritt weitergegangen, als er vorher schon war. Oh, mit dem kann man sich seelenruhig entzweien! Die Aussöhnung ist nie gefährlich!

Die Kleine beteuert zwar, er habe mehr erreichen wollen, sie habe sich aber zu wehren verstanden. Ich möchte wetten, sie spielt sich bloß auf, oder sie will ihn entschuldigen. Ich habe mich sogar beinahe davon überzeugt. Tatsächlich bekam ich Lust zu wissen, wie es um ihre Abwehr bestellt war, wieweit sie überhaupt dazu imstande ist. Und ich habe sie tüchtig aufgepulvert! Ein Wort gab das andere, und schließlich geriet sie ganz aus dem Häuschen. Dabei bin ich bloß eine Frau ... Kurzum, Sie können mir glauben, ich habe noch gar nie ein Mädchen getroffen, das leichter überrumpelt werden konnte, das sinnlich erregbarer war als sie. Sie ist wahrhaft liebenswert, die liebe Kleine! Sie hätte einen besseren Liebhaber verdient! Aber sie soll zum mindesten eine gute Freundin haben, denn ich fange an, aufrichtig an ihr zu hängen. Ich habe ihr versprochen, ich wolle sie in die Kur nehmen, und ich glaube, ich werde mein Wort halten. Ich habe schon öfters das Bedürfnis verspürt, mit weiblichen Wesen vertraulichen Umgang zu pflegen, und die wäre mir eigentlich lieber als irgendeine andere. Aber ich kann nichts tun, solange sie nicht ... das ist, was sie eben einfach sein muß. Und dies ist ein weiterer Grund, warum ich auf Danceny wütend bin.

Leben Sie wohl, Vicomte. Kommen Sie morgen nicht zu mir, es sei denn, Sie kommen am Vormittag. Ich habe den inständigen Bitten des Chevaliers nachgegeben und verbringe mit ihm die Nacht in meinem Häuschen.

Am 4. September 17 . .

55. BRIEF

Cécile Volanges an Sophie Carnay

Du hattest recht, meine teure Sophie. Mit Deinen Prophezeiungen hast Du mehr Glück als mit Deinen Ratschlägen. Danceny war stärker, wie Du es voraussagtest, als der Beichtvater, stärker als Du und auch als ich selbst. Und jetzt sind wir genauso weit wie zuvor. Ach, ich bereue nichts; und wenn Du mich deswegen ausschelten willst, dann nur, weil Du nicht weißt, wie wonnig es ist, Danceny zu lieben. Du hast es leicht zu sagen, wie man es anstellen müsse. Nichts steht Dir im Wege. Wenn Du aber selber einmal mitgemacht hättest, wie weh es einem tut, wenn ein Mensch, den man liebhat, Kummer leidet, wie das, was ihm Freude macht, auch uns freut, wenn Du wüßtest, wie schwer es ist, nein zu sagen, wenn man so gerne ja sagen möchte, dann würdest Du Dich über gar nichts mehr wundern. Auch ich selber verstehe es noch immer nicht, und ich habe es doch empfunden, und wie tief empfunden! Glaubst Du beispielsweise, ich könnte Danceny weinen sehen, ohne daß ich selber auch weinen muß? Ich kann Dir versichern, es ist mir einfach nicht möglich. Und wenn er froh und zufrieden ist, dann bin ich glücklich wie er. Du kannst sagen, was Du willst: Was man sagt, ändert nichts an dem, was ist, und ich bin ganz sicher: es ist so.

Ich möchte Dich einmal an meiner Stelle sehen ... Nein, das will ich ja gar nicht sagen; denn sicherlich möchte ich meinen Platz keinem Menschen abtreten. Aber ich möchte, Du würdest auch einen Mann lieben. Nicht nur, damit Du mich besser verstehen kannst oder damit Du mich weniger ausschiltst. Nein, Du wärst dann nämlich auch glücklicher, oder besser gesagt: Du würdest dann überhaupt erst anfangen, glücklich zu werden.

Unsere Belustigungen, unser Lachen, all dies, siehst Du, ist nur kindisches Spiel. Ist es vorbei, dann bleibt gar nichts. Aber die Liebe, ach, die Liebe ...! Ein Wort von ihm, ein einziger Blick, nur schon zu wissen, daß er da ist, ach, das ist das Glück! Wenn ich Danceny sehe, dann begehre ich nichts mehr, und sehe ich ihn nicht, dann verlangt mich nur nach ihm. Ich weiß nicht, wie das zugeht; aber es ist mir, als sehe alles, was mir gefällt, ihm ähnlich. Ist er nicht bei mir, dann denke ich an ihn. Und wenn ich so richtig an ihn denken kann und gar nichts mich ablenkt, wenn ich ganz allein bin zum Beispiel, dann bin ich auch glücklich. Ich schließe die Augen, und gleich ist mir, als sehe ich ihn vor mir. Ich denke an alles, was er gesagt hat, und ich meine ihn reden zu hören. Dann muß ich seufzen, und dann spüre ich, wie mir heiß wird, ich werde ganz erregt ... Ich kann einfach nicht mehr ruhig sitzen bleiben. Es ist, wie wenn mich etwas quäle, und diese Qual tut doch unsäglich wohl.

Ich glaube, wenn man einmal wirklich liebt, dann spürt man das sogar bei seinen Freunden. Meine Freundschaft zu Dir ist zwar unverändert dieselbe, immer noch gleich wie damals im Kloster. Doch was ich Dir da sage, das empfinde ich Madame de Merteuil gegenüber. Mir scheint, ich liebe sie eher in der Art, wie ich Danceny liebe, als wie ich Dich gern habe. Und manchmal möchte ich, sie wäre er. Das kommt vielleicht daher, daß das nicht so eine Kinderfreundschaft ist wie die unsre. Aber vielleicht auch, weil ich sie so oft beisammen sehe, und das hat dann zur Folge, daß ich sie miteinander verwechsle. Jedenfalls ist so viel sicher, daß sie beide mich unsagbar glücklich machen. Und schließlich glaube ich nicht, daß etwas Schlimmes dabei ist. Drum möchte ich am allerliebsten, daß alles so bliebe, wie's jetzt ist. Und einzig der Gedanke an meine Heirat bereitet mir noch Kummer. Denn wenn Herr de Gercourt so ist, wie man ihn mir geschildert hat, und ich zweifle nicht daran, dann weiß ich nicht, was noch aus mir werden soll. Leb wohl, meine Sophie. Ich habe Dich immer noch von Herzen lieb.

Am 4. September 17..

56. BRIEF

Die Präsidentin de Tourvel an den Vicomte de Valmont

Was hülfe Ihnen die Antwort, mein Herr, die Sie von mir wünschen? Wollte ich an Ihre Gefühle glauben, wäre das dann nicht ein weiterer Grund, sie zu fürchten? Und ohne daß ich die Aufrichtigkeit Ihrer Empfindungen bemängle oder sie in Schutz nehme, genügt es mir nicht, muß es Ihnen nicht genügen zu wissen, daß ich sie weder erwidern will noch kann? Angenommen, Sie lieben mich wirklich – und ich kann mich zu dieser Annahme nur verstehen, damit ich nicht mehr auf diesen Gesprächsstoff zurückkommen muß –, angenommen also, Sie lieben mich, wären darum die Hindernisse, die uns trennen, weniger unüberwindlich? Und bliebe mir etwas anderes zu tun, als zu wünschen, Sie könnten diese Liebe so rasch wie möglich verwinden? Müßte ich nicht vornehmlich aus allen meinen Kräften mithelfen, daß Ihnen das gelingt, indem ich Ihnen schleunigst jegliche Hoffnung nehme? Sie geben ja selber zu, »dieses Gefühl sei qualvoll, wenn die Frau, die es eingibt, es nicht auch teile«. Nun, Sie wissen ja recht gut, daß es mir nicht möglich ist, es zu teilen, und auch wenn mir dies Unglück zustieße, wäre ich deswegen nur um so mehr zu beklagen, ohne daß Sie darum glücklicher wären. Ich hoffe, Sie achten mich hoch genug, um auch nicht einen Augenblick daran zu zweifeln. Lassen Sie darum ab, ich beschwöre Sie, lassen Sie ab, ein Herz zu betören, dem Ruhe so not tut. Zwingen Sie mich nicht zu bereuen, daß ich Sie kennengelernt habe.

Ich werde geliebt und geachtet von einem Gatten, den auch ich liebe und hochschätze. Meine Pflichten und Freuden münden allesamt in *ein* Ziel, gehen von *einem* Menschen aus. Ich bin glücklich, und ich muß es auch sein. Wenn es Freuden gibt, die tiefer aufwühlen, dann verlangt mich nicht danach. Ich will sie gar nicht kennen. Gibt es süßere Freuden, als wenn man mit sich selber im reinen ist, wenn man in Frieden lauter heitere Tage verlebt, ohne Anfechtung einschläft und ohne Reue erwacht? Was Sie Glück nennen, ist nichts als ein Aufruhr der Sinne, ein Gewittersturm der Leidenschaften, dessen Anblick etwas Erschreckendes hat, selbst wenn man vom Ufer aus zuschaut. Wie soll man solchen Stürmen Trotz bieten? Wie kann man den Mut aufbringen, sich auf ein Meer hinauszuwagen, das übersät ist mit den Trümmern von tausend und abertausend Schiffbrüchigen? Und mit wem nur? Nein, mein Herr, ich bleibe am festen Land. Ich liebe die Bande, die mich dort festhalten. Könnte ich sie auch sprengen, ich würde es doch nicht tun wollen; und wenn sie nicht vorhanden wären, dann würde ich sie mir schleunigst anlegen.

Warum heften Sie sich an meine Schritte? Weshalb verfolgen Sie mich so hartnäckig? Ihre Briefe sollten doch nur spärlich eintreffen, und nun kommen sie in rascher Folge einer nach dem andern. Sie sollten vernünftig sein, und jetzt reden Sie darin von nichts anderem als von Ihrer törichten Liebe. Sie setzen mir mit bloßen Gedanken härter zu als früher mit Ihrer leibhaftigen Gegenwart. Kaum habe ich Sie in einer Gestalt aus dem Wege geräumt, da tauchen Sie auch schon wieder unter einer andern Form auf. Die Dinge, die ich mir verbeten hatte, sagen Sie alle wieder, bloß auf eine andere Art. Sie gefallen sich darin, mich mit verfänglichen Redereien zu verwirren. Meinen Argumenten aber weichen Sie aalglatt aus. Ich will Ihnen nicht mehr antworten, und ich werde Ihnen auch nicht mehr antworten ... Wie Sie mit den Frauen umspringen, die Sie verführt haben! Mit welcher Mißachtung Sie von ihnen reden! Ich will gerne glauben, daß manche von ihnen es nicht besser verdienen. Aber sind sie denn alle so verächtlich? Ach ja, bestimmt sind sie's, haben sie doch ihre Pflichten verraten und sich einer sündigen Liebe hingegeben. Und mit diesem Augenblick haben Sie alles verloren, sogar die Achtung des Mannes, dem sie alles geopfert haben. Diese Strafe ist gerecht. Aber der bloße Gedanke daran läßt einen erschauern. Doch was kümmert's mich schließlich? Warum gebe ich mich überhaupt mit diesen Frauen oder mit Ihnen ab? Mit welchem Recht stören Sie mich in meiner Ruhe? Lassen Sie mich in Frieden, besuchen Sie mich nicht mehr. Schreiben Sie keine Briefe mehr, ich bitte Sie darum. Ich fordere es. Dieser Brief ist der letzte, den Sie von mir erhalten werden.

Am 5. September 17..

57. BRIEF

Der Vicomte de Valmont an die Marquise de Merteuil

Ich habe Ihren Brief gestern bei meiner Ankunft vorgefunden. Ihre Wut hat mich höchlich erbaut. Sie könnten Dancenys Unterlassungssünden nicht lebhafter empfinden, wenn er sie Ihnen gegenüber begangen hätte. Und nun gewöhnen Sie zweifellos aus Rachsucht sein Liebchen daran, ihm allerhand harmlose Treulosigkeiten anzutun. Sie sind doch ein rechtes Luder! Jawohl, Sie sind bezaubernd, und es nimmt mich nicht wunder, daß man Ihnen weniger widerstehen kann als diesem Danceny!

Nun kenne ich ihn in- und auswendig, diesen wunderschönen Romanhelden! Er hat für mich keinerlei Geheimnis mehr. Ich habe so lange auf ihn eingeredet, Liebe in Ehren und Züchten sei das Höchste, was man haben könne, ein echtes Gefühl sei mehr wert als tausend Liebeleien, daß ich in diesem Augenblick selber ganz verliebt und schüchtern war. Kurzum, er fand schließlich, mein Denken und Fühlen stehe so ganz im Einklang mit dem seinen, daß er mir in seinem Entzücken über meine lautere Gesinnung alles beichtete und mir Freundschaft auf Gedeih und Verderben schwor. Doch das bringt uns freilich in unserem Plan nicht viel weiter.

Zunächst schien es mir, seiner Ansicht nach verdiene ein junges Mädchen weit mehr Schonung und Rücksicht als eine Frau, da es mehr zu verlieren habe. Vor allem findet er, nichts könne einen Mann entschuldigen, wenn er ein Mädchen in die Zwangslage versetze, ihn entweder zu heiraten oder aber in Unehre weiterzuleben, wenn das Mädchen unendlich viel reicher sei als der Mann, wie das bei ihm ja der Fall ist. Die Sicherheit, in der sich die Mutter wiegt, die kindliche Unschuld der Tochter, alles schüchtert ihn ein und schreckt ihn ab. Die Schwierigkeit liegt nicht darin, seine Überlegungen zu bekämpfen, so richtig sie auch sein mögen. Mit ein wenig Geschick und mit Hilfe der Leidenschaft hätte man sie bald erledigt, um so mehr, als sie reichlich lächerlich sind und wir Brauch und Herkommen auf unserer Seite hätten. Warum man ihn aber nie zu fassen kriegt, liegt daran, daß er in diesem Zustand glücklich ist. Und wirklich, wenn eine erste Liebe im allgemeinen ehrbarer und, wie man zu sagen pflegt, reiner erscheint, wenn sie zum mindesten langsamere Fortschritte macht, so geschieht das nicht aus Zartgefühl oder Schüchternheit, wie man gemeinhin annimmt, sondern weil das Herz, voll Staunen über ein bisher nie gekanntes Gefühl, gewissermaßen bei jedem Schritt innehält, um den Zauber, den es verspürt, auszukosten, und dieser Zauber wirkt so stark, so übermächtig auf ein unverbrauchtes Herz, daß er es so sehr in Anspruch nimmt, bis es jede andere Freude darüber vergißt. Das ist so wahr, daß sogar ein Wüstling, der sich verliebt – wenn das ein Wüstling überhaupt kann! –, von diesem Augenblick an es gar nicht mehr so eilig hat, seine Lust zu büßen. Und so besteht schließlich zwischen dem Verhalten Dancenys der kleinen Volanges gegenüber und meinem Benehmen gegen die spröde Madame de Tourvel lediglich ein Gradunterschied: der eine liebt mehr, der andere weniger.

Damit unser junger Mann so recht in Hitze geriet, hätte er bloß auf mehr Hindernisse stoßen müssen, als er tatsächlich antraf. Vor allem hätte ihm not getan, ein wenig mehr geheimnisumwitterte Ablehnung zu finden, denn alles Geheimnisvolle führt zu kühnem Draufgängertum. Ich neige sogar zum Glauben, daß Sie uns eigentlich geschadet haben, als Sie ihm so trefflich unter die Arme griffen. Ja, bei einem »abgebrühten« Mann, da wäre ihr Vorgehen äußerst nützlich gewesen, weil er nichts als Begierden verspürt hätte. Aber Sie hätten bedenken müssen, daß für einen jungen, anständigen und verliebten Mann der größte Wert der Hingabe darin liegt, daß sie der höchste Beweis der Liebe ist. Und demzufolge wäre er um so zurückhaltender, je sicherer er der Gegenliebe wäre. Doch was ist jetzt zu tun? Ich weiß es nicht. Ich habe aber keine Hoffnung, daß die Kleine noch vor ihrer Heirat zu Fall kommt, und wir werden uns ganz umsonst so viel Mühe gegeben haben. Das tut mir leid, aber ich wüßte nicht, wie dem abzuhelfen wäre.

Während ich hier sitze und lange Abhandlungen niederschreibe, haben Sie's mit Ihrem Chevalier besser. Das erinnert mich daran, daß Sie mir einen kleinen Seitensprung versprochen haben, den Sie mit mir begehen wollten. Das haben Sie mir schriftlich zugesagt, und ich möchte nicht, daß daraus ein leeres Versprechen wird, das nie gehalten wird. Ich gebe zu, es ist noch nicht verfallen. Aber es wäre recht großherzig von Ihnen, wenn Sie gar nicht erst den Verfallstermin abwarten wollten. Und von mir aus erlasse ich Ihnen gerne die Zinsen.

Was halten Sie davon, schönste Freundin? Haben Sie Ihre standhafte Treue nicht längst satt? Ist denn der Chevalier ein solches Weltwunder? Oh, lassen Sie mich nur gewähren. Ich will Sie noch zum Eingeständnis bringen, daß Sie nur darum an ihm etwelches Verdienst gefunden haben, weil Sie mich vergessen hatten.

Leben Sie wohl, schönste Freundin. Ich küsse Sie so glühend, wie ich Sie begehre. Und ich möchte wetten, sämtliche Küsse des Chevaliers werden nicht soviel heiße Glut ausströmen ...

Am 5. September 17..

58. BRIEF

Der Vicomte de Valmont an die Präsidentin de Tourvel

Womit habe ich denn die Vorwürfe verdient, die Sie mir machen, gnädige Frau, und weshalb zürnen Sie mir? Die glühendste und doch denkbar achtungsvollste Anhänglichkeit, die vollkommenste Fügsamkeit in Ihre leisesten Wünsche, das ist, in wenigen Worten, der tatsächliche Ablauf meiner Gefühle und meines Verhaltens. Niedergedrückt von den qualvollen Nöten einer unglücklichen Liebe kannte ich keinen andern Trost als Ihren Anblick. Sie haben mir befohlen, ihm zu entsagen. Ich habe Ihnen gehorcht, ohne zu murren, ohne ein Wort des Widerspruchs. Zum Lohne für dies Opfer haben Sie mir gestattet, Ihnen zu schreiben, und heute wollen Sie mir auch diese letzte Freude noch nehmen. Soll ich mir diesen Trost rauben lassen, ohne auch nur einen Versuch zu seiner Verteidigung zu unternehmen? Nein, gewiß nicht. Wie sollte er meinem Herzen nicht teuer sein? Er ist die einzige Freude, die mir noch bleibt, und sie kommt von Ihnen!

Meine Briefe kämen zu häufig, sagen Sie! Bedenken Sie doch, ich bitte Sie, daß ich seit zehn Tagen, seit ich in der Verbannung weile, keinen Augenblick habe vergehen lassen, ohne an Sie zu denken. Und doch haben Sie von mir nur zwei Briefe erhalten. »Ich rede darin von nichts anderem als von meiner Liebe!« sagen Sie. Was soll ich denn anderes sagen, als was ich denke? Alles, was ich tun konnte, war, mich in meinen Ausdrücken zu mäßigen. Und Sie können es mir glauben, ich habe Ihnen bloß durchblikken lassen, was ich einfach nicht verhehlen konnte. Schließlich drohen Sie mir, Sie würden mir nicht mehr antworten. So sind Sie nicht damit zufrieden, wenn Sie den Mann, der Sie über alles liebt, dessen Achtung noch größer ist als seine Liebe, hart und streng behandeln; Sie wollen ihn obendrein noch mit Verachtung strafen. Und warum alle diese Drohungen und dieser grimmige Zorn? Wozu haben Sie ihn denn nötig? Sind Sie nicht sicher, daß ich Ihnen gehorche, auch wenn Ihre Befehle unbillig sind? Steht es denn überhaupt in meinem Ermessen, irgendeinem Ihrer Wünsche zuwiderzuhandeln? Und habe ich Ihnen das nicht schon bewiesen? Wollen Sie die Macht mißbrauchen, die Sie über mich haben? Sie haben mich zuerst unglücklich gemacht. Sie haben mir unrecht getan, und jetzt, können Sie jetzt noch so ohne weiteres die Ruhe genießen, die Ihnen, wie sie versichern, so not tut? Werden Sie sich nie sagen müssen: Er hat sein Schicksal in meine Hände gelegt, und ich habe ihn ins Unglück gestürzt?

Er flehte mich um Hilfe an, und ich habe ihn ohne Erbarmen angeblickt? Wissen Sie, wie weit meine Verzweiflung gehen kann? Nein!

Wollten Sie ermessen, wie ich leide, dann müßten Sie wissen, wie heiß ich Sie liebe, und Sie kennen mein Herz nicht. Wem opfern Sie mich? Irgendwelchen Ängsten und eingebildeten Befürchtungen. Und wer gibt Ihnen die ein? Ein Mann, der Sie abgöttisch liebt, ein Mann, über den Sie immerdar unumschränkte Macht haben werden. Was fürchten Sie, was können Sie von einem Gefühl fürchten, das Sie stets nach Ihrem Belieben beherrschen und lenken können? Aber Ihre Einbildungskraft schafft sich selber Schreckbilder, und das Entsetzen, das Sie in sich selbst hervorrufen, schreiben Sie hernach der Liebe zu. Haben Sie bloß ein wenig Vertrauen, und diese Gespenster verschwinden wieder.

Ein weiser Mann hat einmal gesagt, um seine Ängste zu zerstreuen, genüge es, ihre Ursache zu ergründen.*

Diese Wahrheit findet vor allem in der Liebe ihre Anwendung. Lieben Sie, und ihre Ängste werden sich in nichts auflösen. Anstelle der Schreckgespenster werden Sie ein köstliches Gefühl finden, einen zärtlichen, demütig ergebenen Liebhaber. Und alle künftigen Tage Ihres Lebens, sie werden glücklich und unvergeßlich sein und Ihnen keine andere Reue lassen, als daß Sie so manchen Tag lieblos und gleichgültig vertan haben. Auch mir tut es leid um die Zeit, die ich mit aller Art Vergnügen versäumt habe; seit ich von meinen Verirrungen abgekommen bin und nur noch der Liebe lebe, fühle ich: nur Ihnen ist es gegeben, mich glücklich zu machen. Aber – ich flehe Sie an – das Vergnügen, das ich finde, wenn ich Ihnen schreibe, soll nicht mehr von der Angst, Ihr Mißfallen zu erregen, getrübt sein. Ich will Ihnen nicht ungehorsam sein. Aber ich werfe mich Ihnen zu Füßen und heische das Glück, das Sie mir nehmen wollen, das einzige Glück, das Sie mir noch gelassen haben. Ich schreie zu Ihnen, hören Sie meine Bitten, und sehen Sie meine Tränen! Ach, gnädige Frau, werden Sie mich von sich stoßen?

Am 7. September 17..

59. BRIEF

Der Vicomte de Valmont an die Marquise de Merteuil

Sagen Sie mir doch, wenn Sie's wissen, was dieses Geschwätz Dancenys zu bedeuten hat. Was ist denn geschehen? Was hat er eigentlich verloren? Hat ihm seine Schöne vielleicht seine ewige ehrerbietige Hochachtung übelgenommen? Seien wir gerecht, man könnte über weniger schlimme Dinge aufbegehren! Was soll ich ihm heute abend bei der Zusammenkunft sagen, um die er mich gebeten hat und die ich ihm auf gut Glück gewährt habe? Bestimmt werde ich meine Zeit nicht mit dem Abhören seines Gejammers verlieren, wenn uns das unserm Ziel nicht näherbringen kann.

* Vermutlich ist Rousseau im *Emile* gemeint. Doch ist das Zitat nicht genau, und die Nutzanwendung Valmonts ist falsch. Und dann, hatte Madame de Tourvel überhaupt den *Emile* gelesen?

Klagelieder Verliebter sind nur gut anzuhören, wenn sie als obligates Rezitativ oder als Prunkarie vorgebracht werden. Sagen Sie mir doch Bescheid, was eigentlich los ist und was ich tun soll, sonst reiße ich aus, um der Langeweile auszuweichen, die ich voraussehe. Werde ich heute vormittag mit Ihnen reden können? Sollten Sie »beschäftigt« sein, dann schreiben Sie mir wenigstens ein paar Worte und geben Sie mir die Stichworte für meine Rolle. Wo waren Sie denn gestern? Ich bekomme Sie ja gar nicht mehr zu sehen. Es lohnte sich wahrhaftig nicht, mich im September in Paris festzuhalten. Entschließen Sie sich nun doch einmal, denn ich habe vorhin eine höchst dringende Einladung der Gräfin de B... erhalten; ich soll sie auf dem Lande besuchen, und, wie sie mir recht spaßig schreibt, »ihr Mann besitzt das schönste Wäldchen in der Welt, das er sorgsam für seine Freunde und zu ihrer Lust instand hält«. Nun wissen Sie ja, ich habe gewisse Anrechte auf dieses Wäldchen, und ich möchte es mir gerne wieder einmal ansehn, wenn ich hier nichts ausrichten kann. Leben Sie wohl, denken Sie dran: Danceny ist gegen vier Uhr bei mir.

Am 8. September 17..

60. BRIEF

Der Chevalier Danceny an den Vicomte de Valmont

(Dem vorstehenden Briefe beigeschlossen)

Ach, mein Herr, ich bin völlig verzweifelt. Ich habe alles verloren. Ich wage nicht, das Geheimnis meiner Leiden dem Papier anzuvertrauen. Aber ich muß sie in den Busen eines zuverlässigen, treuen Freundes verströmen. Um welche Zeit kann ich Sie sehen und bei Ihnen Trost und Rat holen? Ich war so glücklich an dem Tag, da ich Ihnen mein Herz aufschloß! Und jetzt, welch ein Unterschied! Alles ist für mich ganz anders geworden. Was ich leide, ist nur der geringste Teil meiner Qualen. Meine Angst um einen weit teureren Menschen als ich, die kann ich nicht ertragen. Sie sind glücklicher als ich; Sie dürfen sie sehen, und ich erwarte von Ihrer Freundschaft, daß Sie mir diese Vermittlung nicht abschlagen werden. Aber ich muß Sie sprechen, muß Ihnen alles Nötige erst sagen. Sie werden mich bedauern und mir beistehen. Sie sind meine einzige Hoffnung. Sie haben ein fühlendes Herz, Sie wissen, was Liebe heißt; und Sie sind der einzige Mensch, dem ich mein Herz ausschütten kann. Versagen Sie mir Ihren Beistand nicht.

Leben Sie wohl, mein Herr. Die einzige Linderung, die ich in meinem Schmerz verspüre, ist der Gedanke, daß mir ein Freund bleibt, wie Sie einer sind. Lassen Sie mich bitte wissen, um welche Zeit ich Sie aufsuchen kann. Wenn es heute vormittag nicht geht, dann wäre es mir lieb, wenn es zeitig heute nachmittag möglich sein könnte.

Am 8. September 17..

61. BRIEF

Cécile Volanges an Sophie Carnay

Meine teure Sophie, beklage Deine Cécile. Deine arme Cécile! Sie ist so unglücklich! Mama weiß alles. Ich kann nicht begreifen, wie sie etwas hat ahnen können, und doch hat sie alles herausgebracht. Gestern abend wollte mir freilich scheinen, als ob Mama ein wenig mißgelaunt wäre. Doch achtete ich nicht sonderlich darauf. Bis sie ihr Spielchen zu Ende geführt hatte, plauderte ich sogar ganz munter und fröhlich mit Madame de Merteuil, die hier soupiert hatte, und wir sprachen viel über Danceny. Ich glaube aber nicht, daß man uns hat hören können. Sie ging fort, und ich begab mich in mein Zimmer.

Ich war gerade dabei, mich auszukleiden, da kam Mama herein und hieß meine Kammerzofe hinausgehen. Dann verlangte sie den Schlüssel zu meinem Schreibtisch. Der Ton, in dem sie dieses Ansinnen an mich stellte, ließ mich derart erzittern, daß ich mich kaum mehr aufrecht zu halten vermochte. Ich tat erst, als könne ich ihn nicht finden; aber schließlich mußte ich doch gehorchen. Das erste Schubfach, das sie auftat, war ausgerechnet das mit den Briefen des Chevalier Danceny. Ich war so schrecklich verwirrt, daß ich auf ihre Frage, was das zu bedeuten habe, nichts anderes zu antworten wußte als: gar nichts. Doch als ich sah, wie sie den Brief, der obenauf lag, zu lesen anfing, konnte ich gerade noch rechtzeitig zu einem Lehnstuhl hinwanken, und dann wurde mir so elend, daß ich das Bewußtsein verlor. Sobald ich wieder zu mir gekommen war, ging meine Mutter, die meine Kammerfrau hereingerufen hatte, weg und ließ mich zu Bette gehen. Sie hat alle Briefe Dancenys mitgenommen. Jedesmal, wenn ich daran denke, daß ich ihr wieder unter die Augen treten soll, zittere ich am ganzen Leibe. Die ganze Nacht habe ich in einem fort geweint. Ich schrieb Dir frühmorgens, in der Hoffnung, Josephine werde bald kommen. Wenn ich unter vier Augen mit ihr sprechen kann, will ich sie bitten, bei Madame de Merteuil ein Briefchen abzugeben, das ich ihr schreiben möchte. Sonst lege ich es Deinem Briefe bei, und Du bist wohl so lieb und schickst es ab, als sei es von Dir. Einzig von ihr kann ich noch Trost empfangen. Wenigstens können wir von ihm reden, denn ihn wiedersehen, habe ich alle Hoffnung aufgegeben. Ich bin so unglücklich! Vielleicht ist sie so gut und besorgt mir einen Brief an Danceny. Ich getraue mich nicht, in dieser Sache Josephine ins Vertrauen zu ziehen und noch weniger meine Kammerzofe. Denn es kann schon sein, daß sie meiner Mutter gesagt hat, ich verschließe Briefe in meinem Schreibtisch.

Ich schreibe Dir nicht ausführlicher, weil ich noch Zeit haben möchte, an Madame de Merteuil zu schreiben und auch an Danceny, damit mein Brief bereit ist, wenn sie ihn bestellen will. Nachher gehe ich wieder ins Bett, damit man mich dort vorfindet, wenn man hereinkommt. Ich werde sagen, ich sei krank; dann muß ich nicht zu Mama hinübergehn. Ich brauche auch gar nicht groß zu lügen; denn sicher ist mir viel elender, als wenn ich Fieber hätte. Meine Augen brennen vom vielen Weinen. Und ich habe einen Druck auf dem Magen, daß ich fast nicht atmen kann. Wenn ich daran denke, daß ich Danceny nie mehr wiedersehen soll, dann wäre ich am liebsten tot!

Leb wohl, meine teure Sophie. Ich kann Dir nicht weiterschreiben; die Tränen würgen mir im Hals.

Am 7. September 17..

62. BRIEF

Madame de Volanges an den Chevalier Danceny

Nachdem Sie, mein Herr, das Vertrauen einer Mutter mißbraucht und die Unschuld eines Kindes ausgenützt haben, werden Sie gewiß nicht überrascht sein, daß Sie in meinem Hause nicht mehr empfangen werden, wo Sie die Beweise aufrichtigster Freundschaft nur damit vergolten haben, daß Sie jegliche Lebensart hintansetzten. Ich bitte Sie, lieber nicht mehr zu uns zu kommen; sonst müßte ich meinem Türhüter Weisungen geben, die uns alle gleich stark bloßstellen würden, denn die Dienerschaft würde unweigerlich darüber ihre Bemerkungen machen. Ich bin zu der Hoffnung berechtigt, daß Sie mich nicht zwingen werden, zu diesem Mittel meine Zuflucht zu nehmen. Ich mache Sie ferner darauf aufmerksam: Sollten Sie inskünftig den leisesten Versuch unternehmen, meine Tochter in dem irregeleiteten Lebenswandel zu bestärken, in den Sie sie verstrickt haben, dann wird sie eine strenge Abgeschiedenheit für alle Zukunft Ihren Nachstellungen entziehen. Nun ist es an Ihnen, mein Herr, zu bedenken, ob Sie ebensowenig davor zurückschrecken, an ihrem Unglück schuld zu sein, wie Sie sich davor gescheut haben, sie in Unehre und Schande zu bringen. Was mich angeht, so ist meine Wahl getroffen, und ich habe ihr bereits Bescheid gesagt.

Beigeschlossen finden Sie ein Bündel mit Ihren Briefen. Ich zähle darauf, daß Sie mir dafür alle Briefe zurückerstatten, die meine Tochter Ihnen geschrieben hat, und daß Sie mithelfen, keinerlei Spur von einem Vorfall zu hinterlassen, an den ich nicht ohne Empörung zurückdenken könnte, an den sich meine Tochter nicht ohne Scham und Sie nicht ohne Reue erinnern würden. Ich habe die Ehre zu sein usw.

Am 7. September 17..

63. BRIEF

Die Marquise de Merteuil an den Vicomte de Valmont

Wahrhaftig, ja, ich will Ihnen Dancenys Briefchen erklären. Der Vorfall, der ihn bewogen hat, es zu schreiben, ist mein Werk, und ich glaube, mein Meisterwerk. Seit Ihrem letzten Brief habe ich meine Zeit nicht vertan, und wie der athenische Architekt sagt: »Was er gesagt hat, ich werde es tun.«

Er hat also Widerstände und Hindernisse nötig, der schöne Romanheld, und er schläft in seiner Glückseligkeit ein! Oh! Er kann sich drauf verlassen, ich werde ihm noch zu schaffen machen, und ich müßte mich schwer täuschen, oder sein Schlaf wird inskünftig nicht mehr so ruhig sein. Man müßte ihm wirklich beibringen, was Zeit wert ist, und ich hoffe, jetzt reut ihn jede verpaßte Gelegenheit. Er brauchte, sagen Sie weiter, ein wenig mehr »geheimnisumwitterte Ablehnung«. Sei's denn. Daran soll's ihm nicht fehlen! Ich habe das eine Gute, daß man mir meine Fehler bloß aufzumutzen braucht, und dann ruhe ich nicht, bis ich alles wieder gutgemacht habe. Hören Sie denn, was ich getan habe.

Als ich vorgestern früh nach Hause kam, las ich Ihren Brief. Ich fand ihn recht einleuchtend. Ich war überzeugt, daß Sie den Grund des Übels sehr richtig angedeutet hatten, und dachte an nichts anderes mehr, als wie ich einen Weg ausfindig machen könnte, ihm abzuhelfen. Zunächst jedoch legte ich mich nieder; denn der unermüdliche Chevalier hatte mir auch nicht einen Augenblick Schlaf gegönnt, und ich glaubte, ich sei entsetzlich schläfrig. Aber das war ganz und gar nicht der Fall. Ich mußte unablässig an Danceny denken, und der Wunsch, ihn aus seiner Trägheit aufzurütteln, oder ihn dafür zu strafen, ließ mich kein Auge zutun, und erst nachdem ich meinen Plan eingehend überdacht und zurechtgelegt hatte, konnte ich für zwei Stunden Schlaf finden.

Noch am selben Abend ging ich zu Madame de Volanges und gab ihr, meinem Vorhaben entsprechend, im Vertrauen zu verstehen, ich glaube bestimmt zu wissen, daß zwischen ihrer Tochter und Danceny eine gefährliche Liebschaft bestehe. Diese Frau, die ihnen gegenüber so hellsichtig ist, war derart verblendet, daß sie mir zunächst zur Antwort gab, ich müsse mich sicherlich irren, ihre Tochter sei ja noch ein Kind, und so fort.

Ich konnte ihr nicht alles sagen, was ich darüber wußte; aber ich führte so allerhand Blicke und Gespräche an, *über die meine Tugend und meine Freundschaft entsetzt seien.* Kurzum, ich redete beinahe so schön, wie es eine Betschwester zuwege gebracht hätte, und um den entscheidenden Schlag zu tun, ging ich sogar so weit, daß ich sagte, ich glaube gesehen zu haben, wie ein Brief überreicht und in Empfang genommen worden sei. »Das erinnert mich daran«, setzte ich hinzu, »daß sie eines Tages in meinem Beisein eine Schublade ihres Schreibtischs aufschloß, und darin sah ich einen ganzen Stoß Papiere, die sie zweifellos dort aufbewahrt. Haben Sie Kenntnis von irgendwelchem regelmäßigen Briefwechsel?« Hier veränderte sich Madame de Volanges' Miene, und ich sah, wie ein paar

Tränen in ihren Augen schimmerten. »Ich danke Ihnen, meine werte Freundin«, sagte sie und drückte mir die Hand, »ich werde mir darüber Klarheit verschaffen.«

Nach dieser Unterredung, die zu kurz gewesen war, um Argwohn zu erregen, trat ich näher zu dem jungen Mädchen hin. Nicht lange nachher ließ ich sie stehen und bat die Mutter, mich bei ihrer Tochter nicht bloßzustellen, und das versprach sie mir um so lieber, als ich ihr zu bedenken gab, wie günstig es wäre, wenn das Kind genug Vertrauen zu mir fassen könnte, um mir sein Herz aufzuschließen und mich in die Lage zu versetzen, ihr *meine trefflichen Ratschläge* angedeihen zu lassen. Was mir die Gewißheit gibt, daß sie ihr Versprechen halten wird, ist die Überzeugung, daß sie zweifellos bei ihrer Tochter mit ihrem Scharfsinn wird Ehre einlegen wollen. Nunmehr war ich berechtigt, der Kleinen gegenüber auch weiterhin meinen freundschaftlichen Ton anzuschlagen, ohne daß ich in den Augen der Madame de Volanges als hinterlistige Person dastand; denn das wollte ich vermeiden. Zudem habe ich damit noch erreicht, daß ich hinfort so lange und so heimlich, wie ich will, mit dem jungen Ding zusammensein kann, ohne daß die Mutter Argwohn schöpfen darf.

Das nützte ich noch am selben Abend aus, und als ich meine Partie zu Ende gespielt hatte, nahm ich mir die Kleine in einer Ecke vor und brachte die Rede auf Danceny, und da weiß sie ja nie genug zu erzählen. Ich machte mir einen Spaß daraus, ihr mit der Schilderung des Vergnügens, das sie bei seinem morgigen Besuch empfinden werde, so recht den Kopf zu verdrehen. Und sie redete auch alles nur Erdenkliche an überspanntem, tollem Zeug daher. Ich mußte ihr doch wohl an Hoffnung wiedergeben, was ich ihr an Wirklichkeit wegnahm. Und dann sollte ihr das alles den Schlag um so empfindlicher spürbar machen, und ich bin überzeugt, je mehr sie gelitten hat, desto eiliger wird sie's haben, sich bei der erstbesten Gelegenheit dafür schadlos zu halten. Im übrigen ist es gut, daß man einen Menschen, den man für große Erlebnisse ausersehen hat, an große Ereignisse gewöhnt.

Kann sie schließlich die Freude, ihren Danceny zu bekommen, nicht mit ein paar Tränlein bezahlen? Sie ist völlig vernarrt in ihn! Gut, ich verspreche ihr, sie soll ihn bekommen, und vielleicht früher, als sie ihn ohne dieses Ungewitter bekommen hätte. So etwas ist wie ein böser Alptraum, und das Erwachen wird dann um so köstlicher sein. Und alles in allem dünkt mich, sie muß mir nur dankbar sein. Und wäre tatsächlich noch ein bißchen Boshaftigkeit mit im Spiel gewesen, nun, man muß sich doch auch einen Spaß leisten können!

Die Dummen sind in dieser Welt
zu unserm Spaß bereitgestellt!

Endlich verabschiedete ich mich höchlichst befriedigt von dem, was ich angerichtet hatte. Entweder, so sagte ich mir, wird Danceny durch all die Widerstände doppelt verliebt, und dann helfe ich ihm, wo ich nur kann. Oder er ist nichts weiter als ein Schmachtlappen, wie ich bisweilen zu glauben versucht bin, und dann ist er verzweifelt und gibt sich geschlagen. In diesem Falle nun werde ich mich mindestens an ihm gerächt haben, soweit es in meiner Macht stand. Nebenbei und im Vorbeigehen wird auch die Achtung der Mutter mir gegenüber zunehmen, die Freundschaft der Tochter wird wachsen, und beide werden nur um so mehr Vertrauen zu mir haben. Was Gercourt betrifft, dem vor allem meine Bemühungen gelten, so müßte ich's schon recht unglücklich oder vielmehr sehr ungeschickt anstellen, wenn ich seine Frau geistig ganz in der Hand hätte, wie es ja der Fall ist und bald noch mehr der Fall sein wird, und nicht tausend Möglichkeiten fände, aus ihm das zu machen, was ich aus ihm eben machen will. Mit diesen süßen Gedanken beschäftigt, legte ich mich ins Bett. Und darum schlief ich auch herrlich und wachte erst sehr spät auf.

Beim Erwachen fand ich zwei Briefchen, eins von der Mutter und eines von der Tochter. Ich mußte lachen, als ich in beiden wortwörtlich den gleichen Satz las: »Einzig von Ihnen erwarte ich noch Trost!« Ist es nicht wirklich spaßig, Trost und Gegentrost gleichzeitig zu spenden und in einer Person zweierlei gerade entgegengesetzte Interessen zu vertreten? So bin ich nun also in derselben Lage wie die Gottheit: Ich nehme die widersprechenden Wünsche der blinden Sterblichen entgegen und ändere nichts an meinen unwandelbaren Ratschlüssen. Ich habe diese erhabene Rolle aber doch aufgegeben und die eines tröstenden Engels übernommen: und ich bin hingegangen und habe, dem göttlichen Gebot entsprechend, meine Freunde in ihrer Betrübnis aufgesucht.

Zuerst ging ich zur Mutter. Ich fand sie in Trauer aufgelöst, so daß Sie teilweise bereits für alle die Widerwärtigkeiten gerächt sind, die sie Ihnen bei Ihrer schönen Spröden angerichtet hat. Alles ging trefflich vonstatten. Meine einzige Befürchtung bestand darin, Madame de Volanges könnte sich den Augenblick zunutze machen und das Vertrauen ihrer Tochter zu gewinnen suchen. Das wäre ihr gar nicht schwergefallen; sie hätte nur ganz sanft und freundschaftlich mit ihr zu sprechen brauchen; sie hätte bloß ihre verständigen Ratschläge mit einer Miene nachsichtiger Zärtlichkeit und im selben Ton vorbringen müssen. Zum Glück wappnete sie sich mit Strenge; kurz und gut, sie benahm sich derart falsch und unvernünftig, daß ich nur beifällig schmunzeln konnte. Allerdings hätte nicht viel gefehlt, und sie hätte alle unsere Pläne über den Haufen geworfen; sie hatte sich nämlich in den Kopf gesetzt, ihre Tochter müsse wieder ins Kloster zurückgehn. Aber ich habe diesen Schlag abgewendet und sie so weit gebracht, daß sie ihr bloß damit drohte im Falle, daß Danceny seine Nachstellungen nicht aufgebe. Damit wollte ich sie beide zwingen, so umsichtig zu sein, wie ich es für das Gelingen unseres Planes für nötig erachte.

Hernach ging ich zur Tochter. Sie können gar nicht glauben, wie der Schmerz sie verschönt! Wenn sie nur ein bißchen Anlagen zur Koketterie hat, dann stehe ich dafür ein, daß sie oft weinen wird. Diesmal aber weinte sie ohne jeden Hintergedanken ... Höchst überrascht von diesem Reiz, den ich an ihr noch nicht kannte, den ich aber mit Wohlgefallen beobachtete, spendete ich ihr zunächst nur recht unbeholfen Trost, wie er Kümmernisse höchstens noch verschlimmern kann, anstatt sie zu lindern, und so brachte ich sie dahin, daß sie drauf und dran war, wirklich und regelrecht zu ersticken. Sie weinte nicht mehr, und einen Augenblick hatte ich Angst, sie bekomme Zuckungen. Ich legte ihr nahe, sich niederzulegen, und sie nahm meinen Rat an. Ich diente ihr als Kammerfrau. Sie hatte keinerlei Toilette gemacht, und es währte nicht lange, so fielen ihr die Haare wirr auf die Schultern und ihre völlig bloße Brust nieder. Ich umarmte und küßte sie; sie ließ sich willenlos in meine Arme sinken, und ihre Tränen fingen wieder von selber an zu fließen. Gott! Wie schön sie war! Ach, wenn Magdalena so dreinsah, dann muß sie als Büßerin weit gefährlicher gewesen sein denn als Sünderin.

Als die schöne Untröstliche im Bette lag, hob ich an, sie allen Ernstes zu trösten. Zuerst beruhigte ich sie wegen ihrer Angst vor dem Kloster. Ich erweckte in ihr die Hoffnung auf ein heimliches Wiedersehen mit Danceny. Ich setzte mich zu ihr aufs Bett und sagte: »Wenn er da wäre . . .«, und dann malte ich diesen Gedanken weiter aus und brachte sie von einer Ablenkung zur andern schließlich so weit, daß sie überhaupt nicht mehr an ihre verzweifelte Trauerstimmung dachte. Wir wären auch in schönster Einhelligkeit auseinandergegangen, wenn sie mir nicht einen Brief an Danceny hätte mitgeben wollen, was ich standhaft ablehnte. Meine Gründe, die ich nachstehend namhaft mache, werden Sie zweifellos billigen. Zunächst befürchtete ich, mir Danceny gegenüber eine Blöße zu geben; und wenn dies der einzige Grund war, den ich bei der Kleinen anführen konnte, so gibt es noch zahlreiche andere, die nur Sie und mich angehen. Hieße es nicht, den Erfolg meine Mühen aufs Spiel setzen, wenn ich den beiden jungen Leuten ein so leichtes Mittel böte, ihre Leiden zu lindern? Und es wäre mir auch nicht unlieb, wenn sie noch ein paar Dienstboten in dieses Abenteuer verwickeln müßten. Denn schließlich, wenn die ganze Angelegenheit so herauskommt, wie ich hoffe, muß sie unmittelbar nach der Hochzeit ruchbar werden, und da gibt es kaum einen sichereren Weg, sie unter die Leute zu bringen, als eben den. Oder wenn sie durch irgendein Gotteswunder nichts ausplauderten, dann würden eben wir sie unsererseits nicht geheimhalten, und es ist weit bequemer, ihnen die Indiskretion in die Schuhe zu schieben. Sie werden also heute Danceny diesen Gedanken beibringen müssen; und da ich mich nicht ganz auf die Kammerfrau der kleinen Volanges verlassen möchte, der auch sie selber allem Anschein nach nicht völlig traut, weisen Sie ihn an meine Zofe, meine treue Victoire. Ich werde dafür sorgen, daß alles glatt abläuft. Dieser Gedanke sagt mir um so mehr zu, als ihre Vertrauensseligkeit nur uns zustatten kommt und nicht ihnen. Denn ich bin mit meinem Bericht noch nicht zu Ende.

Während ich mich dagegen sträubte, den Brief der Kleinen zu bestellen, fürchtete ich jeden Augenblick, sie könnte mir vorschlagen, ich solle ihn bei der Stadtpost aufgeben, was ich ihr nicht gut hätte abschlagen können. Zum Glück, sei's aus Verwirrung oder aus Unwissenheit ihrerseits, oder auch weil sie weniger Wert auf den Brief als auf die Antwort legte, die sie auf die Art nicht zu Gesicht bekommen hätte, kam es ihr gar nicht in den Sinn, kurzum, sie sagte mir nichts davon. Um aber zu verhindern, daß sie auf diesen Gedanken verfiel, oder damit sie ihn wenigstens nicht in die Tat umsetzen konnte, faßte ich augenblicklich meinen Entschluß. Und als ich wieder zur Mutter hinüberkam, überredete ich sie, ihre Tochter für einige Zeit fortzubringen, sie mit aufs Land zu nehmen ... Und raten Sie, wohin? ... Klopft Ihnen nicht das Herz vor Freude? ... Zu Ihrer Tante, zur alten Rosemonde! Wahrscheinlich wird sie ihr noch heute Nachricht geben. Somit sind Sie ermächtigt, ihre Betschwester wieder aufzusuchen, denn sie kann Ihnen nicht mehr das Anstößige eines Beisammenseins unter vier Augen entgegenhalten. Und meinen Bemühungen haben Sie es zu verdanken, wenn Madame de Volanges selbst das Unrecht wieder gutmacht, das sie Ihnen zugefügt hat.

Doch hören Sie auf mich und geben Sie sich nicht so ausschließlich mit Ihren eigenen Angelegenheiten ab, daß Sie diesen Plan völlig aus den Augen verlieren. Bedenken Sie: er liegt mir sehr am Herzen.

Ich wünsche, daß Sie sich zum Vermittler und Berater der beiden jungen Leute aufschwingen. Setzen Sie also Danceny über die Reise aufs laufende und bieten Sie ihm Ihre Dienste an. Ersinnen Sie keine weitern Schwierigkeiten, außer wie Sie Ihr Beglaubigungsschreiben der Schönen in die Hände spielen können, und dieses Hindernis wiederum beseitigen Sie augenblicks, indem Sie ihm den Weg über meine Kammerzofe weisen. Kein Zweifel, er wird darauf eingehen. Und als Lohn für Ihre Mühe fällt Ihnen dann die Herzensergießung einer unverdorbenen Seele zu, die ja immer zu fesseln vermag! Die arme Kleine! Wie wird sie erröten, wenn sie Ihnen zum erstenmal einen Brief aushändigt! Wahrlich, die Rolle eines Vertrauten, gegen die sich allerhand Vorurteile eingebürgert haben, scheint mir ein recht anmutiger Zeitvertreib, wenn man anderweitig in Anspruch genommen ist. Und in diesem Fall werden Sie es ja sein!

Von Ihrer Umsicht und Ihren Bemühungen wird der Ausgang dieser reichlich verwickelten Angelegenheit abhängen. Nehmen Sie den Augenblick wahr, wo man die Darsteller zusammenbringen muß. Da bietet ja der Aufenthalt auf dem Lande tausenderlei Möglichkeiten; und Danceny wird todsicher parat sein, um sich auf Ihr erstes Zeichen sofort dorthin zu verfügen. Eine Nacht, eine Vermummung, ein Fenster ... Was weiß ich? Doch soviel ist sicher, wenn die Kleine unberührt wieder zurückkommt, wie sie hingegangen ist, dann bekommen Sie's mit mir zu tun! Halten Sie dafür, daß sie meinerseits ein bißchen Ermutigung braucht, dann schreiben Sie's mir. Ich glaube ihr eine recht deutliche Lehre über die Gefahr, Briefe aufzubewahren, gegeben zu haben, so daß ich jetzt wagen darf, ihr zu schreiben. Und ich habe immer noch die Absicht, meine Schülerin aus ihr zu machen.

Ich habe, glaub' ich, vergessen, Ihnen zu sagen, daß der Verdacht hinsichtlich ihres verratenen Briefwechsels zuerst auf ihre Kammerfrau fiel und daß ich ihn dann auf ihren Beichtvater abgelenkt habe. Damit treffe ich zwei Fliegen auf einen Streich.

Leben Sie wohl, Vicomte, nun habe ich Ihnen einen langen Brief geschrieben und komme darum erst recht spät zum Essen. Aber Eigenliebe und Freundschaft haben mir meinen Brief diktiert, und beide sind sie überaus geschwätzig. Übrigens ist er um drei Uhr bei Ihnen, und das ist alles, was Sie brauchen.

Beklagen Sie sich jetzt über mich, wenn Sie sich noch getrauen. Und dann gehn Sie, wenn es Sie lockt, und besuchen Sie das Wäldchen des Grafen de B. . . Sie sagen, er halte es zum Vergnügen seiner Freunde instand! Ist dieser Mann denn jedermanns Freund? Doch leben Sie wohl, ich bin hungrig.

Am 9. September 17..

64. BRIEF

Der Chevalier Danceny an Madame de Volanges

(Erster Entwurf, dem 66. Brief des Vicomte an die Marquise beigeschlossen)

Ohne daß ich versuchen möchte, mein Verhalten irgendwie zu rechtfertigen, gnädige Frau, und ohne mich über Ihr Vorgehen beklagen zu wollen, kann ich einen Vorfall nur bedauern, der drei Menschen unglücklich macht, die alle drei ein glücklicheres Los verdient hätten. Da mir der Kummer, daran schuld zu sein, näher zu Herzen geht als die Betrübnis, davon betroffen zu werden, habe ich seit gestern mehrmals versucht, mir die Ehre zu geben, Ihnen zu antworten, aber ich konnte die Kraft dazu nicht aufbringen. Und doch habe ich Ihnen so viel zu sagen, daß ich mich wohl aufraffen muß, und wenn dieser Brief auch ein wenig zusammenhanglos und wirr ausfallen mag, werden Sie wohl nachempfinden können, wie schmerzlich meine Lage ist, und so werden Sie mir einige Nachsicht zugestehen.

Gestatten Sie mir zunächst, gegen den ersten Satz Ihres Briefes Einspruch zu erheben. Ich habe, das darf ich wohl behaupten, weder Ihr Vertrauen mißbraucht noch die Unschuld Ihres Fräulein Tochter ausgenützt. In allem, was ich tat, habe ich stets beide geachtet. Einzig mein Vorgehen lag in meiner Hand. Und sollten Sie mich für ein Gefühl verantwortlich machen wollen, das nicht bei mir stand, dann scheue ich mich nicht hinzuzufügen, daß das Gefühl, das Fräulein de Volanges mir eingegeben hat, der Art ist, daß es Ihnen zwar mißfallen, nicht aber Sie beleidigen kann. In diesem Punkt, der mir nähergeht, als ich Ihnen sagen kann, will ich nur Sie zum Richter und einzig meine Briefe als Zeugen.

Sie verbieten mir, mich künftig bei Ihnen blicken zu lassen, und selbstverständlich werde ich mich allen Anordnungen fügen, die Sie zu treffen belieben. Wird aber dieses plötzliche und völlige Fernbleiben denn nicht ebensoviel Anlaß zu Geschwätz bieten, das Sie ja vermeiden möchten, wie die Weisung, die Sie aus eben diesem Grund an Ihrer Tür nicht geben wollten? Ich möchte um so mehr Nachdruck auf diesen Punkt legen, als er für Fräulein de Volanges weit wichtiger ist als für mich. Ich bitte Sie darum kniefällig: Erwägen Sie sorgsam alle Ihre Vorkehrungen, und lassen Sie nicht zu, daß Ihre Strenge auf Ihre Umsicht Einfluß gewinnt. In der Überzeugung, daß einzig das Wohl Ihres Fräulein Tochter Ihre Entschlüsse bestimmen wird, erwarte ich neue Anordnungen Ihrerseits.

Wofern Sie mir aber gestatten wollten, Ihnen hie und da meine Aufwartung zu machen, verpflichte ich mich, gnädige Frau – und Sie können sich auf mein Versprechen verlassen –, diese Gelegenheit keinesfalls zu einem Versuch auszunützen, unter vier Augen mit Fräulein de Volanges zu sprechen oder ihr irgendwelche Briefe zuzustecken. Die Furcht vor allem, was ihrem Rufe schaden könnte, legt mir dieses Opfer notgedrungen auf. Und das Glück, sie zuweilen sehen zu dürfen, wird mich dafür entschädigen.

Dieser Abschnitt meines Briefes ist auch die einzige Antwort, die ich auf die Andeutung über das Los, das Sie Fräulein de Volanges zugedacht haben, geben kann; Sie wollen ihr Schicksal ja von meinem Verhalten abhängig machen. Ich müßte Sie hintergehen, wollte ich Ihnen mehr versprechen. Ein gemeiner Verführer kann seine Pläne den Umständen anpassen und auf die Ereignisse spekulieren. Aber die Liebe, die mich beseelt, läßt für mich nur zwei Gefühle zu: Mut und standhafte Treue.

Ich, fordern Sie, ich soll einwilligen, daß Fräulein de Volanges mich vergißt? Ich soll sie selber vergessen? Nein, nie und nimmermehr! Ich werde ihr treu bleiben; sie hat meinen Schwur entgegengenommen, und heute schwöre ich ihr aufs neue Treue! Verzeihen Sie mir, gnädige Frau, ich schweife ab. Ich muß wieder zur Sache kommen.

Noch über etwas anderes bleibt mir mit Ihnen zu verhandeln. Ich meine die Briefe, die Sie von mir zurückverlangen. Es tut mir aufrichtig leid, daß ich zu allen meinen Verfehlungen, die Sie schon an mir finden, auch noch eine abschlägige Antwort gesellen muß. Aber hören Sie meine Gründe, ich flehe Sie an, und bedenken Sie gütigst, um sie in ihrem wahren Wert einzuschätzen, daß der einzige Trost in dem Unglück, Ihre Freundschaft eingebüßt zu haben, die Hoffnung ist, Ihre Achtung mir zu erhalten.

Die Briefe des Fräulein des Volanges, die mir immer so kostbar waren, werden es mir augenblicklich noch in weit höherm Maß. Sie sind das einzige Gut, das mir noch bleibt. Sie allein sprechen mir noch von einem Gefühl, das meinem Leben weiterhin Reiz verleiht. Doch können Sie mir glauben, ich würde auch nicht einen Augenblick schwanken, Ihnen dieses Opfer zu bringen, und das Bedauern, nicht mehr in ihrem Besitz zu sein, würde hinter dem Wunsch zurückstehen, Ihnen meine respektvolle Nachgiebigkeit zu beweisen. Aber gewichtige Erwägungen halten mich ab, und ich bin sicher, Sie selbst werden sie nicht von der Hand weisen können.

Sie sind freilich im Besitz von Fräulein de Volanges' Geheimnis. Doch gestatten Sie mir die Bemerkung: Ich bin zu der Annahme berechtigt, daß Sie diese Kenntnis der Überrumpelung verdanken und nicht etwa dem Vertrauen. Ich maße mir nicht an, ein Vorgehen zu tadeln, das – vielleicht – die Besorgnis einer Mutter entschuldigen mag. Ich achte Ihre Rechte, aber sie gehen nicht so weit, daß sie mich meiner Pflichten entheben könnten. Die heiligste aller Pflichten besteht darin, nie das Vertrauen zu enttäuschen, das man einem Menschen schenkt. Es hieße dagegen verstoßen, wollte ich den Augen eines andern die Geheimnisse eines Herzens aufdekken, das sie nur den meinen hat enthüllen wollen. Willigt Ihr Fräulein Tochter ein, Ihnen diese Geheimnisse anzuvertrauen, dann mag sie selber sprechen. Ihre Briefe sind Ihnen zu nichts nütze. Wenn sie hingegen ihr

Geheimnis in ihrem Innern verschließen will, dann erwarten Sie gewiß nicht, daß gerade ich es Ihnen unter die Leute bringe.

Was nun das Geheimnis betrifft, in dem, Ihrem Wunsche nach, dieser Vorfall begraben bleiben soll, können Sie ganz beruhigt sein, gnädige Frau. In allem, was Fräulein de Volanges nahe angeht, kann ich's sogar mit dem Herzen einer Mutter aufnehmen. Um Ihnen vollends jegliche Angst zu nehmen, habe ich alles längst vorausbedacht. Auf dem kostbaren Pfand, das bislang die Aufschrift trug: »Papiere, zu verbrennen«, steht jetzt geschrieben: »Papiere, die Madame de Volanges gehören.« Diese Maßnahme, die ich getroffen habe, muß Ihnen auch beweisen, daß meine Weigerung nicht damit zusammenhängt, Sie könnten in diesen Briefen ein einziges Gefühl entdecken, das Ihnen Grund zur Klage geben würde. Nun ist daraus ein recht langer Brief geworden, gnädige Frau. Er wäre noch nicht ausführlich genug, wenn er Ihnen noch den leisesten Zweifel über die Aufrichtigkeit und Ehrbarkeit meiner Gefühle ließe, über meine ehrliche Reue, weil ich Ihr Mißfallen erregen mußte, und über die tiefe Verehrung, mit der ich die Ehre habe zu sein usw.

Am 9. September 17..

65. BRIEF

Der Chevalier Danceny an Cécile Volanges

(Unverschlossen im Brief des Vicomte an die Marquise de Merteuil gesandt)

O meine Cécile, was wird wohl aus uns werden? Welcher Gott kann uns vor dem Unglück retten, das uns droht? Möge die Liebe uns wenigstens den Mut verleihen, daß wir es ertragen können! Wie soll ich Ihnen mein Erstaunen schildern, wie meine Verzweiflung beschreiben, als ich meine Briefe zu Gesicht bekam und das Briefchen der Madame de Volanges las? Wer hat uns nur verraten können? Auf wen fällt Ihr Verdacht? Haben Sie vielleicht irgendeine Unvorsichtigkeit begangen? Was tun Sie jetzt? Was hat man Ihnen gesagt? Alles möchte ich wissen und weiß nichts. Vielleicht sind auch Sie nicht besser unterrichtet als ich.

Ich schickte Ihnen das Briefchen Ihrer Mama nebst der Abschrift meiner Antwort. Ich hoffe, Sie sind mit dem einverstanden, was ich ihr schreibe. Ich habe es auch so nötig, daß Sie die Schritte billigen, die ich seit dem verhängnisvollen Vorfall unternommen habe; sie haben sämtlich nur einen Zweck: Nachricht von Ihnen zu erhalten und Ihnen Kunde von meinem Ergehen zu geben. Und – was kann man wissen? – vielleicht Sie wiederzusehen und erst noch ungehinderter als je zuvor.

Können Sie es fassen, meine Cécile, welch eine Freude es sein muß, wenn wir wieder beisammensein können, wenn wir einander aufs neue ewige Liebe schwören dürfen, wenn wir in unsern Augen sehen, in unsern Seelen fühlen können, daß dieser Schwur nicht trügen wird? Was für Leiden könnte ein so süßer Augenblick nicht vergessen lassen? Ich habe die bestimmte Hoffnung, daß er kommen wird, und diese Hoffnung verdanke ich eben den Schritten, die ich Sie zu billigen flehentlich bitte. Was sage ich? Ich verdanke sie der tröstlichen Obsorge des zärtlichsten Freundes; und meine einzige Bitte geht dahin, Sie möchten gestatten, daß dieser Freund auch der Ihre sein darf.

Vielleicht hätte ich nicht ohne Ihre Einwilligung Ihr Geheimnis weitergeben dürfen? Doch habe ich als Entschuldigungsgrund mein Unglück und die bittere Notwendigkeit. Die Liebe hat mir den Weg gewiesen; sie heischt Ihre Nachsicht, sie bittet um Verzeihung für eine Preisgabe Ihres Geheimnisses, die notwendig war und ohne die wir vielleicht für ewig getrennt hätten bleiben müssen.* Sie kennen den Freund, von dem ich spreche; er ist auch der Freund der Frau, die Sie am liebsten haben. Es ist der Vicomte de Valmont.

Als ich mich an ihn wandte, bestand mein Plan zunächst darin, ihn zu bitten, er möge doch Madame de Merteuil veranlassen, einen Brief an Sie zu bestellen. Er glaubte nicht, daß dieser Weg Aussicht auf Erfolg haben werde. Aber anstelle der Herrin bürgt er für die Kammerfrau, die ihm irgendwie verpflichtet ist. Sie wird Ihnen demnach diesen Brief aushändigen, und Sie können ihr auch Ihre Antwort anvertrauen.

Diese Hilfe wird uns kaum sehr viel nützen, wenn Sie, wie Herr de Valmont glaubt, in Bälde aufs Land reisen. Doch dann will er uns selber behilflich sein. Die Frau, zu der Sie fahren, ist eine Verwandte von ihm. Er wird sich diesen Vorwand zunutze machen, um zur selben Zeit wie Sie hinzureisen. Und durch seine Hände wird unser Briefwechsel gehen. Er versichert sogar, wenn Sie sich seinen Anordnungen fügen wollen, werde er uns Gelegenheit verschaffen, einander zu sehen, ohne daß wir Gefahr laufen, uns irgendwelche Unannehmlichkeiten zuzuziehen.

Und jetzt, meine Cécile, wenn Sie mich wahrhaft lieben, wenn Sie mein unglückliches Los beklagen, wenn Sie, wie ich hoffe, meine Sehnsucht teilen, werden Sie Ihr Vertrauen einem Mann versagen, der unser Schutzengel sein wird? Wäre er nicht, dann müßte ich in hilfloser Verzweiflung tatenlos zusehen, wie Sie leiden, und könnte nichts für Sie tun. Ihr Kummer wird ein Ende nehmen, das hoffe ich. Aber, meine zärtliche Freundin, versprechen Sie mir, daß Sie sich Ihrem Schmerz nicht allzusehr überlassen werden, daß Sie sich nicht unterkriegen lassen. Der Gedanke an Ihren Kummer ist für mich eine unerträgliche Qual! Ich gäbe mein Leben hin, wenn ich Sie dadurch glücklich machen könnte! Das wissen Sie ja wohl! Möge die Gewißheit, daß ich Sie anbete, ein wenig Trost in Ihr Herz bringen! Meinem Herzen tut es not, daß Sie mir versichern, Sie vergeben meiner Liebe all das Schlimme, das Sie ihretwegen erleiden müssen.

Leben Sie wohl, meine Cécile. Leben Sie wohl, meine zärtliche Freundin.

Am 9. September 17..

* Herrn Dancenys Angaben entsprechen nicht ganz der Wahrheit. Er hatte sich bereits vor diesem Vorfall dem Vicomte de Valmont anvertraut. Siehe den 57. Brief.

66. BRIEF

Der Vicomte de Valmont an die Marquise de Merteuil

Wenn Sie die beiden inliegenden Briefe lesen, meine schönste Freundin, werden Sie sehen, ob ich Ihren Plan wunschgemäß ausgeführt habe. Obschon alle beide das heutige Datum tragen, wurden sie doch gestern in meiner Wohnung und vor meinen Augen geschrieben. Der Brief an das kleine Mädchen sagt alles, was wir wollten. Man kann angesichts der abgründigen Tiefe Ihrer Pläne nur demütig staunen, wenn man aus dem Erfolg Ihrer Schritte darauf schließt. Danceny ist Feuer und Flamme, und bestimmt werden Sie ihm bei der ersten Gelegenheit nichts mehr vorzuwerfen haben. Wenn seine schöne, arglose Geliebte folgsam und gelehrig sein will, wird alles schon kurze Zeit nach seiner Ankunft auf dem Lande soweit sein. Ich habe hunderterlei Mittel bereit. Dank Ihren Bemühungen bin ich nun also endgültig und entschieden »Dancenys Freund«. Fehlt bloß noch, daß er ein »Prinz« ist.* Er ist noch recht jung, dieser Danceny! Würden Sie glauben, daß ich ihn noch nie zu einem Versprechen der Mutter gegenüber zu bereden vermochte, er werde auf seine Liebe verzichten? Als ob es etwas ausmachte, ein Versprechen abzugeben, wenn man entschlossen ist, es nicht zu halten! »Das wäre doch Betrug«, sagte er in einem fort und immer wieder. Ist dieses Bedenken nicht höchst erbaulich, vor allem, wenn man die Tochter verführen will?! So sind die Männer! Alle die gleichen Gauner in ihren Anschlägen, und wenn sie im Ausführen ihrer Pläne schwächlich sind, dann heißen sie's Redlichkeit!

Es ist nun Ihre Sache, dafür zu sorgen, daß Madame de Volanges sich nicht über die kleinen Ungereimtheiten entsetzt, die sich der junge Mann in seinem Brief geleistet hat. Bewahren Sie uns vor dem Kloster, und suchen Sie auch zu erreichen, daß sie ihre Absicht aufgibt, die Briefe der Kleinen zurückzuverlangen. Erstens einmal wird er sie bestimmt nicht herausgeben, er will einfach nicht, und ich bin da ganz seiner Meinung. Diesmal stimmen Liebe und Vernunft überein. Ich habe sie gelesen, diese Briefe, ich habe ihre ganze öde Langweiligkeit bis zur Neige ausgekostet. Sie können uns noch nützlich sein. Ich will Ihnen das alles auseinandersetzen. Trotz aller Vorsicht, mit der wir vorgehen werden, kann immer wieder ein Skandal eintreten; der könnte dann zur Folge haben, nicht wahr, daß die Heirat in die Brüche geht, und alle unsere Pläne hinsichtlich Gercourts müßten ins Wasser fallen. Da ich aber für mein Teil an der Mutter auch noch Rache zu nehmen habe, behalte ich mir in diesem Falle vor, die Tochter in Schande zu bringen. Wenn wir aus diesem Briefwechsel die richtigen Briefe auswählen und bloß einen Teil davon vorbringen wollten, dann sähe es aus, als hätte die kleine Volanges sämtliche ersten Schritte unternommen und sich dem Mann ohne weiteres an den Hals geworfen. Ein paar von den Briefen könnten sogar die Mutter belasten und ihr zum mindesten den Makel einer unverzeihlichen Nachlässigkeit anheften. Ich

* Der Ausdruck bezieht sich auf ein Gedicht des Herrn Voltaire.

habe wohl das Gefühl, der übergewissenhafte Danceny könnte sich zunächst dagegen auflehnen; da er aber persönlich angegriffen wäre, so könnte man, glaube ich, schon mit ihm fertig werden. Es ist tausend gegen eins zu wetten, daß sich das Glück nicht sondermaßen wenden wird; aber man muß alles vorherbedenken.

Leben Sie wohl, schöne Freundin. Sie wären wirklich sehr lieb, wenn Sie morgen zur Marschallin de... zum Souper kämen. Ich konnte unmöglich absagen.

Ich denke, ich brauche Ihnen nicht erst nahezulegen, über meine Absicht, aufs Land zu fahren, Madame de Volanges gegenüber Stillschweigen zu bewahren. Sie käme über kurz oder lang bestimmt zum Entschluß, in der Stadt zu bleiben. Ist sie aber erst einmal dort, dann wird sie nicht schon anderntags wieder abreisen. Und wenn sie uns nur acht Tage gönnt, dann stehe ich für alles ein.

Am 9. September 17..

67. BRIEF

Die Präsidentin de Tourvel an den Vicomte de Valmont

Ich wollte Ihnen nicht mehr antworten, mein Herr, und vielleicht ist die Befangenheit, die ich augenblicklich verspüre, ein Beweis dafür, daß ich es tatsächlich nicht tun dürfte. Doch will ich Ihnen keinerlei Grund zur Klage über mich lassen; ich möchte Sie davon überzeugen, daß ich alles für Sie getan habe, was ich tun konnte.

Ich habe Ihnen gestattet, an mich zu schreiben, so behaupten Sie. Ich gebe es zu. Wenn Sie mich aber an diese Erlaubnis mahnen, glauben Sie, ich hätte vergessen, unter was für Bedingungen sie erteilt wurde? Hätte ich mich so getreulich daran gehalten, wie Sie es auch nicht annähernd taten, hätten Sie dann auch nur eine einzige Antwort erhalten? Und doch ist diese hier schon die dritte. Und wenn Sie Ihrerseits alles tun, was es braucht, um mich zu zwingen, diesen Briefwechsel abzubrechen, so bin ich hinwiederum dafür besorgt, daß er weitergehen kann. Es gibt einen Weg, doch er ist der einzig mögliche; und wenn Sie sich weigern, ihn zu beschreiten, dann wäre das, was Sie auch sagen mögen, ein Beweis, wie wenig Wert Sie darauf legen.

Geben Sie also eine Sprache auf, die ich weder anhören kann noch will. Leisten Sie Verzicht auf ein Gefühl, das mich beleidigt und erschreckt, dem Sie vielleicht weniger nachhängen dürften, wenn Sie bedenken, daß gerade darin das Hindernis liegt, das uns scheidet. Ist dies Gefühl denn das einzige, das Sie zu kennen vermögen? Und sollte die Liebe in meinen Augen noch einen weiteren Fehler haben: daß sie nämlich die Freundschaft ausschließt? Und Sie selbst, sollten Sie den Fehler besitzen, daß Sie die Frau, bei der Sie zärtlichere Gefühle gewünscht haben, nicht zur Freundin haben wollen? Ich will das nicht glauben. Dieser Gedanke würde mich empören, er müßte mich Ihnen unwiederbringlich entfremden.

Wenn ich Ihnen, mein Herr, meine Freundschaft anbiete, dann gebe ich

Ihnen alles, was mir gehört, alles, worüber ich verfügen kann. Was können Sie noch mehr wünschen? Um mich diesem so süßen Gefühl zu überlassen, das für mein Herz wie geschaffen ist, warte ich bloß noch auf Ihre Zustimmung und auf das Wort, das ich von Ihnen fordere: daß diese Freundschaft zu Ihrem Glück ausreicht. Ich will alles vergessen, was man mir hinterbracht hat, und ich will mich völlig auf Sie verlassen: Sie sollen meine Wahl rechtfertigen.

Sie sehen, ich bin ganz aufrichtig. Meine Offenheit soll Ihnen mein Vertrauen beweisen. Es wird nur an Ihnen liegen, daß es noch wächst. Aber ich warne Sie: Das erste Wort von Liebe tilgt es für immer aus. Dann werden alle meine Befürchtungen wieder wach, und vor allem wird es für mich das Mahnzeichen für ein immerwährendes Stillschweigen Ihnen gegenüber bedeuten.

Wenn Sie, wie Sie sagen, von Ihren Irrwegen abgekommen sind, möchten Sie nicht lieber die Freundschaft einer ehrbaren Frau genießen, als an der Reue eines sündigen Weibes schuld sein? Leben Sie wohl, mein Herr. Sie werden verstehen, nachdem ich so zu Ihnen gesprochen habe, kann ich Ihnen nichts weiter schreiben, ehe Sie mir nicht geantwortet haben.

Am 9. September 17..

68. BRIEF

Der Vicomte de Valmont an die Präsidentin de Tourvel

Wie soll ich bloß auf Ihren letzten Brief antworten, gnädige Frau? Wie kann ich's wagen, aufrichtig zu sein, wenn meine Offenheit mir möglicherweise in Ihren Augen schadet? Komme es, wie es will: es muß sein. Ich werde den nötigen Mut schon aufbringen. Ich sage mir immer und immer wieder, es sei besser, Sie zu verdienen als Sie zu erringen. Und sollten Sie mir auch immerdar ein Glück verweigern, das ich ohne Unterlaß ersehnen werde, so muß ich Ihnen wenigstens beweisen, daß mein Herz seiner würdig ist.

Wie schade, daß ich, wie Sie sagen, von meinen Irrwegen abgekommen bin! Mit welch überschwenglicher Freude hätte ich diesen selben Brief gelesen, vor dessen Beantwortung ich heute zittere! Sie sprechen darin zu mir mit »Freimut«, Sie bezeugen mir »Vertrauen«, Sie bieten mir schließlich gar Ihre »Freundschaft« an. Wie viele wunderschöne Dinge, gnädige Frau, und wie leid tut es mir, daß ich keinen Gebrauch davon machen kann! Warum bin ich auch nicht mehr der gleiche? Wäre ich es tatsächlich noch, hätte ich für Sie nichts weiter als eine gewöhnliche Zuneigung, nichts als jene oberflächliche Neigung, gezeitigt von Verführung und Vergnügen, die man heutzutage wohl Liebe zu nennen pflegt, dann würde ich schleunigst aus allem Vorteil ziehen, was ich erreichen könnte. Ohne großes Zartgefühl in den Mitteln, sofern sie mir nur Erfolg brächten, würde ich Ihren Freimut noch anspornen, denn ich müßte Sie unbedingt durchschauen. Ich würde um Ihr Vertrauen werben, in der Absicht, es hernach zu täuschen. Ich würde Ihre Freundschaft annehmen, in der Hoffnung, sie auf Abwege zu leiten ... Wie, gnädige Frau, diese Schilderung schreckt Sie ab? ... Nun denn, sie wäre trotzdem wahr, sie entspräche dennoch meinem Wesen, wenn ich Ihnen sagte, ich willige ein, nichts weiter als Ihr Freund zu sein ... Wie? Ich, glauben Sie, ich sollte mich dazu verstehen, mit jemandem ein Gefühl zu teilen, das Ihrem Herzen entspringt? Wenn ich Ihnen jemals dergleichen Dinge sage, dann glauben Sie mir nichts mehr! Von dem Augenblick an werde ich Sie nämlich zu hintergehen suchen. Begehren kann ich Sie dann wohl noch, aber bestimmt werde ich Sie nicht mehr lieben! Nicht daß etwa liebenswerter Freimut, wohltuendes Vertrauen, empfindsame Freundschaft für mich keinerlei Wert hätten! ... Aber die Liebe! Die wahre, echte Liebe, so wie Sie sie eingeben, umfaßt alle diese Empfindungen und verleiht ihnen nachhaltigere Kraft. Sie kann sich nicht, wie jene andern Gefühle, zu der Seelenruhe verstehen, zu der Herzenskühle, die Vergleiche zuläßt, die sogar duldet, daß andere Männer vorgezogen werden. Nein, gnädige Frau, ich kann nicht Ihr Freund sein. Ich werde Sie mit zärtlich hingebendster Liebe, ja mit der glühendsten, wennschon achtungsvollsten Liebe verehren und lieben. Sie können sie zur Verzweiflung treiben, aber sie auszulöschen, nein, das werden Sie nicht vermögen! Mit welchem Recht wollen Sie über ein Herz verfügen, dessen Huldigung Sie abweisen. Aus welcher abgründig schlau ausgesonnenen Grausamkeit heraus neiden Sie mir sogar das Glück, Sie zu lieben? Dies Glück gehört mir allein, es hängt nicht von Ihnen ab, und ich werde es zu verteidigen wissen. Wenn es auch die Quelle meiner Leiden ist, so ist es doch auch das Mittel, mich davon zu heilen.

Nein und abermals nein! Beharren Sie nur auf Ihrer grausamen Weigerung, doch lassen Sie mir meine Liebe! Sie gefallen sich darin, mich unglücklich zu machen! Meinethalben, so mag's denn sein! Versuchen Sie nur, meine Zuversicht zu zermürben, ich werde Sie zu zwingen wissen, wenigstens über mein Los zu entscheiden. Und vielleicht müssen Sie mir dann eines Tages mehr Gerechtigkeit widerfahren lassen. Zwar hoffe ich nicht, Sie jemals meinen Gefühlen zugänglich machen zu können. Aber wenn ich Sie auch nicht überreden kann, so werde ich Sie doch durch mein Verhalten überzeugen, und Sie werden sich sagen: »Ich hatte ihn falsch beurteilt.« Besser gesagt, Sie tun sich selber unrecht. Sie zu kennen, ohne Sie zu lieben, Sie zu lieben und nicht treu und beständig zu sein, das sind zwei Dinge, die gleichermaßen unmöglich sind. Und ungeachtet der Bescheidenheit, die Sie ziert, muß es Ihnen leichterfallen, sich über Empfindungen, die Sie erwecken, zu beklagen, als daß Sie darüber verwundert wären. Was mich anbelangt, dessen einziges Verdienst darin besteht, daß ich Sie richtig einzuschätzen wußte, ich will dieses Verdienst nicht drangeben. Ich denke nicht im entferntesten daran, auf Ihre arglistigen Vorschläge einzugehen, nein, ich leiste aufs neue zu Ihren Füßen den Schwur, Sie ewig zu lieben.

Am 10. September 17..

69. BRIEF

Cécile Volanges an den Chevalier Danceny

Sie fragen mich, was ich tue? Ich liebe Sie und ich weine.

Meine Mutter spricht nicht mehr mit mir; sie hat mir Papier, Federn und Tinte weggenommen. So benütze ich einen Bleistift, der mir zum Glück noch geblieben ist, und schreibe Ihnen auf einem Fetzen Ihres eigenen Briefes. Ich muß wohl oder übel allem zustimmen, was Sie vorgekehrt haben. Ich liebe Sie zu sehr, als daß ich nicht alle Möglichkeiten ergreifen würde, Nachricht von Ihnen zu erhalten und Ihnen von mir Nachricht zukommen zu lassen. Ich mochte Herrn de Valmont nicht sonderlich gut leiden und hatte auch nicht den Eindruck, als sei er Ihnen besonders freundschaftlich zugetan. Ich will mir aber Mühe geben, mich an ihn zu gewöhnen, und werde ihn Ihnen zuliebe in mein Herz schließen. Wer uns verraten hat, weiß ich nicht. Es kann nur meine Kammerzofe oder mein Beichtvater gewesen sein. Ich bin so unglücklich! Wir reisen morgen aufs Land, ich weiß nicht, für wie lange. Mein Gott! Sie nicht mehr sehen dürfen! Ich habe keinen Platz mehr zum Weiterschreiben. Leben Sie wohl, versuchen Sie, ob Sie mein Gekritzel lesen können. Diese mit Bleistift hingekritzelten Worte verwischen vielleicht mit der Zeit. Niemals aber werden die Gefühle, die in meinem Herzen eingegraben sind, auslöschen.

Am 10. September 17..

70. BRIEF

Der Vicomte de Valmont an die Marquise de Merteuil

Ich muß Ihnen eine wichtige Mitteilung machen, meine teure Freundin. Gestern soupierte ich, wie Sie wissen, bei der Marschallin de... Man kam auf Sie zu sprechen, und ich sagte alles Schöne über Sie, nicht etwa all das, was ich wirklich über Sie denke, sondern das, was ich eigentlich nicht denke. Jedermann war anscheinend meiner Ansicht, und die Unterhaltung versandete, wie das stets der Fall ist, wenn man von seinem Nächsten nur lauter Gutes sagt. Da auf einmal erhob jemand Widerspruch: es war Prévan.

»Gott bewahre«, sagte er und erhob sich, »daß ich an Madame de Merteuils hochachtbarem Lebenswandel zweifle! Doch möchte ich mich zu glauben erkühnen, sie verdanke ihn eher ihrem wendigen Verstand als ihren Grundsätzen. Es ist vielleicht schwieriger, ihr Gefolgschaft zu leisten, als ihr zu gefallen; und da man auf der Jagd nach einer Frau fast unfehlbar andern Frauen auf seinem Weg begegnet, da zudem alles in allem diese anderen ebensoviel, wenn nicht mehr verheißen, so werden die einen von einer neuen Neigung abgelenkt, und die anderen halten ermattet inne. Madame de Merteuil aber hat sich, von allen Frauen in Paris, vielleicht am wenigsten der Männer zu erwehren gehabt. Was mich betrifft«, setzte er – durch die lächelnden Mienen einiger Frauen ermutigt – hinzu, »was mich betrifft, so kann ich an Madame de Merteuils Tugend erst dann glauben, wenn ich als Anwärter auf ihre Gunst sechs Pferde unter mir zuschanden geritten habe.«

Dieser schlechte Scherz tat seine Wirkung, wie alle Spottreden, die darauf abzielen, einen Menschen herunterzumachen; und unter allgemeinem Gelächter, das er mit seiner Stichelei hervorgerufen hatte, setzte sich Prévan wieder nieder, und die allgemeine Unterhaltung ging auf andere Dinge über. Aber die beiden Gräfinnen de B..., neben denen unser ungläubiger Thomas saß, setzten dieses Gespräch unter sechs Augen fort, und zum Glück war ich nahe genug, so daß ich alles mitanhören konnte.

Sie wetteten miteinander, daß er Sie nicht kirren könne, und die Wette wurde gehalten. Sie versprachen ehrenwörtlich, einander alles zu sagen. Und von sämtlichen Versprechungen und Ehrenworten, die im Verlaufe dieses Abenteuers noch gegeben werden mögen, wird dieses ganz bestimmt am gewissenhaftesten eingehalten! Doch nun sind Sie hinlänglich gewarnt, und das Sprichwort kennen Sie ja!

Es bleibt mir noch zu sagen, daß dieser Prévan, den Sie nicht kennen, ein überaus liebenswürdiger und vor allem ein höchst gerissener Mann ist. Und wenn Sie mich zuweilen haben das Gegenteil behaupten hören, dann war's bloß, weil ich ihn nicht leiden kann, weil ich mir einen Spaß daraus mache, seine Erfolge zu durchkreuzen, und weil ich genau weiß, was mein Urteil bei rund dreißig unserer modischsten und augenblicklich in höchstem Ansehen stehenden Damen gilt.

Tatsächlich habe ich ihn dank dieser Umtriebe lange Zeit davon abgehalten, auf der sogenannten großen Bühne aufzutreten. Und er verrichtete wahre Wunder, ohne darum zu Ruf und Beachtung zu gelangen. Aber das Aufsehen, das sein dreifältiges Abenteuer erregte, hat aller Augen auf ihn gelenkt und ihm das Selbstvertrauen gegeben, das ihm bis dahin noch gefehlt hatte, und seitdem ist er erst so recht zu fürchten. Kurzum, er ist heute vielleicht der einzige Mann, dem ich auf meinem Wege lieber nicht begegnen möchte. Und ganz abgesehen von Ihrem ureigensten Interesse würden Sie mir einen großen Dienst erweisen, wenn Sie ihn so nebenher ein bißchen lächerlich machen könnten. Ich lasse ihn in guten Händen und gebe mich der Hoffnung hin, bei meiner Rückkunft werde er endgültig in der Versenkung verschwunden sein. Dafür verspreche ich Ihnen, die Angelegenheit mit Ihrem Mündel zu einem guten Ende zu führen und mich ebenso sehr um sie zu kümmern wie um meine schöne Spröde.

Letztere hat mir soeben geschrieben, wie sie sich eine Kapitulation denkt. Ihr ganzer Brief drückt den Wunsch aus, hintergangen zu werden. Unmöglich könnte man zur Erfüllung dieses Wunsches einen bequemeren und ausgetreteneren Weg bieten. Sie will, ich soll »ihr Freund« sein. Ich aber liebe neuartige und schwierigere Methoden und gedenke nicht, sie so billig wegkommen zu lassen. Ganz bestimmt will ich mir nicht soviel Mühe um sie gegeben haben, um schließlich bei einer Allerweltsverführung zu landen. Mein Plan besteht im Gegenteil darin, daß sie Wert und Tragweite jedes einzelnen Opfers, das sie mir bringen wird, deutlich spüren soll. Ich beabsichtige, sie nicht so rasch voranzutreiben, daß die Reue ihr nicht auf dem Fuße folgen könnte. Ich will ihre Tugend in einem langwährenden Todeskampf allmählich zu Tode hetzen, ich will, daß sie unablässig um dieses Endziel weiß, das sie zur Verzweiflung treiben soll, und ich gedenke ihr das Glück, mich in ihren Armen zu halten, erst dann zu gewähren, wenn ich sie einmal dazu gezwungen habe, mir ihr Verlangen danach nicht mehr zu verhehlen. Wenn man's recht überlegt, so tauge ich wirklich nicht viel, wenn ich nicht einmal die Mühe wert bin, daß man um mich wirbt und mich bittet. Und kann ich mildere Rache an einer hoffärtigen Frau nehmen, die sich des Eingeständnisses ihrer Liebe zu schämen scheint?

Somit habe ich die kostbare Freundschaft abgelehnt und habe auf meinen Ansprüchen als Liebhaber bestanden. Da ich mir keineswegs verhehle, daß dieser Titel, der auf den ersten Blick nach nichts als einer Wortklauberei aussieht, immerhin eine reale Wichtigkeit besitzt, nach der ich strebe, habe ich große Sorgfalt auf meinen Brief verwendet und mich bemüht, darin überall recht verworrenes und ungeordnetes Zeug zu schreiben, weil man nur dadurch leidenschaftlich gefühlvoll wirkt. Kurz, ich habe möglichst großen Unsinn dahergeredet. Denn ohne verworrenes Gestammel gibt es keine Zärtlichkeit. Und aus diesem Grunde, glaub' ich, sind uns die Frauen in ihren Liebesbriefen so überlegen.

Meinen Brief habe ich mit einer faustdicken Schmeichelei abgeschlossen, und auch dies ist wieder eine Folge meiner tiefgründigen Beobachtungen. Wenn das Herz einer Frau eine Zeitlang gedrillt worden ist, braucht es Ruhe. Und ich habe festgestellt, daß für alle Frauen eine Schmeichelei das sanfteste Ruhekissen ist, das man ihnen bieten kann.

Leben Sie wohl, meine schöne Freundin. Morgen verreise ich. Wenn Sie mir irgendwelche Aufträge für die Gräfin de... mitzugeben haben, dann halte ich bei ihr Rast, wenigstens zum Mittagessen. Es tut mir leid, daß ich abreisen muß, ohne Sie überhaupt gesehen zu haben. Lassen Sie mir Ihre wohlausgeklügelten Anweisungen zukommen und stehen Sie mir mit Ihren weisen Ratschlägen in diesem entscheidenden Augenblick bei.

Vor allem, halten Sie sich Prévan vom Hals. Und könnte ich Sie eines Tages für dieses Opfer entschädigen! Leben Sie denn wohl.

Am 11. September 17..

71. BRIEF

Der Vicomte de Valmont an die Marquise Merteuil

Mein Windbeutel von einem Jäger hat wahrhaftig meine Brieftasche in Paris liegengelassen! Die Briefe meiner Schönen, die von Danceny an die kleine Volanges, alles ist dort liegengeblieben, und dabei brauche ich alles dringend. Nun wird er sofort zurückreiten, um seine Kopflosigkeit wieder gutzumachen. Und während er sein Pferd sattelt, will ich Ihnen erzählen, was ich heute nacht erlebt habe. Denn das müssen Sie mir glauben: ich vertue meine Zeit nicht.

Was mir zugestoßen ist, bedeutet an sich nicht sehr viel. Ich habe da nur alte Dinge mit der Vicomtesse de M... wieder aufgewärmt. Aber es ist mir wegen der nähern Umstände zu Herzen gegangen. Zudem bin ich ganz froh, Ihnen beweisen zu können, daß ich zwar über das Talent verfüge, Frauen zugrunde zu richten, daß ich aber, wenn ich will, auch die Gabe besitze, sie zu retten. Dabei schlage ich immer den schwierigsten oder den vergnüglichsten Weg ein und bereue nie eine gute Tat, vorausgesetzt, daß sie mich in Übung erhält oder mir Spaß macht.

Ich fand also die Vicomtesse hier vor, und da sie mit ihren dringenden Bitten in das nichtendenwollende Zureden, ich solle doch über Nacht im Schloß bleiben, mit einstimmte, sagte ich schließlich: »Meinethalben. Ich bin einverstanden, aber unter der Bedingung, daß ich die Nacht mit Ihnen verbringen kann!« – »Das ist ausgeschlossen«, gab sie mir zur Antwort. »Vressac ist hier.« Bis dahin hatte ich ihr eigentlich bloß etwas Nettes sagen wollen; aber das Wort »ausgeschlossen« brachte mich wie immer auf. Ich empfand es als Demütigung, daß ich Vressac nachstehen sollte, und ich beschloß, das nicht zu dulden. Also bestand ich darauf. Die Umstände waren mir nicht günstig. Dieser Vressac war täppisch genug, dem Vicomte Grund zur Eifersucht zu geben, so daß die Vicomtesse ihn nicht mehr bei sich zu Hause empfangen kann. Und die Reise zu der guten Gräfin war zwischen ihnen abgekartet worden, damit sie versuchen konnten, ein paar Nächte heimlicherweise beisammenzusein. Der Vicomte war zuerst sogar recht ungehalten gewesen, als er Vressac dort antraf; da ihm aber seine Jagdleidenschaft noch wichtiger ist als seine Eifersucht, blieb er dann trotzdem da.

Und die Gräfin, die immer noch gleich ist, wie Sie sie ja kennen, hat die Frau am großen Korridor untergebracht, den Mann auf der einen und den Liebhaber auf der anderen Seite daneben, und dann überließ sie's ihnen, das Weitere miteinander auszumachen. Beide hatten Pech, denn ich wurde ihnen gegenüber einquartiert.

Am selben Tag, das heißt also gestern, ritt Vressac, der dem Vicomte, wie Sie wohl glauben werden, um den Bart geht, mit ihm auf die Jagd, obschon ihm das Jagen herzlich wenig sagt. Natürlich rechnete er damit, er werde sich nachts in den Armen der Frau für die Langeweile trösten können, die ihn der Mann tagsüber hatte ausstehen lassen. Ich aber war der Ansicht, er werde Ruhe nötig haben, und ich sann auf Mittel und Wege, wie ich seine Geliebte dazu bringen könnte, ihm diese Ruhe zu verschaffen.

Es gelang mir auch, und ich setzte es durch, daß sie mit ihm just wegen der Jagdpartie Streit anfangen sollte, zu der er sich doch bloß ihr zuliebe verstanden hatte. Einen fadenscheinigeren Vorwand konnte man wahrhaftig nicht wählen. Aber keine Frau besitzt in höherem Maße als die Vicomtesse das allen Frauen eigene Talent, anstelle der Vernunft ihre Übellaunigkeit ins Treffen zu führen, und nie ist sie so schwer zu besänftigen, wie wenn sie im Unrecht ist. Zudem war der Augenblick für eine Auseinandersetzung nicht günstig. Und da ich für mich nur eine einzige Nacht beanspruchte, gab ich meine Einwilligung, daß sie sich am folgenden Tage wieder aussöhnen sollten.

Als Vressac nun von der Jagd kam, wurde er mit einer Schmollmiene empfangen. Er wollte nach dem Grund fragen, da brach sie einen Streit mit ihm vom Zaun. Er versuchte sich zu rechtfertigen, aber der Gatte, der zugegen war, mußte als Vorwand herhalten, um das Gespräch abzubrechen. Endlich wagte er einen letzten Versuch und benützte einen Augenblick, als der Gemahl nicht zugegegen war, um zu bitten, sie möge ihn doch am Abend anhören. Nun aber schwang sich die Vicomtesse zu erhabener Größe auf. Sie tat höchst empört über die Anmaßung der Männer, die glauben, bloß weil sie die Gunst einer Frau genossen hätten, besäßen sie das Recht, sie auch dann noch auszunützen, wenn sie Grund zur Klage habe. Und nachdem sie vermittels dieses Kniffs auf ein anderes Thema übergegangen war, fing sie so trefflich und zungenfertig über Zartgefühl und Empfindungstiefe an zu reden, daß Vressac kein Wort hervorbrachte und ganz verstört dastand. Und sogar ich hatte nicht übel Lust zu glauben, sie habe am Ende recht. Denn Sie müssen wissen: Da ich mit beiden befreundet bin, war ich als Dritter bei dieser Auseinandersetzung zugegen.

Zum Schluß erklärte sie auf das entschiedenste, sie wolle nicht, daß er sich, abgemattet, wie er von der Jagd ohnehin sei, auch noch durch eine Liebesnacht ermüde, und sie würde es sich nicht verzeihen können, wenn sie so süße Wonnen vergällen wollte. Der Gatte kam wieder herein. Der untröstliche Vressac, der keinerlei Möglichkeit mehr sah, etwas zu antworten, wandte sich an mich, und nachdem er mir des langen und breiten alle Gründe hergezählt hatte, die ich ja genauso gut kannte wie er, bat er mich, doch mit der Vicomtesse zu reden, und ich versprach es ihm. Ich sprach auch wirklich mit ihr, freilich nur, um ihr zu danken und mit ihr Stunde und Mittel und Wege unseres Beisammenseins zu vereinbaren.

Sie sagte mir, da sie zwischen ihrem Gatten und ihrem Liebhaber einlogiert sei, habe sie es für vorsichtiger gehalten, zu Vressac auf sein Zimmer zu gehen, als ihn in ihrem Schlafgemach zu empfangen. Und da ich ihr gegenüber wohne, glaube sie, es sei ebenfalls sicherer, wenn sie zu mir komme. Sie werde kommen, sobald ihre Kammerfrau sie allein gelassen habe, ich brauche nur meine Kammertür angelehnt zu lassen und zu warten. Alles ging vonstatten, wie wir's abgemacht hatten. Und gegen ein Uhr morgens kam sie zu mir

mit leichten Hüllen nur bedeckt
wie eine Schönheit, die man aus dem Schlummer weckt.*

Da ich keine Spur eitel bin, will ich mich nicht weiter bei den Einzelheiten der Nacht aufhalten. Aber Sie kennen mich ja, und ich war durchaus zufrieden mit mir.

Als der Morgen graute, mußten wir uns trennen. Und jetzt fängt es an, spannend zu werden. Das leichtsinnige Geschöpf hatte geglaubt, sie habe ihre Türe angelehnt gelassen; aber wir fanden sie verschlossen, und der Schlüssel steckte innen. Sie können sich gar nicht vorstellen, wie verzweifelt die Vicomtesse war, als sie zu mir sagte: »Oh, ich bin verloren!« Ich gebe zu, es wäre recht spaßig gewesen, sie in dieser Lage einfach stehenzulassen. Aber konnte ich dulden, daß eine Frau um meinetwillen ins Unglück geriet und daß sie nicht *durch* mich zugrunde ging? Und durfte ich, wie gewöhnliche Männer, mich durch die Umstände überrumpeln lassen? Ich mußte also einen Ausweg finden. Was hätten Sie wohl getan, schönste Freundin? Ich ging folgendermaßen vor, und mein Plan glückte vollkommen.

Ich hatte bald heraus, daß die fragliche Tür sich eindrücken ließ, wenn man sich nicht scheute, Lärm zu machen. Ich bewog also die Vicomtesse – und es kostete mich allerhand Mühe –, daß sie ein markerschütterndes Schreckensgeschrei erhob und »Diebe«, »Mörder!« und dergleichen schöne Dinge schrie. Und wir verabredeten, beim ersten Schrei, den sie ausstoße, werde ich die Tür einrennen, sie aber solle alsbald zu ihrem Bette laufen. Sie können sich gar nicht vorstellen, wie lange ich brauchte, bis ich sie soweit hatte, sogar noch, als sie einverstanden war. Schließlich blieb uns aber doch nichts anderes übrig, und schon beim ersten Fußtritt gab die Tür nach.

Die Vicomtesse tat gut daran, daß sie keine Zeit verlor, denn schon im selben Augenblick standen der Vicomte und Vressac im Gang, und auch die Kammerzofe kam ins Zimmer zu ihrer Herrin herbeigelaufen.

Ich war der einzige, der noch kaltes Blut bewahrte, und ich nahm diesen Vorteil wahr und löschte geschwind noch ein Nachtlicht aus, das weiterbrannte. Ich warf es ganz einfach auf den Fußboden. Denn Sie können sich ja denken, wie lächerlich es gewesen wäre, ein solch panisches Entsetzen zu heucheln und gleichzeitig Licht im Zimmer brennen zu haben! Hernach machte ich dem Gatten und dem Liebhaber eine Szene wegen ihres todähnlichen Schlafes und beteuerte ihnen, das Geschrei, das mich herbeigelockt habe, wie meine Bemühungen, die Tür einzurennen, hätten mindestens fünf Minuten gedauert. Die Vicomtesse, die im Bett ihre Zuversicht wiedergefunden hatte, half mir, so gut sie's vermochte, und schwor bei allen Göttern, es sei ein Dieb in ihrem Zimmer. Sie beteuerte – und darin war sie allerdings ehrlicher! –, nie in ihrem ganzen Leben habe sie solche Todesangst ausgestanden. Wir durchsuchten jeden Winkel und fanden nichts. Da machte ich auf die herabgeworfene Nachtlampe aufmerksam und schloß daraus, vermutlich habe eine Ratte das Unheil angerichtet und

* *Racine, Britannicus, 2.*

diesen Schrecken verschuldet. Meiner Ansicht schlossen sich die andern einhellig an, und nach einigen abgedroschenen Witzen über die Ratten verfügte sich der Vicomte wieder in sein Zimmer und ging zu Bett, wobei er seiner Frau nahelegte, sie solle sich für die Zukunft ruhigere Ratten anschaffen.

Vressac blieb allein bei uns zurück. Er trat auf die Vicomtesse zu und sagte zärtlich zu ihr: Amor habe sich an ihr gerächt. Darauf gab sie ihm mit einem bedeutsamen Blick, den sie mir zuwarf, zur Antwort: »Dann war er aber schrecklich ergrimmt, denn er hat sich ausgiebig gerächt. Aber jetzt«, setzte sie hinzu, »bin ich todmüde und möchte schlafen.«

Ich war gerade in der Stimmung, etwas Gutes zu tun, und so verwandte ich mich für Vressac, ehe wir auseinandergingen, und führte eine Aussöhnung herbei. Das Liebespaar lag sich in den Armen, und dann wurde ich meinerseits von beiden abgeküßt. Die Küsse der Vicomtesse machten mir keinen großen Eindruck mehr, aber ich muß gestehen, Vressacs Kuß freute mich. Wir gingen zusammen hinaus, und nachdem ich seine nichtendenwollenden Danksagungen hatte über mich ergehen lassen, begaben wir uns beide wieder zu Bett.

Wenn Ihnen diese Geschichte Spaß macht, dann brauchen Sie sie von mir aus nicht für sich zu behalten. Nun, da ich meinen Spaß daran gehabt habe, sollen auch die andern sich daran vergnügen. Für den Augenblick meine ich damit bloß die Geschichte, vielleicht werden wir in Bälde aber wohl von der Heldin dasselbe sagen können.

Leben Sie wohl. Seit einer Stunde wartet mein Jäger auf mich. Ich nehme mir bloß noch rasch die Zeit, Sie zu umarmen und Ihnen vor allen Dingen dringend nahezulegen: Hüten Sie sich vor Prévan!

Auf Schloß..., am 13. September 17..

72. BRIEF

Der Chevalier Danceny an Cécile Volanges

Oh, meine Cécile! Wie beneide ich Valmonts Los! Morgen wird er Sie sehen! Er soll Ihnen diesen Brief überbringen. Und ich verzehre mich fern von Ihnen und werde mein kummervolles Dasein zwischen Sehnsucht und Unglücklichsein dahinschleppen. Meine teure Freundin, meine zärtliche Freundin, haben Sie Erbarmen mit mir, daß ich so leiden muß; und vor allem beklagen Sie sich, daß es Ihnen so schlecht ergeht; denn angesichts Ihres Kummers verläßt mich der Mut.

Wie grauenvoll ist es für mich, an Ihrem Unglück schuld zu sein! Wäre ich nicht, Sie wären glücklich und ruhig. Können Sie mir verzeihen? Sagen Sie, ach sagen Sie mir, daß Sie mir verzeihen! Sagen Sie mir auch, daß Sie mich lieben, daß Sie mich immerfort lieben werden! Es tut mir so not, daß Sie mir das immer wieder sagen! Ich zweifle ja nicht daran, aber mich dünkt, je sicherer man es weiß, um so süßer ist es, immer wieder zu hören, wie man's einem sagt. Sie lieben mich doch, nicht wahr? Ja, Sie lieben mich von ganzem Herzen. Ich vergesse nie, das war das letzte Wort, das ich aus Ihrem Munde vernommen habe. Wie habe ich es in mein Herz aufgenommen! Wie tief hat es sich hier eingegraben! Und mit welch überschwänglicher Liebe hat mein Herz darauf geantwortet! Ach, in jenem seligen Augenblick dachte ich nicht im entferntesten an das gräßliche Los, das unser harrte. Überlegen wir uns, meine Cécile, wie es uns möglich sein kann, unser Geschick zu lindern. Nach allem, was mein Freund behauptet, wird es zu diesem Zweck genügen, daß Sie das Vertrauen zu ihm fassen, das er verdient.

Es war mir durchaus schmerzlich, ich muß es gestehen, als ich hörte, welch schlechte Meinung Sie von ihm haben. Ich habe darin die ganze Voreingenommenheit Ihrer Mama wiedererkannt. Um mich dieser vorgefaßten Meinung zu fügen, hatte ich seit geraumer Zeit diesen wahrhaft liebeswerten Mann arg vernachlässigt, und heut tut er alles für mich. Kurz, er gibt sich alle Mühe, uns wieder zu vereinen, während Ihre Mama uns auseinandergebracht hat. Ich beschwöre Sie, meine teure Freundin, seien Sie ihm fortan günstiger gesinnt. Bedenken Sie, er ist mein Freund, er will auch der Ihre sein, er kann mir das Glück, Sie zu sehen, wiedergeben. Vermögen diese Gründe Sie nicht umzustimmen, meine Cécile, dann lieben Sie mich nicht, wie ich Sie liebe, dann lieben Sie mich nicht mehr, wie Sie mich einstmals liebten! Ach, wenn Sie mich jemals nicht mehr so zärtlich liebten! ... Doch nein, das Herz meiner Cécile ist mein, es gehört mir fürs Leben; und wenn ich Kummer und Leid einer unglücklichen Liebe zu fürchten habe, wird mir ihre Treue wenigstens die Qualen einer verratenen Liebe ersparen.

Leben Sie wohl, bezaubernde Freundin. Vergessen Sie nicht, daß ich leide und daß es nur an Ihnen liegt, mich glücklich zu machen, vollkommen glücklich. Erhören Sie das Flehen meines Herzens, und nehmen Sie die zärtlichsten Küsse meiner Liebe entgegen.

Paris, am 11. September 17..

73. BRIEF

Der Vicomte de Valmont an Cécile Volanges

(Dem vorigen Brief beigeschlossen)

Der Freund, der Ihnen behilflich ist, hat erfahren, daß Sie nichts zum Schreiben haben, und er hat bereits dafür gesorgt. Sie werden im Vorraum des Zimmers, das Sie bewohnen, unter dem großen Schrank rechterhand einen Vorrat an Papier, Federn und Tinte finden. Den wird er erneuern, wann Sie nur wollen, und Sie können ihn, scheint ihm, am selben Platz belassen, wenn Sie keinen andern ausfindig machen, der noch sicherer ist.

Er bittet Sie, nicht gekränkt zu sein, wenn er tut, als schenke er Ihnen in Gesellschaft keinerlei Aufmerksamkeit und betrachte Sie nur als ein

Kind. Dieses Verhalten scheint ihm notwendig, um die Leute soweit in Sicherheit zu wiegen, als er es für nötig erachtet, damit er um so wirksamer auf das Glück Ihres Freundes und auch das Ihre hinarbeiten kann. Er wird bemüht sein, hie und da eine Gelegenheit herbeizuführen, mit Ihnen zu sprechen, wenn er Ihnen etwas mitzuteilen oder zu übergeben hat. Und er hofft es so einrichten zu können, wenn Sie ihm eifrig in die Hand arbeiten.

Er rät Ihnen auch, ihm alle Briefe, die Sie erhalten haben, jeweils wieder zurückzuerstatten, damit Sie weniger Gefahr laufen, entdeckt zu werden.

Endlich versichert er Ihnen, daß er – vorausgesetzt, daß Sie ihm Vertrauen schenken wollen – alles dransetzen wird, die Nachstellungen, denen Sie seitens einer allzu herzlosen Mutter ausgesetzt sind, erträglicher zu machen, denn von den beiden Menschen, die solches zu erdulden haben, ist der eine bereits sein bester Freund, und der andere verdient, so scheint ihm, die innigste Anteilnahme.

Auf Schloß..., am 14. September 17..

74. BRIEF

Die Marquise de Merteuil an den Vicomte de Valmont

Ei, seit wann, bester Freund, lassen Sie sich so leicht ins Bockshorn jagen? Ist dieser Prévan denn so furchteinflößend? Aber Sie sehen ja, wie schlicht und bescheiden ich bin! Ich bin ihm öfters begegnet, diesem hochgemuten Sieger, und hatte ihn kaum beachtet! Und es brauchte gerade noch Ihren Brief, um mich auf ihn aufmerksam zu machen. Gestern habe ich nun mein Unrecht wiedergutgemacht. Er war in der Oper, fast mir gegenüber, und da habe ich mich mit ihm abgegeben. Er ist zumindest hübsch, sehr hübsch sogar! Er hat feine, zarte Züge! Bei näherem Zusehn muß er sogar noch gewinnen. Und Sie sagen, er will mich haben! Gewiß, damit wird er mir eine Ehre und auch eine Freude antun. Im Ernst, ich hätte nicht übel Lust auf ihn, und ich sage Ihnen jetzt im Vertrauen: Ich habe sogar die ersten Annäherungsversuche unternommen. Ich weiß freilich nicht, ob sie zum Ziel führen. Jedenfalls habe ich das Nötige getan.

Er stand zwei Schritte von mir entfernt beim Ausgang der Oper, und da verabredete ich mich vernehmbar mit der Marquise de... für den nächsten Freitag zum Souper bei der Marschallin. Das ist, glaube ich, das einzige Haus, wo ich ihm begegnen kann. Ich bin sicher, er hat mich gehört und auch verstanden... Wenn der Undankbare nun nicht hinkäme? Aber sagen Sie mir doch, glauben Sie, er wird kommen? Wissen Sie, wenn er nicht hinkommt, dann bin ich den ganzen Abend elend schlecht aufgelegt. Sie sehen, er wird's gar nicht so schwer haben, mir »nachzusteigen«; und, was Sie noch mehr verwundern wird: er wird noch weniger Mühe haben, »mir zu gefallen«. Er will, so sagt er, als Anwärter auf meine Gunst sechs

Pferde zuschanden reiten? Oh, diesen Pferden werde ich das Leben retten! Ich werde niemals die Geduld aufbringen, so lange zu warten. Sie wissen, es entspricht nicht meinen Grundsätzen, einen Mann lange schmachten zu lassen, wenn ich einmal entschlossen bin. Und bei ihm bin ich's!

Nun müssen Sie doch wohl zugeben, daß es eine wahre Lust ist, mir vernünftig zuzureden! Hat Ihre »wichtige Mitteilung« nicht einen vollen Erfolg gezeitigt? Doch was wollen Sie schon? Seit so langer Zeit lebe ich eigentlich sinn- und zwecklos dahin! Schon mehr denn sechs Wochen sind es her, seit ich mir einmal die Freude gegönnt habe. Nun bietet sich diese da; kann ich sie mir wirklich versagen? Lohnt der Mann, um den's dabei geht, nicht die Mühe? Gibt es ein angenehmeres Ziel, einen in jedem Sinne dankbarern Zweck?

Sogar Sie sehen sich gezwungen, ihm Gerechtigkeit widerfahren zu lassen. Sie loben ihn nicht bloß, nein, weit mehr: Sie sind eifersüchtig auf ihn! Nun denn, ich setze mich zum Richter über Sie beide ein. Doch zuerst muß ich wissen, woran ich bin, und diese Kenntnis werde ich mir verschaffen. Ich werde ein unbestechlicher Richter sein, und Sie sollen beide mit gleichem Maß gemessen werden. Was Sie anbetrifft, so sind die Akten bereits abgeschlossen, und mein Urteil über Sie steht längst fest. Ist es nicht recht und billig, daß ich mich nunmehr mit Ihrem Gegner befasse? Wohlan, sperren Sie sich nicht länger dagegen, geben Sie sich gutwillig dafür her und sagen Sie mir zuallererst einmal: Was ist das denn für ein dreifaches Abenteuer, dessen Held er sein soll? Sie reden davon, als wisse ich das längst, und dabei habe ich keine Ahnung, was es damit für eine Bewandtnis hat. Offenbar hat sich die Geschichte während meiner Abwesenheit zugetragen, als ich nach Genf verreist war, und vermutlich hat Sie Ihre Eifersucht abgehalten, mir etwas davon zu schreiben. Machen Sie diesen Fehler schleunigst wieder gut. Vergessen Sie nicht: »Nichts, was ihn angeht, kann mich kaltlassen.« Es ist mir zwar, als habe man noch darüber geredet, als ich zurückkam. Aber da war ich mit etwas anderem beschäftigt, und zudem höre ich höchst selten auf derlei Gerede, wenn es nicht brühwarm oder wenigstens noch unabgestanden aufgetischt wird.

Und sollte Ihnen das, was ich von Ihnen verlange, ein bißchen gegen den Strich gehn, ist es nicht das allermindeste, was Sie mir für die Mühe schulden, die ich mir um Sie gegeben habe? Haben Sie's nicht meinen Bemühungen zu verdanken, wenn Sie Ihrer Präsidentin wieder nähergekommen sind, nachdem Ihre unbesonnenen Streiche Sie ihr entfremdet hatten? Habe nicht ich Ihnen Mittel und Wege in die Hand gegeben, mit denen Sie an Madame de Volanges für ihren bittern Tugendeifer Rache nehmen konnten? So oft schon haben Sie sich darüber beklagt, daß Sie auf der Suche nach Abenteuern soviel Zeit vergeuden müssen! Jetzt haben Sie sie nahe zur Hand. Liebe und Haß, Sie brauchen bloß zu wählen, beides schläft unter demselben Dach. Und Sie können Ihr Dasein doppelt führen und mit einer Hand streicheln, während die andere zuschlägt.

Sogar das Abenteuer mit der Vicomtesse haben Sie mir zu verdanken! Ich bin recht zufrieden damit. Aber, wie Sie sagen, man muß sie ins Gerede bringen; denn wenn die Umstände sie begreiflicherweise bewogen haben, im Augenblick lieber ein Geheimnis als einen Skandal aus der ganzen Geschichte zu machen, so müssen Sie doch zugeben, daß die Frau ein derart honettes Verhalten keineswegs verdient hat. Außerdem habe ich Grund zur Klage über sie. Der Chevalier de Belleroche findet sie hübscher, als mir lieb ist. Und aus verschiedenen Gründen wäre es mir erwünscht, wenn ich einen Vorwand hätte, mit ihr zu brechen. Nun gibt es aber keinen bequemeren, als wenn ich sage: Mit einer solchen Frau kann ich nicht weiter verkehren! Leben Sie wohl, Vicomte. Denken Sie daran: Auf dem Posten, wo Sie stehen, ist die Zeit kostbar! Meine Zeit werde ich darauf verwenden, mich um Prévans Glück zu kümmern.

Paris, am 15. September 17..

75. BRIEF

Cécile Volanges an Sophie Carnay

Bemerkung: In diesem Brief erstattet Cécile Volanges in allen Einzelheiten Bericht über alles, was auf sie Bezug hat in den verschiedenen Begebenheiten, die der Leser am Ende des ersten Teils, im 61. Brief und den folgenden hat lesen können. Diese Wiederholungen haben wir weglassen zu müssen geglaubt. Zum Schluß kommt sie auf den Vicomte de Valmont zu sprechen und tut es wie folgt:

Ich kann Dir versichern, er ist ein ganz außergewöhnlicher Mann. Mama weiß viel Schlechtes über ihn zu sagen. Aber der Chevalier Danceny erzählt viel Gutes von ihm, und ich glaube, er hat recht. Ich habe noch nie einen so geschickten Menschen gesehen. Als er mir Dancenys Brief zusteckte, tat er es mitten unter allen Leuten, und kein Mensch hat etwas davon gesehen. Allerdings war ich furchtbar erschrocken, denn ich war auf nichts gefaßt. Jetzt aber werde ich immer darauf gefaßt sein. Ich habe auch schon ganz gut begriffen, wie ich's seinem Wunsche gemäß anstellen muß, um ihm meine Antwort zu übergeben. Es ist ganz leicht, sich mit ihm zu verständigen, denn er hat so einen Blick, der alles sagt, was er will. Ich weiß nicht, wie er das macht. In dem Briefchen, von dem ich Dir erzählt habe, sagte er mir doch, er werde in Mamas Gegenwart gar nicht tun, als beachte er mich, und wirklich, man könnte immer meinen, er denke gar nicht an mich; und doch weiß ich jedesmal, wenn ich seinen Blick suche, daß ich ihm sogleich begegne.

Es ist eine gute Freundin von Mama hier, die ich bisher nicht kannte. Auch sie scheint Herrn de Valmont nicht sonderlich zu mögen, obschon er ihr eine Unmenge Aufmerksamkeiten erweist. Ich habe nur Angst, er könne das Leben, das man hier führt, bald satt bekommen und nach Paris zurückfahren. Das wäre höchst ärgerlich. Er muß schon ein recht gutherziger Mensch sein, daß er eigens hergekommen ist, um seinem Freund und mir gefällig zu sein! Ich möchte ihm meine Dankbarkeit dafür sehr gerne beweisen, doch weiß ich nicht, wie ich's anstellen soll, um mit ihm ins Gespräch zu kommen. Und wenn ich noch eine Gelegenheit fände, dann würde ich mich derart schämen, daß ich vielleicht gar nicht wüßte, was ich ihm sagen wollte.

Einzig mit Madame de Merteuil kann ich offen heraus sprechen, wenn ich von meiner Liebe rede. Vielleicht wäre ich sogar Dir gegenüber befangen, obwohl ich Dir sonst alles erzähle, wenn wir miteinander plaudern. Sogar bei Danceny habe ich, ohne daß ich es wollte, eine gewisse Scheu verspürt, die mich abhielt, ihm alles zu sagen, was ich dachte. Ich mache mir jetzt oft darüber Vorwürfe und gäbe alles in der Welt darum, wenn ich eine günstige Gelegenheit finden könnte, ihm einmal, nur ein einziges Mal zu sagen, wie lieb ich ihn habe. Herr de Valmont hat ihm versprochen, wenn ich brav alles tue, was er mich heiße, dann werde er uns eine Gelegenheit verschaffen, einander wiederzusehen. Ich will ja gerne alles tun, was er von mir will, aber ich kann einfach nicht begreifen, daß das möglich sein soll.

Leb wohl, meine liebe Freundin, ich habe keinen Platz mehr*.

Auf Schloß..., am 14. September 17..

76. BRIEF

Der Vicomte de Valmont an die Marquise de Merteuil

Entweder ist Ihr Brief ein abgefeimter Hohnbrief und ich habe ihn nicht verstanden, oder Sie waren beim Schreiben in einem Zustand des Irreseins, der mich recht gefährlich anmutet. Kennte ich Sie weniger gut, schöne Freundin, dann wäre ich wahrhaftig darüber erschrocken. Und was Sie auch sagen mögen, schreckhaft bin ich nun wirklich nicht allzusehr.

Ich kann Ihren Brief lange durchlesen und wieder lesen und werde doch nicht klug daraus. Denn unmöglich kann ich ihn so auffassen, wie er sich wortwörtlich liest. Was haben Sie denn eigentlich sagen wollen?

Etwa nur, es habe keinen Zweck, sich so viel Mühe gegen einen Feind zu geben, der so wenig furchterregend sei? In diesem Falle könnten Sie aber unrecht haben. Prévan ist nämlich wirklich liebenswürdig; er ist es noch mehr, als Sie glauben. Er besitzt vor allem die sehr nützliche Gabe, immer von seiner Liebe reden zu machen, dank seinem Geschick, überall in Gesellschaft darüber zu reden. Vor allen Leuten, und zu jedem der's hören will, fängt er davon an zu erzählen. Nur wenig Frauen entgehen dann der Falle, dem Red' und Antwort zu stehen, weil sie alle gar zu gerne für feinfühlig gelten möchten und keine einzige die Gelegenheit verpassen will, ihr Zartgefühl zu beweisen. Nun wissen Sie ja recht gut, daß eine Frau, die nichts dagegen hat, über Liebe zu reden, am Ende auch bald verliebt ist oder wenigstens sich so benimmt, als sei sie es. Bei dieser Methode, die er wahrhaft zur Vollkommenheit entwickelt hat, fällt ihm noch ein weiterer

* Da Fräulein de Volanges bald nachher sich eine andere Vertraute genommen hat, wie man in der Folge aus diesen Briefen wird ersehen können, wird man in dieser Sammlung keinen von den Briefen mehr antreffen, die sie auch weiterhin an ihre Freundin im Kloster geschrieben hat. Sie würden dem Leser auch nichts Neues bieten.

Vorteil zu: Er kann oftmals die Frauen selber als Zeugen ihrer eigenen Niederlage aufrufen. Und davon kann ich aus eigener Erfahrung reden, denn ich habe es mit angesehen. Ich war nur vom Hörensagen eingeweiht, denn ich war mit Prévan nie befreundet. Doch genug davon; wir waren also unser sechs beisammen, und die Gräfin de P..., die sich dabei ungemein schlau vorkam und für Uneingeweihte auch nur ganz allgemein und unverständlich zu sprechen glaubte, erzählte uns mit sämtlichen intimsten Einzelheiten sowohl, wie sie sich Prévan ergeben hatte, und was alles zwischen ihnen vorgefallen war. Sie brachte das alles derart unverfroren und selbstsicher vor, daß sie nicht einmal durch das unbändige Gelächter aus der Fassung gebracht wurde, das uns alle sechs zur gleichen Zeit befiel. Und ich werde nie vergessen, daß einer von uns sein Benehmen damit entschuldigen wollte, daß er tat, als zweifle er an dem, was sie gesagt hatte, oder vielmehr, was sie vorgeblich gesagt hatte; da gab sie ihm ernst zur Antwort, ganz bestimmt sei keiner von uns so genau im Bilde wie sie. Und sie scheute sich sogar nicht, sich an Prévan zu wenden und ihn zu fragen, ob sie auch nur ein Wort davon erfunden habe.

Somit durfte ich diesen Mann für gemeingefährlich halten. Für Sie aber, Marquise, genügt es wohl, daß er »hübsch, sehr hübsch sogar« ist, wie Sie selber sagen? Aber daß er Ihnen »auf eine Art zu nahetritt, die zu belohnen es Ihnen bisweilen Spaß macht, aus keinem andern Grund, als weil Sie finden, er habe das gut gemacht«? Oder Sie haben es ganz einfach vergnüglich gefunden, sich ihm zu ergeben, gleichviel aus welchem Grunde? Oder ... was weiß ich? Kann ich die tausend und abertausend Grillen und Nücken erraten, die im Kopf einer Frau spuken und die das einzige sind, wodurch Sie noch zu Ihrem Geschlechte zählen? Nun, da Sie vor der Gefahr gewarnt sind, zweifle ich nicht, daß Sie sich mit Leichtigkeit davor in acht nehmen können. Aber warnen mußte ich Sie freilich. Ich komme also wieder auf meine Frage zurück: Was wollen Sie eigentlich sagen?

Wenn das Ganze etwa nur ein blutiger Hohn auf Prévan war, dann war er, ganz abgesehen von seiner reichlichen Länge, mir gegenüber durchaus nicht angebracht; nein, in der Gesellschaft muß man ihn tüchtig lächerlich machen, und darum möchte ich Sie nochmals dringend bitten.

Ach! Ich glaube, ich habe des Rätsels Lösung gefunden! Ihr Brief ist eine Prophezeiung, nicht etwa dessen, was Sie zu tun gedenken, sondern Sie schildern all das, wessen er Sie für fähig hält, gerade im Augenblick, wo Sie seinen Sturz vorbereiten. Diesem Plan kann ich so ziemlich zustimmen; immerhin erfordert er ein sehr behutsames Vorgehen. Sie wissen so gut wie ich, für den Eindruck in der Öffentlichkeit bedeutet es genau gleich viel, ob man nun einen Mann zum Liebhaber hat oder sich bloß von ihm den Hof machen läßt, es sei denn, dieser Mann wäre ein Dummkopf. Und das ist Prévan keineswegs, im Gegenteil! Auch wenn er's nur zu einem Scheinerfolg bringt, wird er damit prahlen, und dann ist alles gesagt. Die Hohlköpfe werden daran glauben, die Boshaften werden tun, als glaubten sie daran, und was können Sie dann dagegen vorkehren? Sehen Sie, mir ist ein wenig bänglich. Nicht, weil ich an Ihrer Gerissenheit zweifle, aber gerade die guten Schwimmer ertrinken!

Ich glaube nicht, daß ich dümmer bin als andere! Mittel und Wege, eine Frau zu entehren, habe ich schon Hunderte ausgeheckt, ja Tausende gefunden. Wenn ich mir aber überlegt habe, wie sie der Unehre entgehen könnte, dann habe ich nie eine Möglichkeit gesehen. Sie selber, schönste Freundin, deren ganze Lebensführung ein Meisterwerk ist, Sie selber habe ich hundertmal vom Glück begünstigt gesehen, und ich glaube nicht, daß Sie immer nur darum heil davonkommen, weil Sie gut gespielt hatten.

Vielleicht suche ich aber einen Grund für etwas, was überhaupt keinen hat. Ich wundere mich, wie ich seit einer geschlagenen Stunde ernsthaft über etwas daherrede, was todsicher von Ihnen bloß als Scherz gemeint war. Sie werden mich ja auslachen. Gut denn, meinetwegen! Aber machen Sie's rasch, und dann sprechen wir wieder von etwas anderem. Von etwas anderem! Nein, ich irre mich, immer und immer wieder vom gleichen: von den Frauen, die man besitzen oder ins Unglück stürzen will, und zu oft beides.

Hier habe ich, wie Sie sehr richtig bemerken, Gelegenheit, mich auf beiden Gebieten zu betätigen, freilich nicht mit derselben Leichtigkeit. Ich sehe es kommen, daß die Rache geschwinder ans Ziel gelangen wird als die Liebe. Die kleine Volanges ist geliefert, dafür stehe ich ein. Ihr Fall hängt bloß noch von der günstigen Gelegenheit ab, und ich will's gerne auf mich nehmen, die herbeizuführen. Nicht so einfach steht es hingegen mit Madame de Tourvel. Die Frau kann einen zur Verzweiflung treiben; ich werde überhaupt nicht aus ihr klug. Ich habe hundert Beweise dafür, daß sie mich liebt, aber tausend hinwiederum für ihren Widerstand. Und wahrhaftig, ich fürchte, sie entwischt mir noch.

Die erste Wirkung, die meine Wiederkunft gezeitigt hatte, ließ mich mehr erhoffen. Sie ahnen wohl, daß ich das selber beobachten und beurteilen wollte. Und um ganz sicher zu sein, daß mir ihre allerersten Regungen nicht entgingen, hatte ich niemanden vorausgeschickt und meinen Weg so berechnet, daß ich just eintreffen mußte, wenn die Gesellschaft bei Tische saß. Und wirklich fiel ich denn auch aus den Wolken, wie eine Gottheit in der Oper, die unvermutet erscheint und den Knoten des Dramas entzweihaut.

Da ich recht geräuschvoll hereinkam, um so aller Augen auf mich zu ziehen, konnte ich mit einem Blick sehen, wie meine alte Tante sich freute, wie Madame de Volanges vor Ärger fast platzte und wie ihre Tochter vor fassungslosem Vergnügen strahlte. Meine Schöne saß mit dem Rücken zur Tür. Sie war gerade dabei, eine Speise zu zerlegen, und so wandte sie nicht einmal den Kopf. Ich aber begrüßte Madame de Rosemonde, und schon beim ersten Wort, das ich sprach, erkannte die empfindsame Betschwester meine Stimme, und es entfuhr ihr ein Schrei, aus dem mir eher Liebe als Überraschung und Schrecken zu klingen schien. Ich war inzwischen nahe genug an sie herangetreten, so daß ich ihr Gesicht sehen konnte. Der Aufruhr in ihrer Seele, die Gedanken und Gefühle, die in ihr tobten und kämpften, all dies malte sich so deutlich auf mancherlei Art darin ab! Ich setzte mich neben ihr zu Tisch. Sie wußte offensichtlich nicht mehr, was sie tat, noch was sie sagte. Sie versuchte weiterzuessen, doch sie konnte einfach nicht. Endlich, knapp eine Viertelstunde später, übermannten sie Befangenheit und Freude dermaßen, daß sie nichts Gescheiteres auszudenken vermochte, als um Erlaubnis zu bitten, vom Tisch aufstehen zu dürfen. Und dann lief sie in den Park hinaus, vorgeblich, weil sie unbedingt ein wenig frische Luft schöpfen müsse. Madame de Volanges wollte sie begleiten, doch die zärtliche Spröde ließ es nicht zu. Kein Zweifel, sie war nur zu glücklich, daß sie einen Vorwand gefunden hatte, mit sich allein zu sein und sich hemmungslos der süßen Erregung ihres Herzens hingeben zu können.

Ich kürzte das Mittagessen ab, so gut ich konnte. Kaum war der Nachtisch aufgetragen, so fuhr die Volanges, dieser Teufelsbraten, die offenkundig das dringende Bedürfnis empfand, mir Schaden zuzufügen, von ihrem Platz auf und wollte die reizende Kranke aufsuchen. Ich hatte das aber kommen sehen und machte ihr einen Strich durch die Rechnung. Ich tat mithin, als halte ich diesen vereinzelten Aufbruch für das Zeichen, daß allgemein die Tafel aufgehoben sei. So stand ich gleichfalls auf. Die kleine Volanges und der Ortspfarrer ließen sich von unser beider Beispiel anstekken, und schließlich blieb Madame de Rosemonde mit dem alten Kommandeur de T... allein an der Tafel sitzen, worauf sie beide sich ebenfalls aufrafften und vom Tisch erhoben. Wir machten uns also alle miteinander auf die Suche nach meiner Schönen und fanden sie denn auch im Wäldchen beim Schloß. Und da sie allein sein wollte und ihr an einem Spaziergang gar nicht gelegen war, kam sie ebensogern mit uns wieder ins Haus zurück, anstatt uns einzuladen, bei ihr zu bleiben.

Sobald ich mich ganz sicher darauf verlassen konnte, daß Madame de Volanges keinerlei Gelegenheit mehr hatte, unter vier Augen mit ihr zu reden, dachte ich daran, Ihre Befehle auszuführen, und nahm mich Ihres Mündels und dessen Angelegenheiten an. Gleich nach dem Kaffee ging ich auf mein Zimmer und schaute mich auch in den Schlafgemächern der andern um, weil ich das Terrain auskundschaften wollte. Ich traf meine Vorkehrungen, um den Briefwechsel der Kleinen sicherzustellen, und nach diesem ersten Liebesdienst schrieb ich ihr ein paar Worte, um sie davon in Kenntnis zu setzen und sie um ihr Vertrauen zu bitten. Mein Brieflein legte ich dem Brief Dancenys bei. Dann kam ich in den Salon zurück. Dort fand ich meine Schöne vor. Sie lag in einer köstlich hingegebenen Haltung auf einem Ruhebett.

Dieser Anblick erweckte all mein Verlangen, und meine Augen blitzten vor Gier. Ich fühlte, daß sie zärtlich und eindringlich blicken mußten, und damit setzte ich mich so hin, daß ich sie zur vollen Wirkung bringen konnte. Das erste, was ich erreichte, war, daß die himmlische Spröde ihre großen, sanften Augen züchtig niederschlug. Ich betrachtete eine Weile dieses engelgleiche Antlitz, dann ließ ich meine Blicke über ihre ganze Gestalt wandern und genoß das Vergnügen, ihre Formen und Umrisse durch das leichte Kleid hindurch zu erraten; aber immer behinderte mich diese Hülle am ungetrübten Genuß. Ich ließ meine Augen vom Kopf zu den Füßen niedergleiten, dann schweiften sie wieder von den Füßen hinauf zum Kopf... Schönste Freundin, der sanfte Blick ruhte starr auf mir, und augenblicklich senkten sich die Lider; da ich aber gar zu gerne wollte, daß sie mich anschaute, wendete ich meine Augen ab. Da entspann sich zwischen uns die stillschweigende Übereinkunft, erste Vereinbarung schüchterner Liebe, die, um dem beiderseitigen Bedürfnis, einander sehen zu können, Genüge zu tun, den Blicken gestattet, abwechselnd einer nach dem andern zu suchen, bis sie ineinander untertauchen.

Da ich überzeugt war, dieses ungewohnte Vergnügen nehme meine Schöne vollauf in Anspruch, ließ ich mir's angelegen sein, über unser beider Sicherheit zu wachen. Nachdem ich mich aber vergewissert hatte, daß drüben eine recht angeregte Unterhaltung im Gang war und wir somit nicht zu befürchten hatten, von den andern Gästen überrascht zu werden, legte ich's darauf an, diese Augen so weit zu bringen, daß sie unverhüllt ihre wahre Sprache zu mir redeten. Zu diesem Behuf ertappte ich sie zunächst auf ein paar Blicken, tat dies aber mit so viel Zurückhaltung, daß ihre Züchtigkeit dadurch nicht beleidigt werden konnte. Und damit das schüchterne Wesen sich noch weniger unfrei und gehemmt fühlen sollte, stellte ich mich ebenso befangen wie sie. Nach und nach gewöhnten sich unsere Augen daran, einander zu begegnen, und blieben länger aufeinander haften. Schließlich blickten sie gar nicht mehr beiseite, und ich gewahrte in den ihren jenes süße Schmachten, das verheißungsvolle Anzeichen der Liebe und des sehnsüchtigen Verlangens. Das währte aber nur einen Augenblick, und bald kam sie wieder zu sich und änderte, nicht ohne eine gewisse Scham, ihre Haltung, und auch ihr Blick bekam einen völlig veränderten Ausdruck.

Da ich ihr keinerlei Zweifel daran lassen wollte, daß ich ihre verschiedenen Regungen genau bemerkt hatte, sprang ich voll Lebhaftigkeit auf und fragte sie mit bestürzter Miene, ob sie sich nicht wohl fühle. Alsbald liefen alle zusammen und umringten sie. Ich ließ sie alle an mir vorbeigehen, und da die kleine Volanges, die an einem Fenster saß und stickte, einige Zeit brauchte, bis sie ihren Stickrahmen weggelegt hatte, ergriff ich die Gelegenheit beim Schopf und steckte ihr geschwind Dancenys Brief zu.

Ich stand ein wenig von ihr entfernt, und so warf ich ihr den Brief auf die Knie. Sie wußte tatsächlich nicht, was sie damit anfangen sollte. Sie hätten sich über ihr überraschtes und verlegenes Gesicht halb krank gelacht. Mir aber war gar nicht zum Lachen, denn ich hatte weidlich Angst, so viel Ungeschicklichkeit und täppisches Benehmen müsse uns noch verraten. Aber ein bedeutsamer Blick und ein sehr bestimmter Wink machten ihr endlich begreiflich, daß sie das Päckchen in ihre Tasche stecken solle.

Der Rest des Tages brachte nichts mehr irgendwie Erzählenswertes mit sich. Was inzwischen vorgefallen ist, wird vielleicht Ereignisse herbeiführen, mit denen Sie zufrieden sein können, zum mindesten was Ihr Mündel betrifft. Aber es ist besser, man verwendet seine Zeit darauf, seine Pläne ins Werk zu setzen, als sie bloß zu erzählen. Im übrigen ist das bereits die achte Seite, die ich vollschreibe, und ich bin recht müde. Drum leben Sie wohl.

Sie werden wohl ahnen, ohne daß ich es Ihnen zu sagen brauche: Die Kleine hat Danceny geantwortet. Ich habe auch eine Antwort von meiner

Schönen erhalten; ich hatte ihr am Tage nach meiner Ankunft geschrieben. Ich sende Ihnen die beiden Briefe. Sie können Sie lesen oder auch nicht. Denn das immerewige Wiederkäuen, das mir bereits nicht mehr allzuviel Spaß macht, muß jeden Unbeteiligten verflucht abgeschmackt dünken.

Nochmals, leben Sie wohl. Ich liebe Sie nach wie vor sehr. Aber ich bitte Sie darum, wenn Sie je wieder von Prévan etwas schreiben, dann tun Sie's so, daß ich verstehe, was Sie sagen wollen.

Auf Schloß..., am 17. September 17..

77. BRIEF

Der Vicomte de Valmont an die Präsidentin de Tourvel

Woher mag wohl die grausame Beflissenheit kommen, gnädige Frau, mit der Sie mich meiden? Wie ist es möglich, daß das zärtlichste Bemühen meinerseits auf Ihrer Seite nichts als ein Verhalten zur Folge hat, das man sich kaum einem Menschen gegenüber herausnähme, über den man sich bitter zu beklagen hat. Wie? Die Liebe führt mich zu Ihren Füßen zurück, und wenn glücklicher Zufall mir den Platz an Ihrer Seite verschafft, dann schützen Sie lieber Unpäßlichkeit vor und erschrecken Ihre Freunde, als daß Sie neben mir sitzen bleiben möchten! Wie oft haben Sie gestern Ihre Augen von mir abgewendet, um mir die Gunst eines Blickes vorzuenthalten! Und wenn ich auch nur einen Augenblick lang darin etwas weniger Strenge habe sehen können, dann war dieser Augenblick so kurz, daß mich dünkt, Sie haben mir damit nicht so sehr eine Freude machen, als vielmehr mir zu spüren geben wollen, was alles ich verliere, wenn ich mich dieser Gunst nicht erfreuen dürfe.

Das ist – ich darf es wohl sagen – weder die Behandlung, die meine Liebe verdient, noch das Verhalten, das sich die Freundschaft herausnehmen darf. Und doch wissen Sie ja, daß von den erwähnten beiden Gefühlen mich das eine beseelt, und ich war, scheint mir, berechtigt zu glauben, daß Sie sich dem andern nicht versagen. Dieser kostbaren Freundschaft haben Sie mich zweifellos für würdig erachtet, da Sie mir selbige doch anboten. Was habe ich nur verbrochen, daß ich sie seither eingebüßt habe? Sollte ich mir durch meine Vertrauensseligkeit selber geschadet haben, und wollen Sie mich für meine Aufrichtigkeit strafen? Fürchten Sie nicht wenigstens, eine wie die andere zu mißbrauchen? In der Tat habe ich das Geheimnis meines Herzens nicht in den Busen meiner Freundin niedergelegt. Habe ich mich nicht ihr allein gegenüber verpflichtet geglaubt, Bedingungen abzulehnen, die ich nur anzunehmen brauchte, um mir die Möglichkeit zu verschaffen, sie nachher doch nicht einzuhalten, und vielleicht auch gar die Gelegenheit, sie zu meinem Vorteil auszunutzen? Möchten Sie mich, offen heraus gesagt, durch Ihre so unverdient harte Behandlung zur Überzeugung zwingen, ich hätte Sie bloß zu hintergehen brauchen, um größere Nachsicht herauszuschlagen?

Ich bereue mein Verhalten nicht. Ich war Ihnen das schuldig, ich war es mir selber schuldig. Durch welches Verhängnis wird aber für mich jede löbliche Tat zum Anstoß neuen Unglücks? Just nachdem ich zum einzigen Lob, das Sie meinem Verhalten je zu spenden geruhten, Anlaß gegeben hatte, mußte ich zum erstenmal über das Unglück seufzen und stöhnen, Ihr Mißfallen erregt zu haben. Eben erst habe ich Ihnen meine völlige Ergebenheit bewiesen, indem ich mich der Seligkeit beraubte, Sie zu sehen, und das tat ich einzig und allein, um Ihr Zartgefühl zu beschwichtigen, und gerade da wollen Sie jeden Briefwechsel mit mir abbrechen, mir diesen schwachen Ersatz für ein Opfer entziehen, das Sie von mir gefordert hatten, und mir sogar die Liebe versagen, die allein Ihnen vielleicht das Recht dazu hätte verleihen können. Und nun, nachdem ich mit einer Offenheit zu Ihnen gesprochen habe, die nicht einmal das eigennützige Vorteilsuchen dieser Liebe hat beeinträchtigen können, fliehen Sie mich heute wie einen gefährlichen Verführer, dessen Treulosigkeit und Hinterlist Sie erkannt hätten.

Werden Sie's denn nie müde werden, ungerecht zu sein? Sagen Sie mir doch wenigstens, was ich neuerdings verbrochen habe, daß Sie so streng mit mir verfahren. Und weigern Sie mir's nicht, mir die Weisungen zu geben, die ich befolgen soll. Wenn ich mich schon verpflichte, sie auszuführen, ist es denn zuviel verlangt, wenn ich sie kennen möchte?

Am 15. September 17..

78. BRIEF

Die Präsidentin de Tourvel an den Vicomte de Valmont

Es scheint, mein Herr, Sie sind von meinem Verhalten überrascht, und es fehlt nur wenig, und Sie heischen von mir Rechenschaft, als stünde Ihnen das Recht zu, es zu tadeln. Ich muß Ihnen gestehen, ich hätte mich eher zum Staunen und auch zu Klagen berechtigt gefühlt als Sie; doch seit der Weigerung, die in Ihrer letzten Antwort enthalten war, habe ich mich zum Entschluß durchgerungen, mich in eine Gleichgültigkeit einzukapseln, die hinfort Anlaß weder zu Bemerkungen noch zu Vorwürfen gibt. Da Sie nun aber Aufklärungen von mir verlangen und ich, dem Himmel sei Dank, nichts in mir fühle, was mich abhalten könnte, Sie Ihnen zu geben, will ich mich meinetwegen noch einmal mit Ihnen auf eine Auseinandersetzung einlassen.

Ein jeder, der Ihre Briefe läse, würde mich für ungerecht oder schrullig halten. Ich glaube aber, ich verdiene es, daß niemand so über mich denkt. Vor allem dünkt mich, Sie hätten noch eher als andere Leute allen Grund, mich nicht so zu beurteilen. Kein Zweifel, Sie hatten das Gefühl, wenn Sie mich zu einer Rechtfertigung nötigen, dann könnten Sie mich zwingen, mir alles wieder zu vergegenwärtigen, was zwischen uns vorgefallen ist. Offensichtlich glaubten Sie, Sie könnten bei solcher prüfenden Rückschau nur gewinnen. Da ich aber meinerseits überzeugt bin, daß ich dabei nichts zu verlieren habe, in Ihren Augen wenigstens, so scheue ich mich nicht davor. Mag sein, daß es wirklich der einzige Weg ist festzustellen, wer von uns beiden das Recht hat, sich über den andern zu beschweren.

Von dem Tag an gerechnet, als Sie, mein Herr, in diesem Schloß anlangten, werden Sie, glaub' ich, zugeben müssen, daß zum mindesten Ihr Ruf mich dazu berechtigte, Ihnen gegenüber einige Zurückhaltung walten zu lassen, und daß ich, ohne befürchten zu müssen, für übertrieben prüde gehalten zu werden, mich hätte einzig und allein darauf beschränken können, Ihnen gegenüber die kühlste Höflichkeit zur Schau zu tragen. Selbst Sie hätten mich mit Nachsicht behandelt, und Sie hätten es eigentlich selbstverständlich gefunden, daß eine derart unzulänglich gebildete Frau nicht einmal das erforderliche Format besitzt, um Ihren Wert voll zu erfassen. So hätte sicherlich ein vorsichtiger Mensch gehandelt, und es hätte mich um so weniger Überwindung gekostet, dies durchzuführen, als ich Ihnen nicht verhehlen möchte, daß ich mir, als Madame de Rosemonde mir Ihre Ankunft ankündete, meine Freundschaft zu ihr vergegenwärtigen, daß ich mir unentwegt vor Augen halten mußte, wie freundschaftlich sie Ihnen zugetan ist, sonst hätte ich ihr bestimmt nicht verbergen können, wie widerwärtig mir diese Nachricht war. Ich will gerne zugeben, daß Sie sich zunächst in einem günstigeren Lichte zeigten, als ich mir Sie vorgestellt hatte; Sie müssen aber Ihrerseits gestehen, daß dies nicht lange vorgehalten hat und daß Sie es gar bald satt hatten, sich zusammenzunehmen, da Sie sich offenkundig nicht ausreichend dafür entschädigt glaubten, daß Sie durch Ihr Verhalten bei mir einen so vorteilhaften Eindruck hinterließen.

Und da scheuten Sie sich unter Ausnutzung meiner Gutgläubigkeit, meiner Arglosigkeit, nicht, von einem Gefühl zu mir zu sprechen, von dem Sie genau wissen konnten, daß es mich beleidigen mußte. Und während Sie nur daran dachten, Ihr Unrecht, Ihre Fehler dadurch noch zu verschlimmern, daß Sie einen nach dem andern begingen, suchte ich nach einem triftigen Vorwand, sie zu vergessen, wobei ich Ihnen gleichzeitig Gelegenheit bieten könnte, sie wenigstens teilweise wiedergutzumachen. Mein Verlangen war so billig, daß sogar Sie es nicht von der Hand weisen zu können glaubten. Doch aus meiner Nachsicht schufen Sie einfach ein Recht und mißbrauchten sie dazu, mich um eine Erlaubnis anzugehen, die ich Ihnen gewiß nicht hätte gewähren dürfen, die Sie aber dennoch erhielten. Von den Bedingungen, die daran geknüpft waren, haben Sie auch nicht eine einzige eingehalten. Und Ihre Briefe waren dermaßen zudringlich, daß jeder einzelne von ihnen mir zur Pflicht machte, Ihnen darauf nicht zu antworten. Im selben Augenblick, da Ihre Hartnäckigkeit mich nötigte, Sie aus meiner Nähe wegzuweisen, versuchte ich aus einer vielleicht tadelnswerten Nachgiebigkeit heraus das einzige Mittel, das mir gestatten konnte, Ihnen eine Annäherung wieder zu ermöglichen. Aber was gilt in Ihren Augen schon eine anständige Handlung? Sie haben nichts als Verachtung übrig für Freundschaft, und in Ihrem Wahnsinnsrausch achten Sie Unglück und Schande für nichts und sind gierig auf nichts als Vergnügen und Opfer aus.

Sie sind ebenso leichtfertig in allem, was Sie unternehmen, wie Sie in Ihren Vorwürfen wankelmütig sind, und vergessen Ihre Versprechen, oder Sie treiben vielmehr ein frevles Spiel damit, sie nicht einzuhalten, und nachdem Sie eingewilligt hatten, meine Nähe zu meiden und fortzugehen, kommen Sie hierher zurück, ohne daß ich Sie gerufen hätte. Ohne jede Rücksichtnahme auf meine Bitten, meine Gründe, ja ohne auch nur so viel Höflichkeit aufzubringen, mich vorher zu benachrichtigen, haben Sie sich nicht gescheut, mich einer Überrumpelung auszusetzen, deren Wirkung zwar gewiß recht natürlich und verständlich war, die aber von meiner Umgebung doch arg zu meinen Ungunsten hätte ausgelegt werden können. Da kamen Sie her und brachten mich für einen Augenblick in tödliche Verlegenheit, und anstatt die Leute davon abzulenken und meine Verwirrung zu beheben, gaben Sie sich offensichtlich alle erdenkliche Mühe, sie nur noch zu vergrößern. Bei Tisch wählten Sie Ihren Platz unmittelbar neben mir; eine leichte Unpäßlichkeit zwang mich, vor den andern von der Tafel aufzustehen, und statt daß Sie mein Einsamkeitsbedürfnis respektiert hätten, veranlaßten Sie alle Gäste, mitzukommen und mich in meinem Alleinsein zu stören. Als ich dann wieder in den Salon zurückgekehrt war, konnte ich keinen Schritt tun, ohne Sie an meiner Seite zu finden, und wenn ich ein Wort sagte, dann gaben immer nur Sie mir Antwort. Die belangloseste Bemerkung diente Ihnen als Vorwand, um aufs neue eine Unterhaltung herbeizuführen, die ich nicht anhören wollte, ja die mich bloßstellen konnte. Denn schließlich, mein Herr, so geschickt Sie's auch anstellen mögen, was ich verstehe, das können, glaub' ich, die andern auch verstehen.

So haben Sie mich gezwungen, mich ganz stille zu verhalten und zu schweigen, und doch stellen Sie mir unentwegt weiter nach. Ich kann die Augen nicht aufschlagen, ohne Ihrem Blick zu begegnen. Unablässig bin ich genötigt wegzuschauen. Und in einer wahrhaft unverständlichen Unüberlegtheit lenken Sie die Blicke aller Anwesenden auf mich, gerade dann, wenn ich mich am liebsten vor meinen eigenen Blicken verkrochen hätte! Und da beklagen Sie sich noch über mein Verhalten! Und da wundern Sie sich darüber, daß ich Ihnen so beflissen ausweiche! Ach, tadeln Sie mich lieber dafür, daß ich soviel Nachsicht mit Ihnen übte, wundern Sie sich eher, daß ich nicht im selben Augenblick abgereist bin, als Sie anlangten! Vielleicht hätte ich es tun sollen, und Sie werden mich noch dazu zwingen. So gewaltsam dieser Ausweg auch sein mag, so notwendig wird er sein, wenn Sie nicht endlich von Ihren kränkenden Nachstellungen ablassen! Nein, ich vergesse nicht, ich werde nie vergessen, was ich mir schuldig bin, was ich meiner Ehe schulde, die ich eingegangen bin, deren Bande ich achte und liebe, und ich bitte Sie, glauben Sie mir, wäre ich je zu meinem Unglück gezwungen zu wählen, ob ich sie opfern oder mich selber zum Opfer bringen müßte, dann würde ich auch nicht einen Augenblick lang schwanken. Leben Sie wohl, mein Herr.

Am 16. September 17..

79. BRIEF

Der Vicomte de Valmont an die Marquise de Merteuil

Eigentlich wollte ich heute vormittag auf die Jagd gehen, aber es ist scheußliches Wetter. Als einzigen Lesestoff habe ich einen neuerschienenen Roman, der sogar einen Pensionsbackfisch langweilen würde. In frühestens zwei Stunden wird gefrühstückt. Somit will ich denn, trotz meines langen Briefs von gestern, noch ein bißchen mit Ihnen plaudern. Ich bin sicher, Sie werden sich dabei nicht langweilen, denn ich habe Ihnen allerhand »von dem ausnehmend hübschen Prévan« zu erzählen. Wie kommt es, daß Sie sein famoses Abenteuer nie erfahren haben, den Meisterstreich, durch den die »Unzertrennlichen« getrennt wurden? Ich möchte wetten, schon nach dem ersten Wort fällt es Ihnen wieder ein. Da Sie's aber so wünschen, soll es hier nachstehend verzeichnet sein:

Sie werden sich noch erinnern, daß ganz Paris sich wunderte, wie drei Frauen, alle drei hübsch, alle drei gleich begabt und zu denselben Ansprüchen berechtigt, vom Augenblick ihres ersten Auftretens in der Gesellschaft aufs intimste befreundet blieben. Zunächst glaubte man den Grund für diese Freundschaft in ihrer übermäßigen Schüchternheit gefunden zu haben. Doch bald waren sie von zahllosen Anbetern umringt, in deren Huldigungen sie sich teilten, und dank den eifrigen Bemühungen, mit denen sie umworben wurden, war ihnen in kürzester Zeit klar, wieviel sie galten; aber trotzdem kühlte sich ihre Freundschaft nicht im geringsten ab, im Gegenteil. Man konnte wohl sagen, jeder Triumph, den eine von ihnen davontrug, kam auch den beiden andern zugute. So mancher hoffte, wenigstens werde es zu Reibereien kommen, wenn die eine oder andere sich verliebe. Unsere Herzensbrecher machten sich gegenseitig die Ehre streitig, wer von ihnen den Zankapfel abgeben dürfe. Und sogar ich hätte mich damals an dem Kampfe beteiligt, hätte mir die hohe Gunst, zu der in jener Zeit die Gräfin de... aufstieg, erlaubt, ihr untreu zu werden, noch ehe ich die Billigung erhalten hatte, um die ich nachsuchte.

Indessen trafen die drei Schönheiten im selben Karneval wie auf Verabredung ihre Wahl. Und diese beschwor keineswegs die Stürme herauf, die man schmunzelnd erwartet hatte, ihre Freundschaft wurde dadurch nur noch anregender und anziehender, dank des Zaubers, den ihnen der Austausch ihrer heimlichen Gedanken bot.

Da gesellte sich die Menge der abgeblitzten Bewerber zur großen Zahl der neidischen Frauen, und die ärgerniserregende treue Beständigkeit wurde dem öffentlichen Gerede preisgegeben. Die einen behaupten, in diesem Zusammenleben der »Unzertrennlichen« – so nannte man sie fortan – herrsche als Grundgesetz die Gütergemeinschaft, und auch die Liebe sei dieser Besitzesteilung unterworfen. Andere versicherten, die drei Liebhaber hätten zwar keine Nebenbuhler, dafür aber Rivalinnen. Man ging sogar so weit zu behaupten, sie seien bloß der Schicklichkeit wegen zugezogen worden und hätten lediglich einen Titel, aber kein Amt übernommen.

Diese Gerüchte, mochten sie nun wahr oder falsch sein, hatten nicht die Wirkung, die man erhofft hatte. Die drei Paare fühlten im Gegenteil, daß sie verloren waren, wenn sie in diesem Augenblick auseinandergingen. Sie beschlossen also, dem Sturme Trotz zu bieten. Die Öffentlichkeit, die ja alles satt bekommt, hatte denn auch bald genug von ihrem erfolglosen Lästern. Die Leichtfertigkeit, die ihr eigen ist, trieb sie weiter, und sie wandte sich andern Dingen zu; dann kam sie mit ihrem üblichen Mangel an Folgerichtigkeit wieder auf die drei Pärchen zurück, und diesmal war sie des Lobes voll, anstatt Kritik zu üben. Da hier ja alles zur Mode wird, wirkte die Begeisterung ansteckend. Es erhob sich ein wahrer Begeisterungstaumel; da unternahm es Prévan, diese Wunderdinge nachzuprüfen und die öffentliche Meinung und auch seine eigene für immer und endgültig festzulegen.

Er suchte also den Umgang mit diesen Ausbünden an Vollkommenheit. Da er ohne jede Schwierigkeit in ihrem Kreis zugelassen wurde, sah er darin ein verheißungsvolles Anzeichen. Er wußte recht wohl, daß glückliche Leute nicht so leicht zugänglich sind. In der Tat sah er rasch, daß dieses vielgerühmte Glück, wie das der Könige, nicht so beneidenswert war, wie es den Anschein hatte, sosehr man es auch für erstrebenswert hielt. Er stellte fest, daß der eine oder andere dieser vorgeblich Unzertrennlichen anfing, sich um die Vergnügungen der Außenwelt zu kümmern und sie aufzusuchen, ja daß man sogar daran dachte, sich Zerstreuungen zu verschaffen. Daraus schloß er, daß die Bande der Liebe oder der Freundschaft bereits recht locker, wenn nicht gar zerrissen waren und daß bloß noch Eigenliebe oder Gewohnheit etwelche Macht hatten. Die Frauen jedoch, die in der Not zusammenhielten, wahrten untereinander noch den Schein ihrer frühern Einhelligkeit und innigen Freundschaft. Aber die Männer, die in allem, was sie taten, ungebundener waren, fanden mit einmal allerlei Pflichten, die sie erfüllen mußten, oder Geschäfte, die unbedingt erledigt sein sollten. Zwar klagten sie noch darüber, aber sie betrieben sie fortan eben doch, und so waren sie nur noch selten am Abend alle sechs beisammen.

Dieses Verhalten von seiten der drei Liebhaber war dem beharrlich und regelmäßig vorsprechenden Prévan von großem Nutzen. Es gab sich ganz von selber, daß er sich zu der jeweils verlassenen Dame setzte und solcherart Gelegenheit fand, der Reihe nach und je nach den Umständen sämtlichen drei Freundinnen dieselben Huldigungen darzubringen. Er hatte bald heraus, daß er sich nicht wiedergutzumachenden Schaden zufügte, falls er es sich beifallen ließe, unter ihnen eine Wahl zu treffen. Er fühlte, daß die falsche Scham, als erste untreu zu sein, die Bevorzugte abschrekken würde, daß die beiden andern aus verletzter Eitelkeit sich mit dem neuen Liebhaber verfeinden mußten und daß sie unweigerlich gegen ihn die erhabensten Grundsätze in ihrer ganzen Strenge ins Feld führen würden, und endlich, daß einer seiner Nebenbuhler, der immer noch zu fürchten war, ganz bestimmt aus lauter Eifersucht wieder neu entflammt würde. Alles hätte zum Hindernis werden können, und in seinem dreifachen Plan wurde alles das reinste Kinderspiel. Jede von den drei Frauen war nachsichtig, weil sie daran interessiert war, jeder von den Liebhabern war's darum, weil er überzeugt war, er habe damit nichts zu schaffen.

Prévan, der zu jener Zeit nur eine einzige Frau opfern mußte, hatte das große Glück, daß sie zu Berühmtheit gelangte. Dank ihrer Eigenschaft als Ausländerin und der Werbung eines vornehmen Prinzen, den sie recht geschickt abzuweisen verstanden hatte, waren die Augen des Hofes und der ganzen Stadt auf sie gerichtet. Ihr Liebhaber hatte teil an dieser Ehre und wußte sich diesen Umstand bei seinen neuen Gebieterinnen zunutze zu machen. Die einzige Schwierigkeit bestand darin, gleichzeitig die drei Liebesintrigen zu betreiben, deren Verlauf und Fortschritte zwangsläufig sich nach dem Ablauf der langsamsten richten mußten. Tatsächlich weiß ich von einem seiner besten Freunde, daß er seine liebe Not damit hatte, eine davon hintanzuhalten, die fast vierzehn Tage vor den beiden andern so weit gediehen war, daß sie hätte aufgehen können.

Endlich kam der große Tag heran. Prévan, der bereits die drei Geständnisse entgegengenommen hatte, war längst schon Herr der Ereignisse und lenkte sie nach seinem Gutdünken, wie Sie gleich sehen werden. Von den drei Gatten war der eine abwesend, der andere wollte am nächsten Tag in aller Frühe verreisen, der dritte weilte in der Stadt. Die drei unzertrennlichen Freundinnen sollten bei der künftigen Witwe soupieren; doch der neuerkorene Herr und Meister hatte nicht erlaubt, daß die früheren Diener und Liebhaber dazu eingeladen würden. Am Morgen desselbigen Tages machte er drei Päckchen aus den Briefen seiner drei Schönen; in das eine legte er ein Bildnis, das er von ihr erhalten hatte, in das zweite die verschlungenen Initialen ihrer beiden Namen, die sie selber gemalt hatte, in das dritte eine Haarlocke, die sie ihm geschenkt hatte. Und jede von den dreien nahm dieses dritteilte Opfer als vollzählig an und war daraufhin bereit, zum Entgelt dem in Ungnade gefallenen Liebhaber einen unmißverständlichen Abschiedsbrief zu schreiben.

Das war schon viel. Aber es war noch nicht genug. Die Frau, deren Gatte in der Stadt weilte, konnte bloß über den Tag frei verfügen; so wurde vereinbart, eine vorgebliche Unpäßlichkeit sollte sie vom Soupieren bei ihrer Freundin entheben, und der Abend sollte ganz Prévan gehören. Die Nacht gewährte ihm die Freundin, deren Mann abwesend war, und der Tagesanbruch, der Augenblick, da der dritte Gatte abreisen sollte, wurde von der letzten zum Schäferstündchen erkoren.

Prévan, der nichts außer acht zu lassen pflegt, eilte sodann zu der schönen Ausländerin, er brachte bereits die nötige schlechte Laune mit und verstand es, auch bei ihr die Mißstimmung hervorzurufen, die er brauchte, und er ging erst wieder fort, als er einen Streit heraufbeschworen hatte, der ihm für vierundzwanzig Stunden die erforderliche Bewegungsfreiheit sicherte. Als er dergestalt seine Anordnungen getroffen hatte, ging er wieder nach Hause und gedachte ein wenig auszuruhen. Da erwarteten ihn aber andere dringliche Geschäfte.

Die Abschiedsbriefe hatten auf die drei in Ungnade gefallenen Liebhaber gewirkt wie eine plötzliche Erleuchtung. Ein jeder von ihnen konnte nicht mehr daran zweifeln, daß er Prévan hatte weichen müssen. Und da der Ärger darüber, daß ihnen so arg mitgespielt worden war, zu dem Verdruß noch hinzukam, der ja immer durch die leise Demütigung beim Verlassenwerden entsteht, hatten alle drei unabhängig voneinander, ohne gegenseitig etwas abgekartet zu haben, und doch wie auf Verabredung, beschlossen, dafür Genugtuung zu verlangen und ihren begünstigten Nebenbuhler zur Rechenschaft zu ziehen.

Dieser fand denn auch zu Hause die drei Duellforderungen vor. Er nahm sie an, wie es sich für einen Edelmann ziemte; da er aber weder auf die Freuden dieses Abenteuers verzichten noch das Aufsehen drangeben wollte, das er erregen mußte, setzte er die drei Duelle auf den nächsten Morgen in der Frühe fest, und zwar bestellte er alle seine Gegner zur selben Stunde an den selben Ort. Treffpunkt: bei einem der Tore des Bois de Boulogne.

Als der Abend herangekommen war, brachte er seine drei Abenteuer eins nach dem andern erfolgreich hinter sich und legte bei allen gleich viel Ehre ein. Jedenfalls brüstete er sich nachher damit, eine jede von seinen drei neuen Geliebten habe dreimal hintereinander Pfand und Schwur seiner Liebe entgegengenommen. Hier fehlen, wie Sie sich leicht denken können, der Berichterstattung die Beweise. Alles, was der unparteiische Geschichtsschreiber tun kann, ist, den ungläubigen Leser darauf hinzuweisen, daß Eitelkeit und aufgepulverte Einbildungskraft Wunder vollbringen können, und des fernern sah es ganz so aus, als sollte der Morgen, der auf eine so ruhmreiche Nacht folgte, für alle Zukunft jegliche Schonung unnötig machen. Doch sei dem, wie ihm wolle, die nachstehenden Tatsachen beruhen auf sicheren Quellen.

Prévan stellte sich pünktlich am vereinbarten Treffpunkt ein. Dort fand er seine drei Nebenbuhler bereits vor. Sie waren sichtlich erstaunt, daß sie alle drei da waren, und es kann schon sein, daß jeder von ihnen einen leisen Trost dabei verspürte, als er sah, daß er noch zwei Leidgenossen hatte. Leutselig und schneidig trat er vor sie hin und hielt ihnen folgende Ansprache, die man mir wortgetreu berichtet hat:

»Meine Herren«, sagte er zu ihnen, »als Sie sich alle drei hier beisammensahen, haben Sie zweifellos erraten, daß ein jeder von Ihnen denselben Grund zur Klage gegen mich hat. Ich bin bereit, Ihnen Genugtuung zu geben. Das Los soll entscheiden, wer von Ihnen als erster sich Rache zu verschaffen suchen soll, denn Sie haben alle drei das gleiche Anrecht auf Rache. Ich habe weder einen Sekundanten noch Zeugen mitgebracht. Ich hatte keine bei mir, als ich Ihnen die Beleidigung antat, und so brauche ich auch keine für die Sühnung des Schimpfs.« Dann riß ihn seine Spielernatur fort, und er setzte hinzu: »Ich weiß, man gewinnt nur selten den siebenfachen Einsatz. Doch welches Los mich auch erwartet, man hat immer lange genug gelebt, wenn man Zeit hatte, die Liebe der Frauen und die Achtung der Männer zu erwerben.«

Während seine Gegner einander in schweigender Verwunderung anstarrten und in ihrem heiklen Ehrgefühl vielleicht überlegten, daß bei diesem dreifachen Zweikampf das Kräfteverhältnis recht ungleich war, hob Prévan erneut an zu sprechen: »Ich verhehle Ihnen nicht«, fuhr er also fort, »die Nacht, die ich heute verbracht habe, hat mich empfindlich ermüdet. Es wäre überaus großmütig von Ihnen, wenn Sie mir gestatten wollten, meine Kräfte wieder aufzuholen. Ich habe angeordnet, daß man hier ein Frühstück bereithalten solle. Erweisen Sie mir die Ehre und halten Sie mit. Lassen Sie uns gemeinsam frühstücken und vor allem: lustig frühstücken! Man kann sich um dergleichen Nichtigkeiten ja schlagen; aber sie dürfen, glaub' ich, unsere gute Laune nicht stören.«

Das Frühstück wurde nicht abgelehnt. Nie zuvor, so heißt es, war Prévan zuvorkommender und liebenswürdiger. Er war geschickt genug, keinen von seinen Nebenbuhlern zu demütigen, er war schlau genug, sie davon zu überzeugen, daß sie alle mit Leichtigkeit dieselben Lorbeeren hätten einheimsen können, und vor allem entlockte er ihnen das Eingeständnis, daß sie genausogut wie er sich eine solche Gelegenheit nicht hätten entgehen lassen. Als dies einmal zugegeben war, renkte sich alles von selbst wieder ein. Noch war das Frühstück nicht vorbei, da hatte man schon gut zehnmal festgestellt und wieder und wieder erklärt, dergleichen Weiber verdienten gar nicht, daß ehrliche, anständige Männer sich ihretwegen duellierten. Diese Einsicht führte zu herzlichem Einvernehmen, und man sprach dem Wein ausgiebig zu und wurde immer gesprächiger, so daß nach einer Weile nicht nur aller Groll verschwunden war, sondern einer dem andern Freundschaft durch dick und dünn schwor.

Prévan, dem dieser Ausgang zweifellos genauso lieb war wie der andere, wollte aber doch nichts von seinem Ruhm dabei einbüßen. Demzufolge paßte er schlau seine weiteren Pläne den Umständen an und sprach zu den drei Beleidigten: »Eigentlich müßten Sie sich nicht an mir rächen, sondern an Ihren treulosen Geliebten. Ich biete Ihnen eine Gelegenheit dazu. Bereits geht mir dieser Schimpf genauso wie Ihnen selber zu Herzen, und es könnte wohl sein, daß ich demnächst in der gleichen Lage wäre. Denn wenn es kein einziger von Ihnen fertiggebracht hat, eine von diesen Frauen auf die Dauer an sich zu fesseln, wie soll ich da hoffen können, sie alle drei an mich zu binden? Somit wird die Sache, die Sie ausgetragen haben, auch zur meinen. Schlagen Sie mir für den heutigen Abend ein Souper in meinem Lusthäuschen nicht ab, und ich hege die Hoffnung, Ihre Rache werde nicht lange auf sich warten lassen.« Man drang in ihn, er solle sich näher erklären. Aber er gab ihnen in dem überlegenen Ton, zu dem ihn die Umstände berechtigten, zur Antwort: »Meine Herren, ich habe Ihnen, meine ich, bewiesen, daß ich über einige Lebensart verfüge. Verlassen Sie sich nur ruhig auf mich.« Da pflichteten sie ihm alle bei, und nachdem sie ihren neugebackenen Freund umarmt hatten, gingen sie auseinander bis zum Abend, in höchster Erwartung, was seine Versprechungen wohl bedeuten mochten.

Er aber fuhr unverzüglich nach Paris zurück und suchte, wie's Sitte und Brauch ist, seine neuen Eroberungen auf. Er brachte sie alle dreie so weit, daß sie ihm zusagten, sie wollten noch am selben Abend, jede für sich allein natürlich, mit ihm zusammen in seinem Lusthäuschen soupieren. Zwei von ihnen machten freilich allerhand Umstände, aber was kann man nach einer Liebesnacht schon einem geliebten Mann abschlagen? Er bestellte sie in Abständen von je einer halben Stunde hin, denn so viel Zeit benötigte er für sein Vorhaben. Nach diesen Vorbereitungen zog er sich zurück, ließ den drei anderen Verschworenen Nachricht zukommen, und alle vier eilten, in ausgelassener Stimmung ihre Opfer zu erwarten.

Man hörte die erste anfahren. Prévan ging ihr allein entgegen, empfing sie voll Beflissenheit, geleitete sie ins Heiligtum, dessen alleinige Göttin sie zu sein wähnte. Dann verschwand er unter irgendeinem nichtssagenden Vorwand und ließ alsbald den beleidigten Liebhaber seinen Platz einnehmen.

Sie können sich wohl denken, daß die Verwirrung einer Frau, die noch nicht im geringsten abgebrüht war, in einem solchen Augenblick den Triumph äußerst leichtmachte. Jeder Vorwurf, den er ihr nicht an den Kopf warf, wurde von ihr wie eine Himmelsgnade angesehen, und die entflohene Sklavin, die ihrem früheren Herrn erneut ausgeliefert war, schätzte sich nur allzu glücklich, daß sie ihre alten Ketten wieder anlegen und damit auf Verzeihung hoffen durfte. Der Friedensvertrag wurde an einem einsameren Ort besiegelt, und der Schauplatz, der leer blieb, wurde der Reihe nach von den andern handelnden Personen ungefähr auf dieselbe Weise eingenommen, vor allem aber stets mit dem gleichen Abschluß der dramatischen Verwicklung.

Noch war aber jede von den Frauen überzeugt, sie sei allein im Spiel. Ihr Erstaunen und ihre Verlegenheit wuchsen erst, als sie zum Souper kamen und alle drei Paare auf einmal beisammen waren. Aber die Verwirrung erreichte ihren Höhepunkt, als Prévan plötzlich unter ihnen erschien und grausam genug war, sich bei den drei ungetreuen Frauenzimmern auf eine Art und Weise zu entschuldigen, daß ihr Geheimnis offenbar wurde und sie gleichzeitig völlige Klarheit darüber erhielten, wie übel ihnen mitgespielt worden war.

Indessen ging man zu Tisch, und es dauerte nicht lange, so hatte sich die Gesellschaft wieder leidlich gefaßt. Die Männer wurden gesprächig und mitteilsam, die Frauen fügten sich ins Unvermeidliche. Alle brüteten Haß in ihrem Herzen; aber was sie zusammen redeten, klang darum nicht weniger zärtlich. Die ausgelassene Stimmung erweckte sehnsüchtiges Verlangen, das wiederum dem Frohsinn neue Reize verlieh. Diese erstaunliche Orgie währte bis in den Morgen hinein, und als man auseinanderging, hatten die Frauen allen Anlaß zu glauben, es sei Ihnen vergeben und verziehen. Die Männer aber grollten ihnen immer noch und brachen schon am nächsten Tag unwiderruflich mit ihnen. Und sie gaben sich nicht damit zufrieden, ihre leichtfertigen Geliebten sitzenzulassen, sie trieben ihre Rache so weit, daß sie ihr Abenteuer der Öffentlichkeit preisgaben. Seit jener Zeit lebt eine von den Frauen im Kloster, und die beiden andern schmachten in der Verbannung auf ihren Landgütern.

So, das war Prévans Geschichte. Nun steht es bei Ihnen, ob Sie seinen Ruhm noch vergrößern und sich an seinen Triumphwagen mit einspannen wollen. Ihr Brief hat mich wirklich beunruhigt, und ich erwarte voll Ungeduld eine verständigere und bündigere Antwort auf den letzten, den ich Ihnen geschrieben habe.

Leben Sie wohl, schönste Freundin. Hüten Sie sich vor Ihren spaßigen oder schrulligen Einfällen! Sie geben ihnen stets allzu leicht nach. Bedenken Sie, in der Laufbahn, die Sie eingeschlagen haben, genügt es nicht, geistreich zu sein. Ein einziger unbedachter Schritt kann zu einem Unheil anwachsen, das nichts ungeschehen machen kann. Nehmen Sie's schließlich hin, daß besonnene Freundschaft bisweilen Ihre Vergnügungen lenkt.

Leben Sie wohl. Ich liebe Sie trotz allem, als wären Sie vernünftig.

Am 18. September 17..

80. BRIEF

Der Chevalier Danceny an Cécile Volanges

Cécile, meine teure Cécile, wann kommt endlich die Zeit, daß wir uns wiedersehen dürfen? Wer lehrt mich, fern von Ihnen zu leben? Wer gibt mir dazu Kraft und Zuversicht? Niemals, nein, nie und nimmer werde ich diese verhängnisvolle Trennung ertragen können! Mit jedem Tag wird mein Unglück unerträglicher; und es ist kein Ende abzusehen! Valmont läßt mich im Stich, vielleicht vergißt er mich gar. Er ist bei der Frau, die er liebt. Er weiß nicht mehr, was man leidet, wenn man fern dem geliebten Menschen weilen muß. Als er mir Ihren Brief zukommen ließ, schrieb er kein Wort dazu. Und er muß mir doch mitteilen, wann ich Sie sehen kann und wie das möglich ist. Hat er mir denn gar nichts zu sagen? Sie selbst lassen gar nichts mehr davon verlauten; sollten Sie es am Ende auch nicht mehr wünschen? Ach, Cécile! Cécile! Ich bin so unsagbar unglücklich! Ich liebe Sie inniger denn je zuvor. Aber meine Liebe, die den ganzen Zauber meines Lebens ausmachte, wird nun zur Qual meines Daseins.

Nein, so kann ich nicht mehr weiterleben. Ich muß Sie sehen, ich muß, und wäre es auch nur für einen kurzen Augenblick! Wenn ich morgens aufstehe, sage ich mir: Ich werde sie nicht sehen. Und beim Zubettegehen sage ich: Ich habe sie nicht gesehen! Die Tage wollen kein Ende nehmen, und kein einziger Augenblick des Glücks leuchtet darin . . . Lauter Entbehrung, nichts als Sehnsucht, alles ist nur Verzweiflung. Und all diese Leiden kommen von dem Menschen, von dem ich alle meine Freuden erwartete! Fügen Sie zu diesen tödlichen Qualen noch meine Angst um das, was Sie ausstehen müssen, dann können Sie sich ein Bild von meinem Zustand machen! Ich denke ohne Unterlaß an Sie, und nie denke ich an Sie, ohne daß ich ganz verstört bin. Sehe ich, daß Sie traurig und unglücklich sind, dann leide ich an Ihren Kümmernissen, und wenn ich Sie ruhig und getrost sehe, dann wird mein eigener Kummer doppelt tief. Wohin ich blicke, überall sehe ich nichts als Unglück.

Ach, wie war es so ganz anders, als Sie noch am selben Ort wohnten wie ich! Damals war alles eitel Freude! Die Gewißheit, Sie zu sehen, verschönte sogar die Augenblicke, da Sie fern weilten. Die Zeit, die ich fern von Ihnen verbringen mußte, brachte mich Ihnen wieder näher, je mehr sie verstrich. Wie ich sie auch zubrachte, immer hatte alles Bezug auf Sie. Erfüllte ich irgendwelche Pflichten, dann wurde ich dadurch Ihrer würdiger. Pflegte ich ein Talent, das ich etwa besaß, hoffte ich damit Ihnen noch mehr zu gefallen. Sogar dann, wenn die Zerstreuungen der Gesellschaft mich von Ihnen wegtrugen, war ich nicht von Ihnen getrennt. Im Theater suchte ich zu erraten, was Ihnen hätte gefallen können. Ein Konzert gemahnte mich an Ihre Begabung und an unsere so geliebte Betätigung. In Gesellschaft und auf Spazierwegen erhaschte ich die allerleiseste Ähnlichkeit mit Ihnen. Ich stellte überall Vergleiche mit Ihnen an, und immer fiel der Vergleich zu Ihren Gunsten aus. Jeder einzelne Augenblick im Tage trug den Stempel einer neuen Huldigung, und Abend für Abend legte ich den Tribut, bestehend aus allen diesen Huldigungen, zu Ihren Füßen nieder. Und jetzt, was bleibt mir noch? Schmerzliche Reue, immerwährende Entbehrung und eine leise Hoffnung, Valmonts Stillschweigen werde nicht weiterdauern, Ihr eigenes aber werde in Unruhe umschlagen. Zehn Meilen nur trennen uns voneinander, und diese Strecke, die so leicht zu durchschreiten wäre, wird für mich zu einem unüberwindlichen Hindernis! Und wenn ich, damit sie mir helfen, es aus dem Wege zu räumen, meinen Freund, meine Geliebte anflehe, bleiben sie beide kalt und ungerührt! Sie antworten mir nicht einmal, geschweige denn, daß sie mir beiständen.

Was ist denn aus der betriebsamen Freundschaft Valmonts geworden? Was ist vor allem aus Ihren so zärtlichen Gefühlen geworden, die Sie so erfindungsreich im Ersinnen von Möglichkeiten und Wegen, uns tagtäglich zu sehen, machten? Zuweilen, ich weiß es noch gut, sah ich mich genötigt, meinem Sehnen, Sie zu sehen, zwar nicht zu entsagen, aber es irgendwelchen Erwägungen und Rücksichten oder Pflichten zu opfern, was wußten Sie mir dann nicht alles vorzubringen? Unter wie vielen Vorwänden bekämpften Sie dann meine Gründe! Und vergessen Sie nicht, meine Cécile, immer wieder stellte ich meine Gründe Ihren Wünschen hintan. Ich will mich dessen nicht rühmen; ich hatte nicht einmal das Verdienst, ein Opfer gebracht zu haben. Was Sie so sehnlich herbeiwünschten, das gewährte ich Ihnen von Herzen gern. Doch endlich ist es jetzt an mir zu bitten. Und worum bitte ich? Sie auf einen Augenblick zu sehen, Ihnen den Schwur ewiger Liebe zu erneuern und ihn von Ihnen entgegenzunehmen. Finden Sie darin nicht mehr Ihr Glück wie ich das meine? Ich weise diesen Gedanken von mir; er müßte mich in Verzweiflung stürzen und das Maß meines Unglücks vollmachen. Sie lieben mich, Sie werden mich immer lieben. Ich glaube es, weiß es gewiß, ich will nie daran zweifeln. Aber meine Lage ist grauenvoll, ich kann sie nicht länger mehr ertragen. Leben Sie wohl, Cécile.

Paris, am 18. September 17..

81. BRIEF

Die Marquise de Merteuil an den Vicomte de Valmont

Wie erbärmlich wirken Ihre Ängste! Wie bündig beweisen Sie mir meine Überlegenheit über Sie! Und Sie wollen mir Lehren erteilen, mich anleiten? Ach, mein armer Valmont, welch ein Abstand noch zwischen Ihnen und mir besteht! Nein, aller Stolz Ihres Geschlechts würde nicht ausreichen, um diesen Abgrund auszufüllen, der zwischen uns klafft. Weil Sie nicht imstande wären, meine Pläne auszuführen, halten Sie es für unmöglich, für unausführbar! Du hoffärtiges und schwächliches Wesen, es steht dir wahrlich an, meine Möglichkeiten zu beurteilen, die Mittel zu ermessen, die mir zu Gebote stehn! Wahrhaftig, Vicomte, Ihre wohlgemeinten Ratschläge haben mich mißlaunig gemacht, ich kann es Ihnen nicht verhehlen. Daß Sie hingehen und Ihrem unglaublich linkischen Benehmen Ihrer Präsidentin gegenüber ein Mäntelchen umhängen und sich mit Ihrem Triumph brüsten, weil sie auf einen Augenblick diese schüchterne, verliebte Frau haben aus der Fassung bringen können, mir kann's ja recht sein! Daß Sie ihnen einen Blick, einen einzigen Blick gegönnt hat, nun, darüber lächle ich bloß und lasse es Ihnen hingehen. Daß Sie wohl unwillkürlich spürten, wie kümmerlich der Erfolg war, den Ihr Verhalten zeitigte, daß Sie Ihre Schlappe daher meiner Aufmerksamkeit entziehen wollten, indem Sie mich mit der gewaltigen Leistung zu kirren suchten, die darin bestand, zwei unerfahrene Kinder, die es beide nicht erwarten können, bis sie einander kriegen, zu verkuppeln, und die, nebenbei gesagt, allein mir ihr glühendes Verlangen zu verdanken haben, auch das will ich noch hinnehmen. Daß Sie schließlich aus solchen Glanztaten das Recht ableiten, mir in schulmeisterlichem Ton vorzupredigen, »es sei besser, seine Zeit darauf zu verwenden, seine Pläne ins Werk zu setzen als sie immer nur zu erzählen«, dieser Eigendünkel schadet mir nicht, und ich will ihn verzeihen. Daß Sie aber glauben können, ich sei auf Ihre Durchtriebenheit angewiesen und könnte auf Abwege geraten, wenn ich nicht folgsam Ihren Weisungen gehorche, ich müsse Ihnen ein Vergnügen, eine Laune zum Opfer bringen, wahrlich, Vicomte, das beweist, daß Sie über das Vertrauen auch gar zu hochmütig geworden sind, das ich Ihnen freundlicherweise bezeigt habe!

Was haben Sie denn eigentlich vollbracht, was ich nicht tausendfältig überboten hätte? Sie haben eine Menge Frauen verführt, ja sogar zugrunde gerichtet. Welche Schwierigkeiten hatten Sie aber dabei zu überwinden? Welche Hindernisse mußten Sie nehmen? Wo ist das Verdienst, das Ihnen wirklich zusteht? Eine schmucke Gestalt, ein einnehmendes Äußeres, purer Zufall! Anmutige Manieren, die der Umgang mit Frauen fast immer verschafft; Witz, ja, das allerdings, aber zur Not könnte an seine Stelle auch irgendein Geschwätz denselben Dienst tun; eine recht lobenswerte Unverfrorenheit, die Sie aber vielleicht einzig Ihren ersten leicht errungenen Erfolgen zu verdanken haben: darin bestehen, irre ich nicht, alle Ihre Trümpfe. Denn was die Berühmtheit anbetrifft, zu der Sie es etwa gebracht haben mögen, so werden Sie, mein' ich, nicht verlangen, ich müsse die Fertigkeit hoch anschlagen, eine Gelegenheit zum Skandal herbeizuführen oder auszunützen.

Was Umsicht, Klugheit und Schlauheit anlangt, so will ich von mir ganz schweigen. Welche Frau verfügt aber nicht über weit mehr als Sie? Ei, sogar Ihre Präsidentin führt Sie ja wie ein kleines Kind am Gängelband!

Glauben Sie mir, Vicomte, man erwirbt nur selten die Fähigkeiten, ohne die man auskommt. Da Sie ja bei Ihrem Kampfe keinerlei Gefahr laufen, gehen Sie notgedrungen bei allem, was Sie tun, ohne jede Umsicht zu Werke. Für euch Männer sind Niederlagen doch bloß Erfolge, die ihr nicht buchen könnt. Bei diesem ungleichen Spiel besteht unser Glück darin, daß wir nicht verlieren, euer Pech aber ist, daß ihr nicht gewinnt. Wollte ich euch so viel Talente zubilligen wie uns, um wieviel müßten wir euch nicht überragen, dank unserer Zwangslage, sie unaufhörlich anzuwenden!

Nehmen wir meinethalben einmal an, ihr geht mit der gleichen Geschicklichkeit vor, wenn ihr uns unterkriegen wollt, wie wir sie zu unserer Verteidigung oder auch zur Hingabe aufwenden, dann werdet ihr zum mindesten zugeben müssen, daß ihr sie nach dem erfolgreichen Ausgang nicht mehr nötig habt. Ihr denkt einzig noch an euren Zeitvertreib und gebt euch dem ohne Bedenken und rückhaltlos hin; euch kümmert's ja nicht, ob er lange währt.

In der Tat, diese Bande, die eines dem andern auferlegt und von ihm hinnimmt, um im Kauderwelsch verliebter Poeten zu reden, ihr allein könnt sie nach Belieben enger straffen oder auch zerreißen, und wir können uns noch glücklich schätzen, wenn ihr in eurer Leichtfertigkeit einen Bruch in aller Heimlichkeit einem öffentlichen Abbruch der Beziehungen vorzieht und euch damit zufriedengebt, uns auf eine demütigende Art sitzenzulassen, und nicht gar das Wesen, das ihr gestern noch abgöttisch geliebt habt, am nächsten Tag zur Strecke bringt!

Fühlt nun aber ein unglückliches Weib zuerst die drückende Last seiner Kette, was für Gefahren geht sie nicht ein, wenn sie sich ihr zu entziehen sucht, wenn sie auch nur wagt, sie ein wenig zu lockern? Nur unter Zittern versucht sie den Mann von sich fernzuhalten, den ihr Herz mit Macht zurückstößt. Versteift er sich darauf zu bleiben, dann muß sie das, was sie aus Liebe hingab, nunmehr aus Furcht gewähren.

Noch tun sich ihre Arme auf,
wenn schon ihr Herz sich ihm verschlossen hat.

Klug, wie sie ist, muß sie geschickt dieselben Bande aufknüpfen, die ihr einfach zerrissen hättet. Auf Gnade und Ungnade ihrem Feinde ausgeliefert, kann sie sich nicht zur Wehr setzen, wenn ihm jegliche Großmut abgeht. Und wie kann sie von seiner Seite auf Großmut hoffen, wenn man ihn zwar bisweilen für eine großmütige Handlung lobt, niemals aber ihn wegen seiner mangelnden Großmut tadelt?

Diese Wahrheiten werden Sie gewiß nicht abstreiten wollen, sind sie doch so offenkundig, daß sie längst zu Binsenwahrheiten geworden sind. Wenn Sie gleichwohl gesehen haben, wie ich mit Geschehnissen und Meinungen willkürlich umsprang und diese so furchteinflößenden Männer zum Spielball meiner Launen und Schrullen machte, wie ich den einen den Willen, den andern aber die Macht nahm, mir zu schaden, wenn ich es verstand, der Reihe nach und entsprechend meinen flüchtigen Neigungen.

diese Tyrannen, die entthront zu meinen Sklaven wurden,*
entweder meiner Gefolgschaft einzuverleiben oder fern von mir zu halten; wenn inmitten dieser häufigen Wechsel mein Ruf dennoch unangetastet geblieben ist, mußten Sie daraus nicht den Schluß ziehen, daß ich dazu geboren bin, mein Geschlecht zu rächen und das Ihre zu meistern? Mußten Sie nicht annehmen, ich habe mir Hilfsquellen erschlossen, die keine Frau bis auf mich kannte?

Ach, behalten Sie Ihre Ratschläge für sich und sparen Sie Ihre Ängste für die Heulkrampfweiber mit dem irren Blick, die sich »gefühlvoll« nennen, für die Frauen, deren überspannte Einbildung den Glauben erwecken könnte, die Natur habe ihre Sinne samt und sonders in ihren Kopf verlegt, die nie nachgedacht haben und darum unaufhörlich die Liebe mit dem Liebhaber verwechseln, die in ihrem Irrwahn glauben, der Mann, mit dem sie Lust gesucht haben, sei alleiniger Spender solcher Wonne, und die als echte Abergläubische dem Priester Ehrfurcht und Glauben entgegenbringen, die eigentlich nur der Gottheit gebührten.

Fürchten Sie des ferneren für die Frauen, die mehr Eitelkeit als Klugheit besitzen und sich notfalls nicht darein fügen können, wenn man sie sitzenläßt.

Zittern Sie vor allem um die Frauen, die bei allem Müßiggang betriebsam sind und die ihr »empfindsam« nennt. Die Liebe ergreift so leicht und mit solcher Allgewalt von ihnen Besitz, sie verspüren das Bedürfnis, sich auch dann noch mit ihr zu beschäftigen, wenn sie sich ihrer nicht mehr erfreuen. Sie geben sich rückhaltlos ihren gärenden Gedanken hin und kommen, dank ihnen, mit jenen süßen und doch so gefährlichen Briefen nieder; und sie scheuen nicht davor zurück, solche Beweise ihrer Schwäche dem Mann anzuvertrauen, der ihnen dazu Anlaß gibt. Die Unbedachten! Sie können in ihrem gegenwärtigen Geliebten nicht den künftigen Feind sehen.

Ich aber, was habe ich mit diesen kopflosen Frauenzimmern gemein? Wann haben Sie je gesehen, daß ich von den Regeln abwich, die ich mir selber gesetzt habe, daß ich gegen meine Grundsätze verstoßen hätte? Ich sage ausdrücklich und mit Absicht: meine Grundsätze. Denn sie sind nicht, wie die anderer Frauen, aufs Geratewohl aufgestellt, unbesehen übernommen und aus lauter Gewohnheit befolgt. Sie sind die Ausgeburten tiefsinniger Überlegungen. Ich habe sie geschaffen, und ich kann wohl sagen, ich bin mein eigenes Werk.

* Es ist nicht bekannt, ob diese Verse, ebenso wie die weiter oben angeführten, »Noch tun sich ihre Arme auf, wenn schon ihr Herz sich ihm verschlossen hat«, Zitate aus nur wenig bekannten Werken sind, oder ob sie zur Prosa der Madame de Merteuil gehören. Was zu dieser Annahme berechtigte, ist die große Zahl von Fehlern dieser Art, die sich in sämtlichen Briefen dieses Briefwechsels finden. Die Briefe des Chevalier Danceny sind die einzigen, die nicht in diesen Fehler verfallen; vielleicht war sein Ohr, da er sich zuweilen dichterisch betätigte, ein wenig geübter, und so entging er leichter diesem Fehler.

Ich wurde zu einer Zeit in die Gesellschaft eingeführt, als ich noch ein junges Ding war, und da ich aus diesem Grunde zum Schweigen und zur Untätigkeit verurteilt war, wußte ich mir das zunutze zu machen und stellte meine Beobachtungen und Überlegungen an. Während man mich für gedankenlos oder zerstreut hielt, da ich freilich nur wenig auf die Reden hörte, die man mir mit viel Eifer hielt, nahm ich sorgfältig die Worte in mich auf, die man mir zu verheimlichen suchte.

Diese nutzbringende Wißbegier half zwar mit zu meiner Bildung, aber sie lehrte mich auch, mich zu verstellen. Da ich oftmals gezwungen war, das, was meine Aufmerksamkeit erregte, vor den Augen meiner Umgebung zu verbergen, versuchte ich, meine eigenen Augen nach meinem Belieben dahin zu lenken, wo es mir gefiel. Seit jener Zeit brachte ich es fertig, wie's mir gerade paßte, den geistesabwesenden Blick anzunehmen, den Sie so oft gelobt haben. Durch diesen ersten Erfolg ermutigt, bemühte ich mich, mein Mienenspiel ebenso in die Gewalt zu bekommen. Litt ich etwa Kummer, so trachtete ich danach, heiter dreinzusehen, ja sogar Freunde an den Tag zu legen. Ich trieb meinen Eifer so weit, daß ich mir freiwillig Schmerzen zufügte und währenddessen einen ganz vergnügten Ausdruck zur Schau trug. Ich arbeitete mit gleicher Sorgfalt und noch größerer Anstrengung an mir, um alle Anzeichen einer unerwarteten Freude zu unterdrücken. So brachte ich es zustande, mein Gesicht schließlich so in die Gewalt zu bekommen, daß Sie manchmal darüber ganz erstaunt waren. Ich war noch recht jung damals und fast unscheinbar. Aber ich besaß nichts außer meinem Innenleben, und es empörte mich, daß man es mir sollte rauben oder daß man mir gegen meinen Willen sollte dahinterkommen können. Mit diesen ersten Waffen bewehrt, erprobte ich ihre Verwendung. Nicht zufrieden damit, mich nicht mehr durchschauen zu lassen, machte es mir bereits Spaß, mich in immer neuen Gestalten zu zeigen. Ich hatte mein Gebärdenspiel vollkommen in der Gewalt, ich achtete genau darauf, was ich sagte; ich stimmte eines wie das andere auf die Umstände ab, manchmal sogar richtete ich mich auch bloß nach meinen Launen und Einfällen. Von dem Augenblick an ging es nur noch mich an, was ich eigentlich dachte, und ich zeigte nur noch, was mir irgend Vorteil bringen konnte, wenn ich es mir anmerken ließ.

Diese Arbeit an mir selber hatte meine Aufmerksamkeit auf den Ausdruck der Gesichter und den Charakter der Physiognomien gelenkt; und ich erwarb mir dabei diesen durchdringenden Blick, dem nicht so völlig zu vertrauen mich jedoch die Erfahrung gelehrt hat. Aber im großen und ganzen hat er mich doch nur wunderselten irregeführt.

Ich war noch nicht fünfzehn Jahre alt und besaß schon gewisse Talente, denen der Großteil unserer Staatsmänner seinen Ruhm verdankt, und dabei stand ich erst bei den einfachsten Anfangsgründen der Wissenschaft, die ich mir zu eigen machen wollte.

Sie können sich wohl denken, daß ich wie alle jungen Mädchen hinter das Geheimnis der Liebe und ihrer Freuden zu kommen suchte. Da ich jedoch nie im Kloster gewesen war, auch keine gute Freundin hatte und von einer wachsamen Mutter im Auge behalten wurde, hatte ich darüber nur recht unklare Vorstellungen, mit denen ich nicht viel anzufangen wußte. Die Natur selbst, über die ich seither nur zu rühmen hatte, gab mir noch einen Wink. Es war, als wirke sie im stillen an der Vervollkommnung ihres Werkes. Mein Kopf allein gärte. Ich trug keinerlei Verlangen nach Genuß, ich wollte wissen. Der Wunsch, etwas zu erfahren, gab mir auch Mittel und Wege ein.

Ich fühlte, daß der einzige Mann, mit dem ich darüber reden konnte, ohne mir eine Blöße zu geben, mein Beichtvater war. Alsbald faßte ich meinen Entschluß. Ich überwand meine mädchenhafte Scham; ich prahlte mit einer Sünde, die ich gar nicht begangen hatte, und bezichtigte mich, alles gemacht zu haben, »was die Frauen so machen«. So drückte ich mich aus; aber wenn ich derartige Dinge aussprach, so wußte ich in Wahrheit gar nicht, was ich da redete. Meine Hoffnung wurde weder ganz erfüllt, noch wurde sie völlig enttäuscht. Die Furcht, mich zu verraten, hielt mich davon ab, mir Klarheit zu verschaffen. Aber der gute Pater malte mir die Sünde so riesengroß vor Augen, daß ich daraus den Schluß zog, die Wonne müsse unaussprechlich sein. Und auf den Wunsch, sie kennenzulernen, folgte alsbald das Verlangen, sie auszukosten.

Ich weiß nicht, wo mich dieses Verlangen noch hingeführt hätte, und da ich damals völlig unerfahren war, hätte mich eine einzige Gelegenheit vielleicht ins Verderben gerissen. Zum Glück für mich kündete mir meine Mutter wenige Tage später an, ich werde demnächst heiraten. Augenblicklich erlosch angesichts der Gewißheit, etwas Genaues zu erfahren, meine Neugier, und ich gelangte jungfräulich in Herrn de Merteuils Arme.

Ich sah gelassen dem Augenblick entgegen, der mir Aufklärung bringen mußte, und hatte nicht wenig Selbstbeherrschung nötig, um Befangenheit und Angst an den Tag zu legen. Die erste Nacht, von der man sich gemeinhin eine so grausame oder auch süße Vorstellung macht, war für mich nichts weiter als eine Gelegenheit, Erfahrungen zu sammeln. Schmerzen und Wonnen, alles beobachtete ich genau und sah in diesen verschiedenen Empfindungen nichts anderes als Tatsachen, die ich in mich aufnehmen und die ich überdenken mußte.

Diese eigenartige Selbstbeobachtung fing mir mit der Zeit an zu gefallen. Doch getreu meinen Grundsätzen und wohl auch im dumpfen Gefühl, daß von allen Menschen zuallerletzt mein Gatte mein Vertrauen genießen dürfe, entschloß ich mich, gerade weil ich sinnlich äußerst erregbar war, mich ihm gegenüber empfindungslos und kalt zu geben. Diese scheinbare Gefühlskälte wurde in der Folge zur unerschütterlichen Grundlage seines blinden Vertrauens. Damit verband ich, zufolge einer weiteren Überlegung, das kopf- und gedankenlose Gebaren, zu dem mich mein jugendliches Alter berechtigte, und nie hielt er mich für kindlicher, als in den Augenblicken, da ich ihn am allerdreistesten zum Narren hielt.

Indessen muß ich zugeben, ich ließ mich anfangs vom Trubel des gesellschaftlichen Lebens mitreißen und gab mich voll und ganz seinen nichtigen Zerstreuungen hin. Nach ein paar Monaten jedoch nahm mich Herr de Merteuil mit auf sein ödes Landgut, und da gab mir die Angst vor der Langeweile wieder Geschmack an der Selbstbeobachtung ein. Und da ich mich dort nur von Leuten umgeben fand, bei denen mich der Standesunterschied vor jeglichem Argwohn sicherte, machte ich mir diesen Umstand zunutze, um für meine Experimente ein weiteres Betätigungsfeld zu erschließen. Hier gewann ich vor allem die Gewißheit, daß die Liebe, die man uns als Urquell aller unserer Freuden preist, allerhöchstens eine Ausflucht ist.

Die Krankheit Herrn de Merteuils war schuld an einer Unterbrechung dieses angenehmen Zeitvertreibs. Ich mußte ihn in die Stadt begleiten, wo er Heilung zu finden hoffte. Wie Sie wissen, starb er kurze Zeit nachher. Und wenn ich mich auch alles in allem nicht über ihn zu beklagen hatte, so wußte ich darum nicht weniger die Freiheit zu schätzen, die mir mein Witwentum verschaffte, und ich nahm mir fest vor, es weidlich auszunützen.

Meine Mutter rechnete bestimmt damit, ich werde ins Kloster gehn oder dann mit ihr zusammenleben. Ich lehnte das eine wie das andere ab, und alles, was ich der Schicklichkeit zugestand, war die Rückkehr auf dasselbe Landgut, wo mir noch einige Beobachtungen zu machen blieben.

Ich bestärkte sie noch mit Hilfe meiner Lektüre. Glauben Sie aber ja nicht, ich hätte nur Bücher von der Gattung gelesen, an die Sie jetzt denken. Ich ging unsern Sitten in den Romanen auf den Grund, ich studierte unsere Meinungen in den Schriften der Philosophen, ich suchte sogar bei den strengsten Sittenlehrern, was sie von uns verlangten, und so verschaffte ich mir Gewißheit über das, was zu tun erlaubt war, was man denken mußte und was es vorzustellen galt. Als ich mir über diese Fragen einmal meine Ansicht gebildet hatte, bot lediglich die letzte gewisse Schwierigkeiten in der Ausführung. Doch hoffte ich, sie überwinden zu können, und sann auf Mittel und Wege, dies zu bewerkstelligen.

Die Freuden meines Landlebens fingen mählich an, mich zu langweilen; sie boten meinem tatendurstigen Kopf zuwenig Abwechslung. Ich verspürte einen leisen Drang zur Gefallsucht, und das söhnte mich mit der Liebe wieder aus. Freilich nicht etwa, weil ich sie gern gespürt hätte, nein, ich wollte sie bloß eingeben und vortäuschen. Vergeblich hatte man mir gesagt, und ich hatte es auch schon irgendwo gelesen, man könne dieses Gefühl nicht vortäuschen. Ich sah gleichwohl, daß es zur Erreichung dieses Zieles genügte, mit dem Geist eines Stückeschreibers das Talent eines Schauspielers zu verbinden. Ich übte mich also in den beiden Gattungen, und vielleicht gar mit einigem Erfolg. Anstatt aber den eiteln Beifall des Theaters zu suchen, beschloß ich, auf mein Glück zu verwenden, was andere ihrer Eitelkeit zum Opfer brachten.

Ein Jahr verstrich unter diesen verschiedenen Betätigungen. Da mir meine Witwentrauer hierauf wieder gestattete, mich in der Gesellschaft zu zeigen, kehrte ich mit meinen hochfliegenden Plänen erneut in die Stadt zurück. Ich war freilich nicht auf das erste Hindernis gefaßt, auf das ich dort stieß.

Das lange Alleinsein, die strenge Abgeschiedenheit hatten mir einen Anstrich von Prüderie verliehen, der unsere liebenswürdigsten Herrchen abschreckte; sie hielten sich abseits und ließen mich hilflos einer Unmenge von langweiligen Leimsiedern preisgegeben, die sich allesamt um meine

Hand bewarben. Es machte mir zwar gar nichts aus, sie abzuweisen; aber ein paar Körbe, die ich austeilte, erregten zum Teil das Mißfallen meiner Familie, und ich verlor mit solchen häuslichen Plackereien die kostbare Zeit, von der ich mir eine so reizvolle Verwendung versprochen hatte. Ich war also gezwungen, um die einen wieder anzulocken und die andern fernzuhalten, ein paar kleine Seitensprünge recht auffällig zu begehen und auf die Schädigung meines guten Rufes all die Mühe zu verwenden, die ich eigentlich hatte auf seine Erhaltung verwenden wollen. Das gelang mir auch mit Leichtigkeit, wie Sie sich wohl denken können. Da ich aber von keiner Leidenschaft hingerissen war, tat ich nur, was ich für notwendig erachtete, und bemaß vorsichtig, was ich mir an Unbesonnenheit leisten durfte.

Sobald ich das Ziel erreicht, das ich mir gesteckt hatte, machte ich rechtsum kehrt, ging in mich und tat, als verdanke ich meine Umkehr ein paar von jenen Frauen, die außerstande sind, irgendwelchen Anspruch auf äußere Anmut zu erheben, und darum ihren ganzen Ehrgeiz dareinsetzen, gute Werke zu tun und ihre Tugend ins schönste Licht zu stellen. Das war ein Stich, der in meinem Spiel den Ausschlag gab und mir mehr einbrachte, als ich erhofft hatte. Die dankbaren Anstandsdamen warfen sich durch dick und dünn zu meinen Verteidigerinnen auf, und ihr blinder Eifer für »ihrer Hände Werk«, wie sie mich zu nennen beliebten, ging so weit, daß bei der geringsten Stichelei, die man sich mir gegenüber herausnahm, der ganze Klüngel der Prüden Zeter und Mordio schrie und behauptete, das sei ein Skandal und bare Ehrabschneiderei. Das gleiche Mittel trug mir auch noch die Zustimmung aller Frauen ein, die auf Eroberungen ausgingen; sie waren überzeugt, ich habe es aufgegeben, in ihren Jagdgründen mitzujagen, und erwählten mich zum Ziel ihrer Lobeserhebungen jedesmal, wenn sie beweisen wollten, daß sie nicht alle und jeden durchhechelten.

Indessen hatte mein vorerwähntes Verhalten mir wieder meine Liebhaber zugeführt, und um sowohl mit ihnen als auch mit meinen unverläßlichen Gönnerinnen gut auszukommen, gab ich mich als empfindsame, aber überaus heikle Frau, der das Übermaß ihres Zartgefühls Waffen gegen die Liebe lieferte. Damals begann ich nun auf der großen Bühne die Talente zu entfalten, die ich mir angeeignet hatte. Meine erste Sorge galt dem Bemühen, mir den Ruf einer unnahbaren, unbesieglichen Frau zu erwerben. Zu diesem Behufe waren die Männer, die mir überhaupt nicht gefielen, stets die einzigen, deren Huldigungen ich dem Schein nach entgegennahm. Ich verwendete sie zu meinem Vorteil, indem ich mir dadurch alle Ehren eines heldenhaften Widerstandes verschaffte, während ich mich unbesorgt dem Liebhaber hingab, den ich erkoren hatte. Dem aber erlaubte meine vorgebliche Ängstlichkeit nicht, mit mir in Gesellschaft zu gehen. Und so kam es, daß die Blicke meiner Umgebung stets nur auf den unglücklichen Liebhaber gerichtet waren.

Sie wissen ja, wie rasch ich mich zu entscheiden pflege. Ich habe nämlich beobachtet, daß fast immer die Aufmerksamkeiten, die der völligen

Hingabe vorausgehen, das Geheimnis einer Frau preisgeben. Was man auch tun mag, der Umgangston vor und nach dem glücklichen Ausgang eines Verhältnisses ist nie der gleiche. Dieser Unterschied entgeht dem aufmerksamen Beobachter nicht, und ich fand es weniger gefährlich, mich in meiner Wahl zu irren, als mich durchschauen zu lassen. Dabei habe ich noch den Vorteil, daß ich alle Mutmaßungen und Wahrscheinlichkeiten beseite räume, nach denen man uns einzig beurteilen kann.

Diese Vorsichtsmaßregeln und auch der Umstand, daß ich nie etwas schriftlich gab, niemals irgendwelchen Beweis meines Unterliegens aus der Hand ließ, mochten übertrieben aussehen, mir aber schienen sie nie ausreichend. Ich bin in mein Herz hinabgestiegen und habe dort die Herzen der andern ergründet. Ich habe darin gesehen, daß jeder Mensch ein Geheimnis hegt, an dessen Wahrung ihm sehr viel liegt. Diese Wahrheit hat das Altertum offenbar besser gekannt als wir, und die Geschichte Simsons ist vielleicht nichts als eine sinnreiche Allegorie. Als eine zweite Dalilah habe ich, gleich ihr, stets meine ganze Macht darauf verwendet, hinter dieses wichtige Geheimnis zu kommen. Hei! Von wie manchem modernen Simson aus unserer Gesellschaft halte ich nicht den Schopf unter der Schere! Und die habe ich längst aufgehört zu fürchten. Sie sind die einzigen, die ich manchmal zu demütigen mich erdreistet habe. Den andern gegenüber war ich fügsamer und geschmeidiger; die Kunst, sie zur Untreue zu verleiten, um vor ihnen nicht selbst flatterhaft zu erscheinen, eine vorgetäuschte Freundschaft, scheinbares Vertrauen, einige Beweise von Edelmut, die schmeichelhafte Vorstellung, die ein jeder von ihnen beharrlich hegt, er allein sei mein Liebhaber gewesen, all dies hat mir ihre Verschwiegenheit eingetragen. Schließlich, wenn mir alle diese Vorkehrungen versagten, verstand ich es in weiser Voraussicht des jeweiligen Abbruchs meiner Beziehungen, im voraus schon unter Lächerlichkeit oder Verleumdungen das Vertrauen zu ersticken, das diese nunmehr gefährlichen Männer hätten erringen können.

Was ich Ihnen da sage, das sehen Sie mich ohne Unterlaß auch praktisch anwenden. Und da zweifeln Sie an meiner Vorsicht! Nun denn, denken Sie an die Zeit zurück, als Sie erstmals um mich warben. Nie bis dahin hatte es mir so sehr geschmeichelt, umworben zu werden. Ich begehrte Sie, noch ehe ich Sie gesehen hatte. Ihr Ruf hatte mich verführt, und es war mir, als fehlten Sie noch, um meinem Ruhm die Krone aufzusetzen. Ich brannte darauf, Leib an Leib mit Ihnen zu ringen. Das war die einzige Neigung, die je in meinem Leben auf mich Einfluß hatte. Hätten Sie mich indes zugrunde richten wollen, wie hätten Sie das bewerkstelligen wollen? Mit Gerede ohne Hand und Fuß, das spurlos verpufft wäre und das außerdem noch Ihr Leumund in höchst verdächtigem Licht erscheinen ließe, ferner eine Reihe von höchst unwahrscheinlichen Tatsachen, deren wahrheitsgetreue Erzählung nach einem schlecht zusammengeschusterten Schundroman aussähe.

Freilich habe ich Ihnen in der Zwischenzeit alle meine Geheimnisse preisgegeben; Sie wissen ja aber, was für Interessen uns aneinander binden und ob man von uns beiden gerade mich der Unvorsichtigkeit zeihen kann?*Da ich nun gerade so schön im Zuge bin, Ihnen Rechenschaft abzulegen, so will ich's auch gerade bis aufs Tüpfelchen tun. Es ist mir, ich höre Sie sagen, ich sei zum mindesten völlig in der Hand meiner Kammerfrau. In der Tat, wenn sie auch nicht in meine Gefühle eingeweiht ist, so weiß sie doch genau Bescheid über alles, was ich getan und getrieben habe. Als Sie früher einmal etwas hiervon andeuteten, gab ich Ihnen lediglich zur Antwort, ich könne mich voll und ganz auf sie verlassen. Und den Beweis, daß Ihnen damals diese Antwort vollauf genügte und daß Sie darüber beruhigt waren, sehe ich darin, daß Sie ihr seither, und zwar aus freien Stücken, reichlich gefährliche Geheimnisse anvertraut haben. Jetzt aber, da Prévan Ihre argwöhnische Eifersucht erweckt hat und Sie darüber den Kopf verlieren, kann ich mir wohl denken, daß Sie mir nicht mehr aufs Wort alles glauben. Ich muß Ihnen also näheren Aufschluß geben.

Erstens ist das Mädchen meine Milchschwester, und dieses Band, das für unsereinen gar nichts bedeutet, gilt bei Leuten ihres Standes recht viel; außerdem bin ich im Besitz ihres Geheimnisses, und, was noch besser ist, als sie die Folgen des Fehltritts einer schwachen Stunde verspürte und sich bereits verlorengab, da habe ich sie gerettet. Ihre Eltern, die bis ins Mark der Knochen von Ehrgefühl strotzten, wollten sie kurzerhand einsperren lassen. Sie wandten sich an mich. Ich sah auf den ersten Blick schon, wie nützlich mir ihr Zorn sein konnte. Ich half ihm noch ein wenig nach und betrieb aufs angelegentlichste die Einsperrung, die ich endlich auch durchsetzte. Hernach schlug ich mich unvermittelt zu denen, die für Milde eintraten, und brachte auch die Eltern soweit, daß sie Gnade walten lassen wollten, und dann nützte ich meinen Einfluß beim alten Minister und erkämpfte mir die Einwilligung aller, den Haftbefehl zu treuen Händen mir zu übergeben, mit dem Verfügungsrecht über Ausführung oder Nichtausführung, je nachdem ich es für richtig hielt und mir das künftige Verhalten des Mädchens diese Maßnahme zu verdienen schien. Sie weiß demnach, daß ihr Schicksal in meine Hand gegeben ist; und wenn, was ich für ausgeschlossen halte, diese wirkungsvollen Mittel sie nicht davon abhalten sollten, liegt es dann nicht klar zutage, daß Enthüllungen über ihr Vorleben und ihre rechtsgültige Bestrafung ihrem Gerede binnen kurzer Zeit jegliche Glaubwürdigkeit nehmen müßten?

Zu diesen Vorsichtsmaßnahmen, die ich als grundlegend bezeichnen möchte, kommen noch tausenderlei andere, teils örtliche, teils solche, die bei Gelegenheit getroffen werden könnten, auf die mich nötigenfalls Überlegung und Gewohnheit bringen werden. Es wäre allzu umständlich, sie hier mit allen Einzelheiten zu verzeichnen, aber es ist überaus wichtig, daß sie getroffen und angewendet wurden, und Sie werden sich die Mühe nehmen müssen, sie aus meinem ganzen bisherigen Verhalten zusammenzutragen, falls Sie sie kennenlernen wollen. Wenn Sie aber verlangen, daß ich mir so viel Mühe gegeben haben soll, um schließlich gar nichts davon

* Man wird in der Folge, im 152. Briefe, zwar nicht Herrn de Valmonts Geheimnis erfahren, wohl aber ungefähr, welcher Art es war, und der Leser wird einsehen, daß wir ihn darüber nicht näher haben aufklären können.

zu haben, daß ich mich in mühseliger Arbeit so hoch über alle Frauen erhoben habe und mich nun dazu hergeben soll, gleich ihnen zwischen Unbedachtheit und kleinlicher Ängstlichkeit hin- und herzukriechen, vor allem einen Mann dermaßen zu fürchten, daß ich mein Heil nur noch in der Flucht sehe? Nein, Vicomte, nie und nimmer! Jetzt gilt es, zu siegen oder unterzugehen. Was Prévan anbetrifft, so will ich ihn haben, und ich werde ihn auch bekommen. Er möchte es ausplaudern, und er wird es nicht tun! Das ist in wenigen Worten unser Roman. Leben Sie wohl.

Am 20. September 17..

82. BRIEF

Cécile Volanges an den Chevalier Danceny

Mein Gott, wie hat Ihr Brief mir weh getan! Ich hätte ihn wahrhaftig nicht mit solcher Ungeduld zu erwarten brauchen! Ich hoffte Trost darin zu finden, und jetzt bin ich noch trauriger als vorher, ehe ich ihn erhalten hatte. Ich habe ihn unter strömenden Tränen gelesen. Deswegen mache ich Ihnen aber keinen Vorwurf. Ich habe schon so oft Ihretwegen geweint, und es hat mir nicht weh getan. Doch diesmal ist es nicht mehr das gleiche.

Was wollen Sie denn damit sagen, daß Ihre Liebe für Sie zu einer Qual werde, daß Sie so nicht weiterleben können, daß Sie Ihre Lage nicht länger zu ertragen vermögen? Wollen Sie etwa aufhören, mich zu lieben, weil es nicht mehr so angenehm ist wie früher? Es dünkt mich, ich sei auch nicht glücklicher als Sie, ganz im Gegenteil! Und doch habe ich Sie nur noch um so lieber. Wenn Herr de Valmont Ihnen nicht geschrieben hat, so liegt der Fehler doch nicht bei mir. Ich habe ihn nicht darum bitten können, weil ich nie mit ihm allein war, und auch weil wir vereinbart haben, wir würden nie miteinander reden, wenn noch andere Leute zugegen seien. Und auch das geschieht nur Ihretwegen, damit er so rasch wie möglich tun kann, was Sie wünschen. Ich will nicht sagen, daß ich es nicht auch wünsche, und Sie können sich darauf verlassen; aber wie soll ich es bloß anfangen? Wenn Sie glauben, es sei leicht, dann finden Sie doch ein Mittel heraus! Mir soll's recht sein! Glauben Sie vielleicht, es sei für mich angenehm, tagtäglich von Mama ausgescholten zu werden? Vorher hielt sie mir nie etwas vor, ganz im Gegenteil. Jetzt aber ist es schlimmer, als wenn ich noch im Kloster wäre. Ich tröstete mich immerhin darüber hinweg, weil ich mir andauernd wieder sagte, es geschehe ja um Ihretwillen. Es gab sogar Augenblicke, wo mir war, als sei ich darüber eigentlich recht froh. Wenn ich aber sehe, daß Sie nun auch böse sind, und zwar ohne daß ich etwas Schlimmes getan habe, dann trage ich schwerer daran als an allem, was mir bisher zugestoßen ist.

Nur schon Ihre Briefe zu bekommen ist schwierig, und wäre Herr de Valmont nicht so zuvorkommend und geschickt, wie er's tatsächlich ist, dann wüßte ich gar nicht, wie ich es bewerkstelligen sollte. Und an Sie zu schreiben, ist noch viel schwieriger. Den ganzen Vormittag lang getraue ich mich nicht, weil Mama stets in der Nähe ist und alle paar Augenblicke zu mir ins Zimmer hereinkommt. Zuweilen kann ich es am Nachmittag unter dem Vorwand, ich möchte ein wenig singen oder Harfe spielen, und auch dann muß ich nach jeder Zeile abbrechen, damit sie auch hört, daß ich übe. Zum Glück schläft meine Kammerzofe manchmal des Abends ein, und ich sage ihr dann, ich könne allein zu Bette gehen, damit sie weggeht und mir das Licht daläßt. Und dann muß ich mich hinter den Bettvorhang setzen, damit man kein Licht sieht, und muß beim leisesten Geräusch lauschen und aufpassen, um alles in meinem Bett verstecken zu können, wenn vielleicht jemand kommen könnte. Ich wollte, Sie wären da, Sie würden ja sehen! Sie würden dann wohl zur Einsicht kommen, daß man einen Menschen wirklich liebhaben muß, um all dies zu tun. Kurzum, es ist wirklich wahr, ich tue alles, was ich kann, und ich wollte, ich könnte noch mehr tun.

Selbstverständlich will ich Ihnen von Herzen gerne sagen, daß ich Sie liebe und Sie immer liebbehalten werde. Nie im Leben habe ich es so von ganzem Herzen gesagt. Und Sie sind böse! Bevor ich es Ihnen gesagt hatte, hatten Sie mir doch so beteuert, das allein mache Sie schon glücklich. Sie können es nicht abstreiten, es steht in Ihren Briefen. Wenn ich sie auch nicht mehr habe, so weiß ich es doch noch so genau, als könnte ich sie alle Tage wieder lesen. Und weil wir nun voneinander getrennt sind, hat sich Ihr Sinn gewandelt! Aber diese Trennung wird ja vielleicht nicht ewig währen. Mein Gott, wie bin ich unglücklich! Und Sie sind daran schuld!

Dabei fällt mir ein: Ich hoffe, Sie haben die Briefe aufbewahrt, die mir Mama weggenommen und Ihnen zurückgesandt hat. Es muß doch einmal eine Zeit kommen, wo ich nicht mehr so überwacht bin wie jetzt gerade, und dann müssen Sie mir alle wieder zurückgeben. Wie glücklich werde ich sein, wenn ich sie für immer behalten darf, ohne daß irgendeiner etwas dagegen einzuwenden hat! Jetzt verwahrt sie Herr de Valmont für mich, weil es sonst viel zu gefährlich wäre. Gleichwohl gebe ich ihm nie einen zurück, ohne daß mir dabei das Herz blutet.

Leben Sie wohl, mein lieber Freund. Ich liebe Sie von ganzem Herzen. Ich werde Sie mein ganzes Leben lang liebbehalten. Hoffentlich sind Sie jetzt nicht mehr böse auf mich, und wenn ich das ganz sicher wüßte, wäre ich kein bißchen mehr traurig. Schreiben Sie mir, sobald Sie nur können, denn ich fühle, daß ich bis dahin immer noch traurig sein werde.

Auf Schloß ..., am 21. September 17..

83. BRIEF

Der Vicomte de Valmont an die Präsidentin de Tourvel

Ich bitte Sie, gnädige Frau, lassen Sie uns die Unterhaltung wiederaufnehmen, die zu meinem großen Leidwesen abgebrochen wurde! Gestatten Sie mir, den Beweis zu Ende zu führen, daß ich bei weitem nicht dem widerwärtigen Bild entspreche, das man Ihnen von mir entworfen hat. Gewähren Sie mir vor allem wiederum das freundliche Vertrauen, das Sie mir zu bezeigen anfingen! Wie großen Reiz verstehen Sie doch der Tugend zu verleihen! Wie verschönen Sie alle ehrbaren Gefühle, wie werden sie einem teuer! Ach, darin liegt Ihre Verführungskunst; sie ist die allerstärkste, sie ist die einzige, die zugleich wirksam ist und doch Ehrfurcht gebietet.

Sicherlich genügt es, Sie zu sehen, um den Wunsch zu verspüren, Ihnen auch zu gefallen. Es genügt, Ihnen in Gesellschaft zuzuhören, damit dieser Wunsch noch unwiderstehlicher wird. Wer aber das Glück genießt, Sie näher zu kennen, wer bisweilen in Ihrer Seele lesen darf, gibt gar bald einer edleren Begeisterung nach und betet, durchdrungen von Verehrung wie auch von Liebe, in Ihnen das Abbild aller Tugenden an. Ich war vielleicht mehr als andere dafür geschaffen, sie zu lieben und ihnen nachzuleben, und war nur durch einige Verirrungen mitgerissen worden, die mich davon abgebracht hatten. Und Sie haben mich ihnen wieder nahegebracht, Sie haben mich erneut ihren ganzen Zauber fühlen lassen. Wollen Sie mir nun diese neue Liebe als Verbrechen ankreiden? Wollen Sie Ihr eigenes Werk schmähen? Wollen Sie sich sogar über den Anteil aufhalten, den Sie daran hätten? Was für Unheil kann man schon von einem so reinen Gefühl befürchten? Und wie süß wäre es, dies Gefühl auszukosten!

Meine Liebe erschreckt Sie, sie kommt Ihnen ungestüm und zügellos vor? Bändigen Sie meine Maßlosigkeit mit einer Liebe, die maßvoller und sanfter ist. Schlagen Sie die Macht nicht aus, die ich Ihnen anbiete; ich gelobe Ihnen, mich ihr nie zu entziehen, und – das darf ich wohl sagen – sie wäre für die Tugend nicht völlig verloren. Welches Opfer könnte mir zu mühevoll erscheinen, wäre ich sicher, daß Ihr Herz mir den Lohn dafür später nicht vorenthalten wird. Ist überhaupt ein Mann je so unselig, daß er die Entbehrungen, die er auf sich nimmt, nicht irgendwie zu genießen wüßte, daß er nicht ein Wort, einen Blick, den man ihm aus freien Stücken schenkt, sämtlichen Genüssen vorzöge, die er mit Gewalt rauben oder ablisten könnte? Und Sie glaubten, ein solcher Mann sei ich! Und Sie fürchteten sich vor mir! Ach, warum liegt es nicht bei mir, daß Sie glücklich werden können! Wie würde ich an Ihnen Rache nehmen, indem ich Sie glücklich werden ließe! Diese süße Macht vermag jedoch die Freundschaft, darin einer tauben Frucht gleich, nicht hervorzubringen. Einzig die Liebe kann das!

Dieses Wort jagt Ihnen Schrecken ein! Und weshalb denn eigentlich? Eine noch innigere Zuneigung, eine noch stärkere Bindung, ein einziger Gedanke, das gleiche Glück und dieselben Kümmernisse, was liegt darin, das Ihrer Seele unvertraut wäre? So ist doch die Liebe! Jedenfalls ist solcher Art die Liebe, die Sie eingeben und die ich fühle! Sie vorab rechnet uneigennützig und weiß unser Tun und Lassen nach ihrem Verdienst zu schätzen und nicht nach dem, was es einbringt. Sie ist ein unerschöpflicher Schatz empfindsamer Seelen, und alles, was durch sie oder um ihretwillen geschieht, wird kostbar.

Was haben diese so leicht faßlichen Wahrheiten, die so angenehm und süß in die Tat umzusetzen sind, denn eigentlich Abschreckendes? Was für Befürchtungen kann Ihnen ein tief fühlender Mann eingeben, dem die Liebe kein anderes Glück mehr zuläßt als das Ihre? Daß Sie glücklich sein mögen, das ist heute mein einziger, mein sehnlichster Wunsch. Ihn erfüllt zu sehen, dafür werde ich alle Opfer bringen, ausgenommen das Gefühl, das ihn mir eingibt. Und dies Gefühl, ach, schlagen Sie mir's nicht länger ab, es mit mir zu teilen, und Sie sollen es lenken, wie es Ihnen lieb ist. Doch lassen Sie uns nicht länger dulden, daß es uns entzweit, da es uns doch einen sollte. Wenn die Freundschaft, die Sie mir angeboten haben, nicht bloß ein leeres Wort ist, wenn sie – sagten Sie's nicht gestern selber? – das süßeste Empfinden ist, das Ihr Herz kennt, dann mag sie unser beider Verhältnis bestimmen, ich werde mich gegen Ihren Entscheid nicht sträuben. Wirft sie sich aber zum Richter über die Liebe auf, dann darf sie ihr nicht Gehör verweigern. Die Weigerung, sie anzuhören, käme einem Unrecht gleich, und Freundschaft ist nicht ungerecht.

Eine zweite Unterredung wird nicht mehr Schwierigkeiten und Unannehmlichkeiten bieten als die erste. Der Zufall kann wieder eine neue Gelegenheit herbeiführen, ja Sie können selbst den passenden Augenblick bestimmen. Ich will gerne glauben, daß ich im Unrecht bin. Wird es Ihnen nicht lieber sein, mich auf den rechten Weg zurückzuführen als mich zu bekämpfen? Und zweifeln Sie an meiner Folgsamkeit? Wäre der Störenfried damals nicht gekommen und hätte uns unterbrochen, dann hätte ich mich vielleicht schon damals völlig zu Ihrer Ansicht bekehrt. Wer weiß, wie weit Ihr Einfluß reichen kann?

Darf ich's Ihnen sagen? Diese unwiderstehliche Macht, der ich mich ergebe, ohne daß ich sie zu ermessen wage, dieser Zauber, dessen ich mich nicht zu erwehren vermag, der mich mit allem, was ich denke und tue, gänzlich in Ihre Hand gibt, zuweilen kommt es vor, daß ich sie fürchte. Ach, die Unterredung, um die ich Sie bitte, vielleicht sollte mir davor bange sein! Wer weiß, nachher, wenn ich durch meine Gelübde gebunden bin, sehe ich mich dann gezwungen, in einer Liebe glühend zu brennen, von der ich bestimmt fühle und weiß, daß sie nie erlöschen kann, und dabei werde ich hernach nicht einmal mehr Ihren Beistand erflehen können! Ach, gnädige Frau! Ich bitte Sie, ich flehe Sie an, mißbrauchen Sie Ihre Macht nicht! Doch wie, wenn Sie dadurch glücklicher werden, wenn ich Ihnen dadurch Ihrer würdiger vorkommen kann, wieviel Leiden werden durch diese trostreichen Vorstellungen nicht aufgewogen! Ja, ich fühle es, wenn ich ein weiteres Mal mit Ihnen spreche, liefere ich Ihnen damit noch stärkere Waffen; ich gebe mich damit noch vollständiger in Ihre Hände, unterwerfe mich noch rückhaltloser Ihren Wünschen. Es ist weniger schwer, sich gegen Ihre Briefe zur Wehr zu setzen. Wohl sind darin Ihre eigenen Worte enthalten, aber Sie sind nicht leibhaftig da und können ihnen daher nicht noch mehr Nachdruck verleihen. Indes, die Freude, Ihnen zuhören zu können, veranlaßt mich, der Gefahr, die darin liegt, die Stirn zu bieten. So wird mir wenigstens das Glück zuteil, daß ich alles für Sie getan habe, selbst wenn es sich gegen mich wenden sollte, und meine Opfer werden zu einem Beweis meiner Liebe, den ich Ihnen darbringe. Ich bin allzu glücklich, Ihnen auf tausendfache Art zu beweisen, wie ich's tausendfältig empfinde, daß Sie – ohne daß ich mich selber ausnehmen möchte – meinem Herzen am nächsten stehen und ihm auch stets am teuersten bleiben werden.

Auf Schloß ..., am 23. September 17..

84. BRIEF

Der Vicomte de Valmont an Cécile Volanges

Sie haben ja gesehen, wie man uns gestern in die Quere gekommen ist. Den ganzen Tag über konnte ich Ihnen den Brief nicht zustecken, den ich für Sie hatte. Ich weiß auch nicht, ob ich heute leichter dazu komme. Ich habe Angst, ich könnte Sie bloßstellen, wenn ich mehr Eifer als Geschicklichkeit drauf verwende, und ich könnte es mir nie verzeihen, wenn irgendeine Unbedachtheit Ihnen zum Verhängnis würde und Sie zur Verzweiflung Ihres Freundes für alle Zeit unglücklich machen sollte. Ich weiß jedoch nur allzu gut, wie ungeduldig Verliebte sind; ich fühle, wie qualvoll es in Ihrer Lage sein muß, wenn eine Verzögerung für den einzigen Trost eintritt, den Sie in diesem Augenblick genießen können. Ich habe lange über die Möglichkeiten nachgedacht, wie alle diese Hindernisse aus dem Wege geräumt werden könnten, und ich habe endlich eine gefunden, die nicht schwer zu bewerkstelligen sein wird, wenn Sie sich nur ein klein wenig Mühe geben.

Ich glaube bemerkt zu haben, daß der Schlüssel zu Ihrer Kammertür, die auf den Korridor hinausführt, immer auf dem Kaminsims Ihrer Frau Mama liegt. Mit diesem Schlüssel würde alles kinderleicht, das werden Sie bestimmt auch einsehen. Doch da ich ihn nicht habe, werde ich Ihnen einen genau gleichen verschaffen, der denselben Dienst tut. Um den zu besorgen, brauche ich bloß für eine Stunde oder höchstens zwei den andern. Sie werden unschwer eine Gelegenheit ausfindig machen, bei der Sie ihn wegnehmen können, und damit es nicht auffällt, daß er nicht mehr da ist, lege ich hier einen von meinen eigenen bei, der ihm so ähnlich sieht, daß man den Unterschied nicht bemerken wird, es sei denn, man probiere ihn aus; und das wird man ja kaum versuchen. Sie müssen mir nur ein blaues, abgeblichenes Band daranknüpfen, wie an Ihrem eigenen eines ist.

Sie müßten trachten, den Schlüssel spätestens morgen oder übermorgen um die Frühstückszeit in Ihrer Hand zu haben, denn dann wird es Ihnen leichterfallen, ihn mir zu übergeben, und Sie können ihn am Abend wieder hinlegen, weil Ihre Mama ihn dann unter Umständen vermissen könnte. Ich werde ihn Ihnen vor dem Mittagessen wieder zurückgeben können, wenn wir uns richtig verständigen.

Sie wissen, wenn man vom Salon ins Eßzimmer hinübergeht, dann ist immer Madame de Rosemonde die letzte, die kommt. Ich werde ihr die Hand reichen. Sie brauchen dann bloß Ihre Stickerei ganz langsam wegzulegen, oder Sie lassen irgend etwas fallen, so daß Sie zurückbleiben können. Dann werden Sie's schon irgendwie zuwege bringen, daß Sie den Schlüssel nehmen können; ich werde ihn jedenfalls hinter meinem Rücken vorsorglich parat halten. Sie müssen aber unbedingt, sobald Sie den Schlüssel an sich genommen haben, sofort zu meiner alten Tante hintreten und ihr irgend etwas Artiges sagen. Sollten Sie zufällig den Schlüssel fallen lassen, dann verlieren Sie nur ja den Kopf nicht gleich. Ich werde tun, als sei ich's selber gewesen, und für alles Weitere kann ich Ihnen dann einstehen.

Das geringe Vertrauen, das Ihre Mama Ihnen entgegenbringt, und die Strenge, mit der sie Sie behandelt, geben uns längstens das Recht zu dieser kleinen List. Außerdem ist es der einzige Ausweg, damit Sie auch weiterhin Dancenys Briefe erhalten und ihm die Ihrigen zukommen lassen können. Jeder andere ist wirklich viel zu gefährlich und könnte Sie alle beide rettungslos ins Unglück stürzen. Darum müßte ich es mir in meiner fürsorglichen Freundschaft zum Vorwurf machen, daß ich derlei Mittel weiter verwendet hätte.

Sind wir erst einmal im Besitz des Schlüssels, dann brauchen wir bloß noch ein paar Vorsichtsmaßregeln zu treffen, damit die Tür nicht kreischt und das Schloß nicht knarrt; doch das ist ganz leicht zu erreichen. Sie finden unter dem gleichen Schrank, wo ich Ihnen das Papier hingelegt hatte, Öl und eine Feder. Sie gehen ja hie und da zu gewissen Zeiten auf Ihr Zimmer und sind dort allein. Diese Zeit benützen Sie dazu, das Schloß und die Türangel zu ölen. Sie müssen nur sorgsam darauf achten, daß Sie keine Flecken machen, denn das könnte gegen Sie zeugen. Auch müssen Sie warten, bis es finster geworden ist, denn wenn Sie es so geschickt anstellen, wie ich es Ihnen zutraue, dann sieht man anderntags nichts mehr davon. Sollte man aber dennoch etwas bemerken, so sagen Sie, ohne zu zögern, der Mann sei's gewesen, der im Schlosse die Fußböden bohnert. In diesem Falle müßten Sie genau angeben, zu welcher Zeit es passiert ist, und was er mit Ihnen geredet hat: Zum Beispiel behaupten Sie dreist, er kehre das gegen den Rost vor, und zwar bei allen Schlössern, die nicht benutzt würden. Denn Sie werden doch einsehen, es wäre nicht sehr wahrscheinlich, daß Sie bei dem ganzen Gescher dabei wären, ohne zu fragen, warum es eigentlich angerichtet werde. Solche kleinen, nebensächlichen Bemerkungen vermitteln Wahrscheinlichkeit, und die Wahrscheinlichkeit nimmt der Lüge jegliche üble Folgen, weil man gar nicht daran denkt, sie nachzuprüfen.

Wenn Sie diesen Brief gelesen haben, dann lesen Sie ihn bitte nochmals durch; ich bitte Sie sogar, darüber nachzudenken. Zuerst müssen Sie genau wissen, was wir tun wollen, und dann sollen Sie sich überzeugen, daß ich nichts vergessen habe. Ich bin es nur wenig gewöhnt, in Dingen, die mich anlagen, mit List und Verschlagenheit vorzugehen; so habe ich denn auch keine rechte Übung darin. So brauchte es nicht weniger als meine aufrichtige Freundschaft zu Danceny und die Teilnahme, die Sie mir einflößen, um mich so weit zu bringen, daß ich mich derartiger Mittel bedienen will, so harmlos sie auch sein mögen. Ich hasse alles, was nach Betrug aussieht; so ist nun einmal mein Charakter. Aber Ihr Unglück ist mir so zu Herzen gegangen, daß ich alles versuchen will, um es zu lindern.

Sie können sich wohl denken, wenn diese Verbindung zwischen uns beiden einmal hergestellt ist, wird es mir bedeutend leichterfallen, Ihnen die Unterredung mit Danceny zu verschaffen, die er wünscht. Doch sagen Sie ihm noch nichts von alledem; Sie würden dadurch seine Ungeduld nur noch größer machen, und der Augenblick, wo sie gestillt werden kann, ist noch nicht ganz gekommen. Sie sind es ihm, glaub' ich, schuldig, sie eher zu beruhigen als noch zu verschlimmern. Ich verlasse mich darin ganz auf Ihr Zartgefühl. Leben Sie wohl, mein schönes Mündelkind; denn Sie sind ja nun mein Mündel. Haben Sie Ihren Vormund ein bißchen gern, und vor allem seien Sie ihm recht folgsam; Sie werden sich dabei wohl befinden. Ich kümmere mich um Ihr Glück, und Sie können sich darauf verlassen, ich werde dabei auch mein eigenes finden.

Am 24. September 17..

85. BRIEF

Die Marquise de Merteuil an den Vicomte de Valmont

Endlich werden Sie Ruhe geben, und vor allem werden Sie mir Gerechtigkeit widerfahren lassen. Hören Sie, und dann verwechseln Sie mich nie mehr mit andern Frauen. Ich habe mein Abenteuer mit Prévan abgeschlossen. *Abgeschlossen!* Erfassen Sie wohl, was das bedeutet? Jetzt mögen Sie entscheiden, wer nun damit prahlen kann, er oder ich. Zu erzählen wird es zwar längst nicht so lustig sein wie zu erleben. So wäre es auch nicht recht, daß Ihnen, der Sie doch bloß mehr oder minder gescheit über diese Angelegenheit geredet haben, ebensoviel Vergnügen zukäme wie mir, die ich meine Zeit und auch einige Mühe darauf verwendet habe.

Wenn Sie indessen je einen großangelegten Anschlag planen, wenn Sie jemals ein Unternehmen ins Werk setzen wollen, bei dem Ihnen dieser gefährliche Nebenbuhler zu fürchten scheint, dann kommen Sie her. Er räumt Ihnen das Feld, zumindest für einige Zeit. Es kann auch sein, daß er sich von dem Schlag, den ich ihm versetzt habe, nie mehr erholt.

Wie glücklich sind Sie doch, daß Sie mich zur Freundin haben! Ich bin für Sie die reinste gütige Fee. Da verzehren Sie sich vor Sehnsucht, fern der Schönheit, die Sie im Bann hält; ich brauche bloß ein Wort zu sagen, und schon sind Sie wieder bei ihr. Sie wollen sich an einer Frau rächen, die Ihnen Schaden zufügt; ich bezeichne Ihnen die Stelle, wo Sie zuschlagen müssen, und liefere sie Ihnen auf Gnade und Ungnade aus. Endlich rufen Sie mich wieder an, um einen gefürchteten Gegner aus dem Kampffeld zu verdrängen, und ich erhöre Sie. Wahrlich, wenn Sie mir nicht Ihr Leben lang dafür danken, dann sind Sie eben ein undankbarer Mensch. Damit komme ich wieder auf mein Abenteuer zurück und fange von vorne an zu erzählen.

Als ich so vernehmlich nach der Oper meine Verabredung * traf, wurde sie, wie ich gehofft hatte, auch gehört. Prévan kam ebenfalls hin, und als die Marschallin verbindlich zu ihm sagte, sie schätze sich glücklich, ihn zweimal nacheinander an einem Empfangstag sehen zu dürfen, gab er ihr beflissen zur Antwort, seit dem letzten Dienstagabend habe er tausenderlei Abmachungen rückgängig gemacht, um auf diese Art über den Abend verfügen zu können. Merken Sie etwas? Da ich aber doch noch sicherer gehen wollte, ob ich auch wirklich an dieser schmeichelhaften Beflissenheit schuld sei oder nicht, beschloß ich, den neuen Anbeter zu zwingen, zwischen mir und seiner Lieblingsneigung zu wählen. Ich erklärte also, ich werde heute nicht spielen, und tatsächlich, er fand seinerseits ungezählte Ausflüchte, um nicht spielen zu müssen. Und meinen ersten Triumph trug ich über das *Landsknecht*-Spiel davon.

Dann nahm ich den Bischof von ... in Beschlag und verwickelte ihn in ein Gespräch. Ihn wählte ich, weil er mit dem Helden des Tages befreundet war und ich ihm die Annäherung möglichst erleichtern wollte. Ich sah es auch gar nicht ungern, einen ehrfurchtgebietenden Zeugen zu haben, der notfalls über mein Verhalten und alles, was ich redete, aussagen konnte. Diese Vorkehrungen glückten mir denn auch vortrefflich.

Nach den üblichen nichtssagenden Redensarten riß Prévan bald die Unterhaltung an sich und versuchte sich nacheinander in verschiedenen Tonarten, um herauszubringen, welchen Ton er mir gegenüber am besten anschlagen müsse. Gefühlstöne lehnte ich von vornherein ab, weil ich nicht daran glaube; dann gebot ich mit meinem Ernst seiner Ausgelassenheit Einhalt, denn sie dünkte mich für den Beginn eines Verhältnisses allzu leichtfertig. Dann rückte er unvermittelt mit der zartsinnigen Freundschaft auf, und unter dieser Allerweltsflagge eröffneten wir unsern beiderseitigen Angriff.

Als das Souper herankam, ging der Bischof nicht mit hinunter. Prévan bot mir die Hand, und sein Platz war natürlich bei Tisch neben dem meinen. Ich muß gerecht sein: er führte mit viel Geschick unsere Privatunterhaltung, und doch sah es aus, als befasse er sich ausschließlich mit dem allgemeinen Tischgespräch, das er ganz allein zu bestreiten schien. Beim Nachtisch kam die Rede auf ein neues Stück, das man am folgenden Montag im Théâtre Français aufführen sollte. Ich verlieh meinem Bedauern Ausdruck, daß ich keine Loge habe, und er bot mir sofort die seine an. Zunächst lehnte ich ab, wie man das gemeinhin tut. Darauf gab er mir

* Vgl. den 74. Brief.

recht spaßhaft zur Antwort, ich verstehe ihn nicht richtig, ganz bestimmt gebe er seine Loge nicht zugunsten einer Unbekannten auf, er mache mich bloß darauf aufmerksam, daß die Frau Marschallin darüber verfügen könne. Diese gab sich zu dem Scherz her, und ich nahm an.

Als wir wieder in den Salon hinaufgegangen waren, erbat er sich, wie Sie sich ja denken können, einen Platz in dieser Loge. Und als die Marschallin, die ihn überaus gütig behandelt, ihm einen versprach, »wenn er artig sei«, benützte er das zu einem jener doppelsinnigen Gespräche, für die er, wie Sie ja rühmend erwähnt hatten, ein ganz besonderes Talent besitzt. In der Tat ließ er sich zu ihren Füßen nieder, wie ein folgsames Kind – meinte er –, unter dem Vorwand, er müsse ihren Rat einholen und ihre verständige Meinung erbitten, und dann äußerte er allerhand zärtliche und schmeichelhafte Dinge, die ich unschwer auf mich beziehen konnte. Da sich verschiedene Gäste nach dem Souper nicht wieder zum Spielen hingesetzt hatten, entspann sich ein allgemeines Gespräch, das freilich auch nicht mehr so fesselnd war. Unsere Augen aber redeten eine beredte Sprache. Ich sagte: unsere Augen. Ich sollte eher sagen: die seinen; denn meine Augen drückten nur etwas aus: Überraschung. Er mußte denken, ich sei äußerst verwundert und beschäftige mich ungemein stark mit dem überwältigenden Eindruck, den er auf mich machte. Ich ließ ihn, glaub' ich, höchst befriedigt zurück, und auch ich war nicht weniger zufrieden.

Am darauffolgenden Montag ging ich ins Theater, wie wir vereinbart hatten. Ungeachtet Ihrer literarischen Wißbegier kann ich Ihnen über die Aufführung rein gar nichts berichten, außer das Prévan eine wundersame Begabung besitzt, unsereinem schönzutun, und daß das Stück durchgefallen ist. Das ist alles, was ich dort Wissenswertes erfahren habe. Es tat mir aufrichtig leid, daß dieser Abend ein Ende nahm, denn ich hatte mich wirklich überaus wohl gefühlt. Und um ihn noch länger auszudehnen, lud ich die Marschallin zu mir zum Souper ein. Das verschaffte mir den Vorwand, auch den liebenswürdigen Schöntuer mit einzuladen; der bat sich bloß so viel Zeit aus, daß er rasch zu den Gräfinnen de B ...* eilen und sich frei machen konnte. Bei diesem Namen erwachte aufs neue mein alter Groll. Ich sah deutlich, daß er bereits mit dem Ausplaudern loslegen wollte. Da fielen mir Ihre weisen Ratschläge ein, und ich gelobte mir fest ... das Abenteuer weiter zu verfolgen. Ich war ganz sicher, daß ich ihn noch von dieser gefährlichen Geschwätzigkeit würde heilen können.

Da er in meinem Bekanntenkreis fremd war und dieser an dem Abend nicht besonders viele Gäste zählte, war er mir gegenüber zu den üblichen Aufmerksamkeiten verpflichtet, und so bot er mir die Hand, als man zum Souper ging, ich war boshaft genug, sie anzunehmen und dabei mit der meinen leicht zu zittern, und während wir so dahinschritten, hielt ich die Augen niedergeschlagen und atmete hörbar. So sah es aus, als fühle ich mein Erliegen herannahen und fürchte meinen Bezwinger. Er merkte das auch sofort; und darum wechselte der hinterlistige Mensch auch unver-

* Vgl. den 70. Brief.

mittelt Ton und Haltung. War er vorhin galant gewesen, so wurde er nun zärtlich. Freilich sagte er ziemlich dieselben Dinge; dazu nötigten ihn die Umstände. Aber seine Augen blickten weniger lebhaft, dafür aber um so kosender. Seine Stimme klang sanfter, sein Lächeln war nicht mehr schlau, sondern selbstzufrieden. Endlich trat in seinen Reden, die allmählich immer weniger witzig und beschwingt wurden, anstelle des Geistes ein gewisses Zartgefühl. Ich frage Sie: Wie hätten Sie das besser fertiggebracht?

Ich wurde nun meinerseits ganz verträumt, so versonnen, daß es unbedingt auffallen mußte, und als man es mir vorhielt, war ich geschickt genug, mich recht ungeschickt dagegen zu verwahren und auf Prévan einen hurtigen Blick zu werfen, der aber gleichzeitig schüchtern und wie verstört wirkte und ihn zum Glauben veranlassen sollte, ich lebe in einer entsetzlichen Angst, er könnte den Grund meiner Verwirrung durchschauen.

Nach dem Souper benützte ich die Zeit, während die gute Marschallin eine von den Geschichten zum besten gab, die sie jedesmal zu erzählen pflegt, um mich in der lässigen Haltung, die einem eine verliebte Träumerei eingibt, auf meiner Ottomane auszustrecken. Es war mir gar nicht unlieb, daß Prévan mich so sehen konnte; und wirklich beehrte er mich auch mit einer ganz besonderen Aufmerksamkeit. Sie können sich vorstellen, daß meine schüchternen Blicke gar nicht wagten, die Augen meines Besiegers zu suchen. Als ich sie aber demütig auf ihn richtete, bemerkte ich bald, daß ich die Wirkung erzielt hatte, die ich hervorzurufen beabsichtigte. Nun mußte ich ihm noch die Überzeugung beibringen, daß ich dieses Gefühl teilte. So rief ich denn, als die Marschallin verkündete, sie werde sich nunmehr zurückziehen, mit weicher, zärtlicher Stimme aus: »Ach Gott! Mir war hier so wohl!« Trotzdem erhob ich mich. Doch ehe ich von ihr Abschied nahm, erkundigte ich mich, was sie vorhabe; ich suchte nach einem Vorwand, um meine Pläne kundzugeben und ihm zur Kenntnis zu bringen, ich werde am übernächsten Tag zu Hause bleiben. Darauf verabschiedeten sich alle.

Nun ging ich mit mir zu Rate. Ich zweifelte nicht, Prévan werde sich das Stelldichein, das ich ihm durch die Blume gegeben hatte, zunutze machen und frühzeitig genug kommen, um mich allein anzutreffen. Ich zweifelte auch nicht, der Angriff werde stürmisch vonstatten gehen. Ich war aber auch ganz sicher, und zwar dank meinem Rufe, daß er mich nicht mit jener Leichtfertigkeit behandeln werde, die man nur liederlichen Frauenzimmern gegenüber an den Tag legt oder aber bei solchen, die gar keine Erfahrungen haben, sofern ein Mann auch nur über ein wenig Lebensart verfügt. Und ich sah meinen Erfolg gesichert, wenn er nur das Wort Liebe aussprach, wenn er vor allem es von mir zu hören wünschte.

Wie bequem ist es doch, mit euch *Männern mit Grundsätzen* zu tun zu haben! Manchmal bringt unsereinen so ein Störenfried von einem Liebhaber völlig aus der Fassung mit seiner Schüchternheit, oder er bringt uns durch seine stürmische Leidenschaftlichkeit aus dem Häuschen. Es ist dies ein Fieber, das wie jedes andere seine Fieberschauer und seine Glut hat und zuweilen auch in seinen Symptomen verschieden auftritt. Euern geregelten Gang aber kann man so leicht durchschauen! Wie er ankommen, sich gehaben würde, wie er reden und in welchem Ton er's tun würde, all dies wußte ich schon tags zuvor. Ich will Ihnen daher unsere Unterhaltung gar nicht wiedergeben, die können Sie mit Leichtigkeit hinzudenken. Beachten Sie nur, daß ich ihm mit meiner vorgeblichen Abwehr in die Hand arbeitete, soweit es in meinen Kräften stand. Ich gab mich befangen, damit er Muße hatte, Worte zu finden. Ich führte unstichhaltige Gründe an, damit er sie bekämpfen konnte, ich heuchelte Angst und Mißtrauen, um seine Beteuerungen herbeizuführen. Und dann der ständige Kehrreim, den er immer wieder vorbrachte: »Ich bitte Sie nur um ein einziges Wort!« Und ich meinerseits schwieg beharrlich und schien ihn bloß zappeln zu lassen, damit er noch gieriger nach mir verlangte. Und mittendrin nahm er mich wohl hundertmal bei der Hand, und ich zog sie jedesmal zurück und verweigerte sie ihm doch nicht. So ließe sich ein ganzer Tag verbringen; wir verbrachten auf diese Weise eine tödlich langweilige Stunde, und wir wären vielleicht noch nicht weiter, wenn wir nicht eine Kutsche in den Hof hätten einfahren hören. Dieser hochwillkommene Besuch zur Unzeit bewirkte, wie's nur recht und billig war, daß er nur noch ungestümer in mich drang; und ich sah den Augenblick gekommen, wo ich vor jeder Überraschung sicher sein konnte, und gewährte ihm nach einem langhinhallenden Seufzer endlich das kostbare Wort. Da wurde der Besuch gemeldet, und es dauerte nicht lange, so war eine zahlreiche Gesellschaft versammelt.

Prévan fragte, ob er am nächsten Morgen wiederkommen dürfe, und ich willigte ein. Da ich aber auf meine Verteidigung bedacht war, befahl ich meiner Kammerzofe, sie solle die ganze Nacht über in meinem Schlafzimmer bleiben, solange dieser Besuch bei mir sei, und Sie wissen ja, von da hat man einen genauen Überblick über alles, was in meinem Ankleidekabinett vor sich geht. Wir waren in unserem Gespräch völlig ungestört, und da wir beide nur einen und denselben Wunsch hatten, waren wir bald einig. Aber wir mußten erst die lästige Zuschauerin loswerden, und ich war gespannt, wie er das anfangen wollte.

Da entwarf ich ihm, wie's mir gerade einfiel, ein Bild meines häuslichen Lebens und brachte ihm ohne große Schwierigkeiten die Überzeugung bei, daß wir niemals einen ungestörten Augenblick finden würden, er müsse die Freiheit, die wir gestern genossen hätten, als eine Art Wunder betrachten, und auch so bestünden noch mancherlei Gefahren, die zu groß seien, als daß ich mich ihnen aussetzen dürfe, da man jeden Augenblick in den Salon hereinkommen könne. Ich verfehlte nicht hinzuzufügen, all das sei in meinem Hause längst schon so Brauch, weil es mir bis auf den heutigen Tag nie irgendwie in die Quere gekommen sei; und gleichzeitig erklärte ich mit allem Nachdruck, es sei ausgeschlossen, daran etwas zu ändern, ohne mir in den Augen meiner Dienstboten eine Blöße zu geben. Er versuchte es zunächst mit einer traurigen Miene und übellaunigem Benehmen, dann sagte er mir, ich liebe ihn nicht sehr, und Sie können sich wohl vorstellen, wie tief mich alles rührte! Da ich aber zum entscheidenden Schlag ausholen wollte, rief ich die Tränen zu Hilfe. Es war genau wie im Trauerspiel: »Zaire, du weinest!« Die Macht, die er über mich zu haben vermeinte, und die Hoffnung, die er daraus ableitete, er könne mich nach seinem Belieben verderben, bedeuteten ihm vollwertigen Ersatz für Orosmans Liebe.

Als dieser Theatercoup vorbei war, kamen wir wieder auf das zu sprechen, was künftighin zu tun war. Da wir uns tagsüber nicht zusammenfinden konnten, befaßten wir uns mit Plänen für die Nacht. Mein Türsteher erwies sich nun aber als unüberwindliches Hindernis, und ich erlaubte nicht, daß man ihn zu bestechen versuchte. Er schlug mir das kleine Gartenpförtchen vor; das hatte ich aber vorbedacht und mir einen Hund ersonnen, der sich am Tag ruhig und mäuschenstill verhielt, des Nachts aber ein wahrer Satan war.

Die Leichtigkeit, mit der ich auf alle diese Einzelheiten einging, war ganz dazu angetan, ihn kühner zu machen. So schlug er mir denn schließlich das Allerlächerlichste vor, was er nur ersinnen konnte, und diesen Ausweg nahm ich auch an.

Zunächst war sein Bedienter so zuverlässig wie er selber. Darin log er kaum; sie waren beide aneinander zu wetten. Dann sollte ich bei mir ein großes Souper veranstalten, und er wollte auch hinkommen und sich in einem günstigen Augenblick fortstehlen. Der Bediente, den er ins Vertrauen ziehen wollte und der – wie er sagte – mit allen Wässerlein gewaschen sei, sollte den Wagen heranrufen und den Schlag öffnen. Anstatt aber einzusteigen, gedachte Prévan sich geschickt zu drücken. Sein Kutscher konnte das keinesfalls merken. Somit war alle Welt überzeugt, er sei weggefahren, während er in Wirklichkeit noch im Hause weilte, und es handelte sich jetzt bloß noch darum, ob er bis in meine Gemächer würde gelangen können. Ich muß gestehen: zuerst war für mich die einzige Schwierigkeit, gegen diesen Plan Einwände zu ersinnen, die fadenscheinig genug waren, daß er sie dem Anschein nach zunichte machen konnte. Er führte zur Entgegnung allerhand selbsterlebte Beispiele an. Wenn man ihn so reden hörte, gab es nichts Alltäglicheres als dieses Mittel; er hatte es selber des öfteren angewendet; ja, er benützte es meistens, da es am ungefährlichsten war.

Durch diese unwiderleglichen Beweisgründe völlig überzeugt, gab ich in aller Unschuld zu, ich verfüge wohl über eine Geheimtreppe, die bis dicht vor mein Schlafzimmer führe, ich könne ja den Schlüssel stecken lassen, und er habe die Möglichkeit, sich darin einzuschließen und ohne große Gefahr zu warten, bis meine Dienerinnen schlafen gegangen seien. Und dann, um meiner Nachgiebigkeit den Anstrich größerer Wahrscheinlichkeit zu verleihen, wollte ich einen Augenblick später wieder nicht mehr und willigte dann schließlich erst wieder unter der Bedingung ein, daß er sich in allem restlos füge und ganz brav sei . . . Ach, wie brav! Kurzum, ich wollte ihm schon meine Liebe beweisen, aber keinesfalls die seine befriedigen.

Weggehen – ja, das habe ich ganz vergessen zu erwähnen –, weggehen wollte er durch das kleine Gartenpförtchen. Er müsse bloß warten, bis der

Morgen anbreche, dann werde der Zerberus nicht mehr anschlagen. Keine Menschenseele gehe um diese Zeit hier vorbei, und die Dienerschaft liege in tiefem Schlaf. Wenn Sie sich über diese haufenweisen durchsichtigen Einwände wundern, dann vergessen Sie unsere beiderseitige Lage. Wozu hatten wir schon triftigere Gründe nötig? Ihm war es höchst lieb, daß das alles unter die Leute kam, und ich war ganz sicher, daß man es nicht erfahren würde. Wir verabredeten uns auf den übernächsten Tag.

Beachten Sie bitte, daß die ganze Angelegenheit nun in bester Ordnung war, und daß noch kein Mensch Prévan in meiner Gesellschaft gesehen hatte. Ich treffe mit ihm bei einer meiner Freundinnen zum Souper zusammen, er bietet ihr seine Loge für die Aufführung eines neuen Stückes an, und ich nehme in dieser Loge einen Platz an. Ich lade die Frau im Verlauf der Vorstellung und in Prévans Beisein zum Souper ein; ich kann fast nicht anders, ich muß ihn gleichfalls einladen. Er nimmt an, und zwei Tage später macht er mir seine Aufwartung, wie es sich schickt. Allerdings besucht er mich schon am nächsten Morgen. Aber abgesehen davon, daß solche Vormittagsbesuche keinerlei Aufsehen mehr erregen, liegt es nur an mir, wenn ich diesen nicht allzu voreilig finde; und tatsächlich verweise ich ihn unter die Leute, die mit mir nicht näher befreundet sind, indem ich ihm eine schriftliche Einladung zu einem feierlich-steifen Souper übersende.

Der schicksalsträchtige Tag kam heran, an dem ich meine Tugend mitsamt meinem guten Ruf verlieren sollte, ich gab meiner treuen Victoire die nötigen Weisungen, und sie führte sie aus, wie Sie alsbald sehen werden.

Inzwischen kam der Abend heran. Ich hatte schon viele Gäste bei mir, als man Prévan meldete. Ich empfing ihn mit ausgesuchter Höflichkeit, die dartat, wie fern wir einander standen. Und dann setzte ich ihn an den Spieltisch der Marschallin, weil ich ja ihr diese Bekanntschaft verdankte. Während des ganzen Abends ereignete sich nichts weiter, außer das der vorsichtige Liebhaber mir ein winziges Briefchen zuzustecken verstand, das ich nach alter Gewohnheit sogleich verbrannte. Darin teilte er mir mit, ich könne auf ihn zählen; und dieses Wort, das einzig bedeutsame, war von allen üblichen nichtssagenden und überflüssigen Ausdrücken umgeben; da war die Rede von Liebe, Glück und so weiter, die ja nie bei einem so feierlichen Anlaß fehlen dürfen.

Als um die Mitternachtsstunde das Spiel aus war, brachte ich eine kurze *Macédoine** in Vorschlag. Ich hatte dabei zwei Ziele im Auge; ich wollte Prévans Entweichen begünstigen und gleichzeitig erreichen, daß man darauf achtete. Das mußte unweigerlich eintreten, da er als leidenschaftlicher Spieler bekannt ist. Auch war es mir recht lieb, daß man sich nötigenfalls daran erinnern konnte, wie wenig eilig ich es gehabt hatte, allein zu bleiben.

Das Spiel dauerte länger, als ich gedacht hatte. Der Teufel führte mich in Versuchung, und ich erlag dem Verlangen, dem ungeduldigen Gefange-

* Mancher Leser weiß vielleicht nicht, daß eine Macédoine eine Aufeinanderfolge mehrerer Hasardspiele ist, unter denen jeder Mitspieler das Recht hat, auszuwählen, wenn er an der Reihe ist, das Spiel zu vergeben. Es ist eine der Errungenschaften unseres Jahrhunderts.

nen Trost zu bringen. So machte ich mich auf den Weg in mein Verderben; mit einemmal fuhr es mir durch den Kopf, wenn ich mich einmal völlig hingegeben habe, dann werde ich nicht mehr so viel Macht über ihn haben, daß ich ihn noch länger in dem schicklichen Aufzug bei mir behalten könne, der für meine Pläne geboten war. Ich fand Kraft genug, der Versuchung nicht nachzugeben. Ich machte also kehrt und setzte mich recht mißgelaunt wieder an das nichtendenwollende Spiel. Es nahm aber doch einmal ein Ende, und die Gäste brachen alle auf. Ich klingelte meinen Zofen, kleidete mich geschwind aus und schickte sie ebenso rasch wieder weg. Können Sie sich vorstellen, Vicomte, wie ich in meiner leichten Bekleidung ängstlich, behutsamen Schrittes dahinging und mit zitternder Hand meinem Bezwinger die Tür öffnete? Er sah mich kommen, schnell wie der Blitz! Was soll ich Ihnen noch sagen? Ich war unterlegen, noch ehe ich auch nur ein Wort sagen konnte, um ihm Einhalt zu gebieten oder mich zur Wehr zu setzen. Hernach wollte er sich's bequemer machen und eine Lage einnehmen, die den Umständen besser entsprach. Er verwünschte seinen Aufputz, der ihm, wie er sagte, von mir fernhielt. Er wollte mit gleichen Waffen mit mir kämpfen. Aber meine übermäßige Schüchternheit stand diesem Vorhaben entgegen, und meine zärtlichen Liebkosungen ließen ihm keine Zeit dazu. Er ging wieder zu einer anderen Betätigung über.

Seine Rechte waren inzwischen zwiefach erworben, und er erhob aufs neue Ansprüche. Aber da sagte ich zu ihm: »Hören Sie: bis hierher können Sie den beiden Gräfinnen B... und tausend andern schon einen recht unterhaltsamen Bericht erstatten. Aber ich möchte schon gern wissen, wie Sie ihnen den Ausgang des Abenteuers erzählen werden!« Mit diesen Worten klingelte ich aus Leibeskräften. Diesmal war ich an der Reihe, und ich handelte flinker, als er sprechen konnte. Er hatte erst ein paar Worte gestammelt, da hörte ich schon, wie Victoire herbeieilte und die Dienerschaft zusammenrief, die sie in ihrer Kammer zurückbehalten hatte, wie ihr befohlen war. Da sprach ich mit weithin vernehmlicher Stimme und erhaben wie eine Königin: »Verlassen Sie das Zimmer, mein Herr, und treten Sie mir nie wieder unter die Augen!« Daraufhin stürmten meine Diener scharenweise in mein Schlafgemach.

Der arme Prévan verlor völlig den Kopf, und im Glauben, er sei in einen Hinterhalt geraten, wo doch im Grunde nichts weiter als ein Spaß vorlag, stürzte er zu seinem Degen. Das bekam ihm aber schlecht; denn mein Kammerdiener, ein beherzter, kräftiger Bursche, packte ihn um den Leib und warf ihn zu Boden. Er erschrak zu Tode, das muß ich gestehen. Ich schrie laut auf, man solle innehalten, dann befahl ich, man solle ihm freien Abzug gewähren und nur dafür sorgen, daß er mein Haus verlasse. Meine Diener gehorchten; aber sie begehrten heftig auf und waren schrecklich entrüstet, daß man es gewagt hatte, ihrer »tugendhaften Herrin« zu nahezutreten. Alle miteinander gaben sie dem unglücklichen Chevalier das Geleit, unter Gezeter und Empörungsgeschrei, wie ich es gewünscht hatte. Einzig Victoire blieb bei mir, und wir machten uns in der Zwischenzeit an die Arbeit, mein zerwühltes Bett wieder in Ordnung zu bringen.

Meine Dienstboten kamen, immer noch wütend und aufgebracht, wieder nach oben, und ich fragte sie »noch ganz aufgeregt«, welchem glücklichen Zufall ich es verdanke, daß sie noch alle auf gewesen seien. Victoire erzählte mir, sie habe zwei von ihren Freundinnen zum Souper eingeladen, dann seien sie in ihrem Zimmer noch beisammen sitzen geblieben, kurz, sie brachte alles vor, was wir miteinander abgekartet hatten. Ich dankte ihnen allen und hieß sie zu Bett gehen; einem von ihnen befahl ich aber doch noch, unverzüglich meinen Arzt zu holen. Mich dünkte, ich hätte das Recht, die Folgen »meines tödlichen Erschreckens« zu fürchten. Und das war ein unfehlbares Mittel, diese Neuigkeit in Umlauf zu setzen und dafür zu sorgen, daß sie stadtbekannt wurde.

Er kam auch wirklich, bedauerte mich sehr und verordnete mir nichts als Ruhe. Ich aber ordnete an, daß Victoire morgen in aller Frühe schon in der ganzen Nachbarschaft herumklatschen solle.

Alles glückte so trefflich, daß noch vor Mittag, und sobald es bei mir Tag wurde, meine bigotte Nachbarin an meinem Bette saß, um die Wahrheit nebst sämtlichen Einzelheiten über dieses gräßliche Erlebnis zu erfahren. Ich war genötigt, eine geschlagene Stunde lang mit ihr zusammen über die Verderbtheit unserer Zeit zu wehklagen. Einen Augenblick später erhielt ich von der Marschallin das beiliegende Briefchen. Endlich gegen fünf Uhr rückte zu meinem großen Erstaunen M... an*. Er komme, so sagte er mir, um sich bei mir dafür zu entschuldigen, daß einer seiner Offiziere sich solch empörende Zudringlichkeiten gegen mich herausgenommen habe. Er hatte es erst beim Mittagessen bei der Marschallin erfahren und daraufhin unverzüglich Prévan den Befehl übersandt, sich in Haft zu begeben. Ich bat um seine Begnadigung, und er schlug sie mir ab. Da dachte ich, als Mitschuldiger müsse ich meinerseits ein übriges tun und zum mindesten in strengem Arrest bleiben. So ließ ich meine Tür schließen und allen Besuchern ausrichten, ich sei unpäßlich.

Dieser meiner Abgeschiedenheit haben Sie den vorliegenden ausführlichen Brief zu verdanken. Ich werde auch einen an Madame de Volanges schreiben, den sie bestimmt einem jeden, der ihn hören will, vorlesen wird; darin werden Sie diese Geschichte so zu hören bekommen, wie man sie weitererzählen muß.

Ich vergaß ganz, Ihnen zu sagen, daß Belleroche außer sich vor Wut ist und sich unbedingt mit Prévan duellieren will. Der arme Kerl! Zum Glück bleibt mir noch Zeit genug, seinen Hitzkopf abzukühlen. Inzwischen will ich meinen Kopf ausruhen; er ist müde vom Schreiben. Gehaben Sie sich wohl, Vicomte.

Paris, am 25. September 17.., abends.

* Der Kommandant der Truppe, bei der Herr de Prévan diente.

86. BRIEF

Die Marschallin de... an die Marquise de Merteuil

(Dem vorhergehenden Briefe beigelegt)

Mein Gott! Was muß ich hören, meine liebe gnädige Frau. Ist's möglich? Der kleine Prévan verübt solche Greueltaten? Und erst noch Ihnen gegenüber! Was für Abscheulichkeiten man nur ausgesetzt ist! Nicht einmal in seinem eigenen Haus ist man mehr sicher! Wahrlich, derlei Vorkommnisse trösten einen darüber, daß man alt ist. Worüber ich aber nie hinwegkommen werde, das ist meine teilweise Mitschuld, daß Sie einen solchen Unhold in Ihrem Hause empfangen haben. Ich verspreche Ihnen hoch und heilig: Wenn das wahr ist, was man über ihn gesagt hat, dann soll er nie wieder den Fuß über meine Schwelle setzen. So werden auch alle anständigen Leute mit ihm verfahren, wenn sie wenigstens tun, was sich gehört.

Man hat mir gesagt, es sei Ihnen recht schlecht gegangen, und ich bin über Ihr Wohlbefinden sehr beunruhigt. Lassen Sie mir, ich bitte Sie, Nachricht zukommen, wie es Ihnen geht. Oder wenn Sie nicht selbst dazu imstande sind, dann mag eine von Ihren Zofen die Nachricht übernehmen. Ich bitte Sie bloß um ein paar Worte, damit ich wieder ganz ruhig sein kann. Ich wäre gleich heute früh zu Ihnen geeilt, müßte ich nicht meine Bäder nehmen; der Arzt erlaubt mir nicht, damit auszusetzen. Und heute nachmittag muß ich unbedingt nach Versailles fahren, immer noch in der Angelegenheit meines Neffen. Leben Sie wohl, teure gnädige Frau. Zählen Sie fürs ganze Leben auf meine aufrichtige Freundschaft.

Paris, am 25. September 17..

87. BRIEF

Die Marquise de Merteuil an Madame de Volanges

Ich schreibe Ihnen im Bett, meine teure gute Freundin. Das unerfreulichste und auch denkbar unmöglich vorauszusehende Vorkommnis hat mich aufs Krankenlager geworfen und vor Schreck und Kummer ganz elend gemacht. Natürlich habe ich mir nichts vorzuwerfen. Aber es ist für eine ehrbare Frau, die noch die Züchtigkeit bewahrt hat, wie sie ihrem Geschlechte ansteht, immer überaus peinlich, die Aufmerksamkeit weiter Kreise auf sich zu ziehen, und ich gäbe alles in der Welt darum, könnte ich dieses unselige Erlebnis ungeschehen machen, und ich weiß noch nicht, ob ich nicht aufs Land fahren und dort abwarten soll, bis es in Vergessenheit geraten ist. Es handelt sich also um folgendes:

Ich bin bei der Marschallin de... einem Herrn de Prévan begegnet, den Sie bestimmt dem Namen nach kennen, den ich aber nicht näher kannte. Als ich ihn jedoch in diesem Hause antraf, war ich wohl, dünkt mich, zu der Annahme berechtigt, er sei ein Umgang für mich. Er sieht recht gut aus, ist äußerlich wohlgebildet, und mir schien auch, es fehlte ihm nicht an Geist. Der Zufall und das Spiel, bei dem ich mich langweilte, brachten es mit sich, daß ich mit ihm und dem Bischof von... als einzige Frau zusammensaß, während alle übrigen Gäste beim *Landsknecht* saßen. Wir plauderten zu dritt miteinander bis zum Souper. Bei Tisch kam die Rede auf ein neues Stück, und das gab ihm Gelegenheit, der Marschallin seine Loge anzubieten, und sie nahm an. Es wurde auch abgeredet, ich solle einen Platz darin bekommen. Das wurde auf den vergangenen Montag im Französischen Theater abgemacht. Da die Marschallin nach der Vorstellung zu mir zum Souper kam, lud ich den Herrn ein, auch mitzukommen, und er kam auch wirklich hin. Am übernächsten Tage stattete er mir einen Besuch ab, der unter den üblichen Gesprächen verlief, ohne daß irgend etwas Besonderes vorgefallen wäre. Tags darauf machte er mir am frühen Vormittag seine Aufwartung, was mir freilich etwas gar zu übereilt vorkam. Ich glaubte jedoch, es sei besser, anstatt es ihm durch meine Art, ihn zu empfangen, ganz deutlich zu spüren zu geben, ich mache ihn durch eine feine Artigkeit darauf aufmerksam, daß wir noch nicht so eng befreundet seien, wie er es allem Anschein nach glaubte. Zu diesem Zwecke schickte ich ihm noch am selben Tag eine recht steife, zeremoniöse Einladung zu einem Souper, das ich vorgestern gab. Ich richtete im Verlauf des Abends kaum viermal das Wort an ihn, und er seinerseits verabschiedete sich sogleich, kaum hatte er seine Partie zu Ende gespielt. Sie werden zugeben, daß bis hierher gar nichts auf einen irgendwie aufregenden Vorfall hinzudeuten scheint. Nach dem eigentlichen Spiel machte man noch eine Macédoine, die uns bis gegen zwei Uhr hinhielt, und endlich ging ich zu Bett.

Es war mindestens eine gute halbe Stunde her, seit meine Zofen schlafen gegangen waren, da hörte ich in meinem Zimmer ein Geräusch. Voll Schreck blickte ich durch den Vorhang und sah, wie ein Mann durch die Tür in mein Schlafzimmer hereinkam. Ich stieß einen durchdringenden Schrei aus und erkannte beim Schein meiner Nachtlampe Herrn de Prévan, der mit einer unglaublichen Dreistigkeit zu mir sagte, ich möge doch nicht erschrecken. Er werde mir das Geheimnis seines Benehmens erklären und bitte mich inständig, keinen Lärm zu schlagen. Indes er so sprach, zündete er eine Kerze an. Ich war dermaßen erschrocken, daß ich kein Wort hervorbrachte. Sein ungezwungenes, ruhiges Gebaren ließ mich, glaub' ich, noch mehr zu Stein erstarren. Er hatte jedoch noch keine zwei Worte gesagt, so sah ich auch schon, welcher Art dieses vorgebliche Geheimnis war. Und Sie können mir glauben, die einzige Antwort, die ich ihm gab, war, daß ich aus Leibeskräften an meinem Klingelzug riß.

Dank einem unglaublichen Glücksfall waren alle meine Dienstboten noch im Zimmer einer meiner Zofen aufgeblieben und noch nicht zu Bett gegangen. Meine Kammerzofe, die zu mir kommen wollte, hatte mich sehr erregt sprechen hören, war darob erschrocken und hatte alle die Bedienten herbeigeholt. Sie können sich denken, was das für einen Auftritt absetzte! Meine Diener rasten vor Wut; ich sah den Augenblick kommen, wo mein Kammerdiener Prévan umbrachte. Ich gebe zu, in dem Augenblick war ich froh, daß ich mit meinen Leuten in der Überzahl war; wenn ich mir's heute überlege, wäre es mir freilich lieber, meine Kammerfrau wäre allein gekommen. Sie hätte zu meinem Beistand ausgereicht, und ich hätte vielleicht den Skandal vermeiden können, der mir sehr leid tut.

Statt dessen weckte der lärmige Tumult die Nachbarn auf, die Dienstboten haben geschwatzt, und seit gestern bildet der Skandal das Stadtgespräch. Herr de Prévan ist auf Befehl seines Kommandanten in Haft; dieser war so anständig, bei mir vorzusprechen und sich, wie er sagte, bei mir zu entschuldigen. Diese Inhaftierung wird das Gerede noch schlimmer machen. Ich habe jedoch nichts dagegen ausrichten können. Die ganze Stadt und auch der Hof haben sich an meiner Tür, die ich für jedermann gesperrt halte, einschreiben lassen. Die paar wenigen Leute, die ich vorgelassen habe, sagten mir, man lasse mir Gerechtigkeit widerfahren, und die allgemeine Empörung über Herrn de Prévan sei aufs höchste gestiegen. Gewiß verdient er es voll und ganz; aber das nimmt diesem Vorfall nichts von seiner Widerwärtigkeit.

Überdies hat der Mann sicherlich etliche Freunde, und diese Freunde sind höchstwahrscheinlich recht bösartige Leute. Wer weiß, wer kann wissen, was sie alles ersinnen werden, um mir zu schaden? Mein Gott, wie unglücklich ist doch eine junge Frau! Es ist noch gar nichts damit getan, wenn sie sich gegen üble Nachrede gesichert hat; sie muß sogar noch der Verleumdung Einhalt gebieten.

Schreiben Sie mir, bitte, was Sie getan hätten, was Sie an meiner Stelle tun würden, kurz, teilen Sie mir doch mit, wie Sie darüber denken. Von Ihnen kam mir stets der willkommenste Trost, und die weisesten Ratschläge habe ich von Ihnen empfangen. Von Ihnen nehme ich sie auch am liebsten entgegen. Leben sie wohl, meine teure, gute Freundin. Sie kennen ja die Gefühle, die mich für immer an Sie binden. Ich umarme Ihre liebenswerte Tochter.

Paris, am 26. September 17..

DRITTER TEIL

88. BRIEF

Cécile Volanges an den Vicomte de Valmont

Bei aller Freude, die es mir bereitet, mein Herr, wenn ich Briefe vom Herrn Chevalier Danceny erhalte, und wenn ich mich auch mindestens so herzlich wie er danach sehne, daß wir uns wiedersehen können, ohne daß man es uns verwehren kann, so habe ich mich doch nicht getraut, das zu tun, was Sie mir vorschlagen. Erstens ist es viel zu gefährlich; der Schlüssel, den ich statt dem andern hinlegen soll, sieht diesem freilich sehr ähnlich. Aber trotzdem ist noch ein deutlicher Unterschied zu sehen, und Mama achtet auf alles und merkt alles. Überdies, wenn man ihn auch nie benützt hat, seit wir hier sind, so braucht bloß irgendein unglücklicher Zufall einzutreten, und wenn man es dann bemerkt, bin ich für immer verloren. Und zudem glaube ich, es wäre etwas sehr Schlimmes. Einfach so einen Nachschlüssel anzufertigen, das ist doch recht arg! Allerdings hätten Sie ja die Güte, dies zu übernehmen. Aber immerhin, wenn es herauskäme, müßte doch ich den Verweis und auch das Vergehen auf mich nehmen, da Sie es ja meinetwegen getan hätten. Kurzum, ich habe zu zweien Malen versuchen wollen, ihn wegzunehmen, und gewiß wäre es gar nicht schwer, wenn es sich um irgend etwas anderes handelte. Aber ich weiß nicht, warum ich jedesmal anfing zu zittern und nie den nötigen Mut aufbrachte. Ich glaube daher, es ist besser, wir lassen es so, wie's bis jetzt war.

Wenn Sie auch fernerhin so gütig und gefällig sein wollen wie bis dahin, so werden Sie immer wieder einen Weg ausfindig machen, wie Sie mir einen Brief zukommen lassen können. Sogar beim letzten – hätte es nicht das Unglück so gewollt, daß Sie sich gerade in einem bestimmten Augenblick umdrehten – hätten wir es ganz leicht gehabt. Ich sehe wohl ein, sie können nicht, so wie ich, immerfort nur an das denken. Ich will aber lieber ein bißchen länger Geduld haben und dafür nicht so viel aufs Spiel setzen. Ich bin sicher, Herr Danceny würde mir beipflichten. Denn jedesmal, wenn er etwas wollte, was mir zuviel Kummer machte, gab er sofort nach und war einverstanden, daß es nicht so sein mußte.

Ich werde Ihnen, mein Herr, zugleich mit diesem Brief auch den von Herrn Danceny sowie Ihren Schlüssel übergeben. Ich bin deswegen nicht minder dankbar für all Ihre Güte und bitte Sie, auch weiterhin sie mir nicht zu versagen. Ich bin wirklich sehr unglücklich, und ohne Sie wäre ich es noch weit mehr. Aber schließlich ist sie ja meine Mutter; da muß man sich schon in Geduld fassen. Und wenn mich Herr Danceny nur immer liebbehält und Sie mich nicht im Stich lassen, dann bricht vielleicht doch noch eine glücklichere Zeit an.

Ich habe die Ehre, mein Herr, in großer Dankbarkeit zu verbleiben als Ihre sehr ergebene und ganz gehorsame Dienerin.

Am 26. September 17..

89. BRIEF

Der Vicomte de Valmont an den Chevalier Danceny

Wenn Ihre Angelegenheiten nicht immer so rasch vorangehen, wie Sie's gern möchten, lieber Freund, dann dürfen Sie nicht ausschließlich mich dafür verantwortlich machen.

Ich habe hier mancherlei Hindernisse zu überwinden. Die Wachsamkeit und Strenge der Madame de Volanges sind bei weitem nicht die einzigen; auch Ihre jugendliche Freundin legt mir einige Schwierigkeiten in den Weg. Sei es aus Lauheit oder aus Schüchternheit, jedenfalls tut sie nicht immer, was ich ihr anrate. Und ich glaube immerhin besser zu wissen, was zu tun ist.

Ich hatte einen ganz einfachen, bequemen und sichern Weg gefunden, auf dem ich ihr Ihre Briefe zuspielen, auf dem ich in der Folge sogar die Zusammenkünfte, die Sie wünschen, leichter bewerkstelligen konnte. Aber ich konnte sie nicht dazu bewegen, ihn zu benützen. Das tut mir um so mehr leid, als ich kein anderes Mittel sehe, Sie mit ihr zusammenzubringen. Und sogar hinsichtlich Ihres Briefaustauschs lebe ich unaufhörlich in Angst, ich könne uns alle drei noch damit bloßstellen. Nun können Sie sich aber wohl denken, daß ich diese Gefahr selbst nicht gern laufe, noch Sie beide ihr aussetzen möchte.

Es wäre mir nun aber wirklich sehr leid, wenn das geringe Vertrauen Ihrer Freundin mich abhielte, Ihnen einen Dienst zu erweisen. Vielleicht wäre es ganz gut, wenn Sie ihr schreiben wollten. Überlegen Sie wohl, was Sie zu tun gedenken; Sie haben das allein zu entscheiden. denn es ist nicht damit getan, daß man seinen Freunden Gefälligkeiten erweist; man muß es auch auf eine Art tun, die ihnen genehm ist. Damit könnten sie sich zudem noch Gewißheit über ihre wahren Gefühle Ihnen gegenüber verschaffen; denn die Frau, die einen eigenen Willen behält, liebt nicht so tief, wie sie vorgibt. Natürlich verdächtige ich Ihre Geliebte nicht der Treulosigkeit. Aber sie ist noch gar jung, sie hat schrecklich Angst vor ihrer Mama, die – wie Sie ja wissen – Ihnen immer nur zu schaden sucht. Und vielleicht wäre es gefährlich, allzu lange zu warten, ohne Sie wieder bei ihr in Erinnerung zu rufen. Lassen Sie sich aber durch das, was ich Ihnen da sagte, nicht weiter beunruhigen. Ich habe im Grunde gar keinen Anlaß zum Argwöhnischsein. Ich sage es einzig und allein aus freundschaftlicher Besorgnis.

Ich schreibe Ihnen nicht ausführlich, weil ich auch auf eigene Rechnung ein paar Angelegenheiten zu erledigen habe. Ich bin zwar noch nicht so weit gediehen wie Sie; aber ich liebe gleich heftig, und das ist ein Trost. Und falls ich in meiner Sache keinen Erfolg haben sollte, und es gelingt mir nur, Ihnen zu helfen, dann werde ich meine Zeit gut angewendet finden. Leben Sie wohl, meine Freund.

Auf Schloß..., am 26. September 17..

90. BRIEF

Die Präsidentin de Tourvel an den Vicomte de Valmont

Es ist mir ein Herzensanliegen, mein Herr, daß dieser Brief Ihnen nicht weh tun möge, oder wenn er Ihnen Kummer bereiten muß, dann möge Ihr Schmerz wenigstens durch das Leid gelindert werden, das ich verspüre, während ich ihn schreibe. Sie müssen mich jetzt gut genug kennen, um genau zu wissen, daß ich Sie nicht willentlich kränken möchte. Aber gewiß werden auch Sie mich nicht in immerwährende Verzweiflung stürzen wollen. Ich beschwöre Sie also, im Namen der zärtlichen Freundschaft, die ich Ihnen gelobt habe, im Namen auch der vielleicht zwar feurigen, aber bestimmt nicht minder aufrichtigen Gefühle, die Sie mir gegenüber hegen: Wir dürfen einander nicht mehr sehen. Reisen sie ab. Und bis dahin lassen Sie uns vor allem diese Zwiesprachen unter vier Augen meiden. Sie sind zu gefährlich, und ich bringe es, unter der Einwirkung einer unbegreiflichen Macht, nie fertig, Ihnen das zu sagen, was ich sagen möchte, und verbringe meine Zeit damit, daß ich anhöre, was ich nie hätte hören dürfen.

Erst gestern noch, als Sie im Park zu mir kamen, hatte ich nichts anderes im Sinn, als Ihnen das zu sagen, was ich Ihnen heute schreibe. Und doch, immer nur habe ich über Ihre Liebe nachgedacht. Was hätte ich anders getan? ... Über Ihre Liebe, die ich nie und nimmer erwidern darf! Ach, ich flehe Sie an, gehen Sie fort von mir!

Fürchten Sie nicht, die Trennung könne jemals etwas an den Gefühlen ändern, die ich Ihnen gegenüber hege. Wie sollte ich es auch zustande bringen, sie zu überwinden, wo ich doch nicht einmal mehr den Mut finde, dagegen anzukämpfen? Sie sehen, ich sage Ihnen alles. Ich fürchte mich weniger davor, meine Schwäche einzugestehen, als ihr zu erliegen. Doch die Herrschaft, die ich über meine Empfindungen verloren habe, über meine Handlungen werde ich sie behalten. Ja, ich werde sie behalten, dazu bin ich fest entschlossen, und sollte es mich auch das Leben kosten.

Ach, die Zeit liegt nicht weit zurück, da ich mich ganz sicher wähnte, nie würde ich Kämpfe solcher Art zu bestehen haben. Ich pries mich deswegen glücklich; vielleicht war ich allzu stolz darauf. Der Himmel hat mich für diesen Hochmut gestraft, grausam gestraft. Aber er ist voll Erbarmen, sogar dann noch, wenn er zuschlägt, und er warnt mich vor dem Falle. Und ich wäre zwiefach schuldig, wollte ich es auch weiterhin an Besonnenheit fehlen lassen, nun, da ich bereits gewarnt bin und weiß, daß ich keine Kraft mehr habe.

Sie haben mir wohl hundertmal gesagt, Sie möchten kein Glück genießen, das mit meinen Tränen erkauft wäre. Ach, es ist ja nicht mehr die Rede von Glücklichsein. Aber lassen sie mich wieder ein wenig zur Ruhe kommen!

Gewähren Sie mir meine Bitte, was für neue Rechte erwerben Sie damit nicht über mein Herz? Und da selbige auf Tugend gegründet sind, brauche ich mich ihrer auch nicht zu erwehren! Wie wird mir wohl sein in meiner Dankbarkeit! Ich werde Ihnen das Hochgefühl zu danken haben, daß ich, ohne Reue zu verspüren, eine köstliche Empfindung genießen darf. Jetzt hingegen schrecken mich meine Gefühle, meine Gedanken gleichermaßen, ich habe gleichermaßen Angst, mich mit Ihnen wie mit mir selber zu beschäftigen. Der bloße Gedanke an Sie jagt mir Entsetzen ein. Kann ich nicht entfliehen, dann kämpfe ich dagegen an. Ich kann ihn nicht von mir fernhalten, aber ich wehre ihn von mir ab.

Ist es nicht für uns beide besser, wenn dieser Zustand der Verwirrung und angstvollen Unrast ein Ende nimmt? O Sie, dessen Seele stets empfindsam geblieben ist, sogar inmitten ihrer Irrungen, dessen Herz immer der Tugend zugetan war, Sie werden auf meine schmerzvolle Lage Rücksicht nehmen und mir meine Bitte nicht abschlagen! Eine süßere, aber nicht minder innige Zuneigung wird auf diese heftigen Erregungen folgen; dann kann ich dank Ihren Guttaten frei atmen und mein Dasein genießen, und in meiner Herzensfreude will ich sprechen: »Die Ruhe, die ich verspüre, ich verdanke sie meinem Freund!«

Wenn Sie ein paar leichtwiegende Entbehrungen auf sich nehmen, die ich Ihnen nicht aufzwinge, um die ich Sie aber von Herzen bitte, glauben Sie damit das Ende meiner Leiden, meiner Qualen zu teuer zu erkaufen? Ach, wenn ich, um Sie glücklich zu machen, bloß in mein eigenes Unglück einwilligen müßte, dann – das können Sie mir glauben! – würde ich keinen Augenblick schwanken ... Aber eine Schuld auf mich laden! ... Nein, mein Freund, nein, eher tausendfach den Tod erleiden! Schon hat mich die Scham gepackt, bereits erliege ich meiner Reue, ich fürchte mich vor den andern und vor mir selbst. Ich sitze von Röte übergossen unter den Menschen, und bin ich allein, dann schaudert mich. Mein ganzes Leben ist nur noch lauter Leid und Qual. Erst wenn Sie ja sagen, werde ich wieder Ruhe finden. Auch meine lobenswertesten Entschlüsse genügen nicht, mich zu beruhigen. Diesen letzten habe ich erst gestern gefaßt, und trotzdem habe ich die ganze Nacht in Tränen verbracht.

Sehen Sie: Ihre Freundin, die Frau, die Sie lieben, kniet verstört und bittflehend vor Ihnen und fleht Sie um Ruhe und Schuldlosigkeit an. Ach, mein Gott! Wären Sie nicht gekommen, wäre sie dann je zu dieser demütigenden Bitte gezwungen gewesen? Ich mache Ihnen keinen Vorwurf. Ich fühle an mir selbst nur allzu gut, wie schwer es ist, einem übermächtigen Gefühl zu widerstehen. Ich klage, ich murre nicht! Tun Sie aus Edelmut, was ich aus Pflichtgefühl tue. Und ich will zu all den Gefühlen, die Sie in mir erweckt haben, noch das einer ewigen Dankbarkeit hinzugesellen. Leben Sie wohl, leben Sie für immer wohl, mein Herr.

Am 27. September 17..

91. BRIEF

Der Vicomte de Valmont an die Präsidentin de Tourvel

Ich sitze völlig fassungslos vor Ihrem Brief, gnädige Frau, und weiß noch gar nicht, wie ich ihn werde beantworten können. Kein Zweifel, es gilt zwischen Ihrem Unglück und dem meinen zu wählen. Es ist an mir, mich zu opfern, und ich schwanke nicht. So wichtige Fragen, scheint mir, müssen aber vor allem besprochen und geklärt werden. Und wie soll das geschehen können, wenn wir uns nicht mehr aussprechen und uns auch nicht mehr sehen dürfen?

Wie? Wo doch die herzlichsten, süßesten Gefühle uns einen, sollte ein grundloser Schreck genügen, um uns vielleicht für immer zu trennen! Umsonst werden die zärtliche Freundschaft, die glühende Liebe ihre Rechte geltend machen; ihre Stimme wird ungehört verhallen. Und weshalb? Was ist denn das für eine drängende Gefahr, die Ihnen droht? Ach, glauben Sie mir, solcherlei Angstzustände, die dazu noch derart grundlos entstehen, sind bereits, dünkt mich, gewichtige Gründe zur Sorglosigkeit.

Gestatten Sie mir, es Ihnen zu sagen: Ich finde darin wieder die Spuren der ungünstigen Eindrücke, die man Ihnen über mich beigebracht hat. Man zittert nicht in der Nähe eines Mannes, den man hochhält, vor allem weist man einen Menschen nicht von sich, den man seiner Freundschaft für würdig erachtet. Nur einen gefährlichen Mann fürchtet man und flieht vor ihm.

Wer war indessen respektvoller und folgsamer als ich? Sie sehen, ich nehme mir schon nicht mehr die süßen Namen heraus, die meinem Herzen so teuer sind, die es Ihnen insgeheim auch jetzt noch gibt. Ich bin nicht mehr der treue, unglückliche Liebhaber, der von einer zärtlichen, empfindsamen Freundin Rat und Trost entgegennimmt; ich bin ein Angeklagter, der vor seinem Richter steht, ein Sklave vor dem Angesicht seines Herrn. Diese neuen Eigenschaften auferlegen zweifellos auch neue Pflichten; ich gelobe, sie allesamt zu erfüllen. Hören Sie mich an, und wenn Sie mich verurteilen, dann soll's mir recht sein, und ich reise ab. Ich verspreche noch mehr: Wollen Sie lieber wie ein Despot handeln, der urteilt, ohne erst den Schuldigen anzuhören? Verspüren Sie in sich den Mut, ungerecht zu sein? Dann gebieten Sie, und ich gehorche.

Dies Urteil aber, diesen Befehl will ich aus Ihrem Mund vernehmen. Und warum? werden Sie mich nun Ihrerseits fragen. Ach! Wenn Sie diese Frage an mich richten, wie schlecht kennen Sie doch die Liebe und mein Herz! Bedeutet es denn nichts, Sie noch einmal sehen zu dürfen? Und wenn Sie meine Seele mit Verzweiflung erfüllen, dann hält vielleicht ein tröstender Blick mich ab, ihr zu erliegen. Wenn ich schließlich auf meine Liebe, auf die Freundschaft verzichten muß, um derentwillen ich allein lebe, dann werden Sie wenigstens sehen, was Sie angerichtet haben, und es bleibt mir noch Ihr Mitleid. Auch wenn ich diese leichtwiegende Gunst nicht verdient hätte, so dünkt mich, ich bezahle sie teuer genug mit meinem Gehorsam, so daß ich sie zu erlangen wohl hoffen darf.

Wie? Sie wollen mich aus Ihrer Nähe verweisen? Sie können es also zulassen, daß wir einander fremd werden? Was sage ich? Sie können es wünschen? Und während Sie mir versichern, mein Fortgehen werde nichts an Ihren Gefühlen ändern, dringen Sie nur auf meine Abreise, um desto ungestörter und leichter auf ihre Ertötung hinarbeiten zu können.

Schon reden Sie mir davon, Sie wollen das Gefühl ewiger Dankbarkeit an ihre Stelle treten lassen. Somit bieten Sie mir das Gefühl, das auch ein Unbekannter für die unbedeutendste Gefälligkeit erlangen könnte, ja sogar Ihr Feind, wenn er nur aufhört, Ihnen zu schaden! Dieses Gefühl bieten Sie mir an! Sie verlangen, daß mein Herz sich damit zufriedengibt! Befragen Sie Ihr Herz! Kämen Ihr Geliebter, Ihr Freund eines Tages zu Ihnen und sprächen von Dankbarkeit, würden Sie ihnen dann nicht voll Empörung erwidern: »Schert euch fort, ihr seid undankbare Menschen!«

Ich halte inne und rufe Ihre Nachsicht an. Verzeihen Sie den Ausbruch eines Schmerzes, den Sie hervorrufen. Er wird meine bedingungslose Unterwerfung nicht schmälern. Aber ich beschwöre Sie auch meinerseits, im Namen der süßen Empfindungen, die auch Sie anrufen, verweigern Sie mir's nicht und hören Sie mich an. Und zumindest aus Erbarmen mit der todesbangen Wirrnis, in die Sie mich gestürzt haben, schieben Sie es nicht lange auf! Leben Sie wohl, gnädige Frau.

Am 27. September 17.., abends.

92. BRIEF

Der Chevalier Danceny an den Vicomte de Valmont

O mein Freund! Ihr Brief hat mich vor Schreck erstarren lassen. Cécile ... O mein Gott! Ist's möglich? Cécile liebt mich nicht mehr. Ja, ich sehe diese grauenvolle Wahrheit durch den Schleier hindurch, mit dem Ihre Freundschaft sie umhüllt. Sie haben mich auf einen tödlichen Schlag vorbereiten wollen. Ich danke Ihnen für Ihre Vorsorge; aber kann man der Liebe etwas weismachen? Sie kommt dem, was sie angeht, zuvor; sie erfährt ihr Schicksal nicht, sie errät und ahnt es. Ich zweifle nicht mehr an meinem Los. Reden Sie ohne Umschweife. Sie können es, und ich bitte Sie sogar darum. Schreiben Sie mir alles: was Ihren Argwohn erweckt und auch, was ihn bestätigt hat. Die geringsten Einzelheiten sind kostbar. Trachten Sie vor allem, sich an ihre Worte zu erinnern. Ein Wort, das man für das andere setzt, kann einen ganzen Satz völlig verändern. Und das gleiche Wort hat zuweilen zweierlei Bedeutung ... Sie können sich auch getäuscht haben. Ach, ich suche mich immer noch einzulullen. Was hat sie Ihnen gesagt? Hat sie mir irgend etwas vorzuwerfen? Bestreitet sie wenigstens nicht mehr, daß sie Fehler begangen hat? Ich hätte diese Wandlung voraussehen müssen, hat sie doch seit geraumer Zeit überall nur lauter Schwierigkeiten gesehen. Die Liebe kennt so viele Hindernisse nicht.

Was soll ich tun? Was raten Sie mir? Soll ich versuchen, sie zu sehen? Ist das denn völlig ausgeschlossen? Die Trennung ist so bitter, so unheilvoll ... Und sie hat einen Weg, mich zu sehen, abgelehnt! Sie sagen mir nicht, was das für ein Weg war. War er wirklich zu gefährlich, dann weiß sie ja wohl, daß ich nicht will, sie wage sich allzu weit vor. Aber ich weiß auch, wie vorsichtig Sie sind; und so weh es mir tut, ich muß es wohl glauben.

Was fange ich jetzt an? Wie soll ich ihr schreiben? Lasse ich meinen Argwohn durchblicken, dann tue ich ihr damit vielleicht wehe. Und ist er ungerecht, so könnte ich's mir nie verzeihen, ihr Kummer bereitet zu haben. Verstecke ich, was mich quält, vor ihr, dann hintergehe ich sie, und ich kann mich vor ihr einfach nicht verstellen.

Oh, wenn sie wüßte, was ich leide, mein Leid würde ihr zu Herzen gehen. Ich weiß, wie zartbesaitet sie ist. Sie ist so seelengut, so herzensgut, und ich habe tausendfach ihre Liebe erprobt. Zu schüchtern ist sie und ein wenig befangen; sie ist ja noch so jung! Und ihre Mutter hält sie so streng! Ich will ihr schreiben. Ich werde mich zusammennehmen. Ich will sie nur bitten, sie soll sich ganz auf Sie verlassen. Auch wenn sie mir das wieder abschlagen sollte, kann sie mir meine Bitte doch wenigstens nicht zürnen. Und vielleicht willigt sie ein.

Sie, mein Freund, bitte ich tausendmal um Entschuldigung, sowohl ihret- als auch meinetwegen. Ich versichere Ihnen, sie fühlt, wie wertvoll alle Ihre Bemühungen sind, und ist Ihnen von Herzen dafür dankbar. Sie handelt nicht aus Mißtrauen so, sie ist bloß schüchtern. Üben Sie Nachsicht; sie ist der schönste Zug, der die Freundschaft auszeichnet. Die Ihre ist mir überaus wertvoll, und ich weiß gar nicht, wie ich mich für alles, was Sie für mich tun, erkenntlich zeigen kann. Leben Sie wohl, ich will mich gleich ans Schreiben machen.

Ich fühle, wie alle meine Ängste wieder erstehn; wenn mir je einer gesagt hätte, es werde mich Überwindung kosten, ihr zu schreiben! Ach! Gestern noch war das mein süßester Zeitvertreib.

Leben Sie wohl, mein Freund, fahren Sie fort in Ihrer Fürsorge um mich, und haben Sie Mitleid mit mir.

Paris, am 27. September 17..

93. BRIEF

Der Chevalier Danceny an Cécile Volanges

(Dem vorigen beigeschlossen)

Ich kann Ihnen nicht verhehlen, wie betrübt ich war, als ich von Valmont erfahren mußte, daß Sie auch weiterhin nur wenig Vertrauen zu ihm haben. Sie wissen doch recht gut, er ist mein Freund, der einzige Mensch, der uns einander näherbringen kann. Ich war des Glaubens, diese Eigenschaften sollten Ihnen genügen; nun sehe ich zu meinem Leidwesen, daß ich mich geirrt habe. Darf ich hoffen, daß Sie mir wenigstens Ihre Gründe bekanntgeben? Werden Sie nicht auch wieder gar manche Schwierigkeit ausfindig machen, die Sie davon abhält? Ich kann jedoch ohne Ihre Nachhilfe das Rätselhafte Ihres Verhaltens unmöglich ergründen. Ich wage nicht, Ihre Liebe anzuzweifeln oder gar zu verdächtigen, und gewiß würden Sie auch nicht wagen, die meine zu hintergehen. Ach, Cécile! . . . Ist es denn also wahr, Sie haben eine Möglichkeit, mich zu sehen, ausgeschlagen? Einen »einfachen, bequemen und zuverlässigen« Weg! Und solcher Art ist Ihre Liebe zu mir! Eine so kurze Trennung hat Ihre Gefühle gründlich zu wandeln vermocht. Warum aber täuschen Sie mich? Weshalb sagen Sie mir, Sie hätten mich immer noch lieb, ja Sie liebten mich noch mehr? Hat Ihre Mama, da sie Ihre Liebe aus Ihrem Herzen tilgte, auch Ihre Aufrichtigkeit ertötet? Wenn sie Ihnen wenigstens noch ein bißchen Mitgefühl gelassen hat, so werden Sie sich eines leisen Schmerzes nicht erwehren können, da Sie nun erfahren, welch grauenvoll bitteres Leid Sie mir bereitet haben. Ach, ich könnte nicht ärger leiden, selbst wenn ich sterben müßte!

Sagen Sie mir, um Gottes willen, ist Ihr Herz mir auf immerdar verschlossen? Haben Sie mich ganz vergessen? Da Sie sich verschiedentlich geweigert haben, auf unsere Vorschläge zu hören, weiß ich nun nicht, wann Sie meine Klagen vernehmen, noch wann Sie darauf antworten werden. Valmonts Freundschaft hatte unsern Briefaustausch sichergestellt; Sie aber wollten nicht. Sie fanden das zu umständlich, Sie zogen es vor, weniger oft zu schreiben. Nein, ich kann nicht mehr an Liebe, an Treue glauben. Wem darf ich noch trauen, wenn Cécile mich getäuscht hat?

Antworten Sie mir denn: Ist es wahr, daß Sie mich nicht mehr lieben? Nein, das ist nicht möglich. Sie geben sich einer Täuschung hin. Sie lästern Ihr Herz! Es war ein Anfall von Angst, eine augenblickslange Mutlosigkeit, die meine Liebe alsbald zerstreuen wird; ist's nicht so, meine Cécile? Ach, sicherlich, und ich habe Sie zu Unrecht angeschuldigt! Wie glücklich wäre ich, wenn ich unrecht hätte! Wie gerne wollte ich Ihnen Abbitte leisten, aus tiefstem Herzen, diese Anwandlung von Ungerechtigkeit durch eine Ewigkeit voll Liebe wiedergutmachen!

Cécile! Cécile! Haben Sie Erbarmen mit mir! Willigen Sie in ein Wiedersehen ein! Benützen Sie alle Mittel und Wege, die dazu führen können! Sehen Sie, was die Trennung anrichten kann! Ängste, Argwohn aller Art, vielleicht gar erkaltet unsre Liebe! Ein einziger Blick, ein Wort nur, und wir werden glücklich sein. Doch wie? Darf ich noch von Glücklichsein sprechen? Vielleicht ist das Glück für immer dahin, für ewig verloren! Die Angst quält mich, ich bin grausam in die Enge getrieben zwischen ungerechten Verdächtigungen und der Wahrheit, die noch grausamer ist, ich kann keinen ruhigen Gedanken mehr fassen. Ich habe gerade noch soviel Lebensmut in mir, zu leiden und Sie zu lieben! Ach, Cécile! Sie allein haben das Recht, mir das Leben lieb zu machen; und ich erhoffe von dem ersten Wort, das Sie sprechen werden, Wiederkunft des Glücks oder die Gewißheit ewigwährender Verzweiflung.

Paris, am 27. September 17..

94. BRIEF

Cécile Volanges an den Chevalier Danceny

Ich verstehe kein Wort in Ihrem Brief, außer daß er mir weh tut. Was hat Ihnen Herr de Valmont denn geschrieben, und was hat Sie nur auf den Glauben gebracht, ich liebe Sie nicht mehr? Das wäre vielleicht ein großes Glück für mich, denn ich wäre dann bestimmt nicht so geplagt und zerquält. Und es ist recht hart, wiewohl ich Sie doch so sehr liebe, zu sehen, daß Sie in einem fort glauben, ich mache es nicht recht, und daß Sie, statt mich zu trösten, immer nur Vorwürfe machen, die mir Kummer bereiten. Sie glauben, ich täusche Sie und sage Ihnen, was gar nicht wahr ist! Sie haben ja eine schöne Vorstellung von mir! Wenn ich aber so verlogen wäre, sie Sie es mir vorwerfen, was hätte ich schon davon? Sicher ist doch, wenn ich Sie nicht mehr liebhätte, dann brauchte ich es ja bloß zu sagen, und alle Welt würde mich dafür loben. Aber leider, leider, ist dies Gefühl stärker als ich. Und dann gilt es erst noch einem Menschen, der mir's nicht im geringsten dankt!

Was habe ich nur getan, daß Sie so böse auf mich sind? Ich habe mich nicht getraut, einen Schlüssel wegzunehmen, weil ich Angst hatte, Mama könnte es merken, und es könnte mir noch mehr Kummer bereiten und Ihnen auch, durch meine Schuld. Und dann auch noch, weil ich finde, es sei nicht recht von mir. Aber allein Herr de Valmont hatte mit mir darüber gesprochen; ich konnte ja nicht wissen, ob Sie es wünschten oder nicht, da Sie ja nichts davon wußten. Jetzt, wo ich weiß, daß Sie es auch wünschen, weigere ich mich ja nicht mehr, ihn zu nehmen, diesen Schlüssel. Ich will ihn gleich morgen wegnehmen. Und dann wollen wir sehen, was Sie noch einzuwenden haben.

Herr de Valmont kann lange Ihr Freund sein, ich glaube trotzdem, ich liebe Sie ebenso sehr, mindestens so sehr, wie er Sie lieben kann. Und doch hat immer nur er recht, und ich bin immer nur im Unrecht. Ich versichere Ihnen, ich bin sehr böse. Das ist Ihnen völlig gleichgültig, weil Sie wissen, das Bösesein hält bei mir nie lange vor. Nun aber, da ich dann den Schlüssel habe, werde ich Sie sehen können, wann ich nur will. Und ich kann Ihnen versichern, ich will nicht, wenn Sie so mit mir umspringen wie jetzt. Lieber will ich Kummer haben, an dem ich selbst schuld bin, als wenn Sie daran schuld wären. Nun sehen Sie zu, was Sie tun wollen.

Wenn Sie nur wollten, wir könnten uns so liebhaben! Und wir hätten wenigstens nur Leid und Kummer auszustehen, die man uns antut! Ich versichere Ihnen, wenn ich zu bestimmen hätte, dann brauchten Sie sich nie über mich zu beklagen. Wenn Sie mir aber nicht glauben, werden wir immer furchtbar unglücklich sein, und ich bin nicht daran schuld. Hoffentlich werden wir uns recht bald wiedersehen können, und ich hoffe, wir werden dann keinerlei Gelegenheit mehr haben, uns zu kränken, wie jetzt.

Hätte ich all dies voraussehen können, dann hätte ich den Schlüssel sofort weggenommen. Aber ich glaubte wirklich, ich mache es recht so. Seien Sie mir also nicht länger böse, ich bitte Sie darum. Seien Sie nicht mehr traurig, und behalten Sie mich immer so lieb, wie ich Sie liebhabe. Dann werde ich sehr froh sein. Leben Sie wohl, mein lieber Freund.

Auf Schloß ..., am 28. September 17..

95. BRIEF

Cécil Volanges an den Vicomte de Valmont

Ich bitte Sie, mein Herr, haben Sie die Güte, mir den Schlüssel auszuhändigen, den Sie mir gegeben hatten, damit ich ihn anstelle des andern hinlege. Da alle es so wollen, werde ich wohl auch mittun müssen.

Ich weiß nicht, warum Sie Herrn Danceny geschrieben haben, ich liebe ihn nicht mehr. Ich glaube nicht, daß ich Ihnen je Anlaß zu dieser Meinung gegeben habe. Das hat ihm viel Herzeleid bereitet und mir auch. Ich weiß wohl, Sie sind sein Freund. Aber das ist kein Grund, ihm Kummer zu bereiten, und auch mir nicht. Sie würden mir eine große Freude machen, wenn Sie ihm das Gegenteil schreiben wollten, sobald Sie wieder einmal an ihn schreiben. Sagen Sie ihm dann auch, Sie wüßten es ganz genau. Denn zu Ihnen hat er das allergrößte Vertrauen; und wenn ich etwas gesagt habe, und man glaubt es mir nicht, dann weiß ich nicht mehr, was ich tun soll.

Was den Schlüssel anlangt, so können Sie ganz beruhigt sein. Ich habe genau behalten, was Sie mir in Ihrem Brief einschärften. Wenn Sie ihn aber noch haben und wenn Sie ihn mir gleichzeitig geben wollen, verspreche ich Ihnen, ich werde genau aufmerken. Sollte es morgen möglich sein, wenn man zu Tisch geht, würde ich Ihnen den andern Schlüssel übermorgen beim Frühstück geben, und Sie würden ihn mir auf dieselbe Art zustecken wie den ersten. Ich möchte wohl, daß es rasch vorbei wäre, weil dann nicht so lange Gefahr bestünde, daß Mama etwas merkt.

Und dann, wenn Sie den Schlüssel haben, werden Sie wohl so gütig sein und ihn auch dazu benützen, meine Briefe entgegenzunehmen. So bekommt Herr Danceny öfter Nachricht von mir. Natürlich ist es dann weit bequemer als jetzt; zuerst hat es mir eben zuviel Angst gemacht. Ich bitte Sie um Verzeihung. Und ich hoffe, Sie werden in Zukunft deswegen nicht weniger gefällig sein als bisher. Ich werde Ihnen auch immer sehr dankbar sein.

Ich habe die Ehre, mein Herr, zu verbleiben als Ihre sehr ergebene und gehorsame Dienerin.

Am 28. September 17..

96. BRIEF

Der Vicomte de Valmont an die Marquise de Merteuil

Ich möchte wetten, seit Ihrem Abenteuer erwarten Sie tagtäglich meine Glückwünsche und Lobeserhebungen. Ich zweifle sogar nicht daran, daß Sie über mein langes Stillschweigen ein bißchen verstimmt sind. Aber was wollen Sie schon? Ich war immer der Meinung, wenn man einer Frau nur mehr Lob spenden könne, dann dürfe man alles weitere ihr überlassen und sich etwas anderem zuwenden. Indes danke ich Ihnen für Rat und Tat in meiner Angelegenheit und wünsche Ihnen Glück zu Ihrem Erfolg! Ich will Ihnen gerne eingestehen – um Sie vollkommen glücklich zu machen –, daß Sie diesmal meine kühnsten Erwartungen noch übertroffen haben. Und nun wollen wir sehen, ob ich meinerseits Ihre Hoffnungen auch nur annähernd erfüllt habe.

Nicht über Madame de Tourvel möchte ich jetzt mit Ihnen sprechen; daß es mit ihr allzu langsam vorangeht, mißfällt Ihnen. Sie mögen nur fertig abgetane Angelegenheiten. Lang ausgesponnene Handlungen langweilen Sie; und ich hatte nie zuvor so viel Freude und Lust genossen, wie ich sie bei dieser angeblich sich so langsam hinschleppenden Liebschaft empfunden habe. Ja, es tut mir wohl, zuzuschauen, mich daran zu weiden, wie diese umsichtig tugendsame Frau, ohne dessen innezuwerden, einen schmalen abschüssigen Pfad beschritten hat, auf dem es kein Zurück mehr gibt, dessen jäher, gefährlicher Abhang sie gegen ihren Willen mitreißt und sie zwingt, mir zu folgen. Nun möchte sie, voll Entsetzen über die Gefahr, in der sie schwebt, stehenbleiben und kann doch nicht ihrem Lauf Einhalt gebieten. Mit viel Mühe und großem Geschick bringt sie's zwar zustande, weniger lange Schritte zu machen; aber sie muß eben doch weitergehen, Schritt für Schritt. Bisweilen schließt sie die Augen, weil sie der Gefahr nicht mehr ins Angesicht zu blicken wagt, sie läßt sich einfach fallen und gibt sich willenlos meiner Obsorge hin. Des öftern aber befällt sie neue Angst, und ihr Widerstand wird heftiger. In ihrer Todesangst will sie erneut versuchen, wieder umzukehren. Sie müht sich ab bis zur völligen Erschöpfung, um unter Aufbietung ihrer letzten Kräfte ein kurzes Wegstück zu erklimmen. Und alsbald versetzt sie eine Zaubermacht wieder in unmittelbare Nähe der Gefahr, der sie vergeblich zu entrinnen versucht hatte. Da hat sie nun nur mehr mich zum Führer, ich bin ihr einziger Halt, und sie denkt nicht mehr dran, mir noch weiter den unvermeidlich gewordenen Fall zum Vorwurf zu machen, und fleht mich um Erbarmen an, hoffend, er lasse sich hinauszögern. Heiße Gebete, demütiges Flehen, alles, was in ihrer Furcht die Sterblichen der Gottheit darbringen, das nehme ich von ihr entgegen; und da wollen Sie, ich soll mein Ohr ihrem Gebet verschließen und mit eigner Hand den Kult ausreuten, den sie mir weiht, ich soll, um sie in den Abgrund zu stürzen, die Macht anwenden, die sie anruft, damit sie ihr Halt gewährt? Ach, lassen Sie mir wenigstens so viel Zeit, daß ich diesen rührenden Widerstreit zwischen Liebe und Tugend beschaulich betrachten kann.

Wie? Dasselbe Schauspiel, das Sie mit Macht ins Theater lockt, dem Sie voll Eifer nachlaufen, dem Sie wie wild Beifall klatschen, halten Sie es im wirklichen Leben für weniger spannend? Diese Gefühle einer reinen, zärtlich veranlagten Seele, die vor dem Glück bangt und es doch herbeisehnt, die sich, ohne zu ermatten, zur Wehr setzt, sogar dann, wenn sie den Widerstand aufgibt, Sie hören ihnen voll Begeisterung zu. Haben sie denn etwa nur für den Mann keine Bedeutung, der sie hervorruft? Und doch sind das die köstlichen Wonnen, die mir diese himmlische Frau Tag für Tag beschert. Und Sie machen mir Vorhaltungen, weil ich ihre Süße bis zur Neige auskoste! Ach, die Zeit kommt nur allzu bald, wo sie mir erliegt und für mich all ihren Reiz einbüßt, wo sie mir nicht mehr bedeutet als irgendeine andre Frau.

Doch ich vergesse, während ich von ihr spreche, daß ich eigentlich gar nicht über sie reden wollte. Ich weiß nicht, welche Macht mich an sie kettet, mich unablässig zu ihr zurückführt, selbst wenn ich sie verunehre. Denken wir lieber nicht mehr an sie; es ist zu gefährlich! Ich möchte zu meinem wahren Wesen zurückkehren und Ihnen etwas Lustiges erzählen. Es handelt sich um Ihr Mündel, das jetzt ja das meine geworden ist, und ich hoffe, Sie werden mich hierin wiedererkennen.

Seit ein paar Tagen hatte mich meine zärtliche Frömmlerin ein wenig liebevoller behandelt, und folglich dachte ich nicht mehr soviel an sie; nun war mir aufgefallen, daß die kleine Volanges tatsächlich ein recht hübsches Ding ist. Da fuhr mir durch den Sinn, wenn es vielleicht auch eine Dummheit sei, in sie verliebt zu sein wie Danceny, sei es vielleicht mindestens so dumm von mir, wenn ich bei ihr nicht eine Ablenkung suche, die mein Hagestolz-Dasein notwendig machte. Es dünkte mich auch nur recht und billig, daß ich mich für die Mühe schadlos hielt, die ich mir um sie gab. Ich hatte auch nicht vergessen, daß Sie mir das Mädchen so quasi geschenkt hatten, noch ehe Danceny irgendwelche Ansprüche geltend machen konnte. So fand ich, ich habe eigentlich gewisse Anrechte auf ein Besitztum, das er bloß dank meiner Ablehnung besaß, und weil ich es aufgegeben hatte. Das hübsche Lärvchen des kleinen Jüngferleins, ihr frischer Mund, ihr kindliches Gebaren, sogar ihr linkisches Benehmen bestärkten mich in meinen vernünftigen Erwägungen. Ich beschloß also, dementsprechend vorzugehen, und der Ausgang hat mein Unterfangen mit Erfolg gekrönt. Bereits überlegen Sie, wie ich's wohl angefangen habe, den heißgeliebten Buhlen so rasch aus ihrem Herzen zu verdrängen. Sie fragen sich, welche Verführungskünste man dieser jugendlichen Unerfahrenheit gegenüber anwendet. Sparen Sie sich die Mühe: Ich habe nämlich keinerlei Verführungskünste angewendet. Während Sie mit viel Geschick die Waffen Ihres Geschlechts ins Treffen führten und dank Ihrer Schlauheit triumphierten, brachte ich des Mannes unwandelbare Rechte wieder zu Ehren und machte sie durch meine geistige Überlegenheit gefügig. Ich wußte bestimmt, daß ich meine Beute packen konnte, wenn ich nur erst in ihre Nähe gelangte, und so bedurfte ich der List bloß, um ihr nahe zu kommen, und die List, deren ich mich bediente, verdient kaum diesen Namen.

Ich machte mir den ersten Brief zunutze, den ich von Danceny für seine Schöne erhielt, und als ich sie durch das zwischen uns verabredete Zeichen benachrichtigt hatte, verwandte ich meine ganze Geschicklichkeit, anstatt auf die Zustellung des Briefs, darauf, jede Gelegenheit zu verunmöglichen, bei der ich ihn hätte übergeben können. Die Ungeduld, die ich hervorrief, teilte ich dem Anschein nach, und nachdem ich das Unheil herbeigeführt hatte, zeigte ich ihr, wie ihm abzuhelfen war.

Das Fräulein bewohnt ein Zimmer, dessen eine Tür auf den Gang hinausgeht. Aber wie es sich gehört, hatte die Mutter den Schlüssel abgezogen. Es ging nun bloß darum, ihn in unsern Besitz zu bringen. Nichts war leichter zu bewerkstelligen; ich verlangte nur, zwei Stunden lang ungestört darüber verfügen zu können, und dann wollte ich dafür einstehn, einen genau gleichen zu beschaffen. Damit wurde alles bequem, zuverlässig und sicher: Briefaustausch, Unterredungen, nächtliche Zusammenkünfte. Können Sie aber das verstehen? Das schüchterne Kind bekam's mit der Bange und weigerte sich rundweg. Ein anderer an meiner Stelle wäre darüber in Verzweiflung geraten; ich aber sah darin höchstens einen Anlaß zu einem noch pikanteren Vergnügen. Ich schrieb an Danceny, beklagte mich über ihre Weigerung und setzte es auch durch, daß unser Brausekopf nicht nachließ, bis er es mit seinem Bitten und Drängen, ja sogar Fordern erreicht hatte, daß seine furchtsame Geliebte ihm sein Verlangen erfüllte und sich mir auf Gedeih und Verderben ergab.

Ich war recht froh, ich muß es gestehen, daß ich derart die Rollen vertauscht hatte und daß nun der junge Mann für mich tat, was ich, seiner Berechnung nach, hätte für ihn tun sollen. Diese Vorstellung machte in meinen Augen das Abenteuer doppelt reizvoll, und so beeilte ich mich denn auch, kaum hatte ich den kostbaren Schlüssel in meinem Besitz, ihn zu benützen. Das geschah in der vorigen Nacht.

Erst vergewisserte ich mich, daß im ganzen Schloß alles ruhig war; dann bewaffnete ich mich mit meiner Blendlaterne und stattete in dem Aufzug, der zu dieser nachtschlafenden Stunde angebracht war, den auch die Umstände erforderten, Ihrem Mündel meinen ersten Besuch ab. Ich hatte alles wohl vorbereiten lassen (und zwar von ihr selber), damit ich geräuschlos bei ihr eintreten konnte. Sie lag im ersten Schlaf, in einem tiefen Kinderschlaf. So gelangte ich bis vor ihr Bett, ohne daß sie aufwachte. Zuerst war ich nicht übel in Versuchung, es nicht beim bloßen Anschauen bewenden zu lassen und ihr gleichsam als ein wollüstiger Traum zu nahen. Da ich aber die Folgen eines jähen Erwachens und den Lärm, den es womöglich nach sich ziehen konnte, fürchtete, zog ich es vor, die schöne Schläferin vorsichtig aufzuwecken, und es glückte mir wirklich, den Schrei zu verhindern, den ich befürchtet hatte.

Nachdem ich ihre erste Angst beschwichtigt hatte, nahm ich mir ein paar Freiheiten heraus. – Ich war ja nicht bloß zu einem Plauderstündchen hergekommen. – Soviel ist sicher: Man hat ihr im Kloster nicht beigebracht, wie mannigfaltigen Gefahren die scheue Unschuld ausgesetzt ist, was sie alles zu hüten hat, wenn sie nicht überlistet werden will. Denn während sie ihr ganzes Augenmerk und ihre volle Aufmerksamkeit darauf verwandte, sich aus Leibeskräften gegen einen Kuß zur Wehr zu setzen, der doch nur ein Scheinangriff war, ließ sie alles übrige unverteidigt. Und das hätte ich nicht ausnützen sollen! Ich änderte also meine Marschrichtung und faßte unverzüglich Posto. Dabei wären wir beide um ein Haar in die ekligste Patsche geraten: das Mädchen wollte in ihrem Schrecken allen Ernstes losschreien. Zum Glück erstickte ihre Stimme in Tränen. Sie hatte sich auf die Klingelschnur gestürzt, aber ich verstand es geschickt, ihren Arm gerade noch rechtzeitig aufzuhalten.

»Was wollen Sie denn tun?« fragte ich sie jetzt. »Wollen Sie sich für immer ins Verderben stürzen? Mag doch jemand kommen, was macht mir das schon aus? Wem wollen Sie schon einreden, ich sei nicht mit Ihrem Einverständnis hier? Wer sonst, außer Ihnen, kann mir schon die Möglichkeit verschafft haben, hier hereinzukommen? Und der Schlüssel da, den ich von Ihnen erhalten habe, den ich nur von Ihnen bekommen konnte, wollen Sie's übernehmen, anzugeben, was ich damit anfangen sollte?«

Diese kurze Ansprache linderte zwar weder ihren Schmerz, noch beschwichtigte sie ihren Zorn, aber sie machte sie gefügig. Ich weiß nicht, ob der Ton, in dem ich gesprochen hatte, beredt war, bestimmt aber war mein Gebärdespiel alles andere als beredt. Eine Hand betätigte sich zwangsausübend, die andere liebkosend; welcher Redner könnte in einer derartigen Lage Anspruch auf Anmut erheben? Wenn Sie sich meine Situation so recht ausmalen, dann müssen Sie zugeben: sie war zumindest einem Angriff überaus günstig. Aber ich weiß ja, ich verstehe rein gar nichts, und, wie Sie sagen, kann mich das einfältigste Frauenzimmer, ein Schulmädchen, wie ein Kind am Gängelband herumführen.

Das Fräulein fühlte, trotz ihrer Verzweiflung, daß sie etwas tun und sich auf Verhandlungen einlassen müsse. Da alles Bitten und Flehen auf mein unerbittliches Nein stieß, mußte sie dazu übergehen, mir ein Angebot ums andere zu machen. Sie denken nun gewiß, ich habe diesen wichtigen Posten recht teuer verkauft? Nein, ich habe für einen Kuß alles versprochen, was sie nur wollte. Allerdings, als ich den Kuß bekommen hatte, habe ich mein Versprechen nicht gehalten. Ich hatte aber meine guten Gründe dazu. Hatten wir vereinbart, er solle gegeben werden, oder ich solle ihn mir nehmen? Wir feilschten so lange, bis wir uns schließlich darauf einigten, es solle ein zweiter statthaben. Und für diesen zweiten wurde abgeredet, ich solle ihn bekommen. Da legte ich ihre schüchternen Arme um meinen Leib und drückte sie mit einem von meinen Armen noch liebevoller an mich, und dann bekam ich tatsächlich den süßen Kuß. Ja, ich bekam ihn vollgültig, tadellos, wie ihn wahre Liebe nicht besser fertiggebracht hätte.

Soviel redliches Bemühen verdiente eine Belohnung, und so gewährte ich ihr auch sogleich ihre Bitte. Die Hand zog sich zurück; aber durch einen Zufall, der mir selber unerklärlich ist, befand ich mich mit einemmal selbst an ihrem Platz. Sie denken nun wieder, ich habe es recht eilig, ich gehe sehr forsch auf mein Ziel los, nicht wahr? Ganz und gar nicht! Ich habe Geschmack an einem langsamen, beschaulichen Vorgehen gefunden, das sagte ich Ihnen ja bereits. Bin ich einmal sicher, ans Ziel zu gelangen, weshalb sollte ich dann die Fahrt überstürzen?

Im Ernst: es war mir recht lieb, daß ich einmal beobachten konnte, wieviel eine günstige Gelegenheit ausmachen kann, und hier fand ich sie, frei von jeder Einwirkung. Allerdings hatte sie gegen die Liebe anzukämpfen, und erst noch gegen die Liebe, der Scham und Angst vor Schande zur Seite standen, der von allem auch die nicht geringe Verärgerung, an der ich mit meinem Vorgehen schuld war, Kräfte verlieh. Die Gelegenheit stand allein; aber sie war vorhanden, sie bot sich immer wieder, sie war mit Händen zu greifen, und die Liebe war eben nicht zur Stelle.

Um in meinen Beobachtungen ganz sicherzugehen, war ich boshaft genug, nur gerade so viel Gewalt anzuwenden, wie das gute Kind abzuwenden imstande war. Nur wenn mein reizender Widerpart meine allzu große Nachgiebigkeit ausnützen wollte und drauf und dran war, mir zu entwischen, dann hielt ich sie vermittels derselben Einschüchterungstaktik wieder darnieder, die ich mit gutem Erfolg bereits vorher angewendet hatte. Kurzum: ohne daß es mich weiter viel Mühe kostete, vergaß das zärtlich verliebte Mägdelein alle seine Schwüre, wich zuerst der Gewalt und war schließlich willig zu allem bereit. Natürlich gab's auf diese erste Nachgiebigkeit hin alsobald wieder Vorwürfe und Tränen in trautem Verein. Ich weiß nicht, ob sie echt waren oder bloß gespielt. Aber wie es immer geht, sie versiegten, sobald ich mich daranmachte, aufs neue Anlaß dazu zu geben. Schließlich folgten Schwachheit und Vorwürfe und weitere Schwachheit so lange aufeinander, bis wir beide voneinander sehr befriedigt auseinandergingen, beiderseits gleichermaßen einverstanden, uns heute abend wiederum zusammenzufinden.

Ich ging erst bei Tagesanbruch wieder auf mein Zimmer; ich war halbtot vor Müdigkeit und fiel vor Schläfrigkeit fast um. Hingegen habe ich eins wie das andere dem Verlangen geopfert, heute morgen beim Frühstück zugegen zu sein. Ich weide mich leidenschaftlich gern am Anblick der Mienen einer Geliebten am Morgen nach dem ersten Beisammensein. Sie können sich nicht vorstellen, was für ein Gesicht das gute Kind hermachte! Welch ein befangenes Gehaben! Wie schwerfällig und unbeholfen sie einherging! Die Augen hielt sie beständig niedergeschlagen, und sie waren wie geschwollen und hatten breite dunkle Ränder ringsherum. Ihr rundliches Gesichtlein war lang und schmal geworden. Etwas Spaßigeres kann man sich gar nicht denken. Und zum erstenmal erwies ihre Mutter, die über diese sichtbare Veränderung sehr bestürzt erschien, ihr eine recht zärtliche Teilnahme. Und auch die Präsidentin bemühte sich eifrig um sie! Oh! Diese Fürsorge ist ja nur einstweilen geliehen; es kommt der Tag, da man sie ihr zurückerstatten kann, und dieser Tag ist nicht mehr fern. Somit leben Sie wohl, schönste Freundin.

Auf Schloß ..., am 1. Oktober 17..

97. BRIEF

Cécile Volanges an die Marquise de Merteuil

Ach, mein Gott, gnädige Frau! Wie betrübt bin ich! Wie bin ich unglücklich! Wer kann mir in meinem Leid Trost bieten? Wer kann mir raten in der Bedrängnis, in der ich bin? Dieser Herr de Valmont . . . und Danceny! Nein, der Gedanke an Danceny treibt mich zur Verzweiflung . . . Wie soll ich's Ihnen nur erzählen? Wie kann ich es Ihnen sagen? . . . Ich weiß nicht, wie ich's anfangen soll. Und doch ist mein Herz übervoll . . . Ich muß mit jemandem sprechen, mein Herz ausschütten, und Sie sind der einzige Mensch, dem ich mich anvertrauen kann, dem ich mein Geheimnis preiszugeben wage. Sie sind immer so gütig zu mir! Jetzt aber, in diesem Augenblick, dürfen Sie es nicht sein; ich bin's nicht wert. Wie soll ich es Ihnen sagen? Ich möchte es lieber nicht. Hier sind alle heute so mitfühlend gewesen . . . Alle haben sie mein Leid nur noch verschlimmert. Ich spüre so klar, daß ich es gar nicht verdiente! Schelten Sie mich im Gegenteil aus! Schelten Sie mich tüchtig aus, denn ich habe gräßliche Dinge verbrochen. Nachher aber müssen Sie mir helfen, mich retten. Wenn Sie nicht gut zu mir sind und mir keinen Rat wissen, dann sterbe ich vor Kummer.

Sie müssen also wissen . . . Meine Hand zittert, wie Sie sehen; ich kann fast nicht schreiben. Ich fühle, wie mein Gesicht feuerrot ist . . . Ach, es ist Schamröte! Nun, ich will sie erdulden. Es soll meine erste Strafe für meinen Fehltritt sein. Ja, ich will Ihnen alles beichten.

Sie müssen also wissen, Herr de Valmont, der mir bis dahin Herrn Dancenys Briefe zugestellt hat, fand mit einemmal, das sei zu schwierig. Er wollte unbedingt einen Schlüssel zu meinem Zimmer haben. Ich kann Ihnen aber versichern, daß ich gar nicht wollte; aber da schrieb er an Danceny, und Danceny wünschte es gleichfalls. Und mir tut es so weh, wenn ich ihm etwas abschlagen muß, besonders seit ich fort bin und er darüber so unglücklich ist. So habe ich schließlich eingewilligt. Ich konnte doch nicht ahnen, was für ein Unglück daraus entstehen würde.

Gestern hat nun Herr de Valmont diesen Schlüssel benützt und kam in mein Zimmer, während ich schlief. Ich war so gar nicht darauf gefaßt, daß ich beim Aufwachen furchtbar erschrak. Da er aber sofort ein paar Worte zu mir sagte, erkannte ich ihn und konnte einen Schrei unterdrücken. Dann fiel mir zuerst ein, er wolle mir vielleicht einen Brief von Danceny bringen. Doch weit gefehlt! Ein wenig später wollte er mich umarmen; und während ich mich wehrte, wie das doch ganz selbstverständlich ist, stellte er's so geschickt an, daß ich um alles in der Welt nicht hätte wollen . . . er aber wollte vorher einen Kuß haben. Ich mußte wohl oder übel . . . Was hätte ich auch sonst tun können? Um so mehr, als ich wohl versucht hatte zu rufen, aber ganz abgesehen davon, daß ich gar nicht konnte, verstand er es, mir einzureden, wenn jemand käme, dann würde er alle Schuld auf mich zu schieben wissen. Und das war auch wirklich nicht schwer, eben wegen des Schlüssels. Hernach ging er aber erst recht nicht fort. Er wollte einen zweiten. Und bei dem – ich wußte nicht, wie mir war – er machte mich ganz verwirrt. Und nachher war es noch schlimmer als zuvor. Oh, das ist alles so gräßlich schlimm! Und dann nachher ... Erlassen Sie es mir zu erzählen, was nachher noch geschah. Aber ich bin so schrecklich unglücklich, ich könnte gar nicht unglücklicher sein.

Was ich mir am allermeisten vorwerfe – und doch muß ich es Ihnen sagen –, ich fürchte, ich habe mich gar nicht so gewehrt, wie ich es hätte tun können. Ich weiß nicht, wie das kam. Eins ist sicher: Ich liebe Herrn de Valmont nicht, ganz im Gegenteil, und doch gab es Augenblicke, da war mir, als hätte ich ihn lieb ... Sie können sich wohl denken, daß mich das gar nicht abhielt, ihm immer nur nein zu sagen. Aber ich war mir genau bewußt, daß ich gar nicht so tat, wie ich redete. Und das sagte ich alles gleichsam, ohne es zu wollen. Und dann war ich ja auch so verstört und verwirrt! Wenn es immer so schwer ist, sich zu wehren, dann muß man schon sehr daran gewöhnt sein! Freilich hat Herr de Valmont so eine Art, mit einem zu reden, daß man gar nicht weiß, wie man ihm antworten soll. Kurzum, als er wieder wegging, da tat es mir förmlich leid. Können Sie das glauben? Und ich war schwach genug einzuwilligen, daß er heute nacht wiederkommt. Das tut mir noch mehr weh als alles übrige.

Oh, trotz allem verspreche ich Ihnen fest, ich werde ihn daran hindern, wieder zu mir zu kommen. Er war noch nicht draußen, da hatte ich schon das bestimmte Gefühl, ich hätte ihm das nicht versprechen dürfen. Darum habe ich auch die ganze Nacht geweint. Vor allem tat mir Danceny leid! Jedesmal wenn ich an ihn dachte, mußte ich wieder weinen, so daß mich die Tränen fast erstickten, und ich dachte doch immerzu nur an ihn ... Und auch jetzt noch ... Sie sehen ja selbst: Mein Briefpapier ist ganz durchnäßt. Nein, ich werde mich nie trösten können, und wäre es auch nur seinetwegen ... Schließlich konnte ich einfach nicht mehr, und doch tat ich keine Minute die Augen zu. Und heute früh beim Aufstehen, als ich mich im Spiegel besah, konnte einem schon bange werden, so verändert sah ich drein.

Mama hat es bemerkt, kaum hatte sie mich erblickt, und da fragte sie mich, was mir denn fehle. Ich fing sogleich zu weinen an. Ich glaubte, sie werde mich auszanken, und vielleicht hätte mich das weniger geschmerzt. Aber nein, im Gegenteil! Sie sprach ganz freundlich und sanft auf mich ein. Ich verdiente es gar nicht! Sie sagte, ich solle es mir doch nicht so zu Herzen nehmen. Sie wußte ja nicht, warum ich so traurig war! Ich werde mich noch ganz krank machen, meinte sie. Manchmal in gewissen Augenblicken wäre ich am liebsten tot! Da konnte ich nicht mehr an mich halten. Ich warf mich schluchzend in ihre Arme und stammelte: »Ach, Mama! Deine Tochter ist so unglücklich!« Mama mußte auch ein bißchen weinen, und all dies hat meinen Kummer nur noch verschlimmert. Zum Glück hat sie mich nicht gefragt, warum ich eigentlich so unglücklich sei, denn ich hätte es ihr nicht sagen können. Ich flehe Sie an, gnädige Frau, schreiben Sie mir, sobald Sie können, und sagen Sie mir, was ich tun soll, denn ich bringe den Mut nicht auf, an irgend etwas zu denken.

Ich kann nur noch trauern und klagen. Wollen Sie mir doch gütigst Ihren Brief durch Herrn de Valmont zukommen lassen. Aber ich bitte Sie, falls Sie ihm etwa gleichzeitig auch schreiben, dann sagen Sie ihm nicht, daß ich Ihnen das alles erzählt habe.

Ich habe die Ehre, gnädige Frau, in aufrichtiger Freundschaft stets zu sein

Ihre sehr ergebene und gehorsame Dienerin ...

Ich wage diesen Brief nicht zu unterzeichnen.

Auf Schloß ..., am 1. Oktober 17..

98. BRIEF

Madame de Volanges an die Marquise de Merteuil

Erst noch vor wenigen Tagen, meine reizende Freundin, heischten Sie von mir Trost und Rat. Heute nun ist die Reihe an mir, und ich bitte Sie um dasselbe, was Sie von mir erbaten. Ich bin wirklich überaus betrübt, und ich fürchte, ich habe nicht die tauglichsten Maßnahmen ergriffen, um die Kümmernisse zu vermeiden, die ich jetzt durchmachen muß.

Meine Tochter macht mir Sorgen. Seit meiner Abreise hatte ich wohl gesehen, wie traurig und niedergeschlagen sie immer war. Doch hatte ich das erwartet und mein Herz mit einer Strenge gewappnet, die ich für unerläßlich erachtete. Ich hoffte, Trennung und Ablenkung aller Art vermöchten rasch eine Liebe aus ihrem Herzen zu tilgen, die ich eher für eine jugendliche Verirrung ansah denn für eine echte Leidenschaft. Indessen habe ich, seit ich hier weile, nicht das geringste erreicht, im Gegenteil, es fällt mir auf, daß das Kind je länger, je mehr in eine gefährliche Schwermut verfällt, und ich fürchte ernstlich, ihre Gesundheit leide darunter Schaden. Zumal seit ein paar Tagen verändert sie sich zusehends. Gestern vor allem fiel mir ihr verändertes Aussehen besonders stark auf, und jedermann hier im Schlosse war darob aufs höchste bestürzt. Was mir weiterhin noch beweist, wie tief sie sich alles zu Herzen nimmt, ist der Umstand, daß ich ihre Bereitschaft sehe, die hemmende Schüchternheit zu überwinden, die sie mir gegenüber stets an den Tag gelegt hat. Gestern vormittag, als ich sie bloß fragte, ob sie krank sei, warf sie sich in meine Arme, sagte, sie sei namenlos unglücklich, und schluchzte dazu herzzerbrechend. Ich kann Ihnen gar nicht beschreiben, wie leid sie mir tat. Die Tränen traten mir sogleich in die Augen, und ich konnte mich gerade rechtzeitig noch abwenden, sonst hätte sie es bestimmt gesehen. Zum Glück war ich vorsichtig genug, ihr keinerlei Fragen zu stellen, und sie getraute sich dann nicht, weitere Eröffnungen zu machen. Aber es ist mir ganz klar: Diese unselige Leidenschaft quält sie und sonst nichts.

Was soll ich aber nur beginnen, wenn das so weitergeht? Darf ich am Unglück meines Kindes schuld sein? Soll ich die kostbarsten Tugenden der Seele, Tiefe des Empfindens, Treue und Beständigkeit, zu ihrem Nachteil gegen sie verwenden? Bin ich darum ihre Mutter? Und wenn ich das so natürliche Gefühl ersticke, das uns treibt, das Glück unserer Kinder zu erstreben, wenn ich das an Schwachheit betrachten wollte, was im Gegenteil, glaub' ich, die erste, die heiligste unserer Pflichten ist, wenn ich einen Zwang auf ihre Wahl ausübe, werde ich dann nicht für die unheilvollen Folgen verantwortlich sein, die er zeitigen kann? Was hieße es doch für einen unseligen Gebrauch von der mütterlichen Autorität machen, wollte ich meine Tochter nur zwischen Sünde und Unglück wählen lassen! Beste Freundin, ich gedenke nicht, ausgerechnet das auch zu tun, was ich so oftmals getadelt habe. Gewiß, ich habe versuchen können, für meine Tochter eine geeignete Wahl zu treffen. Darin half ich ihr lediglich mit meiner Lebenserfahrung. Ich übte damit nicht etwa ein Recht aus, ich erfüllte eine Pflicht! Hingegen würde ich gegen meine Pflicht verstoßen, wollte ich selbstherrlich über sie verfügen und über eine Neigung hinweggehen, die ich nicht habe am Entstehen hindern können, deren Tragweite und Dauer weder sie noch ich absehen können. Nein, ich werde es nicht zulassen, daß sie den einen heiratet und hernach einen andern liebt, und viel lieber will ich meine Autorität aufs Spiel setzen als ihre Tugend.

Ich glaube also, ich werde das Vernünftigste tun, was ich kann: Ich will das Wort zurücknehmen, das ich Herrn de Gercourt gegeben habe. Meine Gründe haben Sie eben vernommen; sie scheinen mir weit triftiger und stichhaltiger als meine Versprechungen. Ich möchte noch weitergehen und sagen: So wie die Dinge jetzt liegen, wäre es wahrhaftig ein Bruch meiner Verpflichtungen, wenn ich sie erfüllen wollte. Denn schließlich bin ich es zwar meiner Tochter schuldig, daß ich ihr Geheimnis nicht an Herrn de Gercourt preisgebe, umgekehrt aber bin ich es ihm schuldig, daß ich seine Unkenntnis der Sachlage, in der ich ihn natürlich lasse, nicht mißbrauche und alles für ihn tue, was er meiner Ansicht nach tun würde, wenn er wüßte, wie die Dinge stehn. Soll ich im Gegenteil hingehn und ihn aufs unwürdigste hinters Licht führen, während er mir rückhaltlos vertraut, und soll ich, derweil er mich durch seine Wahl zur zweiten Mutter ehrt, ihn gerade in seiner Wahl hintergehn, die er in der künftigen Mutter seiner Kinder trifft. Diese so treffenden Erwägungen, denen ich mich nicht verschließen kann, beunruhigen mich weit tiefer, als ich Ihnen sagen kann. Dem Unglück, das ich unter solchen Umständen kommen sehe, stelle ich das Glück meiner Tochter gegenüber, wenn sie den Gatten ihres Herzens erwählt hat, ihre Pflichten einzig nur aus der süßen Freude kennt, die sie in ihrer Erfüllung findet. Ich stelle mir vor, wie auch mein Schwiegersohn zufrieden ist und sich täglich zu seiner Wahl Glück wünscht, wie sie alle beide ihr Glück nur im Glück des andern finden, und ich möchte, daß sich durch ihr gemeinsames Glücklichsein auch mein eigenes Glück vertieft. Darf die Hoffnung auf eine so schöne Zukunft irgendwelchen Erwägungen ohne Hand noch Fuß geopfert werden? Und was für Überlegungen halten mich denn ab? Einzig und allein Rücksichten eigensüchtiger Art. Was für einen Vorteil kann es denn meiner Tochter bieten, daß sie reich zur Welt gekommen ist, wenn sie deswegen doch nur eine Sklavin ihres Reichtums sein muß?

Ich gebe zu, Herr de Gercourt ist vielleicht eine bessere Partie, als ich sie für meine Tochter erhoffen konnte. Ich gestehe sogar ein, daß ich über seine Wahl, als sie auf meine Tochter fiel, überaus geschmeichelt war. Aber schließlich ist Danceny aus ebenso gutem Hause wie er; was persönliche Tugenden betrifft, gibt er ihm nichts nach; er hat vor Herrn de Gercourt sogar das voraus, daß er verliebt ist und wiedergeliebt wird. Freilich ist er nicht reich; aber ist meine Tochter nicht wohlhabend genug für beide? Ach, warum sollte ich ihr die süße Genugtuung rauben, den Mann reich zu machen, den sie liebt! Diese Ehen, die man berechnend austüftelt, anstatt sie zu stiften, weil die Eheleute zusammenpassen, die sogenannten Konvenienzehen also, in denen alles tatsächlich konveniert und übereinstimmt, nur nicht die Neigungen und Charaktere, sind sie nicht die ergiebigste Quelle all der anstößigen Skandale, die von Tag zu Tag häufiger auftreten? Lieber will ich abwarten und alles aufschieben. Dann habe ich wenigstens Zeit, meine Tochter, die ich ja nicht kenne, näher kennenzulernen. Ich verspüre zwar Mut genug, ihr einen Schmerz, der vorübergeht, zuzufügen, wenn für sie daraus ein dauerhaftes Glück erwächst. Aber Gefahr zu laufen, sie für immer in Verzweiflung zu treiben, das bringe ich nicht übers Herz.

Solcher Art, teuerste Freundin, sind die Gedanken, die mich quälen; ihretwegen bitte ich Sie um Ihren Rat. Diese ernsten Dinge passen so gar nicht zu Ihrem liebenswerten Frohsinn und stehen scheinbar Ihrem Alter nicht wohl an. Aber Ihr Verstand ist Ihrem Alter so weit voraus! Zudem wird die Freundschaft Ihrer Klugheit zu Hilfe kommen, und ich hege nicht die leiseste Befürchtung, daß sie beide sich der mütterlichen Bekümmernis versagen werden, die sie um Hilfe anfleht. Leben Sie wohl, meine reizende Freundin. Zweifeln Sie nie an der Aufrichtigkeit meiner Gefühle.

Auf Schloß..., am 2. Oktober 17..

99. BRIEF

Der Vicomte de Valmont an die Marquise de Merteuil

Wiederum ein paar unbedeutende Vorkommnisse, schönste Freundin; aber bloße Schaustellungen, keinerlei entscheidende Begebenheiten. Wappnen Sie sich also mit Geduld. Legen Sie sich sogar sehr viel Langmut zu. Denn dieweil meine Präsidentin ganz unmerkliche Fortschrittchen macht, geht's mit Ihrem Mündel rückwärts, und das ist noch schlimmer. Nun, ich verstehe ja Spaß und lache bloß über derlei Nichtigkeiten. Wahrhaftig, ich gewöhne mich recht gut an meinen hiesigen Aufenthalt. Und ich kann sagen, ich habe mich in dem trübseligen Schloß meiner alten Tante auch noch nicht einen Augenblick gelangweilt. Habe ich denn nicht alles, was ich brauche: Genüsse und Entbehrungen, Hoffnung und Ungewißheit? Was hat man auf einer größeren Schaubühne mehr? Zuschauer? Ei, warten Sie's nur ab. Die werden sich schon noch einstellen. Wenn sie mich nicht am Werk sehen, dann zeige ich ihnen eben die erledigte Arbeit; sie brauchen dann bloß noch zu bewundern und Beifall zu klatschen. Ja, sie werden Beifall klatschen; denn endlich kann ich Ihnen mit Bestimmtheit den Zeitpunkt vorhersagen, an dem meine sittenstrenge Betschwester zu Fall kommen wird. Ich war heute abend dabei, als ihre Tugend in den letzten Zuckungen des Todeskampfes lag. An ihrer Statt wird hinfort süße Schwachheit herrschen. Den Zeitpunkt für dieses Ereignis setze ich nicht später als unser nächstes Zusammensein fest. Aber schon höre ich, wie Sie schreien, ich bilde mir der Himmel weiß was ein. Seinen Sieg verkünden, im voraus damit prahlen! Gemach! Gemach! Beruhigen Sie sich nur! Um Ihnen zu beweisen, wie bescheiden ich bin, will ich mit dem Tatsachenbericht meiner Abfuhr beginnen.

Wahr und wahrhaftig, Ihr Mündel ist ein recht lächerliches Persönchen! Sie ist ein rechtes Kind, das man auch dementsprechend behandeln müßte! Es wäre noch eine glimpfliche Sühne, wenn man sie nur so tüchtig abstrafte! Würden Sie's glauben: nach alledem, was vorgestern zwischen ihr und mir vorgefallen ist, nachdem wir uns gestern früh in aller Freundschaft getrennt haben, fand ich heute abend, als ich, wie vereinbart, wieder zu ihr kommen wollte, ihre Tür von innen abgeriegelt. Was sagen Sie dazu? Solche Kindereien erlebt man bisweilen *vorher*. Aber *nachher!* Ist so etwas nicht zum Lachen?

Immerhin habe ich zuerst gar nicht darüber gelacht. Nie zuvor hatte ich so sehr das Bewußtsein meines überlegenen Charakters verspürt. Gewiß, ich ging zu diesem Stelldichein ohne jegliches Vergnügen, einzig und allein, weil es in meinen Plan paßte. Mein Bett, das ich bitter nötig hatte, schien mir für den Augenblick jeder andern Liegestatt bei weitem vorzuziehen, und ich hatte mich nur mit großem Bedauern aus seiner Nähe wegbegeben. Kaum aber stieß ich auf ein Hindernis, so brannte ich auch darauf, es zu überwinden. Vor allem fühlte ich mich in meinem Selbstbewußtsein gekränkt, daß ein Kind mich sollte am Narrenseil herumgeführt haben. So kehrte ich denn recht übelgelaunt wieder um. Ich hatte die Absicht, mich fernerhin nicht mehr mit diesem blöden Kindskopf noch mit seinen Angelegenheiten abzugeben, und hatte ihr darum auf der Stelle ein Briefchen geschrieben, das ich ihr heute zuzustecken gedachte und worin ich sie nach ihrem wahren Wert einschätzte. Doch guter Rat kommt über Nacht, wie man zu sagen pflegt. Heute morgen fand ich, eigentlich sei die Auswahl an Zerstreuungen hier nicht sonderlich groß, und es sei daher wohl besser, ich lasse mir diesen Zeitvertreib nicht entgehen. So habe ich denn das strenge Briefchen bleiben lassen. Seit ich darüber nachgedacht habe, kann ich gar nicht mehr begreifen, daß ich überhaupt auf den Gedanken verfallen konnte, ein Abenteuer aufzugeben, noch ehe ich etwas in der Hand hatte, womit ich die Heldin verderben konnte. Wohin einen doch eine erste Wallung führen kann! Glücklich, wer wie Sie, schönste Freundin, verstanden hat, sich zu Gewohnheit zu machen, ihnen niemals nachzugeben! Kurz und gut, ich habe meine Rache hinausgeschoben, ich habe dies Opfer Ihren Plänen hinsichtlich Gercourts gebracht.

Jetzt, da ich nicht mehr zornig bin, sehe ich im Benehmen Ihres Mündels nur mehr eine lächerliche Laune. In der Tat, ich möchte gerne wissen, was sie eigentlich dabei zu gewinnen hofft. Ich werde daraus nicht mehr ganz klug. Wenn sie sich zur Wehr setzen will, dann kommt sie damit reichlich spät. Eines Tages wird sie mir ja wohl oder übel des Rätsels Lösung verraten müssen! Ich möchte sie gar zu gerne kennen. Vielleicht war sie auch nur müde? Offen gestanden, das wäre durchaus möglich. Denn zweifellos weiß sie noch nicht, daß Amors Pfeile, wie die Lanze des Achilles, das Heilmittel für die Wunden, die sie schlagen, gleich in sich tragen. Doch nein, dem griesgrämigen Gesicht nach, das sie den ganzen Tag über schnitt, möchte ich wetten, es ist auch ein bißchen Reue dabei ... so ... etwas ... wie Tugend ... Ja, Tugend! ... Ausgerechnet ihr steht es zu, mit Tugend zu prunken! Ach, die soll sie der Frau überlassen, die wahrhaft dazu geboren ist, der einzigen, die ihr Schönheit verleiht, die mich dazu verleiten könnte, sie zu lieben! ... Verzeihung, schönste Freundin, aber erst heute abend hat sich zwischen Madame de Tourvel und mir die Szene abgespielt, über die ich Ihnen berichten möchte, und ich bin jetzt noch ein wenig davon erregt. Ich muß mir Gewalt antun, um mich von dem Eindruck abzulenken, den sie auf mich gemacht hat. Ich habe mich sogar eigentlich nur darum hinter diesen Brief gesetzt, um mir darüber hinwegzuhelfen. Sie müssen also ein wenig Nachsicht üben, wenn ich im ersten Augenblick etwas verworren berichte.

Schon seit einigen Tagen sind Madame de Tourvel und ich über unsere Gefühle im reinen. Wir streiten uns bloß noch um Worte. Gewiß, immer noch erwiderte ihre »Freundschaft« meine »Liebe«. Doch diese Ausdrucksweise, die auf einer stillschweigenden Abmachung beruhte, änderte gar nichts an der Sache selbst. Und wären wir dabei geblieben, dann wäre ich vielleicht weniger rasch, aber nicht weniger sicher ans Ziel gelangt. Es war schon gar nicht mehr die Rede vom Fortgehen, wie sie ja zuerst wollte. Und was die Unterredungen betrifft, die wir täglich miteinander haben, so gebe ich mir redlich Mühe, ihr Gelegenheit dazu zu bieten, sie aber ergreift diese Gelegenheit jeweils sehr begierig.

Da sich unsere Zusammenkünfte gewöhnlich auf unsern Spaziergängen abspielen, ließ mir das abscheuliche Hudelwetter, das heute war, keinerlei Hoffnung mehr. Es machte mir wirklich einen Strich durch meine Rechnung; ich konnte ja nicht ahnen, wieviel Vorteil bei diesem unerwarteten Hindernis für mich herausschauen sollte.

Da man nicht spazierengehen konnte, setzte man sich nach Tische zu einem Spielchen hin. Und da ich nur selten spiele und man mich dabei auch nicht brauchte, benütze ich die Zeit und ging in mein Zimmer hinauf, in der Absicht, dort abzuwarten, bis das Spiel zu Ende war.

Ich wollte eben wieder zur Gesellschaft zurückgehn, da begegnete ich der reizenden Frau, gerade als sie in ihr Zimmer hineingehen wollte. Sei's Unbedachtheit oder Nachgiebigkeit, jedenfalls sagte sie mit ihrer sanften Stimme zu mir: »Wo gehen Sie denn hin? Es ist niemand im Salon.« Mehr brauchte es nicht, das können Sie mir glauben, damit ich bei ihr einzutreten versuchte. Ich stieß auf geringeren Widerstand, als ich erwartet hatte. Allerdings war ich so vorsichtig gewesen und hatte das Gespräch unter der Tür begonnen, und zwar im gleichgültigsten Plauderton. Kaum aber hatten wir es uns etwas bequemer gemacht, da lenkte ich unsere Unterhaltung wieder auf das Thema, das mich ausschließlich beschäftigte, und sprach »zu meiner Freundin von meiner Liebe«. Ihre erste Antwort, so schlicht sie auch war, dünkte mich recht vielsagend. »Wissen Sie«, sagte sie zu mir,

»darüber wollen wir lieber nicht hier sprechen.« Und dabei zitterte sie. Die arme Frau! Sie weiß, daß sie in den letzten Zügen liegt.

Und doch hatte sie ganz umsonst Angst. Da ich seit ein paar Tagen schon bestimmt wußte, ich werde in den nächsten Tagen einmal ans Ziel meiner Wünsche gelangen, da ich zudem sah, wie sie so viel Kraft auf sinnlose Kämpfe verwandte, hatte ich mich entschlossen, meine Kräfte zu sparen und ohne weiteren Kraftaufwand abzuwarten, bis sie sich vor lauter Ermattung ergab. Sie werden wohl gleich mir spüren, daß hier ein voller Triumph am Platze ist und daß ich gar nichts dem Zufall und irgendeiner günstigen Gelegenheit verdanken möchte. Diesem wohlüberlegten Plane zufolge, und damit ich auf eine raschere Lösung drängen konnte und mich dabei doch nicht allzuweit einzulassen brauchte, kam ich wieder auf das verpönte Wort »Liebe« zurück, das sie so hartnäckig nicht hören wollte. Da ich sicher war, sie traue mir hinreichend Glut zu, schlug ich einen etwas zärtlicheren Ton an. Ihre Weigerung ärgere mich nicht mehr, sie tue mir weh, sagte ich ihr. Und ob meine mitfühlende Freundin mir nicht ein bißchen Trost schuldig sei?

Während sie mir nun Trost zusprach, ruhte eine ihrer Hände in der meinen. Ihr schöner Leib lehnte gegen meinen Arm, und wir saßen ganz, ganz dicht beieinander. Es ist Ihnen bestimmt schon aufgefallen, wie sehr in einer solchen Situation, in dem Maße wie die Abwehr erlahmt, Bitten und Weigerungen rascher aufeinander folgen, wie der Kopf sich abwendet und die Augen zu Boden blicken, indes alles, was man redet, und zwar immerzu mit leiser, kaum hörbarer Stimme redet, in immer längeren Abständen und mit stockender Stimme vorgebracht wird. Diese unschätzbaren Symptome künden unzweideutig an, daß die Seele einlenkt. Selten nur ist aber dieses Einlenken, dieses Einverständnis bis zu den Sinnen gediehen. Ich bin sogar überzeugt, daß es stets gefährlich ist, sich in einem solchen Augenblick etwas allzu plump Handgreifliches herauszunehmen. Weil dieser Zustand hingebender Gelöstheit immer mit intensiven und sehr angenehmen Lustgefühlen verbunden ist, kann man eine Frau nicht daraus aufschrecken, ohne sie in eine Mißstimmung zu versetzen, die unfehlbar zu einer abwehrenden Haltung führen muß.

Im vorliegenden Falle jedoch war Vorsicht um so mehr geboten, als ich vor allem den Schrecken zu fürchten hatte, den diese Selbstvergessenheit unbedingt meiner zärtlich versonnenen Träumerin einjagen mußte. So verlangte ich auch nicht einmal, daß das geforderte Geständnis gesprochen werde; ein Blick genügte, ein einziger Blick nur, und ich war glücklich.

Schönste Freundin, die schönen Augen erhoben sich wirklich zu mir empor, der himmlische Mund tat sich auf und sprach: »Meinethalben, ja, ich . . .« Doch mit einemmal erlosch der Blick, die Stimme brach ab, und die anbetungswürdige Frau sank in meine Arme. Kaum hatte ich Zeit, sie aufzufangen, da riß sie sich mit krampfhafter Kraft los, irren Blickes und mit zum Himmel erhobenen Händen rief sie aus: »Gott . . . o mein Gott! Hilf und rette mich!« Und plötzlich, blitzschnell lag sie zehn Schritte von mir entfernt auf den Knien. Ich hörte sie röcheln; sie war dem Ersticken nahe.

Ich trat zu ihr hin und wollte ihr beistehen. Sie aber ergriff meine Hände, benetzte sie mit ihren Tränen und umfaßte ab und zu wieder meine Knie! Dann sagte sie: »Ja, Sie ... Sie werden mich retten! Sie wollen meinen Tod nicht, lassen Sie mich! Retten Sie mich! Lassen Sie mich in Frieden, um Gottes willen, lassen Sie mich in Ruhe!« Und diese irren Reden waren in dem mit verdoppelter Leidenschaft losbrechenden Schluchzen kaum mehr zu vernehmen. Indessen hielt sie mich mit einer Kraft fest, die mir nicht erlaubt hätte, von ihr wegzutreten. Da nahm ich alle meine Kräfte zusammen und hob sie in meinen Armen auf. Augenblicklich versiegten ihre Tränen; sie sprach nicht weiter. Alle ihre Glieder wurden starr und steif, und heftige Zuckungen folgten auf diesen Ausbruch.

Ich war offen gestanden zutiefst erregt, und ich glaube, ich wäre sogar auf ihre Bitte eingegangen, hätten mich auch die Umstände nicht dazu gezwungen. Jedenfalls ist es wahr, daß ich ihr erst einige Hilfe zuteil werden ließ und sie hernach allein ließ, wie sie mich gebeten hatte. Und jetzt bin ich sogar recht froh darüber. Schon habe ich beinahe meinen Lohn bekommen.

Ich war darauf gefaßt, daß sie sich wie am Tag meiner ersten Liebeserklärung den ganzen Abend hindurch nicht mehr zeigen würde. Aber gegen acht Uhr kam sie in den Salon herab und teilte der Gesellschaft nichts weiter mit als, sie fühle sich recht unwohl. Sie sah sehr müde und niedergeschlagen aus, ihre Stimme klang schwach, und ihre ganze Haltung wirkte gezwungen. Ihre Augen aber blickten sanft und blieben oftmals auf mir ruhen. Da sie sich mitzuspielen weigerte, mußte ich an ihrer Stelle am Spiel teilnehmen, und da setzte sie sich neben mich. Während des Soupers blieb sie allein im Salon. Als wir wieder dorthin zurückkamen, glaubte ich zu bemerken, daß sie geweint hatte. Um mir darüber Gewißheit zu verschaffen, fragte ich sie, ob sie die Folgen der Unpäßlichkeit noch spüre. Darauf gab sie mir freundlich zur Antwort: »Dieser schlimme Zusand geht nicht so schnell vorüber, wie er einen befällt!« Schließlich, als man aufbrach, gab ich ihr die Hand, und an der Tür zu ihrem Zimmer drückte sie mir mit aller Kraft meine Hand. Freilich dünkte mich dieser Druck ihrer Hand eine ganz unwillkürliche Regung, aber um so besser: er ist ein weiterer Beweis dafür, wie sehr sie mir schon verfallen ist.

Ich möchte wetten, jetzt ist sie überselig, daß sie so weit ist. Das Gröbste hat sie hinter sich, nun kann sie nur noch genießen. Vielleicht hängt sie, indes ich Ihnen schreibe, längst schon diesem beseligenden Gedanken nach! Und wenn sie sich auch im Gegenteil mit einem neuen Verteidigungsplan beschäftigte, wissen wir denn nicht nur zu gut, wohin derlei Pläne führen? Ich frage Sie: Kann das weiter als bis zu unserer nächsten Unterredung anhalten? Ich bin durchaus darauf gefaßt, daß sie sich ein bißchen gehaben wird, bis sie mir die gewährt. Soll sie doch meinethalben! Ist einmal der erste Schritt getan, dann kennen diese sittenstrengen Tugendengel kein Halten mehr! Ihre Liebe ist eine wahre Explosion. Je stärker der Widerstand, um so heftiger platzt sie los. Meine ach so scheue, frömmelnde Liebste würde hinter mir herlaufen, wenn ich aufhörte, ihr nachzustellen.

Kurzum, schönste Freundin, ich werde demnächst bei Ihnen auftauchen und Sie an die Erfüllung Ihres Versprechens mahnen. Sie haben doch sicherlich nicht vergessen, was Sie mir versprochen haben, sobald ich am Ziel meiner Wünsche sei: daß Sie nämlich Ihrem Chevalier ein wenig untreu werden wollen? Sind Sie bereit? Was mich anlangt, so ersehne ich's, wie wenn wir einander nie gekannt hätten! Im übrigen, wenn man Sie kennt, dann ist das vielleicht eher ein Grund, noch sehnsüchtiger darauf aus zu sein. Darum wird das auch die erste Untreue sein, die ich an meiner ernsten Eroberung begehe, und ich verspreche Ihnen, ich werde den erstbesten Vorwand benutzen und mich für vierundzwanzig Stunden von ihr wegstehlen. Das soll ihre Strafe sein, weil sie mich so lange von Ihnen ferngehalten hat. Wissen Sie, daß mich dieses Abenteuer nun bereits mehr als zwei Monate in Anspruch nimmt? Jawohl, zwei Monate und drei Tage! Allerdings zähle ich den morgigen Tag mit, da es ja erst morgens wahrhaft vollzogen sein wird. Das erinnert mich daran, daß Fräulein de... volle drei Monate Widerstand geleistet hat. Es freut mich festzustellen, daß ein erzkokettes Frauenzimmer sich länger ihrer Haut wehrt als die verkörperte Sittenstrenge und Tugendhaftigkeit. Leben Sie wohl, schönste Freundin, ich muß Sie verlassen, denn es ist sehr spät geworden. Dieser Brief hat mich länger aufgehalten, als ich dachte. Da ich aber morgen früh einen Boten nach Paris schicke, wollte ich die Gelegenheit nicht unbenützt vorbeigehn lassen, damit Sie sich einen Tag früher mit Ihrem Freunde freuen können.

Auf Schloß..., am 2. Oktober 17.., spätabends.

100. BRIEF

Der Vicomte de Valmont an die Marquise de Merteuil

Beste Freundin, ich bin verraten und verkauft, genasführt und verloren! Ich bin am Verzweifeln! Madame de Tourvel ist abgereist! Sie ist abgereist, und ich wußte es nicht! Ich war nicht da und konnte mich ihrer Abreise nicht widersetzen, konnte ihre erbärmliche Hinterlist, ihren Verrat ihr nicht vorhalten! Ha! Glauben Sie nur nicht, ich hätte sie fortgehen lassen! Sie wäre dageblieben. Ja, sie wäre geblieben, und hätte ich Gewalt anwenden müssen. Doch was tat ich? In meiner vertrauensseligen Selbstsicherheit schlief ich seelenruhig. Ich schlief, und der Blitzstrahl traf mich. Nein, ich kann diese Abreise einfach nicht verstehen. Ich gebe es auf, die Frauen kennen zu wollen.

Wenn ich an den gestrigen Tag zurückdenke! Was sage ich? Sogar noch an den Abend! Dieser sanfte Blick, diese Zärtlichkeit in ihrer Stimme! Und dann dieser Händedruck! Und währenddessen trug sie sich mit dem Gedanken, vor mir zu fliehen! O Frauen! Frauen! Geht dann hin und jammert, wenn man euch betrügt! Ja doch, jede Hinterlist, die wir Männer anwenden, euch haben wir sie abgeguckt.

Mit welcher Lust werde ich Rache nehmen! Ich werde sie wiederfinden, diese Frau voll Arglist; ich will sie schon wieder in meine Gewalt bekommen. Wenn schon Liebe allein mich Mittel und Wege finden ließ, wie wird es mir erst gelingen, wenn die Rache noch mithilft? Ich werde sie noch einmal zu meinen Füßen liegen sehen, zitternd und tränenüberströmt soll sie mit ihrer trügerischen Stimme um Gnade wimmern. Und dann kenne ich kein Erbarmen! Was tut sie jetzt! Was denkt sie wohl? Vielleicht frohlockt sie, weil sie mich hat hintergehen können. Und getreu den Neigungen und Vorlieben ihres Geschlechtes dünkt sie dies die allersüßeste Lust! Was die vielgepriesene Tugend nicht zustande gebracht hat, das hat ihr arglistiger Geist mühelos erreicht. Ich Narr! Vor ihrer Züchtigkeit war mir bange, und doch hätte ich ihre Unaufrichtigkeit fürchten müssen!

Und dabei muß ich meine Wut, meine Rachsucht in mich hineinwürgen! Ich darf höchstens innigen Schmerz bezeigen, während mein Herz vor Wut kocht! So weit ist es mit mir gekommen, daß ich eine widerspenstige Frau, die sich meiner Macht entzogen hat, noch und noch auf den Knien anflehen muß! War es denn nötig, daß ich derart erniedrigt und gedemütigt werden mußte? Und von wem? Von einer zaghaften und schüchternen Frauensperson, die bisher noch nie sonderlich streitbar veranlagt gewesen ist! Was hilft es mir, daß ich mich in ihrem Herzen eingenistet habe, daß ich sie mit Glut erfüllt, sie in heißer Liebesbrunst entflammt habe, daß ich den Aufruhr ihrer Sinne bis zum Wahnsinn aufgewühlt habe? Nun sitzt sie heiter und vergnügsam in ihrer Verborgenheit und bläht sich in dünkelhaftem Stolz über ihre Flucht weit mehr, als ich mit meinen Siegen je geprahlt habe. Und das sollte ich dulden? Das glauben Sie doch nicht etwa, beste Freundin? Solch erbärmlich herabsetzende Meinung haben Sie gewiß nicht von mir! Doch was für ein Verhängnis kettet mich an diese Frau? Sehnen sich nicht hundert andere danach, von mir umworben zu werden? Würden sie meine Gefühle nicht aufs beflissenste erwidern? Und wenn auch nicht eine von ihnen dieser einzigen Frau das Wasser reichen könnte, bieten dann nicht der Reiz der Neuheit und Abwechslung, der Zauber neuer Eroberungen, Glanz und Ruhm ihrer stattlichen Anzahl Wonnen, die süß genug sind? Weshalb soll ich hinter einem Glück herlaufen, das mich flieht, und an den Wonnen achtlos vorübergehen, die sich mir darbieten? Ach, warum? ... Ich weiß es nicht; aber mein Gefühl drängt mich mit aller Macht dazu.

Es gibt für mich kein Glück und keine Ruhe mehr, außer durch den Besitz dieser Frau, die ich hasse und zugleich liebe, beides mit gleicher Raserei. Ich werde mein Los erst ertragen, wenn ihr Schicksal in meiner Hand liegt. Dann will ich ruhig und befriedigt zusehen, wie sie nun an der Reihe ist und alle die Stürme durchmachen muß, die ich jetzt erlebe. Ich will auch noch tausend andere Stürme erregen: Hoffnung und Furcht, Argwohn und Gewißheit, alles Böse, das der Haß ersonnen hat, alles Schöne und Gute, das die Liebe gewährt, all dies soll ihr Herz erfüllen und nach meinem Willen wechselweise darin herrschen. Diese Zeit wird kommen ... Doch wieviel Mühe wird es mich noch kosten! Wie nahe war ich gestern am Ziel, und wie weit bin ich heute davon entfernt! Wie kann ich ihm wieder näher kommen? Ich wage gar nichts mehr zu unternehmen!

Ich fühle, um mich zu einem Entschluß aufzuraffen, müßte ich viel ruhiger sein, und mein Blut kocht in den Adern.

Was meine Marter doppelt unerträglich macht, das ist der Gleichmut, mit dem hier ein jeder auf meine Fragen über diesen Vorfall antwortet, über das, was ihn herbeigeführt hat, über all das, was daran außergewöhnlich ist ... Kein Mensch weiß etwas Bestimmtes, niemand will etwas wissen. Man hätte wohl kaum ein Wort darüber verloren, wenn ich's zugelassen hätte, daß man über andere Dinge sprach. Madame de Rosemonde, zu der ich heute früh, als ich diese Neuigkeit erfuhr, geeilt war, gab mir mit der Gemütsruhe ihres Alters zur Antwort, das sei eine natürliche Folge der Unpäßlichkeit, die Madame de Tourvel gestern verspürt habe. Sie habe krank zu werden gefürchtet und sei daher lieber nach Hause gefahren. Sie finde das ganz selbstverständlich und hätte genau dasselbe auch getan, sagte sie zu mir. Als ob es zwischen ihnen beiden etwas Gemeinsames geben könnte! Zwischen ihr, die nur noch den Tod vor sich hat, und der andern, die meines Lebens ganzen Zauber und auch seine ganze Qual ausmacht! Madame de Volanges, die ich zuerst im Verdacht hatte, sie habe ihre Hand im Spiel gehabt, ist offensichtlich bloß darüber bedrückt, daß sie bei diesem Schritt nicht war um Rat gefragt worden. Ich freue mich offen gestanden darüber, daß sie mir nicht hat schaden können, sosehr ihr das wohl auch Freude gemacht hätte. Es beweist mir zudem, daß sie das Vertrauen dieser Frau nicht in dem Maße genießt, wie ich gefürchtet hatte. Immerhin schon wieder eine Feindin weniger. Wie würde sie frohlocken, wenn sie wüßte, daß sie vor mir geflohen ist! Wie wäre ihr vor Hochmut der Kamm geschwollen, wenn die Abreise auf ihren Rat hin erfolgt wäre! Wie wäre sie sich noch einmal so wichtig vorgekommen wie zuvor! Mein Gott, wie ich das Frauenzimmer hasse! Ich will mit ihrer Tochter wieder anbinden; ich werde sie nach meiner Laune modeln. Drum werde ich wohl noch eine Zeitlang hierbleiben, glaub' ich. Wenigstens legen mir meine nur recht oberflächlichen Erwägungen diesen Entschluß nahe.

Glauben Sie nicht in der Tat, nach einem derart auffälligen Benehmen müsse meine undankbare Geliebte vor meiner Anwesenheit einige Scheu verspüren? Wenn ihr also der Gedanke gekommen ist, ich könnte ihr nachreisen, dann wird sie ganz bestimmt ihre Tür für mich verschlossen halten. Und ich will sie so wenig an derartige Maßnahmen gewöhnen, wie ich solche Demütigungen länger hinzunehmen gedenke. Lieber will ich ihr im Gegenteil mitteilen, daß ich hierbleibe. Ich werde sogar darauf dringen, daß sie wieder hierher zurückkommt. Und wenn sie dann völlig überzeugt ist, ich bleibe fort, dann erscheine ich plötzlich bei ihr. Wir werden ja sehen, wie sie dieses Wiedersehn übersteht. Ich muß es aber noch hinausschieben, damit die Wirkung noch schlagender ist, und ich weiß noch nicht, ob ich die nötige Geduld dazu aufbringe. Wohl zwanzigmal im Laufe des Tages wollte ich schon den Mund auftun, um meine Pferde zu verlangen. Aber ich werde mich beherrschen. Ich gelobe Ihnen, ich werde hier Ihre Antwort abwarten. Ich bitte Sie nur, schönste Freundin, lassen Sie mich nicht allzulange warten.

Am allerwiderwärtigsten wäre es mir, wenn ich nicht wüßte, was vorgeht. Aber mein Jäger weilt in Paris; er hat gewisse Rechte auf die Kammerfrau; sie wird ihn wohl einlassen, und er kann mir behilflich sein. Ich schicke ihm Verhaltungsmaßregeln und ein wenig Geld. Ich bitte Sie, gütigst zu gestatten, daß ich beides diesem Briefe beilege. Auch bitte ich Sie, dafür besorgt zu sein, daß beides durch einen Bedienten zu ihm geschickt wird, der ausdrücklich Befehl hat, es ihm persönlich auszuhändigen und sonst niemandem. Diese Vorsichtsmaßnahme treffe ich, weil der Schlingel die üble Gewohnheit hat, alle Briefe, die ich ihm schreibe, glattweg abzustreiten und zu behaupten, er habe sie gar nicht erhalten, sobald sie eine Weisung enthalten, die ihm ungelegen kommt. Außerdem dünkt mich, er sei augenblicklich nicht so sehr in seine Eroberung verliebt, wie ich es gern sähe.

Leben Sie wohl, schönste Freundin. Sollte Ihnen irgendein trefflicher Einfall kommen, ein Weg, der mich rascher zum Ziel führt, dann teilen Sie mir's bitte mit. Ich habe schon mehrmals erfahren, wie nützlich Ihre Freundschaft sein kann. Auch im gegenwärtigen Augenblick wird es mir wieder so recht deutlich; denn ich fühle mich schon weit ruhiger, seit ich Ihnen schreibe. So kann ich wenigstens mit einem Menschen reden, der mich versteht, und nicht bloß mit leblosen Automaten, wie es die Menschen sind, bei denen ich seit heute früh untätig und sinn- und zwecklos dahinlebe. Wahrhaftig, je älter ich werde, um so mehr neige ich zur Überzeugung, daß nur Sie und ich auf der ganzen Welt etwas taugen.

Auf Schloß..., am 3. Oktober 17..

101. BRIEF

Der Vicomte de Valmont an Azolan, seinen Jäger

(Dem vorigen beigeschlossen)

Sie müssen schon ein ausgemachter Dummkopf sein, daß Sie bei Ihrer Abreise heute früh nicht einmal erfahren haben, Madame de Tourvel reise ebenfalls ab. Oder wenn Sie's erfahren und mir nicht Meldung erstattet haben, sind Sie erst recht dumm. Was nützt es schon, daß Sie mein Geld für allerhand Saufgelage mit den Bedienten zum Fenster hinausschmeißen, daß Sie die Zeit, die Sie auf Ihren Dienst verwenden sollten, damit verbringen, daß Sie bei den Kammerkätzchen den Herzensbrecher spielen, wenn ich dann nicht einmal besser auf dem laufenden bin, was vorgeht? So liederlich sind Sie! Ich mache Sie aber darauf aufmerksam, wenn Ihnen in dieser Angelegenheit noch eine einzige Nachlässigkeit unterläuft, dann wird das auch die letzte sein, die Sie sich in meinem Dienst zuschulden kommen lassen werden.

Sie müssen mich über alles genau in Kenntnis setzen, was bei Madame de Tourvel vorgeht. Ich will wissen, wie es ihr geht; ob sie schläft, ob sie traurig oder fröhlich gestimmt ist; ob sie ausgeht und mit wem sie verkehrt; ob sie Gäste empfängt, und auch wer zur ihr kommt; womit sie ihre

Zeit zubringt, ob sie gegen ihre Dienstboten übellaunig ist, insbesondere der Kammerfrau gegenüber, die sie hierher mitgebracht hatte; was sie tut, wenn sie allein ist; ob sie, wenn sie liest, längere Zeit bei ihrer Lektüre verweilt oder ob sie mittendrin abbricht und vor sich hin träumt; desgleichen wenn sie schreibt. Denken Sie auch daran, wie Sie sich mit dem Mann anfreunden können, der ihre Briefe zur Post bringt. Bieten Sie ihm des öftern an, dies an seiner Stelle zu besorgen; und wenn er es annimmt, dann lassen Sie bloß diejenigen abgehen, die Sie für unwichtig und belanglos ansehen, und schicken Sie mir die andern, vor allem die Briefe an Madame de Volanges, wenn solche darunter sind. Richten Sie's ein, daß Sie noch für einige Zeit der glückliche Liebhaber Ihrer Julie bleiben können. Wenn Sie je einen andern Liebsten hat, wie Sie vermutet haben, dann trachten Sie nach einem Abkommen, wonach Sie sich mit Ihnen beiden einläßt. Und gehn Sie ja nicht hin und setzen sich irgendein lächerliches Zartgefühl in den Kopf! Sie werden im gleichen Fall sein wie soundso viel andere, die mehr wert sind als Sie. Sollte sich jedoch Ihr Stellvertreter allzu breitmachen und Ihnen lästig werden (wenn er zum Beispiel Julie tagsüber zu sehr mit Beschlag belegt und sie dadurch weniger oft bei ihrer Herrin ist), dann schaffen sie ihn auf irgendeine Weise beiseite. Suchen Sie Streit mit ihm. Fürchten Sie sich bloß nicht vor den Folgen; ich werde zu Ihnen stehen. Vor allem verlassen Sie dieses Haus nicht. Mit beharrlicher Ausdauer sieht man alles und sieht es gut. Es könnte ja sogar sein, daß zufälligerweise einmal einer von den Bedienten entlassen würde; dann melden Sie sich sofort und treten Sie seine Stelle an; tun Sie, als seien Sie nicht mehr bei mir in Dienst. Sagen Sie in diesem Fall, Sie hätten mir gekündigt, um ein ruhigeres Haus zu suchen, in dem ein geregeltes Leben geführt werde. Trachten Sie jedenfalls danach, daß man Sie nimmt. Ich werde Sie während dieser Zeit trotzdem in meinem Dienst behalten, wie damals bei der Herzogin von... Späterhin wird Sie Madame de Tourvel ebenso dafür belohnen.

Wenn Sie genügend Gewandtheit und Diensteifer hätten, müßten Ihnen diese Weisungen eigentlich genügen. Um aber beiden edeln Tugenden noch mehr Beine zu machen, schicke ich Ihnen einiges Geld. Das beiliegende Briefchen ermächtigt Sie, wie Sie sehen werden, bei meinem Sachwalter fünfundzwanzig Louisdor zu erheben. Denn ich zweifle nicht daran, daß Sie völlig abgebrannt sind. Von dieser Summe verwenden Sie, was es braucht, um Julie so weit zu bringen, daß sie mit mir einen Briefwechsel unterhält. Der Rest mag dazu dienen, dem Gesinde ein Zechgelage zu veranstalten. Richten Sie's, soweit es irgend möglich ist, daß dieses Gelage beim Türhüter des Hauses stattfindet, damit er's gerne sieht, wenn Sie ins Haus kommen. Vergessen Sie aber nicht: Ich will nicht Ihre Vergnügungen bezahlen, sondern Ihre Dienste.

Gewöhnen Sie Julie daran, alles genau zu beobachten und über alles und jedes Bericht zu erstatten, auch über das, was sie vielleicht belanglos dünkt. Lieber soll sie zehn unnötige Sätze schreiben, als daß sie einen einzigen bedeutsamen wegläßt. Oft ist ja gerade das, was nichtssagend scheint, besonders wichtig. Da ich unbedingt so rasch wie nur möglich auf dem laufenden sein muß, wenn irgend etwas vorfallen sollte, was Ihnen bemerkenswert vorkommt, so schicken Sie, sobald Sie diesen Brief erhalten haben, Philipp auf dem Postpferd nach . . ., er soll dort Quartier beziehen und bis auf weitere Befehle dort bleiben. Das ist dann notfalls eine Zwischenstation. Für die laufenden Briefe wird die Post schon genügen. Hüten Sie sich, diesen Brief zu verlieren. Lesen Sie ihn täglich wieder durch, sowohl damit Sie ganz sicher sind, daß Sie nichts vergessen, als auch um sicher zu sein, daß Sie ihn noch haben. Tun Sie jedenfalls alles, was zu tun ist, wenn man mit meinem Vertrauen beehrt wird. Sie wissen: Wenn ich mit Ihnen zufrieden bin, dann werden Sie's auch mit mir sein.

Auf Schloß . . ., am 3. Oktober 17..

102. BRIEF

Die Präsidentin de Tourvel an Madame de Rosemonde

Sie werden sehr erstaunt sein, gnädige Frau, wenn Sie erfahren, daß ich so Hals über Kopf abreise. Dieses Verhalten wird Sie recht sonderbar dünken; wie werden Sie sich aber erst wundern, wenn Sie die Gründe erfahren, die mich dazu bewogen haben! Vielleicht werden Sie finden, indem ich Sie Ihnen anvertraue, achte ich die Ruhe nicht genügend, die Ihrem Alter not tut, ja ich lasse sogar die Gefühle der Verehrung außer acht, die Ihnen mit so viel Recht zustehen. Ach, gnädige Frau, verzeihen Sie mir. Aber mein Herz ist bedrückt. Es muß sein Leid in den Busen einer Freundin ausströmen, die im gleichen Maße voll milder Nachsicht und Klugheit ist. Wen sonst, außer Ihnen, konnte es erwählen? Betrachten Sie mich als Ihr Kind. Seien Sie gut zu mir wie eine Mutter, ich bitte Sie flehentlich darum. Vielleicht geben mir meine Gefühle, die ich für Sie hege, einiges Anrecht auf Ihre Güte.

Wo ist die Zeit, da ich, völlig solchen löblichen Empfindungen hingegeben, alle die Gefühle nicht kannte, die tödliche Wirrnis in die Seele tragen, wie ich sie jetzt erleiden muß, und einem gleichzeitig die Kraft nehmen, sie zu bekämpfen, wie auch die Pflicht auferlegen, dies zu tun? Ach, diese verhängnisvolle Reise hat mich ins Verderben getrieben . . .

Was soll ich Ihnen nur sagen? Ich habe mich verliebt, ja, ich liebe einen Mann, kopflos, sinnlos. Ach, diese Worte, die ich zum erstenmal hinschreibe, diese Worte, um die er mich so oft gebeten, die er niemals zu hören bekommen hat, ich würde mein Leben dafür hingeben, könnte ich nur ein einziges Mal die süße Freude erleben und sie dem Manne sagen, der sie mir eingibt! Und doch muß ich sie ihm immerfort versagen! Er wird wiederum an meinen Gefühlen zweifeln; er wird glauben, er habe Grund zur Klage. Ich bin so unglücklich! Warum fällt es ihm nicht so leicht, in meinem Herzen zu lesen, wie er darin zu herrschen versteht? Ja, ich würde nicht so bitter leiden, wenn er wüßte, was ich alles durchmache. Ihnen aber sage ich es, und sogar Sie werden nur eine schwache Vorstellung von meinen Leiden bekommen.

Wenige Augenblicke noch, und ich werde vor ihm fliehen und ihm weh tun. Während er noch glaubt, er sei mir nahe, werde ich längst weit weg von ihm sein. Zu der Stunde, wo ich ihn jeden Tag zu sehen gewohnt war, werde ich an Orten weilen, wo er nie hingekommen ist, wo ich ihm nie hinzukommen erlauben darf. Schon sind alle meine Vorkehrungen getroffen. Alles liegt bereits vor meinen Augen. Ich kann nirgends hinblicken, ohne daß ich an diese unglückselige Abreise gemahnt werde. Alles ist bereit, nur ich nicht! ... Und je länger, je verzweifelter mein Herz sich dagegen auflehnt, um so unerbittlicher beweist es mir, wie notwendig es ist, mich darein zu schicken.

Ich werde mich bestimmt drein fügen. Es ist besser, man stirbt, als man lebt mit einer Sünde auf dem Gewissen. Schon habe ich nur allzusehr gefehlt, ich fühle es. Ich habe nur meine Ehrbarkeit heil davongebracht, die Tugend ist in nichts zerronnen. Muß ich es Ihnen gestehen: Was mir noch bleibt, verdanke ich alles seiner Großmut. Ich war trunken von der Wonne, ihn zu sehen, zu hören, von dem süßen Gefühl, ihn nahe zu wissen, von der noch größeren Seligkeit, ihn glücklich machen zu können, und ich fühlte mich ohnmächtig und kraftlos. Kaum blieb mir noch Kraft zum Kämpfen; ich besaß keine mehr, Widerstand zu leisten. Ich zitterte vor der Gefahr, in der ich stand, und konnte ihr doch nicht entfliehen. Und da sah er, welche Pein ich litt, und er hatte Erbarmen mit mir. Wie sollte ich ihn da nicht von ganzem Herzen lieben? Ich verdanke ihm weit mehr als bloß mein Leben.

Ach, müßte ich in seiner Nähe nur um mein Leben bangen, seien Sie überzeugt, ich würde niemals freiwillig von ihm weggehn! Was bedeutet es mir ohne ihn? Wäre ich nicht überglücklich, es hinzugeben? Bin ich nicht dazu verdammt, für alle Ewigkeit ihn und mich unglücklich zu machen? Ich darf nicht wagen, ihn zu beklagen, noch ihm Trost zu spenden. Ich muß mich Tag für Tag gegen ihn verteidigen und vor mir selber auf der Hut sein. Ich muß alles daransetzen, ihm weh zu tun, und möchte doch nichts lieber, als ihn glücklich machen zu können. Ist ein solches Leben nicht tausendfältiger Tod? Und doch soll dies mein Los sein! Ich werde es ertragen, gewiß, ich muß den Mut dazu aufbringen. O Sie, die ich zu meiner Mutter erkoren habe, hören Sie meinen Schwur und empfangen Sie ihn.

Nehmen Sie auch den weitern entgegen: Ich will Ihnen gar nichts verhehlen, was ich tue. Nehmen Sie ihn entgegen, ich beschwöre Sie. Ich bitte Sie darum wie um einen Beistand, den ich brauche. Dergestalt bin ich verpflichtet, Ihnen alles zu sagen, und werde mich daran gewöhnen, immerwährend das Gefühl zu haben, ich sei bei Ihnen. Ihre Tugend wird für die meine bürgen. Niemals werde ich schamrot vor Sie hintreten wollen, daran dürfen Sie nicht zweifeln. Und dieser mächtige Rückhalt wird mich stärken, und während ich in Ihnen die nachsichtige Freundin, die Vertraute meiner Schwachheit lieben werde, ehre ich damit auch den Schutzengel, der mich vor der Schande errettet. Es ist wahrlich schon Schande genug, daß ich diese Bitte vorbringen mußte. Verhängnisvolle Folge eines vermessenen Selbstvertrauens! Warum habe ich nicht eher diese Neigung gefürchtet, die ich aufkommen fühlte? Weshalb habe ich mich in der Hoffnung gewiegt, ich könnte sie nach Belieben meistern oder überwinden? Ach, wenn ich sie umsichtiger bekämpft hätte, vielleicht hätte sie weniger überhand genommen! Vielleicht wäre dann die Abreise nicht nötig geworden. Oder selbst wenn ich mich diesem schmerzlichen Entschluß hätte fügen müssen, hätte ich ein Verhältnis nicht gänzlich abzubrechen brauchen, da es genügt hätte, unsere Beziehungen lockerer zu gestalten. Aber alles zugleich zu verlieren! Und für immer! O meine Freundin! ... Doch wie? Auch noch wenn ich Ihnen schreibe, verliere ich mich an meine sträflichen Wünsche? Ach, fort, nur fort! Und möchten diese Fehler, die ich wider Willen begangen habe, wenigstens durch meine Opfer gesühnt werden.

Leben Sie wohl, meine verehrungswürdige Freundin. Lieben Sie mich als Ihre Tochter, nehmen Sie mich zum Kind an, und seien Sie gewiß, daß ich trotz meiner Schwachheit lieber stürbe, als daß ich Ihrer Wahl unwürdig sein wollte.

Am 3. Oktober 17.., um ein Uhr früh.

103. BRIEF

Madame de Rosemonde an die Präsidentin de Tourvel

Ihre Abreise, meine teure Schöne, hat mich mehr betrübt, als mich die Veranlassung dazu erstaunt. Lange Erfahrung und auch die Anteilnahme, die Sie mir einflößten, hatten ausgereicht, mir Klarheit über den Zustand Ihres Herzens zu geben. Und wenn ich schon alles sagen soll: Sie haben mir mit Ihrem Brief eigentlich gar nichts oder doch fast nichts Neues mitgeteilt. Wäre ich nur durch Ihr Schreiben eingeweiht, dann wüßte ich auch jetzt nicht, wer eigentlich der Mann ist, den Sie lieben. Denn Sie haben zwar die ganze Zeit von *ihm* gesprochen, seinen Namen aber auch nicht ein einziges Mal hingeschrieben. Ich hatte das freilich auch nicht nötig; ich weiß, wer er ist. Ich erwähne es auch bloß, weil mir dabei eingefallen ist, daß Verliebte immer solche Briefe zu schreiben pflegen. Ich sehe, es ist noch ganz so wie in der guten alten Zeit.

Ich glaube nicht, je wieder in die Lage zu kommen, daß ich mich mit Erinnerungen befassen müßte, die mir so fernliegen und meinem Alter so fremd sind. Und doch habe ich seit gestern viel darüber nachgedacht, im Wunsche, vielleicht auf etwas zu stoßen, was Ihnen von Nutzen sein könnte. Doch was kann ich anderes tun, als mich über Sie zu wundern und Sie zu beklagen? Ich pflichte dem verständigen Entschluß bei, den Sie gefaßt haben; aber er erschreckt mich, weil ich daraus schließen muß, Sie hätten ihn für notwendig erachtet. Und wenn es einmal so weit gekommen ist, dann fällt es einem sehr schwer, sich auf die Dauer von dem Manne fernzuhalten, zu dem unser Herz uns immer wieder unaufhörlich hintreibt.

Verlieren Sie aber den Mut nicht. Ihrer schönen Seele darf nichts unmöglich sein. Und sollten Sie eines Tages das Unglück haben zu erliegen (was Gott verhüten möge!), dann glauben Sie mir, meine teure Schöne, sichern Sie sich wenigstens den Trost, daß Sie mit aller Macht dagegen angekämpft haben. Und dann, was Menschenverstand nicht vermag, das wirkt die göttliche Gnade, wenn es ihr gefällt. Vielleicht steht Ihnen diese Hilfe unmittelbar bevor, und Ihre Tugend wird nach den Prüfungen dieser furchtbaren Kämpfe um so reiner daraus hervorgehen, um so strahlender wieder erstehen. Die Kraft, die Ihnen heute abgeht, hoffen Sie, daß sie Ihnen morgen wieder zuteil werde. Bauen Sie nicht darauf, damit Sie sich darauf verlassen können, sondern um daraus Mut zu schöpfen für die Aufbietung aller Ihrer Kräfte.

Wenn ich der Vorsehung anheimstelle, Ihnen in einer Gefahr beizustehen, gegen die ich nichts ausrichten kann, behalte ich mir doch vor, Sie zu trösten und zu unterstützen, so gut ich's vermag. Ich werde Ihr Leid nicht lindern, aber ich kann es teilen. In diesem Sinne will ich von Herzen gern entgegennehmen, was Sie mir anvertrauen. Ich spüre, wie Ihr Herz das Bedürfnis empfindet, sich rückhaltlos auszusprechen. Ich öffne Ihnen das meine. Das Alter hat es noch nicht so weit erkalten lassen, daß es für die Freundschaft unempfänglich wäre. Sie werden es stets bereit finden, Sie aufzunehmen. Das wird für Ihre Schmerzen zwar ein schwacher Trost sein, aber Sie müssen doch wenigstens nicht einsam und allein weinen, und wenn diese unselige Liebe allzuviel Macht über Sie gewinnt und Sie unbedingt darüber reden müssen, dann ist's immer noch besser, Sie sprechen mit mir davon als mit *ihm*. Sie sehen, ich rede schon wie Sie; ich glaube, wir bringen beide seinen Namen nicht über unsere Lippen! Im übrigen verstehn wir uns ja.

Ich weiß nicht, ob ich recht daran tue, wenn ich Ihnen sage, daß er über Ihre Abreise schmerzlich bestürzt war. Vielleicht wäre es klüger, ich sagte Ihnen gar nichts davon. Ich mag aber die Vernunft nicht leiden, wenn sie Freunden Kummer bereitet. Ich bin jedoch gezwungen, nicht länger darüber zu sprechen. Meine schwachen Augen, meine zittrigen Hände gestatten mir nicht, lange Briefe zu schreiben, wenn ich sie selbst niederschreiben muß.

Leben Sie denn wohl, meine liebe, schöne Freundin. Leben Sie wohl, mein liebenswertes Kind. Ja, ich nehme Sie von Herzen gern als mein Kind an, und Sie besitzen wahrhaft alles, was es braucht, um eine Mutter stolz und froh zu machen!

Auf Schloß ..., am 3. Oktober 17..

104. BRIEF

Die Marquise de Merteuil an Madame de Volanges

Wahrhaftig, meine liebe, gute Freundin, es hat mich Mühe gekostet, eine Regung des Stolzes zu unterdrücken, als ich Ihren Brief las. Wie? Sie beehren mich mit Ihrem vollen Vertrauen! Sie gehen in Ihrem Zutrauen sogar so weit, daß Sie mich um Rat bitten! Ach, ich bin sehr glücklich, wenn ich die günstige Meinung verdiene, die Sie von mir haben; falls ich sie nicht nur der voreingenommenen Freundschaft verdanke. Jedoch, was auch Ihr Beweggrund sein mag, so ist sie meinem Herzen nicht minder kostbar. Und daß ich so gut bei Ihnen angeschrieben bin, ist in meinen Augen nur ein weiterer Grund, mir noch eifriger Mühe zu geben, sie auch wirklich zu verdienen. Ich will Ihnen also ganz offen heraus sagen, wie ich die Sache ansehe, ohne Ihnen freilich damit meine Meinung aufzudrängen. Ich bin ein wenig mißtrauisch, weil sie von der Ihren abweicht. Sobald ich Ihnen aber meine Gründe dargelegt habe, werden Sie erst urteilen können. Und wenn Sie sie verwerfen, füge ich mich im vornherein Ihrem Entscheid. Ich bin zum mindesten klug genug zu wissen, daß ich nicht klüger bin als Sie.

Sollte hingegen dies eine Mal meine Ansicht den Vorzug verdienen, dann müßten Sie den Grund dafür in den falschen Vorstellungen der Mutterliebe suchen. Da dies ein überaus lobenswertes Gefühl ist, muß es auch in Ihnen wohnen. Wie deutlich erkennt man es auch wirklich in dem Entschluß, den Sie zu fassen versucht sind! So kann Ihnen wohl hie und da ein Irrtum unterlaufen, immer aber geschieht es nur in der Wahl der Tugenden.

Die Vorsicht ist, scheint mir, die Tugend, der man den Vorzug geben muß, wenn man über das Geschick anderer Menschen verfügt, und vor allem, wenn es sich darum handelt, dies Schicksal durch ein unlösliches und geheiligtes Band, wie es das Band der Ehe ist, endgültig festzulegen. Dann muß eine Mutter, die gleichermaßen zärtlich und klug ist – wie Sie so schön und richtig sagen –, »ihrer Tochter mit ihrer Erfahrung zur Seite stehn«. Nun frage ich Sie aber: Was hat sie zu tun, um das zu erreichen? Sie muß doch an ihrer Statt unterscheiden, was angenehm und was schicklich ist.

Hieße es also nicht die mütterliche Autorität herabwürdigen, hieße es nicht, sie gänzlich zunichte machen, wollte man sie einer leichtfertigen Neigung unterordnen, deren trügerische Macht nur denen fühlbar wird, die sie fürchten, und augenblicklich schwindet, wenn man sie mißachtet? Was mich anlangt, so muß ich Ihnen gestehen: Ich habe nie an derlei mitreißende, unwiderstehliche Leidenschaften geglaubt, die man, scheint's, mählich dazu benutzt, alle unsere Liederlichkeiten und Fehltritte zu entschuldigen. Ich kann es nicht fassen, wie eine Neigung, die in einem Augenblick aufflammt und im nächsten schon wieder erlischt, größere Macht haben kann als die unabänderlichen Grundsätze der Scham, der Ehrbarkeit und Züchtigkeit. Und ebensowenig verstehe ich es, daß eine

Frau, die dagegen verstößt, durch ihre vorgebliche Leidenschaft sollte gerechtfertigt werden können, wie etwa ein Dieb es durch seine Geldgier oder ein Mörder durch seine Rachsucht wäre.

Ei, wer kann von sich sagen, er habe niemals zu kämpfen brauchen? Ich habe aber stets gesucht, mich zu überzeugen, daß es zum Widerstehen eigentlich nichts weiter brauchte als den Willen, es zu tun. Und bis auf den heutigen Tag wenigstens hat meine Erfahrung diese meine Ansicht bestätigt. Was wäre schon die Tugend ohne die Pflichten, die sie uns auferlegt? Ihr Kult liegt in unsern Opfern, ihr Lohn ist in unsern Herzen beschlossen. Diese Wahrheiten können höchstens von den Menschen abgestritten werden, denen daran gelegen ist, sie zu mißkennen, und die in ihrer Verderbtheit hoffen, sie könnten für eine kurze Weile darüber hinwegtäuschen, indem sie versuchen, ihr schlechtes Betragen durch schlechte Gründe zu entschuldigen.

Hat man das aber von einem einfältigen, schüchternen Kinde zu befürchten, von einem Kind, das Sie zur Welt gebracht haben, dessen züchtige, reine Erziehung die glückliche Veranlagung nur noch hat bestärken müssen? Und doch wollen Sie dieser Furcht, die ich als Demütigung für Ihre Tochter bezeichnen möchte, die vorteilhafte Heirat zum Opfer bringen, die Sie in Ihrer Voraussicht in die Wege geleitet hatten! Ich habe Danceny recht gern. Und wie Sie ja wissen, sehe ich Herrn de Gercourt seit langem nur noch wunderselten. Aber meine Freundschaft für jenen und meine Gleichgültigkeit diesem gegenüber halten mich nicht ab, den gewaltigen Unterschied zu ermessen, der zwischen diesen beiden Partien besteht. An gesellschaftlichem Rang sind sie einander ebenbürtig, das gebe ich zu. Der eine ist aber mittellos, und das Vermögen des andern ist so beträchtlich, daß es auch ohne seine vornehme Geburt ausgereicht hätte, ihm alle Wege zu ebnen. Ich gebe zu, Geld macht nicht glücklich; man muß aber auch zugeben, daß es wesentlich zum Glück beitragen kann. Fräulein de Volanges ist, wie Sie sagen, reich genug für zwei. Indessen sind sechzigtausend Franken Rente, die sie zu verzehren hat, nicht sonderlich viel, wenn man den Namen Danceny trägt, wenn man ein Haus ausstatten und führen muß, das seinem Rang entspricht. Wir leben nicht mehr zur Zeit der Madame de Sévigné! Alles geht für Aufwand und Luxus drauf. Man hat zwar allerhand daran auszusetzen, aber man macht eben doch mit. Und schließlich hat man vor lauter Überflüssigem kein Geld mehr für das dringend Notwendige.

Was die persönlichen Vorzüge betrifft, die Sie hoch anschlagen, und zwar mit gutem Recht, so ist Herr de Gercourt in dieser Hinsicht gewiß einwandfrei. Er hat die Probe bestanden. Ich will gerne glauben, und ich glaube auch wirklich, Danceny stehe ihm in nichts nach. Sind wir dessen aber auch ganz sicher? Zwar schien es bislang, er sei frei von den Fehlern und Mängeln seines Alters, und trotz dem Ton, der heute vorherrscht, zeigt er eine Vorliebe für die gute Gesellschaft, die recht günstige Schlüsse auf seinen Charakter zuläßt. Wer weiß aber, ob diese scheinbare Bravheit nicht seinem geringen Vermögen zuzuschreiben ist? Scheut man sich auch nur im geringsten vor Gaunereien und andern liederlichen Lumpenstücken, dann braucht man Geld, um ein Spieler oder Wüstling zu sein, und man kann trotzdem die Fehler lieben, deren Auswüchse man fürchtet. Kurzum, er wäre nicht erst der Tausendste, der die gute Gesellschaft aufgesucht hätte, einzig weil er nichts Besseres tun konnte.

Ich sage nicht etwa – Gott behüte! –, ich glaube das alles von ihm. Aber immerhin muß man damit rechnen. Und was müßten Sie sich nicht für Vorwürfe machen, wenn die Sache nicht glücklich ausliefe! Was würden Sie Ihrer Tochter zur Antwort geben, wenn sie Ihnen sagte: »Mutter, ich war jung und unerfahren; ich war sogar irregeleitet durch einen Wahn, der in meinem Alter verzeihlich ist. Aber der Himmel hatte meine Schwachheit vorausgesehen und mir eine Mutter beschert, die verständig und klug ist und dem hätte abhelfen und mich davor bewahren sollen. Warum haben Sie Ihre Vorsicht vergessen und mich ins Unglück laufen lassen? Stand es bei mir, einen Gatten zu wählen, da ich doch vom Ehestand so gar nichts weiß? Hätte ich es tun wollen, war es dann nicht Ihre Pflicht, sich dem zu widersetzen? Aber diesen wahnwitzigen Wunsch hegte ich nie. Ich war entschlossen, Ihnen gehorsam zu sein, und wartete Ihre Wahl mit ehrerbietiger Ergebenheit ab. Niemals wich ich von dem unterwürfigen Gehorsam ab, den ich Ihnen schuldete, und doch trage ich heute die Strafe, die nur ungehorsamen Kindern gebührt. Ach, Ihre Schwäche hat mich ins Verderben gestürzt . . .« Vielleicht könnte es sein, daß sie aus Achtung vor Ihnen ihre Klagen nicht laut werden ließe; aber in Ihrer mütterlichen Liebe würden Sie ahnen, was in ihr vorgeht, und die Tränen Ihrer Tochter mögen dann noch so heimlich und verstohlen fließen, sie rinnen trotz allem über Ihr Herz. Wo wollen Sie dann Trost suchen? Etwa in der wahnwitzigen Liebe, gegen die Sie Ihre Tochter hätten wappnen sollen, von der Sie sich im Gegenteil haben verleiten lassen?

Ich weiß nicht, meine teure Freundin, ob ich gegen diese Leidenschaft allzusehr eingenommen bin. Ich halte sie aber für bedrohlich, sogar in der Ehe. Nicht daß ich es etwa mißbillige, wenn ein ehrbares, angenehmes Gefühl in der Ehe mitspielt und sie verschönt, gewissermaßen die Pflichten versüßt, die sie auferlegt. Es darf aber nicht ausschließlich vorherrschen; nicht der Wahn eines flüchtigen Augenblicks darf die Wahl unseres ganzen Lebens bestimmen. In der Tat, um wählen zu können, muß man vergleichen. Und wie kann man das, wenn einem ein einziger Mann im Sinne liegt, wenn man nicht einmal diesen einen kennen kann, maßlos trunken und verblendet, wie man ist?

Ich bin, wie Sie mir glauben können, mehreren Frauen begegnet, die von dieser schlimmen Krankheit befallen waren. Ein paar von ihnen haben mir ihre Heimlichkeiten ausgekramt. Wenn man sie hört, gibt es auch nicht eine, deren Liebhaber nicht ein Ausbund an Vollkommenheit wäre. Doch diese Vollkommenheiten sind eitel Wahngebilde und bestehn nur in ihrer Einbildung. Ihr überspannter Kopf träumt nur von lauter herrlichen Vorzügen und Tugenden, mit denen sie nach Herzenslust den Auserwählten schmücken. Er geht einher im majestätischen Faltenwurf eines Gottes, und doch ist der Träger dieser Pracht oft nur ein verächtlich kleiner Gipsgötze. Doch er mag sein, wie er will, kaum haben sie ihm die

Prachtgewänder umgelegt, verfallen sie ihrem eigenen Werk und werfen sich vor ihm in den Staub, um in Anbetung zu ersterben.

Entweder liebt Ihre Tochter Danceny nicht, oder sie macht jetzt diesen nämlichen Selbstbetrug durch. Diese Selbsttäuschung hat beide befallen, wenn ihre Liebe auf Gegenseitigkeit beruht. Somit bleibt von Ihrem Grund, der für ihre ewige Verbindung spricht, nichts weiter übrig als die Gewißheit, daß sie einander nicht kennen, daß sie einander gar nicht kennen können. Aber, so werden Sie mir einwenden, kennen denn Herr de Gercourt und meine Tochter einander besser? Nein, gewiß nicht. Aber sie machen einander wenigstens nichts vor, sie wissen bloß eines nichts vom andern. Was tritt in einem solchen Fall zwischen zwei Ehegatten ein, von denen ich annehme, sie seien beide anständige Menschen? Ein jeder von ihnen sucht den andern zu ergründen, nimmt sich dem andern gegenüber in acht, sucht und findet auch bald, was er an Neigung und Wünschen ablegen muß, damit beiderseits Ruhe und Frieden herrscht. Solche unbedeutenden Opfer kosten nicht viel Mühe und Überwindung, weil sie von beiden Seiten gebracht werden und auch weil sie vorauszusehen waren. Es währt nicht lange, so entsteht daraus gegenseitiges wohlwollendes Vertragen. Und die Gewohnheit, die alle Neigungen festigt, sofern sie sie nicht austilgt, führt allmählich zu jener zärtlichen Freundschaft, jenem innigen Vertrauen, die zusammen mit der gegenseitigen Achtung, so scheint mir, das wahre, dauerhafte Glück in der Ehe ausmachen.

Die Illusionen der Liebe mögen süßer sein; wer weiß aber nicht, daß sie weniger dauerhaft sind? Und was für Gefahren bringt nicht der Augenblick mit sich, der sie zerstört! Dann scheinen die geringfügigsten Fehler abstoßend und unausstehlich, zufolge des Gegensatzes, den sie zu der Idee der Vollkommenheit bilden, die uns vorher verführt hatte. Jeder von den beiden Ehegatten glaubt jedoch, der andere habe sich allein verändert, und er selbst sei immer noch der gleiche Ausbund edler Eigenschaften, als der er in einem Augenblick der Verirrung eingeschätzt worden war. Den Zauber, dem er nicht mehr unterworfen ist, kann er zu seiner Verwunderung nicht mehr hervorbringen, und er empfindet das als eine Demütigung. Verletzte Eitelkeit und Eigenliebe aber verbittern die Geister, lassen Fehler größer erscheinen, erzeugen Verstimmung, gebären Haß, und so büßt man flüchtige Wonnen schließlich mit Unglück, das kein Ende nimmt.

So, meine teure Freundin, denke ich über die Angelegenheit, die uns beschäftigt. Ich verteidige meine Ansicht nicht, ich lege sie bloß dar. Nun müssen Sie entscheiden. Beharren Sie aber auf Ihrer Meinung, dann bitte ich Sie, mir die Gründe bekanntzugeben, die gegen meine Argumente gesprochen haben. Es soll mich freuen, wenn ich bei Ihnen Klarheit bekomme, und vor allem freut es mich, wenn ich über das Schicksal Ihres liebenswerten Kindes beruhigt bin. Ich wünsche von ganzem Herzen, daß es glücklich wird. Das tue ich sowohl aus Freundschaft zu ihr und auch aus dem Gefühl heraus, das mich Ihnen fürs ganze Leben verbindet.

Paris, am 4. Oktober 17..

105. BRIEF

Die Marquise de Merteuil an Cécile Volanges

Da sind Sie nun recht ärgerlich, liebe Kleine, und schämen sich schrecklich, und dieser Herr de Valmont ist ein böser, böser Mann, nicht wahr? Was fällt ihm auch bei? Er wagt es, Sie wie die Frau zu behandeln, die er am herzinnigsten liebt! Er lehrt Sie, was Sie ums Leben gern längst schon gewußt hätten! Wahrhaftig, solch ein Benehmen ist unverzeihlich. Und Sie Ihrerseits wollen Ihre Keuschheit für Ihren Geliebten aufsparen (der sie freilich nicht mißbraucht). Was Ihnen an der Liebe teuer ist, sind ihre Leiden und nicht ihre Freuden! Vortrefflich! Sie würden sich in einem Roman nicht übel ausnehmen. Leidenschaft, Unglück und obendrein noch Tugend, wieviel wunderschöne Dinge! Mitten in diesem glanzvollen Aufzug langweilt man sich freilich bisweilen; aber man vergilt Gleiches mit Gleichem!

Seht doch nur, wie das ärmste Kind zu beklagen ist! Es hatte ganz dunkel umränderte Augen tags darauf! Und was werden Sie erst sagen, wenn die Augen Ihres Liebsten dunkle Ringe aufweisen? Seien Sie nur ganz getrost, mein schöner Engel, so mitgenommen werden Sie nicht immer dreinschauen. Nicht alle Männer können es mit einem Valmont aufnehmen! Und dann wagten Sie nicht mehr die Augen aufzuschlagen? Oh, daran haben Sie aber ganz recht getan. Alle Welt hätte darin gelesen, was Sie erlebt haben. Glauben Sie mir aber nur: Wäre es wirklich so, dann würden unsere Frauen und sogar unsere jungen Fräulein züchtiger zu Boden blicken.

Ungeachtet allen Lobes, das ich Ihnen, wie Sie sehen, zu zollen genötigt bin, muß ich trotzdem zugeben, daß Sie Ihr Meisterstück verpatzt haben: Sie hätten alles brav Ihrer Mama beichten müssen. Sie hatten es ja so wunderschön eingefädelt! Bereits hatten Sie sich in ihre Arme geworfen, Sie schluchzten, und auch sie weinte. Welch pathetische Szene! Und wie jammerschade, daß Sie sie nicht zu Ende gespielt haben! Ihre zärtliche Mutter wäre vor Freude aus dem Häuschen geraten und hätte Ihrer Tugend dadurch nachgeholfen, daß Sie auf Lebenszeit wären ins Kloster gesperrt worden. Und dort hätten Sie Ihren Danceny nach Herzenslust lieben können, ohne daß ihm einer dazwischengekommen, ohne daß Ihnen eine Sünde unterlaufen wäre. Sie hätten sich, Herz, was begehrst du, untröstlich und verzweifelt gebärden können, und Valmont wäre sicherlich nicht hingekommen und hätte Ihren Schmerz mit widerwärtigen Freuden gestört.

Im Ernst – kann man, mit mehr als fünfzehn Jahren, noch so ein Kindskopf sein wie Sie? Sie haben ganz recht, wenn Sie sagen, Sie verdienen alle meine Güte nicht! Ich wollte doch Ihre Freundin sein. Sie brauchen doch eine Freundin, bei der Mutter, die Sie haben, und bei dem Gatten, den sie Ihnen geben will! Wenn Sie sich aber nur so ungern bilden lassen wollen, was soll man dann mit Ihnen anfangen? Was ist noch zu hoffen, wenn das, was sonst den Mädchen zu Verstand verhilft, Ihnen offensichtlich im

Gegenteil den Verstand raubt? Wenn Sie es über sich bringen könnten, einen Augenblick lang vernünftig zu überlegen, dann würden Sie rasch einsehen, daß Sie eigentlich eher frohlocken als sich beklagen sollten. Aber Sie schämen sich, und darum haben Sie einige Hemmungen! Ei, beruhigen Sie sich doch nur. Die Scham, die von der Liebe kommt, ist genau wie der Schmerz, den sie verursacht: man spürt sie nur einmal. Nachher kann man noch tun, als schäme man sich; aber man fühlt sie nicht mehr. Die Lust aber bleibt, und das ist auch etwas! Ich glaube sogar aus Ihrem neckischen Geplauder herausgespürt zu haben, daß sie Ihnen gar nicht so unwichtig sein dürfte . . . Seien Sie doch ein wenig aufrichtig! Heraus mit der Sprache . . . Die Verwirrung, die Sie abhielt, »so zu tun, wie sie redeten«, die es Ihnen so »schwermachte, sich zu wehren«, die bewirkte, daß es »Ihnen förmlich leid tat«, als Valmont wegging, war an alledem etwa die Scham schuld? Oder vielleicht doch die Lust? Und »seine Art, mit einem zu reden, daß man gar nicht weiß, wie man ihm antworten soll«? Sollte die nicht von »seiner Art, mit einem umzugehen« herkommen? Ach, kleines Mägdlein, Sie schwindeln ja, und Sie belügen Ihre Freundin! Das ist nicht schön. Doch lassen wir das.

Was für alle Menschen ein Vergnügen wäre und auch gar nichts anderes sein könnte, wird in Ihrer Lage zu einem wahren Glück. In der Tat, Sie stehen zwischen einer Mutter, an deren Liebe Ihnen viel liegt, und einem Geliebten, dessen Liebe Sie fürs Leben erhalten möchten; wie können Sie da übersehen, daß der einzige Weg, diese beiden einander widersprechenden Ziele zu einem guten Ende zu führen, darin besteht, daß Sie sich mit einem Dritten einlassen? Dieses neue Abenteuer wird Sie ablenken, und Ihrer Mama gegenüber werden Sie den Eindruck erwecken, als brächten Sie Ihrem Gehorsam gegen sie eine Neigung zum Opfer, die ihr Mißfallen erregt hat, und bei Ihrem Liebhaber heimsen Sie viel Ehre ein, weil Sie sich so beharrlich und heldenmütig gewehrt haben. Sie werden ihm unablässig beteuern, wie lieb Sie ihn hätten, und dabei werden Sie ihm die letzten Beweise dieser Liebe nicht gewähren. Daß Sie sich ihm verweigern – und das wird Sie ja in Ihrem Falle wenig Mühe kosten –, wird er unfehlbar Ihrer Tugend zuschreiben. Vielleicht wird er darüber klagen, aber er wird Sie deswegen nur um so heißer lieben, und das doppelte Verdienst, daß Sie nämlich nach Ansicht der einen Ihre Liebe opfern, in den Augen des andern aber ihr widerstehen, das kostet Sie nichts weiter, als daß Sie ihre Wonnen genießen. Oh, wie viele Frauen haben ihren guten Ruf eingebüßt und hätten ihn doch sorgsam bewahrt, wenn sie ihn mit solchen Mitteln hätten makellos erhalten können!

Der Weg, den ich Ihnen da vorschlage, scheint er Ihnen nicht der vernünftigste und auch der angenehmste? Wissen Sie, was Sie mit dem erreicht haben, den Sie eingeschlagen haben? Ihre Mama hat Ihre zunehmende Traurigkeit einem Anwachsen Ihrer Liebe zugeschrieben, sie ist darüber außer sich und wartet, Sie dafür zu bestrafen, nur noch, bis sie ihrer Sache ganz sicher ist. Sie hat mir eben geschrieben. Sie wird alles versuchen, um dieses Geständnis aus Ihnen selber herauszukriegen. Sie wird vielleicht – so schreibt sie mir – sogar so weit gehen, Ihnen Danceny als

Gatten vorzuschlagen. Und zwar bloß, um Sie zum Sprechen zu bewegen. Und sollten Sie sich von dieser trügerischen Zärtlichkeit verleiten lassen und antworten, wie's Ihnen ums Herz ist, dann könnten Sie gar bald für lange Zeit, vielleicht gar für immer ins Kloster wandern und dort hinter Gittern in Muße Ihre blinde Leichtgläubigkeit beweinen.

Diese List, die sie gegen Sie anzuwenden gedenkt, müssen Sie mit einer andern bekämpfen. Fangen Sie doch damit an, daß Sie ihr weniger Traurigkeit zeigen, so daß sie glaubt, Sie denken nicht mehr soviel an Danceny. Sie wird sich das um so leichter einreden, als dies ja die gewöhnliche Folge der Trennung ist. Und sie wird Ihnen dafür um so dankbarer sein, als sie darin einen Anlaß sehen wird, auf ihre Klugheit stolz zu sein, die ihr diesen Weg eingegeben hat. Sollte sie aber doch noch einige Zweifel hegen und Sie auch weiterhin auf die Probe stellen wollen, sollte sie erneut von Heiraten zu sprechen anfangen, dann seien Sie ein folgsames Kind und gehorchen Sie, wohlerzogen wie Sie sind, ohne zu mucken. Was kann Ihnen dabei schon passieren? Was man so mit einem Gatten anzufangen weiß ... Einer ist so viel wert wie der andere; und auch der unbequemste ist immer noch weniger lästig als eine Mutter.

Ist Ihre Mama erst einmal mit Ihnen zufriedener, dann wird sie Sie schließlich verheiraten. Hernach sind Sie in Ihrem Tun und Lassen viel ungebundener und können, wie's Ihnen paßt, Valmont stehenlassen und Danceny wählen oder gar alle beide behalten. Denn, achten Sie wohl auf: Ihr Danceny ist ja ganz nett, aber er ist einer von den Männern, die man haben kann, wenn man nur will und solange man mag. Man braucht es also mit ihm nicht so genau zu nehmen. Ganz anders steht es bei Valmont: Ihn kann man nur schwer festhalten, und es ist gefährlich, ihn zu verlassen. Man muß sehr geschickt mit ihm umgehen, und wenn man das nicht kann, dann braucht es sehr viel Fügsamkeit und Gehorsam. Gelänge es Ihnen aber andererseits, ihn auf die Dauer zum Freund zu gewinnen, dann wäre das ein großes Glück! Er würde Sie im Handumdrehen in die vorderste Reihe unserer gefeiertsten und umworbensten Damen bringen. Solcherart erwirbt man in der Gesellschaft eine feste Position, und nicht etwa mit Rotwerden und Flennen, wie damals, als Ihre Nönnchen Sie zwangen, kniefällig zu Mittag zu essen.

Sie werden also, wenn anders Sie gescheit sind, danach trachten, sich mit Valmont auszusöhnen, der bestimmt gegen Sie sehr aufgebracht ist. Und da man es richtig anstellen muß, wenn man seine Dummheiten wiedergutmachen will, scheuen Sie sich ja nicht, ihm einiges Entgegenkommen zu zeigen. Sie werden ohnehin rasch einsehen, daß die Männer zwar meist die ersten Schritte tun, wir aber fast immer genötigt sind, die nächstfolgenden zu tun. Sie haben ja einen Vorwand, ihm entgegenzukommen: Sie dürfen doch diesen Brief nicht behalten; und ich wünsche dringend, daß Sie ihn Valmont weitergeben, sobald Sie ihn gelesen haben. Vergessen Sie aber nicht, ihn vorher wieder zu versiegeln. Zunächst muß Ihnen das Verdienst des Entgegenkommens zufallen, das Sie ihm gegenüber zeigen werden, und es darf auch nicht aussehen, als hätte Ihnen jemand dazu geraten; und dann sind Sie auch der einzige Mensch auf der ganzen Welt, mit dem ich so innig befreundet bin, daß ich so zu ihm sprechen könnte wie mit Ihnen.

Leben Sie wohl, schöner Engel, befolgen Sie meine Ratschläge und schreiben Sie mir, ob sie Ihnen gut bekommen sind.

Postskriptum. – Da fällt mir ein: fast hätte ich's vergessen ... Noch etwas: Sie schreiben immer noch wie ein rechtes Kind. Ich sehe schon, woher das kommt. Sie sagen immer, was Sie just denken, und nichts, was Sie nicht denken. Das mag ja so zwischen Ihnen und mir angehn; wir sollen keine Heimlichkeiten voreinander haben. Aber bei andern Leuten! Vor allem Ihrem Geliebten gegenüber! Sie würden ja immer den Eindruck eines blöden Gänschens machen. Sie sehen doch ein: Wenn Sie an jemanden schreiben, dann tun Sie's doch für ihn und nicht für sich selber. Sie müssen also weniger danach trachten, ihm zu sagen, was Sie denken, als vielmehr, was ihm besonders zusagt.

Leben Sie wohl, Herzchen. Ich küsse Sie, anstatt Sie auszuschelten, in der Hoffnung, Sie werden inskünftig vernünftiger sein.

Paris, am 4. Oktober 17..

106. BRIEF

Die Marquise de Merteuil an den Vicomte de Valmont

Großartig, Vicomte! Und diesmal liebe ich Sie rasend und leidenschaftlich! Im übrigen konnte man ja nach Ihrem ersten Brief auf den zweiten gefaßt sein. So hat er mich denn auch nicht groß erstaunt. Und während Sie bereits voll Stolz über Ihre künftigen Erfolge Ihren Lohn heischten und mich fragten, ob ich bereit sei, sah ich wohl, daß ich mich gar nicht so sehr zu beeilen brauchte. Ja, auf Ehre, als ich die wunderschöne Schilderung dieser rührenden Szene las, die »Sie so tief erregt hatte«, als ich sah, wie zurückhaltend, so recht würdig der schönsten Zeiten unseres Rittertums, Sie sich benahmen, da sagte ich mir wohl zwanzigmal: »Die ganze Geschichte hat er verpatzt!«

Das konnte ja aber gar nicht anders sein. Was soll denn eine arme Frau schon machen, wenn sie sich ergibt, und man nimmt sie nicht? Mein Gott, in einem solchen Fall muß sie doch wenigstens ihre Ehre wahren, und das hat unsere Präsidentin getan. Ich weiß zwar wohl, daß ich mir für meinen Teil durchaus bewußt bin, der Weg, den sie eingeschlagen hat, sei wahrlich nicht ohne einen gewissen Effekt, und ich habe die Absicht, ihn bei der ersten einigermaßen dringenden Gelegenheit gleichfalls zu benützen; aber eins kann ich bestimmt versprechen: Wenn der Mann, um dessentwillen ich das ganze Theater veranstaltet habe, die Situation nicht besser ausnutzt als Sie, dann kann er ganz sicher für immer auf mich Verzicht leisten.

Nun stehen Sie also bettelarm, mit leeren Händen da, und erst noch zwischen zwei Frauen, von denen die eine ihren Fehltritt bereits hinter sich gebracht hat, indes die andere nichts lieber möchte, als daß sie auch schon so weit wäre! Sie werden nun natürlich glauben, ich spiele mich groß auf, und werden sagen, es sei leicht, hinterher Prophezeiungen zu verkünden; ich kann Ihnen aber schwören, daß ich darauf gefaßt war. Sie haben eben einfach nicht das Zeug zu Ihrem Beruf! Sie wissen davon bloß, was Sie sich angelernt haben, und etwas Neues hecken Sie nie aus. Drum bleiben Sie auch sofort stecken wie ein Schulbübchen, sobald die Umstände nicht mehr mit Ihren überkommenen Formen übereinstimmen und Sie von den ausgefahrenen Wegen abweichen müssen. Kurzum: eine Kinderei einerseits, und andererseits ein Rückfall in die Prüderie reichen hin, Sie völlig aus der Fassung zu bringen, nur weil sie einem nicht tagtäglich zustoßen, und Sie verlieren den Kopf, wissen ihnen weder vorzubeugen, noch können Sie Abhilfe schaffen. Ach, Vicomte! Vicomte! Sie lehren mich, die Männer nicht nach ihren Erfolgen zu beurteilen; und es geht nicht mehr lange, so wird man von Ihnen sagen müssen: »An dem und dem Tag war er aber tapfer!« Und wenn Sie Dummheiten über Dummheiten gemacht haben, dann kommen Sie hilfesuchend zu mir! Es sieht so aus, als hätte ich weiter nichts zu tun, als sie wiedergutzumachen. Allerdings hätte man damit gerade genug zu tun.

Doch sei dem, wie ihm wolle, von diesen beiden Abenteuern wurde jedenfalls das eine gegen meinen Willen angezettelt, und ich gedenke mich da nicht einzumischen. Was das andere angeht, so haben Sie mir da einiges zuliebe getan, und ich will mich daher drum kümmern, als ginge es mich selber an. Der beiliegende Brief, den Sie zuerst lesen und hiernach der kleinen Volanges übergeben sollen, wird mehr als ausreichend sein, um sie wieder in Ihre Arme zurückzuführen. Aber ich bitte Sie, nehmen Sie sich dieses Kindes ein bißchen an; wir wollen sie zusammen zur Verzweiflung ihrer Mutter und Gercourts abrichten. Vor kräftigen Dosen braucht man sich nicht zu scheuen. Ich sehe deutlich, das kleine Fräulein wird darob nicht im mindesten erschrecken. Und haben wir unsere Absicht bei ihr erreicht, dann mag aus ihr werden, was will.

Mich läßt sie völlig gleichgültig. Ich hatte zwar nicht übel Lust gehabt, aus ihr wenigstens eine zweitrangige Intrigantin zu machen und sie unter meiner Leitung untergeordnete *Nebenrollen* spielen zu lassen. Ich sehe aber, daß sie das Zeug dazu nicht hat. Sie verfügt über eine dümmliche Naivität, der nicht einmal das bewährte Mittel hat abhelfen können, das Sie angewendet haben und das doch sonst immer wirkt. Und meiner Ansicht nach ist dies die gefährlichste Krankheit, die eine Frau haben kann. Sie verrät vor allem eine fast immer unheilbare Charakterschwäche, die überall in die Quere kommt. So könnten wir uns alle erdenkliche Mühe geben, dieses Mädchen zur Intrigantin heranzubilden, und brächten doch allerhöchstens ein leichtfertiges Frauenzimmer zustande. Nun kenne ich aber nichts, was so erbärmlich seicht und abgeschmackt ist wie diese willigen Leichtfertigkeiten aus lauter Dummheit, die sich hingibt, ohne daß sie weiß, wieso und warum, einzig weil einer da ist und ihr zusetzt, und sie nicht weiß, wie sie sich seiner erwehren soll. Derlei Frauen sind einfach gar nichts anderes als fühllose Lustbefriedigungsmaschinen.

Sie werden mir einwenden, man brauche ja nur weiter nichts aus ihnen machen zu wollen, und das genüge unseren Absichten. Schön und gut!

Vergessen wir aber nicht, daß von solchen Maschinen bald alle Welt Antrieb und Gang kennt. So muß man, um gefahrlos die fragliche Maschine benützen zu können, rasch handeln, beizeiten innehalten und sie hernach zerschlagen. An Möglichkeiten, sie wieder loszuwerden, wird es uns wahrlich nicht fehlen! Und Gercourt wird sie jederzeit einsperren lassen, wann es uns beliebt. Wenn er erst an seinem Pech nicht mehr zweifeln kann, wenn sein Mißgeschick einmal so recht überall ruchbar geworden ist, was kümmert es uns dann eigentlich noch, ob er dafür Rache üben will, wenn er nur darüber untröstlich ist? Was ich da vom Gatten sage, gilt natürlich von Ihnen aus gesehen auch für die Mutter. Somit ist das so gut wie abgemacht.

Dieser Weg, den ich für den besten ansehe und zu dem ich mich entschlossen habe, hat mich veranlaßt, das junge Ding ein bißchen beschleunigt voranzubringen, wie Sie aus meinem Brief ersehen werden. Demzufolge ist es auch überaus wichtig, daß wir nichts in ihren Händen lassen, was uns bloßstellen könnte, und ich bitte Sie, darauf zu achten. Ist diese Vorsichtsmaßnahme einmal getroffen, übernehme ich die geistige und seelische Ausbildung, der Rest ist Ihre Sache. Sollten wir späterhin sehen, daß ihre Naivität schwindet, so haben wir immer noch Zeit genug, unsere Pläne dementsprechend abzuändern. Wir hätten uns ohnehin früher oder später darum kümmern müssen, was zu tun ist. Auf keinen Fall werden unsere Anstrengungen für die Katz gewesen sein.

Wissen Sie, daß meine Bemühungen beinahe vergeblich gewesen wären, und daß Gercourts Glück fast über meine Klugheit gesiegt hätte? Bekam da nicht auf einmal Madame de Volanges einen Anfall von mütterlicher Schwachheit? Und wollte sie nicht ihre Tochter Danceny zur Frau geben? Das war die zärtlichere Anteilnahme, die Ihnen »am andern Morgen« aufgefallen ist! Auch an diesem Meisterstück wären Sie wieder schuld gewesen! Zum Glück hat mir die Mutter etwas davon geschrieben, und ich hoffe, meine Antwort werde ihr jede Lust daran verleiden. Ich rede darin so viel von Tugend daher, und vor allem sage ich ihr so viel Schmeichelhaftes, daß sie bestimmt findet, ich habe recht.

Es tut mir leid, daß ich nicht Zeit genug hatte, eine Abschrift des Briefes anzufertigen, um Sie mit meiner strengen Moral zu erbauen. Sie könnten sehen, wie tief ich die Frauen verachte, die verkommen genug sind, sich einen Liebhaber zuzulegen! Es ist so bequem, in seinen Reden sittenstreng zu sein! Das schadet bloß den andern, und unsereinen behindert es in keiner Weise . . . Und dann weiß ich auch recht wohl, daß die gute Dame, wie jede andere auch, ihre kleinen Schwächen hatte, als sie noch jung war, und es war mir gar nicht unlieb, sie wenigstens an ihrem Gewissen ein bißchen zu demütigen. Das tröstete mich einigermaßen über die Lobsprüche, die ich ihr gegen mein eigenes Gewissen spendete. So hat mir auch im selben Brief der Gedanke, Gercourt zu schaden, den Mut verliehen, über ihn allerhand Gutes zu sagen.

Leben Sie wohl, Vicomte. Ich bin sehr damit einverstanden, daß Sie sich entschlossen haben, eine Weile da zu bleiben, wo Sie sind. Ich habe keinerlei Möglichkeit, Ihnen rascher vorwärtszuhelfen. Aber ich rate Ihnen dringend: Vertreiben Sie sich die Zeit mit unserm gemeinsamen Mündel. Was nun mich betrifft, so sehen Sie, ungeachtet Ihrer höflichen Vorladung, daß Sie noch ein wenig warten müssen. Und Sie werden gewiß zugeben, daß ich nicht daran schuld bin.

Paris, am 4. Oktober 17..

107. BRIEF

Azolan an den Vicomte de Valmont

Gnädiger Herr,
gemäß Ihren Weisungen ging ich sofort nach Erhalt Ihres Briefes zu Herrn Bertrand, der mir die fünfundzwanzig Louisdor ausgehändigt hat, wie Sie ihm befohlen hatten. Ich hatte ihn um weitere zwei Louis für Philipp gebeten, dem ich eingeschärft hatte, er solle augenblicklich aufbrechen, wie der gnädige Herr mir geschrieben hatte; er hatte aber kein Geld. Aber Ihr Herr Sachwalter wollte nicht und sagte, er besitze diesbezüglich keinerlei Auftrag von Ihnen. Ich sah mich also gezwungen, sie ihm von meinem eigenen Geld zu geben, und der gnädige Herr wird sie mir wohl anrechnen, wenn Sie so gütig sein wollen.

Philipp ist gestern abend weggegangen. Ich habe ihm dringend eingeschärft, ja nicht aus dem Wirtshaus zu weichen, damit man sicher sein könne, ihn zu finden, falls man ihn etwa brauche.

Ich ging sofort nachher zur Frau Präsidentin, um Fräulein Julie zu besuchen. Aber sie war ausgegangen, und ich konnte nur mit La Fleur reden, von dem ich freilich nichts erfahren konnte, weil er seit seiner Ankunft immer nur zur Essenszeit im Hause gewesen war. Der zweite Diener hat alle Arbeit getan, und der gnädige Herr weiß wohl, daß ich den nicht kannte. Ich habe aber heute angefangen.

Ich bin heute früh wieder zu Fräulein Julie gegangen, und es machte den Anschein, als wäre sie recht erfreut, mich zu sehen. Ich habe sie über die Gründe ausgeforscht, weshalb Ihre Herrin hierher zurückgekehrt sei. Aber sie behauptete steif und fest, sie wisse gar nichts davon, und ich glaube, sie hat die Wahrheit gesagt. Ich habe ihr Vorwürfe gemacht, weil sie mir nichts von der bevorstehenden Abreise gesagt hatte, und sie hat mir beteuert, sie habe erst am Abend, als sie die gnädige Frau zu Bette gebracht hatte, etwas davon erfahren. So habe sie die ganze Nacht hindurch packen müssen, und das arme Kind hat keine zwei Stunden geschlafen. Sie hat an jenem Abend das Zimmer ihrer Herrin erst nach ein Uhr nachts verlassen, und als sie wegging, setzte sie sich erst zum Schreiben hin.

Am Morgen bei der Abreise hat Madame de Tourvel dem Türhüter des Schlosses einen Brief ausgehändigt. Fräulein Julie weiß aber nicht, für wen. Sie sagt, vielleicht sei er an den gnädigen Herrn gerichtet gewesen. Aber der gnädige Herr erwähnt nichts davon.

Während der ganzen Reise hatte die gnädige Frau eine große Kapuze übers Gesicht gezogen, so daß man ihr Gesicht nicht hat sehen können.

Aber Fräulein Julie meint, sie habe sicher viel geweint. Auf der ganzen Fahrt hat sie nicht ein Wort gesprochen. Sie hat in ... nicht anhalten wollen, wie sie's bei der Hinfahrt getan hatte. Das hat Fräulein Julie gar nicht gefreut, weil sie nichts gefrühstückt hatte. Aber, wie ich ihr sagte: die Herren sind eben die Herren.

Gleich nach der Ankunft ist die gnädige Frau zu Bett gegangen. Sie ist aber nur zwei Stunden liegen geblieben. Beim Aufstehen hat sie ihren Türsteher kommen lassen und hat ihm Weisung gegeben, niemanden vorzulassen. Sie hat überhaupt nicht Toilette gemacht. Sie hat sich zum Mittagessen zu Tisch gesetzt, hat aber nur ein bißchen Suppe gegessen und ist dann gleich wieder hinausgegangen. Man hat ihr den Kaffee auf ihr Zimmer gebracht, und gleichzeitig ist Fräulein Julie zu ihr hineingegangen. Sie hat ihre Herrin dabei betroffen, wie sie Schriftstücke in ihrem Schreibtisch aufräumte, und sie hat auch gesehen, daß es Briefe waren. Ich möchte wetten, es waren die Briefe des Herrn Vicomte. Und von den dreien, die sie im Laufe des Nachmittags erhalten hat, lag einer noch spätabends vor ihr! Ich bin ganz sicher, es war wieder einer vom gnädigen Herrn. Aber warum ist sie denn einfach so auf und davon gefahren? Das wundert mich! Übrigens weiß es der Herr Vicomte bestimmt. Das geht mich ja auch nichts an.

Die Frau Präsidentin ist am Nachmittag in die Bibliothek gegangen und hat zwei Bücher geholt, die sie mit sich in ihr Schlafzimmer genommen hat. Fräulein Julie beteuert aber, sie habe den ganzen Tag hindurch keine Viertelstunde lang darin gelesen; sie habe immer nur diesen Brief gelesen und, den Kopf in die Hand gestützt, dagesessen und vor sich hin geträumt. Da ich mir dachte, der Herr Vicomte werde gerne wissen wollen, was das für Bücher sind, da Fräulein Julie es aber nicht wußte, habe ich mich heute in die Bibliothek führen lassen, unter dem Vorwand, ich möchte sie gern ansehen. Es sind nur zwei Lücken vorhanden: die eine ist der zweite Band der *Christlichen Gedanken*, und die andere ist der erste Band eines Buches, das *Clarissa* im Titel heißt. Ich schreibe genau das, was draufsteht. Der gnädige Herr wird schon wissen, was es ist.

Gestern abend hat die gnädige Frau nicht soupiert. Sie hat nur ein wenig Tee getrunken.

Heute hat sie in aller Frühe geklingelt und sofort ihre Pferde bestellt. Dann ist sie vor neun Uhr zur Feuillantinerkirche gefahren und hat dort die Messe gehört. Sie hat beichten wollen, aber ihr Beichtvater war nicht da, und vor acht bis zehn Tagen wird er auch nicht zurückkommen. Ich dachte, es werde gut sein, wenn ich das dem gnädigen Herrn mitteile.

Nachher ist sie nach Hause gefahren, hat gefrühstückt und dann angefangen zu schreiben, und dabei ist sie bis etwa um ein Uhr geblieben. Ich habe bei nächster Gelegenheit das getan, was der gnädige Herr vor allem wünschten: Ich habe nämlich die Briefe zur Post getragen. Für Madame de Volanges war keiner dabei; aber ich schicke einen an den Herrn Vicomte, der für den Herrn Präsidenten war. Es dünkt mich, das müsse der interessanteste sein. Es war auch einer für Madame de Rosemonde darunter; aber ich habe mir gedacht, der gnädige Herr werde ihn schon noch zu Gesicht bekommen, wenn er nur wolle, und so habe ich ihn abgehen lassen. Übrigens wird Herr Vicomte wohl alles noch erfahren, da ja die Frau Präsidentin ihm auch schreibt. Ich werde fortan alle Briefe bekommen, die der gnädige Herr zu sehen wünscht, denn meistens übergibt sie Fräulein Julie den Dienstboten, und sie hat mir versichert, sie werde aus Freundschaft zu mir, und auch für den gnädigen Herrn, sehr gern alles tun, was ich nur wünsche.

Sie hat nicht einmal das Geld annehmen wollen, das ich ihr anbot. Ich denke aber, der gnädige Herr wird ihr dann schon einmal eine Kleinigkeit zuwenden; und wenn Sie es wünschen und mich damit beauftragen wollen, werde ich unschwer herausbekommen, was ihr Freude machen würde.

Ich hoffe, der Herr Vicomte wird nicht finden, ich sei in seinem Dienst nachlässig gewesen, und es liegt mir viel daran, mich wegen der Vorwürfe zu rechtfertigen, die er mir macht. Wenn ich nicht wußte, daß die Frau Präsidentin abreiste, so ist im Gegenteil mein Eifer im Dienste des gnädigen Herrn daran schuld, weil ich einzig aus Dienstbeflissenheit schon um drei Uhr früh aufgebrochen bin. So hatte ich abends zuvor Fräulein Julie nicht besuchen können, wie sonst immer, da ich in der Bedientenherberge übernachtet hatte, um im Schlosse niemanden aufzuwecken.

Was die Vorwürfe des Herrn Vicomte betrifft, ich hätte oftmals kein Geld, so kommt das erstens davon her, daß ich gerne proper gekleidet bin, wie der gnädige Herr ja sehen kann. Und dann muß man doch auch die Ehre des Rocks verteidigen, den man trägt. Ich weiß wohl, ich sollte für später ein wenig Erspartes auf die Seite legen, aber ich baue da voll und ganz auf die Großmut des gnädigen Herrn, der doch ein so guter Herr ist.

Was nun Ihren Vorschlag betrifft, ich solle bei Madame de Tourvel in Dienst treten und gleichzeitig weiter dem Herrn Vicomte dienen, so hoffe ich, der gnädige Herr werde das nicht von mir verlangen. Bei der Frau Herzogin war das etwas ganz anderes; aber eine Livree werde ich ganz bestimmt nicht tragen, und erst noch eine Livree vom Richteradel, nachdem ich die Ehre hatte, des Herrn Vicomte Jäger zu sein. Was alles übrige anlangt, so mag der gnädige Herr verfügen über Ihren sehr ergebenen Diener, der sich die Ehre gibt, zu verbleiben als Ihr ebenso verehrungsvoller als auch Ihnen achtungsvoll zugetaner

Roux Azolan, Jäger.

Paris, am 5. Oktober 17.., um elf Uhr des Abends.

108. BRIEF

Die Präsidentin de Tourvel an Madame de Rosemonde

O meine gütig verstehende Mutter! Wie muß ich Ihnen danken, und wie not tat mir Ihr Brief! Ich habe mich daran nicht ersättigen können und ihn wieder und wieder gelesen. Ich konnte mich nicht von ihm losreißen. Ihm verdanke ich die einzigen Augenblicke seit meiner Abreise, die ich ohne allzu schmerzliche Gedanken verlebt habe. Wie gütig Sie sind! Ehrbarkeit und Tugend können also mit der Schwachheit Mitgefühl empfinden! Sie haben Erbarmen mit meinem Leiden! Ach, wenn Sie wüßten! . . . Sie sind entsetzlich. Ich glaubte, alle Qualen der Liebe durchgemacht zu haben. Aber die unsäglich bittere Pein, die man gefühlt haben muß, wenn man sich davon eine Vorstellung machen will, liegt darin, daß man sich vom Liebsten, was man hat, trennen, daß man für immer von ihm scheiden muß! . . . Ja, der Schmerz, der mich heute niederdrückt, wird morgen, übermorgen, mein ganzes Leben lang wiederkehren! Mein Gott, wie jung bin ich noch, und wie lange Zeit habe ich noch vor mir, um zu leiden!

Selbst an seinem Unglück schuld zu sein! Sich das Herz mit eigenen Händen zerfleischen, und während man diese unerträglichen Schmerzen leidet, in jedem Augenblick zu fühlen, daß man ihnen mit einem einzigen Wort ein Ende setzen könnte, und daß dieses Wort eine Sünde ist! Ach, meine Freundin! . . . Als ich den so schmerzlichen Entschluß faßte, von ihm fortzugehen, da hoffte ich, infolge der Trennung würden mein Mut und meine Kräfte wachsen. Wie bitter habe ich mich getäuscht! Es sieht im Gegenteil aus, als hätte ich beides völlig verloren. Ich mußte zwar vorher mehr Kämpfe durchmachen, das ist freilich wahr. Aber selbst während ich Widerstand leistete, war doch nicht alles Entbehrung. Ich durfte ihn wenigstens ab und zu sehen. Oftmals sogar wagte ich es nicht, meine Augen zu ihm aufzuheben, und doch spürte ich, wie er mich anschaute, starr und unablässig. Ja, meine Freundin, ich spürte sie, es war, als ob sie meine Seele wärmten. Und ohne daß sie des Weges über meine Augen bedurft hätten, fanden sie zu meinem Herzen. Jetzt, in meiner leidvollen Abgeschiedenheit, fern von allem, was mir teuer ist, Auge in Auge mit meinem Unglück, ist jeder einzelne Augenblick meines traurigen Daseins mit meinen Tränen gezeichnet, und nichts lindert ihre Bitternis, kein Trost mengt sich in meine Opfer. Und die Opfer, die ich bisher gebracht habe, haben mir nichts weiter eingetragen, als daß sie die mir bevorstehenden noch schmerzvoller spürbar machen.

Erst gestern noch habe ich das so recht deutlich gefühlt. Unter den Briefen, die man mir brachte, war auch einer von ihm. Der Überbringer war noch zwei Schritte von mir weg, da hatte ich ihn bereits aus allen andern heraus erkannt. Unwillkürlich fuhr ich auf. Ich zitterte und konnte meine Erregung nur mühsam meistern. Und dieser Zustand war eigentlich lustvoll. Als ich kurz nachher allein geblieben war, schwand diese trügerische Lust aber gar rasch, und mir blieb nur ein Opfer mehr, das ich zu bringen hatte. In der Tat, durfte ich den Brief öffnen? Und doch konnte ich es kaum erwarten, ihn zu lesen. Das Verhängnis, das mich verfolgt, will es, daß jeder Trost, der sich mir zu bieten scheint, mir im Gegenteil immer nur neue Entbehrungen auferlegt. Und diese werden nur noch unerträglicher, wenn ich daran denke, daß Herr de Valmont auch darunter leidet.

Da steht er endlich, dieser Name, der mir unablässig im Sinne liegt, den ich nur mit so viele Überwindung habe hinschreiben können. Der leise Vorwurf, den Sie mir deswegen machten, hat mich wahrhaft erschreckt. Ich bitte Sie inständig, glauben Sie mir, daß nicht etwa Scham am falschen Orte mein Vertrauen in Sie geschmälert hat. Und weshalb sollte ich mich auch scheuen, seinen Namen auszusprechen? Ach, ich schäme mich meiner Gefühle und nicht etwa des Mannes, der sie erweckt! Welcher andere ist würdiger als er, sie einzuflößen? Und doch weiß ich nicht, warum dieser Name mir nicht ganz selbstverständlich aus der Feder fließt. Und auch diesmal mußte ich lange überlegen, bis ich ihn hinschreiben konnte. Ich komme wieder auf ihn zurück.

Sie schreiben mir, Sie hätten den Eindruck gehabt, er sei »über meine Abreise sehr bedrückt«. Was hat er denn getan. Was hat er gesagt? Hat er davon gesprochen, er wolle nach Paris zurückkehren? Ich bitte Sie, reden Sie's ihm aus, soviel Sie nur können. Wenn er mich richtig eingeschätzt hat, dann zürnt er mir diesen Schritt nicht. Er muß aber spüren, daß es ein unwiderruflicher Entschluß ist. Was mich fast am meisten bedrückt, ist die Ungewißheit darüber, was er denkt. Ich habe wohl noch seinen Brief vor mir . . . Aber Sie sind doch auch der Meinung, ich dürfe ihn nicht öffnen. Nur Sie, meine gütige, nachsichtige Freundin, können helfen, daß ich nicht völlig von ihm getrennt bin. Ich möchte Ihre Güte nicht mißbrauchen. Ich bin mir recht wohl bewußt, daß Ihre Briefe nicht sehr ausführlich sein können. Aber zwei Worte werden Sie Ihrem Kinde nicht abschlagen, eines, um seine Zuversicht aufrechtzuerhalten, das andere, um es darüber zu trösten. Leben Sie wohl, meine verehrungswürdige Freundin.

Paris, am 5. Oktober 17..

109. BRIEF

Cécile Volanges an die Marquise de Merteuil

Erst heute, gnädige Frau, habe ich Herrn de Valmont den Brief übergeben, den Sie mir zu schreiben die Ehre erwiesen haben. Ich habe ihn vier Tage lang behalten, trotz meiner Todesangst, man könnte ihn vielleicht finden. Ich versteckte ihn aber sorgfältig. Und jedesmal, wenn mich der Kummer wieder übermannte, schloß ich mich jeweils ein und las ihn wieder.

Ich sehe wohl, was mir als ein riesengroßes Unglück vorkam, ist fast gar keines. Und ich muß zugeben, es ist sogar recht viel Spaß dabei, so daß ich fast gar nicht mehr traurig bin. Einzig der Gedanke an Danceny quält mich zuweilen. Aber es kommt schon recht oft vor, daß ich überhaupt nicht an ihn denke! Herr de Valmont ist aber auch sehr liebenswürdig!

Ich habe mich seit zwei Tagen wieder mit ihm ausgesöhnt. Das ist mir gar nicht schwergefallen, denn ich hatte noch keine zwei Worte gesagt, da meinte er schon, wenn ich ihm etwas zu sagen habe, komme er am Abend zu mir in mein Zimmer, und ich brauchte ihm nur zu antworten, mir sei's recht. Und als er dann bei mir war, war er kein bißchen böse, so als hätte ich ihm nie etwas zuleide getan. Er hat mich erst nachher ausgescholten und nur ganz sanft und dann auf seine Art . . . Gerade wie Sie. Das hat mir bewiesen, daß auch er es sehr gut mit mir meint.

Ich kann Ihnen gar nicht sagen, wieviel komische Dinge er mir erzählt hat, die ich nie für möglich gehalten hätte, vor allem über Mama. Sie würden mir eine große Freude machen, wenn Sie mir schreiben wollten, ob all dies auch wahr ist. Soviel ist sicher: Ich konnte ein Gelächter nicht unterdrücken und platzte einmal sogar laut heraus, und das hat uns schreckliche Angst eingejagt, denn Mama hätte es hören können, und wenn sie hereingekommen wäre, um nachzusehen, was wäre dann aus mir geworden? Diesmal hätte sie mich ganz bestimmt ins Kloster gesteckt.

Da es gilt, sehr vorsichtig zu sein, und Herr de Valmont es mir selbst eingeschärft hat, möchte er um alles in der Welt nicht Gefahr laufen, mich irgendwie bloßzustellen; so haben wir verabredet, daß er künftighin nur komme und die Tür aufmache, und dann gehn wir jeweils in sein Zimmer. Dort haben wir gar nichts zu fürchten; ich war gestern schon dort, und augenblicklich schreibe ich Ihnen, während ich auf ihn warte. Nun, gnädige Frau, werden Sie mich hoffentlich nicht mehr ausschelten.

Etwas hat mich aber in Ihrem Brief doch überrascht. Das nämlich, was Sie mir für späterhin, wenn ich einmal verheiratet bin, über Danceny und Herrn de Valmont schreiben. Mir ist, als hätten Sie mir eines Tags in der Oper das gerade Gegenteil gesagt, daß ich nämlich, wenn ich einmal verheiratet sei, nur mehr meinen Gatten lieben dürfe und daß ich sogar Danceny vergessen müsse. Übrigens habe ich's vielleicht auch falsch verstanden, und es ist mir auch viel lieber, wenn es nicht so ist, weil ich mich jetzt nicht mehr so schrecklich vor dem Augenblick fürchte, da ich heiraten soll. Ich sehne ihn sogar herbei, weil ich dann je mehr Freiheit habe; ich hoffe, ich kann es dann einrichten, daß ich nur noch an Danceny denke. Ich bin mir wohl bewußt, daß ich nur mit ihm so recht glücklich werden kann; denn jetzt quält mich der Gedanke an ihn unaufhörlich, und ich bin nur glücklich, wenn ich es fertigbringe, nicht an ihn zu denken, und das ist recht schwer. Und sobald ich an ihn denke, werde ich sogleich wieder traurig.

Was mich ein wenig tröstet, ist Ihre Versicherung, Danceny werde mich deswegen nur um so inniger lieben. Sind Sie dessen aber auch ganz sicher? . . . Oh, ja! Sie würden mich doch nicht täuschen wollen! Es ist aber doch komisch, daß ich Danceny liebe, während Herr de Valmont . . . Aber, wie Sie sagen, vielleicht ist es ein Glück! Kurz, wir werden ja sehen.

Was Sie mir über meine Art zu schreiben andeuten, habe ich nicht so recht verstanden. Mich dünkt, Danceny findet meine Briefe ganz gut, so wie sie sind. Ich denke mir schon, daß ich ihm nichts von dem sagen darf, was mit Herrn de Valmont passiert. Somit brauchen Sie gar nichts zu fürchten.

Mama hat mir noch kein Wort von meiner Heirat gesagt. Lassen Sie mich nur machen; wenn sie einmal davon anfängt und sie mich doch nur fangen will, werde ich schon etwas zusammenlügen, das kann ich Ihnen versprechen.

Leben Sie wohl, meine liebe, gute Freundin. Ich danke Ihnen vielmals und verspreche Ihnen, daß ich Ihnen alle Ihre Güte nie vergessen werde. Ich muß jetzt abschließen, es ist beinahe ein Uhr, und Herr de Valmont muß gleich kommen.

Auf Schloß . . ., am 10. Oktober 17 . .

110. BRIEF

Der Vicomte de Valmont an die Marquise de Merteuil

»Himmlische Mächte, ich hatte eine Seele für den Schmerz. Gebt mir nun eine für die Glückseligkeit!« So drückt sich, glaub' ich, der schmachtende Saint-Preux aus. Ich bin da besser weggekommen als er; ich lebe beide Daseinsformen. Ja, meine Freundin, ich bin gleichzeitig sehr glücklich und namenlos unglücklich. Und da Sie nun einmal mein unumschränktes Vertrauen genießen, bin ich Ihnen Rechenschaft sowohl über meine Leiden wie auch über meine Freuden schuldig.

Sie müssen also wissen, daß meine undankbare Betschwester mich immer noch abweisend und kalt behandelt. Nun bekomme ich bereits den vierten Brief ungeöffnet zurück. Vielleicht ist es nicht ganz richtig, wenn ich sage, es sei der vierte. Denn da ich natürlich geahnt hatte, daß sie den ersten zurückschicken werde, daß auch weitere das gleiche Schicksal erleiden werden, da ich meine Zeit nicht dieser Art vertun wollte, verfiel ich darauf, mein Gejammer in lauter Gemeinplätzen abzufassen und meine Briefe nicht zu datieren. Und so geht seit der zweiten Post derselbe Brief immer hin und her. Ich wechsle bloß jedesmal den Umschlag. Wenn meine Schöne schließlich weich wird und, wie alle Schönen gemeinhin tun, eines Tages wenigstens aus Ermüdung nachgibt, dann wird sie am Ende diese Epistel behalten, und dann ist immer noch Zeit, mich wieder aufs laufende zu setzen. Sie sehen also, mit diesem neuartigen Briefwechsel kann ich nicht gut völlig im Bilde sein.

Ich habe immerhin herausgebracht, daß das leichtfertige Frauenzimmer sich eine andere Vertraute zugelegt hat. Wenigstens habe ich mich vergewissert, daß seit ihrer Abreise aus dem Schloß kein einziger Brief mehr von ihr an Madame de Volanges gekommen ist, dafür aber zwei für die alte Rosemonde. Und da diese uns gegenüber nichts hat verlauten lassen, da sie kein Sterbenswörtchen mehr über »ihre teure Schöne« sagt, während sie vorher ununterbrochen von ihr redete, schloß ich daraus, ich besitze nun ihr volles Vertrauen. Ich vermute, diese große Umwälzung habe einerseits das Bedürfnis, von mir zu sprechen, hervorgerufen, und andererseits eine gewisse Scham, Madame de Volanges gegenüber wieder auf ein Gefühl zurückzukommen, das sie so lange abgestritten hatte. Ich fürchte zudem, ich habe bei diesem Wechsel einen Verlust erlitten, denn je älter die Frauen werden, um so starrköpfiger und strenger werden sie auch. Die frühere hätte zwar ärger über mich gelästert; diese aber wird die Liebe um so erbarmungsloser heruntermachen. Und die empfindsame Prüde hat viel mehr Angst vor dem Gefühl als vor dem Mann. Der einzige Weg, mir Klarheit zu verschaffen, ist, wie Sie sehen, daß ich den heimlichen Briefwechsel abfange. Ich habe meinem Jäger bereits Weisung gegeben und erwarte täglich, daß er meine Befehle ausführt. Bis dahin kann ich alles nur auf gut Glück vorkehren. So lasse ich mir seit acht Tagen sämtliche bekannten Mittel und Wege durch den Kopf gehn, die in den Romanen und in meinen geheimen Denkwürdigkeiten vorkommen; aber ich finde keins darunter, das auf die besonderen Umstände des Abenteuers oder auf den Charakter meiner Heldin passen wollte. Die Schwierigkeit bestünde nicht darin, bei ihr Einlaß zu finden, sogar bei Nacht; es wäre nicht einmal schwer, sie einzuschläfern und aus ihr eine neue *Clarissa* zu machen. Aber wie kann ich nach über zwei Monaten voller Sorgen und Mühen zu Mitteln Zuflucht nehmen, die nicht meinem Geist entsprungen sind! Sklavisch auf den Spuren anderer zu schleichen und ruhmlos zu siegen! ... Nein, sie soll nicht »die Freuden des Lasters und die Ehren der Tugend« genießen! Es genügt mir nicht, wenn ich sie besitze; ich will, daß sie sich rückhaltlos hingibt. Dazu muß ich aber nicht bloß bis zu ihr vordringen, sondern mit ihrer Zustimmung zu ihr gelangen. Ich muß sie allein finden, und sie muß in einer Verfassung sein, dank der sie mich anhören will. Ich muß ihr von allem die Augen vor der Gefahr verschließen, denn wenn sie sie gewahr wird, dann wird sie darüber hinwegzukommen wissen, oder sie stirbt. Doch je besser ich weiß, was zu tun ist, um so schwieriger dünkt es mich, es in die Tat umzusetzen. Und sollten Sie mich auch wieder auslachen, so muß ich Ihnen doch gestehen, daß meine Verlegenheit in dem Maße wächst, wie ich mich mit alledem herumquäle.

Ich könnte, glaub' ich, darüber beinahe um den Verstand kommen, wären nicht die hochwillkommenen Ablenkungen, die mir unser gemeinsames Mündel beschert. Ihr verdanke ich's, wenn ich noch etwas anderes zu tun habe, als immer nur Klagelieder zu verfassen.

Sie werden es nicht für möglich halten, aber das Mägdlein war derart kopfscheu, daß drei volle Tage verstrichen, bis Ihr Brief seine Wirkung zeigte. So kann eine einzige unrichtige Vorstellung auch die glücklichsten Anlagen zuschanden machen! Kurzum, es wurde Samstag, bis das Fräulein wieder um mich herumstrich und ein paar Worte vor sich hin stammelte, und dazu noch so leise und mit so schamerstickter Stimme flüsterte, daß ich sie unmöglich verstehen konnte. Aber die Schamröte, die ihr dabei ins Gesicht trat, ließ mich den Sinn erraten. Bis dahin hatte ich mich stolz und unnahbar gezeigt; doch ließ ich mich durch eine so drollige Reue erweichen und verstand mich schließlich zu dem Versprechen, ich wolle noch am selben Abend die hübsche Büßerin aufsuchen. Und diese Gnade ward mit der ganzen Dankbarkeit entgegengenommen, die sich für eine solch große Wohltat geziemt.

Da ich weder Ihre Pläne noch die meinen jemals aus den Augen verliere, beschloß ich, diese Gelegenheit zu benützen und einmal genau herauszubekommen, was dieses Kind auch wirklich wert ist; außerdem wollte ich ihre Erziehung ein bißchen rascher betreiben. Um aber diesem Vorhaben ungestört obliegen zu können, war es unerläßlich, unser Beisammensein an einen andern Ort zu verlegen; denn das winzige Kämmerlein, das zwischen dem Zimmer Ihres Mündels und dem ihrer Mutter liegt, vermochte ihr doch nicht hinreichend große Sicherheit zu bieten, als daß sie sich so richtig hätte gehenlassen können. Ich hatte mir also vorgenommen, in aller Unschuld ein wenig Lärm zu vollführen und ihr dadurch genug Angst einzujagen, um sie zu bewegen, in Zukunft einen sichereren Zufluchtsort aufzusuchen. Und sogar diese Mühe hat sie mir abgenommen.

Das kleine Fräulein ist ein überaus lachlustiges Ding. Und um ihrer ausgelassenen Fröhlicheit mehr Vorschub zu leisten, verfiel ich auf den Gedanken, ihr in den Rastpausen sämtliche Skandalgeschichten zu erzählen, die mir durch den Kopf gingen; und um sie noch würziger zu gestalten und ihre Aufmerksamkeit noch stärker zu fesseln, schrieb ich sie samt und sonders ihrer Frau Mama zu, die ich nach Herzenslust dergestalt mit Lastern und allerhand lächerlichen Eigenschaften aufs üppigste bedachte.

Nicht ohne Absicht hatte ich sie auserkoren; damit machte ich meiner schüchternen Schülerin mehr Mut als mit irgend anderen Beispielen, und gleichzeitig flößte ich ihr eine abgrundtiefe Verachtung für ihre Mutter ein. Seit langem schon habe ich nämlich bemerkt, daß dieses Mittel zwar nicht immer notwendigerweise anzuwenden ist, wenn es gilt, ein junges Mädchen zu verführen, daß es aber unerläßlich und oftmals weitaus am wirksamsten ist, wenn man es gründlich und für immer verderben will. Denn ein Mädchen, das vor seiner Mutter keine Achtung mehr hat, wird auch sich selber nicht mehr achten. Das ist eine sittliche Wahrheit, die ich für so nützlich halte, daß ich recht froh war, zur Erhärtung der Regel ein Beispiel liefern zu können.

Ihr Mündel aber dachte nicht an die Moral und erstickte ununterbrochen vor Lachen; und schließlich einmal wäre sie beinahe losgeplatzt. Es kostete mich keine Mühe, ihr glaubhaft zu machen, sie habe »einen gräßlichen Lärm vollführt«. Ich tat, als sei ich furchtbar erschrocken, und es brauchte nicht viel, bis sie genauso erschrocken war wie ich. Damit sie noch länger daran dachte, ließ ich keinerlei Lust mehr aufkommen und ließ sie drei Stunden früher als sonst allein. Darum verabredeten wir auch beim Abschied, wir wollten uns gleich schon am nächsten Abend in meinem Zimmer zusammenfinden. Ich habe sie nun schon zweimal hier bei mir gehabt, und in der kurzen Zeit ist die Schülerin nahezu so gelehrt geworden wie ihr Lehrer. Ja, wahrhaftig, ich habe ihr alles beigebracht, sogar was eine willfährig zuvorkommende Frau dem Geliebten alles zuliebe tun kann! Einzig die Vorsichtsmaßregeln habe ich ausgenommen.

So bin ich also die ganze Nacht vollauf beschäftigt und habe dadurch den Vorteil, daß ich den größten Teil des Tages verschlafe. Und da die Gesellschaft, die gegenwärtig auf dem Schlosse weilt, nicht viel Anziehungskraft auf mich ausübt, so zeige ich mich im Verlaufe des Tages kaum auf ein Stündchen im Salon. Seit heute habe ich sogar beschlossen, auf meinem Zimmer zu speisen, und ich gedenke es höchstens noch zu kurzen Spaziergängen zu verlassen. Solche Wunderlichkeiten läßt man mir durchgehen und schreibt sie meiner angegriffenen Gesundheit gut. Ich habe nämlich erklärt, ich leide an heftigen »Nervenzufällen«, auch habe ich gesagt, ich fiebre ein bißchen. Das kostet mich lediglich die kleine Überwindung, daß ich langsam und mit erloschener Stimme sprechen muß. Was mein verändertes Aussehen betrifft, so können Sie sich ruhig auf Ihr Mündel verlassen. »Die Liebe wird schon dafür sorgen.« Meine Mußezeit fülle ich aus, indem ich darüber nachsinne, wie ich bei meiner Undankbaren die verlorenen Vorteile wieder aufholen kann, und auch mit der Abfassung einer Art von Katechismus der Wollust, zu Nutz und Frommen meiner Schülerin. Ich leiste mir den Spaß, darin alles und jedes nur mit dem Fachausdruck zu benennen, und ich muß schon jetzt lachen, wenn ich daran denke, was das einmal zwischen ihr und Gercourt in der Hochzeitsnacht für ein denkwürdiges Gespräch absetzen wird. Es gibt nichts Komischeres als die Arglosigkeit, mit der sie jetzt schon mit den spärlichen Brocken um sich wirft, die sie von dieser Sprache einstweilen kennt! Sie kann sich gar nicht vorstellen, daß man auch anders reden kann. Das Kind kann einen wirklich aufreizen! Dieser Kontrast zwischen der naiven Kindesunschuld und der Ausgeschämtheit ihrer Redeweise verfehlt auf mich seine Wirkung nicht, und ich weiß nicht, wie das kommt, aber mir sagen nur noch ausgefallene und absonderliche Dinge etwas.

Vielleicht lasse ich mich allzusehr in dieses Abenteuer ein, da ich dabei meine Zeit vertrödle und zudem meine Gesundheit aufs Spiel setze. Ich hoffe aber, meine vorgebliche Krankheit werde mich nicht nur vor der Langeweile des Salons retten, sondern mir auch noch irgendwie bei der sittenstrengen Betschwester von Nutzen sein, deren unerbittliche Tugend sich doch mit sanfter Empfindsamkeit vereint! Ich zweifle nicht daran, daß sie über diese wichtige Begebenheit längst unterrichtet ist, und ich verspüre große Lust zu wissen, was sie darüber denkt. Um so mehr, als ich wetten möchte, sie wird sich unfehlbar die ganze Ehre zuschreiben. Ich werde mein Befinden ganz nach dem Eindruck richten, den es auf sie machen wird.

Nun sind Sie, schönste Freundin, auf dem laufenden über alles, was ich getrieben habe, genauso wie ich selbst. Ich wünschte, ich hätte bald interessante Neuigkeiten zu berichten, und ich bitte Sie, mir zu glauben, daß ich bei dem Vergnügen, das ich mir davon verspreche, den Lohn, den ich von Ihnen erwarte, sehr hoch anschlage.

Auf Schloß . . ., am 11. Oktober 17..

111. BRIEF

Der Graf de Gercourt an Madame de Volanges

Alles, gnädige Frau, scheint hierzulande ruhig werden zu wollen, und wir erwarten täglich die Erlaubnis, nach Frankreich zurückzukehren. Ich hoffe, Sie werden nicht daran zweifeln, daß ich immer noch dieselbe Ungeduld verspüre, mich dorthin zu begeben und den Bund einzugehen, der mich mit Ihnen und Fräulein de Volanges vereinen soll. Nun hat mir aber soeben der Herzog von . . ., mein Vetter, dem ich, wie Sie ja wissen, so sehr verpflichtet bin, mitgeteilt, er sei nach Neapel abberufen worden. Er schreibt mir, er gedenke über Rom zu reisen und unterwegs den Teil von Italien zu bereisen, den er noch nicht kenne. Er lädt mich ein, ihn auf dieser Reise zu begleiten, die ungefähr sechs Wochen oder rund zwei Monate dauern soll. Ich verhehle Ihnen nicht, daß es mir recht angenehm wäre, diese Gelegenheit zu benützen. Ich bin mir bewußt, daß ich nach meiner Hochzeit nur schwer Zeit finden werde, außerdienstlich von zu Hause wegzugehen. Vielleicht wäre es ratsam und auch passender, mit der Heirat noch bis zum Winter zu warten, da ja erst dann alle meine Verwandten in Paris beisammen sein können, und vor allem der Herr Marquis de . . ., dem ich die Aussicht verdanke, mit Ihnen in verwandtschaftliche Beziehungen zu treten. Ungeachtet dieser Erwägungen werde ich natürlich meine Pläne in dieser Hinsicht vollkommen Ihren Absichten unterordnen. Und wenn sie auch nur im mindesten Ihre vormaligen Anordnungen vorziehen, so bin ich bereit, auf meine Vorschläge zu verzichten. Ich bitte Sie lediglich, mir so bald wie nur möglich Ihre Absichten in dieser Hinsicht bekanntzugeben. Ich erwarte Ihre Antwort hierher; sie wird mir für mein Verhalten maßgebend sein.

Ich bin mit der Ehrerbietung, gnädige Frau, und mit allen Gefühlen, die einem Sohne zukommen, Ihr sehr ergebener

Graf de Gercourt

Bastia, am 10. Oktober 17..

112. BRIEF

Madame de Rosemonde an die Präsidentin de Tourvel

Erst in diesem Augenblick, meine teure Schöne, erhalte ich Ihren Brief vom Elften* und die sanften Vorwürfe, die er enthält. Geben Sie es nur zu, Sie hatten nicht übel Lust, mir noch ärgere zu machen, und hätten Sie bedacht, daß Sie *meine Tochter* sind, dann hätten Sie mich rechtschaffen ausgescholten. Und doch wären Sie wirklich ungerecht gewesen! Nur die Hoffnung und der Wunsch, Ihnen selbst antworten zu können, ließen mich täglich meine Antwort hinausschieben, und Sie sehen ja, auch heute noch

* Dieser Brief fand sich nicht vor.

bin ich genötigt, mir die Hand meiner Kammerzofe auszuleihen. Meine unselige Gliedersucht hat mich erneut befallen, und zwar hat sie sich diesmal in meinem rechten Arm eingenistet, und so bin ich jetzt regelrecht einarmig. Sehen Sie, das konnte davon, wenn eine junge, frische Frau, wie Sie's sind, eine so alte Freundin hat! Sie hat eben unter ihren Unpäßlichkeiten zu leiden. Sobald meine Schmerzen ein wenig nachlassen, nehme ich mir fest vor, ausführlich mit Ihnen zu plaudern. Bis dahin sollen Sie bloß wissen, daß ich Ihre beiden Briefe erhalten habe, daß sie, wenn das überhaupt möglich wäre, meine innige Freundschaft zu Ihnen noch vertieft haben und daß ich nie aufhören werde, den lebhaftesten Anteil an allem zu nehmen, was Sie angeht.

Mein Neffe ist auch ein wenig unpäßlich, aber es besteht keinerlei Gefahr und nicht der geringste Anlaß zur Beunruhigung. Es handelt sich um ein leichtes Unwohlsein, das, so scheint mir, mehr seine Stimmung beeinträchtigt als seine Gesundheit. Wir bekommen ihn fast gar nicht mehr zu Gesicht. Sein zurückgezogenes Leben und Ihre Abreise tragen nicht zur Erheiterung unseres kleinen Kreises bei. Die kleine Volanges vor allem ist unheimlich gesprächig und gähnt den lieben langen Tag, daß sie wahrlich ihre ganzen Fäuste hinunterschlucken könnte. Besonders seit ein paar Tagen erweist sie uns die Ehre, Nachmittag für Nachmittag tief und fest einzuschlafen.

Leben Sie wohl, meine teure Schöne. Ich bin für alle Zeit Ihre wahrhaft gute Freundin, Ihre Mama, ja sogar Ihre Schwester, wenn mein hohes Alter mir diesen Namen zuließe. Kurzum, ich bin Ihnen mit allen innigen Gefühlen verbunden.

Gezeichnet: *Adelaide,* namens *Madame de Rosemonde.*

Auf Schloß ..., am 14. Oktober 17..

113. BRIEF

Die Marquise de Merteuil an den Vicomte de Valmont

Ich glaube, Vicomte, ich muß Sie darauf aufmerksam machen, daß man in Paris anfängt, sich mit Ihnen zu beschäftigen. Ihre Abwesenheit fällt auf, und bereits ist man dahintergekommen, was dran schuld ist. Ich war gestern bei einem zahlreich besuchten Souper. Dort wurde allen Ernstes behauptet, Sie würden von einer unglücklichen Liebe, wie sie sonst nur in Romanen vorkomme, im Dorfe festgehalten. Alsbald malte sich eitel Freude auf allen Gesichtern, sämtliche Neider Ihrer Erfolge frohlockten, und auch alle Frauen, die Sie vernachlässigt haben. Wenn Sie auf mich hören wollen, dann warten Sie nicht, bis diese gefährlichen Gerüchte greifbarere Gestalt angenommen haben, und kommen Sie auf der Stelle her, um sie durch Ihre Gegenwart zunichte zu machen.

Bedenken Sie, wenn Sie einmal die Vorstellung von Ihrer Unwiderstehlichkeit verlorengehen lassen, dann werden Sie bald erfahren, daß man

Ihnen tatsächlich weit leichter widersteht. Sie werden die Erfahrung machen, daß Sie auch bei Ihren Nebenbuhlern an Respekt einbüßen und daß die es wagen, offen gegen Sie aufzutreten. Denn wer von ihnen glaubt nicht, er sei stärker als die Tugend? Bedenken Sie vor allem, daß unter der Unzahl von Frauen, die Sie ins Gerede gebracht haben, alle die, bei denen nichts zu machen war und die Sie nicht gehabt haben, alles dransetzen werden, die Öffentlichkeit über ihren Irrtum aufzuklären, während die andern sich die größte Mühe geben werden, sie hinters Licht zu führen. Kurz und gut: Sie müssen sich darauf gefaßt machen, daß man Sie ebenso weit unter Ihrem wahren Wert einschätzen wird, wie man Sie bis dahin überschätzt hatte.

Kommen Sie also, Vicomte, und opfern Sie Ihren Ruf nicht einer kindischen Laune. Sie haben aus der kleinen Volanges alles gemacht, was wir wollten; und was Ihre Präsidentin anlangt, so werden Sie sich die offensichtlich nicht aus einer Entfernung von zehn Meilen zu Gemüte führen können. Glauben Sie etwa, sie werde Sie holen? Vielleicht denkt sie überhaupt nicht mehr an Sie, oder sie tut es bloß noch, um innerlich zu frohlocken, daß sie Ihnen diese Demütigung zugefügt hat. Hier können Sie wenigstens eine Gelegenheit finden, mit Glanz wieder aufzutreten, und Sie haben es auch nötig. Und wenn Sie sich auf Ihr lächerliches Abenteuer versteifen wollten, dann sehe ich nicht ein, wieso Ihre Rückkehr da etwas schaden könnte ... Im Gegenteil.

In der Tat, wenn Ihre Präsidentin »Sie anbetet«, wie Sie mir so oft versichert und so wenig bewiesen haben, dann muß ihr einziger Trost, ihr alleiniges Vergnügen jetzt darin bestehen, von Ihnen zu sprechen, zu wissen, was Sie tun, was Sie sagen, was Sie denken, bis zur geringfügigsten Einzelheit, die Sie angeht. Derlei Bagatellen bekommen in dem Maße Wert, wie wir Entbehrungen erleiden. Sie sind die Brosamen, die von des Reichen Tische fallen. Der Reiche verschmäht sie, der Habenichts aber klaubt sie gierig auf und nährt sich davon. Nun erhält die arme Präsidentin gegenwärtig alle diese Brosamen, und je mehr sie davon bekommt, um so weniger eilig wird sie's haben, dem Appetit, den sie auf den Rest verspürt, nachzugeben.

Zudem zweifeln Sie, seit Sie ihre Vertrauensperson kennen, doch nicht daran, daß jeder Brief von ihr mindestens eine kleine Predigt enthält, sowie alles, was sie für geeignet hält, »sie in ihrer Ehrbarkeit zu bestärken und ihre Tugend zu festigen«. Warum wollen Sie auch der einen eine Möglichkeit zur Verteidigung lassen und der andern ein Mittel, Ihnen zu schaden?

Ich bin nämlich durchaus nicht Ihrer Ansicht über den Verlust, den Sie beim Wechsel der Vertrauten erlitten zu haben glauben. Erstens haßt Sie Madame de Volanges, und der Haß ist immer hellsichtiger und erfindungsreicher als die Freundschaft. Die ganze Tugendhaftigkeit Ihrer alten Tante wird sie nicht dazu bewegen, auch nur einen einzigen Augenblick lang über ihren Neffen schlecht zu sprechen; denn auch die Tugend hat ihre Schwächen. Sodann beziehen sich Ihre Befürchtungen auf eine gänzlich schiefe Beobachtung.

Es ist nicht wahr, daß Frauen, je älter sie werden, auch um so starrköpfiger und strenger werden. Zwischen vierzig und fünfzig Jahren macht die Verzweiflung, ihr Gesicht welken zu sehen, die Wut, genötigt zu sein, Ansprüche und Freuden aufzugeben, an denen ihnen noch viel liegt, beinahe alle Frauen zu überprüden Moraltanten und mürrischen Tugenddrachen. Diesen langen Zeitraum brauchen sie, um dieses große Opfer zur Gänze zu bringen. Doch sobald es vollbracht ist, teilen sie sich alle in zweierlei Gattungen.

Die zahlreichere, die der Frauen, denen nur ihre Gestalt und ihre Tugend eigen war, verfällt einer stumpfen Gleichgültigkeit, aus der sie sich nur aufrafft, wenn es ans Spielen geht oder irgendwelche frommen Andachtsübungen auszuführen sind. Diese Gattung Frauen ist immerfort langweilig, oft schmälsüchtig, zuweilen ein wenig zänkisch und nicht leicht zu behandeln, jedoch nur selten eigentlich boshaft. Man kann auch nicht sagen, diese Frauen seien streng oder nachsichtig. Es gehen ihnen alle eigenen Gedanken, jegliches Eigenleben ab, sie reden, ohne es zu verstehen, ziel- und zwecklos, alles nach, was sie hören, und bleiben, was sie selbst betrifft, völlig nichtssagend, hohl und bedeutungslos.

Die andere Gattung ist viel seltener, aber weit wertvoller. Dazu gehören die Frauen, die einen ausgeprägten Charakter besaßen und ihren Verstand emsig und gründlich genährt haben, sie wissen sich ein neues Leben zu schaffen, wenn ihre natürlichen Funktionen aufhören; sie bescheiden sich damit, ihren Geist zu zieren, so wie sie vorher ihre Gestalt geschmückt hatten. Solche Frauen verfügen gemeinhin über ein gesundes Urteil, ihr Geist ist, alles in einem, gediegen, heiter und voll Anmut. Sie setzen an Stelle von verführerischen Reizen eine Güte, die etwas überaus Anziehendes hat, und auch eine heitere Munterkeit, die mit zunehmendem Alter reizvoller und bezaubernder wirkt. So bringen sie es gewissermaßen fertig, der Jugend näherzukommen, indem sie ihre Liebe erringen. Dann aber sind sie gar nicht etwa »starrköpfig und streng«, wie Sie behaupten, im Gegenteil: Langgewohnte Nachsicht, ihre Gedanken, die sie sich seit jeher über die menschliche Schwachheit gemacht haben, und vor allem die Erinnerung aus ihrer Jugendzeit, durch die sie einzig noch am Leben hängen, könnten ihnen eher eine gewisse leichtsinnige, ja allzu leichtfertige Nachsicht nahelegen.

Was ich Ihnen schließlich sagen kann, ist folgendes: Seit jeher habe ich den Umgang mit alten Frauen gesucht, deren beifällige Zustimmung ich längst schon als sehr nutzbringend erkannt habe. Ich bin mehreren von ihnen begegnet, zu denen es mich immer wieder hinzog, ebenso sehr aus Neigung wie aus Eigennutz. Hier halte ich ein; denn jetzt, wo Sie so schnell und hochmoralisch Feuer fangen, hätte ich Angst, Sie könnten sich plötzlich in Ihre alte Tante verlieben und sich mit ihr in der Gruft vergraben, in der Sie schon so lange leben. Ich komme also auf unser Thema zurück.

Trotz der Verzückung, in die Sie allem Anschein nach über Ihre kleine Schülerin geraten sind, kann ich nicht glauben, daß sie in Ihren Plänen eine Rolle spielt. Sie haben sie gerade zur Hand gehabt und genommen.

Schön und gut! Aber das kann doch keine wahre Neigung sein, da kann man doch nicht einmal von einem vollkommenen Genießen reden. Sie besitzen ja ausschließlich nur ihren Leib! Ich will dabei gar nicht von ihrem Herzen reden, denn ich kann mir wohl denken, daß Ihnen daran gar nichts gelegen ist. Aber nicht einmal ihren Kopf beschäftigen Sie. Ich weiß nicht, ob Sie's bemerkt haben; aber ich habe den Beweis dafür in Händen, und zwar in ihrem letzten Brief, den sie mir geschrieben hat. Ich schicke Ihnen den, damit Sie selbst urteilen können. Sehen Sie nur: Jedesmal wenn von Ihnen die Rede ist, steht immer »Herr de Valmont« da. All ihr Sinnen und Denken, sogar die Gedanken, die Sie erwecken, laufen immerzu nur auf Danceny hinaus. Und ihn nennt sie nicht »Herr«, er ist für sie stets »Danceny« schlechthin. Dadurch hebt sie ihn über alle andern Männer hinaus. Und sogar wenn sie sich Ihnen hingibt, kommt sie dabei immer nur ihm näher. Kommt Ihnen eine solche Eroberung »verführerisch« vor, können die Freuden, die sie Ihnen bietet, »Sie fesseln«, dann sind Sie, weiß Gott, recht bescheiden und gar nicht sonderlich heikel! Daß Sie sie nicht aufgeben mögen, das kann ich Ihnen nachfühlen, und ich habe nichts dagegen; es paßt mir auch gar nicht übel in meine Pläne. Es dünkt mich aber, es lohne sich nicht, auch nur für eine Viertelstunde irgendwelche Umstände zu machen. Man müßte doch auch ein bißchen Einfluß auf sie haben und ihr beispielsweise erst erlauben, sich Danceny wieder zu nähern, wenn er, dank unsern Bemühungen, etwas in Vergessenheit geraten ist.

Ehe ich aufhöre, mich mit Ihnen zu befassen, um hernach auf meine Angelegenheiten überzugehen, möchte ich Ihnen noch sagen, daß der Weg, sich krank zu stellen, den einzuschlagen Sie mir ankünden, reichlich bekannt und auch abgenützt ist! Wahrhaftig, Vicomte, erfinderisch sind Sie nicht! Auch ich wiederhole mich zuweilen, wie Sie noch sehen werden; aber ich bemühe mich, in den Einzelheiten das wieder gutzumachen, und vor allem gibt mir auch der Erfolg recht. Ich werde demnächst wieder einen solchen Erfolg anstreben und ein neues Abenteuer anspinnen. Ich gebe zu, es wird nicht sonderlich schwierig und deshalb auch nicht besonders verdienstlich sein. Aber es bedeutet wenigstens eine Ablenkung, und augenblicklich langweile ich mich zum Umkommen.

Ich weiß nicht warum, aber seit meinem Abenteuer mit Prévan hängt mir Belleroche zum Hals heraus; ich kann ihn nicht mehr ausstehen. Er ist derart unausstehlich zärtlich, aufmerksam und hündisch-treu geworden, er erstirbt in Verehrung, daß es kaum mehr zum Aushalten ist. Seine Wut im ersten Augenblick hatte mir Spaß gemacht; ich mußte dann aber doch dafür sorgen, daß sich sein Zorn wieder legte, denn hätte ich ihn weiter toben lassen, so hätte mich das bloßstellen können. Es war ganz unmöglich, ihn zur Vernunft zu bringen. So entschloß ich mich wohl oder übel, ihm ein wenig liebevoll entgegenzukommen, um desto leichter mit ihm fertig zu werden. Er aber faßte das ernst auf, und seither geht er mir mit seinem ewigen verzückten Verliebttun gräßlich auf die Nerven. Vor allem fällt mir das beleidigende Vertrauen auf, das er in mich zu zeigen anfängt, die Selbstsicherheit, mit der er mich als sein Eigentum für alle Zeit betrachtet. Ich fühle mich dadurch wirklich gedemütigt. Er schätzt mich also recht gering ein, wenn er glaubt, er sei wertvoll genug, um mich auf die Dauer fesseln zu können! Sagte er mir nicht jüngsthin, ich hätte nie einen andern Mann geliebt als ihn! Oh, diesmal brauchte ich alle meine Besonnenheit, um ihm nicht auf der Stelle die Augen zu öffnen und ihm zu sagen, wie es sich in Wahrheit verhält. Ein spaßiger Herr ist er, soviel ist sicher, wenn er so ausschließlich Rechte geltend macht! Ich gebe zu, er ist gut gewachsen und hat ein recht hübsches Gesicht. Aber alles in allem ist er doch bloß ein Pfuscher in der Liebe. Kurzum, der Augenblick ist gekommen, daß wir uns trennen müssen.

Schon seit vierzehn Tagen versuche ich ihn loszuwerden und habe hintereinander alles angewendet: frostige Kälte, unberechenbare Launen, schlechte Stimmungen und streitsüchtiges Benehmen; aber der zähe Bursche läßt nicht so leicht locker. Ich muß also gewaltsamere Maßnahmen ergreifen, und demzufolge nehme ich ihn mit auf mein Landgut. Übermorgen reisen wir ab. Es kommen nur ein paar ganz unbeteiligte und arglose Leute mit, die nicht wissen, was da vorgeht, und wir werden fast so ungestört beisammensein können, als wären wir allein dort. Ich habe nun die Absicht, ihn derart mit Liebe und Zärtlichkeiten zu überfüttern, wir werden so ausschließlich nur füreinander leben, daß ich wetten möchte, er wird noch sehnlicher als ich das Ende dieser Reise herbeiwünschen, von der er sich doch so viel Glück versprochen hatte. Und ist er nicht bei der Rückkunft meiner noch viel überdrüssiger, als ich ihn satt habe, dann sagen Sie meinethalben, ich verstehe auch nicht mehr als Sie.

Der Vorwand für die eigentliche Weltflucht ist meine Absicht, mich ernstlich mit meinem großen Prozeß zu befassen, der tatsächlich zu Beginn des Winters endlich entschieden werden soll. Ich bin recht froh darüber, denn es ist wirklich unangenehm und unzuträglich, wenn man immerzu mit seinem ganzen Vermögen so in der Luft hängt. Über den Ausgang mache ich mir zwar keinerlei Sorgen; erstens bin ich im Recht, alle meine Anwälte beteuern mir das. Und selbst wenn ich nicht recht hätte! Ich müßte es schon sehr dumm anstellen, wenn ich's nicht fertig brächte, einen Prozeß zu gewinnen, in dem ich als Gegner lauter minderjährige kleine Kinder und ihren betagten Vormund habe! Da man jedoch in einer so wichtigen Angelegenheit nichts unterlassen darf, werde ich tatsächlich zwei Advokaten mitnehmen. Kommt Ihnen diese Reise nicht überaus fröhlich vor? Wenn ich aber dadurch meinen Prozeß gewinne und Belleroche loswerde, dann soll mich die verlorene Zeit nicht reuen.

Und jetzt, Vicomte, raten Sie: Wer ist sein Nachfolger? Ich wette, Sie werden es niemals herausbringen. Meinetwegen denn; ich weiß ja, Sie erraten nie etwas! So hören Sie also: Danceny ist es! Da staunen Sie, nicht wahr? Denn schließlich bin ich ja noch nicht drauf angewiesen, unreife Kinder zu erziehen. Dieses Kind aber verdient es, daß man mit ihm eine Ausnahme macht. Kindlich ist an ihm bloß seine Anmut, aber er ist nicht im mindesten windbeutelhaft und leichtsinnig, wie kindische Männer sonst sind. Seine große Zurückhaltung in Gesellschaft ist ganz dazu angetan, jeglichen Argwohn aus dem Wege zu räumen, und dafür wirkt er dann unter vier Augen nur um so liebenswerter, wenn er sich rückhaltlos erschließt. Zwar habe ich mich noch nie unter vier Augen mit ihm so echt ausgegeben, ich bin erst seine Vertraute; aber unter diesem Schleier einer vertrauten Freundschaft vermute ich bei ihm eine sehr lebhafte Neigung zu mir, und ich fühle, daß auch ich Wohlgefallen an ihm zu bekommen anfange. Es wäre doch sehr schade, wenn so viel Geist und Feingefühl für eine dumme Pute wie diese kleine Volanges geopfert würden und bei ihr verkämen! Ich hoffe, er täusche sich, wenn er sie zu lieben glaubt! Sie verdient es so ganz und gar nicht! Glauben Sie ja nicht etwa, ich sei auf sie eifersüchtig! Aber es wäre ein glatter Mord, und davor möchte ich Danceny bewahren. Ich bitte Sie also, Vicomte, sorgen Sie dafür, daß er »seiner Cécile« nicht wieder nahekommen kann. – Er hat ja immer noch die üble Gewohnheit, sie mit diesem Kosenamen zu bedenken. – Eine erste Liebe ist ja allezeit stärker, als man glaubt, und ich möchte für nichts einstehn, wenn er sie jetzt wiedersähe, vor allem während ich nicht da bin. Bin ich dann wieder zurück, so nehme ich alles auf mich und garantiere dafür, daß es gut ausgeht.

Ich habe auch schon daran gedacht, den jungen Mann hierher mitzunehmen; aber ich habe diesen Gedanken dann meiner gewohnten Vorsicht geopfert. Und zudem hatte ich auch Angst, er könnte etwas merken von dem, was zwischen Belleroche und mir im Tun ist, und ich wäre untröstlich, wenn er auch nur im leisesten ahnte, was hier vorgeht. Ich möchte mich wenigstens seiner Einbildung rein und makellos darbieten; so wie ich sein müßte, wenn ich seiner wahrhaft würdig sein wollte.

Paris, am 15. Oktober 17..

114. BRIEF

Die Präsidentin de Tourvel an Madame de Rosemonde

Meine teure Freundin, ich gebe meiner lebhaften Beunruhigung nach, und wenn ich auch nicht weiß, ob Sie imstande sind, mir zu antworten, so kann ich es mir doch nicht versagen, ein paar Fragen an Sie zu richten. Der Zustand Herrn de Valmonts, den Sie als »gefahrlos« bezeichnen, läßt mich nicht so gleichgültig und geht mir näher, als das allem Anschein nach bei Ihnen der Fall ist. Es kommt ja nicht selten vor, daß Schwermut und Weltschmerz Vorboten und Symptome irgendeiner schweren Erkrankung sind; körperliche Schmerzen so gut wie seelische Leiden erwecken Sehnsucht nach Einsamkeit. Und oftmals macht man einem Menschen zum Vorwurf, er sei schlechter Laune, während man ihn doch beklagen müßte, weil er leidet.

Mir scheint, er müßte wenigstens jemanden um Rat fragen. Wie kommt es, daß Sie, krank, wie Sie selber sind, keinen Arzt zur Hand haben? Meiner, den ich heute vormittag gesehen und – ich will es Ihnen nicht verhehlen – so nebenbei um Rat gefragt habe, ist der Ansicht, bei Menschen, die von Natur unternehmungslustig und energisch seien, dürfe man derartige Anwandlungen von jäher Apathie niemals auf die leichte Achsel nehmen. Und, so sagte er auch noch, Krankheiten weichen einer Behandlung nicht mehr, wenn man nicht rechtzeitig etwas dagegen unternimmt. Warum wollen Sie dieser Gefahr einen Menschen aussetzen, der Ihnen so teuer ist?

Was meine Besorgnis noch größer macht, ist der Umstand, daß ich seit vier Tagen keinerlei Nachricht mehr von ihm erhalten habe. Mein Gott! Sagen Sie mir auch die Wahrheit über seinen Zustand? Warum sollte er mit einemmal nicht mehr schreiben? Wäre sein Stillschweigen bloß eine Folge meiner beharrlichen Rücksendung seiner Briefe, ich glaube, er hätte diesen Entschluß schon früher gefaßt. Jedenfalls, wenn ich auch nicht an schlimme Ahnungen glaube, so bin ich doch seit ein paar Tagen unsagbar traurig, und das erfüllt mich mit Schrecken. Ach, vielleicht steht mir das größte Unglück bevor!

Sie können sich gar nicht vorstellen, und ich schäme mich, es Ihnen zu sagen, wie es mir weh tut, dieselben Briefe nicht mehr zu erhalten, die ich doch jetzt noch zu lesen mich weigern würde. Ich war wenigstens gewiß, daß er an mich dachte! Und ich bekam etwas zu sehen, was von ihm kam. Ich öffnete sie ja nicht, diese Briefe, aber ich saß weinend davor und starrte sie an. Es tat mir gut, daß ich weinen konnte, und die Tränen kamen mir auch viel leichter. Und sie nahmen mir zum Teil die Beklemmung, die mich seit meiner Rückkehr unablässig quält. Ich beschwöre Sie, meine gütige, nachsichtige Freundin, schreiben Sie mir, schreiben Sie mir selbst, sobald Sie können, und bis dahin lassen Sie mir täglich Nachricht zukommen, lassen Sie mich wissen, wie es Ihnen ergeht und ihm. Ich bemerke, daß ich Ihnen kaum ein Wort gesagt habe, das Ihnen besonders gegolten hätte. Aber Sie kennen ja meine Gefühle, meine grenzenlose Anhänglichkeit, meine innige Dankbarkeit für Ihre teilnehmende Freundschaft. Sie müssen mir meine Verwirrung verzeihen. Sie müssen Nachsicht üben mit dem tödlichen Kummer, der gräßlichen Qual, die mir der Gedanke bereitet, ich müsse Leiden befürchten, an denen ich vielleicht selbst schuld bin. Großer Gott! Dieser Gedanke treibt mich zur Verzweiflung, er läßt mich nicht los und zerreißt mir das Herz. Dieses Unglück fehlte mir noch, und ich fühle, ich bin auf der Welt, um sie alle bis zur Neige auszukosten.

Leben Sie wohl, teure Freundin. Lieben Sie mich, beklagen Sie mich. Werde ich heute wohl einen Brief von Ihnen bekommen?

Paris, am 16. Oktober 17..

115. BRIEF

Der Vicomte de Valmont an die Marquise de Merteuil

Es ist unfaßbar, schönste Freundin, wie man, kaum geht man auseinander, aufhört, sich zu verstehen. Solange ich bei Ihnen weilte, hatten wir immer nur *ein* Gefühl und *eine* Empfindung, stets nur eine Art, die Dinge anzusehen. Und weil ich Sie seit einem Vierteljahr nicht mehr gesehen habe, sind wir über gar nichts mehr derselben Meinung. Wer von uns beiden ist im Unrecht? Bestimmt würden Sie keinen Augenblick mit der Antwort zögern. Ich aber bin klüger oder auch höflicher. Ich entscheide nicht. Ich will lediglich Ihren Brief beantworten und in der Darlegung meines Verhaltens weiterfahren.

Zunächst danke ich Ihnen für den Wink, den Sie mir über die Gerüchte geben, die über mich im Umlauf sind. Ich mache mir darüber jedoch noch keine Sorgen. Ich bin sicher, es währt nicht mehr lange, und ich kann sie zum Schweigen bringen. Seien Sie nur ganz ruhig; ich werde wieder auftauchen, und zwar berühmter als je zuvor und Ihrer immer mehr würdig. Ich hoffe, man wird mir sogar das Abenteuer mit der kleinen Volanges einigermaßen hoch anrechnen, obwohl Sie nicht gerade viel davon zu halten scheinen. Als ob es gar nichts wäre, im Verlauf einer einzigen Nacht ein junges Mädchen seinem Liebsten abspenstig zu machen, hernach mit ihr umzuspringen, wie und solange es einem beliebt, und mit ihr zu verfahren, als gehöre sie einem mit Haut und Haar, und ohne irgendwelche Hemmungen von ihr zu verlangen, was man nicht einmal von den Dirnen zu fordern wagt, deren Handwerk das doch ist. Und das, ohne sie auch nur im geringsten von ihrer zärtlichen Liebe abzubringen, ohne sie zur Unbeständigkeit, ja nicht einmal zu einer Untreue zu verleiten. Denn tatsächlich beschäftige ich nicht einmal ihren Kopf! So daß ich, ist meine Laune erst verflogen, sie ihrem Liebsten wieder in die Arme lege, ohne daß sie sozusagen etwas gemerkt hat. Ist ein solches Vorgehen nun wirklich derart üblich und gewöhnlich? Und dann, glauben Sie mir, gebe ich sie erst einmal aus den Händen, dann werden sich die Anfangskenntnisse, die ich ihr beibringe, desungeachtet weiter entwickeln, und ich kann Ihnen jetzt schon sagen, die schüchterne Schülerin wird recht bald schon zu einer Berühmtheit und zu Erfolgen gelangen, die ihrem Lehrer nur Ehre machen können.

Zieht man aber die heroische Gattung vor, so kann ich mit der Präsidentin aufwarten, diesem vielgerühmten Ausbund sämtlicher Tugenden! Diesem Vorbild, dem sogar unsere Wüstlinge Ehrerbietung zollen! Kurzum, ein Rühr-mich-nicht-an-Geschöpf, dem zu nahezutreten niemandem einfiele. Ich werde sie vorweisen, sag' ich, wie sie ihre Pflichten und ihre Tugend vergißt, ihren guten Ruf und ihre zweijährige Ehrbarkeit wegwirft, um hinter dem Glück, mir zu gefallen, herzulaufen, um sich an der Seligkeit zu berauschen, mich zu lieben. Ich will sie zeigen, wie sie sich für so viele Opfer ausreichend belohnt fühlt, wenn ich ihr ein Wort, einen Blick gönne, die ihr nicht einmal immer zuteil werden. Ich will noch mehr tun: Ich werde sie sitzenlassen. Und ich müßte mich in dieser Frau gründlich getäuscht haben, oder sie gibt mir keinen Nachfolger. Sie wird ihrem Trostbedürfnis nicht frönen, wird auf ihre gewohnte Lust verzichten, ja sogar ihr Verlangen nach Rache unterdrücken. Kurz, sie hat nur für mich gelebt, und ihre Laufbahn mag über kurz oder lang ein Ende nehmen, jedenfalls werde ich allein die Schranken aufgetan und wieder geschlossen haben. Habe ich erst diesen Triumph erreicht, dann will ich meinen Nebenbuhlern zurufen: »Seht hier mein Werk! Und sucht im ganzen Jahrhundert ein zweites Beispiel dieser Art!«

Sie werden mich nun fragen, wo ich heute dieses übermäßige Selbstvertrauen hernehme. Ich bin nämlich seit acht Tagen hinter die Geheimnisse meiner Schönen gekommen; das heißt, sie kramt ihre Geheimnisse zwar nicht vor mir aus, aber ich fange sie ab. Zwei Briefe, die sie an Madame de Rosemonde geschrieben hat, haben mich hinlänglich ins Bild gesetzt, und alle weiteren werde ich bloß noch aus Neugier lesen. Um ans Ziel zu gelangen, brauche ich nichts mehr weiter, als wieder in ihre Nähe zu kommen. Und die nötigen Mittel habe ich bereits gefunden. Ich werde sie unverzüglich zur Anwendung bringen.

Sie sind neugierig, glaub' ich? . . . Nein, nein. Zur Strafe dafür, daß Sie nicht an meinen »erfinderischen Geist« glauben, sollen Sie auch nichts darüber erfahren. Im Ernst, Sie verdienten eigentlich, daß ich Ihnen mein Vertrauen entzöge, wenigstens für dieses Abenteuer. In der Tat, hätten Sie nicht so süßen Lohn in Aussicht gestellt, wenn ich ans Ziel gelange, so würde ich überhaupt kein Wort mehr darüber verlieren. Sie sehen, ich bin verärgert. Hingegen will ich's in der Hoffnung, daß Sie sich bessern werden, bei dieser leichten Strafe bewenden lassen. Ich will wieder Nachsicht üben und für eine Weile meine großen Pläne hintansetzen, um mit Ihnen über Ihre eigenen ein paar vernünftige Worte zu reden.

Sie sind also auf Ihr Landgut gefahren, wo es langweilig zugeht, wie nur das Gefühl langweilig sein kann, und trübselig, wie's nur die Treue zu sein vermag! Und der arme Belleroche! Sie geben sich nicht damit zufrieden, ihm das Wasser des Vergessens zu trinken zu geben; Sie trichtern es ihm ein, wie bei der Wasserfolter! Wie bekommt es ihm? Erträgt er's gut, wenn ihm die Liebe hochkommt? Ich gäbe viel darum, wenn er dabei nur noch anhänglicher würde! Ich bin neugierig, was für ein noch wirksameres Mittel Sie dann anwenden würden. Sie tun mir wahrhaftig leid, daß Sie zu diesem Ausweg greifen mußten! Ich habe in meinem ganzen Leben nur ein einziges Mal aus Berechnung mit einer Frau geschlafen, und da hatte ich meine triftigen Gründe, da es bekanntlich mit der Gräfin de . . . geschah. Und während ich in ihren Armen lag, war ich wohl zwanzigmal in Versuchung, zu ihr zu sagen: »Gnädige Frau, ich verzichte gern auf das Amt, um das ich mich bewerbe, gestatten Sie mir nur, das Amt aufzugeben, das ich jetzt ausübe.« Drum ist sie auch von allen Frauen, die ich jemals besessen habe, die einzige, über die ich so nach Herzenslust losziehe.

Was nun Ihren Beweggrund anlangt, so finde ich ihn, offen gesagt, unüberbietbar lächerlich. Und Sie hatten ganz recht, wenn Sie glaubten, ich würde den Nachfolger nicht erraten. Was muß ich hören! Ausgerechnet um Danceny geben Sie sich so viel Mühe! Ei, meine teure Freundin, lassen Sie ihn doch »seine tugendsame Cécile« anbeten, und vergeben Sie sich nichts mit derlei Kinderspielen. Lassen Sie die Schulkinder ihre Kenntnisse bei ihren »Kinderfräulein« holen oder mit den Schulmädchen Pfänderspiele machen. Wie wollen Sie sich auch einen Anfänger auf den Hals laden, der Sie weder zu nehmen noch zu verlassen weiß, bei dem sie alles und jedes selber werden machen müssen? Ich sage es Ihnen allen Ernstes, ich mißbillige diese Wahl, und mag sie auch noch so geheim bleiben, in meinen Augen wenigstens und vor Ihrem eigenen Gewissen würden Sie an Wert einbüßen.

Sie finden allmählich viel Wohlgefallen an ihm, sagen Sie. Aber nein! Da täuschen Sie sich bestimmt, und ich habe, glaub' ich, sogar den Grund Ihres Irrtums gefunden. Dieser löbliche Überdruß an Belleroche kam Sie in einer Zeit an, als Männermangel herrschte, und da die Auswahl in Paris nicht sonderlich groß war, verfielen Sie in Ihrer ungestümen Art auf den erstbesten Mann, dem Sie begegnet sind. Bedenken Sie doch: Bei Ihrer Rückkunft werden Sie unter Tausenden wählen können! Und wenn Sie schließlich vor der Untätigkeit Angst haben, der Sie vielleicht anheimfallen könnten, wenn Sie länger warten, dann biete ich mich als Ersatz an, um Ihre Mußestunden ergötzlich auszufüllen.

Bis dahin, das heißt bis Sie kommen, werden meine beiden Hauptanliegen so oder so erledigt sein, und sicherlich werden mich dann weder die kleine Volanges noch die Präsidentin selbst so ausschließlich in Anspruch nehmen, daß ich nicht, soviel Sie es wünschen, zu Ihrer Verfügung stehen könnte. Vielleicht habe ich bis dahin das kleine Mädchen bereits wieder in die Arme ihres rücksichtsvoll zurückhaltenden Liebsten gebettet. Ich mache Ihnen keineswegs das Zugeständnis – was Sie auch sagen mögen –, daß dies kein »fesselnder« Genuß sei; da ich mir aber vorgenommen habe, sie soll ihr Lebtag von mir eine höhere Vorstellung als von allen andern Männern behalten, so habe ich bei ihr einen Ton angeschlagen, den ich, ohne meine Gesundheit aufs Spiel zu setzen, nicht lange durchhalten könnte. Und von diesem Augenblick an liegt mir nur insofern noch etwas an ihr, als ich bei ihr sozusagen für meine Familienangelegenheiten sorge ...

Sie verstehen mich nicht? Ich warte nämlich einen zweiten Zeitraum ab, der mir meine Hoffnung bestätigt und mir die Gewißheit geben soll, daß meine Pläne einen vollen Erfolg gezeitigt haben. Ja, schönste Freundin, ich habe bereits gewisse erste Anzeichen dafür, daß der Gatte meiner Schülerin keine Gefahr laufen wird, ohne Nachkommenschaft zu sterben, und daß das Haupt des Geschlechts derer von Gercourt dereinst nur ein jüngerer Sohn des Hauses Valmont sein wird. Doch lassen Sie mich dieses Abenteuer nach meinem Kopf zu Ende führen; ich habe es ja auch nur auf Ihre Bitte hin angefangen. Bedenken Sie, wenn Sie Danceny zur Untreue verleiten, verliert diese Geschichte alle ihre Würze. Ziehen Sie endlich in Betracht, daß ich mit meinem Anerbieten, bei Ihnen seine Stelle zu vertreten, dünkt mich, einiges Anrecht darauf habe, ihm vorgezogen zu werden.

Ich zähle so bestimmt darauf, daß ich mich nicht gescheut habe, Ihre Absichten zu durchkreuzen und selber dazu beizutragen, daß die zärtliche Leidenschaft des zurückhaltenden Liebhabers dem ersten und würdigen Weibe seiner Wahl gegenüber noch heißer entflammte. Als ich gestern Ihr Mündel dabei betraf, wie sie an ihn schrieb, und sie in dieser süßen Beschäftigung mit einem noch süßeren Beginnen störte, da fragte ich sie nachher, ob ich ihren Brief sehen dürfe. Und da ich fand, er sei kühl und gezwungen, gab ich ihr zu fühlen, auf diese Art werde sie ihren Geliebten nicht zu trösten vermögen, und ich überredete sie, unter meinem Diktat noch einen zweiten zu schreiben; darin ahmte ich, so gut ich's vermochte, ihr Geplapper nach und gab mir alle Mühe, die Liebe des jungen Mannes mit einer gewissen Hoffnung zu nähren. Das kleine Fräulein war ganz hingerissen, so sagte sie mir, daß sie nun auf einmal so schön schreiben konnte: und künftighin werde ich also den ganzen Briefwechsel bestreiten. Was habe ich für diesen Danceny nicht alles getan! Ich bin gleichzeitig sein Freund gewesen, sein Vertrauter, sein Nebenbuhler und erst noch seine Geliebte! Und augenblicklich erweise ich ihm auch noch den Liebesdienst, ihn aus Ihren gefährlichen Banden zu befreien. Ja, gefährlich, das sind sie zweifellos. Denn Sie besitzen und Sie wieder verlieren, das heißt ein flüchtiges Glück mit ewigwährender Reue erkaufen.

Leben Sie wohl, schönste Freundin. Bringen Sie den Mut auf, fertigen Sie Belleroche so rasch wie möglich ab. Lassen Sie Danceny laufen und bereiten Sie sich darauf vor, mich die köstlichen Wonnen unserer ersten Liebe wiederfinden zu lassen. Schenken Sie mir dies Glück aufs neue.

Nachschrift: Ich wünsche Ihnen Glück zum bevorstehenden Entscheid in Ihrem großen Prozeß. Ich werde mich sehr darüber freuen, wenn dieses glückliche Ereignis eintrifft, solange ich bei Ihnen weile.

Auf Schloß ..., am 19. Oktober 17..

116. BRIEF

Der Chevalier Danceny an Cécile Volanges

Madame de Merteuil ist heute früh auf ihr Landgut verreist, und so ist mir, meine reizende Cécile, die einzige Freude genommen, die mir in Ihrer Abwesenheit noch verblieben war, die Freude nämlich, mit unserer gemeinsamen Freundin über Sie reden zu dürfen. Seit einiger Zeit hat sie mir erlaubt, ihr diesen Namen zu geben. Und ich habe von dieser Erlaubnis um so begeisterter Gebrauch gemacht, als mir schien, ich sei Ihnen dadurch ein bißchen näher. Mein Gott! Wie liebenswert ist diese Frau! Und wie versteht sie es, der Freundschaft einen gewinnenden Reiz zu verleihen! Es macht den Anschein, als verschöne und verstärke sich bei ihr dieses Gefühl um alles, was sie der Liebe versagt. Wüßten Sie, wie Sie ihr ans Herz gewachsen sind, wie freudig sie mir zuhört, wenn ich ihr von Ihnen erzähle! ... Kein Zweifel, darum hänge ich so sehr an ihr. Welch ein Glück, daß ich einzig für Sie beide leben kann, daß ich ohne Unterlaß von den Wonnen der Liebe zu den sanften Freuden der Freundschaft übergehen darf, daß es mir vergönnt war, mein ganzes Dasein diesem Glück zu weihen, gleichsam der Berührungspunkt Ihrer gegenseitigen Zuneigung zu sein. Wie bin ich glücklich, immerfort zu fühlen, dadurch, daß ich mir das Glück der einen angelegen sein lasse, sei ich auch auf das Wohlergehen der andern bedacht! Lieben Sie diese anbetungswürdige Frau, meine reizende Freundin! Bleiben Sie ihr von Herzen zugetan! Verleihen Sie meiner Freundschaft zu ihr noch höhern Wert, indem Sie dieselben Gefühle hegen wie ich. Seit ich den Zauber der Freundschaft gekostet habe, wünsche ich, daß Sie ihn gleichfalls genießen sollen. Die Freuden, die ich nicht mit Ihnen gemeinsam erlebe, genieße ich, so dünkt mich, nur zur Hälfte. Ja, meine Cécile, ich möchte Ihr Herz mit den allerliebevollsten Empfindungen umhegen; jede seiner Regungen soll Ihnen ein tiefes Glücksgefühl zu verspüren geben. Und auch dann noch glaube ich Ihnen nur einen Teil der Seligkeit vergelten zu können, die mir von Ihnen zuteil wird.

Warum müssen diese zauberhaften Pläne allesamt nichts weiter als eine Ausgeburt meiner Einbildung bleiben, und weshalb bietet mir die Wirklichkeit statt dessen immer nur schmerzliche Entbehrungen ohne Ende? Die Hoffnung, die Sie mir eingegeben hatten, ich werde Sie auf dem Lande sehen dürfen, ach, ich sehe schon, auch darauf werde ich verzichten müssen! Es bleibt mir kein Trost mehr, als mir einzureden, es sei Ihnen tatsächlich nicht möglich. Und Sie sagen mir gar nichts davon! Sie trauern nicht mit mir darum! Schon zu zweien Malen sind meine Klagen über diese Enttäuschung unbeantwortet geblieben. Ach, Cécile, Cécile! Ich glaube ja schon, daß Sie mich von ganzer Seele lieben. Aber Ihre Seele glüht nicht wie die meine! Warum steht es nicht in meiner Macht, die Hindernisse aus dem Weg zu räumen? Warum gilt es nicht, auf mein Wohlergehen, meine Wünsche Rücksicht zu nehmen, statt auf die Ihren? Ich könnte Ihnen sonst gar rasch beweisen, daß wahrer Liebe nichts unmöglich ist.

Sie schreiben mir auch nicht, wann diese grausame Trennung ein Ende nehmen soll. Hier könnte ich Sie wenigstens ab und zu sehen. Ihre bezaubernd schönen Augen würden meine niedergeschlagene Seele wieder aufrichten; ihr rührender Ausdruck könnte meinem Herzen Ruhe bringen. Ach, es hat sie manchmal so bitter nötig! Vergeben Sie mir, meine Cécile. Diese Furcht ist kein Argwohn! Ich glaube an Ihre Liebe, Ihre Treue. Ach, ich wäre ja allzu unglücklich, wollte ich dran zweifeln! Doch ist so vieles, was uns im Wege steht! Immer neue Hindernisse! Meine Freundin, ich bin traurig, ach, so todestraurig! Es kommt mir vor, als habe die Abreise der Madame de Merteuil in mir das Gefühl all meines Unglücks aufs neue erweckt.

Leben Sie wohl, meine Cécile. Leben Sie wohl, Heißgeliebte! Vergessen Sie nicht, Ihr Geliebter grämt sich, und Sie allein können ihn wieder froh und glücklich machen.

Paris, am 17. Oktober 17..

117. BRIEF

Cécile Volanges an den Chevalier Danceny

(Von Valmont diktiert)

Glauben Sie denn, mein lieber Freund, ich habe es nötig, ausgescholten zu werden, um traurig zu sein, wenn ich doch weiß, daß Sie sich grämen? Und können Sie daran zweifeln, daß ich gleich bitterlich unter all Ihren Nöten leide? Ich teile sogar die Leiden, die ich Ihnen willentlich zufüge. Und obendrein bekümmert es mich zu sehen, daß Sie mir nicht Gerechtigkeit widerfahren lassen. Oh! Das ist nicht schön von Ihnen! Ich sehe wohl, was Sie erzürnt hat. Ich habe Ihnen die letzten beiden Male, als Sie mich baten, hierher kommen zu dürfen, nicht darauf geantwortet. Ist denn aber eine solche Antwort so leicht zu geben? Glauben Sie, ich wisse nicht, daß das, was Sie wollen, etwas sehr Schlimmes ist? Und doch, wenn es mich schon so viel Überwindung kostet, es Ihnen aus der Ferne abzuschlagen, wie wäre es erst, wenn Sie hier wären? Und dann müßte ich, nur weil ich Sie einen flüchtigen Augenblick lang trösten wollte, für mein ganzes Leben traurig bleiben.

Sehen Sie, ich habe keine Geheimnisse vor Ihnen. Sie kennen nun meine Gründe. Urteilen Sie selbst. Vielleicht hätte ich getan, was Sie von mir wollen, wäre nicht das eingetreten, was ich Ihnen ja geschrieben habe: daß nämlich dieser Herr de Gercourt, der an all unserm Kummer schuld ist, in nächster Zeit noch nicht herkommt. Und da mir seit einiger Zeit Mama viel freundlicher begegnet und ich ihr meinerseits soviel wie nur möglich zuliebe tue, wer weiß, was ich bei ihr noch alles erreichen kann? Und wenn wir glücklich sein könnten, ohne daß ich mir etwas vorzuwerfen hätte, wäre das dann nicht viel besser? Wenn ich dem Glauben schenken darf, was man mir so oft schon gesagt hat, so haben die Männer auch ihre Frauen nicht mehr so lieb, wenn sie, ehe sie es waren, sie allzusehr geliebt hatten. Diese Befürchtung hält mich noch mehr als alles andere zurück. Mein Freund, sind Sie nicht sicher, daß mein Herz Ihnen gehört, und bleibt uns nicht immer noch Zeit genug?

Hören Sie mich an: Ich verspreche Ihnen, wenn ich das Unglück nicht vermeiden kann, Herrn de Gercourt zu heiraten, den ich schon so tief hasse, noch ehe ich ihn kenne, dann soll mich nichts mehr abhalten, Ihnen, sooft ich's kann, anzugehören, und das soll mir allem andern vorgehen. Da mir einzig daran liegt, von Ihnen geliebt zu werden, und da Sie ja wohl sehen würden, daß es nicht meine Schuld ist, wenn ich etwas Schlimmes tue, wäre mir alles übrige ganz gleichgültig. Wenn Sie mir nur versprechen wollen, mich allezeit so liebzubehalten wie jetzt. Bis dahin jedoch, mein Freund, lassen Sie mich gewähren so wie bisher. Und verlangen Sie nicht etwas von mir, was ich aus guten Gründen nicht tun kann, so leid es mir auch tut, wenn ich es Ihnen abschlagen muß.

Es wäre mir auch recht willkommen, wenn Herr de Valmont mich Ihretwegen nicht so sehr drängte; das führt nur dazu, daß ich mich noch mehr grämen muß. Oh, Sie haben da einen wahrhaft guten Freund, das kann ich

Ihnen versichern. Er macht alles, wie Sie es selbst machen würden. Doch leben Sie wohl, mein lieber Freund. Ich habe erst sehr spät in der Nacht angefangen, Ihnen zu schreiben, und habe ein gut Teil der Nacht damit verbracht. Jetzt lege ich mich wieder hin und hole die versäumte Zeit nach. Ich küsse Sie, aber Sie dürfen mich nicht mehr ausschelten.

Auf Schloß ..., am 18. Oktober 17..

118. BRIEF

Der Chevalier Danceny an die Marquise de Merteuil

Wenn ich meinem Kalender glauben darf, meine anbetungswürdige Freundin, dann sind es erst zwei Tage, seit Sie fort sind. Glaube ich aber meinem Herzen, so ist es zwei Jahrhunderte her. Nun soll man aber – und das haben Sie mich selbst gelehrt! – immer seinem Herzen glauben. Es ist also höchste Zeit, daß Sie wieder zurückkommen, und Ihre sämtlichen Geschäfte sind doch bestimmt längst mehr als erledigt. Wie soll ich mich denn für Ihren Prozeß erwärmen, wenn ich, ob Sie ihn gewinnen oder verlieren, doch in jedem Fall die Kosten bestreiten muß, indem ich unter Ihrer Abwesenheit leide? Oh, wie große Lust hätte ich jetzt, Streit anzufangen! Und wie traurig ist es, trotz diesem berechtigten Anlaß zu schlechter Laune, nicht einmal das Recht zu haben, sie offen zur Schau zu tragen!

Ist es aber nicht eine regelrechte Untreue, ein finsterer Verrat, Ihren Freund, fern von Ihnen, ganz allein zu lassen, nachdem Sie ihn daran gewöhnt haben, Ihre Gegenwart nicht mehr entbehren zu können? Da können Sie lange Ihre Anwälte um Rat fragen, sie werden Ihnen keinerlei Rechtfertigung für dieses schmähliche Verhalten ausklügeln. Und zudem bringen solche Leute immer nur Gründe vor, und Vernunftgründe reichen nicht aus, wenn es gilt, auf Gefühle zu antworten.

Was mich angeht, so haben Sie mir so oft, immer und immer wieder gesagt, Sie unternähmen diese Reise nur aus Gründen der Vernunft, daß Sie mich schließlich mit der Vernunft völlig verfeindet haben. Ich will gar nichts mehr von ihr hören, nicht einmal, wenn sie mir rät, Sie zu vergessen. Dieser Grund ist doch überaus vernünftig, und wenn man es recht überlegt, so wäre das gar nicht so schwierig, wie Sie vielleicht glauben. Es würde nur schon genügen, wenn ich die Gewohnheit aufgäbe, immerwährend an Sie zu denken: und ich kann Ihnen versichern, hier würde mich nichts an Sie erinnern.

Unsere allerhübschesten Frauen, auch die sogenannt liebenswürdigsten, reichen so gar nicht an Sie heran, daß sie nur eine ganz schwache Vorstellung von Ihnen geben könnten. Ich bin sogar überzeugt, wenn man mit geübten Augen hinsieht, dann findet man, je mehr man anfänglich geglaubt hat, sie sehen Ihnen ähnlich, nachher den Unterschied nur um so größer. Sie mögen sich gehaben, wie sie nur wollen, sie mögen dranwenden, was nur in ihrer Macht steht, etwas geht ihnen immer ab: sie sind eben nicht Sie, und darin liegt offenkundig der Zauberreiz. Leider hängt man, wenn die Tage so endlos lang sind und man nicht weiß, was man tun soll, seinen Träumen nach, man baut Luftschlösser, man erschafft sich ein Trugbild; nach und nach erhitzt und übersteigt sich die Einbildungskraft: Man will sein Werk noch schöner gestalten, man sucht alles zusammen, was gefallen kann, man bringt es endlich bis zur Vollkommenheit; und ist man einmal da angelangt, dann mahnt das leblose Abbild an das lebendige Vorbild, und man sieht ganz verwundert, daß man immer nur an Sie gedacht hat.

Auch augenblicklich bin ich das genarrte Opfer eines solchen Irrtums. Vielleicht glauben Sie, ich habe Ihnen geschrieben, um mich mit Ihnen abgeben zu können? Keineswegs. Ich wollte mich bloß ablenken. Ich hatte Ihnen hunderterlei Dinge zu sagen, die mit Ihnen gar nichts zu tun hatten, die aber, wie Sie wohl wissen, mich sehr nahe angehen. Und ausgerechnet von denen habe ich mich ablenken lassen! Seit wann vermag denn der Zauber der Freundschaft vom Reiz der Liebe abzulenken? Ach, wenn ich genauer zusähe, müßte ich mir vielleicht gar einen leisen Vorwurf machen! Doch still! Vergessen wir diesen leichten Fehler, damit wir nicht wieder darein verfallen. Und nicht einmal meine Freundin soll darum wissen.

Warum sind Sie aber auch nicht hier, um mir Antwort zu geben, mich wieder auf den rechten Weg zurückzuführen, wenn ich irregehe, um mit mir von meiner Cécile zu sprechen, um wenn möglich das Glück, das ich in meiner Liebe zu ihr genieße, noch durch den Gedanken zu steigern, daß ich ihre Freundin liebe? Ja, ich gestehe es, die Liebe, die Sie mir eingeben, ist mir noch kostbarer geworden, seit Sie gütigst das Geständnis meiner Liebe entgegengenommen haben. Ich bin so glücklich, wenn ich Ihnen mein Herz erschließen kann, wenn ich Ihr Herz mit meinen Gefühlen behelligen, wenn ich sie rückhaltlos Ihnen anvertrauen darf! Es dünkt mich dann, ich liebe sie noch inniger in dem Maße, wie Sie in Ihrer Güte sie aufnehmen wollen. Und dann schaue ich Sie an und sagte mir: »In ihr ist all mein Glück beschlossen.«

Ich habe Ihnen nichts Neues über meine Lage zu berichten. Der letzte Brief, den ich von *ihr* erhalten habe, macht mir größere und bestimmtere Hoffnung, zögert sie aber wieder hinaus. Ihre Gründe sind indessen so liebevoll und ehrbar, daß ich sie deswegen nicht tadeln, noch mich darüber beklagen kann. Vielleicht verstehen Sie das, was ich Ihnen da sage, nicht allzu gut; aber warum auch sind Sie nicht hier? Wenn man seiner Freundin auch alles sagt, schreiben kann man ihr doch nicht alles. Liebesgeheimnisse vor allem sind so zart und heikel, daß man sie nicht einfach so auf Treu und Glauben frei herumlaufen lassen darf. Wenn man sie auch zuweilen freigibt, muß man sie doch gut im Auge behalten; man muß gewissermaßen sehen, wie sie ihre neue Heimstatt finden. Ach, kehren Sie doch zurück, meine anbetungswürdige Freundin! Sie sehen ja, Ihre Rückkehr ist dringend nötig. Vergessen Sie endlich die »tausend Gründe«, die Sie dort festhalten, wo Sie jetzt weilen, oder dann lehren Sie mich, wie ich leben soll, wo Sie nicht sind.

Ich habe die Ehre zu sein usw.

Paris, am 19. Oktober 17..

119. BRIEF

Madame de Rosemonde an die Präsidentin de Tourvel

Wenn ich schon noch arge Schmerzen leide, meine teure Schöne, versuche ich doch, Ihnen selbst zu schreiben, damit ich mit Ihnen über all das reden kann, was Ihnen nahegeht. Mein Neffe verharrt immer noch in seiner menschenscheuen Stimmung.

Er läßt sich überaus regelmäßig tagtäglich nach meinem Befinden erkundigen. Aber er ist nicht ein einziges Mal selbst gekommen, um nach mir zu fragen, obschon ich ihn darum habe bitten lassen. Somit bekomme ich ihn nicht öfter zu Gesicht, als wenn er in Paris wäre. Ich bin ihm aber heute vormittag an einem Ort begegnet, wo ich ihn nie vermutet hätte. In meiner Kapelle nämlich, wohin ich seit meiner schmerzhaften Erkrankung nicht mehr gekommen war. Heute habe ich nun erfahren, daß er seit vier Tagen regelmäßig dort hingeht und die Messe hört. Wollte Gott, daß das anhält!

Als ich hereinkam, trat er auf mich zu und wünschte mir liebreich Glück zur Besserung meines Befindens. Da eben die Messe anfing, ließ ich mich nicht auf ein längeres Gespräch ein; ich brach die Unterhaltung ab, rechnete freilich damit, sie nachher wieder aufnehmen zu können. Er verschwand aber, ehe ich ihn einholen konnte. Ich will Ihnen nicht verhehlen, daß ich ihn ein bißchen verändert fand. Aber, meine teure Schöne, lassen Sie mich mein Vertrauen in Ihre Vernunft nicht gereuen, indem Sie sich allzusehr Sorge machen. Und seien Sie vor allem sicher, daß ich Sie immer noch lieber betrüben als hintergehen würde.

Wenn mein Neffe mir weiterhin die kalte Schulter zeigt, werde ich mich aufraffen und, sobald es mir bessergeht, ihn in seinem Zimmer aufsuchen. Und dann will ich versuchen, den Grund dieser absonderlichen, fixen Idee herauszubringen. Ich glaube schon, daß sie irgendwie mit Ihnen zusammenhängt. Ich werde Ihnen dann schreiben, was ich in Erfahrung habe bringen können. Nun muß ich Sie aber verlassen; ich kann meine Finger nicht mehr bewegen. Und wenn Adelaide wüßte, daß ich selbst geschrieben habe, würde sie mich den ganzen Abend auszanken. Leben Sie wohl, meine teure Schöne.

Auf Schloß ..., am 20. Oktober 17..

120. BRIEF

Der Vicomte de Valmont an den Pater Anselm

Ich habe nicht die Ehre, Ihnen bekannt zu sein, mein Herr. Doch ich weiß, welch unumschränktes Vertrauen die Präsidentin de Tourvel Ihnen entgegenbringt, und ich weiß außerdem, wie wohl angebracht dieses Vertrauen ist. Ich glaube daher, ich darf mich, ohne zudringlich zu sein, an Sie wenden und Sie um einen ganz wesentlichen Dienst bitten, der Ihres heiligen Amtes wahrhaftig würdig ist und bei dem Madame de Tourvels Interessen mit den meinen übereinstimmen. Ich bin im Besitz wichtiger Papiere, sie betreffend, die in keines Menschen Hände gelangen dürfen und die ich nur ihr aushändigen darf und will. Ich habe keine Möglichkeit, sie davon in Kenntnis zu setzen, weil gewisse Gründe, die Sie vielleicht von ihr erfahren haben, über die ich Sie aber nicht glaube unterrichten zu dürfen, sie zum Entschluß bewogen haben, jeden Briefwechsel mit mir abzulehnen. Ich gebe heute gerne zu, daß ich diesen Entschluß nicht tadeln kann, da sie bestimmte Ereignisse nicht voraussehen konnte, die auch ich nicht im entferntesten erwartet hätte und die nur der übermenschlichen Macht möglich waren, die man darin zu erkennen gezwungen ist.

Ich bitte Sie also, mein Herr, sie von meinen neuen Entschlüssen zu unterrichten und sie um eine Unterredung unter vier Augen zu bitten, in der ich wenigstens teilweise mein Unrecht wieder gutmachen und mich entschuldigen kann. Und als letztes Opfer möchte ich in ihren Augen die einzigen vorhandenen Spuren eines Irrtums austilgen, eines Fehltritts, der mich ihr gegenüber schuldig gemacht hatte.

Erst nach dieser vorgängigen Sühne werde ich es wagen, zu Ihren Füßen das demütigende Geständnis meiner langwährenden Verirrungen niederzulegen und Ihre Mittlerrolle zu erflehen für eine weit wichtigere Aussöhnung, die unglücklicherweise viel schwieriger sein wird. Darf ich hoffen, mein Herr, daß Sie mir eine so notwendige und so wertvolle Hilfe nicht versagen werden? Daß Sie sich herbeilassen werden, meiner Schwachheit aufzuhelfen und meine Schritte auf dem neuen Pfad zu lenken, dem ich so brennend gerne folgen möchte, den ich aber – ich schäme mich, es einzugestehen – noch nicht kenne.

Ich erwarte voll Ungeduld Ihre Antwort, mit der Ungeduld der Reue, die wieder gutzumachen verlangt, und ich bitte Sie, glauben Sie mir's, mit ebensoviel Dankbarkeit wie Verehrung bin ich

Ihr sehr ergebener usw.

Nachschrift: Ich ermächtige Sie, mein Herr, falls Sie es für schicklich erachten, diesen Brief vollinhaltlich Madame de Tourvel mitzuteilen. Ich werde mir zeit meines Lebens eine Pflicht daraus machen, sie zu achten, und werde nie aufhören, in ihr die Frau zu ehren, deren sich der Himmel bedient hat, um meine Seele zur Tugend zurückzuführen, durch den rührenden Anblick ihrer Tugendhaftigkeit.

Auf Schloß ..., am 22. Oktober 17..

121. BRIEF

Die Marquise de Merteuil an den Chevalier Danceny

Ich habe Ihren Brief erhalten, mein allzu junger Freund. Ehe ich Ihnen aber dafür danke, muß ich Sie ausschelten, und ich mache Sie darauf aufmerksam: Wenn Sie sich nicht bessern, werden Sie keine Antwort mehr von mir bekommen. Geben Sie, wenn Sie auf mich hören wollen, diesen neckisch-zärtlichen Ton auf. Er ist ja nichts weiter als ein einfältiges Kauderwelsch, sobald er nicht das Stammeln der Liebe ausdrückt. Spricht so denn die Freundschaft? Nein, lieber Freund, eine jede Empfindung besitzt ihre eigene Sprache, die zu ihr paßt. Und bedient man sich einer andern, dann heißt das, daß man den Gedanken, den man ausspricht, bemäntelt. Ich weiß wohl, unsere Frauenzimmerchen verstehen rein gar nichts von alledem, was man ihnen sagen möchte, wenn es nicht gewissermaßen in dieses übliche Kauderwelsch übersetzt wird. Ich glaube aber, muß ich gestehen, ich hätte es verdient, daß Sie zwischen mir und denen einen Unterschied machen würden. Ich bin wirklich und wahrhaftig erzürnt und vielleicht mehr, als ich es eigentlich sein sollte, daß Sie mich so falsch eingeschätzt haben.

Sie werden demnach in meinem Brief lediglich das finden, was dem Ihren abgeht: Offenheit und Schlichtheit. Ich will Ihnen beispielsweise gerne sagen, es würde mich sehr freuen, Sie zu sehen, und es sei mir widerwärtig, lauter Leute um mich zu haben, die mich langweilen, anstatt Menschen, die mir gefallen. Sie aber übersetzen diesen selben Satz folgendermaßen: »Lehren Sie mich an einem Orte zu leben, wo Sie nicht weilen!« Somit muß ich annehmen, wenn Sie einmal mit Ihrer Geliebten zusammen sind, können Sie nicht leben, ohne daß ich auch dabei bin. Wie kläglich! Und die Frauen, »denen es immer abgeht, daß sie nicht ich sind«, vielleicht finden Sie auch, das gehe Ihrer Cécile ab! So weit aber führt eine Redeweise, die zufolge des Mißbrauchs, den man heutzutage damit treibt, noch weit unter dem Phrasengedresche der üblichen Komplimentenmacherei steht und mit der Zeit zur bloßen Floskel wird, an die man genausowenig glaubt wie an die Formel vom »sehr ergebenen Diener«!

Lieber Freund, wenn Sie mir schreiben, dann tun Sie's, um mir zu sagen, was Sie denken und fühlen, und ja nicht, um mich mit Phrasen zu bedenken, die ich auch ohne Sie mehr oder minder gut gedrechselt im erstbesten Moderoman finden könnte. Ich hoffe, Sie werden mir nicht böse sein, weil ich Ihnen das sage, auch wenn Sie daraus herauslesen sollten, ich sei ein bißchen übler Laune. Ich leugne gar nicht, daß ich schlecht gelaunt bin. Um aber sogar den Anschein zu vermeiden, ich verfalle in denselben Fehler, den ich Ihnen vorwerfe, will ich Ihnen jetzt nicht sagen, diese Übellaunigkeit werde vielleicht noch ein wenig durch die Trennung von Ihnen verstärkt. Es dünkt mich, alles in allem genommen seien Sie doch noch mehr wert als ein Prozeß nebst zwei Advokaten und vielleicht sogar noch als der »beflissene« Belleroche.

Sie sehen, anstatt über meine Abwesenheit untröstlich zu sein, sollten

Sie eigentlich darüber frohlocken; denn noch nie habe ich Ihnen ein derart schönes Kompliment gemacht. Ich glaube, Ihr Beispiel steckt mich an, und ich will Ihnen auch ein paar Artigkeiten sagen. Doch nein, ich bleibe lieber bei meiner Offenheit. Einzig sie beteuert Ihnen meine zärtliche Freundschaft und die Anteilnahme, die sie mir einflößt. Es ist sehr freundlich, einen jungen Freund zu haben, dessen Herz anderweitig in Banden liegt. Das ist nicht aller Frauen Lebensart; ich aber fühle mich dabei ganz wohl. Es dünkt mich, man gebe sich mit weit größerem Vergnügen einem Gefühl hin, von dem man nichts zu fürchten braucht. Darum bin ich auch Ihnen gegenüber recht bald schon zur Rolle der Vertrauten übergegangen. Aber Sie suchen sich so junge Geliebte aus, daß mir zum erstenmal dabei aufgefallen ist, daß ich nachgerade altere! Sie tun gut daran, daß Sie sich auf diese Weise eine lange Laufbahn beständiger Liebe bereiten, und ich wünsche Ihnen von ganzem Herzen, sie möge gegenseitig sein.

Sie haben recht, wenn sie sich den »zärtlichen und ehrbaren Beweggründen« fügen, die – wie Sie mir schreiben – »Ihr Glück hinauszögern«. Sich lange verteidigt zu haben, ist das einzige Verdienst, das Frauen bleibt, die nicht auf die Dauer Widerstand leisten. Und was ich für jede andere, außer für ein Kind wie die kleine Volanges, unverzeihlich fände, wäre, daß sie eine Gefahr nicht zu fliehen verstünde, vor der sie durch das Geständnis ihrer Liebe, das sie selber abgelegt hat, hinlänglich gewarnt war. Ihr Männer macht euch ja keinen Begriff, was die Tugend ist und was es für Überwindung kostet, sie zu opfern! Wenn aber eine Frau auch nur ein wenig vernünftig überlegt, so muß sie wissen, daß unabhängig von dem Fehltritt, den sie begeht, eine Nachgiebigkeit das allergrößte Übel ist, und ich kann es nicht verstehen, daß irgendeine Frau sich jemals dabei betreffen läßt, wenn sie auch nur einen Augenblick lang überlegen kann.

Sagen Sie nichts gegen diesen Gedanken, denn gerade er fesselt mich an Sie. Sie werden mich vor den Fährnissen der Liebe bewahren. Und obschon ich bis hierher mich sehr wohl dagegen habe wehren können, will ich Ihnen doch gerne dafür erkenntlich sein und Sie dafür nur noch mehr und um so herzlicher lieben.

Daraufhin, mein lieber Chevalier, bitte ich Gott, er möge Sie in seinen heiligen und hochwürdigen Schutz nehmen.

Auf Schloß ..., am 22. Oktober 17..

122. BRIEF

Madame de Rosemonde an die Präsidentin de Tourvel

Ich hatte gehofft, mein liebenswertes Kind, ich könne endlich alle Ihre Besorgnisse beschwichtigen, und jetzt sehe ich im Gegenteil zu meiner großen Bekümmernis, daß ich sie nur noch verschlimmern werde! Beruhigen Sie sich aber nur! Mein Neffe ist nicht in Gefahr. Man kann nicht einmal sagen, er sei wirklich krank. Doch sicherlich geht in ihm etwas Ungewöhnliches vor. Ich werde daraus nicht recht klug. Aber ich habe sein

Zimmer mit einem Gefühl der Trauer, ja sogar des Schreckens verlassen. Es widerstrebt mir, Ihnen Angst einzujagen, und doch kann ich es mir nicht versagen, mit Ihnen darüber zu reden. Hören Sie nun, was vorgefallen ist: Sie können sich darauf verlassen, daß mein Bericht genau den Tatsachen entspricht; denn auch wenn ich noch weitere achtzig Jahre leben müßte, so würde ich den Eindruck nie vergessen können, den mir dieser traurige Vorfall gemacht hat.

Ich war also heute vormittag bei meinem Neffen. Ich traf ihn beim Schreiben, rings umgeben von einem Wust von Papieren, die er allem Anschein nach zu seiner Arbeit benötigte. Er war derart in seine Arbeit vertieft, daß ich schon mitten im Zimmer stand, ohne daß er sich überhaupt umgeblickt hätte, um zu sehen, wer da heimkam. Sobald er mich gewahr wurde, gab er sich beim Aufstehn alle Mühe – das habe ich ganz genau bemerkt –, sein Gesicht in die Gewalt zu bekommen, und vielleicht machte mich das erst so recht stutzig. Tatsächlich war er noch nicht angezogen und sein Haar ungepudert. Aber ich fand, er sehe bleich und verstört drein. Vor allem fiel mir seine bestürzte Miene auf. Sein Blick, den wir immer so lebhaft und fröhlich gesehen haben, war traurig und niedergeschlagen, kurzum, unter uns gesagt, es wäre mir gar nicht recht gewesen, wenn sie ihn in diesem Zustand gesehen hätten; denn er wirkte sehr rührend und sah ganz danach aus, glaube ich, jenes innig-zärtliche Mitleid zu erwecken, das einer der allergefährlichsten Fallstricke der Liebe ist.

Obschon ich über meine Wahrnehmungen recht betroffen war, fing ich dennoch ein Gespräch mit ihm an, als hätte ich gar nichts bemerkt. Zunächst brachte ich die Rede auf sein Befinden, und er sagte zwar nicht, es sei gut, stellte es aber auch nicht ausdrücklich als schlecht hin. Dann beschwerte ich mich darüber, daß er sich von uns zurückziehe, und äußerte, das sehe fast nach einer fixen Idee aus, und ich versuchte überhaupt, meiner Standpredigt einen launigen Unterton zu verleihen. Er gab mir aber bloß in ganz zerknirschtem Ton zur Antwort: »Das ist ein weiteres Unrecht, aber es soll mit den anderen wieder gutgemacht werden.« Seine Miene, mehr noch als das, was er sagte, stimmte meine muntere Laune ein wenig herab, und ich beeilte mich, ihm zu sagen, er messe einem bloßen freundschaftlich gemeinten Vorwurf allzuviel Gewicht bei.

Wir nahmen also unser ruhiges Gespräch wieder auf, und eine Weile später sagte er mir, vielleicht rufe ihn eine Angelegenheit, »die wichtigste Angelegenheit seines Lebens«, bald nach Paris zurück. Da ich aber Angst hatte, hinter diese Anspielung zu kommen, meine teure Schöne, und weil ich fürchtete, dieser Anfang könne ihn zu einem Geständnis verleiten, das ich gar nicht zu wissen begehrte, richtete ich keinerlei Fragen an ihn, und ich begnügte mich mit der Antwort, er müsse sich ein wenig mehr zerstreuen, das werde seiner Gesundheit zuträglich sein. Ich setzte hinzu, für diesmal wolle ich nicht weiter in ihn dringen, da ich meine Freunde um ihrer selbst willen liebe. Und bei diesen schlichten Worten drückte er mir die Hände und sprach mit einer Heftigkeit, die ich Ihnen gar nicht wiedergeben kann: »Ja, liebe Tante, behalten Sie Ihren Neffen lieb, lieben Sie ihn von Herzen; er achtet und verehrt Sie zärtlich. Und, wie Sie sagen, lieben

Sie ihn um seiner selbst willen. Machen Sie sich keine Sorgen um sein Glück, und stören Sie mit keiner Klage die ewige Ruhe, die er bald zu genießen hofft. Sagen sie mir noch einmal, daß Sie mich lieben, daß Sie mir verzeihen! Ja, Sie werden mir vergeben, ich weiß ja, wie gut Sie sind! Doch wie darf ich bei denen, die ich so tief beleidigt habe, auf dieselbe Nachsicht hoffen?« Dann neigte er sich über mich, um vor mir, glaub' ich, die Spuren seines Schmerzes zu verstecken, den ich aber am Klang seiner Stimme, wenn er's schon nicht wollte, hörte.

Ich war tiefer ergriffen, als ich Ihnen sagen kann, und stand eilends auf. Und offensichtlich hatte er meinen Schrecken bemerkt, denn er nahm sich plötzlich zusammen und fuhr fort: »Verzeihung, ach, Verzeihung, gnädige Frau, ich fühle es, ich verliere den Verstand und kann doch nichts dagegen. Ich bitte Sie, vergessen Sie, was ich gesprochen habe, und erinnern Sie sich nur meiner tiefen Verehrung. Ich werde nicht verfehlen«, setzte er hinzu, »vor meiner Abreise Ihnen noch einmal meine Aufwartung zu machen.« Mich dünkte, diese letzten Worte seien eine Aufforderung, meinen Besuch abzubrechen, und so ging ich dann auch fort.

Je länger ich es mir überlegte, desto weniger kann ich mir denken, was er hatte sagen wollen. Was ist das für eine Angelegenheit, »die wichtigste seines ganzen Lebens«? Aus welchem Grund bittet er mich um Verzeihung? Wie kam er zu dieser unwillkürlichen Rührung, als er mit mir sprach? Ich habe mir alle diese Fragen wohl schon tausendmal gestellt, doch ich habe keine Antwort darauf gefunden. Ich sehe nicht einmal etwas dabei, was auf Sie Bezug haben könnte. Da indessen die Augen der Liebe hellsichtiger sind als der Blick der Freundschaft, wollte ich Sie über gar nichts in Unkenntnis lassen, was sich zwischen meinem Neffen und mir zugetragen hat. Ich habe viermal wieder angesetzt, um diesen Brief zu Ende zu schreiben, und ich würde gerne noch weiterschreiben, wenn ich nicht so schrecklich müde wäre. Leben Sie wohl, meine teure Schöne.

Auf Schloß . . ., am 25. Oktober 17 . .

123. BRIEF

Der Pater Anselm an den Vicomte de Valmont

Herr Vicomte, ich habe den Brief erhalten, mit dem Sie mich beehrten, und Ihrem Wunsche gemäß begab ich mich gestern sofort zu der fraglichen Person. Ich legte ihr Zweck und Gründe des Schrittes dar, den Sie bei ihr zu unternehmen baten. Sosehr sie auch zunächst an dem weisen Entschluß festhalten zu wollen schien – als ich ihr daraufhin vor Augen hielt, sie laufe durch ihre Weigerung vielleicht Gefahr, Ihrer glücklichen Bekehrung im Wege zu sein und so gewissermaßen sich den erbarmungsreichen Absichten der Vorsehung entgegenzustellen, willigte sie schließlich ein, Ihren Besuch zu empfangen, unter der Bedingung allerdings, daß er der letzte sein soll. Sie hat mich beauftragt, Ihnen mitzuteilen, daß Sie am kommenden Donnerstag, den 28., zu Hause sein werde. Solle Ihnen dieser Tag nicht passen, möchten Sie ihr gütigst Bescheid sagen und ihr einen andern angeben. Ihr Brief wird angenommen werden.

Indessen, Herr Vicomte, gestatten Sie mir, daß ich Ihnen nahelege, es nicht länger hinauszuschieben, ohne daß triftige Gründe Sie dazu zwingen, damit Sie sich um so früher und ausschließlicher der lobenswerten Bußfertigkeit hingeben können, die Sie an den Tag legen. Bedenken sie, wer nicht unverweilt den Augenblick der Gnade ausnutzt, läuft Gefahr, daß er ihm wieder entzogen wird. Wenn Gottes Güte auch unermeßlich ist, so wird sie den Menschen nach gerechten Maßstäben zuteil. Bedenken Sie auch: Es kann ein Augenblick kommen, da der Gott der Barmherzigkeit sich in einen Gott der Rache verwandelt.

Wenn sie mich auch weiterhin mit Ihrem Vertrauen beehren wollen, so bitte ich Sie, überzeugt zu sein, daß Ihnen alle meine Bemühungen sicher sind, sobald Sie es nur wünschen. Wie stark ich auch werde in Anspruch genommen sein, mein wichtigstes Anliegen wird stets sein, die Pflichten zu erfüllen, die mir mein heiliges Priesteramt auferlegt, dem ich mich ganz ausschließlich geweiht habe. Und der schönste Augenblick meines Lebens wird der Tag sein, da ich sehen kann, wie meine Bestrebungen gedeihen durch den Segen des Allmächtigen. Wir armen schwachen Sünder vermögen ja nichts aus uns selber! Aber der Gott, der Sie zu sich ruft, vermag alles. Und wir werden es gleichermaßen seiner Güte zu verdanken haben, daß er Ihnen den unablässigen Wunsch eingibt, zu ihm zu kommen, und mir die Mittel, Sie zu ihm zu führen. Mit seiner Hilfe hoffe ich Sie in Bälde zu überzeugen, daß einzig die heilige Religion sogar in dieser Welt schon dauerhaftes Glück, das Bestand hat, zu schenken vermag. Ein Glück, das man vergeblich in der Verblendung der menschlichen Leidenschaften sucht.

Ich habe die Ehre, mit verehrungsvoller Hochachtung zu sein usw.

Paris, am 25. Oktober 17..

124. BRIEF

Die Präsidentin de Tourvel an Madame de Rosemonde

Mitten in dem Erstaunen, in das mich die Neuigkeit versetzt hat, die ich gestern vernommen habe, gnädige Frau, vergesse ich nicht, was für eine Befriedigung sie Ihnen bereiten muß, und ich beeile mich, Ihnen das mitzuteilen. Herr de Valmont kümmert sich fortan weder um mich noch um seine Liebe. Er will bloß noch durch ein erbauliches Leben die Fehler oder vielmehr die Irrungen seiner Jugend wieder gutmachen. Ich bin über dieses wichtige Ereignis durch den Pater Anselm unterrichtet worden; an ihn hatte er sich nämlich gewandt und ihn gebeten, hinfort seelsorgerisch sein Leben zu lenken und ihm auch eine Zusammenkunft mit mir zu verschaffen. Ich nehme an, der hauptsächliche Zweck dieser Unterredung wird darin bestehen, daß er mir meine Briefe zurückgeben will, die er bisher behalten hatte, obwohl ich ihn gebeten hatte, sie mir auszuhändigen.

Ich kann selbstverständlich dieser glücklichen Sinneswandlung nur beifällig zustimmen und mich dazu beglückwünschen, wenn – wie behauptet – ich etwas dazu habe beitragen können. Warum aber mußte ich Mittlerin sein, und weshalb war es nötig, daß mich dies die Ruhe meines Lebens kostete? Konnte Herr de Valmonts Glück nur dadurch zustande kommen, daß ich unglücklich wurde? Oh, meine gütige, langmütige Freundin, verzeihen Sie mir diese Klage! Ich weiß, es steht mir nicht zu, Gottes Ratschlüsse zu ergründen. Aber derweil ich ihn ohne Unterlaß und immerfort umsonst um die Kraft bitte, meine unselige Liebe zu verwinden, schenkt er sie verschwenderisch an den Mann, der ihn nicht darum gebeten hatte, und läßt mich hilflos meiner Schwachheit preisgegeben. Doch ich will das sündhafte Murren ersticken. Weiß ich nicht, daß der verlorene Sohn bei seiner Rückkunft von seinem Vater mehr Gnadenbeweise erhielt als der Sohn, der nie von zu Hause fortgegangen war? Was haben wir von dem Rechenschaft zu verlangen, der uns keinerlei Rechenschaft schuldig ist? Und wenn es auch möglich wäre, daß wir manche Rechte bei ihm hätten, was hätte ich wohl für Rechte? Könnte ich mit einer Keuschheit prahlen, die ich bereits nur noch Herrn de Valmont verdanke? Er hat mich bewahrt und errettet, und da sollte ich es wagen, Klage zu führen, weil ich um ihn leiden muß? Nein, meine Leiden werden mir teuer sein, wenn sein Glück dafür zum Lohne steht. Sicherlich mußte es so sein, daß er zu unser aller gemeinsamem Vater zurückkehrte. Der Gott, der ihn erschaffen hat, mußte sein Werk doch mit seiner Liebe umhegen. Er hatte dieses bezaubernde Geschöpf ja nicht dazu erschaffen, daß daraus ein Verworfener werden sollte. Nun ist es an mir, die Strafe für meine Vermessenheit und mein unbedachtes Handeln zu tragen. Mußte ich mir nicht bewußt sein, da es mir ja versagt bleiben müsse, ihn zu lieben, dürfe ich es mir auch nicht herausnehmen, ihn überhaupt zu sehen?

Meine Schuld oder auch mein Unglück liegt darin, daß ich mich allzulange dieser Einsicht verschlossen habe. Sie sind mein Zeuge, teure und würdige Freundin, daß ich mich diesem Opfer unterzogen habe, sobald ich die Notwendigkeit dazu erkannte. Damit es aber vollkommen war, fehlte noch, daß Herr Valmont nicht daran beteiligt war. Darf ich Ihnen gestehen, daß mich dieser Gedanke augenblicklich am allermeisten quält? Unerträglicher Dünkel, der unsere Leiden lindert durch die Qualen, die wir andern zufügen! Ach, ich werde dies widerspenstige Herz zähmen, ich werde es an alle erdenklichen Demütigungen gewöhnen.

Vor allem um diese zu erreichen, habe ich endlich eingewilligt, am kommenden Donnerstag den peinlichen Besuch Herrn de Valmonts zu empfangen. Dann werde ich aus seinem eigenen Munde vernehmen können, daß ich ihm nichts mehr bedeute, daß der schwache und flüchtige Eindruck, den ich auf ihn gemacht hatte, vollkommen ausgelöscht ist! Ich werde sehen, wie er ohne jede Erregung auf mich blickt, während ich vor Angst, ich könnte meine Befangenheit, meine Aufregung verraten, meine Augen niederschlagen muß. Dieselben Briefe, die er ungeachtet meiner wiederholten Bitte mir auszuhändigen verweigerte, nun werde ich sie endlich bekommen, da ich ihm ja gleichgültig geworden bin. Er wird sie mir wie nutzlosen Plunder überreichen, der ihn nichts mehr angeht. Und meine zitternden Händen werden dieses beschämende Pfand in Empfang nehmen und dabei spüren, daß er sie ihnen mit fester und ruhiger Hand übergibt! Endlich werde ich ihn fortgehen sehen.

... Er geht fort für immer, und ich werde ihm nachblicken, er aber schaut sich nicht einmal nach mir um!

Und so bittere Demütigung war mir vorbehalten! Ach, ich muß wenigstens Nutzen daraus ziehen und mir dabei zutiefst meiner Schwachheit bewußt werden. Ja, diese Briefe, die er gar nicht mehr zu behalten begehrt, ich will sie sorgsam verwahren. Ich will mir die beschämende Pflicht auferlegen, sie täglich aufs neue zu lesen, bis meine Tränen die letzten Spuren, die noch davon bleiben, ausgelöscht haben werden. Und seine Briefe will ich verbrennen, sind sie doch mit dem gefährlichen Gift verpestet, das meine Seele verseucht hat. Oh, was ist denn die Liebe, wenn sie uns so weit bringt, daß wir uns sogar nach den Gefahren zurücksehnen, in die sie uns gebracht hat, wenn man vor allem sie sogar dann noch zu verspüren fürchten muß, wo man sie nicht mehr einflößt! Fliehen wir diese unheilvolle Leidenschaft, die uns nur die Wahl läßt zwischen Schande und Unglück und sie sogar zuweilen alle beide in sich vereint. Und mag wenigstens die Vorsicht an die Stelle der Tugend treten.

Wie liegt dieser Donnerstag noch in weiter Ferne! Warum kann ich nicht augenblicklich schon dies schmerzvolle Opfer bringen und zur gleichen Zeit mit seiner Ursache auch den Mann vergessen, der es verschuldet hat! Dieser Besuch bedrückt mich. Ich bereue es bitter, zugesagt zu haben. Wozu braucht er mich denn noch einmal zu sehen? Was bedeuten wir einander denn jetzt noch? Wenn er mich beleidigt hat, verzeihe ich es ihm. Ich wünsche ihm sogar Glück dazu, daß er sein Unrecht wieder gutmachen will. Ich lobe ihn dafür. Ich werde noch ein übriges tun und es ihm nachmachen. Dieselben Irrungen haben mich verleitet, so soll mich sein Vorbild wieder auf den rechten Weg zurückführen. Wenn es aber seine Absicht ist, mich zu fliehen, weshalb fängt er dann damit an, daß er mit mir zusammenzutreffen sucht? Ist nicht für uns alle beide das dringlichste, daß wir einander vergessen? Ach, sicherlich. Und künftighin soll dies meine einzige Sorge sein.

Wenn Sie es gestatten, meine liebenswerte Freundin, dann will ich mich in Ihrer Nähe dieser schwierigen Aufgabe unterziehen. Brauche ich Hilfe, vielleicht gar Trost, dann möchte ich beides nur von Ihnen entgegennehmen. Sie allein können mich verstehen und zu meinem Herzen sprechen. Ihre kostbare Freundschaft wird mein ganzes Leben ausfüllen. Nichts wird mir schwierig erscheinen, um die Mühe zu fördern, die Sie sich um mich geben werden. Ihnen werde ich meine Ruhe, mein Glück, meine Tugend zu verdanken haben. Und der Erfolg all Ihrer Güte, die Sie mir erweisen, wird darin bestehen, daß ich ihrer endlich würdig werde.

Ich bin, glaube ich, in diesem Brief weit abgeschweift. Ich nehme es wenigstens an, war ich doch, während ich Ihnen schrieb, unablässig in einer gräßlichen Verwirrung befangen. Sollte sich darin hie und da ein Gefühl finden, dessen ich mich schämen müßte, dann decken

Sie es mit Ihrer langmütigen Freundschaft zu. Auf Sie verlasse ich mich voll und ganz. Ihnen möchte ich keine einzige meiner Herzensregungen verbergen.

Leben Sie wohl, meine verehrungswürdige Freundin. Ich hoffe, ich kann Ihnen binnen weniger Tage meine Ankunft melden.

Paris, am 25. Oktober 17..

125. BRIEF

Der Vicomte de Valmont an die Marquise de Merteuil

Nun ist sie also niedergezwungen, diese hoffärtige Frau, die zu glauben sich vermessen hatte, sie werde mir widerstehen können! Ja, liebe Freundin, sie gehört mir, sie ist ganz gemein! Und seit gestern hat sie mir nichts mehr zu gewähren.

Ich bin noch allzusehr von meinem Glück erfüllt, als daß ich es so recht ermessen könnte; aber ich wundere mich über den niegekannten Zauber, den ich dabei verspürt habe. Sollte es denn wahr sein, daß die Tugendhaftigkeit einer Frau ihren Wert erhöht, sogar im Augenblick eurer Schwachheit? Verweisen wir aber diesen kindischen Gedanken zu den Ammenmärchen. Begegnet man nicht fast überall beim erstenmal, da man sie unterzwingt, einem mehr oder minder echt gespielten Widerstand? Und habe ich den vorhin erwähnten Zauber noch nirgendwo angetroffen? Es ist aber doch nicht der Reiz der Liebe; denn schließlich, wenn ich bei dieser erstaunlichen Frau zuweilen Anwandlungen von Schwäche hatte, die dieser kleinmütigen Leidenschaft ähnlich sahen, wußte ich sie jedesmal zu überwinden und fand meine Grundsätze wieder. Wenn ich mich auch bei dem, was sich gestern abgespielt hat, weiter habe fortreißen lassen, als ich eigentlich beabsichtigte, wenn ich für eine Weile die Verwirrung und den Rausch, die ich erregte, geteilt habe, so wäre nunmehr diese vorübergehende Selbsttäuschung verflogen, und doch besteht dieser selbe Zauber immer noch. Ich würde sogar, das muß ich gestehen, ein recht süßes Vergnügen dabei empfinden, wenn ich mich diesem Zauber so ganz hingeben könnte, wäre ich nicht dabei irgendwie beunruhigt. Muß ich mich denn, in meinem Alter, wie ein Schulknabe von einem Gefühl beherrschen lassen, das ich gar nicht empfinden will, noch bisher kannte? Nein. Ich muß es vor allem bekämpfen und zu ergründen suchen.

Im übrigen habe ich vielleicht den Grund bereits erahnt. Wenigstens gefalle ich mir in diesem Gedanken, und ich möchte, er wäre wahr!

In der Unzahl von Frauen, bei denen ich die Rolle und die Funktionen eines Liebhabers ausgefüllt habe, habe ich noch keine einzige angetroffen, die nicht mindestens so große Lust gehabt hätte, sich zu ergeben, wie ich Lust verspürte, sie so weit zu bringen. Ich hatte mich sogar daran gewöhnt, diejenigen als »prüde« zu bezeichnen, die mir halbwegs entgegenkamen, im Gegensatz zu denen, deren aufreizende Abwehr stets nur recht unvollkommen verdeckte, daß sie mir zuerst Avancen gemacht hatten.

Hier bin ich im Gegenteil zunächst auf eine höchst ungünstige Voreingenommenheit gestoßen, die außerdem seither noch dank den Ratschlägen und Zuträgereien einer haßerfüllten, aber sehr klarsehenden Frau an Boden gewonnen hat. Ich fand eine angeborene Schüchternheit, die fast unüberwindlich und zudem noch durch eine wohlbewußte Schamhaftigkeit verstärkt war, eine stetige und eifernde Tugend, die von ihrer Frömmigkeit gelenkt wurde und die zudem auf zwei Jahre sieghafter Dauer zurückblickte, endlich ein paar auffällige Schritte, die sie aus diesen verschiedenen Gründen unternahm und die allesamt dasselbe bezweckten, nämlich sich meinen Nachstellungen zu entziehen.

Es handelt sich also nicht, wie bei meinen andern Abenteuern, um eine mehr oder minder vorteilhafte Kapitulation, die man unschwer ausnützen, auf die man aber nicht sonderlich stolz sein kann. Es ist ein restloser Sieg, erkauft durch einen mühevollen und beschwerlichen Feldzug, entschieden durch wohlüberlegte Schachzüge. Es ist also nicht weiter verwunderlich, daß dieser Erfolg, den ich einzig mir allein zu verdanken habe, mir dadurch nur um so wertvoller wird. Und das ausnehmend große Vergnügen, das ich in meinem Triumph empfand, das ich auch jetzt noch verspürte, ist nichts anderes als die süße Wirkung, die das Bewußtsein meines Ruhmes in mir auslöste. Diese Art, die Dinge anzusehen, ist mir sehr teuer; sie erspart mir die Demütigung, denken zu müssen, ich könnte irgendwie gerade von der Sklavin abhängen, die ich mir unterworfen habe; sie bewahrt mich vor dem Gedanken, das Vollgefühl meines Glücks rühre nicht aus meinem eigenen Innern, und der oder einer andern Frau bleibe es vorbehalten, mir den Genuß dieses Glückes zu gewähren, und allen andern sei das benommen.

Solche vernünftigen Erwägungen sollen bei dieser wichtigen Gelegenheit mein Verhalten bestimmend beeinflussen, und Sie können sicher sein, ich werde mich nicht in dem Ausmaß an die Kette legen lassen, daß ich diese neuen Bande nicht jederzeit, wann es mir paßt, und spielend leicht zerreißen kann. Aber da rede ich schon vom Abbruch meiner Beziehungen, und dabei wissen Sie ja noch gar nicht, mit was für Mitteln ich mir das Recht dazu erworben habe. Lesen Sie also und sehen Sie, welchen Fährnissen sich die Ehrbarkeit aussetzt, wenn sie versucht, der Tollheit unter die Arme zu greifen. Ich pflegte so genau auf das zu merken, was ich sagte, und auf das, was sie darauf antwortete, daß ich hoffe, Ihnen meine Reden und ihre Antworten zu Ihrer vollen Zufriedenheit ganz wortgetreu wiedergeben zu können.

Sie werden aus den beiden Abschriften der beiliegenden Briefe ersehen können, welchen Mittelsmann ich gewählt habe, um wieder an meine Schöne heranzukommen, und mit welchem Eifer sich der heilige Mann dafür eingesetzt hat, daß wir wieder zueinanderfanden. Was ich Ihnen noch sagen muß, ist der Umstand, den ich aus einem, wie gewohnt, abgefangenen Briefe erfahren hatte, daß nämlich die Angst, ich könnte sie sitzenlassen, und auch die Furcht vor dieser Demütigung, die sittenstrenge Betschwester ein bißchen von ihrer Vorsicht abgebracht und ihr Herz und Kopf mit Gefühlen und Vorstellungen angefüllt hatten, die zwar nicht sehr vernünftig waren, aber deswegen nicht weniger Teilnahme erweckten. Nach all diesen einleitenden Vorkehrungen, die man unbedingt kennen muß, stellte ich mich gestern, Donnerstag, den 28., am vorher von der Undankbaren bestimmten Tag als schüchterner und reuiger Sklave bei ihr ein, und ich ging als gekrönter Sieger wieder fort.

Es war sechs Uhr abends, als ich bei der schönen Einsiedlerin anlangte, denn seit sie wieder zurück war, blieb ihre Tür für alle Welt verschlossen. Sie versuchte aufzustehen, aber ihre bebenden Knie versagten ihr den Dienst, und sie vermochte sich nicht aufrecht zu halten. So setzte sie sich alsbald wieder hin. Da der Diener, der mich hereingeführt hatte, im Zimmer etwas zu verrichten hatte, wurde sie offensichtlich ungeduldig. Inzwischen tauschten wir die üblichen Komplimente. Um aber keinen einzigen von den kostbaren Augenblicken zu verlieren, musterte ich sorgfältig die Örtlichkeit. Und jetzt schon merkte ich mir genau vor, wo mein Sieg sich abspielen sollte. Ich hätte freilich keinen bequemeren Ort erwählen können, denn im selben Zimmer stand eine Ottomane. Ich hatte aber bemerkt, daß gerade ihr gegenüber ein Bild ihres Gatten hing, und ich muß gestehen, ich bekam es mit der Angst, ein einziger Blick, den der Zufall auf diese Seite hinlenkte, könnte im Handumdrehen das Werk so langer Bemühungen wieder zunichte machen. Endlich blieben wir allein, und ich kam zur Sache.

Zuerst setzte ich ihr in knappen Worten auseinander, Pater Anselm werde sie vermutlich über die Gründe meines Besuchs unterrichtet haben, und hernach beklagte ich mich in bewegten Worten über die harte Behandlung, die ich erfahren hatte, und ganz besonderen Nachdruck legte ich auf die »Mißachtung«, die man mir erwiesen hatte. Sie verwahrte sich dagegen, wie ich es erwartet hatte. Und wie Sie ja auch darauf gefaßt waren, gründete ich meine Beweisführung auf das Mißtrauen und den Schrecken, die ich ihr eingeflößt hatte, auf die aufsehenerregende Flucht, die sie zur Folge gehabt hatten, ihre Weigerung, meine Briefe zu beantworten, ja sogar sie nur anzunehmen, usw. usw. Da sie nun mit einer Rechtfertigung anhob, die ihr ja recht leichtgefallen wäre, hielt ich es für gut, sie zu unterbrechen; und um für diese unvermittelte plumpe Art, ihr ins Wort zu fallen, Verzeihung zu erlangen, überdeckte ich sie alsbald mit einer Schmeichelei. – »Wenn so viel Reize«, fuhr ich also fort, »auf mein Herz einen zu tiefen Eindruck gemacht haben, so haben so mannigfaltige Tugenden meine Seele nicht minder beeindruckt. Bestimmt hat mich der Wunsch verlockt, diesen Tugenden näher zu kommen, und so wagte ich es, mich ihrer würdig zu glauben. Ich mache Ihnen keinen Vorwurf, weil Sie anderer Ansicht waren; aber ich strafe mich für meinen Irrtum.« Da sie weiterhin verlegen schwieg, fuhr ich fort: »Ich hegte den Wunsch, gnädige Frau, mich entweder vor Ihnen zu rechtfertigen oder dann von Ihnen Verzeihung für das Unrecht zu erlangen, das Sie mir zuschreiben. Ich möchte wenigstens in leidlicher Seelenruhe ein Leben beschließen, an dem mir nicht viel liegt, seit Sie mir versagt haben, es zu verschönen.«

Hier versuchte sie nun doch eine Antwort anzubringen. »Meine Pflicht erlaubte mir nicht...« Und dann fiel es ihr wieder zu schwer, diese Lüge, die die Pflicht erheischte, zu Ende zu sprechen, und der Satz blieb unausgesprochen. So hob ich im zärtlichsten Tonfall erneut an: »So ist es denn wahr, daß Sie vor mir geflohen sind?« – »Diese Abreise war unumgänglich notwendig.« – »Und daß Sie mich aus Ihrer Nähe verweisen wollen?« – »Es muß sein.« – »Für immer?« – »Ich muß es.« – Ich brauche Ihnen ja nicht erst zu sagen, daß während dieses kurzen Zwiegesprächs die Stimme der zärtlichen Spröden recht beklommen tönte und daß sie ihre Augen nicht zu mir aufhob.

Ich hielt es für richtig, in diese Szene, die einzuschlafen drohte, wieder ein bißchen Leben zu bringen, und so stand ich mit ärgerlicher Miene auf und sprach: »Ihre Standhaftigkeit gibt mir auch meine Entschlossenheit wieder. So sei es denn! Gnädige Frau, wir werden getrennt werden, sogar endgültiger getrennt, als Sie denken. Und Sie werden reichlich Zeit haben, über das zu frohlocken, was Sie vollbracht haben.« – Dieser vorwurfsvolle Ton überraschte sie, und sie wollte etwas erwidern. – »Der Entschluß, den Sie gefaßt haben . . .«, sagte sie – ». . . ist nur eine Folge meiner Verzweiflung«, fuhr ich leidenschaftlich erregt fort. »Sie haben es gewollt, ich sollte unglücklich sein. Ich werde Ihnen beweisen, daß Ihnen das gelungen ist, weit besser, als Sie's je hätten wünschen können.« – »Ich wünsche nur Ihr Glück«, gab sie zur Antwort. Und der Klang ihrer Stimme verriet allmählich eine recht starke Erregung.

Darum fiel ich ihr zu Füßen und rief in dem hochdramatischen Tonfall, den Sie ja kennen: »Ach, Grausame! Kann es für mich ein Glück geben, an dem Sie nicht teilhaben? Wo soll ich es denn fern von Ihnen finden? Ach, nie und nimmermehr!« Ich gebe zu, als ich mich so weit hinauswagte, rechnete ich stark damit, daß ich mit einem Tränenausbruch würde nachhelfen können. Doch sei's, weil ich nicht recht danach aufgelegt war, oder auch bloß infolge der peinlichen und unablässigen Aufmerksamkeit, die ich allem zuwendete, auf jeden Fall war es mir unmöglich zu weinen.

Zum Glück fiel mir ein, daß jedes Mittel gut ist, um eine Frau unterzukriegen, und daß es genügt, sie durch eine heftige Gemütsbewegung zu erschüttern, damit der Eindruck dieser Erschütterung tief, nachhaltig und günstig weiterwirkt. Ich half darum der Empfindsamkeit, die völlig versagt hatte, mit einem gelinden Schrecken nach, und zu diesem Zwecke änderte ich bloß meinen Tonfall, behielt aber diese Stellung bei. »Ja«, fuhr ich fort, »ich schwöre es zu Ihren Füßen: Entweder will ich Sie besitzen oder dann sterben!« Als ich diese letzten Worte sprach, begegneten sich unsere Blicke. Ich weiß nicht, was das schüchterne Geschöpf in meinen Augen sah oder zu sehen vermeinte, jedenfalls sprang sie entsetzt auf und entwand sich meinen Armen, mit denen ich sie umfangen hielt. Freilich tat ich auch nichts, um sie zurückzuhalten; denn ich hatte verschiedentlich schon bemerkt, daß Verzweiflungsausbrüche, die man allzu feurig betreibt, lächerlich werden, sobald man sie allzu lange ausdehnt, oder daß einem dann nur noch ein tragischer Ausweg übrigbleibt, und ich dachte nicht im Traum daran, zu einem solchen Mittel zu greifen. Während sie sich mir entzog, setzte ich indessen leise und unheilverkündend, aber doch so, daß sie mich verstehen konnte, hinzu: »Wohlan also, den Tod!«

Daraufhin erhob ich mich wieder. Ich verharrte eine Weile in stummer Erwartung, und dann warf ich wie von ungefähr ab und zu einen wilden Blick auf sie, der zwar verstört wirkte, deswegen aber nicht weniger klarsichtig und prüfend war. Ihre unsichere Haltung, ihr hörbares Keuchen, das verkrampfte Zucken aller ihrer Muskeln, ihre zitternden, halb erhobenen Arme, all dies bewies mir zur Genüge, daß die Wirkung dem entsprach, was ich hatte erreichen wollen. Da sich aber in der Liebe alles endgültig nur als allernächster Nähe erledigen läßt und wir im Augenblick ziemlich weit voneinander entfernt standen, mußte ich vor allem näher an sie herankommen. Und um das zu ermöglichen, lenkte ich, sobald es irgend anging, zu einer augenfälligen Ruhe über, die dazu angetan war, die Wirkungen dieses wild erregten Zustandes zu lindern, ohne jedoch den Eindruck abzuschwächen.

Den Übergang leitete ich mit folgenden Worten ein: »Ich bin tief unglücklich. Ich wollte um Ihres Glückes willen leben, und ich habe es gestört. Ich opfere mich für Ihre Ruhe auf, und wiederum störe ich sie.« Darauf fuhr ich mit gemacht leidenschaftlicher, aber beherrschter Miene fort: »Verzeihung, gnädige Frau, ich bin es nur wenig gewohnt, von den Stürmen der Leidenschaft umgetrieben zu werden, und so verstehe ich nur schlecht, ihr Tosen zu verhehlen. Wenn ich unrecht tat, daß ich mich von diesen Stürmen treiben ließ, bedenken Sie wenigstens: es war zum letztenmal. Ach, beruhigen Sie sich, beruhigen Sie sich, ich beschwöre Sie!« Und im Verlaufe dieser langen Rede rückte ich ihr allmählich und unmerklich immer näher. »Wenn Sie wollen, daß ich ruhiger werde«, gab die Schöne eingeschüchtert zur Antwort, »dann müssen Sie selber erst ruhiger sein.« – »Nun denn, ja, ich verspreche es Ihnen«, sagte ich darauf. Dann setzte ich mit schwacher Stimme hinzu: »Wenn es mich auch große Überwindung kostet, so währt es doch nicht lange. Aber«, fuhr ich alsbald mit verstörtem Blick fort, »ich bin hergekommen, nicht wahr, um Ihnen Ihre Briefe zurückzubringen. Ich bitte Sie, nehmen Sie gütigst alle wieder an sich. Dieses schmerzhafte Opfer muß ich noch bringen! Lassen Sie mir nichts mehr, was meinen Mut wankend machen könnte.« Und während ich das kostbare Bündel aus meiner Tasche hervorzog, sprach ich: »Da ist es, das trügerische Pfand Ihrer Freundschaftsbeteuerungen! Es band mich ans Leben; nehmen Sie es wieder zurück. Geben Sie dergestalt selber das Zeichen, das mich für immer von Ihnen trennen soll.«

Bei diesen Worten gab die Ärmste in ihrer angstvollen Verliebtheit völlig ihrer zärtlichen Besorgnis nach. – »Aber, Herr de Valmont, was haben Sie denn, und was wollen Sie nur damit sagen? Sind Sie denn heute nicht aus freien Stücken hergekommen? Ist dieser Schritt nicht eine Folge Ihrer eigenen Erwägungen? Und haben Sie nicht auf Grund Ihrer Überlegungen selbst den unumgänglichen Entschluß gebilligt, den ich aus Pflichtgefühl befolgt habe?« – »Nun denn«, fiel ich ein, »dieser Entschluß hat mein Verhalten bestimmt.« – »Und welchen Entscheid haben Sie gefällt?« – »Den einzigen, der meinem Leiden ein Ende setzt, da ich mich von Ihnen trennen muß.« – »Aber so geben Sie mir doch Antwort: was für einen Entscheid?« Da schloß ich sie in meine Arme, ohne daß sie sich auch nur im geringsten gesträubt hätte. Und da ich aus dem Umstand, daß sie jegliche Wohlanständigkeit hintansetzte, schloß, ihre Erregung müsse stark und übermächtig sein, sagte ich und wagte dabei sogar einen überschwenglichen Ton anzuschlagen: »Anbetungswürdige Frau! Sie können sich gar nicht vorstellen, wie groß die Liebe ist, die Sie erweckt haben. Niemals werden Sie wissen, wie unsagbar und schrankenlos ich Sie angebetet habe und wie unendlich viel teurer mir dies Gefühl war als mein ganzes Dasein! Möchten doch alle Ihre Tage von Glück und Frieden erfüllt sein, möchten sie sich mit all dem Glück verschönen, das Sie mir geraubt haben! Lohnen Sie wenigstens diesen aufrichtigen Wunsch mit einem Gefühl der Reue, einer Träne, und glauben Sie mir: Das letzte meiner Opfer wird meinem Herzen nicht das qualvollste sein. Leben Sie wohl.«

Indes ich so zu ihr sprach, spürte ich mein Herz heftig klopfen. Ich sah, wie ihr Gesicht sich verzerrte, ich gewahrte vor allem, wie die Tränen sie beinahe erstickten und doch nur spärlich und mühsam flossen. Erst jetzt faßte ich den Entschluß, zu tun, als wollte ich weggehen, und sie hielt mich denn auch mit aller Kraft zurück und sprach aufgeregt: »Nein, hören Sie mich an.« – »Lassen Sie mich«, antwortete ich. – »Sie müssen mich anhören, ich will es!« – »Ich muß Sie fliehen, es muß sein!« – »Nein!« schrie sie auf. Bei diesem Wort stürzte sie sich in meine Arme, oder vielmehr sie sank bewußtlos an meine Brust. Da ich immer noch nicht glauben konnte, alles gehe so gut aus, tat ich, als sei ich heftig erschrocken. Doch während ich noch Schrecken heuchelte, führte oder vielmehr trug ich sie dahin, wo ich längst schon die Walstatt meines Ruhmes vorgemerkt hatte. Und in der Tat, sie kam erst wieder zu sich, als sie bereits unterworfen und ihrem glücklichen Sieger rettungslos ausgeliefert war.

Bis dahin, schönste Freundin, werden Sie, glaub' ich, finden, meine Methode sei von einer vorbildlichen Folgerichtigkeit und Unverfälschtheit, die Ihnen Freude bereiten muß. Und Sie werden sehen, ich bin in gar nichts von den wahren Grundsätzen dieses Krieges abgewichen, der, wie wir mehrmals feststellten – dem andern so ähnlich sieht. Beurteilen Sie mich also wie Turenne oder Friedrich. Ich habe den Feind, der nur Zeit gewinnen wollte, zum Kampfe gezwungen. Ich habe mir, durch wohlausgesonnene Manöver, die Wahl des Geländes und freie Hand in meinen übrigen Maßnahmen gesichert. Ich habe es verstanden, den Feind in Sicherheit zu wiegen und ihn hernach um so leichter in seinem Schlupfwinkel auszuheben. Sodann wußte ich ihm Schrecken einzujagen, bevor ich ihn zum Kampfe stellte. Ich habe nichts dem Zufall überlasen, vielmehr alles im Hinblick auf einen großen Vorteil im Falle des Erfolges und der Gewißheit von Rettungsmöglichkeiten im Falle des Mißlingens angeordnet. Schließlich habe ich es erst dann zum Kampfe kommen lassen, als ich mir sichern Rückzug gewährleistet hatte, durch den ich alles, was ich zuvor erobert hatte, decken und sichern konnte. Das ist, glaube ich, alles, was man vorkehren kann. Aber jetzt bin ich, wie Hannibal seinerzeit in den Wollüsten Capuas, verweichlicht und schlaff geworden, fürchte ich. Das also hat sich seither alles ereignet.

Ich war wohl darauf gefaßt, daß ein so wichtiges Ereignis nicht ohne die üblichen Tränen und die herkömmliche Verzweiflung abgehen werde. Und wenn ich anfänglich eine größere Verwirrtheit und eine gewisse andächtige Feierlichkeit wahrnahm, so schrieb ich beides ihrer eingefleischten Prüderie zu. Darum kümmerte ich mich auch keineswegs um diese belanglosen Abweichungen vom Normalzustand; ich hielt sie für rein zufällig und folgte darum ganz einfach der großen Heerstraße der Tröstungen, in der festen Überzeugung, wie immer werde auch hier der Sinnenkitzel dem Gefühl zu Hilfe kommen, und eine einzige frischgewagte Tat könne da mehr ausrichten als alles Reden, das ich jedoch nicht etwa außer acht ließ. Aber ich stieß auf einen wahrhaft erschreckenden Widerstand, erschreckend weniger durch sein Übermaß als vielmehr in der Form, in der er sich äußerte.

Stellen Sie sich eine Frau vor, die starr und regungslos mit versteinertem Gesicht dasitzt, so daß es den Anschein hat, als denke, höre und verstehe sie nicht, eine Frau, aus deren Augen unaufhaltsam Tränen rinnen, die ihr über die Wangen strömen, ohne daß sie etwas dazu tut. So saß auch Madame de Tourvel da, während ich auf sie einredete. Versuchte ich aber, ihre Aufmerksamkeit wieder auf mich zu lenken, wagte ich eine Liebkosung, machte ich auch nur die harmloseste Gebärde, so trat anstelle dieser scheinbaren Teilnahmslosigkeit sofort ein jähes Erschrecken, es war, als müsse sie ersticken, sie wand sich in Krämpfen, schluchzte und stieß ab und zu einen Schrei aus. Aber sie sprach kein Wort, das ich verstehen konnte.

Solche Zustände kehrten mehrmals wieder und jedesmal stärker. Der letzte Anfall war sogar so heftig, daß ich allen Mut verlor und eine Weile glaubte, ich hätte einen nutzlosen Sieg davongetragen. So verlegte ich mich auf die üblichen Gemeinplätze, und dabei unterlief mir der folgende: »Und Sie sind verzweifelt, weil Sie mich glücklich gemacht haben?« Als ich das sagte, wandte sich die anbetungsbedürftige Frau mir zu, ihr Gesicht war zwar noch ein wenig verstört, hatte aber seinen überirdisch schönen Ausdruck bereits wieder zurückgewonnen. – »Glücklich«, flüsterte sie. Was ich ihr darauf antwortete, können sie sich ja denken. – »Sie sind also glücklich?« – Ich hob zu neuen Beteuerungen an. – »Und glücklich durch mich!« Ich gab ein paar lobende Redensarten und zärtliche Wendungen drein. Während ich redete, wurden ihre Gliedmaßen ganz schlaff und weich, sie sank kraftlos in ihren Lehnstuhl zurück; dann überließ sie mir ihre Hand, die ich zu ergreifen gewagt hatte, und sprach: »Ich fühle es, dieser Gedanke tröstet und erleichtert mich.«

Sie können sich denken, als ich dieserart wieder eine Fährte gefunden hatte, gab ich sie auch nicht mehr auf; sie war wirklich die rechte, vielleicht gar die einzige. So stieß ich denn auch, als ich einen zweiten Erfolg einzuheimsen versuchte, zunächst auf einigen Widerstand, und was vorangegangen war, machte mich vorsichtig. Als ich jedoch den guten Einfall mit dem Glücklichmachen zu Hilfe holte, bekam ich alsbald seine guten Folgen zu spüren. »Sie haben recht«, sagte das zärtliche Geschöpf zu mir, »ich kann mein Dasein nur noch ertragen, soweit ich Sie damit glücklich machen kann. Dieser Aufgabe will ich mich rückhaltlos weihen. Von diesem Augenblick an gebe ich mich Ihnen zu eigen, und Sie sollen weder jemals eine Weigerung noch irgendwelche Reue zu verspüren haben.« Mit so naiver oder auch erhabener Unschuld gab sie sich mir hin und gab mir ihre Reize preis, so machte sie mein Glück vollkommen, indem sie es teilte. Der Seligkeitsrausch war beiderseits unsagbar tief, und zum erstenmal überdauerte meine Trunkenheit die gekostete Lust. Ich glitt aus ihren Armen und fiel ihr alsbald zu Füßen, um ihr ewige Liebe zu schwören. Und – ich muß alles gestehen – ich dachte wirklich, was ich sagte. Und sogar nachdem wir uns getrennt hatten, ließ mir der Gedanke an sie keine Ruhe, und ich mußte mir recht eigentlich Mühe geben, um diese Vorstellungen loszuwerden. Ach, warum sind Sie nicht hier, um wenigstens den Reiz des Getanen durch das Lockende des Lohnes wieder auszugleichen. Aber es geht mir nichts verloren, wenn ich noch zuwarte, nicht wahr? Und hoffentlich kann ich die glückliche Vereinbarung, die ich Ihnen in meinem letzten Brief vorschlug, als bindende Abmachung zwischen uns beiden betrachten. Sie sehen, ich halte Wort, und wie ich Ihnen versprochen habe, werden meine Geschäfte demnächst so weit in Ordnung sein, daß ich Ihnen einen Teil meiner Zeit widmen kann. Beeilen Sie sich also und schikken Sie Ihren Brummbären, den Belleroche, weg, lassen Sie den zuckersüßen Danceny sitzen und geben Sie sich nur noch mit mir ab. Aber was treiben Sie denn eigentlich alles auf Ihrem Landgut, daß Sie mir nicht einmal antworten? Wissen Sie, daß ich Sie am allerliebsten ausschelten möchte? Doch wenn man glücklich ist, neigt man zur Nachsicht. Und dann vergesse ich auch nicht: Sobald ich mich wieder unter Ihre Anbeter einreihe, muß ich mich erneut Ihren Tücken und Launen unterordnen. Denken Sie aber nicht daran: Der neuerkorene Liebhaber will nichts von den angestammten Rechten des Freundes aufgeben. Leben sie wohl, wie ehemals . . . Ja, leb wohl, mein Engel! Ich sende Dir alle Küsse heißer Liebe!

Postskriptum: Wissen Sie, daß Prévan seinen Monat Haft abgesessen und hernach sein Korps hat verlassen müssen? Ganz Paris redet heute nur von dieser Neuigkeit. Wahrlich, er ist grausam bestraft für ein Vergehen, daß er gar nicht begangen hat, und Ihr Anschlag ist über Erwarten glänzend gelungen!

Paris, am 29. Oktober 17..

126. BRIEF

Madame Rosemonde an die Präsidentin de Tourvel

Ich hätte Ihnen schon früher geantwortet, mein liebenswertes Kind, wenn mir nicht die Ermüdung zufolge des letzten Briefes meine Schmerzen wieder beschert hätte. Das hat mich alle die letzten Tage hindurch im Gebrauch meines Armes behindert. Es drängte mich sehr, Ihnen für die guten Nachrichten zu danken, die Sie mir über meinen Neffen haben zukommen lassen, und nicht weniger gern hätte ich Ihnen aufrichtig Heil und Segen gewünscht zu Ihrem Glück. Man muß darin wahrhaftig einen Fingerzeig der Vorsehung erblicken, die ihn ergriffen und dadurch auch Sie gerettet hat. Ja, meine teure Schöne, Gott, der Sie nur auf die Probe stellen wollte, hat Ihnen in dem Augenblick Hilfe gebracht, als Ihre Kräfte erschöpft waren. Und wenn sie auch leise murren, so sind Sie ihm doch, glaube ich, einigen Dank schuldig. Ich fühle zwar sehr wohl, es wäre Ihnen willkommener gewesen, dieser Entschluß wäre zuerst Ihnen gekommen, und Valmonts Entscheid wäre erst eine Folge davon gewesen. Es scheint sogar, menschlich gesprochen, die Rechte unseres Geschlechts wären solcherart besser gewahrt worden, und mir möchten ja keines davon aufgeben! Doch was bedeuten diese belanglosen Erwägungen den wichtigen Ereignissen gegenüber, die sich hier vollzogen haben? Man denke sich nur einmal, ein Schiffbrüchiger, der sich zu retten vermochte, beklage sich darüber, daß er nicht die Wahl hatte, welcher Mittel er sich zu seiner Rettung bedienen konnte!

Sie werden bald erfahren, meine teure Tochter, daß die Leiden, vor denen Sie sich fürchten, von selber nachlassen werden. Und sollten sie auch immerdar und unvermindert stark weiter bestehen, würden Sie dennoch nicht minder spüren, daß sie noch leichter zu ertragen wären als die Reue über eine Sünde und die Selbstverachtung. Vergeblich hätte ich früher mit so deutlicher Strenge zu Ihnen gesprochen: Die Liebe ist so ein Gefühl, das sich nicht dreinreden läßt; mit Umsicht kann man ihr ausweichen, aber überwinden kann sie keine Vernunft. Ist sie einmal da und lebt sie in uns, dann stirbt sie eines natürlichen Todes, oder sie verkümmert, wenn auch die leiseste Hoffnung geschwunden ist. Dieser zweite Fall, in dem Sie ja sind, verleiht mir den Mut und auch das Recht, Ihnen frei heraus meine Meinung zu sagen. Es ist grausam, einen Kranken, dessen Zustand verzweifelt ist, zu erschrecken, wenn er nur noch Trost oder Linderungsmittel verträgt. Es ist aber weise getan, wenn man einen Genesenden über die Gefahren aufklärt, die er hinter sich hat, um ihm die nötige Vorsicht einzuflößen und die Fügsamkeit den Ratschlägen gegenüber, deren er etwa noch bedarf.

Da Sie mich zu Ihrem Arzt erkoren haben, so spreche ich in dieser Eigenschaft zu Ihnen und sage Ihnen, die kleinen Unpäßlichkeiten, unter denen Sie augenblicklich leiden, machen vielleicht noch ein Heilmittel erforderlich, und doch bedeuten sie gar nichts im Vergleich zu der schrecklichen Krankheit, die Sie durchgemacht haben und deren Heilung nunmehr sichergestellt ist. Sodann möchte ich als Ihre Freundin, als Freundin einer vernünftigen, tugendhaften Frau, mir noch erlauben beizufügen, daß diese Leidenschaft, die Sie beherrscht hatte und die an sich schon unselig genug war, es durch den Mann, dem sie galt, erst recht wurde. Wenn ich mich auf das verlasse, was man mir darüber gesagt hat, so ist mein Neffe, für den ich zugegebenermaßen eine liebevolle Schwäche habe, und der in der Tat manche lobenswerte Eigenschaft neben zahlreichen körperlichen und geistigen Vorzügen besitzt, nicht nur für Frauen recht gefährlich, sondern er ist auch nicht ohne Fehl ihnen gegenüber. Er legt beinahe gleich viel Wert darauf, sie zu verführen, wie sie ins Unglück zu bringen. Ich glaube wohl, Sie hätten ihn zur Umkehr bewegen können. Nie bis dahin war eine Frau dessen würdiger. Aber so manche andere haben sich in derselben Hoffnung gewiegt, und ihre Hoffnung ward enttäuscht; und jetzt ist es mir viel lieber, Sie seien nicht auf diesen Weg angewiesen.

Ziehen Sie nur in Betracht, meine teure Schöne, daß Sie anstatt so mancher Gefahr, die Sie gelaufen wären, nun abgesehen von einem ruhigen Gewissen und Ihrem eigenen Seelenfrieden auch noch die Genugtuung haben, der hauptsächlichste Anlaß zu der glücklichen Umkehr Valmonts gewesen zu sein. Was mich betrifft, so zweifle ich nicht daran, daß es zu einem guten Teil eine Folge Ihres mutigen Widerstandes ist, und daß ein einziger schwacher Augenblick Ihrerseits meinen Neffen vielleicht für ewig vom rechten Weg abgebracht hätte. Dieser Gedanke ist mir teuer, und ich wünschte, Sie dächten ebenso. Sie werden darin Ihren ersten Trost finden und ich neue Gründe, Sie noch mehr zu lieben.

Ich erwarte Sie hier in den nächsten Tagen, mein liebenswertes Kind, wie Sie mir ankünden. Kommen Sie! Hier sollen Sie Ruhe und Glück wiederfinden, am gleichen Ort, wo Sie beides verloren hatten. Kommen Sie vor allem, um sich mit Ihrer zärtlichen Mutter darüber zu freuen, daß Sie das Wort, das Sie ihr gegeben haben, so treulich hielten: nichts zu tun, was ihrer nicht würdig wäre und was auch Ihnen nicht anstehe!

Auf Schloß . . ., am 30. Oktober 17..

127. BRIEF

Die Marquise de Merteuil an den Vicomte de Valmont

Wenn ich auf Ihren Brief vom 19. nicht geantwortet habe, Vicomte, so geschah es nicht, weil ich keine Zeit dazu hatte, sondern ganz einfach, weil er mich verärgert hat und weil ich fand, er sei ein bißchen überspannt und bar allen Sinnes. Ich hielt es daher für das allerbeste, ihn in Vergessenheit geraten zu lassen. Da Sie nun aber wieder darauf zurückkommen, da Sie an den Gedanken, die er enthält, zu hängen scheinen und mein Stillschweigen als Zustimmung auffassen, muß ich Ihnen klar und deutlich meine Ansicht sagen.

Es mag sein, daß ich zuweilen anspruchsvoll genug war, für mich ein ganzes Serail vorzustellen; nie aber konnte ich mich damit abfinden, bloß einen Teil eines solchen zu bilden! Ich hatte geglaubt, das wüßten Sie. Jetzt aber, wo Sie's wissen, werden sie wenigstens unschwer einsehen, wie lachhaft mir Ihr Vorschlag vorkommen mußte! Glauben Sie wirklich, ich, ausgerechnet ich sollte eine Neigung, und erst noch ein neu angeknüpftes Verhältnis opfern, um mich mit Ihnen abzugeben? Und wie soll ich mich mit Ihnen abgeben? Indem ich wie eine unterwürfige Sklavin warte, bis die erhabene Gunst »Eurer Hoheit« sich mir zuzuwenden geruht! Wenn Sie sich beispielsweise für eine Weile von dem »niegekannten Reiz«, den »die anbetungswürdige, die überirdisch schöne« Madame de Tourvel auf Sie ausübt, ablenken wollen, oder wenn Sie Angst haben, Sie könnten bei der »anziehenden Cécile« die Vorstellung überragender Männlichkeit ins Wanken bringen, die sie von Ihnen immer noch hegt, dann lassen Sie sich bis zu mir herab und suchen bei mir Freuden, die freilich weniger aufwühlend, aber desto gefahrloser und ohne Bedeutung sind. Und Ihre kostbaren Gütebeweise werden mir zwar reichlich spät zuteil, aber zu meinem Glück werden sie vollauf ausreichen!

Wahrhaftig, Sie sind nicht wenig von Ihrer werten Person eingenommen. Aber auch ich denke nicht übermäßig bescheiden von mir selber. Denn ich kann mich lange im Spiegel anschauen, ich bringe es doch nicht fertig zu finden, ich sei so weit abgetakelt! Vielleicht ist das ein Fehler von mir. Aber ich mache Sie darauf aufmerksam; ich habe noch viele andere.

Vor allem habe ich den Fehler, daß ich überzeugt bin, der »Schulknabe«, der »zuckersüße« Danceny, der ausschließlich um mich besorgt ist, der mir, ohne sich damit zu brüsten, eine erste Leidenschaft zum Opfer bringt, noch ehe sie Erfüllung gefunden hat, kurz, der mich liebt, wie man eben in seinem Alter lieben kann, dieser Danceny könnte, ungeachtet seiner zwanzig Jahre, nachhaltiger als Sie auf mein Glück einwirken, er vermöge mir wirksamere Freuden zu spenden. Ich erlaube mir sogar hinzuzusetzen: Käme mich die Laune an, ihm einen Gehilfen beizugesellen, dann wären Sie es bestimmt nicht, wenigstens für den Augenblick nicht.

Und aus was für Gründen? werden Sie mich jetzt fragen. Nun, zunächst könnte ja gar kein Grund vorliegen. Denn geradeso gut wie ich Sie aus irgendeiner Schrulle heraus erküren könnte, ebensogut könnte ich Sie auch ausschließen. Ich will Ihnen aber gern aus Höflichkeit meine Ansicht begründen. Mich dünkt, Sie müßten mir allzu viele Opfer bringen, und anstatt Ihnen die Dankbarkeit dafür zu bezeigen, die Sie unfehlbar erwarten würden, wäre ich durchaus imstande zu glauben, Sie seien mir noch weitere schuldig! Sie sehen also, unsere Ansichten weichen so stark voneinander ab, daß wir uns darin nie näherkommen können, und ich fürchte, es wird noch viel, sehr viel Zeit vergehen, bis ich anderer Meinung sein werde. Wenn ich dann eines Besseres belehrt bin, verspreche ich Ihnen, daß ich Ihnen Bescheid sagen werde. Bis dahin suchen Sie sich anderweitig zu behelfen, glauben Sie mir, und behalten Sie Ihre Küsse für sich; Sie haben so oft Gelegenheit, sie nutzbringend anzuweden! . . .

»Leb wohl, wie ehemals«, sagen Sie? Aber ehemals, dünkt mich, machten Sie ein bißchen mehr Aufhebens von mir. Sie hatten mich immerhin nicht bloß für drittrangige Rollen ausersehen; und vor allem waren Sie so freundlich zu warten, bis ich ja gesagt hatte, ehe Sie meiner Zustimmung sicher waren. Nehmen Sie es mir darum nicht übel, wenn ich, anstatt zu sagen: Leb wohl, wie ehemals! Jetzt sage: Leben Sie wohl, wie heute.

Ihre Dienerin, Herr Vicomte!

Auf Schloß . . ., am 31. Oktober 17..

128. BRIEF

Die Präsident de Tourvel an Madame de Rosemonde

Erst gestern, gnädige Frau, erhielt ich Ihre verspätete Antwort. Sie wäre auf der Stelle mein Tod gewesen, wenn mein Leben noch mir gehörte. Aber jetzt gehört mein Leben einem andern, und dieser andere ist Herr de Valmont. Sie sehen, ich verhehle Ihnen nichts. Wenn es sein muß, daß Sie mich Ihrer Freundschaft nicht mehr für würdig erachten, dann fürchte ich immer noch weniger, sie zu verlieren, als daß ich Sie hintergehen möchte. Alles, was ich Ihnen sagen kann, ist folgendes: Herr de Valmont ließ mir die Wahl zwischen seinem Tod und seinem Glück, und so habe ich mich für die zweite Lösung entschieden. Ich rühme mich dessen nicht, noch klage ich mich deswegen an. Ich sage einfach, was die Wahrheit ist.

Sie werden unschwer nachfühlen können, was für einen Eindruck mir Ihr Brief daraufhin gemacht haben muß, wie mich die unnachsichtlichen Wahrheiten, die darin stehen, haben beeindrucken müssen. Glauben Sie jedoch nicht etwa, er habe in mir Reue erweckt, oder er könne jemals zur Folge haben, daß ich an meinen Gefühlen oder meinem Verhalten etwas ändern würde. Ich durchlebe wohl grausame Augenblicke; aber wenn mein Herz zerrissen ist und ich nicht aus noch ein weiß und fürchte, ich könne meine Qualen nicht länger ertragen, dann sage ich mir wieder: Valmont ist glücklich! Und alles verschwindet vor diesem Gedanken, oder vielmehr, er verwandelt alles in eitel Freude.

Ihrem Neffen also habe ich mich aufgeopfert; um seinetwillen habe ich mich ins Verderben gestürzt. Er ist der einzige Punkt, um den alle meine Gedanken, meine Gefühle kreisen, um den alle meine Handlungen sich drehen. Solange mein Leben zu seinem Glück notwendig ist, wird es mir kostbarer sein, und ich werde immer finden, es sei des Glückes voll. Entscheidet er eines Tages anders . . . er soll von mir keine Klage zu hören bekommen, keinen Vorwurf. Ich habe diesen verhängnisvollen Augenblick längst schon ins Auge gefaßt, und mein Entschluß steht fest.

Sie sehen jetzt, wie wenig mir die Befürchtung anhaben kann, die Sie allem Anschein nach hegen: Herr de Valmont könne mich eines Tages ins Verderben treiben. Denn bevor er das will, muß er doch zuerst aufhören, mich zu lieben. Und was machen mir dann schon Vorwürfe aus, die ins Leere geredet sind und die ich nicht hören werde? Er allein soll mein Richter sein! Da ich ausschließlich für ihn gelebt habe, wird in ihm mein Gedächtnis ruhen. Und wenn er anerkennen muß, daß ich ihn liebe, dann bin ich genugsam gerechtfertigt.

Sie haben jetzt in meinem Herzen gelesen, gnädige Frau. Ich habe das Unglück, durch meine Offenheit ihre Achtung zu verscherzen, dem Unglück vorgezogen, mich durch Lügen gemein zu machen und dadurch Ihrer Wertschätzung unwürdig zu werden. Ich glaubte, ich sei um Ihrer frühern Güte willen Ihnen dieses rückhaltlose Vertrauen schuldig. Wollte ich noch ein Wort weiter hinzufügen, dann könnten Sie argwöhnen, ich sei anmaßend genug, noch weiter auf Ihre Güte zu pochen, während ich mir im Gegenteil Gerechtigkeit widerfahren lasse, dadurch, daß ich hinfort nicht mehr darauf Anspruch erhebe. Ich bin in aller gebührenden Verehrung, gnädige Frau, Ihre sehr ergebene und gehorsame Dienerin.

Paris, am 1. November 17..

129. BRIEF

Der Vicomte de Valmont an die Marquise de Merteuil

Sagen sie mir doch, schönste Freundin, woher kommt bloß der bitterböse und hohnvolle Ton, der in Ihrem letzten Brief vorherrscht? Was ist das denn für ein Vergehen, das ich, offenbar in aller Ahnungslosigkeit, begangen habe und das Sie dermaßen verstimmt hat. Es hatte den Anschein, so werfen Sie mir vor, ich rechne mit Ihrer Zustimmung, noch ehe ich sie erlangt habe. Ich glaubte aber, was aller Welt als Anmaßung und Eigendünkel vorkommen könnte, dürfe zwischen uns beiden immer nur als Vertrauensbeweis aufgefaßt werden. Und seit wann tut dieses Gefühl der Freundschaft oder der Liebe Abbruch? Als ich Hoffnung und Verlangen in einem aussprach, gab ich lediglich dem natürlichen Antrieb nach, der uns rät, immer möglichst nahe an das Glück heranzugehen, das wir erstreben. Und Sie haben für einen Ausfluß meines Hochmuts genommen, was nur eine Wirkung meiner Ungeduld war. Ich weiß recht wohl, daß Sitte und Brauch in einem solchen Falle ein respektvolles Zweifeln als zulässig erachten. Sie wissen aber auch, daß dies nichts weiter ist als eine äußerliche Formel, eine bloße Floskel. Und ich war, scheint mir, zum Glauben berechtigt, derlei kleinliche Vorsichtsmaßregeln seien zwischen uns beiden längst nicht mehr vonnöten.

Es dünkt mich sogar, dieses offene und ungehemmte Drauflosgehen, wenn es sich auf altvertraute Freundschaft gründet, sei der blöden Schmeichelei vorzuziehen, die so oft die Liebe schal und abgeschmackt werden läßt. Vielleicht messe ich übrigens diesem Vorgehen nur darum so großen Wert bei, weil es mich an das Glück gemahnt, an dem ich so sehr hänge. Aber gerade darum wäre es mir noch peinlicher, wenn Sie da anderer Ansicht wären.

Und doch ist dies das einzige Unrecht, dessen ich mir bewußt bin. Denn ich kann mir noch nicht vorstellen, daß Sie im Ernst daran gedacht haben, es gebe auf der Welt eine Frau, die ich Ihnen vorziehen würde, und noch weniger werden Sie ernstlich angenommen haben, ich hätte Sie so falsch eingeschätzt, wie Sie zu glauben vorgeben. Sie hätten sich zu diesem Zweck im Spiegel angeschaut, sagten Sie mir, und hätten nicht gefunden, sie seien so »abgetakelt«. Das glaube ich gern, und es beweist nur, daß Ihr Spiegel Ihr Bild getreulich wiedergibt. Doch hätten Sie nicht daraus den näherliegenden und richtigern Schluß ziehen können, daß ich Sie bestimmt nicht so eingeschätzt habe?

Vergeblich suche ich nach einem Grund für diesen absonderlichen Einfall. Es will mir jedoch scheinen, daß er mehr oder minder eng mit dem Lob zusammenhängt, das ich andern Frauen zu spenden mir erlaubt habe. Ich entnehme es wenigstens Ihrem auffälligen Hervorheben der Beiwörter »anbetungswürdig«, »überirdisch schön«, »anziehend«, die ich auf Madame de Tourvel und die kleine Volanges angewendet habe. Wissen Sie aber nicht, daß solche Wörter meistens rein zufällig und unüberlegterweise gewählt werden und weniger ausdrücken, wie viel Aufhebens man von der Person macht, der sie gelten, als wie wichtig einem die Lage ist, in der man sich befindet, wenn man von ihr spricht? Und wenn ich im gleichen Augenblick, als ich von der einen oder andern so tief beeindruckt war, Sie darum doch nicht weniger begehrte, wenn ich Ihnen vor beiden so augenfällig den Vorzug gab, da ich ja schließlich unser früheres Verhältnis nur zum Nachteil der beiden andern Frauen wieder anknüpfen konnte, so glaube ich, es liegt doch nicht so viel Grund zu Vorwürfen vor.

Es wird mir auch nicht schwerfallen, den Vorwurf wegen des »niegekannten Zaubers« zu entkräften, mit dem ich bei Ihnen offenbar ein wenig Anstoß erregt habe. Denn erstens: Wenn er »niegekannt« ist, so will das noch lange nicht heißen, er sei stärker. Wer könnte die köstlichen Freuden überbieten, die Sie allein immer neu und immer wieder lebhafter zu schenken wissen? Ich habe somit bloß sagen wollen, jene andern Wonnen seien von einer Art gewesen, die ich noch nie gekostet hatte, ohne daß ich sie irgendwie in einen Rang einreihen möchte; und ich hatte hinzugefügt – was ich auch heute wiederhole –, daß ich gegen diesen Zauber, er mag nun sein, wie er will, ankämpfen und ihn auch überwinden werde. Ich will mit noch größerem Eifer darangehen, wenn ich in dieser leichten Mühe eine Huldigung erblicken kann, die ich Ihnen darbringe.

Hinsichtlich der kleinen Cécile halte ich es für unnötig, darüber ein Wort zu verlieren. Sie haben wohl nicht vergessen, daß ich mich auf Ihren ausdrücklichen Wunsch mit diesem Kind abgegeben habe, und ich warte nur auf einen Wink von Ihnen, um sie mir vom Halse zu schaffen. Ich mag sie ja für eine Weile wegen ihrer Ursprünglichkeit und Frische ausgezeichnet haben; es kann sogar sein, daß ich sie »anziehend« fand, weil man ja immer mehr oder weniger an seinem Werk Wohlgefallen hat. Aber so viel ist sicher: Sie hat so gar nichts Bedeutendes, in keiner Art, um irgendwie auf die Dauer eines Mannes Aufmerksamkeit zu fesseln.

Jetzt, schönste Freundin, wende ich mich an Ihr Gerechtigkeitsgefühl, an alle die frühern Beweise Ihrer Güte, an unsere langwährende und wolkenlose Freundschaft, an das schrankenlose Vertrauen; das alles hat seither unsere Bande enger geknüpft. Habe ich den strengen Ton verdient, den sie mir gegenüber anschlagen? Doch wie leicht wird es Ihnen fallen, mich dafür zu entschädigen, wenn sie nur wollen! Sprechen Sie nur ein Wort, und Sie sollen sehen, ob alle Reize und sämtliche Fesseln mich hier zurückzuhalten vermögen, nicht einen Tag, nein, auch nur eine Minute lang! Ich fliege zu Ihren Füßen, in Ihre Arme und beweise Ihnen, tausendmal und auf tausend Arten, daß Sie die wahre Herrscherin über mein Herz sind und es wohl auch immer bleiben werden.

Leben sie wohl, schönste Freundin. Ich erwarte voll Ungeduld Ihre Antwort.

Paris, am 3. November 17..

130. BRIEF

Madame de Rosemonde an die Präsidentin de Tourvel

Und warum, meine teure Schöne, wollen Sie nicht mehr mein Kind sein? Weshalb künden Sie mir an – so muß ich es doch verstehen? –, daß unser Briefwechsel nicht weitergehen soll? Wollen Sie mich dafür strafen, daß ich nicht durchschaut habe, was jeder Wahrscheinlichkeit widersprach? Oder haben Sie mich etwa im Verdacht, ich hätte Sie willentlich gekränkt? Nein, ich kenne Ihr Herz allzu gut, als daß ich glauben könnte, es habe eine so schlechte Meinung von mir. So bezieht sich der Kummer, den mir Ihr Brief bereitet hat, weniger auf mich selbst als vielmehr auf Sie!

O meine junge Freundin, ich sage es Ihnen voll schmerzlicher Ergriffenheit, aber Sie sind viel zu sehr wert, daß man Sie liebt, als daß Liebe Sie jemals glücklich machen könnte. Welche wahrhaft feinfühlige und empfindsame Frau hat nicht in demselben Gefühl, das ihr so viel Glück versprach, nur lauter Unsegen und Ungemach gefunden! Wissen denn die Männer überhaupt die Frau zu schätzen, die sie besitzen?

Natürlich gibt es Männer, die redlich und ehrenwert sind, deren Zuneigung treu und beständig ist. Aber sogar unter ihnen verstehen es, ach, so wenige nur, ihre Gefühle auf uns abzustimmen. Glauben Sie ja nicht, mein liebes Kind, daß ihre Liebe der unsern ähnlich ist! Wohl erleben sie die gleiche Trunkenheit, oftmals legen sie in ihr Gefühl weit mehr Ungestüm; aber was sie nicht kennen, das ist jene ängstliche Beflissenheit, jene feinfühlige Besorgnis, die in unsereinem alle die zärtlichen, unablässigen Sorgen erweckt und deren einziges Ziel immer nur der geliebte Mann ist. Der Mann genießt das Glück, das er empfindet, die Frau freut sich des Glücks, das sie schenkt. Dieser so wesentliche und doch so selten wahrgenommene Unterschied beeinflußt gleichwohl merklich ihr gegenseitiges Verhalten. Dem einen bereitet es Lust, Begierden zu befriedigen, dem andern macht es vor allem Freude, sie zu erwecken. Für den Mann ist Gefallen zu erregen nur Mittel zum Erfolg, während es für die Frau den Erfolg selbst bedeutet. Und die Gefallsucht, die man den Frauen so oft zum Vorwurf macht, ist nichts anderes als der Mißbrauch dieser Art zu empfinden, und beweist somit gerade ihr Vorhandensein. Endlich ist diese ausschließliche Neigung, die der Liebe ganz besonders eignet, beim Manne nichts weiter als eine Vorliebe, die höchstens dazu dient, eine Lust zu vertiefen, die eine andere Frau vielleicht in schwächerem Ausmaß bieten würde, die sie aber nie ganz zunichte machen könnte, während sie bei den Frauen ein tiefes Gefühl ist, das nicht nur jegliches fremde Verlangen abtötet, sondern, stärker als die Natur und ihrem Einfluß entzogen, sie bloß Widerwillen und Abscheu empfinden läßt, sogar da, wo es den Anschein hat, es müsse unbedingt Wollust entstehen.

Und glauben Sie ja nicht etwa, die mehr oder weniger zahlreichen Ausnahmen, die man anführen mag, könnten diesen allgemeingültigen Wahrheiten wirksam entgegengehalten werden! Sie stützen sich auf die Stimme der Öffentlichkeit, die – nur für die Männer – einen Unterschied macht zwischen Untreue und Unbeständigkeit. Und auf diesen Unterschied pochen sie, anstatt daß sie sich dadurch gedemütigt vorkommen, wie sie eigentlich müßten. Bei unserm Geschlecht haben sich diese Unterscheidung immer nur die verdorbenen Weiber zu eigen gemacht, die der Schandfleck unseresgleichen sind, die Weiber, denen jedes Mittel recht ist, wenn es ihnen nur die Hoffnung läßt, mit seiner Hilfe dem peinvollen Bewußtsein ihrer Verworfenheit zu entrinnen.

Ich dachte, meine teure Schöne, es dürfte Ihnen von Nutzen sein, wenn Sie diese Erwägungen den Hirngespinsten von einem vollkommenen Glück entgegenhalten können, mit denen die Liebe unweigerlich immer wieder unsere Phantasie trügt. An diese trügerische Hoffnung klammert man sich auch dann noch, wenn man sich gezwungen sieht, sie aufzugeben, und ihr Verlust verschärft und vervielfacht die Kümmernisse, die nur schon allzu wirklich vorhanden und untrennbar zu einer heftigen Leidenschaft gehören! Dieses Amt, Ihre Leiden zu lindern oder deren Zahl zu vermindern, ist das einzige, das ich im gegenwärtigen Augenblick ausüben kann und will. Bei Krankheiten, gegen die kein Mittel mehr anschlägt, kann ein guter Rat bloß noch die Lebensweise berühren. Was ich Sie nur noch bitten möchte: vergessen Sie nie, einen Kranken beklagen, heißt nicht, ihn tadeln. Wer sind wir schon, daß wir einander tadeln dürften? Überlassen wir das Recht zu richten dem allein, der in der Menschen Herzen zu lesen weiß, und ich wage sogar zu glauben, daß in seinen Vateraugen eine Menge Tugenden einen Fehltritt tilgen können.

Aber ich beschwöre Sie, meine liebe Freundin, nehmen Sie sich vor allem vor gewalttätigen Entschlüssen in acht, die weniger ein Beweis von Kraft als vielmehr von völliger Entmutigung sind. Und vergessen Sie nicht, als Sie einem andern Ihr Dasein zu eigen gaben – um Ihre Worte zu gebrauchen –, haben Sie gleichwohl Ihren Freunden das nicht wegnehmen können, was sie schon vorher besaßen und was sie nie zu heischen aufhören werden.

Leben Sie wohl, mein liebes Kind. Denken Sie manchmal an Ihre zärtliche Mutter, und glauben Sie, immer und vor allem andern werden Ihnen meine liebreichsten Gedanken gelten.

Auf Schloß ..., am 4. November 17..

131. BRIEF

Die Marquise de Merteuil an den Vicomte de Valmont

Recht so, Vicomte, und diesmal bin ich mit Ihnen zufriedener als voriges Mal. Nun wollen wir aber so recht freundschaftlich miteinander plaudern, und ich hoffe, ich kann Sie überzeugen, daß für Sie so gut wie für mich das Abkommen, das Sie zu wünschen scheinen, ein wahrer Irrsinn wäre.

Haben Sie noch nicht bemerkt, daß die Lust, die zwar in Wahrheit die einzige treibende Kraft zur Vereinigung der beiden Geschlechter ist, gleichwohl nicht ausreicht, um zwischen ihnen eine dauernde Verbindung zu schaffen? Und daß ihr wohl die Begierde vorausgeht, die Mann und Frau einander näherbringt, daß aber nichtsdestoweniger stets der Ekel auf dem Fuße folgt und abstößt? Das ist ein Naturgesetz, das nur die Liebe allein ändern kann. Und hat man denn Liebe, wann immer man gerade will? Liebe hat man aber stets nötig, und es wäre wahrlich recht unangenehm, hätte man nicht wahrgenommen, daß es zum Glück genügt, wenn sie auf der einen Seite vorhanden ist. Dadurch ist die Schwierigkeit um die Hälfte geringer geworden, und sogar, ohne daß man dabei viel verloren hätte. In der Tat: einer genießt das Glück zu lieben, der andere das Glück zu gefallen; letzteres ist freilich etwas weniger lebhaft, aber nimmt man das Vergnügen, jemanden hintergehen zu können, dazu, so ist das Gleichgewicht wieder hergestellt und alles in bester Ordnung. Doch sagen Sie mir, Vicomte, wer von uns beiden übernimmt es, den andern zu betrügen? Sie kennen ja die Geschichte von den beiden Spitzbuben, die einander beim Spielen erkannten? »Wir tun uns nichts zuleide«, sagten sie zueinander, »zahlen wir jeder die Hälfte.« Und sie gaben die Partie auf. Glauben Sie mir, wir wollen dieses kluge Vorbild nachahmen und nicht zusammen die Zeit vertun, die wir anderweitig so gut anwenden können.

Um Ihnen zu beweisen, daß ich hier Ihren Vorteil genauso sehr im Auge habe wie meinen eigenen und daß ich nicht aus irgendeiner Mißstimmung oder Laune so handle, verweigere ich Ihnen den vereinbarten Lohn nicht. Ich bin mir ganz klar darüber, daß wir für einen einzigen Abend vollauf aneinander genug haben; und ich zweifle nicht einmal, daß wir uns diese Nacht so schön werden einzurichten wissen, daß wir sie nur mit Bedauern werden zu Ende gehen sehen. Vergessen wir aber nicht, daß dieses Bedauern zum Glücklichsein nötig ist; und so süß unser Selbstbetrug auch sein mag, so wollen wir doch nicht glauben, er könne von Dauer sein.

Sie sehen, ich halte auch meinerseits Wort, und zwar ohne daß Sie mir gegenüber Ihren Verpflichtungen schon nachgekommen wären. Denn schließlich sollte ich den ersten Brief der himmlischen Spröden bekommen; und doch, sei es, daß Sie noch daran hängen, sei es, daß Sie die Bedingungen eines Handels, der Sie vielleicht weniger interessiert, als Sie mir glaubhaft machen wollen, völlig vergessen haben; jedenfalls habe ich nichts erhalten, rein gar nichts. Entweder irre ich mich, oder die zärtliche Betschwester muß viel zusammenschreiben; denn was sollte sie sonst tun, wenn sie allein ist? Sie ist bestimmt nicht einfallsreich genug, sich ein bißchen abzulenken. Ich könnte Ihnen also, wenn ich wollte, allerhand vorwerfen; aber ich übergehe diese Vorhaltungen mit Stillschweigen, zum Ausgleich für die leichte Verstimmung, die ich vielleicht in meinem letzten Brief habe laut werden lassen.

Jetzt, Vicomte, bleibt mir nur noch eine Bitte vorzubringen, und sie betrifft ebenso gut Sie wie mich: Schieben Sie doch den Augenblick, den ich vielleicht genauso sehr herbeisehne wie Sie, hinaus. Mich dünkt, der Zeitpunkt sollte bis zu meiner Rückkehr in die Stadt verschoben werden. Einerseits fänden wir hier gar nicht die nötige ungestörte Freiheit, und andererseits erwachsen mir hier unter Umständen allerlei Unannehmlichkeiten. Denn es brauchte bloß ein bißchen Eifersucht, und ich hätte den trübseligen Belleroche nur desto anhänglicher auf dem Hals, und sein Schicksal hängt doch nur noch an einem Fädchen! Er ist bereits soweit, daß er sich regelrecht abrackert und abzappelt, um mir seine Liebe zu beweisen, dermaßen, daß ich augenblicklich ebensoviel Hinterhältigkeit wie Vorsicht in die Liebkosungen lege, mit denen ich ihn überfüttere. Aber gleichzeitig sehen Sie auch, daß ich Ihnen da kein sonderlich großes Opfer bringen müßte! Eine beiderseitige Untreue wird den pikanten Reiz noch weit würziger machen.

Wissen Sie, manchmal bedaure ich es geradezu, daß wir auf derlei abwegige Mittel angewiesen sind! Damals, als wir einander liebten – denn ich bin überzeugt, es war wirklich Liebe –, damals war ich glücklich. Und Sie erst, Vicomte! . . . Doch wozu befasse ich mich mit einem Glück, das doch nie wiederkehren kann? Nein, was Sie auch sagen mögen, es ist ausgeschlossen, daß es wiederkommt. Erstens würde ich Opfer von Ihnen verlangen, die Sie mir sicherlich nicht bringen könnten oder auch nicht zu bringen gewillt wären, und es kann wohl sein, daß ich sie auch nicht verdiene. Und dann, wie soll ich Sie bei der Stange halten? Oh, nein! Nein, ich will diesen Gedanken gar nicht erst aufkommen lassen, und trotz dem Vergnügen, das ich in diesem Augenblick beim Schreiben empfinde, will ich Sie doch lieber unvermittelt verlassen.

Leben Sie wohl, Vicomte.

Auf Schloß . . ., am 6. November 17 . .

132. BRIEF

Die Präsidentin de Tourvel an Madame de Rosemonde

Tief durchdrungen, gnädige Frau, von all Ihrer Güte würde ich mich ihr völlig anheimgeben, hielte mich nicht recht eigentlich die Furcht zurück, ich könnte sie entweihen, wenn ich sie annähme. Warum muß ich, wenn ich doch sehe, wie unschätzbar sie mir ist, zugleich fühlen, daß ich ihrer nicht mehr würdig bin? Ach, ich will es wenigstens wagen, Ihnen zu zeigen, wie dankbar ich Ihnen dafür bin! Vor allem will ich die Duldsamkeit der Tugend bewundern, die um unsere Schwächen bloß darum weiß, um sich ihrer zu erbarmen, und ihr machtvoller Zauber übt immerfort auf die

Herzen einen so milden und so starken Einfluß aus, daß er sogar neben dem Zauber der Liebe nicht verblaßt.

Doch verdiene ich eine Freundschaft noch, die zu meinem Glück nicht ausreicht? Das gleiche gilt für Ihre Ratschläge. Ich bin mir bewußt, wie wertvoll sie für mich sind, und doch kann ich sie nicht befolgen. Und wie sollte ich nicht an ein vollkommenes Glück glauben, wenn ich es doch augenblicklich empfinde? Ja, wenn die Männer so sind, wie Sie sagen, dann muß man sie fliehen, sie sind hassenswert. Aber wie wenig gleicht ihnen dann Valmont! Wenn er auch, wie sie, jene heftige Leidenschaftlichkeit kennt, die Sie Ungestüm nennen, wie weit wird sie bei ihm nicht durch das Übermaß seines Feingefühls übertroffen! Oh, meine Freundin! Sie schreiben mir, Sie wollen an meinem Leide teilhaben. Freuen Sie sich doch meines Glücks mit mir! Der Liebe verdanke ich es, und wieviel köstlicher wird es noch, weil diesem Mann meine Liebe gilt! Sie haben eine Schwäche für Ihren Neffen, sagen Sie. Ach, kennten Sie ihn so, wie ich ihn kenne! Ich liebe ihn abgöttisch und immer noch weit weniger, als er es verdient! Natürlich hat er sich zu mancherlei Irrungen hinreißen lassen; er gibt es ja selbst zu. Doch wer hat, so wie er, jemals die wahre Liebe gekannt? Was kann ich Ihnen noch mehr sagen? Er verspürt sie genau gleich, wie er sie in mir erweckt.

Sie werden nun glauben, das sei wieder eines von meinen »Hirngespinsten, mit denen die Liebe unweigerlich immerfort unsere Phantasie trügt«; warum aber wäre er in diesem Falle zärtlicher, beflissener geworden, seit ihm nichts mehr versagt ist? Ich will es zugeben: Vorher fand ich an ihm etwas Nachdenkliches, Zurückhaltendes, Frostiges, das ihn nur selten verließ und mich oft gegen meinen Willen wieder dazu brachte, an die falschen und grausam entstellten Vorstellungen zu glauben, die man mir von ihm beigebracht hat. Aber seit er sich ungehemmt dem Zuge seines Herzens überlassen kann, scheint er alle Wünsche meiner Seele zu erraten. Wer weiß, ob wir nicht füreinander bestimmt waren! Ob nicht mir dies Glück, zu seinem Glück notwendig zu sein, vorbehalten war! Ach, wenn das ein Selbstbetrug ist, dann will ich sterben, ehe er ein Ende nimmt. Doch nein. Ich will weiterleben, um ihn zu lieben, ihn anzubeten. Weshalb sollte er aufhören, mich zu lieben? Welche andere Frau würde er glücklicher machen als mich? Und, ich fühle es an mir selbst, das Glück, das man zum Leben erweckt, ist das stärkste Band, das einzige, das wirklich bindet. Ja, dieses köstliche Gefühl adelt die Liebe, es macht sie gewissermaßen erst rein, es macht sie wahrhaft würdig einer zärtlichen, großmütigen Seele, wie Valmonts Seele ist. Leben Sie wohl, meine verehrungswürdige, teure, meine nachsichtige Freundin. Vergebens würde ich Ihnen noch länger zu schreiben versuchen, auch wenn ich es noch so gerne möchte. Die Stunde ist da, wo er zu kommen versprochen hat, und ich kann keinen vernünftigen Gedanken mehr fassen. Verzeihen Sie mir! Aber Sie wollen ja mein Glück, und augenblicklich ist es so groß, daß es für mich allein fast zuviel ist!

Paris, am 7. November 17..

133. BRIEF

Der Vicomte de Valmont an die Marquise de Merteuil

Was sind denn das für Opfer, schönste Freundin, die ich Ihrer Ansicht nach nicht bringen würde und deren Lohn doch darin bestände, daß ich Ihnen gefiele? Lassen Sie mich doch nur wissen, welche Opfer Sie meinen, und wenn ich sie Ihnen darzubringen zögere, dann mögen Sie meinethalben sie zurückweisen. Ei, was haben Sie seit einiger Zeit für eine sonderbare Meinung von mir, wenn Sie sogar bei Ihrer bekannten Nachsichtigkeit an meinen Gefühlen oder meiner Tatkraft zweifeln? Opfer, die ich Ihnen nicht bringen möchte oder nicht bringen könnte! Somit glauben Sie, ich sei verliebt? Zu Kreuze gekrochen? Sie haben mich im Verdacht, mir liege sehr viel an der Frau, und dabei kam es mir doch einzig und allein auf den Erfolg an! Ach, dem Himmel sei's gedankt, so tief bin ich noch nicht gesunken, und ich mache mich erbötig, es Ihnen zu beweisen. Ja, ich werde es Ihnen beweisen, und wäre es auch zu Madame de Tourvels großem Leidwesen. Sicherlich bleibt Ihnen nun, nach alledem, kein Zweifel mehr bestehn.

Ich habe, glaube ich, ohne mir eine Blöße zu geben, eine kurze Zeit an eine Frau wenden dürfen, die mindestens den Vorzug hat, zu einer Gattung Frauen zu gehören, denen man nur selten begegnet. Mag sein, daß auch die stille Jahreszeit, in der so gar nichts los war und in die dieses Abenteuer fiel, mich bewogen hat, mich näher darauf einzulassen. Und heute noch, wo der große Trubel kaum wieder einzusetzen beginnt, ist es nicht wunderlich, wenn es mich nahezu völlig in Anspruch nimmt. Aber bedenken Sie doch, es sind kaum acht Tage her, seit ich die Früchte meiner drei Monate währenden Bemühungen genieße. Schon so oft habe ich mich bei Abenteuern aufgehalten, die weit weniger wert waren und mich viel größere Mühe gekostet hatten! . . . Und nie, nie haben Sie daraus Schlüsse gezogen, die mir abträglich waren.

Und dann, wollen Sie wissen, was der eigentliche Grund des Eifers ist, den ich darauf verwende? Hören Sie denn: Diese Frau ist von Natur schüchtern. In der ersten Zeit zweifelte sie immer wieder an ihrem Glück, und dieser Zweifel genügt vollauf, ihr Glück zu trüben. So fange ich kaum erst an, allmählich festzustellen, wie weit meine Macht in dieser Hinsicht reicht. Und doch ist das etwas, was ich gar zu gerne wüßte. Und eine solche Gelegenheit findet man nicht so leicht, wie man gemeinhin glaubt.

Erstens ist für viele Frauen Lust einfach Lust und nichts weiter; und bei solchen Frauen sind wir – mit welchem Titel man uns auch beehren mag – immer bloß Lustspender, nichts weiter als Lohnarbeiter, deren ganzes Verdienst in ihrer Arbeitsleistung beruht, und unter denen immer der es ihnen am besten macht, der am meisten leistet.

Bei einer anderen Gattung, die heutzutage vielleicht zahlenmäßig die größte ist, nehmen die Berühmtheit des Geliebten, das Vergnügen, ihn einer Rivalin weggeschnappt zu haben, die Angst, man könnte ihn wiederum ihnen wegkapern, die Frauen fast ganz gefangen. Wir Männer haben mehr oder weniger auch etwas mit dem Glück zu tun, das sie genießen; aber das liegt mehr an den Umständen als an uns selber. Das Glück finden sie durch uns und nicht in uns.

Ich mußte also für meine Untersuchung eine Frau finden, die zartbesaitet und empfindsam war, die aus der Liebe ihr ausschließliches Anliegen machte und in der Liebe wieder nichts weiter erblickte als ihren Geliebten, eine Frau, deren Gefühle und Erregungen nicht der üblichen Bahn folgten, sondern stets nur vom Herzen ausgingen, um dann erst die Sinne zu erreichen. Zum Beispiel habe ich erlebt, wie sie – und zwar nicht etwa am ersten Tag – in Tränen aufgelöst aus der Lust erwachte, und einen Augenblick später fand sie neue Lust in einem Wort, das ihre Seele ansprach. Endlich mußte sie noch jene angeborene Unschuld besitzen, die durch die Gewohnheit, ihr rückhaltlos zu folgen, bei ihr unüberwindlich geworden ist und ihr verwehrt, auch nur die leiseste Regung ihres Herzens zu verhehlen. Nun müssen Sie aber zugeben, Frauen dieser Art sind selten anzutreffen, und ich darf füglich glauben, wäre ich dieser nicht begegnet, dann hätte ich überhaupt nie eine angetroffen.

Es wäre also nicht weiter erstaunlich, wenn sie mich länger als eine andere zu fesseln vermöchte. Und wenn der Versuch, den ich mit ihr anstellen will, verlangt, daß ich sie glücklich – vollkommen glücklich! – mache, warum sollte ich mich dagegen sperren, vor allem, wenn es mir zugute kommt, anstatt daß es meine Pläne durchkreuzt? Daß aber der Verstand sich mit etwas abgibt, will doch noch lange nicht heißen, daß auch das Herz sklavisch hörig ist! Nein, bestimmt nicht. So wird mich auch der Wert, den ich diesem Abenteuer beimesse – und ich bestreite das auch nicht –, gar nicht abhalten, anderen nachzujagen oder es sogar angenehmern zu opfern.

Ich bin dermaßen unbehindert in meinem Tun und Lassen, daß ich nicht einmal die kleine Volanges darben ließ, an der mir doch so wenig liegt. Ihre Mutter nimmt sie in drei Tagen wieder mit in die Stadt zurück. Und seit gestern habe ich meine Verbindungen sicherzustellen gewußt. Ein kleines Geldgeschenk an den Türhüter und ein kleiner Flirt mit seiner Frau haben alles in Ordnung gebracht. Können Sie's begreifen, daß Danceny nie auf dieses so einfache Mittel gekommen ist? Und dann sage man noch, Liebe mache erfinderisch! Im Gegenteil: sie macht die Männer, die ihr verfallen, dumm und blöd. Und ich sollte mich nicht dagegen wehren können! Ha, seien Sie ganz ruhig! Binnen weniger Tage schon werde ich den vielleicht allzu lebhaften Eindruck, den sie auf mich gemacht hat, dadurch abschwächen, daß ich ihn aufteile, und wenn eine bloße Verteilung nicht genügt, werde ich mir möglichst vielfältige Eindrücke verschaffen.

Deswegen bin ich immer noch bereit, das junge Pensionsmädchen ihrem zurückhaltenden Liebhaber wieder zuzuführen, sobald Sie es für richtig halten. Mich will dünken, Sie haben keinen Grund mehr, ihn daran zu hindern. Und ich bin gern dabei, dem armen Danceny diesen Liebesdienst zu erweisen. Wahrhaftig, das ist das allermindeste, was ich ihm schuldig bin, für alle die Liebesdienste, die er mir erwiesen hat. Gegenwärtig ist seine größte Sorge, ob er bei Madame de Volanges empfangen wird; ich tue mein möglichstes, um ihn zu beruhigen, und versichere ihm, so oder so werde ich bei der ersten Gelegenheit, die sich bietet, sein Glück machen, und bis dahin besorge ich auch weiterhin den Briefwechsel, den er gleich nach der Ankunft »seiner Cécile« wieder aufzunehmen gedenkt. Ich habe bereits zehn Briefe von ihm, und bis der Glückstag da ist, werde ich wohl noch einen oder zwei bekommen. Dieser Bursche muß wahrlich gar nichts zu tun haben!

Doch lassen wir dieses Kinderpärchen und reden wir lieber wieder von uns selber. Möchte ich mich doch ausschließlich mit der süßen Hoffnung beschäftigen können, die mir Ihr Brief geschenkt hat. Ja, bestimmt werden Sie mich zu fesseln wissen, und ich würde es Ihnen nie verzeihen, wenn Sie daran zweifeln könnten. Habe ich denn je aufgehört, Ihnen treu zu sein? Unsere Bande sind freilich gelockert worden, aber zerrissen sind sie nicht. Unser vorgeblicher Bruch war nichts als ein Irrtum unserer Einbildung. Unsere Gefühle, unsere Interessen sind gleichwohl eins geblieben. Ähnlich einem Reisenden, dem nach seiner Heimkehr die Augen aufgegangen sind, erkenne ich, daß ich das Glück habe liegenlassen, um der Hoffnung nachzujagen.

Kämpfen Sie also nicht mehr gegen den Gedanken oder vielmehr das Glück an, das Sie zu mir zurückführt. Und nachdem wir jegliche Lust auf unsern getrennten Wegen genossen haben, kosten wir das Glück zu fühlen, daß keine von ihnen vergleichbar ist mit der Wonne, die wir aneinander verspürt haben und die wir nie wieder so köstlich finden werden!

Leben Sie wohl, meine reizende Freundin. Ich bin's zufrieden, Ihre Rückkunft abzuwarten. Aber beschleunigen Sie Ihre Heimkehr, und vergessen Sie nicht, wie sehr ich sie herbeisehne.

Paris, am 8. November 17..

134. BRIEF

Die Marquise de Merteuil an den Vicomte de Valmont

Wahrhaftig, Vicomte, Sie sind doch wirklich wie die Kinder, vor denen man nichts sagen darf, denen man nichts zeigen kann, ohne daß sie's gleich in die Hände nehmen wollen. Da fährt mir ein Gedanke durch den Kopf, und ich mache Sie sogar darauf aufmerksam, daß ich nicht dabei verweilen will, auch wenn ich darüber rede, und schon nützen Sie ihn aus, um meine Wünsche und Absichten darauf zurückzuführen, um mich festzulegen, wenn ich mich davon abzulenken versuche, und mich gewissermaßen gegen meinen eigenen Willen Ihrer leichtfertigen Begierden teilhaftig zu machen! Ist es denn großmütig von Ihnen, mich die ganze Last der Vorsicht allein tragen zu lassen? Ich sage es Ihnen nochmals und wiederhole es noch öfters mir selber: Das Abkommen, das Sie mir vorschlagen, ist wirklich unmöglich. Wenn Sie auch den ganzen Edelmut dareinsetzen, den Sie mir augenblicklich bezeigen, glauben Sie, ich habe nicht auch mein Feingefühl und wolle Opfer annehmen, die Ihrem Glück abträglich wären? Ist es nun aber wahr, Vicomte, daß Sie sich einer Selbsttäuschung über das Gefühl, das Sie an Madame de Tourvel bindet, hingeben? Liebe ist es, oder dann gab es noch nie Liebe! Sie streiten es auf tausenderlei Art ab, aber Sie beweisen es auch tausendfältig! Was ist denn das beispielsweise für eine Ausflucht, die Sie sich selbst gegenüber anwenden – denn ich halte Sie mir gegenüber für aufrichtig! –, daß Sie den Wunsch, diese Frau nicht aufzugeben, den Sie weder verhehlen noch bekämpfen können, der Lust am Beobachten zuschreiben? Sieht es nicht aus, als hätten Sie nie zuvor eine andere glücklich, vollkommen glücklich gemacht? Ach, wenn Sie daran zweifeln, dann haben Sie ein recht schlechtes Gedächtnis! Doch nein, das ist es nicht. Es ist doch ganz einfach so, daß Ihr Herz Ihrem Verstand ein Schnippchen schlägt und ihn mit faulen Gründen zufriedenstellt. Ich habe ein großes Interesse, hier nicht genasführt zu werden, und ich bin nicht so leicht zufriedenzustellen.

So ist mir wohl die Höflichkeit aufgefallen, mit der Sie sorgsam alle Worte weggelassen haben, von denen Sie annahmen, sie könnten mein Mißfallen erregen, aber ich habe auch festgestellt, daß Sie, vielleicht ohne es selber zu merken, immer noch die gleichen Gedanken hegten. In der Tat, es ist nicht mehr die Rede von der anbetungswürdigen, der überirdisch schönen Madame de Tourvel, aber dafür von der »erstaunlichen Frau«, der »feinfühligen und empfindsamen Frau«, und zwar sind alle andern Frauen ausgeschlossen, kurzum, »eine Frau, wie man ihr nur selten begegnet«, eine Frau, »wie es keine zweite mehr gibt«. Dasselbe gilt für jenen niegekannten Zauber, der nicht der »stärkste« ist. Gut, meinethalben! Doch da Sie ihm bisher noch nie begegnet sind, ist wohl anzunehmen, Sie werden ihn auch fortan nicht finden, und der Verlust, den Sie erleiden würden, wäre deswegen nicht minder unersetzlich. Entweder, Vicomte, sind das alles untrügliche Symptome von Liebe, oder dann muß man es überhaupt aufgeben, irgendeines zu finden.

Seien Sie versichert, diesmal spreche ich aus keiner Mißstimmung heraus zu Ihnen. Ich habe mir fest vorgenommen, mich nicht mehr zu ärgern. Ich habe allzu deutlich gesehen, daß schlechte Laune zu einem gefährlichen Fallstrick werden kann. Glauben Sie mir, wir wollen gute Freunde sein und es dabei bewenden lassen. Seien Sie mir nur dankbar, daß ich mich so mutig gewehrt habe; denn manchmal braucht es Mut, damit man nicht einen Entschluß faßt, von dem man das Gefühl hat, er sei falsch.

So will ich denn bloß noch, um Sie durch Überredung zu meiner Ansicht zu bekehren, auf die Bitte hinsichtlich der Opfer antworten, die ich fordern würde, und die Sie nicht bringen könnten. Ich verwende mit Absicht das Wort »fordern«, weil ich sicher bin, es dauert gar nicht mehr lange, und Sie werden mich allzu anspruchsvoll finden. Aber um so besser! Ich werde Ihnen Ihre Weigerung keineswegs verübeln, ich werde Ihnen sogar dafür danken. Sehen Sie, Ihnen gegenüber will ich nicht Verstecken spielen, oder habe ich das vielleicht nötig?

Ich würde also fordern – hören Sie nur, wie grausam! –, daß diese Ausnahmefrau, die erstaunliche Madame de Tourvel für Sie nur mehr eine ganz gewöhnliche Frau sein dürfe, eine Frau, so wie sie eben ist. Denn man darf sich da nicht täuschen: Dieser Zauber, den man in den andern zu finden meint, er liegt nur in uns. Und die Liebe allein verschönt das geliebte Wesen so stark. Wenn auch das, was ich von Ihnen verlange, unmöglich ist, würden Sie sich vielleicht doch so weit überwinden und es mir versprechen, ja sogar schwören: aber ich muß gestehen, mit leeren Worten würde ich mich nicht abspeisen lassen. Einzig Ihr ganzes Verhalten könnte mich überzeugen.

Das ist noch nicht alles. Ich wäre launenhaft. Das Opfer der kleinen Cécile, das Sie mir so freundlich anbieten, würde mich nicht im geringsten beeindrucken. Ich würde Sie im Gegenteil bitten, in diesem mühevollen Dienst fortzufahren, bis ich Ihnen neue Weisungen gebe. Sei es, daß ich dergestalt meinen Einfluß gerne mißbrauchen möchte, sei es, daß ich nachsichtiger oder gerechter wäre und es dabei bewenden ließe, über Ihre Gefühle zu verfügen, ohne Ihre Vergnügungen zu durchkreuzen. Doch sei dem, wie ihm wolle, jedenfalls würde ich Gehorsam verlangen, und meine Befehle wären sehr streng!

Freilich würde ich mich dann für verpflichtet halten, Ihnen zu danken, und wer weiß, vielleicht würde ich Sie sogar belohnen. Ganz bestimmt würde ich meine Abwesenheit abkürzen, weil sie mir unerträglich würde. Ich würde Sie endlich wiedersehen, Vicomte, und wie würde ich Sie wiedersehen? . . . Aber vergessen Sie nicht: Dies ist bloß noch ein unverbindliches Zwiegespräch, eine simple Darlegung eines unmöglichen Planes, und ich will es nicht ganz allein vergessen . . .

Wissen Sie, mein Prozeß macht mir ein wenig Sorgen. Ich habe endlich einmal genau wissen wollen, welche Mittel mir zur Verfügung stehen; meine Anwälte führen mir wohl ein paar Gesetze und vor allem viele »Autoritäten« an, wie sie das nennen; aber ich sehe darin nicht so viel Vernunft und Gerechtigkeit wie sie. Ich bin beinahe so weit, daß ich es bedaure, auf einen Vergleich nicht eingegangen zu sein. Ich beruhige mich jedoch wieder bei dem Gedanken, daß der Sachwalter ein gerissener Mensch ist, der Anwalt über große Beredsamkeit verfügt und die Frau, die den Prozeß führt, hübsch ist. Sollten diese drei Mittel nicht mehr verfangen, müßte man den ganzen Gang der Angelegenheit abändern, und wo bliebe dann die Nachachtung der althergebrachten Bräuche?

Dieser Prozeß ist gegenwärtig das einzige, was mich hier festhält. Belleroches Prozeß ist zu Ende: Klage abgewiesen; Kosten zu gleichen Teilen auferlegt. Er ist bereits soweit, daß er den Ball heute abend herbeisehnt; so recht wie einer, der nichts Vernünftiges zu tun weiß! Wenn ich dann in die Stadt zurückkehre, werde ich ihm seine volle Freiheit wiedergeben. Dieses schmerzliche Opfer will ich ihm bringen und tröste mich damit, daß er es überaus großherzig von mir finden wird. Leben Sie wohl, Vicomte; schreiben Sie mir oft. Der eingehende Bericht über Ihre Freuden wird mich wenigstens teilweise für all den Ärger entschädigen, den ich jetzt schlucken muß.

Auf Schloß . . ., am 11. November 17 . .

135. BRIEF

Die Präsidentin de Tourvel an Madame de Rosemonde

Ich will versuchen, Ihnen zu schreiben, aber ich weiß noch gar nicht, ob ich es über mich bringe. Ach, Gott! Wenn ich daran denke, daß mich bei meinem letzten Brief das Übermaß meines Glücks am Weiterschreiben hinderte! Heute drückt mich eine namenlose Verzweiflung zu Boden und läßt mir nur noch Kraft genug, meine Leiden zu spüren, und die Kraft, ihnen Ausdruck zu verleihen, benimmt sie mir.

Valmont ... Valmont liebt mich nicht mehr. Er hat mich überhaupt gar nie geliebt. So kann Liebe nicht einfach schwinden. Er betrügt mich. Er verrät und beschimpft mich. Alles, was man an Leid und Ungemach, an Demütigungen ersinnen kann, das mache ich durch, und er tut es mir an, er ganz allein!

Und glauben Sie nicht etwa, ich sage das auf einen bloßen Argwohn hin. Ich war so arglos, jeglicher Verdacht lag mir so fern! Das Glück, daß mir ein Zweifel an seiner Handlungsweise bliebe, ist mir versagt. Ich habe es mit eigenen Augen gesehen. Was könnte er mir sagen, um sich zu rechtfertigen? ... Doch was schert es ihn schon? Er wird nicht einmal den Versuch unternehmen, sich herauszureden ... Ach, Unselige! Was kümmern ihn deine Vorwürfe und deine Tränen! Um dich wird er sich gerade kümmern! ...

Es ist also wahr, er hat mich geopfert, sogar preisgegeben ... und wem? ... Einem feilen Geschöpf ... Doch was sage ich da? Ach, ich habe ja sogar das Recht verloren, sie zu verachten. Sie hat nicht so viele Pflichten verraten, sie ist weniger sündebeladen als ich. Oh, wie peinvoll ist die Herzensqual, wenn sie auf einem gequälten Gewissen beruht! Ich fühle, wie meine Leiden mit verdoppelter Heftigkeit über mich hereinbrechen.

Leben Sie wohl, teuerste Freundin. So unwürdig ich jetzt auch durch meine Schuld Ihres Mitleids geworden bin, werden Sie doch mit mir Erbarmen haben, wenn Sie sich eine Vorstellung davon machen können, wie sehr ich leide.

Ich habe meinen Brief nochmals durchgelesen und sehe, daß er Ihnen gar nichts sagen kann. Ich will also versuchen, ob ich den Mut aufbringe, Ihnen diesen entsetzlichen Vorfall zu erzählen. Es war gestern; ich sollte zum erstenmal seit meiner Rückkehr auswärts speisen. Valmont kam um fünf Uhr zu mir; nie vorher, so schien mir, war er zu mir so zärtlich. Er ließ durchblicken, meine Absicht, noch auszugehen, komme ihm ungelegen, und Sie können sich ja denken, daß ich gar bald nichts lieber wollte als zu Hause bleiben. Zwei Stunden später indessen veränderten sich mit einemmal seine Miene und auch sein Ton ganz merklich. Ich weiß nicht, ob mir eine Bemerkung entschlüpft ist, die ihm vielleicht mißfallen hat. Wie dem auch sei, jedenfalls behauptete er nach einer Weile, es falle ihm ein dringendes Geschäft ein, das ihn zwinge, mich nun zu verlassen. Dann ging er fort. Ehe er wegging, beteuerte er mir, wie sehr er es bedaure, nicht länger bleiben zu können, und mich dünkte, er tue das überaus zärtlich und innig, und damals schien mir auch, sein Bedauern komme ihm aus dem Herzen.

Als ich wieder allein und meiner Sinne mächtig war, hielt ich es für schicklicher, meine früher eingegangene Verabredung einzuhalten, da es mir ja nun freistand, ihr nachzukommen. Ich machte mich zum Ausgehen fertig und stieg in den Wagen. Unglücklicherweise fuhr mich mein Kutscher an der Oper vorbei, und ich geriet in das Gedränge der Leute, die aus der Oper kamen. Da gewahrte ich nicht weit vor mir in der Reihe der Wagen neben meiner Kutsche Valmonts Wagen. Mein Herz fing sogleich wild an zu klopfen, aber nicht vor Angst; und der einzige Gedanke, der mich beschäftigte, war der Wunsch, mein Wagen möchte vorfahren. Statt dessen war seine Kutsche genötigt, rückwärts zu fahren, und sie kam neben meinen Wagen zu stehen. Ich neigte mich natürlich sofort vor, und wie groß war mein Erstaunen, als ich neben ihm eine stadtbekannte übelberufene Dirne sitzen sah! Ich fuhr zurück, das können Sie sich wohl denken; und was ich gesehen hatte, reichte aus, mein Herz zutiefst zu verletzen. Sie werden mir aber kaum glauben, daß diese Dirne, die offenkundig alles ganz genau wußte, weil sie der Abscheuliche in unser Verhältnis eingeweiht hatte, nicht vom Wagenfenster wich, mich unaufhörlich anstarrte und dazu schallend lachte, daß es ein wahrer Skandal war.

In meiner Verstörung und Fassungslosigkeit ließ ich mich gleichwohl in das Haus fahren, wo ich zum Souper eingeladen war. Es war mir aber unmöglich, dort zu bleiben. Alle Augenblicke spürte ich, wie ich einer Ohnmacht nahe war, und vor allem vermochte ich meine Tränen nicht mehr zurückzuhalten. Als ich nach Hause kam, schrieb ich an Herrn de Valmont und sandte ihm meinen Brief sofort. Er war aber nicht zu Hause. Da ich um jeden Preis aus dieser Todesstarre befreit sein oder für ewig darin verharren wollte, schickte ich nochmals jemanden hin und gab meinem Diener Weisung, so lange zu warten, bis er nach Hause komme. Um Mitternacht aber kehrte mein Bedienter zurück und meldete, der Kutscher sei eben angelangt und habe ihm gesagt, sein Herr werde die ganze Nacht über nicht nach Hause kommen. Heute früh meinte ich, es bleibe mir nichts anderes mehr zu tun, als ihn zu bitten, mir meine Briefe wieder herauszugeben und nicht mehr bei mir vorzusprechen. Tatsächlich gab ich die entsprechenden Weisungen; aber sie fruchteten bestimmt nichts. Es ist schon gleich Mittag; er hat sich noch nicht eingestellt, und ich habe nicht einmal ein paar Worte von ihm erhalten.

Und jetzt, teuerste Freundin, habe ich nichts mehr hinzuzufügen. Sie wissen jetzt, was vorgefallen ist, und Sie kennen ja mein Herz. Meine einzige Hoffnung ist noch, daß ich Ihre mitfühlende Freundschaft nicht lange mehr betrüben muß.

Paris, am 15. November 17..

136. BRIEF

Die Präsidentin de Tourvel an den Vicomte de Valmont

Zweifellos, mein Herr, erwarten Sie nach alledem, was sich gestern ereignet hat, nicht mehr, in meinem Hause empfangen zu werden, und vermutlich liegt Ihnen auch nicht mehr viel daran! Dieses Briefchen bezweckt also nicht so sehr, Sie zu bitten, in Zukunft nicht mehr herzukommen, vielmehr möchte ich Sie damit bitten, meine Briefe, die niemals hätten geschrieben werden dürfen, wieder zurückzuerstatten. Ich möchte Ihnen damit auch sagen, daß diese Briefe Sie vielleicht für eine Weile als Beweise meiner Verblendung, an der Sie schuld sind, haben interessieren mögen, daß sie Ihnen aber nunmehr, da diese geschwunden ist, nur noch gleichgültig sein können und daß sie nichts weiter mehr ausdrücken als ein Gefühl, das Sie in mir ertötet haben.

Ich erkenne und gebe zu, daß ich unrecht tat, als ich zu Ihnen Vertrauen faßte, nachdem so viele Frauen vor mir ihrer Vertrauensseligkeit zum Opfer gefallen waren. Darin klage ich aber ganz allein mich an. Ich glaubte jedoch wenigstens nicht verdient zu haben, daß Sie mich der Verachtung, dem Gespött und Schimpf und Schande preisgeben. Ich glaubte, als ich Ihnen alles opferte, als ich Ihnen zuliebe meine Anrechte auf die Achtung meiner Mitmenschen und meiner selbst verlor, könne ich wenigstens erwarten, von Ihnen selber nicht strenger beurteilt zu werden als von der Öffentlichkeit, deren Urteil immer noch einen großen Unterschied zwischen einer schwachen und einer verderbten Frau macht. Einzig von diesem Unrecht, das alle Welt gleichermaßen träfe, möchte ich jetzt zu Ihnen sprechen. Ich schweige mich über die Fehler aus, die meine Liebe begangen hat. Ihr Herz würde meines nicht verstehen können. Leben Sie wohl, mein Herr.

Paris, am 15. November 17..

137. BRIEF

Der Vicomte de Valmont an die Präsidentin de Tourvel

Eben erst hat man mir Ihren Brief überbracht, gnädige Frau. Als ich ihn las, überlief es mich heiß und kalt, und jetzt habe ich kaum mehr die Kraft, darauf zu antworten. Was für eine grauenhafte Vorstellung haben Sie eigentlich von mir! Ach, gewiß habe ich unrecht getan, so schweres Unrecht, daß ich es mir mein Lebtag nicht mehr werde verzeihen können, auch wenn Sie es mir in Ihrer Langmut und Nachsicht vergeben wollten. Aber wie fern lag das Unrecht, das Sie mir vorwerfen, meinem Herzen! Ich sollte Sie demütigen wollen? Ich? Ich sollte Sie wegwerfend und verächtlich behandeln? Dabei achte ich Sie doch ebenso hoch, wie ich Sie zärtlich liebe. Dabei weiß ich doch erst, was Stolz bedeutet, seit Sie mich Ihrer für würdig erachtet haben! Der Schein hat Sie getrogen. Und ich gebe zu, der

Schein war gegen mich. Aber fanden Sie denn nicht in Ihrem Herzen alle nötigen Gründe, dagegen anzukämpfen? Hat sich Ihr Herz nicht empört aufgebäumt beim bloßen Gedanken, es könnte sich über das meine zu beklagen haben? Und gleichwohl haben Sie es geglaubt! Somit haben Sie mir nicht nur diesen abscheulichen Wahnwitz zugetraut, sondern sogar gefürchtet, Sie hätten sich ihn durch Ihre Güte und Freundschaft zugezogen. Ach, wenn Sie sich durch Ihre Liebe zu mir in dem Maße herabgewürdigt vorkommen, dann stehe ich selbst doch auch recht schäbig und gemein vor Ihnen da! Das schmerzliche Gefühl, daß dieser Gedanke in mir hervorruft, bedrückt mich dermaßen, daß ich die Zeit, die ich darauf verwenden sollte, es in mir zu ertöten, damit verliere, es von mir zu weisen. Ich will alles gestehen. Eine andere Erwägung hält mich freilich noch zurück: Muß ich denn Begebenheiten wieder aufwärmen, die ich am liebsten ungeschehen machen möchte? Muß ich Ihre Aufmerksamkeit und auch die meine auf eine augenblickliche Verirrung lenken, die ich mit meinem ganzen künftigen Leben wieder gutmachen möchte, deren Ursache ich immer noch nicht begreifen kann, und die mich für alle Zukunft demütig und verzweifelt machen wird, sooft ich daran denken werde? Ach, wenn ich mit meiner Selbstbezichtigung Ihren Zorn erregen muß, so brauchen Sie wenigstens Ihre Rache nicht weit zu suchen. Es wird genügen, wenn Sie mich meinen Gewissensqualen überlassen.

Doch, wer würde es glauben? An diesem Vorfall ist in erster Linie der allmächtige Zauber schuld, dem ich in Ihrer Nähe erliege. Ihm ist es zuzuschreiben, wenn ich allzu lange ein wichtiges Geschäft hintansetzte, das keinen Aufschub mehr duldete. Ich verließ Sie zu spät und fand so die Person nicht mehr vor, die ich abholen wollte. Ich hoffte, sie in der Oper zu treffen, und auch damit hatte ich keinen Erfolg. Emilie, der ich dort begegnete und die ich seinerzeit kennengelernt hatte, als ich Sie und die Liebe noch nicht kannte, hatte ihren Wagen nicht da und bat mich, sie bei ihrem Hause, ein paar Schritte von dort, abzusetzen. Ich sah weiter nichts Schlimmes dabei und willigte ein. Doch da begegnete ich Ihnen, und augenblicklich hatte ich das Gefühl, Sie könnten mich für schuldig halten.

Die Furcht, Ihnen zu mißfallen oder Sie zu kränken, ist in mir so übermächtig, daß es Ihnen unfehlbar auffallen mußte, und wirklich merkten Sie es auch bald. Ich gestehe, daß ich aus lauter Angst sogar das Mädchen davon abzuhalten versuchte, daß es sich bemerkbar machte. Diese Vorsicht entsprang meinem Zartgefühl, bewirkte aber das gerade Gegenteil und schlug zum Nachteil der Liebe aus. Emilie, wie alle Mädchen ihres Standes, ist daran gewöhnt, ihrer ja immer angemaßten Macht erst dann so ganz sicher zu sein, wenn sie damit Unfug treiben kann, und ließ sich eine so willkommene Gelegenheit natürlich nicht entgehen. Je größer sie meine Verlegenheit werden sah, um so auffälliger stellte sie sich zur Schau; und ihre ausgelassene Lustigkeit – ich schäme mich, daß Sie auch nur einen Augenblick glauben konnten, sie gelte Ihnen – hatte keinen andern Grund als die bittere Verlegenheit, unter der ich mich wand, und diese qualvolle Verlegenheit rührte wiederum einzig und allein von meiner Achtung und meiner Liebe her.

Bis dahin bin ich gewiß eher unglücklich als schuldig. Und da dieses Unrecht, »das alle Welt gleichermaßen träfe und über das Sie jetzt zu mir sprechen«, nicht besteht, kann man es mir auch nicht zum Vorwurf machen. Sie schweigen sich aber umsonst über das Unrecht aus, das die Liebe begangen hat. Ich will darüber nicht dasselbe Stillschweigen bewahren; für mich steht allzu viel auf dem Spiel, als daß ich nicht zu reden gezwungen wäre.

In meiner tiefen Beschämung über diese unbegreifliche Verirrung kann ich es nur mit größtem Schmerz über mich gewinnen, die Erinnerung daran wieder heraufzubeschwören. Ich bin zutiefst von meinem Unrecht durchdrungen und würde mich darein finden, die Strafe für meinen Fehler zu tragen, oder meine Verzeihung von der Zeit erhoffen, von meiner nie versiegenden Zärtlichkeit und meiner Reue. Doch wie kann ich schweigen, wenn das, was mir noch zu sagen bleibt, für Ihr Zartgefühl so überaus wichtig ist?

Glauben Sie ja nicht, ich suche eine Ausrede, um meinen Fehler zu entschuldigen oder zu beschönigen. Ich gebe zu, ich habe gefehlt. Ich gebe aber keinesfalls zu, ich werde niemals zugeben, daß diese demütigende Verirrung als eine Versündigung gegen die Liebe betrachtet wird. Was hat denn eine Überrumpelung der Sinne, eine augenblickslange Selbstvergessenheit, der alsbald Scham und Reue auf dem Fuße folgen, mit einem reinen Gefühl zu tun, das nur in einer feinfühligen Seele entstehen und darin allein bestehen kann, wenn es auf Achtung gebaut ist. Dieses Gefühl zeitigt das Glück! Ach, entweihen Sie die Liebe nicht so sehr! Hüten Sie sich vor allem, daß Sie sich nicht selber herabwürdigen, wenn Sie Dinge, die niemals verwechselt werden dürfen, unter einem Gesichtspunkt zusammenfassen. Überlassen Sie es den feilen, verderbten Weibern, sich vor einem Wettstreit zu fürchten, der, wie sie widerstrebend spüren, sich möglicherweise ergeben kann, lassen Sie die durchmachen, was eine gleichermaßen grausame und erniedrigende Eifersucht an Qualen schaffen kann. Sie aber, wenden Sie Ihre Augen von diesen Dingen ab; sie würden Ihre Blicke besudeln. Und, rein wie die Gottheit, bestrafen Sie, wie auch sie es tut, den Schimpf, ohne daß er Ihnen etwas anhaben kann.

Welche Strafe aber wollen Sie mir auferlegen, die mich tiefer schmerzen könnte als die Pein, die ich jetzt erleide? Die vergleichbar wäre mit der bittern Reue, Ihr Mißfallen erregt, mit der Verzweiflung, Sie gekränkt zu haben, mit der niederschmetternden Vorstellung, Ihrer nunmehr minder würdig zu sein? Sie sinnen darüber nach, wie Sie mich strafen können! Und jetzt bitte ich Sie um Trost. Nicht etwa, weil ich ihn verdiene, sondern weil er mir not tut, und auch weil er mir nur von Ihnen zuteil werden kann.

Wenn Sie nun mit einemmal meine Liebe und auch die Ihre vergessen und meinem Glück keinerlei Wert mehr beimessen, wenn Sie mich im Gegenteil ewigem Schmerz preisgeben wollen, dann haben Sie das Recht dazu. Schlagen Sie denn zu! Wenn aber Ihre Langmut und Nachsicht, Ihr

Mitgefühl überwiegen und Sie die zärtlichen Gefühle noch nicht ganz vergessen haben, die unsere Herzen verbanden, wenn Sie noch an die Wollust unserer Seelen denken, die immer aufs neue erstand und lebhafter und inniger verspürt wurde, an die Tage, die so süß, so glückerfüllt waren, die wir eines dem andern verdankten, an alle die Seligkeiten, die uns die Liebe, und nur sie allein, verschafft, vielleicht liegt Ihnen dann mehr an der Macht, sie wieder erstehen zu lassen, als an der Macht, sie auszutilgen. Was soll ich Ihnen schließlich noch sagen? Ich habe alles verloren und durch meine Schuld verloren. Aber ich kann alles wiedergewinnen, wenn Sie mir in Ihrer Güte helfen wollen. An Ihnen liegt es nun zu entscheiden. Ich habe nur noch wenig beizufügen. Gestern noch schworen Sie mir, mein Glück sei sicher und ausgemacht, solange es in Ihren Händen ruhe! Ach, gnädige Frau, werden Sie mich heute zu ewigwährender Verzweiflung verdammen?

Paris, am 15. November 17..

138. BRIEF

Der Vicomte de Valmont an die Marquise de Merteuil

Ich bleibe dabei, schönste Freundin: Nein, ich bin keinesfalls verliebt, und es ist nicht meine Schuld, wenn mich die Umstände zwingen, die Rolle eines Verliebten zu spielen. Geben Sie nur nach und kommen Sie zurück. Sie sollen dann bald mit eigenen Augen sehen, wie aufrichtig ich bin. Ich habe den Beweis gestern erbracht, und dieser Beweis kann nicht durch das, was heute vor sich geht, wieder zunichte gemacht werden.

Ich war also bei der zärtlichen Prüden, und zwar ging ich zu ihr, ohne irgend etwas anderes vorzuhaben. Denn die kleine Volanges sollte, ungeachtet ihres Zustandes, die ganze Nacht auf dem – viel zu früh stattfindenden – Ball der Frau V . . . zubringen. Aus lauter Tatenlosigkeit und Langeweile hatte ich zuerst den Wunsch verspürt, den Abend länger auszudehnen, und hatte sogar zu diesem Zweck auf ein kleines Opfer gedrängt; doch kaum bekam ich es gewährt, so wurde mir die Freude, die ich mir davon versprach, vergällt durch den Gedanken an die Liebe, die Sie mir so hartnäckig zuschreiben oder doch wenigstens vorhalten. So verspürte ich denn kein anderes Verlangen mehr als den Wunsch, gleichzeitig mich zu vergewissern und Sie zu überzeugen, daß es sich um eine bloße Verleumdung Ihrerseits handle.

Ich entschloß mich also zu einem gewaltsamen Vorgehen und ließ unter einem recht leichtfertigen Vorwand meine Schöne, die darob ganz überrascht und bestimmt nicht wenig betrübt war, einfach sitzen. Ich aber begab mich seelenruhig in die Oper und suchte Emilie auf; und sie könnte Ihnen berichten, daß bis heute früh, wo wir uns trennten, nicht die leiseste Reue unser Vergnügen getrübt hat.

Dabei hatte ich allen Grund, beunruhigt zu sein, hätte mich nicht meine völlige Gleichgültigkeit vor jeglicher Besorgnis bewahrt. Sie müssen nämlich wissen, ich war von der Oper kaum vier Häuser weitergefahren und hatte Emilie bei mir im Wagen, da kam die Kutsche der sittenstrengen Betschwester ausgerechnet neben meinen Wagen zu stehen, und eine Verkehrsstockung hatte zur Folge, daß wir wohl eine halbe Viertelstunde nebeneinander hielten. Man sah einander wie am heiterhellen Mittag, und an ein Entkommen war gar nicht zu denken. Doch das ist noch nicht alles. Ich kam auf den Einfall, ich könnte Emilie ins Bild setzen, daß das jetzt die Frau mit dem Brief sei. – Sie entsinnen sich wohl jenes Vorfalls und wissen noch, daß mir Emilie dabei als Schreibpult diente. – Sie hatte das nicht vergessen, und da sie ein lachlustiges Geschöpf ist, gab sie nicht Ruhe, bis sie »diesen Tugendausbund« – wie sie sagte – nach Herzenslust angeschaut hatte, und das tat sie unter schallendem Gelächter und derart anstößig, daß man darob wirklich die gute Laune verlieren konnte.

Das ist aber immer noch nicht alles. Schickte nicht die gute Frau in ihrer Eifersucht noch am selben Abend jemanden bei mir vorbei? Ich war nicht zu Hause. In ihrem sturen Eigensinn sandte sie noch ein zweites Mal einen Bedienten bei mir vorbei, und der hatte Weisung, auf mich zu warten. Ich hatte, sobald ich entschlossen war, bei Emilie über Nacht zu bleiben, meinen Wagen weggeschickt und dem Kutscher lediglich Befehl gegeben, mich am Morgen wieder abzuholen. Und als er, zu Hause angekommen, den Liebesboten vorfand, hielt er es für selbstverständlich, ihm zu sagen, ich komme heute nacht nicht heim. Sie können sich denken, was für eine Wirkung dieser Bescheid haben mußte. Jedenfalls fand ich beim Nachhausekommen meinen Laufpaß vor, mit der ganzen feierlichen Würde ausgestellt, wie sie eben die Umstände mit sich brachten. Somit hätte also dieses Abenteuer, das Ihrer Ansicht nach nie ein Ende nehmen wird, heute früh bereits erledigt sein können, wie Sie sehen. Wenn es nun noch nicht aus ist, so kommt es nicht daher, wie Sie jetzt wohl glauben werden, daß ich irgendwie Wert darauf lege, es weiterzuführen, nein, es liegt mir daran, es nicht zu einem Bruch kommen zu lassen, einerseits weil ich es nicht für angebracht und schicklich hielt, daß sie mich sitzenläßt, und andererseits, weil ich Ihnen die Ehre dieses Opfers vorbehalten wollte.

Ich habe demnach auf das strenge Briefchen mit einer langen sentimentalen Epistel geantwortet. Ich habe des langen und breiten meine Gründe dargelegt und es der Liebe überlassen, dafür zu sorgen, daß sie für gut befunden wurden. Ich habe auch bereits einen Erfolg zu buchen. Eben erhielt ich ein zweites Briefchen, das immer noch recht streng tönt und, wie es ja unvermeidlich war, für alle Zukunft den Abbruch unserer Beziehungen bestätigt. Aber der ganze Ton ist doch nicht mehr der gleiche. Vor allen Dingen will sie mich nie mehr wiedersehen. Dies steht von vornherein fest und wird viermal aufs entschiedenste und unwiderruflichste kundgetan. Ich habe daraus geschlossen, daß ich keinen Augenblick verlieren dürfe, sondern mich unverzüglich bei ihr einstellen müsse. Bereits habe ich meinen Jäger hingeschickt, damit er den Türhüter einseift. Und gleich nachher gehe ich selber hin, um mir meine Verzeihung persönlich besiegeln zu lassen. Denn bei Vergehen dieser Art gibt es nur ein einziges Rezept, das völlige und allseitige Absolution zur Folge hat, und dieses Rezept kann nur persönlich abgefertigt werden.

Leben Sie wohl, reizende Freundin. Ich eile, dieses große Ereignis in die Wege zu leiten.

Paris, am 16. November 17..

139. BRIEF

Die Präsidentin de Tourvel an Madame de Rosemonde

Wie mache ich mir Vorwürfe, meine mitfühlende Freundin, daß ich allzu lange und allzu früh zu Ihnen über meine vorübergehenden Kümmernisse gesprochen habe! Ich bin schuld, wenn Sie sich jetzt Sorgen machen; der Kummer, den ich Ihnen bereitet habe, hält immer noch an, und ich selbst bin glücklich. Ja, alles ist vergessen und vergeben. Besser gesagt: alles ist wieder gut. Auf den Zustand schmerzvoller Angst ist Ruhe und köstliche Wonne bei mir eingekehrt. O Freude meines Herzens, wie soll ich dir Ausdruck verleihen! Valmont trifft keine Schuld! Mit so viel Liebe kann man nicht schuldig sein. Das schwere beleidigende Unrecht, das ich ihm mit so viel Bitterkeit vorwarf, er hat es nicht begangen, und wenn ich in einer einzigen Beziehung Nachsicht walten lassen mußte, hatte ich dann nicht auch wieder gutzumachen, was ich ihm an Unrecht angetan hatte?

Ich will nicht näher auf die Tatsachen oder Gründe eingehen, die ihn rechtfertigen. Vielleicht würde man sie mit dem Verstand nicht einmal richtig einzuschätzen wissen; das Herz allein ist imstande, sie zu erfühlen. Sollten Sie mich jedoch im Verdacht haben, ich sei schwach und allzu nachgiebig, dann müßte ich Ihr Urteilsvermögen zu Hilfe rufen, damit es meinem Urteil nachhilft. Für Männer, das sagen Sie ja selbst, bedeutet Untreue nicht Treulosigkeit.

Diese Unterscheidung – das fühle ich wohl –, die umsonst von der öffentlichen Meinung anerkannt und gutgeheißen wird, verletzt deswegen nicht weniger das Zartgefühl. Worüber sollte sich jedoch mein Zartgefühl beklagen, während Valmont in seinem feinen Empfinden noch weit mehr leidet? Glauben Sie doch nicht, er könne sich dieses Unrecht, das ich noch so gerne vergessen will, verzeihen oder sich darüber hinwegtrösten! Und doch, wie hat er diesen leichten Fehltritt durch das Übermaß seiner Liebe und mein überschwängliches Glück wieder gutgemacht!

Entweder ist meine Seligkeit größer, oder ich weiß sie besser zu schätzen, seit ich einmal fürchten mußte, ich habe ihn verloren. Das kann ich Ihnen aber sagen: Wenn ich in mir die Kraft verspürte, noch einmal derart schweren Kummer durchzumachen, wie es der war, den ich eben erlitten habe, dann würde ich überzeugt sein, ich habe das Übermaß an Glück, das ich seither ausgekostet, damit nicht zu teuer erkauft. O meine zärtliche Mutter! Schelten Sie Ihr unbedachtes Kind aus, weil es Sie mit seiner allzu voreiligen Beichte erschreckt und betrübt hat. Schelten Sie es aus, weil es den Mann unbesonnen beurteilt und angeschwärzt hat, den es doch ohne Aufhören hätte anbeten müssen. Doch wenn Sie schon erkannt haben, wie unklug ich gehandelt habe, so sehen Sie mich jetzt in meinem Glück und machen Sie meine Freude noch größer, indem Sie an ihr teilnehmen.

Paris, am 16. November 17.., abends.

140. BRIEF

Der Vicomte de Valmont an die Marquise de Merteuil

Wie kommt es denn nur, schönste Freundin, daß ich keine Antwort von Ihnen erhalte? Mein letzter Brief schien mir doch einer Erwiderung wert. Und nun sind bereits drei Tage verstrichen, seit ich eine Antwort hätte bekommen sollen, und ich warte immer noch darauf! Ich bin zum allermindesten ärgerlich. Und so gedenke ich Ihnen denn auch gar nichts von meinen wichtigen Angelegenheiten zu erzählen.

Daß diese Aussöhnung sich voll ausgewirkt hat, daß sie anstatt Vorwürfe und Mißtrauen nur wieder neue Zärtlichkeiten zur Folge hatte, daß nunmehr ich Entschuldigungen und die Genugtuung entgegennehme, die meiner zu Unrecht verdächtigten Unschuld gebühren – von alledem will ich Ihnen kein Wort sagen. Und wäre nicht der unvorhergesehene Zwischenfall letzte Nacht gewesen, so würde ich Ihnen überhaupt nicht schreiben. Da dieses Vorkommnis aber Ihr Mündel betrifft und sie höchstwahrscheinlich nicht in der Lage sein wird, Ihnen darüber Nachricht zu geben, zum mindesten für einige Zeit, will ich das übernehmen.

Aus verschiedenen Gründen, die Sie erraten oder vielleicht auch nicht erraten werden, nahm mich Madame de Tourvel seit ein paar Tagen nicht mehr in Anspruch, und da diese Gründe bei der kleinen Volanges füglich nicht wohl vorhanden sein konnten, war ich um so öfter und eifriger bei ihr tätig. Dank dem dienstwilligen Pförtner brauchte ich keinerlei Hindernisse zu überwinden, und wir führten, Ihr Mündel und ich, ein bequemes und überaus geordnetes Leben mitsammen. Doch mit der Gewöhnung wird man leicht nachlässig. In den ersten Tagen hatten wir nie genug Vorsichtsmaßnahmen für unsere Sicherheit treffen können; wir zitterten sogar hinter verschlossenen Türen noch. Gestern nun hat eine unglaubliche Gedankenlosigkeit den Vorfall herbeigeführt, über den ich Sie aufs laufende setzen will, und wenn ich für meine Person auch mit der bloßen Angst weggekommen bin, so kommt die ganze Sache das Mädchen dafür um so teurer zu stehen.

Wir schliefen nicht, aber wir lagen in der hingebungsvollen Ruhe da, wie sie auf die genossene Lust zu folgen pflegt, da hörten wir plötzlich, wie die Tür zum Zimmer aufging. Augenblicks sprang ich mit einem Satz zu meinem Degen, sowohl zu meiner eigenen Verteidigung als auch, um unser gemeinsames Mündel zu schützen. Ich trat näher, sah jedoch niemanden. Aber die Tür stand tatsächlich offen. Da wir Licht hatten, ging ich auf die Suche, fand jedoch keine lebende Seele. Da fiel mir wieder ein, daß wir ja unsere gewöhnlichen Vorsichtsmaßnahmen zu treffen vergessen hatten. Zweifellos war die Tür nur angelehnt oder schlecht verschlossen gewesen und nun von selber aufgegangen.

Als ich wieder zu meinem verängstigten Liebchen ins Bett steigen und sie beruhigen wollte, fand ich sie nicht mehr vor. Sie war zwischen Bett und Wand hinuntergefallen oder hatte sich dort in Sicherheit gebracht. Kurzum, sie lag bewußtlos dort, regungslos, nur von wilden Zuckungen geschüttelt. Stellen Sie sich meine Verlegenheit vor! Schließlich gelang es mir aber doch, sie ins Bett zu heben und sogar wieder ins Bewußtsein zurückzurufen. Sie hatte sich aber bei ihrem Fall verletzt, und die Folgen sollte sie auch alsbald zu spüren bekommen. Heftige Lendenschmerzen, gräßliche Koliken und andere noch eindeutigere Symptome stellten sich ein und machten mir bald ihren Zustand völlig klar. Um aber ihr klarzumachen, was ihr fehlte, mußte ich ihr zuerst sagen, wie es vorher um sie gestanden war; denn sie war vollkommen ahnungslos. Nie bis auf diesen Tag hat wohl ein Mädchen so sehr ihre Unschuld bewahrt, während sie gleichzeitig alles Erdenkliche und Erforderliche tat, um sie loszuwerden! Oh, die vertrödelt ihre Zeit nicht mit bloßem Nachdenken!

Dafür aber verlor sie sehr viel Zeit mit Jammern, und ich fühlte, daß etwas geschehen mußte. Ich wurde also mit ihr darüber einig, daß ich auf der Stelle zum Arzt und auch zum Wundarzt des Hauses gehen und sie beide benachrichtigen wolle, daß man sie in Bälde holen werde, und gleichzeitig solle ich sie unter dem Siegel des Geheimnisses in alles einweihen. Sie aber sollte ihrerseits ihrer Kammerfrau klingeln und sie ins Vertrauen ziehen oder auch nicht; das könne sie halten, wie sie wolle. Auf alle Fälle müsse sie Hilfe herbeirufen und vor allem verbieten, daß Madame de Volanges geweckt werde. Diese zarte Aufmerksamkeit war bei ihrer Tochter, die ihrer Mutter jede Aufregung ersparen will, nur natürlich.

Ich erledigte also meine beiden Botengänge und auch die beiden Beichten, so schnell ich nur konnte, und ging nach Hause. Seither bin ich nicht mehr ausgegangen. Aber der Wundarzt, den ich anderweitig schon kennengelernt hatte, kam um die Mittagszeit zu mir und erstattete mir Bericht über das Befinden der Kranken. Ich hatte mich nicht getäuscht. Er hofft aber, wenn nichts Unvorhergesehenes hinzukomme, werde man im Hause gar nichts merken. Die Kammerfrau ist eingeweiht. Der Arzt hat der Krankheit irgendeinen Namen gegeben, und so wird diese Angelegenheit beigelegt werden wie tausend andere auch, es sei denn, es könne uns künftighin nützen, wenn man darüber spricht.

Aber gibt es zwischen uns noch irgendwelches gemeinsame Anliegen? Ihr Stillschweigen könnte darüber Zweifel aufkommen lassen. Ich würde sogar überhaupt nicht mehr daran glauben, wenn mir nicht so viel daran läge und ich mich deswegen nicht um alle erfindlichen Mittel und Wege bemühte, um diese Hoffnung nur nicht zuschanden zu machen.

Leben Sie wohl, schönste Freundin, ich umarme Sie, aber mein Groll hält trotzdem an!

Paris, am 21. November 17..

141. BRIEF

Die Marquise de Merteuil an den Vicomte de Valmont

Mein Gott, Vicomte, wie lästig sind Sie doch mit Ihrer Starrköpfigkeit! Was kann Ihnen an meinem Stillschweigen schon liegen? Glauben Sie etwa, ich schweige mich aus, weil es mir an Gründen gebricht, mich zu verteidigen? Ach, wollte Gott! Doch nein, es geschieht nur, weil es mich Überwindung kostet, sie Ihnen zu sagen.

Seien Sie ganz ehrlich: Machen Sie sich eigentlich selbst etwas vor, oder suchen Sie mich zu hintergehen? Der Unterschied zwischen dem, was Sie reden, und dem, was Sie tun, läßt mir nur die Wahl zwischen diesen beiden Gefühlen. Welches ist nun echt? Was soll ich Ihnen sagen, wenn ich doch selber nicht weiß, was ich denken soll?

Sie tun sich offensichtlich viel auf den letzten Auftritt mit Ihrer Präsidentin zugute? Was beweist er aber schon für Ihr System, was sagt er gegen meines aus? Sicherlich habe ich Ihnen nie gesagt, Sie lieben diese Frau aufrichtig genug, um sie nicht zu betrügen, um nicht jede Gelegenheit beim Schopf zu ergreifen, sie zu hintergehen, wann es Ihnen angenehm oder günstig ist. Ich zweifle sogar nicht einmal daran, daß es Ihnen ziemlich gleichgültig wäre, mit einer beliebigen andern, mit der erstbesten, das Verlangen zu befriedigen, das sie allein erweckt hätte. Und ich bin nicht weiter überrascht, daß Sie um einer geistigen Ausschweifung willen, die man zu Unrecht Ihnen verwehren würde, einmal in voller Absicht getan haben, was Sie schon tausendmal taten, bloß weil sich eine Gelegenheit bot. Wer weiß nicht, daß dies der Lauf der Welt ist, daß dies bei euch Männern allen gang und gäbe ist, so viele ihr seid, vom verruchten Bösewicht bis hinab zu dem kleinen Halunken? Wer sich heutzutage so etwas versagt, gilt als verstiegener Schwärmer, und das ist, glaube ich, nicht gerade der Fehler, den ich Ihnen zum Vorwurf mache.

Was ich aber gesagt, was ich gedacht habe und immer noch denke, ist, daß Sie deswegen Ihre Präsidentin nicht minder lieben. Natürlich nicht mit reiner und auch nicht mit überaus zärtlicher Liebe, aber doch mit der Liebe, die Sie überhaupt empfinden können. Mit der Liebe zum Beispiel, die einen Mann an der geliebten Frau alle die Reize und Vorzüge sehen läßt, die sie gar nicht besitzt. Mit einer Liebe, die sie in eine Klasse für sich einreiht und alle andern Frauen in den zweiten Rang verweist, die Sie noch an ihr hängen läßt, wenn Sie ihr Schimpf und Schande antun, kurzum eine solche Liebe, wie sie ein Sultan für seine Lieblingsfrau empfinden kann, was ihn aber nicht abhält, ihr gar oft eine einfach Odaliske vorzuziehen. Mein Vergleich dünkt mich um so treffender, als Sie, gleich ihm, niemals der Freund oder Geliebte einer Frau sind, sondern immer entweder ihr Tyrann oder dann ihr Sklave. Drum bin ich auch ganz sicher, daß Sie sich sehr gedemütigt und arg erniedrigt haben, um bei dem schönen Geschöpf wieder in Gnaden aufgenommen zu werden! Und überglücklich, es so weit gebracht zu haben, verlassen Sie mich, kaum daß Sie glauben, der Augenblick sei gekommen, daß Sie Ihre Verzeihung erlangen können, um »dieses großen Ereignisses« willen. Auch in Ihrem letzten Brief sprechen Sie nur darum nicht ausschließlich von dieser Frau, weil Sie mir nichts von Ihren »wichtigen Angelegenheiten« sagen wollen. Sie kommen Ihnen so wichtig vor, daß das Stillschweigen, daß sie darüber bewahren, Ihnen als eine Strafe erscheint, die mich treffen soll. Und nach tausend solchen Beweisen Ihrer entschiedenen Vorliebe für eine andere Frau fragen Sie mich seelenruhig, ob es noch »irgendwelches gemeinsame Anliegen zwischen Ihnen und mir« gebe? Hüten Sie sich, Vicomte! Wenn ich einmal antworte, dann ist meine Antwort unwiderruflich! Und wenn ich mich im Augenblick scheue, sie zu geben, dann habe ich damit bereits zuviel verraten. Darum will ich auch um keinen Preis darüber reden.

Was ich einzig noch tun kann, ist, daß ich Ihnen eine Geschichte erzähle. Vielleicht haben Sie zwar keine Zeit, sie zu lesen. Oder es fehlt Ihnen an der Muße, ihr die nötige Aufmerksamkeit zu schenken, um sie richtig zu verstehen. Das sei Ihnen anheimgestellt. Schlimmstenfalls habe ich eben eine Geschichte umsonst erzählt.

Ein Mann aus meinem Bekanntenkreis hatte sich, wie Sie, an eine Frau verplempert, die ihm wenig Ehre machte. Wohl war er hin und wieder gescheit genug zu fühlen, daß ihm dieses Techtelmechtel einmal schaden könnte. Doch wenn er sich auch darüber weidlich schämte, so brachte er doch nicht den Mut auf, mit ihr zu brechen. Seine Verlegenheit war um so größer, als er seinen Freunden gegenüber geprahlt hatte, er sei keineswegs irgendwie gebunden. Auch wußte er ganz genau, daß man sich immer nur lächerlich macht, je mehr man sich verteidigt. Auf diese Weise verbrachte er sein Leben. Unaufhörlich beging er Dummheit über Dummheit, und in einem fort sagte er hernach: »Ich bin nicht schuld.« Dieser Mann nun hatte eine Freundin, die einen Augenblick lang in Versuchung war, ihn in diesem Zustand der Trunkenheit öffentlich bloßzustellen und dergestalt unauslöschlicher Lächerlichkeit preiszugeben. Da sie jedoch eher großmütig als boshaft war, vielleicht aber auch aus einem anderen Beweggrund, wollte sie noch ein allerletztes Mittel versuchen, um für alle Fälle, wie mein Freund, sagen zu können: Ich bin nicht schuld! Sie ließ ihm also ohne irgendwelche weiteren Bemerkungen den nachstehenden Brief zukommen, als Heilmittel, dessen Anwendung ihm vielleicht gegen sein Übel von Nutzen sein konnte.

»Man bekommt alles einmal satt, mein Engel. Das ist ein Naturgesetz. Meine Schuld ist es nicht.

Wenn ich also heute eines Abenteuers überdrüssig bin, das mich seit vier gräßlich langweiligen Monaten ausschließlich in Anspruch genommen hat, so ist es nicht meine Schuld.

Wenn ich beispielsweise just so viel Liebe gehabt habe, wie Du Tugend besaßest, und das will sicher viel besagen, so ist es nicht erstaunlich, daß die eine zur selben Zeit aufgehört hat wie die andere. Meine Schuld ist es nicht.

Daraus folgt, daß ich Dich seit einiger Zeit betrogen habe. Aber Deine erbarmungslose Zärtlichkeit hat mich gewissermaßen auch dazu gezwungen! Meine Schuld ist es nicht!

Heute verlangt eine Frau, die ich über alles liebe, daß ich Dich aufgebe. Meine Schuld ist es nicht.

Ich fühle wohl, das wird eine schöne Gelegenheit abgeben. Zeter und Mordio wegen meines Eidbruchs zu schreien. Aber wenn die Natur den Männern nur Beständigkeit verliehen hat, während sie die Frauen mit hartnäckigem Beharren begabte, so ist es meine Schuld nicht.

Glaube mir, wähle Dir einen andern Liebhaber, wie ich eine andere Geliebte erkoren habe. Dieser Rat ist gut, sehr gut sogar. Findest du ihn aber schlecht, so ist es meine Schuld nicht.

Leb wohl, mein Engel, ich habe Dich mit Freuden genommen, ich verlasse Dich ohne Reue. Vielleicht komme ich einmal wieder zu Dir zurück. So ist der Lauf der Welt. Meine Schuld ist es nicht.«

Es ist jetzt nicht der Augenblick, Vicomte, Ihnen zu sagen, wie dieser letzte Versuch ausging. Ich verspreche Ihnen aber, ich werde es Ihnen in meinem nächsten Brief erzählen. Darin werden Sie auch mein »Ultimatum« vorfinden über die Erneuerung des Vertrags, die Sie mir vorschlagen. Bis dahin lasse ich's bei einem Lebewohl bewenden . . .

Da fällt mir noch ein: Ich danke Ihnen für Ihre eingehenden Mitteilungen über die kleine Volanges. Das gibt einen wunderschönen Artikel für die Klatsch- und Skandalchronik; doch müssen wir ihn bis nach der Hochzeit aufsparen. Inzwischen nehmen Sie mein herzlichstes Beileid zum Verlust Ihrer Nachkommenschaft entgegen. Gute Nacht, Vicomte.

Auf Schloß . . ., am 24. November 17..

142. BRIEF

Der Vicomte de Valmont an die Marquise de Merteuil

Wahrhaftig, meine schöne Freundin, ich weiß nicht, habe ich Ihren Brief und die Geschichte, die Sie mir da erzählen, sowie das kleine Briefmuster, das beilag, falsch gelesen oder unrichtig verstanden. Was ich Ihnen sagen kann, ist lediglich, daß ich letzteres recht originell fand und durchaus geeignet, seine Wirkung zu tun. So habe ich es denn ganz einfach abgeschrieben und gleichfalls ganz einfach an meine himmlische Präsidentin gesandt. Ich habe keinen Augenblick verloren, denn das zärtliche Sendschreiben ist gleich gestern abend an sie abgegangen. So war es mir lieber, denn erstens hatte ich ihr versprochen, ich werde ihr gestern noch schreiben; und dann auch, weil ich dachte, sie werde reichlich die ganze Nacht über damit zu tun haben, sich zu sammeln und über »das große Ereignis« nachzudenken, sollten Sie mir diesen Ausdruck auch ein zweites Mal aufmutzen.

Ich hoffte, Ihnen heute morgen die Antwort meiner Vielgeliebten weitersenden zu können. Aber nun ist es schon bald Mittag, und ich habe noch nichts erhalten. Ich werde noch bis fünf Uhr abwarten, und wenn ich bis dahin keine Nachricht bekommen habe, hole ich sie mir selber. Denn vor allem, was höfliches Benehmen betrifft, kostet nur der erste Schritt Überwindung.

Jetzt aber, wie Sie sich ja denken können, bin ich sehr gespannt, wie die Geschichte mit dem Mann aus Ihrem Bekanntenkreis ausgeht, der so heftig verdächtigt wurde, er könne notfalls eine Frau nicht aufgeben. Hat er sich nicht gebessert? Und hat ihn seine großherzige Freundin nicht wieder in Gnaden aufgenommen?

Nicht weniger wünsche ich Ihr »Ultimatum« zu erhalten. Sie sagen das wie ein alter, gewiegter Politiker! Vor allem bin ich neugierig, ob Sie in diesem letzten diplomatischen Schritt noch Liebe finden werden! Ach, zweifellos ist da Liebe mit ihm Spiel, viel sogar! Aber zu wem? Indessen möchte ich gar nicht etwa auftrumpfen und erwarte alles von Ihrer Güte.

Leben Sie wohl, bezaubernde Freundin. Ich werde diesen Brief erst um zwei Uhr schließen, in der Hoffnung, ich kann Ihnen dann die gewünschte Antwort beilegen.

Um zwei Uhr nachmittags.

Noch immer nichts. Die Zeit drängt sehr. Ich habe keine Zeit mehr, ein paar Worte hinzuzufügen. Werden Sie aber diesmal die zärtlichsten Küsse der Liebe auch wieder zurückweisen?

Paris, am 27. November 17..

143. BRIEF

Die Präsidentin de Tourvel an Madame de Rosemonde

Der Schleier ist zerrissen, gnädige Frau, auf den das Trugbild meines Glücks gemalt war. Die unheilvolle Wahrheit hat mir die Augen geöffnet, und nun sehe ich nur noch den sichern nahen Tod vor mir, und der Weg zu ihm führt durch Schande und Reue. Ich werde diesen Weg gehen ... Ich will meine Qualen liebend segnen, wenn sie mein Dasein abkürzen. Ich schicke Ihnen den Brief, den ich gestern erhielt. Ich brauche gar nichts dazu zu bemerken; er spricht deutlich genug für sich selbst. Jetzt ist nicht mehr Zeit zum Klagen. Jetzt bleibt mir nur noch zu leiden. Nicht Mitleid habe ich nötig, sondern Kraft.

Nehmen Sie, gnädige Frau, die einzigen Abschiedsworte entgegen, die ich schreiben werde, und erhören Sie meine letzte Bitte. Überlassen Sie mich meinem Schicksal, vergessen Sie mich völlig, denken Sie, ich sei nicht mehr auf Erden. Es gibt im Unglück eine Grenze, wo es nicht mehr weitergehen kann, wo sogar die Freundschaft unsere Leiden nur noch qualvoller macht und sie nicht lindern kann. Wenn die Wunden tödlich sind, wird jegliche Hilfe unmenschlich. Jedes andere Gefühl, außer der Verzweiflung, ist mir fremd. Nichts kann mir mehr frommen als die tiefe Nacht, in der ich meine Schande begraben werde. Dort will ich meine

Sünden beweinen, wenn ich noch weinen kann! Denn seit gestern habe ich keine Träne geweint. Mein geschändetes, ausgedörrtes Herz hat keine Tränen mehr.

Leben Sie wohl, gnädige Frau. Antworten Sie mir nicht. Ich habe auf diesen grausamen Brief den Schwur getan, keinen mehr anzunehmen.

Paris, am 27. November 17..

144. BRIEF

Der Vicomte de Valmont an die Marquise de Merteuil

Gestern um fünf Uhr abends, schönste Freundin, packte mich die Ungeduld, weil ich keinerlei Nachricht erhielt, und ich sprach bei dem schönen, verschmähten Mauerblümchen vor. Man sagte mir, sie sei ausgegangen. Ich sah in dieser abgedroschenen Redensart nichts weiter als eine Weigerung, mich zu empfangen, die mich nicht ärgerte und auch nicht überraschte. So zog ich wieder ab, mit der Hoffnung freilich, dieser Schritt werde eine so ausbündig höfliche Frau zum mindesten veranlassen, mich mit einer kurzen Antwort zu beehren. Ich konnte es kaum erwarten, bis ich sie in Händen hatte, und so ging ich eigens darum gegen neun Uhr nach Hause, fand aber dort nichts vor. Erstaunt über das Stillschweigen, auf das ich nicht gefaßt war, beauftragte ich meinen Jäger, Erkundigungen einzuziehen und in Erfahrung zu bringen, ob die gefühlvolle Dame am Ende gar tot sei oder im Sterben liege. Endlich, als ich nach Hause kam, teilte er mir mit, Madame de Tourvel sei tatsächlich um elf Uhr morgens ausgegangen, und zwar mit ihrer Kammerfrau; sie habe sich ins Kloster . . . fahren lassen und habe um sieben Uhr abends ihren Wagen und die Dienerschaft fortgeschickt und sagen lassen, man solle sie zu Hause nicht erwarten. Das heiße ich wahrlich tun, was sich gehört! Das Kloster ist der rechte Zufluchtsort für eine Witwe. Und wenn sie auf diesem löblichen Entschluß beharrt, werde ich zu allen Verpflichtungen, die ich ihr gegenüber jetzt schon habe, auch noch die Berühmtheit hinzuzählen müssen, die dieses Abenteuer erlangen wird.

Ich sagte Ihnen ja schon vor einiger Zeit, trotz Ihren Besorgnissen, ich werde erst wieder auf der Bühne der Welt auftreten, wenn mich neuer Glanz umstrahle. Mögen sie sich doch zeigen, diese gestrengen Kritiker, die mich einer verstiegenen und unglücklichen Liebe bezichtigen. Sie sollen einmal rascher und glänzender ein Verhältnis lösen. Doch nein, sie sollen lieber noch als Tröster auftreten. Der Weg ist ihnen geebnet! Wohlan denn! Sie mögen diese Laufbahn, die ich vom Anfang bis zum Ende durchlaufen habe, nur einmal anzutreten wagen, und wenn einer von ihnen auch nur den geringsten Erfolg einheimst, trete ich ihm den ersten Platz ab. Sie werden aber allesamt zu spüren bekommen, daß der Eindruck, den ich hinterlasse, unauslöschlich ist, sobald ich mir auch nur ein bißchen Mühe gebe. Ha! Bei dieser Frau wird er wahrlich unaustilgbar sein! Und alle meine anderen Triumphe würden mir vergällt und hätten für mich keine

Bedeutung mehr, wenn ich jemals bei dieser Frau hinter einem Nebenbuhler nachstehen müßte.

Der Entschluß, den sie gefaßt hat, schmeichelt meiner Eigenliebe, das gebe ich zu. Aber es ärgert mich, daß sie Kraft genug aufgebracht hat, sich so unabhängig von mir zu machen. So bestehen künftig zwischen uns beiden noch andere Hindernisse, als die ich selbst errichtet habe! Wie? Wenn ich mich ihr wieder nähern wollte, dann könnte sie gar sich dagegen sträuben, sie könnte nicht mehr wollen, was sag' ich? Sie könnte am Ende es nicht mehr ersehnen und nicht mehr ihr höchstes Glück darin sehen. Ist das denn eine Art? Ist das Liebe? Und glauben Sie, schönste Freundin, ich müsse mir das gefallen lassen? Wäre nicht zum Beispiel der Versuch zu erwägen, wäre es nicht besser, diese Frau so weit zu bringen, daß sie die Möglichkeit einer Aussöhnung und Wiederannäherung ins Auge faßt? Die wünscht man sich ja immer, solange man noch Hoffnung hat! Ich könnte diesen Schritt versuchen, ohne ihm allzuviel Gewicht beizumessen und demzufolge auch ohne daß er bei Ihnen Argwohn und Ärgernis erregen müßte. Im Gegenteil! Es wäre ein einfacher Versuch, den wir im gegenseitigen Einverständnis einhellig anstellen würden. Und selbst wenn es mir glücken sollte, so wäre es nur eine weitere Möglichkeit, nach Ihrem Belieben ein Opfer zu erneuern, das Ihnen angenehm zu sein schien. Und nun, schönste Freundin, bleibt mir noch, den Lohn dafür in Empfang zu nehmen, und so gelten alle meine heißen Wünsche Ihrer Rückkunft. Kommen Sie also geschwind, kommen Sie zurück zu Ihrem Anbeter, zu Ihren Vergnügungen, Ihren Freunden, in den Strudel der Abenteuer.

Das der kleinen Volanges hat eine denkbar günstige Wendung genommen. Gestern, als mir meine Unrast nirgendwo ruhig zu bleiben erlaubte, kam ich im Verlaufe verschiedener Spaziergänge auch zu Madame de Volanges. Ich fand ihr Mündel schon im Salon vor, freilich immer noch als Patientin aufgemacht und gewandet, aber auf dem Wege der Besserung, und sie sah dadurch nur desto frischer und reizvoller aus. Ihr Frauen wäret in einem solchen Fall einen vollen Monat lang auf Eurem Ruhebett liegen geblieben! Meiner Treu! Die Jungfräulein, sie sollen hochleben! Die Kleine machte mir wahrlich nicht übel Lust, näher zu erkunden, ob die Genesung auch völlig sei.

Ich muß Ihnen noch sagen, daß dieses Vorkommnis mit der Kleinen Ihren »Gefühlsdusler« Danceny beinahe um den Verstand gebracht hätte. Zuerst wurde er fast verrückt vor Kummer, nachher geriet er vor Freude beinah aus dem Häuschen. »Seine Cécile« war krank! Sie können sich ja denken, daß man bei so viel Unglück wirr im Kopf werden kann! Dreimal täglich schickte er jemanden vorbei, um sich nach ihrem Befinden zu erkundigen, und kein Tag verging, ohne daß er sich selber einstellte. Schließlich bat er in einer wunderschönen Epistel an die Mama um die Erlaubnis, ihr zur Genesung eines so teuren Wesens Glück wünschen zu dürfen, und Madame de Volanges war einverstanden. So fand ich denn, wie einstmals, den jungen Mann ganz behaglich installiert, abgesehen von einer gewissen Vertraulichkeit, die er sich noch nicht herauszunehmen getraute.

Von ihm selbst habe ich auch alle diese Einzelheiten erfahren. Ich verließ nämlich das Haus zur gleichen Zeit wie er, und so brachte ich ihn ein bißchen zum Schwätzen. Sie machen sich keine Vorstellung von dem Eindruck, den dieser Besuch auf ihn gemacht hat! Ist das eine Freude, ein sehnsüchtiges Verlangen! Und ein Überschwang! Unmöglich wiederzugeben! Ich habe ja eine Vorliebe fürs Großzügige, und so versicherte ich ihm, ich werde ihn binnen weniger Tage in die Lage versetzen, daß er seine Schöne noch ungestörter und aus näherer Nähe werde sehen können. Da verlor er vollends den Kopf.

Ich bin in der Tat entschlossen, sie ihm wieder in die Arme zu legen, sobald mein Experiment abgeschlossen ist. Ich will mich völlig und ausschließlich Ihnen weihen. Und zudem, wäre es der Mühe wert, daß Ihr Mündel auch bei mir in die Schule ging, wenn sie bloß ihren Gatten betrügen sollte? Das Meisterstück besteht darin, seinen Liebhaber zu betrügen, und vor allem den ersten Geliebten! Denn was mich betrifft, so brauche ich mir nicht vorzuwerfen, jemals das Wort »Liebe« ausgesprochen zu haben.

Leben Sie wohl, schönste Freundin. Kommen Sie also baldmöglichst zurück und freuen Sie sich Ihrer Macht über mich. Nehmen Sie meine Huldigung als die Ihres demütigen Knechts entgegen, und bezahlen Sie mir meinen Lohn dafür.

Paris, am 28. November 17..

145. BRIEF

Die Marquise de Merteuil an den Vicomte de Valmont

Im Ernst, Vicomte, Sie haben die Präsidentin verlassen? Sie haben ihr den Brief zugestellt, den ich für sie abgefaßt hatte? Wahr und wahrhaftig, Sie sind reizend! Und Sie haben meine kühnsten Erwartungen übertroffen! Ich gebe offen zu, dieser Triumph schmeichelt mir mehr als sämtliche Triumphe, die ich bis dahin errungen habe. Vielleicht werden Sie jetzt finden, ich schätze diese Frau recht hoch ein, nachdem ich sie noch vor kurzem so geringschätzig behandelt habe. Dem ist aber ganz und gar nicht so: Genau besehen habe ich diesen Vorteil nicht über diese Frau errungen, sondern über Sie! Das ist ja das Spaßige dabei, das, was ich wahrhaft köstlich finde!

Ja, Vicomte, Sie liebten Madame de Tourvel sehr und lieben sie sogar jetzt noch. Sie lieben sie bis zum Wahnsinn. Da ich mir aber den Spaß leistete, Sie mit dieser Liebe aufzuziehen und zu beschämen, haben Sie ihr mannhaft entsagt. Sie hätten eher ihrer Tausende geopfert, als daß Sie einen Schmerz ertragen hätten. Wo führt uns doch unsere Eitelkeit hin! Der Weise hat schon recht, der sagt, sie sei des Glückes Feind.

Wie stünden Sie jetzt da, wenn ich Ihnen bloß hätte einen Streich spielen wollen? Aber ich bin unfähig, jemanden zu hintergehen; das wissen Sie ja wohl. Und sollten Sie mich meinerseits zur Verzweiflung und ins Kloster treiben, so nehme ich das Wagnis auf mich und ergebe mich meinem Sieger.

Wenn ich indessen kapituliere, so ist es im Grunde pure Schwachheit von mir. Denn wenn ich wollte, wie manche Schwierigkeiten könnte ich Ihnen noch hermachen! Und vielleicht würden Sie's auch weidlich verdienen! Ich staune zum Beispiel, mit welcher Raffiniertheit – oder vielleicht ist es auch Ungeschicklichkeit – Sie mir ganz sachte und unmerklich vorschlagen, ich solle Sie doch wieder mit der Präsidentin anbandeln lassen. Das würde Ihnen gerade so passen! Nicht wahr, Sie könnten sich das ganze Verdienst dieses Bruchs zuschreiben, ohne die Freuden des Genusses dranzugeben. Und da alsdann dieses scheinbare Opfer für Sie keines mehr wäre, erbieten Sie sich, es ganz nach meinem Belieben ein weiteres Mal zu bringen! Dank dieser glänzenden Lösung würde die himmlische Betschwester immerfort im Glauben leben, sie sei die einzige Auserwählte Ihres Herzens, während ich mich stolz damit brüsten könnte, ich sei ihre bevorzugte Nebenbuhlerin. Angeschmiert wären wir alle beide, Sie aber wären zufriedengestellt, und was kümmert Sie das übrige?

Schade nur, daß Sie zwar so großes Talent zum Pläneschmieden haben, aber nur so geringe Begabung zur Ausführung dieser Pläne. Schade auch, daß Sie mit einem einzigen unbedachten Schritt nun selbst ein unüberwindliches Hindernis vor der Erfüllung Ihres sehnlichsten Wunsches aufgerichtet haben. Wie? Sie hatten die Absicht, wieder anzubandeln, und da gehen Sie hin und schreiben meinen Brief ab! Sie haben also auch mich für ungemein blöd gehalten! Ach, glauben Sie mir doch, Vicomte, wenn eine Frau das Herz einer andern Frau treffen will, dann trifft sie fast immer den wunden Punkt, und die Wunde, die sie schlägt, ist unheilbar. Während ich diese Frau treffen wollte, oder vielmehr während ich Ihre Schläge lenkte, vergaß ich nie, daß diese Frau meine Rivalin war, daß Sie ihr einen Augenblick lang vor mir den Vorzug gegeben hatten, kurzum, daß Sie mich geringer einschätzten als sie. Wenn ich mich in meiner Rache geirrt habe, so bin ich bereit, den Fehler auf mich zu nehmen. Somit ist es mir recht, wenn Sie alle Mittel versuchen. Ich lege Ihnen sogar nahe und verspreche Ihnen, ich werde mich über Ihre Erfolge nicht ärgern, wenn Sie es je so weit bringen sollten. Ich bin in dieser Hinsicht so ruhig, daß ich mich nicht weiter damit befassen will. Sprechen wir also von etwas anderem.

Zum Beispiel vom Befinden der kleinen Volanges. Sie müssen mir bei meiner Rückkunft genauen Bescheid darüber geben, nicht wahr? Es soll mich freuen, Näheres zu vernehmen. Hernach steht es dann bei Ihnen, darüber zu befinden, ob Sie die Kleine lieber ihrem Anbeter wieder in die Arme führen oder ob Sie ein weiteres Mal den Versuch wagen wollen, den Grundstock zu einer neuen Linie derer von Valmont, unter dem Namen Gercourt, zu legen. Diese Vorstellung schien mir ungemein spaßig, und wenn ich Ihnen nun die Wahl lasse, so bitte ich Sie doch, keinen endgültigen Entschluß zu fassen, ehe wir noch zusammen darüber gesprochen haben. Damit vertröste ich Sie keineswegs auf längere Zeit, denn ich werde demnächst wieder in Paris auftauchen. Den Tag kann ich Ihnen freilich nicht bestimmt sagen, aber Sie zweifeln gewiß nicht daran, daß Sie sogleich nach meiner Ankunft zuallererst davon Kenntnis erhalten werden.

Leben Sie wohl, Vicomte. Wenn ich mich auch unablässig mit Ihnen herumzanke, wenn ich Ihnen auch mancherlei Streiche spiele und Ihnen immer wieder Vorwürfe mache, so liebe ich Sie doch immer noch sehr, und ich bereite mich darauf vor, es Ihnen zu beweisen. Auf Wiedersehen, lieber Freund.

Auf Schloß . . ., am 29. November 17..

146. BRIEF

Die Marquise de Merteuil an den Chevalier Danceny

Endlich reise ich ab, mein junger Freund, und morgen abend bin ich wieder in Paris. Mitten in all dem Trubel, den ein Ortswechsel immer mit sich bringt, werde ich niemanden empfangen. Wenn Sie mir aber etwas sehr Dringendes anzuvertrauen haben, so will ich für Sie gerne eine Ausnahme machen. Aber nur Sie allein nehme ich aus. Somit bitte ich Sie, nichts über meine Ankunft verlauten zu lassen. Nicht einmal Valmont wird davon erfahren.

Hätte man mir vor einiger Zeit noch gesagt, Sie würden so bald mein ausschließliches Vertrauen genießen, so hätte ich es nicht geglaubt. Ihr Zutrauen hat aber das meine nach sich gezogen. Ich hätte nicht übel Lust zu glauben, Sie haben es recht geschickt darauf angelegt und am Ende allerhand Verführungskünste angewendet. Das wäre freilich nicht schön von Ihnen! Übrigens würde im jetzigen Augenblick Ihre Verführung nicht sonderlich gefährlich. Sie haben ja nun wirklich anderes zu tun. Wenn die Heldin auf der Bühne steht, kümmert man sich nicht groß um die Zwischenträgerin.

So kam es auch, daß Sie nicht einmal Zeit fanden, mich über Ihre neuerlichen Erfolge aufs laufende zu setzen! Als Ihre Cécile nicht da war, waren die Tage nicht lang genug, Ihre zärtlichen Klagen abzuhören. Sie hätten sie jedem beliebigen Echo vorgetragen, wäre ich nicht dagewesen, um sie anzuhören. Als sie erkrankte, da beehrten Sie mich sogar weiterhin mit dem genauen Bericht Ihrer Besorgnisse. Sie brauchten jemanden, dem sie Ihr Herz ausschütten konnten. Jetzt aber, nun das geliebte Mädchen in Paris weilt, und sie wieder wohlauf ist und Sie vor allem sie zuweilen sehen können, ist sie Ihr ein und alles, und Ihre Freunde gelten gar nichts mehr.

Ich tadle Sie deswegen gar nicht etwa. Ihr Alter ist daran schuld. Sie sind ja erst zwanzig. Von Alkibiades bis zu Ihnen wußten bekanntlich die jungen Leute nur, was Freundschaft bedeutet, wenn sie Kummer hatten. Das Glück macht sie manchmal geschwätzig, nie aber vertrauensselig. Ich kann wohl sagen, wie weiland Sokrates: »Es ist mir lieb, daß meine Freunde zu mir kommen, wenn sie unglücklich sind.« Aber in seiner Eigenschaft als weiser Philosoph konnte er ganz gut ohne sie auskommen, wenn sie sich nicht einstellten. In dem bin ich freilich nicht so weise und abgeklärt wie er, und ich habe Ihr Stillschweigen empfunden, wie nur eine schwache Frau so etwas empfinden kann.

Halten sie mich nun aber nicht etwa für anspruchsvoll. Ich bin's bei weitem nicht. Das gleiche Gefühl, das mir solche Entbehrungen zum Bewußtsein bringt, verleiht mir auch den Mut, sie zu ertragen, wenn sie Beweis oder Anlaß des Glücks meiner Freunde sind. Ich zähle also für den morgigen Abend nur dann auf Sie, wenn sie Ihre Liebe frei und ohne anderweitige Beanspruchung läßt, und ich verbiete Ihnen, mir auch nur das geringfügigste Opfer zu bringen.

Leben sie wohl, Chevalier. Ich freue mich auf unser Wiedersehn wie auf ein Fest. Werden Sie auch kommen?

Auf Schloß ..., am 29. November 17..

147. BRIEF

Madame de Volanges an Madame de Rosemonde

Sie werden gewiß ebenso betrübt sein, wie ich es bin, meine würdige Freundin, wenn Sie erfahren, in welchem Zustand sich Madame de Tourvel befindet. Seit gestern ist sie krank. Ihre Krankheit ist mit solcher Heftigkeit ausgebrochen, sie trat mit derart schweren Symptomen auf, daß ich darüber wirklich im höchsten Maße beunruhigt bin.

Ein hitziges Fieber, wilde Delirien und fast unaufhörliches Phantasieren, ein unstillbarer Durst, das ist alles, was man feststellen kann. Die Ärzte behaupten, sie können noch nichts Genaues sagen, keinerlei Prognose stellen. Und die Behandlung wird um so schwieriger sein, als die Kranke hartnäckig jede Art von Heilmitteln zurückweist. Das geht so weit, daß man sie mit Gewalt festhalten mußte, um sie zur Ader zu lassen. Und man hat zwei weitere Male dieselben Gewaltmaßnahmen anwenden müssen, um ihr den Verband wieder anzulegen, den sie in ihren Fieberdelirien immer wieder wegreißen will.

Sie haben sie ja, wie ich, gekannt, Sie wissen, wie wenig kräftig, wie schüchtern und sanft sie ist. Können Sie sich vorstellen, daß vier Personen sie kaum festzuhalten vermochten und daß sie, kaum will man ihr irgendwelche Vorstellungen machen, in unbeschreibliche Wutausbrüche verfällt? Was mich anlangt, so fürchte ich, das ist schon mehr als ein bloßes Delirium. Das ist eine richtige Geisteskrankheit.

Was meine Angst in dieser Hinsicht noch vermehrt, das sind die Vorfälle, die sich gestern zugetragen haben.

An jenem Tag langte sie gegen elf Uhr morgens mit ihrer Kammerfrau im Kloster ... an. Da sie in diesem Hause auferzogen worden ist und die Gewohnheit beibehalten hat, ab und zu wieder hinzukommen, wurde sie wie gewöhnlich empfangen, und allgemein hatte man den Eindruck, sie sei ruhig und wohlauf. Ungefähr zwei Stunden später erkundigte sie sich, ob das Zimmer, das sie damals als Pensionärin bewohnt hatte, nicht besetzt sei, und als man ihr zur Antwort gab, ja, das sei es, verlangte sie es wiederzusehen. Die Oberin begleitete sie mit ein paar andern Nonnen hin. Da erst erklärte sie, sie sei hergekommen, um dieses Zimmer wieder zu beziehen, das sie – so sagte sie – nie hätte verlassen dürfen. Und sie setzte hinzu, sie werde erst wieder fortgehen, »wenn sie gestorben sei«. So drückte sie sich aus.

Zunächst war man ratlos und wußte nicht, was man dazu sagen sollte. Als aber das erste Erstaunen vorbei war, hielt man ihr vor, ihre Eigenschaft als verheiratete Frau gestatte nicht, sie ohne besondere Erlaubnis aufzunehmen. Dieser Grund vermochte so wenig wie tausenderlei andere etwas auszurichten. Und von diesem Augenblick an blieb sie beharrlich nicht nur im Kloster, sondern sogar auf ihrem Zimmer. Endlich gab man es auf, und um sieben Uhr abends gab man ihr die Einwilligung, über Nacht im Kloster zu bleiben. Man schickte ihren Wagen und die Dienerschaft fort und verschob es auf den nächsten Tag, einen Entschluß zu fassen.

Wie man versichert, waren ihre Miene und auch ihr Gebaren den ganzen Abend nicht im geringsten irgendwie verstört, sondern eines wie das andere zurückhaltend und nachdenklich. Nur sei sie vier-, fünfmal in tiefes Sinnen versunken, so tief, daß man sie nicht einmal, wenn man auf sie einsprach, daraus habe aufstören können. Und jedesmal, bevor sie daraus erwacht sei, habe sie sich mit beiden Händen an die Stirn gegriffen und sie sichtlich mit aller Kraft dagegengepreßt. Daraufhin habe eine von den Nonnen, die zugegen waren, sie gefragt, ob sie Kopfschmerzen habe; sie habe sie lange angestarrt, ehe sie eine Antwort gab, und schließlich gesagt: »Nicht hier tut es weh!« Einen Augenblick später wünschte sie allein gelassen zu werden und bat, man möge sie künftighin mit Fragen verschonen.

Alle Anwesenden zogen sich nun zurück, außer der Kammerfrau, die zum Glück im gleichen Zimmer schlafen mußte, weil sonst kein Platz vorhanden war.

Dem Bericht dieses Mädchens zufolge war ihre Herrin ziemlich ruhig bis gegen elf Uhr abends. Dann erklärte sie, sie wolle zu Bett gehen. Doch bevor sie noch völlig entkleidet war, fing sie an, in großer Unrast und mit heftigem Gebärdenspiel im Zimmer auf und ab zu gehen. Julie, die miterlebt hatte, was im Laufe des Tages vorgefallen war, wagte nicht, etwas zu sagen, und wartete schweigend fast eine Stunde lang. Schließlich rief Madame de Tourvel zweimal hintereinander nach ihr. Sie kam gerade noch rechtzeitig herbeigelaufen; ihre Herrin sank ihr in die Arme und hauchte: »Ich kann nicht mehr!« Sie ließ sich zu ihrem Bett führen, wollte aber nichts zu sich nehmen, duldete auch nicht, daß Hilfe geholt wurde. Sie ließ bloß ein Glas Wasser neben sich hinstellen und befahl dann Julie, zu Bett zu gehen.

Diese versichert, sie sei bis um zwei Uhr früh wach gelegen und habe während dieser Zeit nichts Auffälliges gehört. Ihre Herrin habe sich nicht geregt und auch nicht geklagt. Sie sagte aber, sie sei um fünf Uhr daran aufgewacht, daß ihre Herrin laut und vernehmlich redete. Da habe sie gefragt, ob sie nichts brauche; und als sie keine Antwort erhielt, nahm sie das Licht und trat an Madame de Tourvels Bett. Die aber erkannte sie nicht, sondern unterbrach unvermittelt ihre wirren, unzusammenhängenden Reden und rief aufgeregt aus: »Man soll mich allein lassen. Man soll mich im Finstern lassen. Die Finsternis ist mein Teil!« Dieser Ausdruck – das habe ich gestern selber mit angehört – kehrte in ihren Reden immer wieder.

Endlich nahm Julie diesen Aufschrei als Befehl und ging hinaus, um Leute und Hilfe zu holen. Madame de Tourvel hat aber beides abgelehnt, unter Wutausbrüchen und Wahnvorstellungen, die seither so häufig wieder aufgetreten sind.

Die Bedrängnis, in dic all dies das Kloster versetzte, hat die Oberin veranlaßt, mich gestern um sieben Uhr in der Morgenfrühe holen zu lassen ... Es war noch gar nicht Tag. Ich bin augenblicklich hingeeilt. Als man mich Madame de Tourvel anmeldete, schien sie das Bewußtsein wiederzuerlangen und gab zur Antwort: »Ach, ja! Sie soll hereinkommen.« Doch als ich an ihrem Bett stand, blickte sie mich starr an, ergriff ungestüm meine Hand, drückte sie und sprach mit lauter, aber düster-trauriger Stimme zu mir: »Ich sterbe, weil ich Ihnen nicht geglaubt habe.« Unmittelbar nachher barg sie ihre Augen in den Händen und fing wieder mit ihren wirren Reden an, in denen die Worte: »Man soll mich allein lassen usw.« immer wiederkehrten. Dann schwand ihr das Bewußtsein völlig.

Diese Worte, die sie an mich gerichtet hat, und noch andere, die ihr im Delirium entschlüpften, lassen mich befürchten, daß diese erbarmungslose Krankheit eine noch beängstigendere Ursache hat. Doch wir wollen die Geheimnisse unserer Freundin ehren und uns damit begnügen, ihr Unglück zu beklagen.

Der ganze Tag war ebenso stürmisch. Anfälle entsetzlicher Delirien wechselten ab mit Augenblicken, in denen sie in todähnlicher Ermattung dalag, und diese Augenblicke sind die einzigen, in denen sie ruht und auch den andern Ruhe gönnt. Ich wich nicht von ihrem Bett bis um neun Uhr abends, und ich werde heute für den ganzen Tag wieder hingehen. Selbstverständlich werde ich meine unglückliche Freundin nicht im Stiche lassen. Was mich aber zur Verzweiflung treibt, ist die unbeugsame Beharrlichkeit, mit der sie alle Pflege und jegliche Hilfe zurückweist.

Ich sende Ihnen den Bericht, wie sie die Nacht verbracht hat. Ich habe ihn eben erhalten, und wie Sie sehen, ist er nichts weniger als tröstlich. Ich werde dafür besorgt sein, daß sie alle jeweilen pünktlich zugestellt erhalten.

Leben Sie wohl, meine würdige Freundin. Ich will jetzt wieder zu der Kranken gehen. Meine Tochter, die zum Glück fast völlig genesen ist, entbietet Ihnen ihre achtungsvollen Grüße.

Paris, am 29. November 17..

148. BRIEF

Der Chevalier Danceny an die Marquise de Merteuil

O Sie, die ich liebe! O Du, Angebetete! O Sie! Sie haben mein Glück begonnen! O Du! Du hast ihm Erfüllung geschenkt! Mitfühlende Freundin! Zärtlich liebende Frau! Warum muß die Erinnerung an Deinen Schmerz den Zauber zerstörren, dem ich erliege? Ach, gnädige Frau, werden Sie wieder ruhig, das erfleht meine zärtliche Freundschaft. O meine Freundin, sei glücklich! So bittet die Liebe.

Ei, was für Vorwürfe haben sie sich denn zu machen? Glauben Sie mir, Ihr Zartgefühl führt Sie irre. Die Reue, die es in Ihnen erweckt, das Unrecht, dessen es mich anklagt, bestehen gleichermaßen nur in Ihrer Einbildung. Und ich fühle zutiefst in meinem Herzen, daß zwischen uns kein anderer Verführer wirksam war als die Liebe. Scheue Dich also nicht mehr, Dich den Empfindungen hinzugeben, die Du erweckst, Dich von allen Gluten durchlohen zu lassen, die Du entfachst. Wie! Weil unsere Herzen spät erst Klarheit gewonnen haben, sollten sie weniger rein sein? Nein, sicherlich nicht! Im Gegenteil, die Verführung geht ja immer planmäßig vor und kann ihr Fortschreiten und ihre Mittel aufeinander anpassen und die Ereignisse im voraus schon überblicken. Wahre Liebe aber läßt nicht zu, daß man so überlegt und besonnen handelt. Sie lenkt uns vermittels unserer Gefühle von unsern Gedanken ab. Ihre Macht ist nie gewaltiger, als wenn wir sie nicht kennen, nicht ahnen. Und im Dunkel und stillschweigend umstrickt sie uns mit Banden, die zu zerreißen und wahrzunehmen gleichermaßen unmöglich ist.

So glaubte ich gestern noch, trotz der wilden Erregung, in die mich der Gedanke an Ihre Rückkunft versetzte, ungeachtet der unaussprechlichen Freude, die ich bei Ihrem Anblick verspürte, gleichwohl glaubte ich immer noch, nichts rufe oder lenke mich als friedsame Freundschaft. Oder vielmehr, ich überließ mich völlig den süßen Empfindungen meines Herzens und kümmerte mich nur wenig darum, ihren Ursprung oder Anlaß zu ergründen. Gleich wie ich, meine zärtliche Freundin, erlagst auch Du, ohne es zu ahnen, diesem übermächtigen Zauber, der unsere Seelen den süßen Auswirkungen der Zärtlichkeit preisgab. Und beide haben wir die Liebe erst erkannt, als wir aus der Trunkenheit wieder erwachten, in die uns diese Gottheit versenkt hatte.

Gerade dies aber rechtfertigt uns, anstatt uns zu verdammen. Nein, Du hast nicht Verrat an der Freundschaft geübt, und auch ich habe ebensowenig ein Vertrauen mißbraucht. Wir ahnten alle beide unsere Gefühle nicht, das ist freilich wahr. Aber dieser Selbsttäuschung waren wir nur verfallen, wir suchten sie doch nicht hervorzuzaubern. Ach, wir wollen uns beileibe nicht etwa darüber beklagen, nein, wir wollen nur an die Seligkeit denken, die sie uns beschert hat! Und ohne sie uns durch ungerechte Vorwürfe zu vergällen, wollen wir nur daran denken, sie noch durch den Zauber des Vertrauens und der gegenseitigen Sorglosigkeit zu vertiefen. O meine Freundin! Wie teuer ist diese Hoffnung meinem Herzen! Ja, von nun an laß alle Besorgnis fahren und gib Dich ganz und rückhaltlos der Liebe hin, Du wirst mein Verlangen, meine Verzückung, den Taumel meiner Sinne und die Trunkenheit meiner Seele mit mir teilen, und jeder Augenblick unserer glückerfüllten Tage wird durch neue wollüstige Wonnen gekennzeichnet sein.

Lebe wohl. Ich bete Dich an! Heute abend werde ich Dich wiedersehn! Doch kann ich dich allein finden? Ich wage es nicht zu hoffen. Ach, Du sehnst Dich ja nicht so unsagbar danach wie ich.

Paris, am 1. Dezember 17..

149. BRIEF

Madame de Volanges an Madame de Rosemonde

Ich hoffte gestern fast den ganzen Tag, meine würdige Freundin, ich könne Ihnen heute früh günstigeren Bericht über das Befinden unserer lieben Kranken geben. Aber seit gestern abend ist diese Hoffnung zunichte geworden, und es bleibt mir nur noch das Leid, sie verloren zu haben. Ein Vorfall, dem Anschein nach recht bedeutungslos, doch durch seine Folgewirkungen verhängnisvoll, hat den Zustand der Kranken so bedenklich beeinflußt, daß er zumindest so schlimm war wie zuvor, wenn er ihn nicht gar noch verschlimmert hat.

Ich hätte an dieser jähen Wendung zum Schlechten rein gar nichts begriffen, wenn nicht gestern unsere unglückliche Freundin mir ihr Herz rückhaltlos aufgeschlossen hätte. Da sie mir deutlich zu verstehen gegeben hat, Sie seien ebenfalls in ihr ganzes Unglück eingeweiht, kann ich ungescheut zu Ihnen über ihre traurige Lage sprechen.

Gestern morgen, als ich im Kloser anlagte, sagte man mir, die Kranke schlafe seit über drei Stunden. Und ihr Schlaf war derart tief und so ruhig, daß ich einen Augenblick lang Angst hatte, sie liege im Todesschlaf da. Eine Weile später erwachte sie und zog selbst die Vorhänge an ihrem Bett auf. Sie sah uns alle verwundert an, und als ich mich erhob und zu ihr herantreten wollte, erkannte sie mich, nannte mich beim Namen und bat mich näher zu treten. Sie ließ mir keine Zeit, irgendeine Frage zu stellen, sondern fragte mich, wo sie sei, was wir hier suchten, ob sie denn krank sei und weshalb sie nicht zu Hause liege. Zuerst meinte ich, sie habe neuerlich einen Fieberanfall, der allerdings nicht so heftig sei wie der letzte. Ich bemerkte aber dann, daß sie meine Antworten recht wohl verstand. Sie hatte tatsächlich die Vernunft wiedergefunden, nicht aber das Gedächtnis.

Sie fragte mich eingehend und umständlich über alles aus, was sich ereignet hatte, seit sie im Kloster war. Sie erinnerte sich nämlich überhaupt nicht, daß sie hergekommen war. Ich gab ihr genau Auskunft und ließ nur weg, was sie hätte allzusehr erschrecken können. Und als ich sie meinerseits fragte, wie sie sich fühle, gab sie mir zur Antwort, im Augenblick leide sie nicht, doch habe sie im Schlaf entsetzliche Qualen durchgemacht und fühle sich jetzt matt und müde. Ich redete ihr zu, sie möge sich beruhigen und nur wenig sprechen. Hierauf zog ich die Vorhänge zum Teil zu, ließ aber ein Spältlein offen und setzte mich zu ihr ans Bett. Zur gleichen Zeit kam jemand und nötigte ihr ein wenig Fleischbrühe auf, die sie auch nahm und gut fand.

So blieb sie ungefähr eine halbe Stunde lang, und in dieser Zeit sprach sie nur, um mir für die Pflege zu danken, die ich ihr hatte angedeihen lassen. Und in ihren Dank legte sie die ganze Anmut und Liebenswürdigkeit, die Sie ja an ihr kennen. Hernach verharrte sie eine geraume Weile in völligem Schweigen, das sie nun unterbrach, um mir zu sagen: »Ach ja, jetzt erinnere ich mich wieder, daß ich hierhergekommen bin.« Und einen Augenblick später rief sie schmerzlich aus: »Meine Freundin, meine liebe Freundin, bedauern Sie mich! Mein ganzes Unglück kommt mir wieder in den Sinn!« Wie ich daraufhin zu ihr ans Bett trat, ergriff sie mich bei der Hand und lehnte ihren Kopf daran. »Großer Gott!« fuhr sie dann fort zu sprechen. »Kann ich denn nicht sterben?« Der Ton, in dem sie das sagte, mehr noch als die Worte, rührte mich zu Tränen. Sie hörte es meiner Stimme an und sprach zu mir: »Ich tue Ihnen leid! Ach, wenn Sie wüßten! . . .« Dann hielt sie inne und sagte: »Sorgen Sie dafür, daß man uns allein läßt, und ich will Ihnen alles sagen.«

Wie ich Ihnen, glaub' ich, bereits geschrieben habe, argwöhnte ich längst schon etwas von dem, was Gegenstand dieser vertraulichen Aussprache sein sollte. Und da ich fürchtete, die Unterredung, die aller Voraussicht nach lange und traurig ausfallen mußte, könnte vielleicht dem Zustand unserer unglücklichen Freundin abträglich sein, weigerte ich mich zunächst, unter dem Vorwand, sie habe Ruhe nötig. Doch sie beharrte darauf, und so gab ich schließlich ihrem Drängen nach. Sobald wir allein waren, erzählte sie mir alles, was Sie bereits von ihr erfahren haben und was ich aus diesem Grunde nicht noch einmal berichten will.

Als sie mir zum Schluß erzählte, auf welch unmenschliche Art sie geopfert worden war, setzte sie hinzu: »Ich glaubte, ich werde bestimmt daran sterben, und ich hätte auch den Mut dazu. Aber meine Schande und mein Unglück zu überleben, das ist mir unmöglich.« Ich bemühte mich, diese Mutlosigkeit oder vielmehr diese Verzweiflung zu bekämpfen, und zwar mit den Waffen der Religion, die bis dahin so viel über sie vermochten. Doch ich spürte gar bald, daß ich für dieses erhabene Amt nicht Kraft genug hatte, und so beschränkte ich mich darauf, ihr vorzuschlagen, ich wolle den Pater Anselm herbeirufen, der, wie ich weiß, ihr volles Vertrauen genießt. Sie war einverstanden und schien es sogar dringend zu wünschen. Man ließ ihn holen, und er kam augenblicklich. Er blieb sehr lange bei der Kranken, und als er fortging, sagte er, wenn die Ärzte der gleichen Ansicht seien wie er, so glaube er, man könne die Zeremonie der Letzten Ölung noch hinausschieben. Er werde anderntags wieder vorbeikommen.

Es war ungefähr drei Uhr nachmittags, und bis um fünf Uhr war unsere Freundin leidlich ruhig, so daß wir alle wieder Hoffnung geschöpft hatten. Unglücklicherweise brachte man da einen Brief für sie. Als man ihn ihr überreichen wollte, gab sie zuerst zur Antwort, sie wolle keinerlei Briefe entgegennehmen, und niemand drang weiter in sie. Doch schien sie von diesem Augenblick an erregter zu sein. Bald nachher fragte sie, woher der Brief komme, ob er keinen Stempel trage, wer ihn gebracht habe. Niemand wußte etwas Näheres. Sie wollte wissen, in wessen Auftrag er abgegeben worden sei. Man hatte der Pförtnerin nichts ausgerichtet. Da verharrte sie wieder eine Weile schweigend, hernach fing sie erneut an zu sprechen, aber ihre unzusammenhängenden Reden bewiesen uns nur, daß sie wieder im Delirium lag.

Indessen folgte noch ein ruhiger Augenblick, bis sie schließlich bat, man möge ihr den Brief reichen, der für sie abgegeben worden sei. Kaum hatte sie einen Blick darauf geworfen, schrie sie auf: »Von ihm! Allmächtiger Gott!« Und dann sprach sie mit lauter, aber beklommener Stimme: »Nehmt ihn zurück! Nehmt ihn wieder zurück!« Sie ließ auf der Stelle die Bettvorhänge zuziehen und verbot, daß irgend jemand in ihre Nähe kam. Doch mußten wir fast augenblicklich wieder zu ihr gehen. Ihr Fieberwahn hatte heftiger denn je wieder eingesetzt, und dazu kamen nun noch wahrhaft grauenhafte Krämpfe. Diese beängstigenden Erscheinungen hörten den ganzen Abend nicht mehr auf, und der Bericht von heute früh meldet mir, die Nacht sei nicht weniger stürmisch verlaufen. Kurzum, ihr Zustand ist mehr als bedenklich, und ich wundere mich, daß sie nicht schon ihrer Krankheit erlegen ist. Ich verhehle Ihnen nicht, daß mir nur wenig Hoffnung mehr bleibt. Ich vermute, der unselige Brief sei von Herrn de Valmont. Doch was kann er ihr noch zu schreiben wagen? Verzeihung, meine teure Freundin, ich versage mir jede Bemerkung. Aber es ist unsagbar traurig, mit ansehen zu müssen, wie eine Frau, die bis zur Stunde so glücklich, so würdig war, glücklich zu sein, auf diese unselige Art zugrunde gehen muß.

Paris, am 2. Dezember 17..

150. BRIEF

Der Chevalier Danceny an die Marquise de Merteuil

Bis mir das Glück beschieden ist, Dich zu sehen, gebe ich mich, meine zärtlich geliebte Freundin, dem Vergnügen hin, Dir zu schreiben. Einzig wenn ich an Dich denke, vermag ich den Schmerz, Dir fern zu sein, zu bannen. Dir meine Empfindungen zu schildern, mir die Deinen wieder vors Gedächtnis zu zaubern, bedeutet meinem Herzen wahre Lust. Und dank ihr bietet mir auch noch die Zeit, in der ich darben muß, tausend Herrlichkeiten, die meiner Liebe unsagbar tröstlich sind. Und doch, wenn ich dir glauben soll, werde ich von dir keine Antwort erhalten. Dieser Brief wird sogar der letzte sein, und wir werden künftig auf einen Briefwechsel verzichten müssen, der Deiner Ansicht nach gefährlich ist und den wir »gar nicht nötig haben«. Gewiß will ich Dir das glauben, wenn Du darauf beharrst. Denn was kannst Du wünschen, was ich gerade aus diesem Grunde nicht auch wollte? Doch ehe Du dich endgültig entscheidest, willst Du nicht erlauben, daß wir noch einmal miteinander darüber reden?

Was das Gefährliche eines Briefwechsels anlangt, kannst Du allein es richtig beurteilen. Ich kann da gar nichts planen und berechnen und beschränke mich darauf, Dich zu bitten, Du sollst über Deine Sicherheit wachen, denn ich kann nicht ruhig sein, solange Du Dir Sorgen machst. In dieser Hinsicht sind wir ja nicht beide nur eins, sondern Du bist für uns beide maßgebend.

Ganz anders verhält es sich aber mit dem »Nötighaben«. Hier können wir nur einen und denselben Gedanken haben, und wenn unsere Ansichten voneinander abweichen, dann kann es nur davon herkommen, daß wir uns darüber nicht ausgesprochen und uns nicht verständigt haben. Ich habe mir darüber folgende Gedanken zurechtgelegt.

Kein Zweifel, ein Brief scheint recht wenig notwendig, wenn man sich ungestört und ungezwungen sehen kann. Was könnte er auch sagen, was nicht ein Wort, ein Blick, ja gar ein beredtes Schweigen hundertmal besser auszudrücken vermöchten? Das dünkt mich so wahr, daß in dem Augenblick, als Du sagtest, wir wollten einander nicht mehr schreiben, dieser Gedanke nur ganz leicht über meine Seele hinhuschte. Er berührte mich vielleicht ein wenig unangenehm, vermochte aber nicht, mir eigentlich zu Herzen zu gehen. Es war so ähnlich, wie wenn ich etwa einen Kuß auf Dein Herz geben will und dabei auf ein Band oder einen Schleier stoße; dann schiebe ich's einfach beiseite und habe doch auch nicht das Gefühl, es sei mir etwas im Wege.

Seither aber sind wir auseinandergegangen, und kaum warst Du nicht mehr bei mir, so kehrte dieser Gedanke, daß wir uns nicht mehr schreiben können, wieder und quälte mich. Warum, so sagte ich mir, sollen wir uns auch das noch versagen? Wie? Weil wir einander fern sind, hätten wir uns nichts mehr zu sagen? Ich setze den Fall, die Umstände seien günstig und wir können einen ganzen Tag zusammen verbringen; müssen wir dann die Zeit, die wir verplaudern, von der Zeit absparen, die uns zum Genießen zur Verfügung steht? Ja, zum Genießen, meine zärtliche Freundin! Denn in Deiner Nähe gewähren auch die Augenblicke ruhigen Beisammenseins noch köstlichen Genuß! Kurzum, wie die Zeit auch verstreicht, schließlich muß man doch auseinandergehen, und dann ist man so allein! Dann ist ein Brief etwas Kostbares. Wenn man ihn auch nicht liest, kann man ihn wenigstens anschauen ... Ach, sicherlich kann man einen Brief anschauen, ohne ihn zu lesen, wie ich des Nachts, glaub' ich, voll Lust Dein Bildnis anrühren würde ...

Dein Bildnis, habe ich gesagt? Ein Brief ist doch aber das Abbild der Seele! Er hat nicht, wie ein frostig kaltes Bild, jenes Erstorbene, Leblose, das so himmelweit von der Liebe entfernt ist. Er kommt allen unsern Regungen entgegen. Bald belebt er sich, genießt und ruht dann wieder ... Deine Empfindungen sind mir alle so kostbar! Willst Du mir wirklich eine Möglichkeit rauben, sie in mich aufzunehmen?

Bist Du denn sicher, daß Dich das Bedürfnis, mir zu schreiben, niemals quälen wird? Wenn Du einsam bist und Dein Herz sich weitet oder beklommen ist, wenn eine Regung der Freude bis in Deine Seele dringt, wenn unwillkürlich Traurigkeit sie befällt oder verstört, dann willst Du also nicht Dein Glück oder Dein Leid in den Busen Deines Freundes ausströmen? Du willst also ein Gefühl empfinden, an dem er nicht teilhat? Du willst ihn also fern von Dir umherirren lassen, einsam und in seine Träume versponnen? Meine Freundin ... Ich wollte nur meine Einwände anbringen, nicht etwa Dich verführen. Ich habe Dir lediglich meine Gründe vorgebracht, und ich wage zu glauben, ich hätte wohl mit Bitten mehr erreicht. Ich will mir also Mühe geben, wenn du darauf bestehst, nicht allzu traurig zu sein. Ich werde mich anstrengen, mir all das selber zu sagen, was Du mir geschrieben hättest. Aber, siehst Du, Du würdest es schöner sagen, als ich's kann. Und vor allem würde es mir größere Freude machen, wenn ich es anhören könnte.

Lebe wohl, meine liebe, reizende Freundin. Endlich naht die Stunde, daß ich dich wiedersehen darf. Ich verlasse Dich geschwind, um Dich desto eher wiederzufinden.

Paris, am 3. Dezember 17..

151. BRIEF

Der Vicomte de Valmont an die Marquise de Merteuil

Zweifellos, Marquise, halten Sie mich nicht für derart naiv und hinter dem Monde zu Hause, daß Sie wirklich dachten, ich hätte nicht gemerkt, was es für eine Bewandtnis mit dem trauten Beisammensein hatte, in das ich heute abend hineingeplatzt bin. Bestimmt haben Sie im Ernst gedacht, ich mache mir über den »wunderlichen Zufall« etwas vor, der Danceny zu Ihnen geführt hatte. Zwar hat ihr wohlerprobtes und geschultes Mienenspiel es meisterlich verstanden, Seelenruhe und heitere Gelassenheit zu mimen, und Sie haben sich natürlich auch nicht mit irgendeiner Wendung verraten, wie sie sich manchmal eine verwirrte oder reuige Frau entschlüpfen läßt. Ich gebe sogar zu, daß Ihre beredten Blicke, die Sie ja nach Belieben handhaben, alles erreichten, was Sie wollten. Und hätten Sie's fertiggebracht, ebenso glaubhaft und überzeugend zu wirken, wie Sie verständlich waren, so hätte ich nicht im Traum den leisesten Argwohn gefaßt oder gar bewahrt, sondern auch nicht einen Augenblick an dem bitteren Kummer gezweifelt, den Ihnen die Ankunft dieses »lästigen Dritten« bereitete. Um aber eine so ausgesprochene Begabung nicht umsonst zu entfalten, um den Erfolg zu erlangen, den Sie sich versprachen, kurz, um die Täuschung, die Sie hervorbringen wollten, auch tatsächlich zustande zu bringen, hätten Sie vorher Ihren Liebsten etwas sorgfältiger drillen und modeln müssen.

Da Sie also anfangen, sich erzieherisch zu betätigen, lehren Sie doch Ihre Schüler, nicht schamrot zu werden und nicht beim harmlosesten Scherz schon den Kopf zu verlieren. Bringen Sie ihnen bei, daß sie nicht so lebhaft zugunsten einer Frau wegleugnen, was sie bei einer andern mit soviel Lauheit abstreiten. Bringen Sie ihnen auch bei, daß sie mit anhören können, wie man ihre Geliebte mit Lob bedenkt, ohne daß sie sich gleich bemüßigt fühlen, sich dafür zu bedanken. Und wenn Sie ihnen erlauben, Sie in Gesellschaft anzusehen, dann sollen sie wenigstens zuerst lernen, Sie nicht mit so unverhohlenem Besitzerblick anzustarren, der ja so leicht zu durchschauen ist und den sie denkbar einfältig und ungeschickt mit dem Blick inniger Liebe verwechseln. Dann erst können Sie sie an Ihren öffentlichen Prüfungen auftreten lassen, ohne daß ihr Benehmen ihrer klugen Lehrmeisterin Eintrag tut. Und ich selbst werde nur allzu glücklich sein, zu Ihrem Ruhm beisteuern zu dürfen, und ich verspreche Ihnen, Programm und Pensum dieser neuen Schule auszuarbeiten und der Öffentlichkeit bekanntzugeben. Bis es soweit ist, wundere ich mich aber, das muß ich gestehen, daß Sie's darauf abgesehen haben, ausgerechnet mich wie einen Schulbuben zu behandeln. Oh! Wie bald hätte ich das getan! Wie hätte diese Lachlust das Vergnügen weit überstiegen, das sie mir zu entziehen glaubte? Ja, für Sie allein kann ich mich dazu verstehen, eine Genugtuung anzunehmen, anstatt mich zu rächen. Und glauben Sie ja nicht etwa, es halte mich der leiseste Zweifel, die geringste Ungewißheit zurück. Ich weiß alles.

Seit vier Tagen sind Sie wieder in Paris. Und Tag für Tag haben Sie Danceny gesehen, und zwar haben Sie nur ihn allein gesehen. Sogar heute war Ihre Tür noch verschlossen. Und Ihrem Türsteher gebrach es bloß an der Unverfrorenheit, über die Sie verfügen, sonst hätte er mich bestimmt nicht eingelassen und ich hätte keinesfalls bis zu Ihnen vordringen können. Und doch schrieben Sie mir, ich solle nicht daran zweifeln, ich werde zuallererst von Ihrer Ankunft benachrichtigt werden. Dabei konnten Sie mir nicht einmal den Tag Ihrer Ankunft sagen, während Sie mir am Tag vor der Abreise schrieben. Wollen Sie diese Tatsachen bestreiten? Oder wollen Sie versuchen, sich herauszureden? Beides ist gleich unmöglich. Und gleichwohl halte ich noch an mich! Daran können Sie erkennen, wie groß Ihre Macht über mich ist. Doch glauben Sie mir, wenn Sie sich genügend daran geweidet und berauscht haben, mißbrauchen Sie sie dann nicht länger. Wir kennen uns ja beide, Marquise. Diese Worten sollten Ihnen genügen.

Sie seien morgen den ganzen Tag nicht zu Hause, sagten Sie mir doch? Meinethalben, wenn Sie auch wirklich ausgehen. Und daß ich's erfahren werde, können Sie sich ja denken. Aber schließlich kommen Sie am Abend wieder nach Hause, und für unsere schwierige Aussöhnung werden wir bis zum andern Morgen nicht übermäßig viel Zeit haben. Lassen Sie mich also wissen, ob bei Ihnen oder »dort« unsere gegenseitigen vielfachen Sühnopfer statthaben sollen. Vor allem: keinen Danceny mehr! Ihr unruhiger Brausekopf hatte ja nur noch ihn im Sinne! Ich kann wohl auf diese Wahngeburt Ihrer Phantasie nicht eifersüchtig sein, aber bedenken Sie, daß nunmehr, was bloße Schrulle und Laune war, ausgesprochene Bevorzugung würde! Für eine solche Demütigung bin ich nicht der rechte Mann, glaub' ich, und ich gedenke, sie nicht von Ihnen hinzunehmen.

Ich hoffe sogar, dieses Opfer werde Ihnen nicht als ein solches vorkommen. Sollte es Sie aber doch etwelche Überwindung kosten, so scheint mir, ich habe Ihnen eigentlich beispielhaft vorgelebt! Eine empfindsame, schöne Frau, die nur für mich lebte, die vielleicht in diesem Augenblick aus Liebe und Reue stirbt, kann wohl einen jungen Schnösel aufwiegen, der, wenn Sie wollen, über ein hübsches Lärvchen und ein Quentchen Witz verfügt, dem aber Lebensart und Haltung noch völlig abgehen.

Leben Sie wohl, Marquise. Ich sage Ihnen nichts von den Gefühlen, die ich für Sie hege. Was ich in diesem Augenblick allein tun kann, ist, mein Herz nicht zu ergründen. Ich erwarte Ihre Antwort. Bedenken Sie, während Sie mir schreiben, bedenken Sie wohl, je leichter es Ihnen fällt, bei mir die Beleidigung, die Sie mir angetan haben, in Vergessenheit geraten zu lassen, desto unverwischbarer würde sich eine abschlägige Antwort, ein bloßer Aufschub Ihrerseits in meinem Herzen eingraben.

Paris, am 3. Dezember 17.., abends

152. BRIEF

Die Marquise de Merteuil an den Vicomte de Valmont

Geben Sie doch acht, Vicomte, und gehen Sie ein wenig schonender mit meiner ausnehmenden Ängstlichkeit um! Wie soll ich den niederschmetternden Gedanken ertragen, ich könnte Ihre Empörung auf mich ziehen, und vor allem, wie soll ich vor Angst vor Ihrer Rache nicht erliegen? Um so mehr, als ich – das wissen Sie doch! –, sollten Sie mir je übel mitspielen wollen, Ihnen ja so gar nicht Gleiches mit Gleichem vergelten könnte! Was ich Ihnen auch ans Licht bringen wollte, Ihr Dasein wäre deswegen nicht weniger glänzend und nicht minder friedsam. In der Tat, was hätten Sie schon zu fürchten? Sie müßten doch bloß verduften, wenn man Ihnen dazu Zeit ließe. Kann man aber im Ausland nicht geradeso gut leben wie hier? Letztlich, vorausgesetzt, der französische Hof lasse Sie da, wo Sie sich auf die Dauer niederlassen wollen, in Ruhe, würde das für Sie nichts anderes bedeuten als einen Wechsel des Schauplatzes Ihrer Triumphe. Nachdem ich nun versucht habe, Ihnen mit diesen moralischen Betrachtungen ein wenig den Kopf zu waschen und zurechtzusetzen und Ihnen Ihr kaltes Blut wiederzugeben, wenden wir uns unsern Angelegenheiten zu.

Wissen Sie, Vicomte, weshalb ich mich nicht wieder verheiratet habe? Bestimmt nicht, weil ich etwa keine vorteilhaften Heiratsmöglichkeiten gefunden hätte. Nein, einzig und allein, damit niemand das Recht haben sollte, an dem, was ich tue und lasse, etwas auszusetzen. Nicht einmal, weil ich Angst hatte, ich könne nicht mehr tun, was mir gerade einfiel, denn ich hätte ja schließlich doch immer meinen Willen durchgesetzt, aber es wäre mir lästig gewesen, daß jemand überhaupt das Recht gehabt hätte, sich darüber zu beklagen. Kurz und gut, ich wollte eben einzig zu meinem Vergnügen, und nicht etwa aus Notwendigkeit, betrügen. Und da kommen Sie und schreiben mir einen Ehemanns-Brief, wie man sich ihn schöner und mustergültiger nicht denken kann! Darin reden Sie in einem fort von Unrecht meinerseits und von Gnadenbeweisen Ihrerseits! Wie aber kann man sich gegen einen Menschen vergehen, demgegenüber man zu gar nichts verpflichtet ist? Das will mir einfach nicht in den Kopf!

Um was geht es denn eigentlich? Sie haben Danceny bei mir vorgefunden, und das hat Ihr Mißfallen erregt? Schön und gut. Was haben sie aber daraus für Schlüsse ziehen können? Entweder, daß es ein purer Zufall war, wie ich Ihnen sagte, oder aber, daß ich ihn herbestellt hatte, wie ich Ihnen nicht sagte. Im ersten Fall ist Ihr Brief ungerecht. Im zweiten ist er einfach lächerlich! Es war wirklich der Mühe wert zu schreiben. Aber Sie sind eben eifersüchtig, und Eifersucht kann nicht vernünftig überlegen. Gut, dann will eben ich für Sie vernünftig denken.

Entweder haben Sie einen Nebenbuhler, oder Sie haben keinen. Haben Sie einen, dann müssen Sie gefallen, damit man Ihnen vor ihm den Vorzug gibt. Haben Sie keinen, dann müssen Sie erst recht gefallen, damit Sie keinen vor die Nase gesetzt bekommen. Auf alle Fälle haben Sie sich genau gleich zu verhalten. Weshalb also quälen Sie sich? Wozu wollen Sie vor allem mich quälen? Sind Sie denn nicht mehr so ganz überzeugt, daß Sie der Allerliebenswürdigste sind? Sind Sie Ihrer Erfolge nicht mehr sicher? Aber, aber, Vicomte! Sie tun sich selber unrecht! Aber das ist es ja gar nicht. Die Sache ist doch die: In Ihren Augen bin ich's gar nicht wert, daß Sie sich soviel Mühe geben. Was Sie wollen, sind weniger die Beweise meiner Gunst, nein, Sie möchten Ihre Macht mißbrauchen. Ach was, Sie sind einfach undankbar! Nun werde ich, glaub' ich, gar noch gefühlsselig! Und wenn das so weitergeht, könnte dieser Brief am Ende noch zärtlich ausfallen. Das aber verdienen Sie nicht.

Ebensowenig verdienen Sie's, daß ich mich rechtfertige. Zur Strafe für Ihr argwöhnisches Mißtrauen sollen Sie noch eine Weile zappeln. So sage ich Ihnen nichts über den Zeitpunkt meiner Rückkehr und auch nichts über Dancenys Besuche. Sie haben sich ja eine Heidenmühe gegeben, um sich darüber Klarheit zu verschaffen, stimmt's nicht? Nun denn, sind Sie jetzt viel weiter? Ich wünsche nur, es habe Ihnen viel Spaß gemacht; was mich betrifft, so hat es meiner guten Laune und meinem Vergnügen keinen Abbruch getan.

Auf Ihren Drohbrief kann ich also lediglich antworten, daß er mir weder zu gefallen vermochte noch daß er mich einschüchtern konnte. Und für den Augenblick bin ich denkbar wenig geneigt, Ihre Bitte zu gewähren.

Wahrlich, wollte ich Sie so annehmen, wie Sie sich heute darbieten, so hieße das, eine tatsächliche Untreue Ihnen gegenüber begehen. Dann würde ich nicht meine Beziehungen zu einem früheren Liebhaber wieder aufnehmen, es wäre, als nähme ich mir einen neuen, der dem andern freilich nicht das Wasser reichen kann. Ich habe den ersten noch nicht so gründlich vergessen, daß ich mich darin so leicht täuschen könnte. Der Valmont, den ich liebte, war ein reizender Mensch. Ich will sogar zugeben, ich habe noch nie einen liebenswürdigeren Mann kennengelernt. Ach, ich bitte Sie, Vicomte, wenn Sie ihn wiederfinden, bringen Sie ihn her zu mir. Der wird mir immer hochwillkommen sein.

Machen Sie ihn aber darauf aufmerksam, daß es keinesfalls für heute oder morgen sein kann. Sein Doppelgänger hat ihm da ein wenig das Wasser abgegraben. Und wenn ich's allzu eilig hätte, müßte ich fürchten, ich könnte die beiden verwechseln. Oder dann habe ich bereits mit Danceny für die beiden Tage etwas verabredet. Und Ihr Brief hat mir gezeigt, daß Sie keinen Spaß verstehen würden, wenn man sein Wort nicht hielte. Sie sehen also, Sie müssen noch warten.

Doch was kann Sie das schon kümmern? Sie werden sich immer noch weidlich an Ihrem Nebenbuhler rächen. Er wird mit Ihrer Geliebten nicht schlimmer umspringen, als Sie mit der seinen. Und schließlich, taugt eine Frau nicht soviel wie die andere? Das sind doch so Ihre Grundsätze! Sogar die Frau, die »zärtlich und gefühlvoll« wäre, die »einzig für Sie lebte und schließlich vor Liebe und Reue stürbe«, würde deswegen genausogut der erstbesten Laune geopfert, der Angst, man könnte Sie einmal mit ihr aufziehen. Und da wollen Sie, man soll sich Zwang antun? Ach, das ist nicht gerecht!

Leben sie wohl, Vicomte. Werden Sie also wieder liebenswürdig. Sehen Sie, ich möchte ja nichts lieber, als Sie reizend und bezaubernd zu finden. Und sobald ich dessen sicher bin, werde ich's Ihnen beweisen, das verspreche ich Ihnen. Fürwahr, ich bin allzu gutmütig.

Paris, am 4. Dezember 17..

153. BRIEF

Der Vicomte de Valmont an die Marquise de Merteuil

Ich antworte unverzüglich auf Ihren Brief und will mir alle Mühe geben, mich klar auszudrücken. Mit Ihnen ist das gar nicht leicht, wenn Sie sich einmal in den Kopf gesetzt haben, daß Sie sich begriffsstutzig stellen und einen einfach nicht verstehen wollen.

Es brauchte ja nicht viele Worte, um festzustellen, daß wir beide alles in Händen haben, was nötig ist, um den andern zugrunde zu richten, daß wir aber anderseits gleich großes Interesse daran haben, uns gegenseitig zu schonen. So geht es denn auch nicht um das. Aber zwischen dem gewaltsamen Entschluß, einander ins Unglück zu stürzen, und der Möglichkeit – die bestimmt der bessere Weg ist –, einhellig zu bleiben, wie wir es bisher waren, ja sogar noch einiger zu werden, indem wir unser früheres Verhältnis wieder aufnehmen, zwischen diesen beiden Möglichkeiten, sage ich, gibt es noch tausend andere, die alle gangbar sind. Es war also durchaus nicht lächerlich, wenn ich es Ihnen sagte, und es ist auch nicht lächerlich, wenn ich es Ihnen nochmals sage, daß ich vom heutigen Tage an entweder Ihr Liebhaber bin oder Ihr Feind.

Ich bin mir sehr wohl bewußt, daß Ihnen diese Wahl unbequem und lästig ist, daß Sie viel lieber allerhand Winkelzüge und Ausflüchte suchen würden. Ich weiß auch recht gut, daß Sie es nie gern hatten, wenn man Sie so vor die Wahl stellte, entweder ja oder nein zu sagen. Sie müssen aber auch fühlen, daß ich Sie nicht wieder aus der Enge, in die ich Sie getrieben habe, loslassen darf, ohne riskieren zu müssen, daß Sie mich narren. Und Sie haben voraussehen müssen, daß ich das nicht dulden würde. Jetzt ist es an Ihnen, sich zu entscheiden. Ich kann Ihnen die Wahl lassen, nicht aber im ungewissen bleiben.

Ich warne Sie nur: Sie werden mich mit Ihren Vernunftgründen nicht irreführen, sie mögen nun gut sein oder schlecht. Sie werden mich ebensowenig mit ein paar Schmeicheleien kirre machen, mit denen Sie Ihre Weigerung zu beschönigen versuchen würden. Kurzum, jetzt ist der Augenblick gekommen, wo es gilt, offen zu sein. Nichts kann mir lieber sein, als daß ich Ihnen mit gutem Beispiel vorangehen darf. Und ich erkläre Ihnen mit Vergnügen, daß mir Frieden und Einigkeit lieber sind. Ist es aber nötig, das eine wie das andere nicht einzuhalten, dann glaube ich dazu das Recht und auch die Mittel zu haben.

Ich setze also hinzu, daß das geringste Hindernis, das Sie mir entgegensetzen, von mir als eine regelrechte Kriegserklärung aufgefaßt wird. Sie sehen also: Die Antwort, die ich heische, erfordert weder lange noch schöngedrechselte Redensarten. Zwei Worte genügen.

Paris, am 4. Dezember 17..

Antwort der Marquise de Merteuil

(Unten am Rande desselben Briefes hingeschrieben)

Gut denn! Also Krieg!

154. BRIEF

Madame de Volanges an Madame de Rosemonde

Die täglichen Krankenberichte sagen Ihnen besser, als ich es tun könnte, meine teure Freundin, wie schlecht es um unsere Patientin steht. Da ich mit der Pflege, die ich ihr widme, vollauf beschäftigt bin, stehle ich ihr die Zeit, die ich darauf verwende, Ihnen zu schreiben, nur soweit ab, als Ereignisse eintreten, die mit der Krankheit nichts zu tun haben. Hier folgt eines, auf das ich sicherlich nicht gefaßt war. Ich habe nämlich einen Brief von Herrn de Valmont erhalten, dem es beliebt hat, mich zu seiner Vertrauten und sogar zur Mittlerin bei Madame de Tourvel zu erwählen. Für sie hat er auch einen Brief beigelegt. Ich habe den einen zurückgeschickt; den andern habe ich beantwortet. Letztern lasse ich Ihnen zugehen, und ich glaube, Sie werden gleich mir der Ansicht sein, daß ich das, was er von mir wünschte, weder tun konnte noch durfte. Wenn ich's auch hätte tun wollen, so wäre unsere unglückliche Freundin gar nicht imstande gewesen, mich zu verstehen. Sie liegt in Delirien, die nicht aufhören wollen. Was sagen Sie aber zu dieser Verzweiflung des Herrn de Valmont? Darf man überhaupt daran glauben, oder will er ganz einfach alle Welt hinters Licht führen, bis zuallerletzt?* Wenn er dies eine Mal ehrlich ist, dann kann er wohl sagen, daß er selber an seinem Unglück schuld hat. Ich glaube, er wird mit meiner Antwort gar nicht zufrieden sein. Ich muß aber gestehen, je genauer ich diese unselige Geschichte kenne, um so empörter bin ich über den Mann, der sie angerichtet hat. Leben Sie wohl, meine teure Freundin. Ich gehe wieder an meine traurigen Obliegenheiten, die noch um so trauriger werden, als mir wenig Hoffnung bleibt, sie könnten wirksam sein. Meine Gefühle für Sie kennen Sie ja.

Paris, am 5. Dezember 17..

155. BRIEF

Der Vicomte de Valmont an den Chevalier Danceny

Ich habe zweimal bei Ihnen vorgesprochen, mein lieber Chevalier. Seitdem Sie aber die Rolle des Liebhabers mit der eines Schürzenjägers vertauscht haben, sind Sie, wie nur recht und billig, unauffindbar. Ihr Kammerdiener hat mir zwar versichert, Sie würden noch heute abend nach Hause kommen, und er habe Befehl, auf Sie zu warten. Ich bin jedoch über alles, was Sie vorhaben, genau unterrichtet und habe sehr wohl begriffen, daß Sie nur für einen kurzen Augenblick heimkommen würden, um sich Ihrem Vorhaben entsprechend umzukleiden und dann unverzüglich Ihren Siegeslauf wieder aufzunehmen. Von mir aus können Sie das tun, und ich kann Ihnen da nur Beifall zollen. Für heute abend aber werden Sie vielleicht doch versucht sein, anderweitig Ihren Triumphen nachzugehen. Sie kennen erst die eine Hälfte dessen, was Sie zu tun haben. Ich muß Sie nun auch über die andere aufs laufende setzen, und dann mögen Sie selbst entscheiden. Nehmen Sie sich also Zeit, meinen Brief zu lesen. Damit lenke ich Sie nicht von Ihren Vergnügungen ab, da er ja nichts anderes bezweckt, als Ihnen die Wahl zwischen ihnen zu bieten.

Hätte ich Ihr volles Vertrauen besessen, hätte ich von Ihnen den Teil Ihrer Heimlichkeiten erfahren, die Sie mich erraten ließen, dann wäre ich rechtzeitig im Bilde gewesen, und mein Eifer würde Ihnen jetzt nicht so ungelegen in die Quere kommen. Doch gehen wir von dem Punkt aus, an dem wir jetzt stehn! Wozu Sie sich auch entschließen mögen, müßte das, was Ihnen ein Notbehelf und Lückenbüßer wäre, für manch andern höchstes Glück bedeuten.

Sie haben ein Stelldichein für heute nacht, nicht wahr? Mit einer reizenden Frau, die Sie anbeten? Denn welche Frau betet man in Ihrem Alter nicht an, wenigstens die ersten acht Tage! Der Schauplatz, wo sich das abspielen wird, soll Ihre Lust noch schärfen. Ein entzückendes Häuschen, »ausschließlich und eigens für Sie angekauft«, soll die Wollust mit allem Zauber der Ungezwungenheit und des Geheimnisvollen verschönen. Alles

* Weil sich in der Folge in diesem Briefwechsel nichts vorgefunden hat, was diesen Zweifel hätte beheben können, entschieden wir uns dafür, den Brief Herrn de Valmonts wegzulassen.

ist vereinbart; man erwartet Sie. Und Sie brennen ja darauf hinzugehen! Das wissen wir alle beide, obschon Sie mir nichts davon gesagt haben. Und jetzt hören Sie, was Sie nicht wissen und was ich Ihnen eröffnen muß.

Seit ich in Paris zurück bin, sann ich auf Mittel und Wege, wie ich Sie wieder mit Fräulein de Volanges zusammenbringen könnte. Das hatte ich Ihnen ja versprochen. Und als ich Ihnen noch das letzte Mal etwas davon sagte, hatte ich allen Grund, aus Ihren Antworten, ja, ich darf wohl sagen, aus Ihren überschwenglichen Beteuerungen zu entnehmen, daß ich damit auf Ihr Glück hinarbeite. Dieses schwierige Unterfangen konnte ich freilich nicht allein zu einem guten Ende führen. Nachdem ich aber alles Nötige in die Wege geleitet hatte, überließ ich den Rest dem Eifer Ihrer jungen Geliebten. In ihrer Liebe fand sie Schliche und Hintertürchen, die mir trotz meiner Erfahrung entgangen waren. Kurzum, Ihr Pech will es, daß sie's erreicht hat. Seit zwei Tagen – so sagte sie mir heute abend – sind sämtliche Hindernisse aus dem Wege geräumt, und Ihr Glück hängt lediglich noch von Ihnen ab.

Seit zwei Tagen wiegte sie sich auch in der Hoffnung, Ihnen diese Neuigkeit selbst mitteilen zu können, und trotz der Abwesenheit ihrer Mama wären Sie empfangen worden. Aber Sie sind ja nicht einmal hingegangen! Und wenn ich Ihnen nichts verhehlen soll – sei's Laune oder Vernunft, jedenfalls schien mir, das Fräulein sei über diesen Mangel an Beflissenheit Ihrerseits ein bißchen ungehalten. Endlich hat sie es möglich machen können, daß ich ebenfalls bis zu ihr gelangen konnte, und da mußte ich ihr versprechen, daß ich Ihnen so bald wie möglich den Brief übergebe, den ich hier beilege. Aus ihrem Drängen zu schließen, möchte ich wetten, es sei darin die Rede von einem Schäferstündchen für heute nacht. Doch sei dem, wie ihm wolle, ich habe jedenfalls bei meiner Ehre und unserer Freundschaft geloben müssen, Sie werden das zärtliche Sendschreiben noch im Laufe des Tages erhalten, und ich kann und will mein Wort nicht brechen.

Und jetzt, junger Mann, wie wollen Sie sich entscheiden? Sie stehen zwischen Koketterie und wahrer Liebe, zwischen Lust und Glück. Wie wird Ihre Wahl ausfallen? Würde ich zu dem Danceny sprechen, den ich vor einem Vierteljahr, ja erst noch vor acht Tagen kannte, so wäre ich ganz sicher, wie sein Herz entscheiden würde und auch was er täte. Doch der Danceny, so wie er heute ist, um den sich die Frauen reißen, der Abenteuern nachläuft und, wie üblich, ein bißchen gewissenlos und schuftig geworden ist, wird der ein junges, schüchternes Mädchen, das nichts auf ihrer Seite hat als seine Schönheit, Unschuld und Liebe, den Annehmlichkeiten und Reizen einer »weltläufigen und erfahrenen« Frau vorziehen?

Was mich anlangt, lieber Freund, so scheint mir, daß sogar bei Ihren neuerworbenen Grundsätzen, die zugegebenermaßen auch ein wenig die meinen sind, die Umstände zugunsten der jungen Liebsten den Ausschlag geben müßten. Erstens kriegen Sie wieder eine mehr, und dazu kommt der Reiz der Neuheit und auch die Angst, Sie könnten den Ertrag Ihrer Bemühungen verlieren, wenn Sie es verabsäumen, die vollreife Frucht zu pflükken. Denn schließlich wäre das doch wirklich eine verpaßte Gelegenheit, und sie bietet sich nicht immer wieder, besonders wenn es sich um ein erstmaliges Schwachwerden handelt. In solchen Fällen braucht es oft nur eine momentane Anwandlung von Übellaunigkeit, einen eifersüchtigen Argwohn, ja sogar noch weniger, und schon ist der schönste Triumph verpatzt. Die Jugend, die am Ertrinken ist, klammert sich zuweilen an einen Strohhalm, und ist sie dann noch einmal heil davongekommen, so bleibt sie auf der Hut und läßt sich nicht mehr so leicht überrumpeln.

Was setzen Sie demgegenüber auf der andern Seite aufs Spiel? Nicht einmal brechen wird sie mit Ihnen! Allerhöchstens gewärtigen Sie einen kleinen Zwist, bei dem man mit ein paar Aufmerksamkeiten das Vergnügen einer Aussöhnung erkauft. Was kann eine Frau, die sich bereits ergeben hat, schon anderes tun, als Nachsicht üben? Was würde sie mit Strenge erreichen? Das einzige, was sie davon hätte, wäre der Verlust ihrer Freuden, und ihrem Ruhm wäre nicht im mindesten geholfen.

Wenn Sie, wie ich hoffe, sich für die Liebe entscheiden, was weitaus das Vernünftigste ist, dann halte ich es für klüger, daß Sie sich bei dem versäumten Stelldichein nicht entschuldigen lassen. Lassen Sie ganz einfach auf sich warten. Wenn Sie unvorsichtigerweise einen Grund angeben, könnte man vielleicht versucht sein, ihn nachzuprüfen. Frauen sind neugierig und lassen nicht so leicht locker. Alles kann an den Tag kommen. Ich habe das, wie Sie wissen, eben erst am eigenen Leib erfahren müssen. Lassen Sie aber noch Hoffnung, so wird die Eitelkeit diese Hoffnung mächtig nähren, und man wird sie erst aufgeben, wenn die Zeit längst verstrichen ist, in der man hätte Erkundigungen einziehen können. Dann können Sie sich morgen das unüberwindliche Hindernis ausdenken, das Sie abgehalten hat. Sie können krank gewesen sein, nötigenfalls sogar tot, oder irgend sonst etwas, worüber Sie gleichermaßen untröstlich sein werden, und alles wird sich wieder einrenken. Im übrigen bitte ich Sie, was Sie nun auch entscheiden mögen, es mich jedenfalls wissen zu lassen. Und da mir nichts weiter daran liegt, werde ich in jedem Fall finden, Sie hätten das Rechte getan. Leben Sie wohl, lieber Freund.

Ich möchte dem noch beifügen, daß mir Madame de Tourvel leid tut. Die Trennung von ihr treibt mich zur Verzweiflung. Ich würde mit meinem halben Leben das Glück bezahlen, ihr die andere Hälfte weihen zu können. Ach, glauben Sie mir: Man ist nur durch die Liebe wahrhaft glücklich!

Paris, am 5. Dezember 17..

156. BRIEF

Cécile Volanges an den Chevalier Danceny

(Dem vorstehenden Brief beigelegt)

Wie kommt es, mein teurer Freund, daß ich Sie gar nie mehr sehe, während ich mich doch Tag und Nacht nach einem Wiedersehen sehne? Wünschen Sie's denn nicht mehr so sehnlich wie ich? Ach, jetzt bin ich erst wirklich traurig! Trauriger als damals, als wir gänzlich getrennt waren. Der Kummer, den mir sonst die andern antaten, jetzt wird er mir von Ihnen zugefügt, und das tut viel bitterer weh.

Seit ein paar Tagen ist Mama nie zu Hause, das wissen Sie ja recht gut. Und ich hoffte, Sie würden versuchen, diese Zeit, in der wir ungestört sein können, auszunützen. Sie aber denken überhaupt nicht an mich! Ich bin schrecklich unglücklich! Sie sagten mir so oft, ich liebe Sie weniger als Sie mich! Ich wußte schon, daß das Gegenteil wahr ist, und da haben wir den Beweis. Wären Sie gekommen, um mich zu sehen, so hätten Sie mich auch gesehen. Denn ich bin nicht so wie Sie. Ich denke immer nur daran, wie wir zusammenkommen können. Sie hätten es eigentlich verdient, daß ich Ihnen gar nichts von alledem sage, was ich zu diesem Zweck getan habe. Wie viel Mühe hat es mich gekostet! Aber ich habe Sie viel zu lieb, und ich möchte Sie so gerne wiedersehen, daß ich nicht anders kann: ich muß es Ihnen sagen. Und dann werde ich ja nachher schon sehen, ob Sie mich wirklich lieben!

Ich habe mit mancherlei Listen und Ränken zustande gebracht, daß der Türhüter mit uns im Bunde ist. Er hat mir versprochen, jedesmal wenn Sie kommen, lasse er Sie eintreten und tue, als ob er Sie gar nicht sähe. Wir können ihm ruhig vertrauen; er ist ein zuverlässiger Mann. Es handelt sich also nur noch darum, daß Sie im Hause niemand sieht. Das müssen wir verhindern. Und das ist ganz leicht, wenn Sie immer nur abends kommen, wo gar nichts mehr zu befürchten ist. Seit Mama jeden Tag ausgeht, legt sie sich täglich um elf Uhr schlafen. So hätten wir also sehr viel Zeit für uns.

Der Türhüter hat mir gesagt, wenn Sie auf diese Weise herkommen wollen, brauchen Sie nur, statt an die Tür, an sein Fenster zu klopfen, und dann schließe er Ihnen sofort auf. Und die kleine Treppe finden Sie ja schon. Und da Sie kein Licht haben können, lasse ich die Tür zu meinem Zimmer nur angelehnt, das leuchtet Ihnen immerhin ein wenig.

Sie müssen aber gut achtgeben, daß Sie keinen Lärm machen, vor allem, wenn Sie bei Mamas kleiner Tür vorbeikommen. Bei der Tür meiner Kammerzofe schadet das nichts, weil sie mir versprochen hat, sie werde nicht aufwachen; sie ist aber auch ein wirklich gutes Mädchen! Wenn Sie wieder fortgehen, geht alles genau gleich vonstatten. Und jetzt werden wir ja sehen, ob Sie kommen.

Mein Gott, warum habe ich auch solches Herzklopfen, während ich Ihnen schreibe? Droht mir irgendein Unheil, oder verwirrt mich nur die Hoffnung, Sie zu sehen, so sehr? Was ich zutiefst fühle, ist die Überzeugung, daß ich Sie noch nie so innig geliebt habe und daß ich noch gar nie so große Sehnsucht verspürte, es Ihnen zu sagen. Kommen Sie also, mein Freund, mein teurer Freund. Ach, könnte ich Ihnen hundertmal immer wieder sagen, daß ich Sie liebe, daß ich Sie anbete, daß ich immer, immer nur Sie lieben werde!

Ich habe einen Weg ausgedacht, auf dem ich Herrn de Valmont wissen lassen konnte, daß ich ihm etwas zu sagen habe. Und da er ein wahrhaft guter Freund ist, wird er bestimmt morgen kommen, und dann will ich ihn bitten, Ihnen diesen Brief unverzüglich zu überbringen. So erwarte ich Sie also morgen im Laufe des Abends, und Sie müssen unfehlbar kommen, wenn Sie nicht wollen, daß Ihre Cécile sehr unglücklich ist.

Leben Sie wohl, mein lieber Freund. Ich umarme und küsse Sie von ganzem Herzen.

Paris, am 4. Dezember 17.., abends

157. BRIEF

Der Chevalier Danceny an den Vicomte de Valmont

Zweifeln Sie, mein lieber Vicomte, weder an meinem Herzen noch an dem, was ich tun werde. Wie könnte ich auch einem Wunsche meiner Cécile widerstehen? Ach, nur sie, sie allein liebe ich! Sie allein werde ich immer lieben! Ihre naive Natürlichkeit, ihre Zärtlichkeit haben für mich einen zauberhaften Reiz, von dem mich ablenken zu lassen ich wohl schwach genug war, den aber nichts je wird auslöschen können. Seit ich, sozusagen ohne es gemerkt zu haben, in ein anderes Abenteuer verstrickt wurde, hat mich die Erinnerung an Cécile oftmals sogar in den süßesten Wonnen gestört. Und vielleicht hat ihr mein Herz nie aufrichtiger gehuldigt als gerade in dem Augenblick, da ich ihr untreu war. Doch schonen wir ihr Zartgefühl, mein Freund, und verhehlen wir ihr das Unrecht, das ich ihr angetan habe. Nicht etwa, um sie zu hintergehen, sondern um ihr nicht weh zu tun. Céciles Glück ist mein sehnlichster Wunsch. Dies Glück erflehe ich immerfort, und ich könnte mir einen Fehltritt nie verzeihen, der sie eine Träne gekostet hätte.

Ich fühle wohl, ich habe den Spott verdient, mit dem Sie mich wegen meiner »neuen Grundsätze« verhöhnen. Aber Sie können mir glauben, nicht ihnen folge ich in meinem augenblicklichen Verhalten; und morgen schon gedenke ich das zu beweisen. Ich werde zu der Frau hingehen, die an meiner Verirrung schuld war und die sie mit mir teilte, und werde ihr alles bekennen. »Lesen Sie in meinem Herzen«, will ich zu ihr sagen, »es fühlt für Sie die zärtlichste Freundschaft. Freundschaft im Verein mit liebendem Verlangen sieht der Liebe so täuschend ähnlich!... Wir haben uns beide getäuscht. Aber wenn ich auch einem Irrtum erliegen konnte, so bin ich doch außerstande, hinterlistig und unredlich zu handeln.« Ich kenne meine Freundin. Sie ist ebenso aufrichtig wie nachsichtig. Sie wird mir nicht nur verzeihen, sie wird ein übriges tun: sie wird mir beistimmen. Sie machte sich oftmals selber Vorwürfe, weil sie an der Freundschaft Verrat geübt hatte; oft erschrak sie in ihrem Zartgefühl vor ihrer Liebe. Sie ist verständiger als ich und wird in meiner Seele die ersprießlichsten Ängste zum Erstarken bringen, die ich in ihrem Herzen vermessen zu ersticken suchte. Ihr werde ich es zu danken haben, wenn ich besser werde, und Ihnen verdanke ich's, daß ich glücklicher bin. Oh, meine Freunde! Teilt euch in meine Dankbarkeit! Die Vorstellung, daß ich euch mein Glück verdanke, läßt es mir nur um so teurer erscheinen.

Leben Sie wohl, mein lieber Vicomte. Das Übermaß meiner Freude hält mich nicht ab, auch an Ihr Leid zu denken und daran teilzuhaben. Warum kann ich Ihnen auch nicht helfen! Bleibt Madame de Tourvel denn unerbittlich? Man sagt auch, sie sei schwer krank. Mein Gott, wie leid Sie mir tun! Möchte sie doch zur gleichen Zeit mit ihrer Gesundheit wieder ihre frühere Nachsicht erlangen und Sie für alle Zeit glücklich machen! Das wünsche ich Ihnen in herzlicher Freundschaft, und ich wage zu hoffen, meine Wünsche werden von der Liebe erhört.

Ich möchte gerne noch länger mit Ihnen plaudern, doch die Zeit drängt, und vielleicht erwartet mich Cécile schon.

Paris, am 5. Dezember 17..

158. BRIEF

Der Vicomte de Valmont an die Marquise de Merteuil

(Bei ihrem Erwachen)

Und jetzt, Marquise, wie sind Ihnen die Wonnen der vergangenen Nacht bekommen? Sind Sie nicht ein bißchen erschöpft davon? Geben Sie doch zu: Danceny ist ein charmanter Mensch! Er verrichtet wahre Wunder, der Bursche! Das hatten Sie nicht von ihm erwartet, geben Sie's nur zu! Sehn Sie, ich bescheide mich: ein solcher Rivale verdiente es freilich, daß ich ihm geopfert wurde. Im Ernst, er strotzt von guten Eigenschaften! Vor allem aber, wieviel Liebe, standhafte Treue und Zartgefühl! Ach, wenn Sie jemals von ihm geliebt werden, wie er seine Cécile liebt, dann brauchen Sie keine Nebenbuhlerinnen zu fürchten! Er hat es Ihnen heute nacht ja bewiesen. Vielleicht bringt's eine andere Frau mit viel, viel Koketterie so weit, ihn für eine kurze Weile Ihnen abspenstig zu machen. Ein junger Mann weiß sich ja gegen derlei herausfordernde Lockmittel und aufreizende Werbungen nicht so recht zu wehren. Aber ein einziges Wort der geliebten Frau genügt, wie Sie sehen, um diese Selbsttäuschung zunichte zu machen. Somit fehlt Ihnen nur noch, daß Sie diese geliebte Frau wären, und dann sind Sie vollkommen glücklich.

Sicher werden Sie sich darüber nichts vormachen. Sie haben ein viel zu sicheres Gefühl, als daß man das zu fürchten brauchte. Indessen hat die Freundschaft, die uns verbindet, die von meiner Seite so aufrichtig ist, wie sie auch von Ihnen anerkannt wird, mir die Probe von heute nacht für wünschenswert erscheinen lassen. Sie ist das Werk meiner eifernden Liebe, und es ist mir gelungen. Doch dürfen Sie mir ja nicht etwa dafür danken; es ist nicht der Rede wert. Es war denkbar leicht.

Was hat es mich denn schon Mühe gekostet? Ein unbedeutendes Opfer und ein wenig Geschicklichkeit. Ich habe eingewilligt, mit dem jungen Mann die Gunstbeweise seiner Geliebten zu teilen. Aber letzten Endes hatte er ebensoviel Anrecht darauf wie ich. Und mir lag herzlich wenig daran! Den Brief, den ihm das junge Ding geschrieben hat, habe ich ihr diktiert. Das geschah aber bloß, um Zeit zu gewinnen, weil wir sie weit ergötzlicher anzuwenden wußten. Das Briefchen, das ich beilegte, oh, das war nichts weiter, das hatte beinahe gar nichts zu sagen. Ein paar freundschaftliche Winke, um die Wahl des neuen Liebhabers zu lenken. Aber, auf Ehre, sie waren ganz unnötig. Die Wahrheit zu sagen, er hat auch nicht einen Augenblick lang geschwankt.

Und jetzt geht er vermutlich in seiner Herzenseinfalt heute zu Ihnen und erzählt Ihnen alles. Und dieser Bericht wird Sie bestimmt mächtig freuen! »Lesen Sie in meinem Herzen!« wird er Ihnen sagen. So hat er mir wenigstens geschrieben. Und Sie sehen doch, das renkt alles wieder ein. Ich hoffe, wenn Sie dann drin lesen, was er gerne möchte, so lesen Sie vielleicht auch, daß so junge Liebhaber ihre Gefahren in sich haben. Und ferner, daß es besser ist, mich zum Freund zu haben als zum Feind.

Leben Sie wohl, Marquise, bis wir uns wiedersehen.

Paris, am 6. Dezember 17..

159. BRIEF

Die Marquise de Merteuil an den Vicomte de Valmont

Ich habe es nicht gern, wenn man sich gemein benimmt und dann erst noch schlechte Witze hinterher darüber macht. Das ist nicht meine Art und auch nicht nach meinem Geschmack. Wenn ich mich über jemanden zu beklagen habe, dann höhne ich ihn nicht aus. Ich mache es gründlicher: ich räche mich. Sie mögen ja im Augenblick mit sich selber recht zufrieden sein, doch vergessen Sie nicht, es wäre nicht das erste Mal, daß Sie zu früh frohlockt hätten, und zwar einzig und allein in der Hoffnung auf einen Triumph, der Ihnen just in dem Augenblick entglitten wäre, wo Sie sich dazu beglückwünschten. Leben Sie wohl.

Paris, am 6. Dezember 17..

160. BRIEF

Madame de Volanges an Madame de Rosemonde

Ich schreibe Ihnen im Zimmer Ihrer unglücklichen Freundin, deren Befinden immer ungefähr das gleiche ist. Es soll heute nachmittag eine Beratung von vier Ärzten stattfinden. Leider ist das, wie Sie ja wissen, zumeist ein Beweis dafür, daß Gefahr besteht, und nicht ein Weg zur Rettung.

Es macht indessen den Anschein, als sei in der vergangenen Nacht die Besinnung ein wenig zurückgekehrt. Die Kammerzofe hat mir heute früh mitgeteilt, um die Mitternachtsstunde habe ihre Herrin sie rufen lassen. Sie habe mit ihr allein bleiben wollen und habe ihr dann einen ziemlich langen Brief diktiert. Julie hat weiter berichtet, während sie den Brief in einen Umschlag steckte, sei bei Madame de Tourvel wieder ein Delirium aufgetreten. So wußte das Mädchen nicht, an wen sie den Brief adressieren sollte. Zuerst wunderte ich mich, daß der Brief selbst nicht genügt hat, ihr darüber Klarheit zu verschaffen; doch als sie mir zur Antwort gab, sie habe Angst, sie könnte sich irren, und ihre Herrin habe ihr doch so dringend nahegelegt, ihn unverzüglich abzusenden, da öffnete ich das Paket auf meine Verantwortung. Ich fand darin das Schreiben, das ich Ihnen hiermit zustelle. Es wendet sich tatsächlich an niemanden und wendet sich doch wieder an viel zu viele. Immerhin möchte ich glauben, unsere unglückliche Freundin habe zuerst an Herrn de Valmont schreiben wollen, hernach aber, ohne es zu merken, ihren verworrenen Gedanken nachgegeben. Doch sei dem, wie ihm wolle, jedenfalls war ich der Ansicht, dieser Brief dürfe niemandem ausgehändigt werden. Ich schicke ihn Ihnen, weil Sie besser daraus ersehen können, als ich es Ihnen zu sagen vermöchte, was für Gedanken im Kopf unserer Kranken spuken. Solange Sie derart schwer krank ist und ihr alles so tief geht, hege ich nur wenig Hoffnung. Der Leib erholt sich nur schwer, wenn der Geist keine Ruhe findet.

Leben Sie wohl, meine teure und würdige Freundin, ich wünsche Ihnen Glück, daß Sie so weit von dem traurigen Schauspiel entfernt sind, das ich unablässig vor Augen habe.

Paris, am 6. Dezember 17..

161. BRIEF

Die Präsidentin de Tourvel an . . .

(Von ihr diktiert und von ihrer Kammerzofe niedergeschrieben)

Herzloses, bösartiges Wesen, wirst Du niemals müde werden, mich zu verfolgen? Genügt es Dir nicht, mich gequält, erniedrigt, geschändet zu haben, willst Du mir auch noch im Grabe den Frieden rauben? Wie? Kennen an dieser Stätte der Finsternis, wo mich die Schande zwang, mich zu vergraben, die Leiden kein Nachlassen? Ist hier die Hoffnung unbekannt? Ich flehe nicht um eine Gnade, die ich nicht verdiene. Damit ich leide, ohne zu klagen, genügt es mir, daß meine Leiden nicht über meine Kräfte gehen. Aber mache meine Qualen nicht unerträglich. Laß mir meine Schmerzen, doch nimm mir die peinvolle Erinnerung an das Schöne, an die Freuden, die ich verloren habe. Wenn Du sie mir schon entrissen hast, dann male wenigstens nicht mehr ihr unerträgliches Bild vor meine Augen. Ich war ruhig und unschuldig. Nur weil ich Dich sah, habe ich meine Ruhe verloren. Weil ich auf Dich hörte, bin ich sündig geworden. Du bist an meinen Verfehlungen schuld, welches Recht steht Dir zu, mich dafür zu strafen?

Wo sind die Freunde, die mich zärtlich liebten, wo sind sie? Mein unglückliches Los erfüllt sie mit Entsetzen. Keiner wagt mir mehr nahe zu kommen. Ich bin in Bedrängnis, und sie lassen mich ohne Hilfe! Ich sterbe, und niemand weint um mich. Jeder Trost ist mir versagt. Das Erbarmen hält am Rande des Abgrunds inne, in den der Sündige sich stürzt. Reue und Gewissensqualen zerreißen ihn, und sein Schreien wird nicht gehört!

Und Du, dem ich Schande bereitet habe, Du, dessen Achtung meine Todesqual noch gräßlicher macht, Du, der Du doch allein das Recht hättest, Dich zu rächen, was tust Du ferne von mir? Komm und strafe mich ungetreues Weib. So leide ich endlich Qualen, die ich verdient habe. Längst schon hätte ich mich Deiner Rache unterzogen: Aber es fehlte mir der Mut, Dir Deine Schande kundzutun. Es war nicht Verstellung von mir, es war, weil ich Dich achtete. So möge wenigstens dieser Brief Dir meine bittere Reue offenbaren. Der Himmel hat für Dich entschieden. Er rächt Dich für einen Schimpf, von dem Du nichts wußtest. Er allein hat meine Zunge gebunden und mich am Sprechen gehindert; er fürchtet, Du könntest mir eine Sünde vergeben, die er sühnen wollte. Er hat mich Deiner Nachsicht entzogen, die seine Gerechtigkeit beleidigt hätte.

Erbarmungslos in seiner Rache, hat er mich dem Manne preisgegeben, der mich ins Verderben geführt hat. Um seinetwillen leide ich, und gleichzeitig leide ich durch ihn. Ich will ihn fliehen. Umsonst, er folgt mir. Er ist da, gegenwärtig. Ohne Unterlaß setzt er mir zu. Doch wie ist er so ganz anders, als er eigentlich ist! Seine Augen drücken nur mehr Haß und Verachtung aus. Sein Mund spricht nur noch Beleidigungen und Vorwürfe. Seine Arme umschlingen mich nur noch, um mich in Stücke zu reißen. Wer rettet mich vor seiner unmenschlichen Wut?

Doch wie! Er ist's ... Ich täusche mich nicht, er ist's! Ihn sehe ich wieder! Oh, mein liebenswerter Freund! Nimm mich in Deine Arme! Birg mich an Deinem Busen! Ja, Du bist es, Du bist es wirklich! Welche gräßlich verhängnisvolle Täuschung war schuld daran, daß ich Dich nicht mehr erkannte? Wie bitter habe ich gelitten, während Du ferne weiltest! Wir dürfen uns nie mehr trennen, nein, wir wollen nie wieder voneinander lassen! Laß mich aufatmen. Spürst Du mein Herz! Fühlst Du, wie es pocht und klopft? Ach, nicht mehr aus Angst klopft es, es pocht vor süßer Liebeslust. Warum entziehst Du Dich meinen zärtlichen Liebkosungen? Wende mir Deine liebreichen Blicke wieder zu! Was sind das für Bande, die Du zu zerreißen suchst? Wozu bereitest Du dies Totengepränge vor? Was mag Deine Züge so schrecklich verzerren und entstellen? Was tust Du? Laß mich! Ich schaudere und bete! Gott, wieder ist es dieses Ungeheuer! Laßt mich nicht allein, ihr Freundinnen! Ihr habt mir geraten, ihn zu fliehen. Helft mir nun auch, gegen ihn anzukämpfen! Und ihr habt mir, nachsichtiger als andere, versprochen, ihr würdet meine Leiden lindern, kommt jetzt zu mir und steht mir zur Seite. Wo seid ihr beide? Wenn es mir nicht mehr vergönnt ist, euch wiederzusehen, so gebt mir wenigstens Antwort auf diesen Brief. Ich muß wissen, daß ihr mich immer noch liebt. Laß mich, Grausamer! Was für eine neuerliche Wut beseelt Dich wieder? Fürchtest Du, eine süße Empfindung könnte bis in meine Seele dringen? Du steigerst meine Qualen ins Unerträgliche! Du zwingst mich, Dich zu hassen. Oh, wie schmerzvoll ist der Haß! Wie zerfrißt er das Herz, aus dem er fließt! Warum verfolgen Sie mich? Was können Sie mir noch zu sagen haben? Haben Sie mich nicht in die Unmöglichkeit versetzt, Sie anzuhören, Ihnen zu antworten? Erwarten Sie nichts mehr von mir. Leben Sie wohl, mein Herr.

Paris, am 5. Dezember 17..

162. BRIEF

Der Chevalier Danceny an den Vicomte de Valmont

Ich bin über Ihre Handlungsweise mir gegenüber genau unterrichtet, mein Herr. Ich weiß auch, daß Sie, nicht zufrieden damit, mich aufs unwürdigste genasführt zu haben, sich nicht scheuten, damit zu prahlen und sich mit Ihrem Meisterstück noch zu brüsten. Ich habe den Beweis Ihrer Hinterlist gesehen, eigenhändig von Ihnen geschrieben. Ich gebe zu, mein Herz hat dabei geblutet, und ich habe mich geschämt, weil ich in diesem Ausmaß selber mitgeholfen habe, daß Sie mein blindes Vertrauen so abscheulich ausnützen konnten. Gleichwohl beneide ich Sie nicht um diesen schandbaren Vorteil. Ich bin nur neugierig, ob auch fürderhin alle Trümpfe in Ihrer Hand bleiben werden. Das werde ich ja erfahren, wenn Sie, wie ich hoffe, sich morgen gefälligst zwischen acht und neun Uhr morgens am Tor von Vincennes, im Dorfe Saint-Mandé einfinden werden. Ich werde dafür besorgt sein, daß Sie dort alles vorfinden sollen, was für die Aufklärung nötig sein wird, die mir noch von Ihnen zu fordern bleiben.

Paris, am 6. Dezember 17.., abends.

163. BRIEF

Herr Bertrand an Madame de Rosemonde

Gnädige Frau!
Mit großem Bedauern erfülle ich die traurige Pflicht, Ihnen eine Neuigkeit zu vermelden, die Ihnen bitteren Kummer bereiten wird. Gestatten Sie mir, Ihnen zuvor zuzurufen: Wappnen Sie sich mit der frommen Ergebenheit in Gottes Fügungen, die wir an Ihnen so oft schon bewundert haben. Sie allein vermag uns die Leiden, mit denen unser elendes Leben bestellt ist, erträglich zu machen.

Ihr Herr Neffe ... Mein Gott! Muß ich eine so ehrwürdige Dame so sehr betrüben! Ihr Herr Neffe hat das Unglück gehabt, in einem Zweikampf zu unterliegen, den er heute früh mit dem Herrn Chevalier Danceny austragen mußte. Ich kenne den Grund des Streites nicht. Doch scheint es, nach dem Briefchen, das ich noch in der Tasche des Herrn Vicomte gefunden habe und das ich die Ehre habe, Ihnen zu übersenden, es scheint, sage ich, daß er nicht der Angreifer war. Und er mußte nach der Fügung des Himmels fallen!

Ich war beim Herrn Vicomte und wartete auf ihn, zur selben Stunde, als man ihn nach Hause brachte. Stellen Sie sich meinen Schrecken vor, als ich sehen mußte, wie Ihr Neffe von zweien seiner Diener in seinem Blute schwimmend hereingetragen wurde. Er wies zwei Degenstiche im Leib auf und war schon ungemein geschwächt. Herr Danceny war auch anwesend, und er weinte sogar. Ach, er hat auch allen Grund zum Weinen! Es ist fürwahr an der Zeit, Tränen zu vergießen, wenn man ein nicht wiedergutzumachendes Unglück angerichtet hat!

Was mich anlangt, so konnte ich nicht mehr an mich halten, und wenn ich auch nur ein schlichter, unscheinbarer Mann bin, so sagte ich ihm doch recht ungeschminkt meine Meinung. Doch da zeigte sich der Herr Vicomte wahrhaft groß und überlegen. Er befahl mir zu schweigen. Und denselben Menschen, der doch sein Mörder war, hat er bei der Hand ergriffen, hat ihn seinen Freund genannt, ihn vor uns allen umarmt und dann zu uns gesagt: »Ich befehle euch, diesem Herrn gegenüber alle Rücksichten zu nehmen, die einem tapfern und ehrenwerten Mann gebühren.« Ferner ließ er ihm vor meinen Augen recht umfangreiche Stöße von Dokumenten aushändigen, die ich nicht kenne, denen er aber, wie ich genau weiß, sehr große Wichtigkeit beimißt. Hernach wünschte er, man möge sie ein Weilchen unter vier Augen allein lassen. Inzwischen hatte ich sogleich allen erdenklichen Beistand, geistlichen wie weltlichen, holen lassen. Doch ach, er war rettungslos verloren! Knapp eine halbe Stunde später war der Herr Vicomte schon bewußtlos. Die Letzte Ölung konnte er nicht mehr empfangen, und die Zeremonie war kaum zu Ende, da hauchte er seinen letzten Seufzer aus.

Guter Gott! Als ich bei seiner Geburt diesen kostbaren Stammhalter eines so erlauchten Hauses in meine Arme genommen habe, hätte ich da ahnen können, daß er in meinen Armen seinen Geist aufgeben würde und daß ich seinen Tod dereinst werde beweinen müssen? Einen so frühen und unglückseligen Tod! Meine Tränen fließen, ich kann mich ihrer nicht erwehren. Ich bitte Sie um Verzeihung, gnädige Frau, daß ich es wage, meinen Schmerz mit dem Ihren zu vermengen. Aber man hat eben in jedem Stand ein Herz und Mitgefühl. Und ich wäre sehr undankbar, würde ich nicht mein Leben lang einen Herrn beweinen, der mir soviel Güte erwies und mich mit so großem Vertrauen beehrte.

Morgen, sobald die Leiche weggebracht ist, werde ich überall alles versiegeln lassen, und Sie können sich völlig auf mich verlassen. Sie wissen ja, gnädige Frau, daß dieses unselige Ereignis der Substitution ein Ende setzt und daß Sie wieder völlig freie Hand für Ihre Verfügungen haben. Wenn ich Ihnen irgendwie behilflich sein kann, dann bitte ich Sie, mir Ihre Weisungen zukommen zu lassen. Ich werde eifrig bestrebt sein, sie pünktlich auszuführen.

Ich bin in tiefster Ehrfurcht, gnädige Frau, Ihr sehr untertäniger Diener usw.

Paris, am 7. Dezember 17..

164. BRIEF

Madame de Rosemonde an Herrn Bertrand

Soeben erhalte ich Ihren Brief, mein lieber Bertrand, und erfahre daraus den entsetzlichen Vorfall, dessen unglückliches Opfer mein armer Neffe geworden ist. Ja, bestimmt werde ich Ihnen Weisungen zu geben haben; und nur ihretwegen kann ich mich mit anderen Dingen befassen als mit meiner entsetzlichen Trübsal.

Das Briefchen des Herrn Danceny, das Sie mir zugesandt haben, ist ein durchaus überzeugender Beweis dafür, daß er den Zweikampf provoziert hat, und ich wünsche, daß Sie auf der Stelle eine Klage einreichen, und zwar in meinem Namen. Als mein Neffe seinem Feind, seinem Mörder verzieh, hat er wohl seinem angeborenen Edelmut Genüge getan. Ich aber muß zugleich seinen Tod, die Menschlichkeit und die Religion rächen. Man kann nie genug die Strenge der Gesetze gegen diesen Überrest von Barbarentum aufbieten, der unsere Sitten immer noch verpestet. Und ich glaube nicht, daß uns in einem solchen Fall Vergebung des Unrechts geboten ist. Ich erwarte also, daß Sie diese Angelegenheit mit all dem Eifer und der ganzen Rührigkeit betreiben, die ich an Ihnen kenne, deren Sie fähig sind und die Sie auch dem Andenken meines Neffen schulden.

Sie werden sich vor allem tunlichst in meinem Auftrag zum Herrn Präsidenten de... verfügen und mit ihm den Fall besprechen. Ich schreibe ihm nicht; jetzt drängt es mich, ganz meinem Schmerz zu leben. Sie werden mich bei ihm entschuldigen und ihm diesen Brief übergeben.

Leben Sie wohl, mein lieber Bertrand. Ich bin des Lobes voll über Ihre wackere Gesinnung und danke Ihnen dafür. Und ich bin fürs ganze Leben Ihre usw.

Auf Schloß..., am 8. Dezember 17..

165. BRIEF

Madame de Volanges an Madame de Rosemonde

Ich weiß, Sie haben schon Kenntnis von dem Verlust, der Sie betroffen hat, meine teure und würdige Freundin. Ich kannte ja Ihre zärtliche Liebe zu Herrn de Valmont, und ich nehme aufrichtig Anteil an dem Schmerz, den Sie fühlen müssen. Es ist mir ungemein peinlich, daß ich zu dem Leid, das Sie schon getroffen, noch neuen Kummer fügen muß. Doch ach, auch unserer unglücklichen Freundin können Sie nur mehr Tränen weihen! Wir haben sie verloren, gestern um elf Uhr abends. Durch ein Verhängnis, das ihr Schicksal zu verfolgen und jeder menschlichen Voraussicht zu spotten schien, hat die kurze Zeitspanne, um die sie Herrn de Valmont überlebte, ausgereicht, um seinen Tod zu erfahren und, wie sie selbst gesagt hat, erst dann unter der Last ihres Unglücks zusammenzubrechen, als das Maß übervoll war.

Sie haben ja gewußt, daß sie seit mehr als zwei Tagen gänzlich bewußtlos lag, und noch gestern vormittag, als ihr Arzt kam und wir an ihr Bett traten, erkannte sie uns nicht, ihn sowenig wie uns, und wir konnten kein Wort und nicht das leiseste Lebenszeichen von ihr erhalten. Nun, kaum waren wir wieder zum Kamin beiseite getreten, und während mir der Arzt den traurigen Vorfall vom Tode des Herrn de Valmont mitteilte, da fand die unglückliche Frau die volle Besinnung wieder, sei es, daß die Natur von selber diesen plötzlichen Umschwung ihres Befindens hervorgebracht hat, sei es, daß die mehrmals wiederholten Worte: »Valmont« und »tot« daran schuld waren, die vielleicht in der Kranken die einzigen Gedanken wieder haben aufleben lassen, mit denen sie sich seit langem beschäftigte.

Wie dem auch sei, jedenfalls riß sie plötzlich die Vorhänge an ihrem Bett auseinander und schrie: »Wie? Was sagen Sie? Herr de Valmont ist tot?« Ich hoffte, ihr glaubhaft zu machen, sie habe sich verhört, und beteuerte ihr zunächst, sie habe uns falsch verstanden. Doch ließ sie sich nicht im mindesten überreden, sondern verlangte von dem Arzt, er müsse seinen erschütternden Bericht noch einmal von Anfang an beginnen. Und als ich es ihr abermals ausreden wollte, rief sie mich und sagte mit leiser Stimme zu mir: »Warum wollen Sie mich täuschen? War er denn für mich nicht längst schon tot?« Da mußten wir eben nachgeben.

Unsere unglückliche Freundin hat zuerst ziemlich ruhig zugehört, doch nicht lange, so unterbrach sie den Bericht und sagte: »Genug, ich habe genug.« Sie verlangte, der Vorhang müsse auf der Stelle zugezogen werden. Und als sich der Arzt daraufhin ihrer annehmen wollte, da duldete sie es um keinen Preis, daß er ihr nahe kam.

Sobald er fortgegangen war, schickte sie ihre Wärterin und ihre Kammerzofe ebenfalls hinaus. Und als wir allein waren, bat sie mich, ihr behilflich zu sein und sie zu stützen, damit sie im Bett hinknien könne. So verharrte sie eine Weile schweigend, ohne irgendwelche andere Äußerung ihres Leides, außer daß ihr die Tränen unaufhaltsam über die Wangen strömten. Schließlich hob sie die gefalteten Hände zum Himmel. »Allmächtiger Gott«, sagte sie mit schwacher, aber inbrünstig bewegter Stimme, »ich ergebe mich in deine Gerechtigkeit. Aber vergib Valmont. Ich sehe ein, mein Unglück habe ich verdient, doch rechne es ihm nicht als Schuld an, und ich will deine Barmherzigkeit segnen!« Ich habe mir erlaubt, meine teure und würdige Freundin, auf alle diese Einzelheiten einzugehen, die – ich fühle es wohl – Ihren Schmerz wieder aufleben lassen und ihn vertiefen werden, weil ich nicht daran zweifle, daß dieses Gebet Madame de Tourvels gleichwohl großen Trost in Ihre Seele tragen wird.

Nachdem unsere Freundin diese wenigen Worte gesprochen hatte, ließ sie sich in meine Arme zurücksinken. Und sie lag kaum wieder in ihrem Bett, so befiel sie eine Schwäche, die lange anhielt, aber zuletzt doch den üblichen Mitteln wich. Sobald sie das Bewußtsein wiedererlangt hatte, bat sie mich, den Pater Anselm holen zu lassen, und dann setzte sie hinzu: »Er ist im Augenblick der einzige Arzt, den ich brauche. Ich fühle es, mein Leiden wird bald zu Ende sein.« Sie klagte sehr über Atemnot und vermochte nur mühsam zu sprechen.

Kurze Zeit nachher ließ sie mir durch ihre Kammerfrau ein Kästchen überreichen, das ich Ihnen zusende. Sie sagte, es enthalte Briefschaften, die ihr gehörten, und bat mich, sie Ihnen nach ihrem Hinscheiden zu überbringen*. Dann sprach sie von Ihnen und von Ihrer Freundschaft zu ihr, soweit es ihr Zustand erlaubte, und mit tiefer Rührung.

Der Pater Anselm kam gegen vier Uhr und blieb nahezu eine Stunde allein bei ihr. Als wir wieder ins Zimmer traten, war das Gesicht der Kranken ruhig und heiter. Aber man sah unschwer, daß der Pater Anselm heftig geweint hatte. Er blieb noch da, um den letzten kirchlichen Zeremonien beizuwohnen. Dieses Schauspiel, das stets so eindrucksvoll und schmerzlich ist, wurde es noch mehr durch den Kontrast zwischen der friedvollen Ergebung der Kranken und dem tiefen Schmerz ihres verehrungswürdigen Beichtigers, der in Tränen aufgelöst neben ihr saß. Alle Anwesenden waren tief gerührt, und die Frau, um die alle weinten, war die einzige, die nicht über sich weinte.

Der Rest des Tages verging mit den hergebrachten Gebeten, die nur durch die immer wiederkehrenden Schwächeanfälle der Kranken unterbrochen wurden. Endlich, gegen elf Uhr nachts, war mir, sie leide unter erhöhter Atemnot und ihr Befinden habe sich verschlimmert. Ich streckte die Hand aus und wollte ihren Arm streicheln. Sie fand noch Kraft genug, sie zu ergreifen und auf ihr Herz zu legen. Ich spürte sein Schlagen nicht mehr, und wirklich verschied unsere unglückliche Freundin im selben Augenblick.

Wissen Sie noch, liebe Freundin, bei Ihrer letzten Reise hierher, es ist noch kein Jahr her, da plauderten wir von ein paar Menschen, deren Glück uns mehr oder weniger gesichert dünkte, und verweilten mit liebevollem Wohlgefallen beim Los dieser selben Frau, deren Unglück wir heute zugleich mit ihrem Tod beweinen! So viele Tugenden, löbliche Eigenschaften und treffliche Gaben, ein so sanfter und umgänglicher

* Diese Kassette enthielt alle Briefe, die auf ihr Abenteuer mit Herrn de Valmont Bezug hatten.

Charakter, ein Gatte, den sie liebte und der sie anbetete, ein Kreis von Freunden und Bekannten, bei denen ihr wohl war, deren Liebling sie war, Schönheit und Anmut, Jugendfrische, Reichtum, so vielfältige Vorzüge miteinander vereint sind somit als Folge einer einzigen unbedachten Handlung zunichte geworden! O Vorsehung! wohl müssen wir deine Ratschlüsse verehrend anbeten. Doch wie sind sie unbegreiflich! Ich halte inne. Ich fürchte, ich könnte Ihre Trauer noch vermehren, wenn ich mich meinem Leid hingebe.

Ich scheide von Ihnen und gehe zu meiner Tochter hinüber, die ein wenig unpäßlich ist. Als sie heute morgen von mir den unerwarteten Tod zweier Menschen aus ihrem Bekanntenkreis erfuhr, wurde sie ohnmächtig, und ich ließ sie zu Bett bringen. Ich hoffe aber, dieses leichte Unwohlsein werde keine weiteren Folgen haben. In ihrem Alter ist man eben noch nicht an Kummer gewöhnt, und so ist der Eindruck, den er macht, tiefer und nachhaltiger. Solch rege Empfindungskraft ist zweifellos eine liebenswerte Eigenschaft. Doch wie sehr lehrt uns all das, was man jeden Tag sieht, sie zu fürchten! Leben Sie wohl, meine teure und würdige Freundin.

Paris, am 9. Dezember 17..

166. BRIEF

Herr Bertrand an Madame de Rosemonde

Gnädige Frau!

In Befolgung Ihrer Weisungen, die zu erteilen Sie mir die Ehre erwiesen haben, hatte ich den Vorzug, den Herrn Präsidenten de... aufzusuchen, und habe ihm Ihren Brief zur Kenntnis gebracht, wobei ich ihn gleichzeitig darauf aufmerksam machte, ich werde – entsprechend Ihren Wünschen – nichts unternehmen, ohne vorerst seinen Rat einzuholen. Der verehrungswürdige Magistrat hat mich beauftragt, Ihnen zu bedenken zu geben, daß die Klage, die Sie gegen den Herrn Chevalier Danceny einzureichen beabsichtigen, gleichermaßen das Andenken Ihres Herrn Neffen bloßstellen und daß seine Ehre notgedrungen durch das Gerichtsurteil befleckt würde, und das wäre gewiß ein großes Unglück. Seiner Ansicht nach muß man sich also wohl hüten, irgendwelche Schritte zu unternehmen. Und wenn etwas zu tun wäre, dann einzig, um zu verhindern, daß der Staatsanwalt Wind von der ganzen unseligen Affäre bekomme, die ja bereits nur allzuviel Staub aufgewirbelt habe.

Diese Bemerkungen schienen mir ungemein vernünftig und klug, und ich habe mich entschlossen, neue Weisungen von Ihnen abzuwarten.

Gestatten Sie mir, gnädige Frau, Sie zu bitten, Sie möchten mir, wenn Sie mir Ihre Anordnungen zukommen lassen, ein paar Worte über Ihr Befinden beifügen. Ich fürchte nämlich sehr, so viel Kummer und Leid habe seine traurige Wirkung nicht verfehlt. Ich hoffe, Sie werden meiner Anhänglichkeit und meinem Diensteifer diese Freiheit verzeihen.

Ich bin mit aller Ehrerbietung, gnädige Frau, Ihr usw.

Paris, am 10. Dezember 17..

167. BRIEF

Ungenannter Absender an den Herrn Chevalier Danceny

Mein Herr!
Ich habe die Ehre, Ihnen mitzuteilen, daß heute vormittag im Sitzungszimmer des Gerichtshofs unter den königlichen Richtern von der Affäre die Rede war, die Sie im Lauf der letzten Tage mit dem Herrn Vicomte de Valmont austrugen. Es steht zu fürchten, daß der Staatsanwalt deswegen Klage einreichen wird. Ich dachte mir darum, diese Warnung könnte Ihnen von Nutzen sein, sei es, damit Sie Ihre Protektionen spielen lassen, um diesen unangenehmen Folgen Einhalt zu gebieten, sei es, im Falle, daß Sie das nicht zustande bringen, damit Sie in der Lage sind, für Ihre persönliche Sicherheit besorgt zu sein.

Wenn Sie mir einen Rat gestatten wollen, so glaube ich, Sie würden gut daran tun, sich während geraumer Zeit etwas seltener zu zeigen, als Sie's seit ein paar Tagen getan haben. Wenn man auch gemeinhin für dergleichen Angelegenheiten recht viel Nachsicht an den Tag legt, so schuldet man immerhin dem Gesetz soviel Achtung.

Diese Vorsichtsmaßnahme wird um so dringender und notwendiger, als mir zu Ohren gekommen ist, eine gewisse Madame de Rosemonde, wie man mir sagt, eine Tante des Herrn de Valmont, gedenke, gegen Sie Klage zu erheben. Dann könnte sich freilich die Staatsanwaltschaft ihrem Ersuchen nicht verschließen. Vielleicht wäre es angebracht, wenn Sie mit dieser Dame Rücksprache nehmen könnten.

Besondere Gründe lassen mich davon absehen, diesen Brief zu unterzeichnen. Doch rechne ich darauf, wenn Sie auch nicht wissen, von wem er kommt, werden Sie gleichwohl dem Gefühl, das ihn diktiert hat, Gerechtigkeit widerfahren lassen.

Ich habe die Ehre usw.

Paris, am 10. Dezember 17..

168. BRIEF

Madame de Volanges an Madame de Rosemonde

Hier gehen über Madame de Merteuil recht erstaunliche und ungemein anstößige Gerüchte um, meine teure und würdige Freundin. Sicherlich liegt es mir fern, daran zu glauben, und ich möchte wetten, es ist nichts weiter als eine abscheuliche Verleumdung. Aber ich weiß nur allzu gut, wie leicht derlei bösartige Gerüchte, sogar die allerunwahrscheinlichsten, sich verdichten und Gestalt annehmen und wie schwer der Eindruck sich verwischt, den sie hinterlassen. Ich bin drum auch sehr beunruhigt über dieses Gerede, so leicht es auch, glaube ich, zunichte gemacht werden kann. Ich wünschte vor allem, es könnte ihm rechtzeitig Einhalt geboten werden, ehe es sich noch weiter herumgesprochen hat. Ich habe aber erst gestern sehr spät von diesen abscheulichen Dingen gehört; man hat ja erst angefangen, sie auszusprengen. Und als ich heute früh jemanden bei Madame de Merteuil vorbeischickte, war sie gerade aufs Land verreist, wo sie zwei Tage bleiben soll. Man hat mir nicht sagen können, zu wem sie gegangen ist. Ihre zweite Zofe, die ich habe kommen lassen, um mit ihr zu reden, hat mir gesagt, ihre Herrin habe ihr lediglich Weisung gegeben, sie am nächsten Donnerstag zurückzuerwarten. Keiner von den Bedienten, die sie hiergelassen hat, konnte mir Näheres sagen. Auch ich kann mir gar nicht denken, wo sie wohl ist. Es fällt mir niemand aus ihrem Bekanntenkreis ein, der so spät noch auf dem Lande weilt.

Doch sei dem wie ihm wolle, Sie werden mir, so hoffe ich, bis zu ihrer Rückkunft Aufklärungen verschaffen können, die ihr vielleicht von Nutzen sind, denn man gründet diese abscheulichen Geschichten auf die Umstände beim Tode des Herrn de Valmont, über die Sie offensichtlich unterrichtet sein werden, wenn sie wahr sind, oder über die Sie sich jedenfalls mit Leichtigkeit erkundigen können. Darum bitte ich Sie sehr um diese Gefälligkeit. Hören Sie nun, was man herumbietet oder, besser gesagt, was man noch leise raunt, was aber bestimmt demnächst in aller Öffentlichkeit geäußert werden wird. Man sagt also, der Zwist zwischen Herrn de Valmont und dem Chevalier Danceny sei von Madame de Merteuil heraufbeschworen worden, er sei ihr Werk. Sie habe sie alle beide gleichermaßen betrogen. Wie es fast immer geht, hätten sich die beiden Nebenbuhler zuerst duelliert und seien erst nachher zu den nötigen Erklärungen bereit gewesen. Diese hätten aber eine völlige Aussöhnung zur Folge gehabt. Und um den Chevalier Danceny über Madame de Merteuil vollends aufzuklären und auch um sich völlig zu rechtfertigen, habe Herr de Valmont seine Aussagen mit einer großen Zahl von Briefen belegt, die einen regelmäßigen Briefwechsel darstellten, den er mit ihr unterhalten hatte. Darin erzählt diese Frau im freimütigsten Stil über sich selber die anstößigsten und skandalösesten Anekdoten.

Weiter erzählt man sich, Danceny habe in seiner ersten Empörung diese Briefe einem jeden herumgereicht, der sie nur sehen wollte, und jetzt laufen sie in Paris um. Man führt vor allem zwei davon an. In dem einen schildert sie eingehend ihr ganzes Leben und ihre Grundsätze, und es heißt, man könne sich nichts Grauenvolleres vorstellen. Der andere enthält eine vollkommene Rechtfertigung Herrn de Prévans, an dessen Geschichte Sie sich wohl noch erinnern werden; es findet sich darin der Beweis, daß er im Gegenteil nur den unzweideutigsten Avancen der Madame de Merteuil nachgegeben hat und daß das fragliche Stelldichein mit ihr verabredet war.

Zum Glück habe ich die triftigsten Gründe zur Annahme, daß alle diese Anschuldigungen ebenso falsch wie gehässig sind. Erstens wissen wir alle beide, daß sich Herr de Valmont sicherlich nicht mit Madame de Merteuil abgegeben hat, und ich habe allen Grund zu glauben, daß sich Danceny ebensowenig mit ihr einließ. Somit scheint es mir erwiesen, daß sie weder Gegenstand noch Anlaß dieses Zwistes sein konnte. Ich verstehe auch nicht, was Madame de Merteuil daran liegen konnte – da man ja doch vermutete, sie habe mit Herrn de Prévan unter einer Decke gesteckt –, einen derartigen Auftritt herbeizuführen, der auf jeden Fall Staub aufwirbeln und unangenehme Folgen zeitigen mußte, der zudem für sie sehr gefährlich werden konnte, weil sie sich damit doch einen unversöhnlichen Feind in einem Manne schuf, der ihr Geheimnis zum Teil kannte und der dazumal zahlreiche Anhänger hatte. Immerhin fällt es auf, daß seit diesem Abenteuer nicht eine einzige Stimme zugunsten von Prévan laut geworden ist und daß sogar von dieser Seite kein Einspruch erhoben wurde.

Diese Überlegungen könnten mir den Verdacht eingeben, er habe die Gerüchte aufgebracht, die heute im Umlauf sind, und dieses bösartige Gerede gehe vom Haß und der Rachsucht eines Mannes aus, der sieht, daß er verloren ist und mit Hilfe solcher Gerüchte wenigstens Zweifel auszustreuen und vielleicht einige Ablenkung zu schaffen hofft, die ihm von Nutzen sein kann. Doch mögen diese böswilligen Schwätzereien herkommen, von wo sie wollen, das dringendste ist jetzt jedenfalls, sie auszurotten. Sie würden ja von selbst hinfällig werden, wenn es sich herausstellen sollte, wie es wahrscheinlich ist, daß die beiden Herren, Valmont und Danceny, seit ihrer unseligen Affäre nicht mehr miteinander gesprochen haben und daß sie folglich auch keinerlei Dokumente austauschen konnten.

Da ich es nicht erwarten konnte, bis diese Tatsachen nachgeprüft sind, habe ich heute vormittag jemanden bei Herrn Danceny vorbeigeschickt. Er ist aber auch nicht in Paris. Seine Dienerschaft hat meinem Kammerdiener gesagt, er sei im Laufe der Nacht abgereist, nachdem er gestern eine Warnung erhalten habe, und der Ort, wo er sich aufhalte, sei ein Geheimnis. Offensichtlich fürchtet er die Folgen seiner Affäre. So kann ich also nur noch durch Sie, meine teure und würdige Freundin, die Einzelheiten erfahren, die ich wissen möchte und die für Madame de Merteuil so wichtig und nützlich werden können. Ich äußere ein wiederholtes Mal meine Bitte, sie mir so bald wie nur möglich zukommen zu lassen.

PS. Die Unpäßlichkeit meiner Tochter hat keinerlei schlimme Folgen nach sich gezogen. Sie entbietet Ihnen ihre Hochachtung.

Paris, am 11. Dezember 17..

169. BRIEF

Der Chevalier Danceny an Madame de Rosemonde

Gnädige Frau!
Vielleicht werden Sie den Schritt, den ich heute unternehme, recht seltsam finden. Ich bitte Sie aber inständig, hören Sie mich an, bevor Sie über mich urteilen, und erblicken Sie nicht etwas Vermessenes und Allzukühnes in dem, was nur der Achtung und dem Vertrauen entspringt. Ich verhehle mir nicht, daß ich Ihnen gegenüber im Unrecht bin, und ich würde es mir nie im Leben verzeihen können, wenn ich mir auch nur einen Augenblick lang denken könnte, es wäre mir möglich gewesen, es zu vermeiden. Seien Sie auch überzeugt, gnädige Frau, wenn ich mir auch nichts vorzuwerfen habe, so tut es mir doch unendlich leid, und ich kann auf-

richtig beifügen, die Kümmernis, die ich Ihnen antue, trägt viel zu der Reue bei, die mich peinigt. Damit Sie an die Gefühle glauben können, die ich Ihnen gegenüber zu beteuern wage, muß es Ihnen genügen, Gerechtigkeit walten zu lassen und zu wissen, daß ich zwar nicht die Ehre genieße, Ihnen bekannt zu sein, daß ich aber doch die Ehre habe, Sie zu kennen.

Und doch, während ich über das Verhängnis trauere, das zugleich Ihren Kummer und mein Unglück verschuldet hat, will man mir damit Angst machen, Sie seien nur noch auf Ihre Rache bedacht und suchen die Mittel, diese Rache zu befriedigen, sogar in der Strenge der Gesetze.

Gestatten Sie mir zunächst, Ihnen zu bedenken zu geben, daß Sie hierin Ihr Schmerz irreleitet, da ja in diesem Punkte mein Interesse wesentlich mit dem des Herrn de Valmont verquickt ist und er sich selber in die Verurteilung verwickelt sehen würde, die sie gegen mich erwirkt hätten. Ich sollte also glauben, gnädige Frau, ich müßte von Ihrer Seite im Gegenteil eher auf Unterstützung zählen können als auf Hindernisse bei meinen Bemühungen, die ich möglicherweise zu unternehmen genötigt sein werde, damit dieser unselige Vorfall in Stillschweigen begraben bleibt.

Doch genügt dieser Ausweg, indem ich mich auf seine Mitschuld berufe, meinem Zartgefühl nicht, kommt er doch gleichermaßen dem Schuldigen wie dem Unschuldigen zustatten. Wenn ich Sie als Gegenpartei ausschalten möchte, so wünsche ich hingegen, daß Sie als mein Richter amten. Die Achtung der Menschen, die man hochschätzt, ist allzu kostbar, als daß ich mir die Ehre rauben ließe, ohne sie zu verteidigen, und ich glaube, ich bin dazu in der Lage.

In der Tat, wenn Sie zugeben, daß Rache erlaubt ist, oder besser gesagt, daß man sie sich schuldig ist, wenn man in seiner Liebe verraten worden ist, in seiner Freundschaft und vor allem in seinem Vertrauen, wenn Sie das zugestehen, dann wird all mein Unrecht vor Ihren Augen verschwinden. Verlassen Sie sich darin nicht etwa auf meine Worte, sondern lesen Sie, wenn Sie den Mut dazu aufbringen, den Briefwechsel, den ich in Ihre Hände lege.* Die große Menge von Briefen, die sich im Original darunter befinden, wird wohl die Echtheit derer erhärten, die nur in Abschriften vorliegen. Im übrigen habe ich diese Papiere, so wie ich sie Ihnen nun zuzustellen die Ehre habe, von Herrn de Valmont selbst erhalten. Ich habe nichts hinzugefügt und nur zwei Briefe weggelassen, die ich mir in der Stadt bekanntzumachen erlaubt habe.

Der eine war nötig für meine und Herrn de Valmonts gemeinsame Rache, zu der wir alle beide berechtigt waren und mit der er mich ausdrücklich betraut hatte. Überdies war ich des Glaubens, ich erweise der Gesellschaft einen Dienst, wenn ich eine Frau entlarve, die so wahrhaft

* Aus diesem Briefwechsel, aus den Briefen, die beim Tode der Madame de Tourvel gleichfalls ausgehändigt wurden, sowie aus den Briefen, die Madame de Volanges der Madame de Rosemonde anvertraut hat, wurde vorliegende Sammlung zusammengestellt, deren Originalbriefe sich noch in den Händen der Erben der Madame de Rosemonde befinden.

gefährlich ist wie Madame de Merteuil, ist sie doch, wie Sie sehen können, die einzige, die wahre Ursache all dessen, was zwischen Herrn de Valmont und mir vorgefallen ist.

Mein Gerechtigkeitsgefühl hat mich auch veranlaßt, den zweiten Brief zur Rechtfertigung Herrn de Prévans öffentlich bekanntzumachen. Ich kenne ihn zwar kaum, aber er hatte es keineswegs verdient, daß man so hart mit ihm umsprang, wie man es jüngsthin getan hat, noch hat er das strenge Urteil der Öffentlichkeit verdient, das ja noch furchtbarer ist und unter dem er seither stöhnt und seufzt, ohne eine Möglichkeit zu seiner Verteidigung zu haben.

Sie werden also lediglich die Abschriften dieser beiden Briefe vorfinden. Die Originalbriefe behalte ich in meinem ureigensten Interesse. Was das übrige anlangt, so glaube ich nicht, daß ich es sicherern Händen anvertrauen könnte. Es ist mir zwar sehr viel daran gelegen, daß diese hinterlegten Papiere nicht vernichtet werden, aber es widerstrebt mir, sie mißbräuchlich zu verwenden. Ich bin überzeugt, gnädige Frau, wenn ich Ihnen diese Briefschaften zu treuen Händen übergebe, diene ich ebensogut den beteiligten Personen, wie wenn ich sie ihnen selber übergäbe. Und dabei erspare ich ihnen die Verlegenheit, sie von mir empfangen zu müssen und zu wissen, daß ich Abenteuer weiß, von denen sie zweifellos wünschen, daß niemand sie kennt.

Ich glaube, Sie hinsichtlich dieser darauf aufmerksam machen zu müssen, daß die beigeschlossenen Briefe nur ein Teil einer weit umfangreicheren Sammlung sind, der sie Herr de Valmont in meinem Beisein entnommen hat und die Sie vermutlich wieder vorfinden werden, sobald die Siegel entfernt werden.

Sie trägt die Aufschrift: Konto eröffnet zwischen der Marquise de Merteuil und dem Vicomte de Valmont. Sie werden darüber beschließen, was Ihnen Ihre Klugheit eingeben wird. Ich verbleibe mit aller geziemenden Hochachtung usw.

PS. Verschiedene Warnungen, die mir zugekommen sind, und die Ratschläge meiner Freunde haben mich bewogen, für einige Zeit aus Paris wegzugehen. Aber der Ort, wohin ich mich zurückziehe, der für jedermann geheimgehalten wird, soll für Sie kein Geheimnis sein. Sollten Sie mich mit einer Antwort beehren, so bitte ich Sie, Ihren Brief an die Komturei in..., unter der Adresse des Herrn Komturs de... zu richten. Von seinem Haus aus habe ich die Ehre, Ihnen zu schreiben.

Paris, am 12. Dezember 17..

170. BRIEF

Madame de Volanges an Madame de Rosemonde

Ich gerate von einer Überraschung in die andere, meine teure Freundin, und ein Kummer löst den andern ab. Man muß Mutter sein, um sich vorstellen zu können, was ich gestern den ganzen Morgen durchgemacht habe! Und wenn sich seither meine schlimmsten Besorgnisse gelegt haben, so bleibt mir doch noch eine recht spürbare Betrübnis, deren Ende nicht abzusehen ist.

Gestern, gegen zehn Uhr morgens, wunderte ich mich, daß ich meine Tochter noch gar nicht zu Gesicht bekommen hatte, und ich schickte meine Zofe, um nachzusehen, was denn an dieser Verspätung schuld sein mochte. Einen Augenblick nachher kam sie ganz erschrocken wieder zurück, und sie jagte mir einen noch viel größeren Schrecken ein, als sie mir meldete, meine Tochter sei nicht in ihrem Zimmer, und ihre Kammerfrau habe sie seit dem Morgen nicht mehr darin vorgefunden. Stellen Sie sich meine Lage vor! Ich ließ alle meine Dienstboten kommen, und vor allem meinen Türhüter. Alle schworen mir, sie wüßten von gar nichts und könnten mir auch nichts über diesen Vorfall aussagen. Ich ging auf der Stelle ins Zimmer meiner Tochter hinüber. Die Unordnung, die darin herrschte, bewies mir wohl, daß sie offensichtlich erst am Morgen weggegangen war. Sonst aber fand ich keinerlei Aufschluß. Ich durchstöberte ihre Schränke, ihren Schreibtisch. Ich fand alles schön an seinem Platz und alle ihre Kleider, mit Ausnahme des Rockes, in dem sie fortgegangen war. Nicht einmal das bißchen Geld hatte sie mitgenommen, das sie in Verwahrung hatte.

Da sie erst gestern erfahren hatte, was man alles über Madame de Merteuil munkelt, da sie sehr an ihr hängt, so sehr, daß sie den ganzen Abend in einem fort geweint hat, da mir auch einfiel, daß sie ja gar nicht wußte, Madame de Merteuil sei auf dem Lande, war mein erster Gedanke, sie habe ihre Freundin besuchen wollen und sei unbesonnenerweise ganz allein hingegangen. Als aber die Zeit verging und sie nicht zurückkam, da kehrte meine frühere Unruhe wieder in ihrem ganzen Ausmaß zurück. Mit jedem Augenblick wuchsen mein Unbehagen und meine Qual, und wenn ich auch darauf brannte, etwas zu erfahren, so wagte ich's doch nicht, irgendwelche Erkundigungen einzuholen, aus Angst, ich könnte einen Schritt ruchbar machen, den ich späterhin vielleicht vor aller Welt geheimhalten möchte. Nein, zeit meines Lebens habe ich nie so schrecklich gelitten!

Endlich, als es längst schon zwei Uhr geschlagen hatte, erhielt ich zur gleichen Zeit einen Brief meiner Tochter und einen zweiten von der Oberin des Klosters... Der Brief meiner Tochter teilte mir lediglich mit, sie habe gefürchtet, ich werde mich ihrer inneren Berufung, Nonne zu werden, widersetzen, und sie habe sich darum nicht getraut, mit mir darüber zu sprechen. Sonst enthielt er nur lauter Entschuldigungen, weil sie ohne meine Einwilligung diesen Entschluß gefaßt habe, den ich

– wie sie hinzufügte – sicherlich nicht mißbilligen würde, wenn ich ihre Beweggründe kennte. Gleichwohl bitte sie mich, sie nicht danach zu fragen.

Die Oberin schrieb mir, sie habe ein junges Mädchen ganz allein ankommen sehen und habe sich zunächst geweigert, sie aufzunehmen. Dann habe sie aber das Mädchen ins Gebet genommen und dabei erfahren, wer es sei, und da habe sie geglaubt, sie erweise mir einen Dienst, wenn sie zunächst meiner Tochter Obdach gewähre, um sie nicht weiterem Umherlaufen auszusetzen, zu dem sie entschlossen schien. Die Oberin anerbot sich zwar, mir, wie nur recht und billig, meine Tochter wieder zuzuführen, wenn ich sie herausverlange, aber sie lud mich doch, ihrem Stande gemäß, ein, mich einer Neigung nicht zu widersetzen, die – wie sie sagt – so entschieden vorhanden sei. Sie sagte mir außerdem noch, sie habe mich nicht früher von diesem Vorfall in Kenntnis setzen können, weil es sie große Mühe gekostet habe, meine Tochter zum Schreiben zu bewegen. Ihre Absicht sei es nämlich gewesen, jedermann in Unkenntnis über ihren Zufluchtsort zu lassen. Die Unvernunft der Kinder ist etwas recht Grausames!

Ich begab mich unverweilt in dieses Kloster. Und nachdem ich mit der Oberin gesprochen hatte, bat ich sie, meine Tochter sehen zu dürfen. Sie kam nur mit Widerstreben und voll ängstlicher Scheu. Ich sprach mit ihr im Beisein der Nonnen, und später sprach ich mit ihr unter vier Augen. Alles, was ich aus ihr herausbringen konnte, während sie Ströme von Tränen vergoß, war, daß sie nur im Kloster glücklich sein könne. Da fand ich mich schließlich damit ab und erlaubte ihr, dort zu bleiben, ohne daß sie aber, wie sie es verlangte, unter die Postulantinnen eingereiht werden sollte. Ich fürchte, Madame de Tourvels Hinscheiden und der Tod des Herrn de Valmont haben ihrem Kopf allzusehr zugesetzt. So große Achtung ich auch vor einem Menschen hege, der sich innerlich berufen fühlt, ins Kloster zu gehen, so würde ich doch nur mit tiefem Schmerz und voll Angst mit ansehen, wie meine Tochter diesen Stand erwählt. Es dünkt mich, wir haben schon genug Pflichten zu erfüllen, ohne daß wir uns noch neue obendrein schaffen. Und ferner scheint mir, in diesem Alter wissen wir kaum schon, was uns frommt.

Was meine Verlegenheit noch vergrößert, ist die bevorstehende Rückkunft Herrn de Gercourts. Muß ich wohl diese so vorteilhafte Heirat aufgeben? Wie soll man nur seine Kinder glücklich machen, wenn es nicht ausreicht, ihr Glück zu wünschen und mit allem Fleiß danach zu streben? Sie werden mich zu großem Dank verpflichten, wenn Sie mir sagen wollen, was Sie an meiner Stelle tun würden. Ich kann mich zu gar nichts entschließen. Ich finde, es gibt nichts so Schreckliches, wie wenn man über das Schicksal anderer entscheiden muß, und ich habe gleich viel Angst davor, bei dieser Gelegenheit mit der Strenge eines Richters vorzugehen oder die Schwachheit einer liebenden Mutter walten zu lassen.

Ich werfe mir ohne Unterlaß vor, daß ich Ihnen noch mehr Kummer bereite, indem ich mein Leid vor Ihnen ausbreite. Aber ich kenne ja Ihr

Herz. Der Trost, den Sie andern spenden können, wird für Sie zum größten Labsal, das Sie entgegennehmen könnten.

Leben Sie wohl, meine teure und würdige Freundin. Ich erwarte Ihre beiden Antworten mit höchster Ungeduld.

Paris, am 13. Dezember 17..

171. BRIEF

Madame de Rosemonde an den Chevalier Danceny

Nach alledem, was Sie mir zur Kenntnis gebracht haben, mein Herr, kann man nur mehr weinen und schweigen. Man lebt nur noch ungern weiter, wenn man derlei gräßliche Abscheulichkeiten erfährt. Man schämt sich, eine Frau zu sein, wenn man sehen muß, wie ein weibliches Wesen solcher Freveltaten fähig ist.

Ich will recht gerne dazu die Hand bieten, mein Herr, soweit es von mir abhängt, daß alles, was mit diesen Vorfällen im Zusammenhang steht oder darauf folgen könnte, stillschweigend in Vergessenheit gerät. Ich wünsche sogar, sie möchten Ihnen keinen andern Kummer jemals bereiten als den, der untrennbar mit dem unseligen Sieg, den Sie über meinen Neffen davongetragen haben, zusammenhängt. Ungeachtet all dessen, was er Unrechtes begangen hat und was ich notgedrungen anerkennen muß, fühle ich, daß ich mich niemals über seinen Verlust werde trösten können. Aber meine immerwährende Trauer soll die einzige Rache sein, die ich mir an Ihnen zu nehmen gestatten werde. Nun ist es an Ihrem Herzen zu ermessen, wie weit sie reicht.

Wenn Sie meinem hohen Alter eine Bemerkung zugute halten wollen, die man in Ihren Jahren kaum je macht, so ist es die: Wäre man über sein wahres Glück im klaren, so würde man es niemals außerhalb der Schranken suchen, die uns Gesetz und Religion zuweisen.

Sie können sicher sein, ich werde getreulich und von Herzen gern das mir anvertraute Pfand aufbewahren; aber ich bitte Sie, mich zu ermächtigen, daß ich es keinem Menschen wieder aushändigen muß, nicht einmal Ihnen, mein Herr, es sei denn, Sie bedürften seiner zu Ihrer Rechtfertigung. Ich wage zu glauben, daß Sie sich dieser Bitte nicht verschließen werden. Man bereut es oft bitter – das fühlen Sie sicherlich auch –, daß man sich hat zu einer gerechten Rache hinreißen lassen. Ich halte in meinen Bitten noch nicht inne, überzeugt, wie ich von Ihrer Großmut und Ihrer Feinfühligkeit bin. Es wäre dieser beiden edeln Eigenschaften würdig, wenn Sie auch die Briefe des Fräulein de Volanges' in meine Hände legen wollten. Sie haben sie doch offensichtlich aufbewahrt, und es wird Ihnen wohl nicht mehr viel daran liegen. Ich weiß, das junge Mädchen hat Ihnen großes Unrecht angetan. Aber ich denke, Sie werden sie trotz allem nicht dafür strafen wollen. Und wäre es nur aus Achtung vor sich selber, so werden Sie doch nicht die Frau so tief erniedrigen, die Sie einmal so sehr geliebt haben. Ich brauche darum auch nicht hinzuzusetzen, daß die Rücksichtnahme, die freilich die Tochter nicht verdient, zumindest der Mutter zusteht, dieser hochachtbaren Frau, der gegenüber Sie vieles wiedergutzumachen haben. Denn schließlich mag man sich wohl in einer vorgeblichen Gefühlszartheit allerhand einzureden versuchen, aber der Mann, der als erster den Versuch unternimmt, ein noch ehrbares und einfältiges Herz zu betören, der macht sich gerade dadurch zum ersten Helfershelfer seiner Verderbnis und muß für alle Zeiten für alle Freveltaten und Verirrungen verantwortlich bleiben, die daraus entstehen mögen.

Wundern Sie sich nicht, mein Herr, über soviel Strenge meinerseits. Sie ist der bündigste Beweis, den ich Ihnen von meiner uneingeschränkten Achtung geben kann. Sie werden noch weitere Anrechte darauf erwerben, wenn Sie, wie ich es wünsche, zur Sicherheit eines Geheimnisses die Hand bieten, dessen Ruchbarwerden Ihnen selber schaden würde und einem Mutterherzen den Todesstoß versetzen müßte, das Sie schon so tief versehrt haben. Kurzum, ich wünsche, meiner Freundin diesen Dienst zu erweisen. Und müßte ich befürchten, daß Sie mir diesen Trost verweigern könnten, dann würde ich Sie bitten, zuerst zu bedenken, daß es der einzige ist, den Sie mir gelassen haben.

Ich habe die Ehre usw.

Auf Schloß..., am 15. Dezember 17..

172. BRIEF

Madame de Rosemonde an Madame de Volanges

Wäre ich genötigt gewesen, meine teure Freundin, die Aufschlüsse, die Sie von mir im Hinblick auf Madame de Merteuil erbaten, aus Paris kommen zu lassen, und ihr Eintreffen abzuwarten, so wäre es mir auch jetzt noch nicht möglich, sie Ihnen zu geben; und bestimmt hätte ich nur recht unklare und unzuverlässige erhalten. Es sind mir aber welche zugekommen, die ich nicht erwartete, die ich gar nicht erwarten konnte. Und die lauten nur allzu eindeutig! Oh, meine Freundin! Wie sehr hatte diese Frau Sie hinters Licht geführt!

Es widerstrebt mir, auf irgendeine Einzelheit dieser haufenweise begangenen Greuel einzugehen; was man aber auch darüber herumbieten vermag, seien Sie sicher, es reicht noch längst nicht an die Wahrheit heran. Ich hoffe, meine teure Freundin, Sie kennen mich gut genug, um mir aufs Wort zu glauben, und Sie werden wohl kaum Beweise dafür verlangen. Es mag Ihnen genügen, daß Sie in Hülle und Fülle vorhanden sind, und sie befinden sich in diesem Augenblick gerade in meinen Händen.

Es tut mir unsagbar leid, daß ich Sie bitten muß, mich nicht drängen zu wollen, den Rat näher zu begründen, den Sie von mir hinsichtlich Fräulein de Volanges' erbitten. Ich lege Ihnen nahe, sich nicht der inneren Berufung, die sie an den Tag legt, zu widersetzen. Sicherlich gibt es nichts, was uns das Recht gäbe, jemanden zu zwingen, daß er in den geistlichen Stand eintritt, wenn er nicht dazu berufen ist. Manchmal aber ist es ein großes Glück, wenn er es ist. Und Sie sehen ja, Ihre Tochter sagt Ihnen selbst, Sie würden nichts dagegen haben, wenn Sie ihre Beweggründe kennten. Der uns unsere Gefühle eingibt, weiß besser als unsere dünkelhafte Weisheit, was einem jeden frommt. Und oftmals ist das, was ein Werk Seiner Strenge zu sein scheint, im Gegenteil ein Akt Seiner Milde.

Kurzum, meine Ansicht, die Sie tief betrüben wird, das fühle ich wohl, und die ich Ihnen ebendarum nur nach reiflicher Überlegung bekanntgebe, das müssen Sie mir glauben, geht dahin, Sie sollten Fräulein de Volanges im Kloster verbleiben lassen, da sie diesen Entschluß nun einmal nach freier Wahl gefaßt hat. Sie sollten den Plan, den sie offenbar ausgesonnen hat, eher fördern als durchkreuzen, und bis er zur Ausführung gelangt, sollten Sie nicht zögern, die Heirat rückgängig zu machen, die Sie sich vorgenommen hatten.

Nachdem ich diese peinlichen Freundschaftspflichten erfüllt habe und in meiner Ohnmacht, irgendwelchen Trost beizusteuern, bleibt mir nur noch übrig, Sie um eine Gunst zu bitten: Befragen Sie mich über gar nichts mehr, was auf diese traurigen Ereignisse Bezug hat. Lassen wir sie in Vergessenheit geraten, wie es sich für sie gebührt. Suchen wir nicht nach unnützen und betrüblichen Aufklärungen, ergeben wir uns in die Fügungen der Vorsehung und glauben wir an die Weisheit ihrer Ratschläge, auch dann sogar, wenn sie uns nicht gestattet, sie zu begreifen. Leben Sie wohl, meine teure Freundin.

Auf Schloß ..., am 15. Dezember 17..

173. BRIEF

Madame de Volanges an Madame de Rosemonde

Oh, meine Freundin! Mit welch einem schrecklichen Schleier verhüllen Sie das Schicksal meiner Tochter? Und anscheinend fürchten Sie, ich werde ihn zu lüften suchen! Was verbirgt er mir denn, das noch tiefer das Herz einer Mutter betrüben könnte als der entsetzliche Argwohn, dem Sie mich preisgeben? Je länger und besser ich Ihre Freundschaft, Ihre Duldsamkeit kenne, um so qualvoller wird mein Kummer. Wohl zwanzigmal habe ich seit gestern diese grauenvolle Ungewißheit loswerden und Sie bitten wollen, mir schonungslos und ohne Umschweife zu sagen, was vorgefallen ist. Und jedesmal schrak ich zusammen vor Angst, wenn ich an die Bitte dachte, die Sie ausgesprochen haben: ich möge Sie nicht weiter fragen ... Nun sehe ich schließlich noch eine Möglichkeit, die mir einige Hoffnung läßt, und ich erwarte von Ihrer Freundschaft, daß Sie mir diesen Wunsch nicht abschlagen werden. Sie sollen mir nämlich antworten, ob ich ungefähr verstanden habe, was Sie mir etwa zu sagen hatten; Sie sollen sich auch nicht scheuen, mir alles zu sagen, was mütterliche Nachsicht verhüllen kann und was nicht unmöglich wiedergutzumachen ist. Geht mein Unglück über dieses Maß hinaus, dann gehe ich mit Ihnen einig, daß Sie sich durch Ihr bloßes Ausschweigen erklären sollen. Hören Sie denn, was ich bereits in Erfahrung gebracht habe und wie weit meine Befürchtungen gehen können.

Meine Tochter hat eine gewisse Liebe zum Chevalier Danceny bekundet, und man hat mir gesagt, sie habe sich so weit mit ihm eingelassen, daß sie Briefe von ihm angenommen und sogar beantwortet hat. Ich glaubte aber, es sei mir gelungen zu verhindern, daß diese Verirrung eines Kindes gefährliche Folgen nach sich ziehen konnte. Heute, wo ich alles befürchten muß, kann ich mir wohl denken, daß meine Wachsamkeit möglicherweise getäuscht worden ist, und ich ängstige mich, meine Tochter habe sich verführen lassen und damit ihren Verirrungen die Krone aufgesetzt.

Ich kann mich noch an verschiedene Umstände erinnern, die eine solche Befürchtung erhärten könnten. Ich habe Ihnen doch geschrieben, meine Tochter sei ohnmächtig geworden, als sie die Nachricht vom Unglück vernahm, dem Herr de Valmont erlegen ist. Vielleicht war an dieser Reizbarkeit und Überempfindlichkeit auch nur der Gedanke an die Gefahren schuld, die Herr de Valmont in diesem Kampfe bestanden hatte. Als sie hernach so sehr weinte, weil man all die schrecklichen Dinge über Madame de Merteuil sagte und sie ihr zu Ohren kamen, so war das, was ich für freundschaftlich-schmerzliches Mitgefühl hielt, vielleicht nichts als eine Folgeerscheinung ihrer Eifersucht oder des Ärgers darüber, daß sie ihren Liebhaber als treulos erfunden hatte. Auch ihr letzter Schritt läßt sich, so scheint mir, aus demselben Beweggrund erklären. Oft glaubt man ja, man sei zu Gott berufen, einzig darum, weil man innerlich über die Menschen empört ist. Angenommen, diese Tatsachen seien wahr, und Sie haben davon Kenntnis erhalten, so haben Sie schließlich all dies für ausreichend halten können, um den harten Rat zu rechtfertigen, den Sie mir erteilten.

Träfe das aber zu, dann würde ich bei aller Mißbilligung meiner Tochter gleichwohl glauben, ich sei es ihr schuldig, nichts unversucht zu lassen, was ihr die Qualen und die Gefahren einer nur eingebildeten und vorübergehenden Berufung ersparen könnte. Wenn Herr Danceny nicht jedes Gefühl von Anstand verloren hat, so wird er sich nicht dagegen sträuben, ein Unrecht wiedergutzumachen, das er allein angerichtet hat, und ich darf letztlich ja auch annehmen, die Heirat mit meiner Tochter sei vorteilhaft genug, daß er so gut wie seine Familie sich geschmeichelt fühlen kann. Das, meine teure und würdige Freundin, ist die einzige Hoffnung, die mir noch bleibt. Säumen Sie nicht, sie mir zu bestätigen, wenn Ihnen dies möglich ist. Sie können sich ja denken, wie sehnsüchtig ich es erwarte, daß Sie mir antworten, und was für einen entsetzlichen Schlag es für mich bedeuten würde, wenn Sie mir keine Antwort geben könnten.*

Eben wollte ich meinen Brief schließen, da kam ein Bekannter von mir auf Besuch und erzählte mir den fürchterlichen Auftritt, dessen Opfer die Marquise de Merteuil vorgestern geworden ist. Da ich alle die letzten Tage keinen Menschen zu Gesicht bekommen habe, hatte ich von diesem Vorfall nichts gehört.

* Dieser Brief ist unbeantwortet geblieben.

Hier folgt der Bericht, so wie ich ihn von einem Augenzeugen vernommen habe.

Madame de Merteuil kam vorgestern, Donnerstag, vom Lande zurück und ließ sich vor der Italienischen Komödie absetzen, wo sie ihre Loge hatte. Sie war allein dort, und, was ihr sehr sonderbar und ungewöhnlich vorkommen mußte, kein einziger Mann fand sich, solange die Vorstellung währte, bei ihr ein. Als das Stück aus war, trat sie, wie sie's gewohnt war, noch in den kleinen Salon, der bereits voller Leute war. Augenblicklich erhob sich ein drohendes Murren und Raunen, das sie aber offensichtlich nicht auf sich bezog. Sie bemerkte einen leeren Platz auf einem der Bänke, schritt darauf zu und wollte sich hinsetzen. Doch unverzüglich standen alle Frauen, die dort saßen, auf, als hätten sie's verabredet, und ließen sie ganz allein und einsam dort sitzen. Diese deutliche Kundgebung allgemeiner Entrüstung wurde von allen Männern beifällig aufgenommen, und das Murren und Raunen nahm noch zu und schwoll so laut an, daß man sie am Ende gar ausjohlte. So erzählte man mir.

Damit zu ihrer Demütigung auch gar nichts fehlte, wollte es ihr Pech, daß Herr de Prévan, der sich seit seinem Abenteuer nirgendwo mehr gezeigt hatte, im selben Augenblick den kleinen Salon betrat. Kaum erblickte man ihn, so umringten ihn alle Anwesenden, Männer wie Frauen, und begrüßten ihn mit lautem Beifall. Und er wurde von den ihn umdrängenden Leuten sozusagen bis vor Madame de Merteuil hingeschoben. Man versicherte mir, diese habe auch weiterhin getan, als höre und sehe sie nichts, ihr Gesicht sei völlig starr und ausdruckslos geblieben. Das halte ich aber für übertrieben. Doch sei dem, wie ihm wolle, jedenfalls währte diese für sie wahrhaft schimpfliche Lage bis zu dem Augenblick, als man ihr meldete, ihr Wagen sei vorgefahren. Und als sie wegging, hob das ärgerliche und anstößige Gejohle mit verdoppelter Wut von neuem an. Es ist grauenvoll, mit dieser Frau verwandt sein zu müssen. Herr de Prévan wurde noch am selben Abend von allen Offizieren seines Korps, die dort zugegen waren, mit Beifall empfangen, und es herrscht kein Zweifel, daß man ihm demnächst seine Stellung und seinen Rang wieder verleihen wird.

Der gleiche Gewährsmann, der mir dies berichtet hat, sagte mir auch, Madame de Merteuil habe in der Nacht darauf ungemein heftiges Fieber bekommen, und man habe zunächst geglaubt, es sei eine Folge der schlimmen, gewaltsamen Lage, in der sie sich befunden hatte. Seit gestern aber wisse man, daß sie die Pocken hat, und zwar in einer ungemein bösartigen Form, die zusammenfließenden Blattern nämlich. Wahrhaftig, ich glaube, es wäre für sie ein großes Glück, wenn sie daran sterben könnte. Es heißt auch, diese ganze Geschichte könne ihr bei ihrem Prozeß ungemein schaden. Das Urteil steht bevor, und man behauptet, sie habe eine wohlwollende Beurteilung dringend nötig.

Leben Sie wohl, meine teure und würdige Freundin. Ich sehe wohl in alledem, daß die Bösen ihre Strafe ereilt. Ich finde aber dabei keinerlei Trost für die unglücklichen Opfer.

Paris, am 18. Dezember 17..

174. BRIEF

Der Chevalier Danceny an Madame de Rosemonde

Sie haben recht, gnädige Frau, und sicherlich werde ich Ihnen, soweit es von mir abhängt, nichts abschlagen, worauf Sie irgendwie Wert zu legen scheinen. Das Paket, das ich Ihnen zu übersenden die Ehre habe, enthält sämtliche Briefe des Fräulein de Volanges. Wenn Sie sie lesen, werden Sie vielleicht mit einigem Staunen sehen, daß man so viel naive Unschuld mit einer derartigen Hinterlist vereinen kann. Das hat mich wenigstens am allermeisten erschreckt, als ich sie vorhin ein letztes Mal las.

Kann man sich aber vor allem der tiefsten Entrüstung über Madame de Merteuil erwehren, wenn man bedenkt, mit welch grauenvoller Lust sie alles darangesetzt hat, soviel Unschuld und Herzensreinheit auf Abwege zu führen?

Nein, ich fühle keine Liebe mehr. Ich habe gar nichts mehr in mir übrig von einem so unwürdig verratenen Gefühl. Und nicht aus diesem Gefühl suche ich Fräulein de Volanges zu rechtfertigen. Und doch, hätten dieses so einfältige Herz, dieser so sanfte und lenkbare Charakter sich nicht noch zum Guten gewendet, leichter noch, als sie sich zum Bösen verleiten ließen? Welches junge Mädchen, das – wie sie – gerade aus dem Kloster kommt, ohne Lebenserfahrung und gleichsam ohne eigene Gedanken, das nichts in die Welt mitbringt, wie das ja dann fast immer der Fall ist, als eine vollkommene Unkenntnis dessen, was gut oder böse ist, welches junge Mädchen, sage ich, hätte so verwerflichen Ränken besser widerstehen können? Ach, um Nachsicht zu üben, genügt es, sich zu überlegen, von wie vielen Umständen, die von uns selber unabhängig sind, es abhängt, ob die entsetzliche Wahl unserer Gefühle auf Zartgefühl oder Gefühlsverderbtheit fällt! Sie ließen mir also Gerechtigkeit widerfahren, gnädige Frau, als Sie dachten, das Unrecht, das mir Fräulein de Volanges angetan hat, das ich freilich sehr tief empfunden habe, werde mir gleichwohl keinerlei Rachegedanken eingeben. Es ist schon entsetzlich genug, daß ich nun gezwungen bin, auf meine Liebe zu ihr zu verzichten! Sie zu hassen, würde mich allzuviel Überwindung kosten!

Ich bedurfte überhaupt keiner Überlegung, um zu wünschen, daß alles, was sie betrifft und ihr schaden könnte, für alle Zeiten und für jedermann unbekannt bleibe. Wenn ich auch scheinbar die Erfüllung Ihrer Wünsche in dieser Hinsicht für eine Weile hinausgeschoben habe, so glaube ich, ich dürfe Ihnen den Beweggrund für dieses Verhalten nicht verhehlen. Ich wollte zuvor sicher sein, daß ich wegen der Folgen dieser unseligen Affäre nicht behelligt werde. Zu der Zeit, als ich um Ihre Nachsicht bat, als ich sogar einiges Anrecht darauf zu haben glaubte, hätte ich gefürchtet, es könnte so aussehen, als erkaufe ich sie gewissermaßen durch meine Nachgiebigkeit. Und da ich der Lauterkeit meiner Beweggründe sicher war, setzte ich, ich gebe es zu, meinen Stolz darein, daß Sie keinerlei Zweifel daran hegen konnten. Ich hoffe, Sie werden mir dieses vielleicht übertriebene und allzuempfindliche Ehrgefühl verzeihen und es der Ehrfurcht zuschreiben, die Sie mir einflößen, und dem Gewicht, das ich Ihrer Wertschätzung beimesse.

Aus dem gleichen Gefühl bitte ich Sie, mir eine allerletzte Gunst zu erweisen und mich gütigst wissen zu lassen, ob Sie der Ansicht sind, ich habe alle Pflichten erfüllt, die mir die unseligen Umstände auferlegt haben, in die ich verwickelt worden bin. Bin ich darüber erst beruhigt, dann steht mein Entschluß fest: ich fahre nach Malta. Ich gedenke dort ein Gelübde abzulegen und es auch getreulich zu halten. Dies Gelübde wird mich von einer Welt scheiden, in der ich, so jung noch, schon so viel Grund zur Klage hatte. Ich gehe dorthin, um endlich unter einem fremden Himmel den Gedanken an so manche Greuel zu vergessen, die sich vor mir aufgetürmt hatten und deren Andenken meine Seele nur betrüben und beflecken könnten.

Ich verbleibe in Ehrfurcht, gnädige Frau, Ihr untertäniger Diener usw.

Paris, am 26. Dezember 17..

175. BRIEF

Madame de Volanges an Madame de Rosemonde

Madame de Merteuils Schicksal ist nun allem Anschein nach besiegelt, meine teure und würdige Freundin, und es ist derart entsetzlich, daß ihre erklärtesten Feinde zwischen der Empörung, die sie verdient, und dem Mitleid, das es erweckt, schwanken. Ich hatte wohl recht, als ich sagte, es wäre für sie vielleicht ein großes Glück, wenn sie an den Blattern sterben könnte. Sie ist wieder genesen, das wohl, aber sie ist grauenhaft entstellt, und vor allem hat sie dabei ein Auge eingebüßt. Sie können sich wohl denken, daß ich sie nicht wiedergesehen habe. Aber ich habe mir sagen lassen, sie sehe wahrhaft scheußlich drein.

Der Marquis de..., der keine Gelegenheit vorbeigehen läßt, bei welcher er eine Bosheit anbringen kann, sagte gestern von ihr, die Krankheit habe sie umgestülpt, und jetzt trage sie ihre Seele im Gesicht. Leider fand ein jeder, der Ausspruch sei nur allzu wahr.

Ein weiteres Ereignis hat jüngsthin ihr Unglück und ihre Schuld vergrößert. Ihr Prozeß wurde vorgestern entschieden, und sie hat ihn nach dem einstimmigen Urteil der Richter verloren. Kosten, Schadenersatz nebst Zinsen, Rückerstattung der Einkünfte und Erträgnisse, alles wurde den Minderjährigen zugesprochen, und demzufolge ist das bißchen Vermögen, das nicht in diesen Prozeß verwickelt war, für die Kosten draufgegangen und noch einiges mehr dazu.

Sobald sie diese Nachricht erhalten hatte, traf sie, wenn sie schon noch recht krank war, ihre Vorkehrungen und reiste ganz allein mitten in der Nacht mit der Post ab. Ihre Bedienten sagen heute, es habe sie keiner von ihnen begleiten wollen. Man nimmt an, sie habe sich nach Holland begeben.

Diese fluchtartige Abreise hat noch größere Entrüstung erregt als alles

Vorangegangene, denn sie hat ihre Diamanten mitlaufen lassen, die einen ansehnlichen Wert darstellen; sie hätten nämlich zur Hinterlassenschaft ihres Gatten geschlagen werden sollen. Ferner hat sie ihr Silberzeug, ihren Schmuck mitgenommen, kurzum, alles, was sie nur mitnehmen konnte. Und zudem hinterläßt sie annähernd 50000 Livres Schulden. Es ist ein regelrechter Bankrott.

Morgen soll die Familie zusammenkommen, um sich mit den Gläubigern abzufinden. Obschon ich nur ganz weitläufig mit ihr verwandt bin, habe ich mich anerboten, dabei mitzuwirken. An dieser Versammlung werde ich aber nicht zugegen sein können, da ich einer noch traurigeren Feierlichkeit beiwohnen muß. Meine Tochter nimmt morgen das Kleid einer Postulantin. Ich hoffe, Sie werden nicht vergessen, meine liebe Freundin, daß ich bei diesem großen Opfer, das ich damit bringe, keinen anderen Beweggrund habe, der mich dazu nötigt, als das Schweigen, das Sie mir gegenüber gewahrt haben.

Herr Danceny hat Paris verlassen, es sind nun bald vierzehn Tage her. Es heißt, er gehe nach Malta und habe die Absicht, sich dauernd dort niederzulassen. Vielleicht wäre noch Zeit, ihn davon abzuhalten? ... Meine Freundin! ... Hat sich meine Tochter denn so schwer vergangen? ... Sie werden einer Mutter wohl verzeihen, wenn sie sich nur schwer in diese entsetzliche Gewißheit schickt.

Welches Verhängnis hat sich denn seit einiger Zeit rings um mich breitgemacht und mich in den teuersten Wesen getroffen! Meine Tochter und meine Freundin!

Wer könnte ohne Schaudern und Beben an all das Unheil denken, das eine einzige gefährliche Liebschaft mit sich bringen kann! Und wie manches Leid könnte man sich ersparen, wenn man sich dies besser überlegte! Welche Frau würde nicht schon beim ersten Wort eines Verführers fliehen? Welche Mutter könnte, ohne zu zittern, mit ansehen, wie ein anderer Mensch, außer ihr, mit ihrer Tochter spricht? Doch diese verspäteten Erwägungen kommen einem immer erst, wenn bereits etwas vorgefallen ist. Und eine der wichtigsten und vielleicht auch meistanerkannten Wahrheiten bleibt unterdrückt und ohne Nutzanwendung im Trubel unserer leichtfertigen Sitten.

Leben Sie wohl, meine teure und würdige Freundin. Ich mache nun die Erfahrung, daß unser Verstand, der ohnehin nicht ausreicht, um unser Unglück zu verhüten, noch weniger genügt, um uns Trost zu bringen.

Paris, am 14. Januar 17..

NACHBEMERKUNG DES HERAUSGEBERS

Besondere Gründe und Erwägungen, die zu achten wir uns stets zur Pflicht machen werden, nötigen uns, hier abzubrechen. Wir können in diesem Augenblick dem Leser weder die Fortsetzung der Abenteuer Fräulein de Volanges' bieten noch ihm die schrecklichen Ereignisse zur Kenntnis bringen, die Madame de Merteuil endgültig zu Fall brachten und ihre Bestrafung abschlossen.

Vielleicht wird es uns eines Tages gestattet sein, dieses Werk nachzutragen. Wir können jedoch in dieser Hinsicht keinerlei Verpflichtung übernehmen, und selbst wenn wir es könnten, so würden wir uns doch vorher nach dem Wunsch und Geschmack der Öffentlichkeit, unseres Publikums, erkundigen, denn sie hat nicht dieselben Gründe wie wir, sich für diese Lektüre zu erwärmen.

NACHWORT

Im Frühjahr 1782, sieben Jahre vor Ausbruch der Französischen Revolution, erschien angeblich in Amsterdam, in Wirklichkeit jedoch in Paris, der vierbändige Briefroman »Die gefährlichen Liebschaften« *(»Les liaisons dangereuses«)* des bis dahin literarisch kaum hervorgetretenen Offiziers Pierre Ambroise François Choderlos de Laclos. Dieses Werk, in dem Choderlos zwei Repräsentanten des Geburtsadels aus den höchsten Pariser Gesellschaftskreisen – die Marquise de Merteuil und den Vicomte de Valmont – vorführt, die ihre Intrigen auf Kosten von Vertretern des den bürgerlichen Werten huldigenden und an der Religion festhaltenden Amtsadels spinnen, dabei vorübergehend triumphieren, aber schließlich zugrunde gehen, schien gleichsam eine Warnung an die korrupte und dekadente, sich weder um Moral noch um Religion scherende Welt des Geburtsadels am Ende des Ancien régime zu sein und zugleich eine Mahnung an den Amtsadel zu enthalten.

Der riesige Erfolg der »Gefährlichen Liebschaften« beruhte zunächst nicht nur darauf, daß sie als unmoralisches Buch galten – das Publikum war gewöhnt an die kleinen frivolen Romane eines Crébillon fils und anderer –, sondern man witterte in diesem Werk einen Schlüsselroman: Der Verfasser hatte sich hinter seinen Initialen verborgen, der angegebene Druckort war falsch, doch Verfasser und Druckort waren rasch ermittelt, und das Publikum ging davon aus, daß sich auch hinter den Namen der Romangestalten wirkliche Personen der Gegenwart verbergen und die im Roman geschilderten Ereignisse, Zustände und Schicksale ihre Entsprechung in der Welt des Pariser Adels haben würden. Choderlos verstärkte diese Vermutung durch einen Hinweis im Vorwort: »Die verdorbenen, sittenlosen Männer und Frauen werden alles Interesse daran haben, ein Buch in Verruf zu bringen, das ihnen Abbruch tun kann.« Der Erfolg blieb nicht aus: Innerhalb eines Monats wurden 2000 Exemplare verkauft, acht weitere Ausgaben – darunter Raubdrucke in Genf und Neuchâtel – erschienen im selben Jahr, sogar Königin Marie-Antoinette erwarb ein Exemplar.

Rund fünfzigtausendmal wurden die »Gefährlichen Liebschaften« in den knapp zwanzig Jahren von 1782 bis 1800 verkauft. Nur ein Buch hatte in Frankreich bis dahin denselben Erfolg: Jean-Jacques Rousseaus »Julie oder Die Neue Héloïse« (1761/64). Choderlos bezog sich in vieler Hinsicht auf dieses Werk, nicht nur darin, daß er auch die »Gefährlichen Liebschaften« scheinbar in Amsterdam erscheinen ließ oder daß die »Gefährlichen Liebschaften« wie Rousseaus »Julie« ein Briefroman waren. »Die Neue Héloïse« war auch ein Schlüsselroman: In dem von Rousseau geschilderten Schicksal des Hauslehrers Saint-Preux und seiner Schülerin Julie d'Etanges erkannten die Leser unschwer die vom Autor gewollte Parallele zu dem Theologen und Philosophen Pierre Abélard (Petrus Abaelardus) und seiner Schülerin Héloïse. Die zweite für jeden Leser sofort einsichtige Anspielung auf Rousseaus Roman enthielt das Vorwort der »Gefährlichen Liebschaften«: Briefe, gesammelt in einer gewissen Gesellschaftsschicht und zur Belehrung einiger anderer herausgegeben. Bei Rousseau lautete das Motto: »Ich sah die Sitten meiner Zeit und schrieb diese Briefe.«

Bei Choderlos geht es ebenso wie bei Rousseau um den Konflikt von Leidenschaft, Empfindsamkeit und Tugend (Cécile de Volanges und die Präsidentin de Tourvel). Bei Rousseau steht im Mittelpunkt der Handlung die Geschichte eines Mädchens, das den für ihn bestimmten Mann heiratet und auf den nicht standesgemäßen Geliebten verzichtet. Bei Choderlos bildet der Zwiespalt von Cécile, die den ihr bestimmten Comte de Gercourt schon verabscheut, bevor sie ihn kennengelernt hat, weil sie in Wirklichkeit den nicht standesgemäßen Chevalier Danceny liebt, eines der wesentlichen Aufbauelemente des Romans. Die Romane von Rousseau und Choderlos spielen beide auf dem Land und in Paris (Kontrast zwischen Land- und Stadtleben).

Diese Übereinstimmungen mit Rousseaus »Julie« bleiben jedoch auf die genannten, allerdings markanten Punkte beschränkt. In allem anderen schuf Choderlos ein Werk, das geradezu anti-rousseauistisch ist: Jede Naturschwärmerei fehlt; an die Stelle der Empfindsamkeit ist kalte Berechnung getreten; wo sich jemand auf Gefühle verläßt, gerät er ins Verderben; dem Tugendkult Rousseaus wird ein Kult des Lasters entgegengestellt; statt Pathos herrscht Zynismus vor. Choderlos wurde als erotischer Machiavelli bezeichnet.

Dem Roman sind eine Vorbemerkung des Verlegers und ein Vorwort des (fiktiven) Herausgebers vorangestellt. Während der Verleger mit Blick auf die staatliche Zensur die Unwahrscheinlichkeit der dargestellten Ereignisse hervorhebt, nennt der Herausgeber das moralische Ziel dieses unmoralischen Werks: »Es scheint mir mindestens, man erweise den guten Sitten einen Dienst, wenn man die Mittel und Wege aufdeckt, die verdorbene, gemeine Menschen anwenden, um tugendhafte, gute zu verdecken, und ich glaube, diese Briefe können wirksam dazu beitragen.«

*

Das Intrigenspiel der Marquise de Merteuil und ihres früheren Liebhabers, des Vicomte de Valmont, entspringt dem Verlangen nach Rache: Der Graf de Gercourt hat die Marquise um einer anderen Frau willen verlassen; diese Frau wiederum hat dem Grafen zuliebe dem Vicomte den Laufpaß gegeben. So finden Marquise und Vicomte als Komplizen wieder zusammen, wobei der Plan, wie man sich an dem Grafen de Gercourt am geschicktesten rächen kann, von der Marquise ausgeht. Diese lädt Valmont ein, einen »Schurkenstreich« durchzuführen, bei dem er »zugleich der Liebe und der Rache dient«: Er soll das naive »Rosenknöspchen«

Cécile de Volanges verführen, die von ihrer Mutter dazu bestimmt ist, die Gattin des Grafen zu werden. Der Graf legt Wert darauf, eine Frau zu heiraten, die unberührt in die Ehe geht; wenn nun Cécile vor der Hochzeit verführt worden ist, soll ihr »Fall« nach der Hochzeit durch gezielte Indiskretion publik gemacht werden – der Skandal und die Rache wären perfekt.

Der Roman beginnt mit einem Brief der kindlichen fünfzehnjährigen Cécile, die gerade das Klosterpensionat verlassen hat, in dem sie vier Jahre lang erzogen worden ist. Cécile rechnet damit, verheiratet zu werden; sie weiß, daß sie noch ein »sehr unwissendes Geschöpf« ist, und fühlt sich weiterhin wie im Kloster. An diesem Beispiel zeigt Choderlos bereits im ersten Brief, daß die Erziehungsanstalten des (bürgerlichen) Amtsadels in keiner Weise geeignet sind, auf das wirkliche Leben vorzubereiten. Cécile ist unfähig, sich in der Wirklichkeit zurechtzufinden: Als der Schuhmacher vor ihr niederkniet, um Maß zu nehmen, mißdeutet sie seine Worte und seine Gesten und glaubt, er sei der Mann, den sie heiraten müsse. Daß die naive Cécile den mit allen Wassern gewaschenen Geburtsadligen, der Marquise de Merteuil und dem Vicomte de Valmont, in jeder Hinsicht unterlegen ist, wird ab dem zweiten Brief, in dem die Marquise ihren Racheplan darlegt, klar.

Alle Vertreter des Amtsadels stellt Choderlos nicht nur als den gewöhnlichen bürgerlichen Werten verhaftet dar, sondern auch als den Gesetzen der Religion gehorchend. Diese Religion erweist sich als machtlos angesichts der Skrupellosigkeit, mit der der dekadente Geburtsadel (der nicht arbeitet) vorgeht. Cécile de Volanges' Erziehung in einem Pensionat der Ursulinerinnen ist fruchtlos – Cécile wird ein Opfer des Vicomte und der Marquise. Die bürgerliche Sittenstrenge von Céciles Mutter erweist sich als nutzlos – Madame de Volanges durchschaut das Lügengespinst aus Tugend und Frömmigkeit nicht, mit dem sich die frivole Marquise umgibt, und vertraut den perfiden Ratschlägen der Marquise. Auch der Chevalier Danceny, ein Ordensritter, gibt ohne viel Überlegung seine geliebte Cécile preis und findet sich als Bettgeselle der Marquise wieder. Zentrales Beispiel ist das Schicksal der frommen Madame de Tourvel, der Gattin eines sich ständig auf Reisen befindenden Präsidenten, die geradezu als Verkörperung des Rousseauschen Tugendideals erscheint – aber gegen die Machenschaften Valmonts schließlich doch nicht gefeit ist.

*

Bei den Komplizen Merteuil und Valmont ist die Marquise die überlegene, die befehlende. Als Valmont einmal versucht, gegen ihren Willen aufzubegehren, hat er verspielt und findet im Duell gegen den von der Marquise aufgehetzten Danceny den Tod.

Valmonts Devise lautet: »Erobern ist unser Los, und wir müssen ihm folgen« (4. Brief). Als die Marquise ihn auffordert, Cécile zu verführen, erscheint ihm dieses »Unternehmen« zu einfach. Das Vokabular, dessen sich Valmont bedient, ist dem Bereich des Militärischen entlehnt. Der Geburtsadlige, der nicht mehr in den Krieg ziehen muß, greift die militärische Tradition in seinem Liebesleben wieder auf: Was er sucht bei seinen Abenteuern, ist »Ruhm«; der Ruhm wird um so größer, je besser sich eine Frau verteidigt: »Sie muß sich ergeben! Aber zuvor muß sie erst kämpfen! Sie darf zwar nicht Kraft genug zum Siegen aufbringen; aber sie soll doch hinreichend stark sein, mir zu widerstehen. Sie muß ausgiebig und in aller Muße das Gefühl ihrer Schwäche auskosten, sie muß gezwungen sein, ihre Niederlage einzugestehen« (23. Brief). Die »Eroberung« einer Frau ist ein »Krieg«, bei der man mit »Sauberkeit der Methode« vorgehen muß und die »gültigen Regeln« nicht vernachlässigen darf; Hindernisse werden im Sturm genommen. So kann sich Valmont schließlich mit Feldherren wie Hannibal oder Friedrich II. vergleichen: »Beurteilen Sie mich also wie Turenne oder Friedrich den Großen. Ich habe den Feind, der nur Zeit gewinnen wollte, zum Kampf gezwungen. Ich habe mir, durch wohlausgesonnene Manöver, die Wahl des Geländes und freie Hand in meinen übrigen Maßnahmen gesichert. Ich habe es verstanden, den Feind in Sicherheit zu wiegen, um ihn hernach um so leichter in seinem Schlupfwinkel auszuheben. Sodann wußte ich ihm Schrecken einzujagen, bevor ich ihn zum Kampfe stellte. Ich habe nichts dem Zufall überlassen, vielmehr alles im Hinblick auf einen großen Vorteil im Falle des Erfolges und der Gewißheit von Rettungsmöglichkeiten im Falle des Mißlingens angeordnet. Schließlich habe ich es erst dann zum Kampfe kommen lassen, als ich mir sicheren Rückzug gewährleistet hatte, durch den ich alles, was ich zuvor erobert hatte, decken und sichern konnte. Das ist, glaube ich, alles, was man vorkehren kann. Aber jetzt bin ich, wie Hannibal seinerzeit in den Wollüsten Capuas, verweichlicht und schlaff geworden, fürchte ich« (125. Brief).

Auch die Jagd, ein weiteres Vergnügen und Privileg des Adels, dient Valmont als Vergleich: »Überlassen wir's dem ruhmlosen Wilddieb, den Hirsch, den er aufgescheucht hat, aus dem Hinterhalt abzuschießen. Der echte Jäger muß ihn hetzen, bis er zusammenbricht« (23. Brief).

Ein einziges Mal trifft Valmont auf ungewohnt harten Widerstand, nämlich bei der Präsidentin de Tourvel, die bekannt ist für ihre Frömmigkeit, eheliche Treue und Sittenstrenge. Bei ihr gerät Valmont aus dem Konzept und verliebt sich in sie – allerdings nur so lange, wie er sie noch nicht erobert hat; als er glaubt, »in den Wollüsten Capuas« zu erschlaffen, läßt er sie fallen nach dem Prinzip, »daß einzig die Wollust das Recht hat, der Liebe die Binde zu lösen« (6. Brief). Doch bis dahin ist er von dem Gedanken besessen, die Präsidentin zu verführen, »damit ich die Lächerlichkeit loswerde, in sie verliebt zu sein« (4. Brief). Jedes Mittel ist ihm dabei willkommen; der Glauben der Präsidentin, sie könne den Liebesabenteurer Valmont zu einer besseren Lebensführung bekehren, kommt ihm gerade recht. Die Grundsätze, nach denen er bisher vorgegangen ist, nennt Madame de Volanges in einem warnenden Brief an die Präsidentin: »Er weiß genau zu berechnen, wieviel Greuel und Niederträchtigkeiten er begehen kann, ohne sich Unannehmlichkeiten zuzuziehen; und damit er, ohne Gefahr zu laufen, grausam und böse sein kann, hat er sich die Frauen zu Opfern auserkoren« (9. Brief).

Valmont ist nicht allein von militärischem Denken beherrscht. Auf einer höchsten Stufe der Liebeskunst gilt es, bei der Geliebten einen Rang einzunehmen, der sonst Gott zukommt. Auf dem Hintergrund dieser pervertierten Vorstellung von Gut und Böse, Gott und Teufel wird Charles Baudelaires späteres Urteil über die »Gefährlichen Liebschaften« deutlich: »In Wirklichkeit hat der Satanismus gesiegt, das sich selbst erkennende Böse.« – Valmont will die Präsidentin nicht nur dem Ehemann rauben, der sie »entweiht«, sondern will sie dem Gott entreißen, den sie anbetet: »Mag sie meinethalben an die Tugend glauben, aber sie muß sie mir zum Opfer bringen. Ihre Verfehlungen müssen sie in grausendes Entsetzen stürzen, ohne sie aber aufhalten zu können. Tausendfache Schrecknis muß sie ängstigen; doch sie darf sie nicht vergessen können, sie soll sie nur in meinen Armen überwinden. Erst dann darf sie meinethalben zu mir sagen: ›Ich bete dich an!‹ Sie allein unter allen Frauen wird würdig sein, diese Worte auszusprechen. Dann bin ich wahrhaft der Gott, dem sie den Vorrang gegeben hat« (6. Brief).

Diese Vorstellung von Gottähnlichkeit ist nicht nur Valmont eigen. Als die Marquise das Vertrauen von Madame de Volanges mißbraucht hat, fühlt auch sie sich »in derselben Lage wie die Gottheit: Ich nehme die widersprechenden Wünsche der blinden Sterblichen entgegen und ändere nichts an meinen unwandelbaren Ratschlüssen. Ich habe diese erhabene Rolle aber doch aufgegeben und die eines tröstenden Engels übernommen: Und ich bin hingegangen und habe, dem göttlichen Gebot entsprechend, meine Freunde in ihrer Betrübnis aufgesucht« (63. Brief).

Das Satanische wird zum Göttlichen, der Verderber wird zum Wohltäter, zum Engel der Armen. Selbst die Nächstenliebe, die Mildtätigkeit wird zum Mittel, einen anderen ins Verderben zu stürzen: Als Valmont argwöhnt, die Präsidentin könne vermuten, bei seinen Spaziergängen suche er irgendeine Geliebte auf, läßt er in einem Dorf der Umgebung Erkundigungen einziehen, ob es einen in Bedürftigkeit geratenen Bewohner gebe. Am folgenden Tag geht er – er weiß, daß ihn ein Spitzel der Präsidentin verfolgt – in das Dorf und rettet eine fünfköpfige Familie vor dem Bettelstab, indem er dem unerbittlichen Steuereintreiber die 56 Franken gibt, die die Familie nicht aufbringen kann. Die Geretteten danken Valmont überschwenglich und vergleichen ihn mit Gott: »Lasset uns alle diesem Ebenbild Gottes zu Füßen fallen«, rufen sie mit Tränen in den Augen.

Die Verliebtheit, die die Präsidentin in Valmont hervorgerufen hat, ist unter anderem darin begründet, daß der Vicomte in diesem »Krieg« zum ersten Mal nicht mehr nach einem schon viele Male erprobten Plan vorgehen kann, sondern sich auf jede Situation neu einstellen muß. Das Zögern der Präsidentin, ihre Schamhaftigkeit und Religiosität, aber auch die Tatsache, daß sie allein Valmont trotz allen Selbstbetrugs besser durchschaut als die anderen – Madame de Volanges etwa kommt nicht der Gedanke, daß Valmont mit der Marquise ein Verhältnis gehabt haben könnte, die Präsidentin hingegen ahnt dies –, der Reichtum an Empfindungen, der Valmont bei der Präsidentin findet, all dies schenkt ihm die »reizenden

Illusionen meiner Jugend« wieder. Die Beziehung zur Präsidentin steht damit im Gegensatz zur »Liebschaft« *(»liaison«)*, die stets kalt und leichtfertig ist und, so der Vicomte, kaum ein Vergnügen genannt werden kann. Der permanente Liebeskrieg, den Valmont mit anderen Frauen geführt hat, ehe er sich in die Präsidentin verliebte, hat dazu geführt, daß sein Herz »abgestorben« ist. Nun aber, und das hält ihm die Marquise Merteuil im 10. Brief vor, handelt er nicht mehr nach den Strategien der »Liebschaft«, sondern ergibt sich ohne Grundsätze den »Launen« eines »Verliebten« und überläßt alles dem Zufall.

Doch trotz seiner vorübergehenden Verliebtheit will Valmont weiterhin der Präsidentin »Tugend in einem langwährenden Todeskampf allmählich zu Tode hetzen. Ich will, daß sie unablässig um dieses Endziel weiß, das sie zur Verzweiflung treiben soll, und ich gedenke ihr das Glück, mich in ihren Armen zu halten, erst dann zu gewähren, wenn ich sie einmal dazu gezwungen habe, mir ihr Verlangen danach nicht mehr zu verhehlen« (70. Brief). Ein wesentlicher Punkt im Denken Valmonts ist dabei seine Auffassung von der Wirklichkeit: Wirklichkeit = Theater (96. Brief). Gefühlsausbrüche auf der Bühne haben denselben Stellenwert wie im täglichen Leben. Solange die Präsidentin sich Valmont noch nicht hingegeben hat, ist alles ein Theaterstück; nach dem »Fall« der Präsidentin sieht Valmont in ihr nur noch eine gewöhnliche Frau. Alles ist Spiel für Valmont und die Marquise, sie sind die »beiden Spitzbuben, die einander beim Spiel« erkennen und einander nichts anhaben können (131. Brief).

*

Der Versuch Valmonts, die Präsidentin zu erobern, bildet eine der beiden Haupthandlungen der »Gefährlichen Liebschaften«. Die andere ist das Bemühen der Marquise, die junge Cécile zu Fall zu bringen. Cécile liebt den Malteserritter Danceny, doch dieser ist anders, als es die Marquise wünscht, ist »ein Kindskopf, der seine Zeit mit Süßholzraspeln vertrödeln und gar nichts zustande bringen wird« (5. Brief). Echte Zuneigung gibt es für die Marquise nicht, ist für sie Tändelei, Zeitverlust. Zeugin einer »Verzweiflung aus Liebe« zu sein, belustigt sie. Die schönsten Kosenamen, die ihr ein Mann sagen kann, sind »Treulose« und »Grausame« (5. Brief). In der Liebe sieht sie eine der Medizin vergleichbare Kunst, deren Zweck es ist, »der Natur nachzuhelfen« (10. Brief). Was zählt, ist nicht das Natürliche, sondern das Künstliche. Um sich für einen Liebhaber in Stimmung zu bringen, liest sie ein Kapitel aus dem erotischen Roman »Das Sofa« von Crébillon fils, einen Brief aus Rousseaus »Héloïse« und zwei Erzählungen von La Fontaine, »um die verschiedenen Gefühlstöne aufzufrischen, die ich anschlagen wollte« (10. Brief). In ihrem großen Bekenntnisbrief (81. Brief) schildert sie ihre Jugend und ihr bisheriges Leben. Liebe ist für sie nicht etwas, das man empfindet, sondern etwas, das man einflößt und vortäuscht.

Diese Frau nimmt sich vor, die unerfahrene Cécile mit wem auch immer zu verkuppeln, um sich an dem Grafen de Gercourt zu rächen. Daß Danceny Cécile nicht »zur Strecke bringt«, liegt daran, daß er tatsächlich in die

Kleine verliebt ist. Also ist er den Plänen der Marquise nicht förderlich, und sie erfährt mit Freude, daß Valmont im Bett von Cécile gelandet ist. Nachdem die Marquise bei dem Vorhaben, aus der »albern naiven« Cécile eine »zweitrangige Intrigantin« zu machen, gescheitert ist, nimmt sie sich vor, sie zu einem »leichtfertigen Frauenzimmer« zu machen, zu einer »Lustbefriedigungsmaschine« (106. Brief), denn »die Dummen sind zu unserer Lust vorhanden«. Sie geht mit Methode ans Werk; zuerst muß sie Cécile glauben machen, daß die Sittenstrenge ihrer Mutter nur vorgetäuscht sei – nach der Regel: »Denn ein Mädchen, das vor seiner Mutter keine Achtung mehr hat, wird auch sich selbst nicht mehr achten« (110. Brief). Sie arbeitet eine Art »Katechismus der Ausschweifung« für ihre »Schülerin« aus, in dem sich Lehrsätze finden wie: Erst in der Ehe hat die Frau die Freiheit zu schlafen, mit wem sie will (109. Brief).

*

Der moralische Schluß, den Choderlos dem Ganzen gibt, überrascht: Die beiden Verderber, Valmont und die Marquise, gehen zugrunde. Valmont wird im Duell mit dem Chevalier Danceny getötet; die Marquise verliert einen wichtigen Prozeß, erkrankt an den Blattern und verläßt, völlig entstellt, Frankreich. Cécile und Danceny gehen ins Kloster; beide kehren dorthin zurück, woher sie gekommen sind. Die Präsidentin stirbt, nachdem sie sich Valmont hingegeben hat und von ihm auf gemeinste Art wieder verlassen worden ist, im Wahnsinn ebenfalls in einem Kloster. Die Welt ist am Ende des Romans ebenso wie am Anfang. Choderlos offeriert keine Lösung, will keine Lösung anbieten, weil für ihn das Leben so ist, wie er es beschrieben hat: »Wer könnte ohne Schauder an all das Unheil denken, das eine einzige gefährliche Liebschaft mit sich bringen kann! Und wie manches Leid könnte man sich ersparen, wenn man sich dies besser überlegte! ... Doch diese verspäteten Erwägungen kommen einem immer erst, wenn bereits etwas vorgefallen ist« (letzter Brief).

Eine deutliche Warnung an alle, die die in dem Roman dargestellten Vertreter des Amtsadels wegen ihrer Religiosität und ihren gutbürgerlichen Werten als moralisch höherstehend als die Marquise und den Vicomte ansehen, enthält der 104. Brief: »Wer weiß aber, ob diese scheinbare Bravheit nicht seinem geringen Vermögen zuzuschreiben ist? Scheut man auch nur im geringsten vor Gaunereien und anderen liederlichen Lumpenstücken zurück, dann braucht man Geld, um ein Spieler oder Wüstling zu sein, und man kann trotzdem die Fehler lieben, deren Auswüchse man fürchtet. Kurzum, er wäre nicht erst der Tausendste, der die Gesellschaft aufgesucht hätte, einzig weil er nichts Besseres tun konnte.«

*

Zwar waren die »Gefährlichen Liebschaften« im ausgehenden 18. Jahrhundert ein ausgesprochener Skandalerfolg; in der ersten Hälfte des 19. Jahrhundert, zur Zeit des Empire und der Restauration, wurde es jedoch stiller um dieses Werk: Die Gesellschaft, die Choderlos in den »Gefährlichen Liebschaften« geschildert hatte, war durch die Revolution hinweggefegt worden. Was für den Leser im frühen 19. Jahrhundert übrigblieb, war der unseriöse, unzüchtige, skandalöse Aspekt. 1823 stellte ein Gerichtsurteil die Verbreitung des Romans unter Strafe, 1828 wurde dieses Urteil von höherer Instanz bestätigt.

Erst der antibürgerliche Dichter Charles Baudelaire rückte das Urteil wieder zurecht und begründete den Ruf der »Liaisons dangereuses«, den sie heute noch haben. Doch sein geplanter Essay über dieses Werk gedieh nicht über fragmentarische Aufzeichnungen hinaus: »Wenn dieses Buch brennt, dann brennt es wie Eis ... Die Revolution ist von Wollüstigen gemacht worden ... In dem Augenblick, wo die Französische Revolution losbrach, war der französische Adel nur noch eine körperlich degenerierte Rasse ... Das Werk eines Moralisten, ebenso hochstehend wie die hochstehendsten, ebenso tiefsinnig wie die tiefsinnigsten ...«

DATEN ZU LEBEN UND WERK VON PIERRE AMBROISE FRANÇOIS CHODERLOS DE LACLOS
(1741–1803)

1741 Pierre Ambroise François Choderlos de Laclos wird am 18. oder 19. Oktober in Amiens geboren. Seine Familie, die vielleicht spanischer Herkunft ist, gehört seit nicht allzulanger Zeit dem niederen Adel an. Nach übereinstimmenden Berichten liegt die Begabung, mit der Feder umgehen zu können, seit Generationen in der Familie.

1757 Der ehrgeizige junge Pierre strebt eine militärische Laufbahn an. Er entscheidet sich für die Artillerie, in deren Offizierskorps vor allem Söhne aus dem niederen Adel und dem Bürgertum dienen. Er wird in die Kadettenschule von La Fère aufgenommen.

1762 Er verläßt die Kadettenschule als Leutnant der Artillerie und tritt in La Rochelle in eine Brigade des Colonies ein, in der Hoffnung, sich während des Kriegs zwischen England und Großbritannien in den Kolonien Ruhm zu erwerben. Dieser Krieg ist die 1755 ausgebrochene weltweite Auseinandersetzung zwischen Großbritannien und Frankreich um die Vorherrschaft in Europa und den überseeischen Besitzungen.

1763 Der Friede von Paris zwischen Großbritannien, Frankreich und Portugal beendet den siebenjährigen See- und Kolonialkrieg. Sieger ist Großbritannien, die französische Kolonialmacht ist zusammengebrochen. Choderlos' Traum vom militärischen Ruhm ist zu Ende. Die Kolonialbrigade wird in ein Garnisonregiment umgewandelt, für Choderlos beginnt ein jahrelanges, stumpfsinniges Kasernenleben, zunächst in Toul.

1766 Das Regiment, in dem Choderlos dient, wird von Toul nach Straßburg verlegt. – Um die Zeit totzuschlagen, beschäftigt sich Choderlos mit Literatur, schreibt Dramen und Madrigale und andere modische Dinge.

1767 WERKE: Im »Almanach des Muses« erscheint sein erstes Gedicht; es bleibt jedoch unbeachtet.

1769 In Grenoble, wohin das Regiment nun wechselt, hat Choderlos die Gelegenheit, die sogenannte bessere Gesellschaft kennenzulernen.

1771 Er wird zum Capitaine befördert. Bei Inspektionen erhält er stets die besten Beurteilungen.

1775 Das Regiment verläßt Grenoble und zieht wieder von Provinzstadt zu Provinzstadt.

1776 WERKE: Aufsehen erregt sein schon lange in Abschriften kursierendes und nun im »Almanach des Muses« abgedrucktes Gedicht *»Epître à Margot«* auf die Gräfin Dubarry, Tochter eines Kapuziners und einer Modistin und ab 1769 offizielle Mätresse des französischen Königs Ludwig XV. als Nachfolgerin der 1764 verstorbenen Marquise des Pompadour. Nach dem Tod des Königs 1774 ist sie verhaftet und in ein Kloster bei Meaux gebracht, jedoch bald wieder freigelassen worden.

1777 Er erhält den Auftrag, in Valence eine Artillerieschule einzurichten.

WERKE: Eine komische Oper, die Choderlos verfaßt hat, erweist sich trotz der Unterstützung der Königin bei der Uraufführung in Paris als Reinfall.

1779 Als es im Rahmen des Nordamerikanischen Unabhängigkeitskriegs wieder zu Kampfhandlungen zwischen Franzosen und Engländern kommt, bemüht sich Choderlos um einen Einsatz in Übersee – vergebens: Er hat weder das nötige Geld, um die Überfahrt zu bezahlen, noch die Beziehungen zum Hof, um eine Kommandostelle in Amerika zu erhalten. – Er unterstützt den Marquis de Montalembert bei der Befestigung der Insel Aix vor dem Hafen von La Rochelle.

1780 Beförderung zum Capitaine-commandant.

1781 Nach Fertigstellung seines Romans *»Gefährliche Liebschaften«* nimmt er sechs Monate Urlaub, um in Paris einen Verleger zu finden.

1782 Die Veröffentlichung der *»Gefährlichen Liebschaften«* ist Choderlos' militärischer Karriere alles andere als förderlich. Der Ruf des Autors verbreitet sich bis in alle Provinzstädte, man glaubt, Choderlos und sein Romanheld Valmont seien identisch.

WERKE: *»Gefährliche Liebschaften«*, Briefroman (siehe Nachwort).

1783 Er wird nach La Rochelle versetzt, um Pläne für ein Arsenal zu entwerfen. Hier lernt er seine spätere Frau Marie Soulange Duperré kennen.

1785 WERKE: *»Über die Erziehung der Frauen«*, Abhandlung, in der Choderlos fordert, daß die Frau sich aus den Zwängen der Gesellschaft befreien und weder kokett noch prüde, sondern »natürlich« sein soll.

1786 Heirat mit Marie Soulange Duperré. – Er wird mit seinem Regiment nach La Fère, wo er die Kadettenschule besucht hat, versetzt. – Das Ministerium verbietet ihm, ohne Genehmigung Bücher zu veröffentlichen.

WERKE: In seinem in Paris veröffentlichten offenen *»Brief an die*

Herren der Akademie über die Lobrede auf Herrn Marschall Vauban« stellt er den berühmten Festungsbaumeister Vauban (Dünkirchen, Metz, Straßburg, Neubreisach; † 1707) als regionale, aber nicht nationale Größe dar. – Mit seiner militärischen Laufbahn ist es nun endgültig vorbei.

1788 Er läßt sich auf unbestimmte Zeit vom Militärdienst beurlauben und wird Sekretär des Herzogs Philippe von Orléans (vor der Revolution der reichste Grundbesitzer in Frankreich). Choderlos und der Herzog gehören derselben Freimaurerloge an.

1789 Während der Französischen Revolution steht Choderlos als Parteigänger des Herzog von Orléans (»Philippe Egalité«) auf seiten der Jakobiner.

1790 Er wird Chefredakteur der jakobinischen Zeitschrift »Journal des Amis de la Constitution« (Zeitung der Verfassungsfreunde), in der er auch eigene politische Aufsätze veröffentlicht (unter anderem für uneingeschränkte Pressefreiheit).

1791 König Ludwig XVI. unternimmt einen vergeblichen Fluchtversuch aus Paris. Das Ereignis nährt den Verdacht einer Verschwörung des Königs mit ausländischen Mächten. Die Verfassunggebende Nationalversammlung beschließt daraufhin, den König bis zur Annahme einer Verfassung von seinen Funktionen zu suspendieren. Die Anhänger des Herzogs von Orléans scheitern bei dem Versuch, dem Herzog zur Regentschaft zu verhelfen (der König wird nicht abgesetzt). Die Frage der Regentschaft des Herzogs spaltet die Jakobiner. Choderlos verliert das Vertrauen des Herzogs, gleichzeitig sehen die nicht-orleanistischen Jakobiner in ihm einen Abtrünnigen.

1792 Mit dem Sturm auf die Tuilerien beginnt die zweite Phase der Französischen Revolution. Am 22. September proklamiert der Nationalkonvent nach der Absetzung des Königs die (Erste) Republik. Choderlos bekennt sich zur Republik, betreibt seine Reaktivierung als Soldat und wird im Rang eines Generals ins Heer aufgenommen. Seit April tobt zwischen dem revolutionären Frankreich und den meisten monarchischen Staaten Europas der sog. Erste Koalitionskrieg.

1793 Am 17. Januar stimmt der Nationalkonvent auf Antrag des Bergpartei-Führers Maximilien de Robespierre der Todesstrafe für den früheren König Ludwig XVI. zu, der vier Tage später guillotiniert wird. Niederlagen im Ersten Koalitionskrieg, Unzufriedenheit der Bevölkerung infolge einer Hungersnot sowie ein royalistischer Aufstand veranlassen die radikale Bergpartei zur Schaffung von Ausnahmegesetzen und zur Errichtung eines Revolutionstribunals als politischen Gerichtshof, durch den faktisch die Menschenrechte außer Kraft gesetzt werden. Die Anhängerschaft des Herzogs von Orléans wird zerschlagen, Choderlos wird am 1. April verhaftet.

Im Gefängnis erfindet Choderlos ein Hohlgeschoß und wird vorübergehend auf freien Fuß gesetzt, im Zuge der großen Verhaftungsaktion des Wohlfahrtsausschusses im September jedoch wieder inhaftiert. Der Herzog von Orléans wird am 6. November guillotiniert, Choderlos muß das Schlimmste befürchten und schreibt einen Abschiedsbrief an seine Familie.

1794 Nach dem Sturz Robespierres und dem Ende der Schreckensherrschaft des Wohlfahrtsausschusses wird Choderlos am 4. Dezember aus dem Gefängnis entlassen.

1795 Choderlos bemüht sich vergeblich um eine Stelle in der Armee. Er erhält einen Posten in der Verwaltung.

1799 Die Erfolge des Generals und seit dem Staatsstreich vom 18. Brumaire (9. November) Ersten Konsuls Napoleon animieren den alternden Choderlos, sich nochmals zum aktiven Dienst zu melden. Er wird Infanteriegeneral.

1800 Napoleon persönlich ernennt Choderlos zum Artilleriegeneral. Er kämpft zunächst bei der Rheinarmee und dann in Italien (dort trifft er den jungen Stendhal).

1803 Nach dreimonatigem Krankenlager stirbt er am 5. September in Tarent.

LITERATUR:

Belcikowski, Christine: Poétique des »Liaisons dangereuses«. Paris 1972.
Engler, Winfried: Geschichte des französischen Romans. Von den Anfängen bis Marcel Proust. Stuttgart 1982. (Kröners Taschenausgabe 346)
Knufmann, Helmut: Das Böse in den »Liaisons dangereuses« des Choderlos de Laclos. München 1965.
Koppen, Erwin: Laclos' »Liaisons dangereuses« in der Kritik (1782–1850). Wiesbaden 1961.
Pollmann, Leo: Geschichte der französischen Literatur. Eine Bewußtseinsgeschichte. Bd. 3. Zeitalter des Bürgertums. Von 1685 bis 1879. Wiesbaden 1978.
Rosbottom, Ronald C.: Choderlos de Laclos. Boston 1978.

AUTOREN IN DER »GROSSEN ERZÄHLER-BIBLIOTHEK DER WELTLITERATUR«:

Alexis, Willibald
Andersen, Hans Christian
Anzengruber, Ludwig
Arnim, Achim von
Balzac, Honoré de
Beecher Stowe, Harriet
Björnson, Björnstjerne
Boccaccio, Giovanni
Bräker, Ulrich
Brentano, Clemens
Bulwer, Edward George
Bürger, Gottfried August
Casanova, Giacomo
Cervantes, Miguel de
Chateaubriand, François
Choderlos de Laclos, P.A.F.
Conrad, Joseph
Cooper, James F.
Defoe, Daniel
Dickens, Charles
Diderot, Denis
Dostojewski, Fjodor
Doyle, Conan
Droste-Hülshoff, Annette von
Dumas fils, Alexandre
Ebner-Eschenbach, Marie von
Eichendorff, Joseph von
Fielding, Henry
Flaubert, Gustave
Fontane, Theodor
Goethe, Johann Wolfgang von
Gogol, Nikolai
Goldsmith, Oliver
Gorki, Maxim
Gotthelf, Jeremias
Grimm, Brüder
Hauff, Wilhelm
Hawthorne, Nathaniel
Hebbel, Friedrich
Hebel, Johann Peter
Heine, Heinrich
Heyse, Paul
Hoffmann, E.T.A.
Hölderlin, Friedrich
Hugo, Victor
Immermann, Karl
Jacobsen, Jens Peter
Jean Paul
Keller, Gottfried
Kipling, Rudyard
Kleist, Heinrich von
La Fayette, Marie-Madeleine de
Lermontow, Michail
Leskow, Nikolai
Liliencron, Detlev von
London, Jack
Ludwig, Otto
Margarete von Navarra
Mark Twain
Maupassant, Guy de
Melville, Herman
Mérimée, Prosper
Meyer, Conrad Ferd.
Mörike, Eduard
Moritz, Karl Philipp
Murger, Henri
Musset, Alfred de
Novalis
Poe, Edgar Allan
Prévost, Antoine F.
Puschkin, Alexander
Raabe, Wilhelm
Rosegger, Peter
Sand, George
Schiller, Friedrich
Scott, Sir Walter
Sealsfield, Charles
Sienkiewicz, Henryk

Stendhal
Sterne, Laurence
Stevenson, Robert Louis
Stifter, Adalbert
Storm, Theodor
Strindberg, August
Swift, Jonathan
Thackeray, William M.
Tieck, Ludwig
Tolstoi, Leo
Tschechow, Anton
Turgenjew, Iwan
Verga, Giovanni
Voltaire
Vulpius, Christian August
Wieland, Christoph Martin
Wilde, Oscar
Zola, Emile
Zschokke, Heinrich

Deutsche Volksbücher
Italienische Renaissance-Novellen
Tausendundeine Nacht